LLYFR GWYN RHYDDERCH

LLYFR GWYN RHYDDERCH

Y Chwedlau a'r Rhamantau

Golygwyd gan

J. GWENOGVRYN EVANS

Rhagymadrodd gan

R. M. JONES

Cyhoeddwyd ar ran Bwrdd Gwybodau Celtaidd Prifysgol Cymru

CAERDYDD

GWASG PRIFYSGOL CYMRU

1973

ARGRAFFIAD CYNTAF O'R TESTUN : 1907

© GWASG PRIFYSGOL CYMRU 1973

AIL-ARGRAFFIAD 1977

SBN 0 7083 0523 7

ARGRAFFWYD TRWY LUN GAN CAMBRIAN NEWS (ABERYSTWYTH) CYF.

CYNNWYS

RHAGYMADRODD

Camp lenyddol y gyfrol hon

Yn *Llyfr Gwyn Rhydderch* fe gadwyd trysorau gwerthfawrocaf rhyddiaith Gymraeg hyd ein dyddiau ni. Yma y gwelwn ryddiaith Gymraeg ar ei haeddfetaf a'i mireiniaf, a'r chwedlau hyn—o bopeth yn ein llenyddiaeth—yw'r gweithiau mwyaf adnabyddus a mwyaf dylanwadol a gynhyrchwyd yng Nghymru.

Dau awdur mwyaf ein rhyddiaith yn yr Oesoedd Canol (ac yn wir hyd y cyfnod diweddar) oedd awdur *Pedair Cainc y Mabinogi* ac awdur y *Tair Rhamant*; yn sicr, dyma ddau o awduron mawr Ewrob yn yr Oesoedd Canol.

Tebyg mai un llenor yn unig a fu'n gyfrifol am lunio *Pedair Cainc y Mabinogi* a'u gosod nhw yn eu ffurf derfynol, llenor o Ddyfed yn byw tua 1060–1090,[1] Rhigyfarch fab Sulien, o bosib.[2] Da cofio am y blynyddoedd a ragflaenodd yn union y cyfansoddiad gwerthfawr hwn, yn arbennig weithredoedd a phersonoliaeth y tywysog Gruffydd ap Llywelyn rhwng 1039 a 1063 a barodd fod gan y Cymry y pryd hynny ymdeimlad cryf o undod cenedlaethol. Rhoddodd yr undod a gafwyd yr adeg hon gyfle i'r *kyuarwydyeit* i deithio ac i gasglu chwedlau newydd.[3] Dichon i'r llonydd a gawsant, yr amrywiaeth gwybodaeth a enillasant drwy eu teithiau, a'r brwdfrydedd a gododd oherwydd y llewyrch cenedlaethol, ymuno i hyrwyddo adfywiad llenyddol a esgorodd ar weithiau megis y *Pedair Cainc, Culhwch ac Olwen*, a *Chwedl Myrddin* a maes o law y Tair Rhamant *Peredur, Owain*, a *Geraint*.

Er y nawfed ganrif yr oedd llenorion Cymru wedi bod yn adeiladu ar chwedl a chân oes arwrol a berthynai i Gymru ac i'r Hen Ogledd, sef yr oes rhwng 383 a'r seithfed ganrif.[4] Yn wyneb peryglon newydd diwedd yr unfed ganrif ar ddeg, dichon i'r tueddiadau hyn gyflymu a chrisialu'n orffenedig. Gwyddom i ugeiniau o chwedlau a luniwyd yn ystod y cyfnod hwn fynd ar goll, er bod peth gwybodaeth amdanynt yn aros yn y Trioedd ac mewn storïau cyfieithedig neu gymwysedig mewn ieithoedd eraill.

Yr oedd y gorffennol mewn bri, y gorffennol a'i arwyr, dychmygol neu beidio. Yn Nyfed yn anad yr un rhan arall o Gymru yr oedd y cysylitiadau Gwyddelig gryfaf yn y cyfnod hwn: anodd dweud faint o'r iaith Wyddeleg a arhosai, os dim, wedi cyfnod Voteporix; ond efallai fod mwy nag a dybiwn, a bod y cysylltiadau cymdeithasol—crefyddol a masnachol—wedi para'n ddifwlch hyd y dyddiau yr aeth Sulien, tad Rhigyfarch drosodd i dreulio tair blynedd ar ddeg yn Iwerddon. Beth bynnag, rhyw ŵr tebyg i Rigyfarch ap Sulien, a'i galon yn Nyfed, gŵr ysgol-heigaidd ei feddwl a disgybledig ei ddychymyg a weodd yn gynnil ei ddefnyddiau mytholegol ynghyd â'i wybodaeth Wyddelig (yn *Branwen*) at ei gilydd i ffurfio

---

1. Tuedda rhai i ddyddio'r Pedair Cainc ychydig yn ddiweddarach, megis D. S. Evans, *Medium Aevum* XXXI, t. 146; D. S. Thomson, *Branwen Uerch Lyr*, Dublin Institute for Advanced Studies, 1961, t. xi. Y drafodaeth orau, a gynhyrfwyd gan ymdriniaethau diddorol Saunders Lewis, yw eiddo T. M. Charles-Edwards, 'The Date of the Four Branches of the Mabinogi', *Trans. of Cymm.*, 1970, II, 263-298, sy'n eu gosod tua 1050-1120.
2. Proinsias MacCana, *Branwen Daughter of Llyr*, University of Wales Press, Cardiff, 1958, 183-187; D. Simon Evans, *Buched Dewi*, Gwasg Prifysgol Cymru, Caerdydd, 1965, xx—xxvii; gw. hefyd yr ail bennod 'Intellectual Life in West Wales in the Last Days of the Celtic Church' yn N. K. Chadwick et al. *Studies in the Early British Church*, Cambridge, 1958.
3. Ar berthynas y cyfarwyddiaid a'r beirdd gw. Rachel Bromwich, *Trioedd Ynys Prydein*, University of Wales Press, Cardiff, 1961, ac adolygiad Eurys Rowlands, *Llên Cymru* VI, 222-247.
4. Er nad oedd y dyddiad 383 yn ddyddiad mor arwyddocaol i'r hen Ogledd, fe ellid cyfrif fod y gwaith o lunio Oes Arwrol mewn chwedl wedi canlyn cyfarfyddiad dwy ffrwd wahanol, y naill o'r Gogledd a'r llall o Gymru. Cafwyd hanes am ddiddordeb arbennig ym mhethau'r Gogledd, ar ran y Cymry, o *c.*818 hyd 877 gan Kenneth Jackson, 'On the Northern British Section in Nennius,' *Celt and Saxon* gol. N. F. Chadwick, University Press, Cambridge, 1964, 54, 59.

i

pedair cainc benigamp yn y Gymraeg. Gŵr hunan-feddiannol, braidd yn encilgar, oedd yr awdur hwn, heb lawer o ddiddordeb mewn cymeriadaeth, ond yn bencampwr yn arddull ei ryddiaith ac mewn adeiladwaith thema.

Tebyg mai un cyfarwydd, ond gŵr arall, tua'r un adeg, *c.* 1100, sy'n gyfrifol am gyfansoddi'r tair rhamant *Peredur*, *Owain*, a *Geraint*, neu'n hytrach gynsail y fersiynau a erys i ni yn y Llyfr Gwyn. Mae'r tri arwr sydd yn y tair rhamant hyn yn dod o draddodiadau y tu allan i Gymru: yn y ddwy ramant gyntaf, dônt o'r Hen Ogledd, ac y mae Geraint yn ymgysylltu â Chernyw. Ond gellid tybio fod yr awdur a'u lluniodd hwy wedi tynnu oddi ar chwedloniaeth fytholegol a thraddodiadau lled-hanesyddol er mwyn creu i'w gyfoeswyr ddarlun arwrol o fawredd y gorffennol, gan eu clymu'n storïau a fyddai'n ysbrydiaeth i'w gydwladwyr yn erbyn y chwalfa a'u hwynebai gyda dyfodiad y Normaniaid. Ategir y dybiaeth mai un awdur a fu'n eu cyfansoddi ill tair gan y ffaith fod eu deunydd mewnol mor debyg i'w gilydd a chan y ffaith eu bod wedi'u trosglwyddo'n uned i'r Ffrangeg fel y gallai Chrétien de Troyes lunio ei gyfres adnabyddus ar sail yr un ffynhonnell gyffredin.

Dichon hefyd mai yn ardal Trefynwy (sef Erging) yr oedd y cyfarwydd hwn yn byw, ardal Sieffre o Fynwy a lle'r ymsefydlasai nifer o Lydawiaid,[5] a'r ardal lle y lleolir llawer o'r digwyddiadau yn y chwedlau hyn. Ymddengys ei fod wedi rhoi'r cynnig cyntaf ar lunio chwedl arwrol yn *Peredur* gan fod ffurf y chwedl hon yn llai gorffenedig a threfnus na'r ddwy arall; a thebyg yw mai *Owain* oedd ei ail ymgais, stori debyg i *Peredur* ar lawer cyfrif, gyda llech, llwyn, a marchog sy'n deillio o dduw'r storm, ac amryw gyffelybiaethau eraill mewn cymeriad, iaith, a thema. (Ar y llaw arall, gwelaf ddadl o blaid gosod *Owain* yn gyntaf oherwydd prinder y cyfansoddeiriau a'r cyfuniadau rhethregol.) Er bod *Geraint* hefyd yn dwyn perthynas agos i'r ddwy ramant arall mewn cymeriad a thema, nid yw'n ymdebygu i *Peredur* mewn modd mor bendant ag y gwna *Owain*.

Awdur mwy hamddenol a llai cryno nag awdur y *Pedair Cainc* yw'r llenor a luniodd y *Tair Rhamant*. Mae rhyw gartrefolrwydd ffraeth yn ei waith sy'n cynhesu naws ei adroddiad: gwelir hyn yn arbennig yn stori *Peredur*—yr arwr ar ei farch esgyrniog, wedyn yn rhuthro allan i frwydro mewn crys a llodrau, yn meddwi yn llys y Du Trahawc, ac yn cael ei drechu gan amddiffynnwr rhyfeddol y llech, a hynny i gyd heb ein gorfodi i feddwl amdano'n llai o arwr.

O gyferbynnu'r ddau awdur hyn, cyfansoddwr y *Pedair Cainc* a chyfansoddwr y *Tair Rhamant*, diddorol sylwi fod i'r naill a'r llall gefndir dwyieithog. Dangosodd yr Athrawon W. J. Gruffydd a Proinsias Mac Cana mor drwm yw dylanwad llên y Gwyddyl ar awdur *Branwen* a'i thema ddynastig. Wrth adeiladu'r ceinciau yn gymen a'u huno'n storïau gorffenedig a threfnus, yr oedd yr awdur hwn yn tynnu oddi ar gyfoeth o dameitiach llenyddol, o darddiad amryfal; a llwyddodd i gyfuno'r amrywiaeth yma'n glir ac yn gytbwys mewn rhyddiaith sy'n llifo'n hunan-feddiannol, ac yn egnïol ar dro. Er na ellir gwadu nad oedd peth cysylltiadau Gwyddelig i rai o'r defnyddiau yr ymaflodd awdur y rhamantau yntau ynddynt, ni raid credu ei fod ef mor ymwybodol o hynny â'i ragflaenydd yn Nyfed. Mae ei ddefnyddiau ef yn Gymreiciach; ac er bod cefndir dwyieithog Cymraeg–Gwyddeleg Dyfed wedi cael ei ddisodli bellach gan gefndir dwyieithog Cymraeg–Ffrangeg Erging, nid yn y themâu

---

5. gw. J. R. F. Piette, 'Yr Agwedd Lydewig ar y Chwedlau Arthuraidd', *Llên Cymru* VIII, 183-190; Bobi Jones, *Y Tair Rhamant*, Cymdeithas Lyfrau Ceredigion, Aberystwyth, 1960, xiii-xvii. Ar y gymdeithas yn Nhrefynwy gw. S. M. Harris, 'The Kalendar of the Vitae Sanctorum Wallensium,' *Journal of the Historical Society of the Church in Wales*, III, No. 8, 3-53; Constance Bullock-Davies, *Professional Interpreters and the Matter of Britain*, University of Wales Press, Cardiff, 1966, 17. Yr oedd cyfathrach rhwng Norman a Chymro yn ardal Henffordd hyd yn oed cyn y goncwest (e.e. 1052): Ifor Williams, PKM xxxiv.

y ceir ei fod ef yn cael ei ddylanwadu gan yr estron gymaint ag mewn materion mwy arwynebol ac allanol.

Rhan yw'r *Tair Rhamant* o saga arwrol cyfnod mewn modd nad yw'n wir am y *Pedair Cainc*. Enwid arwyr y rhamantau hyn yn achau hysbys y genedl: yr oeddent yn bobl o gig a gwaed, ac yr oedd eu gorchestion dychmygol hwy'n rhai y gellid ymfalchïo ynddynt a thynnu maeth a hyder ohonynt, yn enwedig mewn cyfnod pryd yr oedd angen ysbrydiaeth i gryfhau penderfyniad y genedl i oroesi.

Mae'r iaith a chyntefigrwydd adeiladwaith y chwedl, cymeriad yr arwyr a natur yr arddull, i gyd yn peri i ni dybied fod *Culhwch ac Olwen* yn fwy cyntefig na'r *Tair Rhamant*; ac yn sicr, ni newidiodd yr awdur terfynol gymaint ar y defnyddiau a gasglodd ag a wnaeth awdur y *Tair Rhamant* (ond cyn belled ag y mae cyfuno yn fath pwysig o newid). Gwasgarog a chymysglyd yw cynllun *Culhwch ac Olwen*, ond dengys ei chynnwys mor gyfoethog oedd yr etifeddiaeth lenyddol a oedd wrth law i'r awdur. Gall ei fod yn llunio'r chwedl tua'r un pryd ag̱ yr oedd awdur y rhamantau wrthi, ond ni lwyddodd i gymhathu'i ffynonellau cyntefig mewn modd mor llyfn ac mor greadigol. Eto, ni ellir amau nad artist ymwybodol a oedd wrthi, un a allai adnabod tlysni hanes y Morgrugyn Cloff yn dod â'r llinhedyn coll i gwpláu'r 'naw hestawr llinad' a orchmynnwyd gan y cawr, ac un a fedrai lunio telyneg flodeuog gyda holl lawnder addurn ei ffansi yn ei ddisgrifiad adnabyddus o Olwen: ei ormodiaith ddefodol afradlon yw un o'i hoff nodweddion,[6] megis wrth ddarlunio gwaywffon Culhwch neu urddas fflamllyd Glewlwyd, er ei fod yn rhagori pan fo rhaid ym moelni ei arddull, megis wrth ddisgrifio gorchfygu Ysbaddaden. Ond ni ellir llai na theimlo mai ym manylion y brawddegau brwdfrydig y dengys ei ddychymyg syfrdanol, yn hytrach nag mewn plethu rhannau'r stori yn gyfanwaith cywrain. Telynegwr ydyw, nid awdlwr. Dichon ei bod yn gywir dweud am y chwedl hon ei bod yn dangos llai o ôl ei hawdur nag a wna'r *Pedair Cainc* a'r *Tair Rhamant*, ac iddi aros yn fwy o gasgliad o haenau a dynnwyd o amryw ffynonellau wedi cynyddu fel caseg eira. Casgliad o chwedlau gwerin ydyw wedi eu gwau o gwmpas thema gydwladol gyffredin *Merch y Cawr*. Ysgolhaig aruthr ei ddysg a'i lluniodd yn gyfanwaith.[7]

Yn *Culhwch ac Olwen* y ceir yr hanes mwyaf cyntefig sy gennym o Arthur a'i lys. Yn y chwedl hon y mae'n ymladdwr dewr sy'n sicrhau'r anoethau: arlliw diweddarach a geir arno yn y rhamantau, lle y mae wedi cilio i'r cefndir i gadw'i lys, enciliad a gafwyd yn hanes rhai o'n tywysogion Cymreig eu hunain, bid siŵr.

Mae *Culhwch ac Olwen* yn rhyw fath o bont rhwng y Cylch Mytholegol (*Y Pedair Cainc*) ar y naill law a'r Cylch Arwrol ar y llall. Heblaw sôn am gymeriadau'r oes aur, mae'r Cylch Arwrol yn greadigaeth fwy ymwybodol, yn ymorchestu fwy yn ei arddull a'i gynllun. Yn ogystal â'r cyfeiriadau at Iwerddon yn *Culhwch*, fel yn y *Pedair Cainc* (sef Branwen), ceir hefyd fwy o gysylltiad â'r Gogledd; eto, ar ryw olwg mae'n llai celfyddydol na'r gweddill o'r Cylch Arwrol, ac y mae hynny o blaid ei ddyddio'n gynnar neu ei dadogi ar awdur llai soffistigedig, er bod ysgolheictod

6. Treftadaeth dra hynafol i'r cyfarwyddiaid oedd y fformiwlâu a'r rhediadau rhethregol wrth ddisgrifio merch, march, llys, ac yn y blaen: dichon ei bod yn gyn-Frythonig hyd yn oed, neu'n rhyng-Geltaidd, beth bynnag; o'r hyn lleiaf, fe geir dulliau tebyg o fynegiant ymhlith beirdd a chyfarwyddiaid yn Iwerddon ac yng Nghymru. Gweler e.e. T. P. Cross, C. H. Slover, *Ancient Irish Tales*, New York, 1936, 94-5; IGE², IX, ll. 5-24. Hynny yw, yr oedd yna ffordd arbennig a thraddodiadol—seremonïol fel petai—o ddisgrifio gwahanol wrthrychau, a disgwylid i elfennau penodol gael sylw ac iddynt gael eu disgrifio mewn dull cydnabyddedig. Yr wyf yn ddyledus i'r Athro Idris Foster am dynnu fy sylw at y ffaith hon.

7. Yr oedd yn medru tynnu ar y traddodiad llafar a'r traddodiad ysgrifenedig. Yr oedd mor gynefin yn Iwerddon ag un yn symud ymhlith ei bobl ei hun. Yr oedd hanes y saint a'r arwyr yn ogystal â mytholeg Cymru'n rhan o'i gynhysgaeth. Yr oedd Lladin hithau'n rhan o'i wybodaeth enfawr. Etifedd ydoedd i stôr o gefndir, a gwnaeth ohono synthesis ffrwythlon.
Yr ymdriniaeth orau ar Culhwch yw eiddo Idris Ll. Foster, 'Culhwch and Olwen and Rhonabwy's Dream,' *Arthurian Literature in the Middle Ages*, gol. R. S. Loomis, Clarendon Press, Oxford, 1959, 31-39.

diamheuol yr awdur yn dangos fod math o soffistigedd dysgedig yn sicr yn eiddo iddo.[8]

Er mor wahanol i'w gilydd ydynt, y mae'n anochel inni gyplysu'r ddwy freuddwyd ddiweddarach, *Breuddwyd Maxen* a *Breuddwyd Rhonabwy*. Yn y gyntaf, ceir cydbwysedd hapus rhwng dawn storïol yr awdur—sy'n gwau traddodiadau hanesyddol am y cyfnod Rhufeinig a thraddodiadau dychmygol—a'i ddawn ddisgrifiol. Yn yr ail, mae'r rhethregwr yn dechrau disodli'r storïwr, a'r consuriwr geiriol wedi mynd yn ymwybodol o'i driciau yn nyddiau dirywiad y chwedl Gymreig. Teimlir y dirywiad hwn nid yn unig mewn allanolion arddull, ond hefyd yn y dychan mewnol—yn y geiriau am y beirdd, yn yr hen neuadd burddu yn lle'r neuaddau euraid a fu, ac yn yr Arthur hwn sy'n peri i'r beirdd ganu ei glodydd wedi chwarae gwyddbwyll yn lle ar ôl ymladd mewn brwydr. Yn *Breuddwyd Rhonabwy* cyrhaeddodd crefft y stori Gymreig bont ddiadlam, pont y disgrifiwr 'pur'.

Mae *Breuddwyd Rhonabwy*'n[9] perthyn i Bowys yn ei chefndir hanesyddol, ei daearyddiaeth a'i chymeriadau. Ond fel y gweddill o'r Cylch Arwrol, un o'i phennaf amcanion yw clodfori'r sblander gynt ochr yn ochr â bychandra gwŷr cyfnod y storïwr, er bod yna dystiolaeth fod y storïwr yn dechrau gweld twyll a gwacter eironig yn y gorffennol hwnnw. Diddorol, oherwydd hyn, yw sylwi fel y mae geirfa'r Cynfeirdd yn dychwelyd i gorffori'r gorchestion hanesyddol hyn.

Perthyn *Cyfranc Lludd a Llefelys* hefyd i'r un cyfnod â'r ddwy freuddwyd hyn: mae wedi ei hysbrydoli gan yr un byd ag a ysbrydolodd Sieffre o Fynwy. Fel yn *Breuddwyd Maxen* fe'n cedwir ni yn yr awyrgylch Rhufeinig. Ond cynlluniwyd y chwedl hon ar batrwm ffurf a oedd, mae'n debyg, yn bur hynafol: un o'r trioedd sydd yma, hanes gwared y wlad rhag tair gormes, a hynny wedi'i estyn a'i chwyddo i fod yn stori gyflawn gelfydd.

Mae'r tair chwedl hyn, y carwn eu henwi'n ddosbarth Brutaidd ymhlith ein storïau canoloesol, yn agos i'r math o ddiddordebau a welir yng ngwaith Sieffre, er eu bod yn tynnu eu defnydd o ffynonellau gwahanol. Lle y bu'r *Pedair Cainc* a *Culhwch ac Olwen* yn troi eu golygon tua'r byd Celtaidd ac Iwerddon, y mae'r storïau hyn yn wynebu Rhufain, neu'n troi oddi wrth y gorllewin tuag at y dwyrain. Dichon eu bod, fel y *Tair Rhamant* yn hanu o ddwyrain y wlad, yn wahanol i'r *Pedair Cainc* a ddeilliodd o Ddyfed: yn wir, gall fod dwy ohonynt (megis Sieffre a *Vitae Sanctorum Britanniae* hwythau), wedi codi yn y dwyrain yn y ddeuddegfed ganrif, sef *Lludd a Llefelys* a *Breuddwyd Maxen;* a'r llall, *Breuddwyd Rhonabwy*, ym Mhowys yn nechrau'r ganrif wedyn.[10] Dyma'r ardaloedd, sef ffiniau dwyreiniol Cymru, a gyfrannodd fwyaf tuag at adeiladu delfryd yr Oes Aur, yr Hen Ogledd gynt.

Bid a fo am hynny, saif y tair chwedl Frutaidd hyn, megis y *Tair Rhamant* a *Culhwch ac Olwen*, yn hollol ar wahân, o ran cynnwys, i'r *Pedair Cainc*. Er mor fanwl ddaearyddol y gall y *Pedair Cainc* fod, nid hanesyddol mo'u harwyr. Ond y

8. Diau fod peth o awyrgylch "y llenor yn ei weithdy" yn y chwedl hon, a'r awdur yn tynnu ei ddefnyddiau o'r fan yma a'r fan acw. Ond da yw sylwi ar ddull arferol llawer o chwedleuwyr o drafod eu defnyddiau fel y'i disgrifir gan J. E. Caerwyn Williams, *Y Storïwr Gwyddeleg a'i Chwedlau*, Gwasg Prifysgol Cymru, Caerdydd, 1972.
    Ar ddyddiad *Culhwch*, ni chafwyd hyd yn hyn ddim i newid casgliadau I. Ll. Foster op. cit.; ond gweler Morgan Watkin, *La Civilisation française dans les Mabinogion*, Paris, 1963, 426; A. Watkins a P. MacCana, 'Cystrawennau'r Cyplad mewn Hen Gymraeg,' B.xviii (1958-1960), 1-25.

9. gw. rhagymadrodd Melville Richards, *Breudwyt Ronabwy*, Gwasg Prifysgol Cymru, Caerdydd, 1948, ac adolygiad arno gan T. Jones, *Y Llenor*, xxvii (1948). 142-53; I. Ll. Foster op. cit. 39-43; dylid nodi fod Dr. Mary Giffin yn awgrymu tystiolaeth o blaid dyddio'r chwedl rhwng 1293 a 1309, 'The Date of the Dream of Rhonabwy.' *Trans. of Cymm.* 1958, 33-40; cf. T. M. Charles-Edwards, op. cit. 265-6. Disgwylir yn eiddgar am astudiaeth Dafydd Glyn Jones y cafwyd crynodeb ohoni yn *Bibliog. Bulletin of Internat. Arthur. Soc.* 1969 (9th Triennial Congress) 152-3, lle y dywedir: 'Could it not be that here, as with Giraldus Cambrensis, we have one of those all-too-rare sceptics who saw through Geoffrey of Monmouth and realised that the Arthurian Golden Age was a splendid myth?'

10. Gwelir fod pedwar cysegriad i aelodau o deulu Macsen yn ardal Trefynwy yn ôl map E. G. Bowen, *The Settlements of the Celtic Saints in Wales*, University of Wales Press, Cardiff, 1954, 23, ond bod yna wacter mawr o'r cyfryw gysegriadau ym Mhowys er gwaethaf cysylltiadau teuluol Macsen â'r dalaith honno.

mae *Breuddwyd Maxen* yn ymwneud â'r ffigur cyntaf o bwys yn oes arwrol y Cymry:[11] cawn hanes Maximus ar ddiwedd y bedwaredd ganrif, ac ef yw'r ddolen gydiol rhwng y cyfnod o ddibyniaeth ar Rufain a'r cyfnod newydd o annibyniaeth. Tystia colofn Eliseg ym Mhowys i ddiddordeb pobl y ffin yn y person hwn; a cheir cyfeiriadau ato gan Nennius, ac, yn ddiweddarach, yn achau'r ddegfed ganrif. Parhaodd ei enw mewn bri hyd yr unfed ganrif ar bymtheg, pryd y mae'n ymddangos mewn drama firagl Gernyweg, *Beunans Meriasek*, a seiliwyd ar Fuchedd Meriadoc o'r ddeuddegfed ganrif. Yr arwr hwn sy'n agor y cyfnod ffurfiadol yn hanes y Cymry, 383–600, pryd y sefydlwyd yr hen freniniaethau Powys, Gwent, Dyfnaint a Chernyw, pryd yr ymfudwyd i Lydaw a'i throi'n 'dalaith' Frythonig, pryd y trodd Brythoneg diweddar yn Hen Gymraeg, Cernyweg a Llydaweg,[12] pryd y dechreuodd llenyddiaeth Gymraeg,[13] pryd y blodeuodd ac yr aeddfedodd y grefydd Gristnogol yn ein plith, a phryd y penderfynwyd llawer o hanes ein cenedl am ganrifoedd. Camgymeriad yw gwahanu bywyd politicaidd a bywyd crefyddol yr Oes Aur hon gan fod i lawer o'r ffigurau gwleidyddol arwrol, megis Elen Luyddog, Geraint a Gwrtheyrn, arwyddocâd crefyddol sylweddol.

Ac yn rhyfedd iawn, nid cwbl annhebyg yw'r modd y triniodd y mynachod rhwng y nawfed a'r ddeuddegfed ganrif saint yr Oes Aur, a'r modd yr adroddodd y cyfarwyddiad am yr arwyr a fu'n byw yn yr un cyfnod. Lle y buasai'r Cylch Mytholegol (sef y *Pedair Cainc*) yn dyneiddio bodau dwyfol, y mae'r Cylch Arwrol yn clymu natur arallfydol wrth fodau hanesyddol. Anwybyddir y ffin rhwng ffaith a lledrith. Fel Bucheddau'r Saint mae'r rhamantau a'r chwedlau Brutaidd yn ymloddesta yn y rhyfeddol a'r anhygoel: maent hwy'n tadogi storïau hud a oedd eisoes ar gael yn chwedloniaeth draddodiadol y genedl ar gymeriadau y credid eu bod yn bersonau gwir o'n gorffennol. Tuedda'r storïau arwrol hyn hefyd, byddent am saint neu beidio, i foddi'r unigol yn y cyffredinol: tuedda'r cymeriadau a luniant i ddilyn teipoleg sefydledig. Yr oedd y cwbl o'r storïau hyn, yn fuchedd neu'n gyfarwyddyd, yn codi o ysbryd yr oes; darparent ar gyfer yr un gynulleidfa, a dichon mai awdur cyffredin oedd y tu ôl i hanes sant megis i hanes arwr.[14]

Perthynas y llawysgrif â llawysgrifau eraill

Nid y *Llyfr Gwyn* (Peniarth 4, 5) yw'r llawysgrif hynaf ar glawr sy'n cynnwys y chwedlau a geir yn y gyfrol hon. Ceid darnau o leiaf ohonynt eisoes mewn llawysgrifau eraill:[15] er enghraifft, yn Peniarth 6 ceir tameidiau o *Branwen*,

---

11. A. W. Wade-Evans, *The Emergence of England and Wales*, De Meester, Wetteren, 1956, 119-123; meddai M. P. Charlesworth, *The Lost Province*, University of Wales Press, Cardiff, 1949, 29, 'Maximus must have done something considerable and striking'; D. Fahy, 'The Children of Magnus Maximus', *Trans. of Cymm.* 1966, II, 372-377. Fe ddaeth yn un ohonom ni; ac, yna, fel petai yn fath o gynddelw i Harri Tudur, daeth yn un o fawrion y ddacar hon—yn un gweddus i honni perthynas ag ef, yn arbennig i bobl Powys a oedd yn ceisio profi eu hawl gadarn i dir y ffin: P. C. Bartrum, *Early Welsh Genealogical Tracts*, University of Wales, Cardiff, 1966, 3. Dichon i'r fath ymrwbio ag un mor enwog ysgogi nid yn unig y myth am Facsen ei hun, eithr hefyd yr arferiad a'r llif o fythau arwrol a ymffurfiodd yn yr holl gylch hanesyddol-chwedlonol hwn.

12. Ceir amlinelliad cryno o'r newidiadau ieithyddol pwysicaf rhwng y ganrif gyntaf cyn Crist a'r ddeuddegfed ganrif o oed Crist gan Kenneth Jackson, *Language and History in Early Britain*, The University Press, Edinburgh, 1953, 694-699. Diddorol sylwi ei fod yn defnyddio'r termau 'West British, SW. British', ar gyfer hanner cyntaf y chweched ganrif; 'West British' ar gyfer yr hanner cyntaf neu'r canol; 'Primitive Welsh', a 'Welsh. Cornish, Breton' ar gyfer ail hanner y chweched ganrif; 'Primitive Welsh' ar gyfer y seithfed a'r wythfed ganrif yn ogystal â 'Primitive Cornish and Breton' ar gyfer yr wythfed ganrif. O ddiwedd yr wythfed ganrif ymlaen, defnyddia 'Welsh' heb ansoddair i'w ddisgrifio.

13. Rhaid peidio â thybied fod Taliesin ac Aneirin yn blodeuo ar ôl toriad na gwacter yn y traddodiad. Gwyddom am rai o'r beirdd o'u blaen, megis y rhai y bu Gildas yn sôn amdanynt, a gellid bod yn siŵr fod Taliesin ac Aneirin yn mabwysiadu fforminwlâu neu 'topoi' traddodiadol yn eu mawl. gw. I. Ll. Foster, 'The Emergence of Wales', *Prehistoric and Early Wales*, gol. I. Ll. Foster a G. Daniel, Routledge & Kegan Paul, London, 1965, 234; sylwadau J. E. Caerwyn Williams B.xxi (1966), 303-5; ac Idris Foster, 'Rhai sylwadau ar yr Hengerdd', *Ysgrifau Beirniadol*, V, 15-29. Yr hyn a geid gyda'r ddau fardd hyn a'u cymheiriaid oedd disgleirdeb newydd wrth i'r iaith gael ei haddasu yn y traddodiad.

14. Anodd gwybod yn union, eto, beth oedd perthynas y mynachod a'r cyfarwyddiaid, i ba raddau y ceid cydweithrediad ac i ba raddau ymdynnu. Diau y gellid ystyried y bucheddau, i raddau, fel ateb y mynachod i'r 'cipiau' paganaidd. Paham, gofynnent, yr oedd yn rhaid i'r pagan gael y storïau gorau? Wrth genhadu ymhlith y bobl, techneg deg oedd eu hennill â'r math o lenyddiaeth yr oeddent yn gyfarwydd â hi.

15. Dichon i'r gwaith o lunio llawysgrifau'n cynnwys y chwedlau ddechrau yn gymharol sydyn, ac i amryw ymroi i ymgymryd â'r gwaith. Perthynai'r symudiad hwn o gofnodi treftadaeth chwedlonol y gorffennol i deimlad y gallai'r cwbl chwalu. Symbylwyd y casglu a'r copïo gan ymdeimlad fod rhywbeth mawr wedi digwydd a bod rhaid diogelu'r chwedlau brodorol. Gellir deall y cymhellion y tu ôl i'r symudiad ysgolheigaidd hwn wrth ddarllen pum pennod gyntaf, *Seven Centuries of Irish Learning*, gol. B. O'Cuiv, The Mercer Press, Cork, 1971. Medd M. Dillon t. 26: 'They (i.e. the contents of the Book of Leinster) are not the collection of an antiquary, but rather of a scholar anxious to put together some of the chief literary works of his time.' Dymunid casglu'r briwfwyd fel na choller dim, ac y mae'n bosib fod yna deimlad fod y byd (un byd, beth bynnag) ar ben.

Manawydan, a *Geraint fab Erbin*, y ddau cyntaf *circa* 1225 a'r olaf mewn dwy ran—*circa* 1275 a *circa* 1285, yn ôl Gwenogvryn Evans; yn Peniarth 7, sy'n perthyn i'r drydedd ganrif ar ddeg, ceir darn o *Peredur;* a pherthyn Peniarth 16, lle y ceir fersiwn anghyflawn o *Breuddwyd Maxen*, i ganol y drydedd ganrif ar ddeg; y fersiwn hynaf o *Cyfranc Lludd a Llefelys* yw'r un a geir yn Llansteffan I, a luniwyd yn ystod ail chwarter y drydedd ganrif ar ddeg.

Pwysigrwydd y *Llyfr Gwyn* yw nid dilysrwydd na hynafiaeth y testun, felly, yn gymaint â chyfanrwydd cymharol neu faintioli'r fath lawysgrif ganoloesol.

Yn fuan ar ôl llunio'r *Llyfr Gwyn* tua 1300 ac wedyn, copïwyd amryw lawysgrifau gwerthfawr eraill, megis Peniarth 14 (ail chwarter y bedwaredd ganrif ar ddeg) lle y ceir darn o *Peredur;* Jesus College 3 (=xx), llawysgrif a gopïwyd yn ystod hanner cyntaf y bedwaredd ganrif ar ddeg oddi wrth gynseiliau canrif-yn-hŷn ac sy'n cynnwys darn o *Owain a Luned;* a pharagon llawysgrifau Cymraeg yr Oesoedd Canol, sef *Llyfr Coch Hergest* (Jesus 1 =cxi), rhwng 1375 a 1425. Wrth geisio lleoli'r *Llyfr Gwyn*, neu weld ei berthynas i'w gymheiriaid yn y cyfnod canol, rhaid ystyried y rhain hefyd—yn ogystal, mae'n debyg, â'r fersiynau cyfatebol o'r testunau eraill a gynhwysir yn ail ran y *Llyfr Gwyn*, sef y rhan a ddisgrifir bellach fel Peniarth 5.

Nid oes yr un o'r llawysgrifau a enwir yn y paragraff cyntaf uchod y gellir ei hystyried yn gynsail i'r Llyfr Gwyn; ac yn rhyfedd iawn, nid oes yr un o'r rhai eraill a enwir uchod fel cyfoeswyr neu ddilynwyr amseryddol yn gopi seiliedig arno chwaith.

Roedd hi'n arfer derbyn gynt fod rhannau o'r *Llyfr Coch* wedi eu codi o'r *Llyfr Gwyn*. Seiliwyd y gred hon ar debygrwydd y testunau ac ar y ffaith ddiddorol fod gofod yng ngwaelod colofn 467 a brig colofn 468 yn y *Llyfr Gwyn* wedi'i lenwi gan ysgrifennydd y *Llyfr Coch*.[16] Nid yw tebygrwydd deunydd yn ddigon ynddo'i hun i brofi fod un llawysgrif yn gopi o un arall, yn enwedig gan mai'r un yw deunydd y ddwy hyn, ac yn ôl pob tebyg yr un oedd gwreiddiol y ddwy. Ac ni wna'r ffaith fod ysgrifennydd y *Llyfr Coch* wedi llenwi gofod gwag yn y *Llyfr Gwyn* ddim ond profi ei fod yn defnyddio copi gwell (yn y rhan hon o leiaf), a'i fod wedi cael gafael, yn ddiweddarach efallai, ar y *Llyfr Gwyn* hefyd. Rhaid cael camgymeriad amlwg—er enghraifft gair wedi ei rannu gan golofnau neu dudalennau yn y *Llyfr Gwyn* wedi ei rannu drwy gamddeall yn y *Llyfr Coch*—cyn dyfod yn agos i brofi fod y naill yn gopi o'r llall. Dyna y ceisiodd yr Athro Morgan Watkin ei ddangos yn ei ragymadrodd i *Ystorya Bown De Hamtwn;* ond credaf fod llawer o'r perthnasoedd a ddangosodd ef rhwng y naill a'r llall yn rhai a allasai godi oddi wrth gynsail gyffredin, a hefyd ei fod ef yn anghywir wrth ystyried arferiad y cyfnod o beidio â dangos treiglad weithiau, yn wall o eiddo copïwr neilltuol. Ymddengys profion Mrs. Rachel Bromwich yn ei rhagymadrodd i *Trioedd Ynys Prydein* yr un mor ansicr (ac nid yw hi'n gwbl bendant); ac o ystyried y ddwy enghraifft ganlynol o'r Trioedd yng ngolau'r cymariaethau a ddatblygaf, ni chredaf fod trioedd y *Llyfr Coch* wedi tarddu o'r *Llyfr Gwyn:*—

Tri. 9: Pen. 16 a Chadreith; J.1 a Chaedyrieith; Pen. 4 a Chaedyrleith.

Tri. 54a: Pen. 50 a 51 treulei; J.1 treulai; Pen. 4 trewyllei.

Bid a fo am *Ystorya Bown*, a *Trioedd Ynys Prydain* y mae modd profi'n bendant am y rhan fwyaf o'r chwedlau a gynhwysir yn y gyfrol bresennol, nad y *Llyfr Gwyn* yw cynsail y *Llyfr Coch*. Er prinned yw'r deunydd sy'n caniatáu cymhariaeth, mae'r dystiolaeth gyfunol yn bur sylweddol.

---

16. Yn ôl Gwenogvryn Evans. Diau fod tebygrwydd a thebygolrwydd; ond dichon mai beiddgar yw hawlio mai'r un llaw ydoedd ar sail ychydig o linellau. Ond sylwodd N. Denholm-Young, *Handwriting in England and Wales*, University of Wales Press, Cardiff, 1954, t. 43 fod Y Llyfr Gwyn (Peniarth 4, 5) a Pheniarth 32 (sydd yn yr un llaw a'r Llyfr Coch) a llawysgrifau eraill i gyd—"are all rubricated in unmistakably the same style, presumably in the same scriptorium."

Petrus yw'r fath gasgliad, wrth gwrs, ar gyfer y *Pedair Cainc*, er ein bod yn gweld y cyd-drawiadau hyn:—

J 1. (*Llyfr Coch Hergest*), 735 vreithell

Pen. 6. 280 vreithell

Pen. 4. (*Llyfr Gwyn Rhydderch*), 54 ureichell

J 1. 744 yz gaer honn nys g6eleist eiryoet

Pen. 6. 281 ỳr gaer. ny welsam ni ỳ gaer hōn ema eiroed

Pen. 4. 69 ỳzgaer honn ỳma eirỳoet

Pan ystyriwn y rhamantau, sut bynnag, mae'r defnyddiau cymharu'n[17] hel-aethach o lawer, ac y mae modd llunio casgliad mwy pendant.

Owain a Luned

O'r llawysgrifau sy'n cynnwys y chwedl hon y mae dwy sy'n hŷn na J 1, sef J 3 (= xx) a Pen. 4. Y mae rhai ymadroddion yn J 1 sydd yn J 3 heb fod yn Pen. 4, ac o'r braidd y gellir tybio fod copïwr J 1 yn ceisio cyd-ddefnyddio'r ddwy lsgr. arall er mwyn cynhyrchu gwaith perffeithiach.

J 1. 628 Ac eu karneu o afg6zn mozuil; J 3. 18a ac eu carneu o afg6zn moz6yl; Pen. 4. 225 o afk6zn mozuil.

Y mae tebygrwydd yn nhrefn geiriau hefyd:

J 1. 630 **a**c wtwart y6 ar y koet h6nn6; J 3. 20b a choed6z y6 ef ar y coet hō̄n6; Pen. 4. 228 **a**choỳd6z ar ỳ koet h6nn6 ỳ6.

J 1. 631 m6y o lawer oed ef no hynny; J 3. 21a m6y lla6er oed ef no hỳnnỳ; Pen. 4. 229 M6ỳ oed ef lawer no hỳnnỳ.

J 1. 631 **a** honno oed ynłła6 y g6z du; J 3. 21a a hō̄no oed ỳnlla6 y g6z du; Pen. 4. 229 honno a oed yn lla6 ỳg6z du.

Tebygrwydd gair

J 1. 628 yny byt; J 3. 17b yny byd; Pen. 4. 225 oz bỳt.

J 1. 628 parth arałł a gerdeis; J 3. 17b parth arall a gerdeys; Pen. 4. 225 parth arall ỳkerdeis.

J 1. 628 no miui ida6 ef; J 3. 18a no miui ida6 ef; Pen. 4. 225 no mi ida6 ef.

J 1. 628 yn nodeu udunt; J 3. 18a yn nodeu vdū̄t; Pen. 4. 225 ỳm pob vn oz deu not.

J 1. 628 yn vn neuad; J 3. 18a yn vn neuad; Pen. 4. 226 ỳn ỳ neuad.

J 1. 629 yn ynys pzydein; J 3. 19a ỳn ỳnys bzydein; Pen. 4. 226 ym pzỳdein.

J 1. 629 y gyffelyp; J 3. 19b y gyffelip; Pen. 4. 227 ỳ gỳfrỳ6.

J 1. 629 hanner b6yt; J 3. 19b hanner b6yt; Pen. 4. 227 hanher b6ỳtta.

J 1. 630 aozffei ar ba6p; J 3. 20a a ozff6n arba6b; Pen. 4. 227 a ozffei arnaw.

J 1. 630 mi a uanag6n itt yz hynn ỳdwyt yny geiffa6; J 3. 20a o venegi yt yz hyñ yr 6yt yn gifia6; Pen. 4. 228 mi ae manag6n ỳt ỳr hỳn ageiffỳ.

J 1. 630 yny delych; J 3. 20a hyny delych; Pen. 4. 228 hỳnỳ elých.

J 1. 630 yz koet y doethoft tr6yda6; J 3. 20a yz coet y deuthoft tr6yda6; Pen. 4. 228 ỳr koet ỳ dodh6ỳt tr6ỳda6.

---

17. Digon syml yw ein profion neu'n safonau wrth geisio olrhain cynsail a pherthynas y llawysgrifau. Wrth gymharu tair llawysgrif, dyweder ABC â'i gilydd (lle y mae A yn cynrychioli llawysgrif hŷn na'r Llyfr Gwyn, B yn cynrychioli'r Llyfr Gwyn, a C y Llyfr Coch), os bydd C yn cytuno ag A yn erbyn B, yna gellid hawlio nad yw C yn gopi o B. Ceisir sylwi ar wahaniaethau cymharol sylweddol yn unig, rhai amgenach nag orgraff na threiglo: gw. R. L. Thomson, *Owein*, The Dublin Institute for Advanced Studies, 1968, xii-xvi.

J 1. 631 Ac yna y dywa6t y g6z du 6zthyf; J 3. 21b ac yna y dywa6t y gwz du . . . thyf; Pen. 4. 229 a dẏwedut 6zthẏf i.

J 1. 631 ti a wely; J 3. 21b ti a weli; Pen. 4. 230 ẏ g6elei (= gweli).

Wrth gymharu'r orgraff fe ddeuthum i'r un casgliad, ond credaf fod yr eng-hreifftiau uchod yn ddigon i ddangos nad copi o Pen. 4. yw J 1. Rhag ofn fod camddealltwriaeth yn codi ynghylch J 3, a thybied mai copi 'llythrennol' o Pen. 4. ydyw a'i bod yn wreiddiol i J 1, gwell dangos fod modd profi nad hon yw ffynhonnell J 1.

J 1. 628 acherdet y ffozd awneuthum hyt; Pen. 4. 225 Acherdet ẏ ffozd a 6neuthum hẏt; J 3. 17b y fozd a gerdeys y hed.

J 1. 628 Ac 6ynteu yn faethu eu kyɫɫeiɫl; Pen. 4. 225 Ac h6ẏnteu ẏn faethu eu kẏllẏll; J 3. 18a y6 faetheu.

J 1. 628 Ac yfnoden o eurɫlin; Pen. 4. 225 Achyfnoden eurllin; J 3. 18a ac ozffreis lẏdan o eurllin.

J 1. 629 a chwech o nadunt a gymerth uy march ac amdiarchenwys inneu; Pen. 4. 226 A chwech o nadunt a gẏmerth vẏ march ac amdiarchen6ẏs; J 3. 18b (Dim).

Gellid cyfeirio at lawer o fanion eraill, er enghraifft:

J 1 Ae uaryf yn newyd	Pen. 4. aẏ warẏf ẏn ne6ẏd	J 3 a baraf newyd
o gozdwal	o gozdwal	o gozdwan
achyfodi a ozugant	A chẏfodi aozugant	a chyuodi a wnauthant

Cymharer hefyd y darn hir yn disgrifio'r ddau facwy:

J 1. 628 a ractal eur am penn . . . afg6n mozuil yn nodeu udunt. Pen. 4. 225, J 3. 17b. Dyma ddisgrifiad tebyg i'r un a ofnodd cyfarwydd *Breuddwyd Rhonabwy*, ac nis ceir, wrth gwrs, yn y Ffrangeg. J 1 a ymddengys gywiraf o'r tair yn y fan yma.

Ni cheisir yma benderfynu perthynas y llawysgrifau hyn, ond profir nad copi o Pen. 4. ydyw J 1. Ynglŷn â'u perthynas, credaf fod dau bosibilrwydd: (1) Yr oedd un llawysgrif wreiddiol a ddefnyddiwyd gan y tair hyn, ac fe'i camgopïwyd. (5) Fersiynau llafar ychydig yn wahanol oedd yn wreiddiol i'r tair ar wahân, ac nid oes berthynas lawysgrifol rhyngddynt.

Siaredir yn fras yma, ac ni olygir fod J 1 a J 3 wedi eu codi'n *uniongyrchol* o gyfarwyddyd llafar: mae'n amlwg fod y rhain yn gopïau o ddwy lawysgrif wahanol, a'r ffynonellau hynny a gymerwyd o'r fersiynau llafar.

Peredur vab Efrawc

O'r llawysgrifau sy'n cynnwys y chwedl hon y mae tair sy'n hŷn na J 1, sef Pen. 4, Pen. 7, a Pen. 14; ac y mae'n bosibl fod un ohonynt, sef Pen. 7, yn hŷn na Pen. 4. Defnyddiwn Pen. 7 yn gyntaf, i ddangos nad copi yw J 1 o Pen. 4.

J 1. 658 titheu unben yn ɫɫawen yz b6yt a greffa6; Pen. 7. 605 dithev ẏr bwrd ẏn llawen a gRoeffaw dẏw; Pen. 4. 120 titheu vnben heb hi ẏr b6zd. Agraeffa6 du6 6zthẏt.

J 1. 658 Yna y kymerth peredur hanner y b6yt. ar ɫɫynn ida6 e hun. Ac ada6 y ɫɫaɫɫ yz uoz6yn. Aphandaruu yperedur v6yta. dyuot aozuc agoft6ng ar tal y lin rac bzonn y uoz6yn; Pen. 7. 605 Ac ẏna ẏkẏmẏzth ped[a] hanner ẏbwẏt arllẏnn ar hann[c] arall aedewis ẏzvozwẏn affan darvv idaw vwẏtta ef adoeth ẏnẏ doed ẏvozwẏn ac agẏmẏzth ẏuot rwẏ iar illaw ac aẏftẏnghawd ar benn ilin ac arodes cuffan

viii

ẏzvozwyn; Pen. 4. 120-1 Yr b6zd ẏd aeth pedur ar neill// hanner ẏr b6ẏt ar llẏn agẏmerth pedur ida6 ehun. ar llall aada6d ẏghẏfeir ẏ voz6ẏn. Ag6edẏ daruot ẏda6 u6ẏta. kyuodi a ozuc adẏfot ẏnẏd oed ẏ voz6ẏn.

J 1. 658 ynłłe yg6el6n tl6s tec y gymryt; Pen. 7. 605 ogwelwn dlwf tec ẏgẏmrẏt; Pen. 4. 121 kẏmrẏt tl6s tec ẏ lle ẏg6el6n.

J 1. 658 ny cheffy ditheu trigya6 d6y nos yn vnty; Pen. 7. 605 nichefẏ dithev vot dwẏnos ẏn vntẏ; Pen. 4. 121 nẏ chehẏ titheu uot d6ẏ nos ẏn vn lle.

J 1. 659 aozugant pa6b oz teulu goft6ng eu penneu. rac adol6yn y un; Pen. 7. 606 aozuc paub goftwng evpennev ac nidwaut nep; Pen. 4. 122 aozuc pa6b ẏna eft6g ẏ6ẏneb rac adol6ẏn ida6.

J 1. 659 Achyweirdabeu mufgrełł arna6; Pen. 7. 606 achyweirdeb go vvfgrell ẏdanaw; Pen. 4. 122 achẏweirdeb mufcrelleid aghẏweir adana6.

J 1. 659 Sef yd oed gei ynfeuyłł ymperued y neuad; Pen. 7. 606 Sef ẏdoed gei ẏn feuẏll ar lawr ẏneuad; Pen. 4. 122 Achei oed ẏn fefẏll ẏm perued lla6z ẏ neuad.

J 1. 659 yd wyt o uarch; Pen. 7. 606 wẏt ovarch; Pen. 4. 122 ẏdoethoft o varch.

J 1. 660 yny vyd tr6y y wegil; Pen. 7. 608 ẏnẏ vẏd oẏ wegil; Pen. 4. 124 hẏt pan aeth ẏr g6egil.

J 1. 661 gyfranc y6 yz eida6 ef; Pen. 7. 608 damwein ẏw reidaw; Pen. 4. 125 gẏfranc aderẏ6 ida6.

J 1. 661 Beth a wney di uełły heb owein; Pen. 7. 608 beth awnei di vellẏ eb ẏgwalchmei; Pen. 4. 125 A unben heb ẏr owein aro, mi adiofglaf ẏr arueu.

J 1. 661 owein dzachefyn yz łłys. a menegi; Pen. 7. 609 gwalchmei ẏr llẏs amenegi; Pen. 4. 125 o6ein racda6 ẏr llẏs acẏmenegẏs.

J 1. 662 Ar vn ry6 ymadza6d; Pen. 7. 610 arẏrvnrw amadzawd; Pen. 4. 126 ar vn parabẏl.

Y mae testun Pen. 7 yn weddol hir, ac ni chredaf fod eisiau ymhelaethu i ddangos ei arwyddocâd wrth brofi nad copi o Pen. 4 yw J 1. Y mae J 1 yn cyfateb i Pen. 14 hefẏd yn yr enghreifftiau a ganlyn: nid yw'n cyfateb i Pen. 4.

J 1. 655 oed yen6; Pen. 14. 180 oed ẏhenw; Pen. 4. 117 ẏgel6it.

J 1. 655 y taflu łłyfgyon. ac yfkyzyon; Pen. 14. 181 ẏdaflu blaen ẏsgẏron; Pen. 4. 117 ẏ daflu agaflacheu kelẏn.

J 1. 656 Sef tri marcha6c oedynt; Pen. 14. 181 Ac ẏfef ẏgwẏr oedẏnt; Pen. 4. 118 Sef oedẏnt.

J 1. 656 a ovynnaf; Pen. 14. 182 aouẏnnaf; Pen. 4. 118 aofẏnh6n.

J 1. 656 y rei gynneu; Pen. 14. 182 ẏrei gẏnneu; Pen. 4. 119 ẏrei racco.

J 1. 657 Ac owydyn danwaret y kyweirdabei awelfei ar y meir ac ar boppeth aozuc pered[ur]; Pen. 14. 182 ac owdẏn anwaredut ẏr hẏnn awelfei ẏgan walchmei; Pen. 4. 119 (Camosodwyd y frawddeg; fe'i ceir Pen. 4. 120 Ac o wẏdẏn ẏ daroed ida6 danwaret ẏkẏweirdebeu a welfei o bob peth).

J 1. 658 Achadeir eureit oed yn agos yzdz6s; Pen. 14. 183 ac ef awelei ẏn emẏl ẏdzwf kadeir eureit; Pen. 4. 120 Achadeir eur ẏn agos ẏr dz6s.

J 1. 658 ractal eur; Pen. 14. 183 ractal eur; Pen. 4. 120 ractal eureit.

J 1. 658 A phan daruu y peredur v6yta. dyuot a ozuc a goft6ng ar tal y lin rac bzonn y uoz6yn; Pen. 14. 184 Aphan daruu ẏdaw uuwẏta dẏuot aozuc yn ẏd oed ẏuozwẏn; Pen. 4. 121 A g6edẏ daruot ẏda6 u6ẏta. kẏuodi a ozuc a dẏfot ynẏd oed ẏ voz6ẏn.

J 1. 658 ny cheffẏ ditheu trigya6 d6y nos yn vnty; Pen. 14. 184 nẏ cheffẏ ditheu dwẏnos ẏn untẏ; Pen. 4. 121 nẏ chehẏ titheu uot d6ẏ nos ẏn vn lle.

J 1. 659 aozugant pa6b oz teulu goft6ng eupenneu. rac adol6yn; Pen. 14. 185 aozuc pawp ẏna ẏftwng ẏbenn athewi rac adolwẏn; Pen. 4. 122 aozuc pa6b ẏna eft6g ẏ6ẏneb rac adol6ẏn.

J 1. 659 Sef yd oed gei ynfeuyłł ymperued y neuad; Pen. 14. 185 ẏfef ẏd oed gei ẏn feuyll ar llawr ẏneuad; Pen. 4. 122 Achei oed ẏn fefẏll ẏm perued lla6z ẏ neuad.

J 1. 659 ynłłys arthur yn vut; Pen. 14. 185 ẏnllẏs arthur ẏn uut; Pen. 4. 123 ẏn uut yn llys arth[a].

J 1. 660 yny vyd tr6y y wegil ałłan; Pen. 14. 186 ẏnẏ uẏd ẏr gwegil yr (187) allan; Pen. 4. 124 hẏt pan aeth ẏr g6egil allan.

Dyna ddigon, mi gredaf, i brofi nad copi o Pen. 4. yw J 1 yn chwedl *Peredur*.

Geraint ac Enid

O'r llawysgrifau sy'n cynnwys y chwedl hon y mae dwy sy'n hŷn na J 1, sef Pen. 4. a Pen. 6 (*c*. 1275). Yn Pen. 6 fe geir dau destun o *Geraint*. Yr ail yw'r hynaf, a hwnnw a ddefnyddir yma. Mae'n dechrau ar d. 17 ac yn parhau hyd at d. 48. Dyma'r testun hynaf o'r rhamantau sydd heddiw ar glawr. Am y cyntaf, ni chynnwys ond dau ddarn bach yn yr un llaw, rhan o ganol a rhan o ddiwedd y chwedl (*c*. 1285). Nid yw'r rhannau hyn fawr o gymorth i benderfynu perthynas J 1 a Pen. 4, ond y mae'n amlwg nad copi mohonynt o'r testun hŷn a geir yn yr un llsgr. gan eu bod mor llawn o lygriadau. Mae'r enghraifft hon yn cefnogi'r farn honno:

Pen. 6. (WM. t. 284) o bẏ le ẏ deuedi; Pen. 4. 433 o pa le ẏ deuẏ di; Pen. 6. 35 o py le pan deuy ti; J 1, 798 opale pan deuy di.

Ni ellir amau nad yw Pen. 6 (y rhan hynaf) yn nes at Pen. 4 nag at J 1. Ond y mae J 1 yn cyfateb i Pen. 6 heb gyfateb i Pen. 4:

J 1. 782 yn gyn ualchet; Pen. 6. 17 yn gynualchet; Pen. 4. 407 ẏn gẏualchet.

J 1. 784 o pa le pan deuwch ch6i; Pen. 6. 19 Ac o py le pan do6ch i; Pen. 4. 409 ac o pa le ẏd ẏ6ch ẏn dẏuot.

J 1. 784 adzeulyffant dz6y diwałłr6yd; Pen. 6. 19 atreulaffant tr6y diwallr6yd; Pen. 4. 410 adreulẏffon difalr6ẏd.

J 1. 785 Howel uab emyz łłyda6; Pen. 6. 20 Howel. M. emyrllyda6; Pen. 4. 411 Howel uab ẏmerllẏda6c.

J 1. 786 dyuynn6yt yz eircheit y un łłe; Pen. 6. 22 dyfyn6yt yr eircheit y vn lle; Pen. 4. 413 dẏuẏnn6ẏd ẏr eircheid ẏn un lle.

J 1. 788 gyweira6; Pen. 6. 24 gyweira6; Pen. 4. 417 g6eirẏa6.

J 1. 791 na thewy di; Pen. 6. 27 na thewy ti; Pen. 4. 421 natheu di.

J 1. 792 ffr6ynglymu y deudeg meirch aozuc y gyt; Pen. 6. 28-9 ffr6ynglyma6 ydeudec meirch aozuc ygyt; Pen. 4. 423 ffr6ynglẏmu a ozuc ẏ deudegmeirch ẏ gẏt.

J 1. 794 a wydyat; Pen. 6. 30 awydyat; Pen. 4. 426 a vẏat.

J 1. 794 yn erbyn; Pen. 6. 31 yn erbyn; Pen. 4. 426 ẏnẏ er erbẏn.

J 1. 794 mynet y letty ehun; Pen. 6. 31 y lety ehun; Pen. 4. 426 mẏnet ẏ ehun.

J 1. 797 bot y iarłł aelu yndyuot yny hol; Pen. 6. 34 vot yr iarll ae lu yndyuot yn eu hol; Pen. 4. 431 bot ẏn dẏuot ẏnẏ hol ẏ iarll aẏ lu.

J 1. 798 opale pan deuy di; Pen. 6. 35 o py le pan deuy ti; Pen. 4. 433 o pa le ẏ deuẏ di.

J 1. 803 łłe y dyg6ydaffei; Pen. 6. 42 lle ydyg6ydaffei; Pen. 4. 442 lle ẏ dẏg6ẏda6d.

J 1. 804 y dodet gereint; Pen. 6. 42 ydodet Ger'; Pen. 4. 443 ẏdoed Gereint.

J 1. 804 Mi a6naf itt; Pen. 6. 43 Mi awnaf itt; Pen. 4. 443 Mi auanagaf it.

J 1. 805 y eu łład; Pen. 6. 43 y eullad; Pen. 4. 444 og eu llad.

Yn wir, wrth gymharu llawysgrifau â'i gilydd yn fanwl fel hyn, y mae modd profi fod y fersiynau hynaf sy gennym ni o'r chwedlau canoloesol yn ymestyn yn ôl y tu hwnt i'r llawysgrifau a gadwyd i ryw fersiwn ysgrifenedig sy bellach ar goll. Er enghraifft, drwy gymhariaeth drwyadl, gellid profi fod y fersiynau gwahanol a gadwyd o chwedl *Owain a Luned* mewn saith o lawysgrifau gwahanol, i gyd yn annibynnol, hynny yw: Pen. 4 (*c.* 1320), J 3 (*c.* 1350), J 1 (*c.* 1375), Llansteffan 171 (1574), Llanofer B17 (1585–90), Cwrt-mawr 20 (*c.* 1750), Llansteffan 58 (*c.* 1620)— i gyd yn tarddu o ryw fersiwn neu fersiynau ar y chwedl sy bellach heb fod ar gael. Ymddengys hefyd fod y fersiynau o *Peredur* yn y *Llyfr Gwyn* a'r *Llyfr Coch* yn tarddu o ffynhonnell gyffredin, a bod y fersiynau yn Pen. 14 a Pen. 7 hwythau'n dod o ffynhonnell gyffredin, a bod y ddwy ffynhonnell hyn yn mynd yn ôl eto i gynsail gyffredin.

Sylwer ar y cyfatebiaethau canlynol ar gyfer *Breuddwyd Maxen*, lle y mae'r *Llyfr Gwyn* unwaith eto heb ddarparu cynsail ar gyfer y *Llyfr Coch*:

J 1, 698 oz moz py gilyd hyt
Pen. 16, 41 oz moz puy gilid en
Pen. 4, 180 oz moz p6ẏ hẏt

J 1, 698 deckaf oz a welfei
Pen. 16, 41 decaf oz a welfei
Pen. 4, 180 teccaf awelfei

J 1, 700 yghwaethach
Pen. 16, 42 yg kyuoethach
Pen. 4, 182 anoethach

J 1, 702 gyt ani yth wneuthur
Pen. 16, 44 gyt ani yth wneithur
Pen. 4, 186 gẏt aninheu ẏth wneuthur

J 1, 703 gelwir 6ynt ffyzd
Pen. 16, 45b gelwir wy fyrd
Pen. 4, 188 gelwir ffẏrd

Gwelir drwy gymariaethau manwl fel y rhain fod llawysgrif sy'n ddiweddarach, megis y *Llyfr Coch*, weithiau'n cadw darlleniadau mwy boddhaol na'r *Llyfr Gwyn* ei hun.

Ni allaf brofi dim cyffelyb wrth gymharu'r fersiwn o *Cyfranc Lludd a Llefelys* a geir fel rhan o'r Brut yn Llansteffan 1 (tud. 59–64) â'r fersiynau a geir yn y Llyfrau Gwyn a Choch. Lle bynnag y bo'r Gwyn a'r Coch yn gwahaniaethu,— a cheir rhyw hanner dwsin o enghreifftiau arwyddocaol ar gyfer y dryll bach o golofn a hanner yn y Gwyn—mae Llansteffan yn cefnogi'r Gwyn yn erbyn y Coch.

Ymddengys y casgliad cyffredinol, beth bynnag, yn glir. Er bod darnau sylweddol o'n chwedlau canoloesol ar gadw yng nghronfa'r *Llyfr Gwyn*, fe geir fersiynau cynharach a diweddarach nag ef a all gynnig i ni ddarlleniadau dilysach a nes at y gynsail wreiddiol sy bellach ar goll. Arbenigrwydd y *Llyfr Gwyn* yw mai hwn yw'r casgliad llawnaf sy'n mynd â ni'n ôl hyd ddechrau'r bedwaredd ganrif ar ddeg.

Hynt y Llawysgrif

Mae dilyn hynt y Llyfr Gwyn yn ein gorfodi ni i wylio peth o hanes ysgolheictod Cymraeg. Gwelwn gyfnodau go bendant yn hanes y llawysgrif hon:

1. Cyfnod copïwyr mynachlogydd yr Oesoedd Canol.
2. Cyfnod yr uchelwyr—noddwyr dysg.
3. Chwalfa.
4. Cyfnod ysgolheigion y Dadeni, a gysylltir yn arbennig â Phowys.
5. Cyfnod y dosbarth canol a etifeddodd beth o'u cyfrifoldeb.
6. Cyfnod ysgolheigion yr Ugeinfed Ganrif (y Llyfrgell Genedlaethol).

Cyfnod I: c. 1300–1375: Y Copïwyr

Ni wyddom odid ddim am gynsail neu gynseiliau'r *Llyfr Gwyn*, er y gellid damcaniaethu ar sail tafodiaith fod gŵr o Forgannwg ymysg y rhai a gopïodd neu a gofnododd un o'r fersiynau a'i rhagflaenodd.

Ni wyddom chwaith, ynghylch y *Llyfr Gwyn* ei hun, pwy oedd y copïwr (neu'r copïwyr yn hytrach) a'i cynhyrchodd nac ym mha ysgrifenfa yr oeddent yn gweithio, er y gallwn ddamcaniaethu eto, ar sail tafodiaith ac ysgrifen fod un ohonynt yn ŵr o Ddyfed a'i fod yn gweithio o bosib ym Mynachlog Ystrad Fflur.[18]

Cymharol ansicr yw dyddiad y llawysgrif hefyd, er bod yr ysgrifen, y memrwn a'r rhiwliad yn gwarafun inni ei hamseru cyn tua diwedd y drydedd ganrif ar ddeg. Dichon, felly, fod y gwaith o gynhyrchu'r *Llyfr Gwyn* wedi dechrau ychydig cyn 1300; ac ymhlith y pethau cyntaf a gofnodwyd fe geid y cwbl ohono sydd yn y gyfrol bresennol hon yn ogystal ag *Ystorya Bown De Hamtwn* a *Thrioedd Ynys Prydain*. Yn ôl yr Athro Morgan Watkin, mae *Ystorya Bown*, sy'n perthyn i ddiwedd y drydedd ganrif ar ddeg, beth yn iau o ran diwyg ysgrifol na'r copïau o'r *Pedeir Keinc*, *Peredur*, etc. Credir fod darnau eraill (megis *Breuddwyd Rhonabwy* a llawer o'n hen farddoniaeth sy bellach ar goll) wedi perthyn i'r casgliad cyntaf hwn o destunau a luniwyd cyn 1350; ac yn wir, yn Peniarth 111 ceir hen gerdd a gopïwyd gan Risiart Langfford o'r *Llyfr Gwyn*, darn sy bellach ar goll.

---

18. Gwell dyfynnu N. Denholm-Young op. cit. ar hyn, wrth drafod nifer o lawysgrifau gan gynnwys y Llyfr Gwyn: "No strictly palaeographical evidence has, however, yet been produced to bind any one of these manuscripts indissolubly to any one monastery. Internal evidence is in favour of Strata Florida or Strata Marcella. The difficulty probably arises from the fact that the religious houses in question were closely affiliated Cistercian houses. In founding a new house it would, even in the mid-twelfth century, be reasonable to include a scribe. Hence the 'family likeness' of the manuscripts here discussed does not necessarily point to a region, but, perhaps, to the 'family' of Welsh Cistercians."

Ar ôl 1350 fe barhawyd yn yr un ysgrifenfa i ychwanegu at y casgliad gwerthfawr hwn—*Delw y Byd* (*Imago Mundi*), *Ystorya De Carolo Magno*, *Purdan Padrig* a llawer o weithiau crefyddol eraill a gorfforwyd yn ddiweddarach yn Peniarth 5, yn ogystal â thestun o *Bonedd y Saint, Diarhebion*, a drylliau eraill, mae'n debyg, a aeth ar ddifancoll. Cynhwyswyd y cwbl hwn yn y *Llyfr Gwyn* gwreiddiol, yn llyfrgell sylweddol iawn o glasuron yr iaith. Tebyg fod y cyfan hwn yn un uned pan gafodd copïwr y Llyfr Coch afael arno a phan ddechreuodd yr ail gyfnod yn ei hanes, pryd y symudodd o fynachlog i blasty, o Ystrad Fflur i Barc Rhydderch.

Cyfnod II: c. 1375-1490: Rhydderch a'i deulu

Gall mai yn Ystrad Fflur yr oedd y copïwr a weithiai ar Lyfr Coch Hergest, ac mai oddi yno y cafodd Rhydderch ab Ieuan Llwyd y Llyfr Gwyn.[19]

Bid a fo am hynny, yr oedd cartref Rhydderch, y person 'pwysicaf' yng Ngheredigion yn ail hanner y bedwaredd ganrif ar ddeg, o fewn deng milltir i Ystrad Fflur, fel yr hed y frân; a gwyddom gryn dipyn am y gŵr hwn, a roddodd ei enw bellach i'r llawysgrif hon. Ef a'i deulu llengar oedd yn gyfrifol am ddiogelu'r gyfrol hon am dros ganrif, ac fe dalai inni aros ychydig gyda nhw.

Ymhlith boneddigion Cymru a gasglai lawysgrifau yn y bedwaredd ganrif ar ddeg, y ddau pwysicaf, ond odid, oedd Hopcyn ap Tomas o Ynys Dawy yng Ngŵyr, gŵr y canodd y Gogynfeirdd diweddar lawer iawn o awdlau iddo, a Rhydderch ab Ieuan Llwyd, gŵr o Lyn Aeron. Bellach cysylltir y Llyfr Gwyn ag enw Rhydderch, a'r Llyfr Coch â Hopcyn ap Tomas.

Gŵr a chanddo gryn gyfoeth oedd Rhydderch, a thrigai ym Mharc Rhydderch ym mhlwyf Llanbadarn Odyn· daliai'r swydd frenhinol o 'bedellus' neu raglaw Mabwynion yn 1387. Gwyddom ei fod yn fyw yn 1391; a gwelodd Llewelyn Williams nodyn yn cofnodi ei farwolaeth yn 1397 (er nad oes dim sicrwydd ynghylch hynny gan fod y nodyn ar goll bellach). Mae Dwnn yn rhoi ei ach yn *Heraldic Visitations*—Rhydderch ab Ieuan Llwyd ab Ieuan ap Gruffudd Foel, ac roedd o'r un llinach â theulu Dinefwr yn Nyffryn Tywi: rhydd Dwnn y teitl 'prydydd' i dad Rhydderch. Dywedir i Rydderch briodi ddwywaith: Marged ferch Gruffudd Gryg ab Ieuan Fychan oedd ei wraig gyntaf, a rhoddodd iddo dri o blant, sef Dafydd, Gwyril a Thanglwst (Tangwystl); Mawd ferch Syr William Clement, arglwydd Tregaron, oedd ei ail wraig, a rhoddodd iddo saith o blant, sef Siancyn, Tomas, David, Ieuan, Phylip, Gwenllian a Marged. Mae'n bosib i Rydderch briodi'r drydedd waith, neu iddo genhedlu mab arall, Ieuan, o Annes ferch Gwilym ap Philip ab Elidir. O'r hyn lleiaf, y mab olaf yma yw'r un mwyaf adnabyddus o'r teulu i gyd. Mae Thomas Roberts wedi ymdrin â'i hanes, a cheir wyth o'i gerddi yn *Iolo Goch ac Eraill*,[2] Henry Lewis, *et al*.

Tua'r cyfnod yma, o leiaf rhwng 1362 a 1381, roedd gŵr diwylliedig, Llewelyn Fychan ap Llywelyn Caplan yn Abad yn Ystrad Fflur, heb fod nepell o gartref Rhydderch. Roedd hwn yn un o noddwyr pennaf Llewelyn Goch ap Meirig Hen (gw. *Dafydd ap Gwilym a'i Gyfoeswyr*, Ifor Williams a Thomas Roberts); a cheir awdl Llywelyn Goch iddo yn y *Llyfr Coch*. Gall mai ganddo ef y cafodd Rhydderch y *Llyfr Gwyn*.

Ar ôl marwolaeth Rhydderch fe ddisgynnodd yr ysgriflyfr i ran ei ferch Tangwystl. Roedd hi wedi priodi Einion o Gorsygedol, Llanddwywe, Ardudwy;

---

19. Ar y teulu hwn gw. D. Hywel E. Roberts, 'Noddwyr y Beirdd yn Sir Aberteifi', *Llên Cymru*, 10, 1968, 76-89; Ralph A. Griffiths, *The Principality of Wales in the later Middle Ages*, I, University of Wales Press, Cardiff, 1972, 117. Ar dad Rhydderch ab Ieuan Llwyd a'r cefndir diwylliannol gw. B.xx, 344-5 (cyfansoddi Gramadeg Einion Offeiriad). Medd Beverley Smith: 'Wrth ystyried ei linach ef yr ydym yn adnabod un o aelwydydd pwysicaf a chynharaf uchelwriaeth yr oesoedd canol;' *Llên Cymru*, 7, 1963, 221.

a dyma'r pryd y gadawodd y *Llyfr Gwyn* y Deheudir. Gwyddom mai yn y Deheudir yr ysgrifennwyd y rhan fwyaf o lawer o lawysgrifau'r Oesoedd Canol, a'u bod ar gael gan gasglyddion y Gogledd yn yr unfed ganrif ar bymtheg a'r ail ar bymtheg, gan wŷr megis John Jones Gellilyfdy a Robert Vaughan o Hengwrt; ond nid yn aml y gellir dilyn eu hynt, a'r modd y treiglodd y llawysgrifau i'r Gogledd.

Ymddengys fod y gainc drwy Dangwystl, gwraig Einion ap Gruffudd ap Llewelyn, yn rhan bwysig o deulu Rhydderch. Roedd ei hŵyrion, meibion Gruffudd ab Einion, yn uchelwyr a noddai'r beirdd, a cheir marwnad gan Uto'r Glyn i Ruffudd Fychan o Gorsygedol a marwnad gan Lewys Môn i Elisau ei frawd o'r Maerdy yng Ngwyddelwern. Canodd Tudur Penllyn i'r ddau frawd—'gorwyrion rhwyddion Rhydderch', ac yn wir, ceir gan y beirdd lawer o gyfeiriadau at amryw frigau eraill ar y gangen hon o'r teulu.

Gwyddom fod y *Llyfr Gwyn* yn dal ym meddiant teulu Corsygedol, oherwydd gwnaethpwyd cofnod ar un o'r dail yn 1489 pryd y bu farw'r Elisau ap Gruffudd ap Einion uchod, y canodd Lewys Môn iddo. Ond am ryw ychydig o flynyddoedd wedyn, ni allwn fod yn sicr o hanes y llawysgrif: dyma un o'i hoesoedd tywyll.

Cyfnod III: c. 1490-1550: Y bwlch

Ni raid dramateiddio'r trigain mlynedd hyn. Fe allasai'r llawysgrif fod yn aros yn ddiogel ac yn ddi-fefl ym meddiant disgynyddion Rhydderch hyd nes i ysgol-heigion y Dadeni ei gweld, ac ymroi i'w hastudio. Mae'n wir, serch hynny, fod llawer o lawysgrifau eraill wedi diflannu tua'r cyfnod yma pan chwalwyd y Mynachlogydd a phan ddechreuodd diddordeb y boneddigion mewn llenyddiaeth Gymraeg laesu. Dyna dystiolaeth Gruffudd Robert a Siôn Dafydd Rhys: yn wir, dywed Siôn Dafydd Rhys fod pobl—megis teilwriaid, er enghraifft—yn defnyddio'r hen lawysgrifau i bob math o ddibenion. Diau mai yn y cyfnod hwn yr aeth hen lawysgrifau, megis ffynonellau'r *Llyfr Gwyn* a *Hendregadredd* ar ddifancoll.

Bu'r *Llyfr Gwyn* yn ffodus yng nghartref Elisau, fe ddichon. Eto, prin y gellid amau na fyddai'r llawysgrif hon wedi dilyn yr ugeiniau o lawysgrifau eraill yn ystod y ganrif argyfyngus hon pan oedd y gyfundrefn farddol yn madru, a'r dosbarth a fuasai'n gefn iddi—yr uchelwyr—yn prysur golli diddordeb yn y Gymraeg a'i llenyddiaeth, oni bai i genhedlaeth o ysgolheigion godi, gwŷr a fuasai mewn prifysgolion yn Lloegr ac ar y Cyfandir, ac a gawsai eu hysbrydoli gan y Dadeni Dysg.

Cyfnod IV: c. 1550-1658: Y Dadeni

Nid oes modd tynnu llinell derfyn rhwng dysg y beirdd (a'r cyfnod canol) ac ysgolheigion y dyneiddwyr, oherwydd yr oedd y naill yn etifedd i'r llall. Ymhlith y dyneiddwyr, ceid amrywiaeth o ddiddordebau: roedd rhai'n eiriadurwyr, rhai'n ramadegwyr, rhai'n haneswyr, ac eraill yn gasglwyr neu'n gopïwyr llawysgrifau. Nid oes a wnelom ni ond â'r dosbarth olaf; eithr gweddus yw sylwi mai Dyffryn Clwyd a'r cyffiniau oedd y ganolfan i bron yr holl ysgolheigion hyn yn yr unfed ganrif ar bymtheg. Yno yr aeth y *Llyfr Gwyn*, megis *Llyfr Aneirin*, *Llyfr Taliesin*, y Cyfreithiau a'r Brutiau ac yn y blaen.

Ni ellir ar hyn o bryd ddilyn hynt y *Llyfr Gwyn* yn fanwl fel y bu ar grwydr ymhlith ysgolheigion a charwyr llên ym Mhowys yn ystod y cyfnod hwn. Yr oedd Rhisiart Langfford o Drefalun yn copïo allan ohono ar ddydd Sadwrn, Chwefror 27, 1573 (yn ôl nodyn yn Pen. III: Rep. I, 667), er mai darn sy bellach ar goll a gafodd ei sylw. Ar ei ôl ef, mae'n debyg, y gwelodd Roger Morys o Goedytalwrn y llawysgrif ac y bu'n ei chopïo (gw. Mostyn 135). Wedyn daeth i ddwylo'r gŵr mawr hwnnw Syr Thomas Wiliems (meddai Gwenogvryn: 'There are a few marginalia in the hands of Sir Tho: Wiliems; and, also, in what appears to be the hand of Jaspar Griffith'. Rep. I, 305; ac yn BM 32,o waith Sir Thomas nodir tamaid ar dud. 73 'a sgrivennwyd allan or llyv[er] Gw[yn] i Ryd[erch]'). Rhaid mai yn y cyfnod hwn y daeth i feddiant Jasper Gryffyth (yn Pen. 53 ceir nodyn am Ieuan ap Rytherch gan Jasper: 'Tad y gŵr hwn a bieuodd y llyfr a elwir *Y Gwyn i Rhydderch* ac y sydd yn awr gyda mi'); a thebyg fod amryw fân ysgolheigion anhysbys yn ymddiddori ynddi. (Ceir cyfeiriad at y Llyfr Gwyn, 'fel y gwelais ef yn sgryfenedig yn y *LLYFR GWYN Y RYDERCH*' yn Jes. 15, t. 497, a luniwyd yn chwarter cyntaf yr ail ganrif ar bymtheg gan gopïwr anhysbys: Rep. II, 57, 63. A dywedir am golofnau 112–116 o'r *Llyfr Gwyn*, Rep. I, 306: 'contain some fragments of poetry, scarcely legible, in later hands, with the signature John gwyn . . . ap hughe Goch'.)

Maes o law, fe gafodd y cymeriad lliwgar hwnnw, John Jones Gellilyfdy ym mhlwyf Ysgeifiog, sir y Fflint, afael ar y llawysgrif, yn ôl nodyn yn Pen. 119 (Rep. I, 727). A phan fu farw ef, tua 1658, yn drwm ei ddyledion fel erioed, fe drosglwyddwyd y *Llyfr Gwyn* i'w gyfaill a'i gymwynaswr, Robert Vaughan o Hengwrt.

Cyfnod V: Y Tirfeddianwyr c. 1658-1905

Dyma'r cyfnod hwyaf yn hanes y *Llyfr Gwyn*, a'r cyfnod symlaf hefyd. Try o gwmpas gweithgarwch dau ŵr bonheddig, sef Robert Vaughan o Hengwrt a W. W. E. Wynne o Beniarth.

Bu'r llawysgrif yn ffodus unwaith eto. Wedi marw'r dyneiddwyr, a'r genhedlaeth nesaf heb ymddiddori nemor ddim yn yr un pethau, fe lwyddodd tirfeddiannwr diwylliedig, sef Robert Vaughan, i gael gafael ar ran helaeth o'n llawysgrifau pwysig, a chododd lyfrgell yr Hengwrt i fod y llyfrgell bwysicaf yng Nghymru. Yn y llyfrgell hon y bu'r *Llyfr Gwyn* am ddwy ganrif, a dyma'r cyfnod mwyaf sefydlog yn ei hanes hyd hynny. Oni bai i Vaughan ei sicrhau a chasglu'r llawysgrifau eraill, ac oni bai i'w ddisgynyddion a rhai tebyg iddynt eu diogelu ac ymfalchïo yn y llyfrgell, mae'n sicr y byddai'r cwbl wedi diflannu erbyn hyn; a phe digwyddasai hynny, anodd gweld sut y cawsem yr adfywiad dysg ar ddechrau'r ugeinfed ganrif, ac yn sicr ni byddai modd i ni astudio hanes ein llenyddiaeth fwyaf mewn ffordd foddhaol heddiw.

Arhosodd y casgliad yn Hengwrt hyd 1859 pan drosglwyddwyd ef i W. W. E. Wynne, Peniarth,—hynafiaethydd, achyddwr a hanesydd.

Yn ystod teyrnasiad Hengwrt a Pheniarth, ymddengys fod peth atrefnu wedi bod ar y llawysgrif. Ymddengys fod Vaughan wedi ei didoli'n ddwy ran erbyn 1658 pan wnaeth ei gofrestr o Lyfrgell yr Hengwrt: yn y rhan gyntaf, ni cheid ond y *Pedeir Keinc* (Pen. 4), ac yn yr ail ran rhoddwyd y gweddill o'r gyfrol bresennol yn union ar ôl *Ystorya Bown de Hamtwn* (Pen. 5). Ond unodd William Watkin Edward Wynne y cwbl unwaith eto o dan yr un clawr, gan atrefnu'r defnyddiau unwaith yn rhagor, a rhoi'r rhan gyntaf o'i gyfrol at ei gilydd a hynny'n union fel y mae'r rhan hon, sef y gyfrol bresennol, gennym ni.

Cyfnod VI: Y Llyfrgell Genedlaethol: Wedi 1905

Prynwyd Llyfrgell Peniarth yn 1905 gan Syr John Williams ar gyfer Llyfrgell Genedlaethol Cymru, Aberystwyth; a phwrcasu honno yn ddiau a benderfynodd mai yn Aberystwyth y byddai'r Llyfrgell Genedlaethol yn cael ei sefydlu.

Cadwyd y *Llyfr Gwyn* fel yr oedd eisoes o 1905 hyd 1940, pryd y penderfynwyd rhoi caead newydd arno; a'r pryd hynny yr ysgarwyd y gyfrol drachefn yn ddwy ran ar wahân, ac yr adferwyd y dail coll a giliodd i Peniarth 12, yn ogystal â rhwymo gydag ef ddail papur o argraffiad Gwenogvryn Evans i lenwi'r bylchau yn *Lludd a Llefelys, Iarlles y Ffynnawn* a *Culhwch ac Olwen*. Dyma'i gyflwr ar hyn o bryd.

Testun J. Gwenogvryn Evans

Fe all y cwestiwn godi—ac mae'n deg iddo godi—pam y dylai myfyriwr mewn llenyddiaeth Gymraeg ymhél â ffurf allanol mor gyntefig ar y chwedlau hyn? Ai iawn yw i allanolion diwerth orgraff ac atalnodi sefyll rhyngddo a mwynhad o'r testun? Wedi'r cwbl, gwerthfawrogiad llenyddol yw'i ddyletswydd bennaf, o bell ffordd, nid ymguddio tu ôl i hollti blew testunol a mân-esbonio geirfaol. A chydnabod fod gwirionedd arswydus o bwysig yn y feirniadaeth sydd ymhlyg yn y gwrth-wynebiad hwn,—ac yn wir, heb sylweddoli cyfyngiadau gwerth y math canlynol o destun, ni all ond gwneuthur drwg,—rhaid brysio i ddadlennu ei werth cadarnhaol.

Mewn dadl ddigrif a gafwyd yn ugeiniau'r ganrif hon rhwng J. Gwenogvryn Evans a J. Morris-Jones, meddai Gwenogvryn, sef golygydd y testun a ganlyn: '*I have spent forty years examining, copying, studying our oldest MSS. I have gone to the fountain head for my facts, and seen everything for myself, while my critic has been content to see everything at second hand.*' Nid oes a wnelom ar hyn o bryd â rhinweddau cymharol y ddau ysgolhaig mawr hyn; ond mae'r pwynt a wna Gwenogvryn yn ddilys o hyd. Os yw efrydydd yn arbenigo yn y Gymraeg hyd at lefel Prifysgol, fe ddylai ymgydnabod rywfaint â'r defnyddiau crai: fe ddylai weld rhai o'n llawysgrifau hynaf, a phori drwy atgynhyrchiadau Gwenogvryn, am ei fod wedi cyrraedd man lle nad yw'r adlewyrchiadau cymwysedig a geir yn nrych yr argraffiad diweddaredig ddim yn ddigonol iddo gael gwybodaeth gyflawn o'r defnyddiau a astudia. Fe ddylai wybod am gopïwyr yr Oesoedd Canol a'r modd y gweithient, am ysgolheigion y Dadeni a'r gweithiau a ddiogelwyd ganddynt, er na ddylai adael i'r un o'r rhain dagu'i feirniadaeth lenyddol neu'i agwedd greadigol tuag at y chwedlau a ddarllenir. Hynny yw, rhan hanfodol o gefndir yr arbenigwr mewn llenyddiaeth Gymraeg yw cael rhyw wybodaeth am y ffurf ysgrifenedig arni fel yr erys i ni o'r Oesoedd Canol, heblaw ymgydnabod â gweithgarwch amhrisiadwy Gwenogvryn Evans ar ddechrau'r ganrif hon yn sylfaenu ysgolheictod modern yng Nghymru ar seiliau testunol cwbl ddibynnol, wedi'r blynyddoedd o ymdrybaeddu yn y ganrif ddiwethaf mewn argraffiadau blêr a mympwyol.

Y mae tair agwedd ar weithgarwch sylweddol John Gwenogvryn Evans y tâl i'r hanesydd eu cadw mewn cof: ei atgynhyrchiad o brif lawysgrifau llenyddiaeth gynnar a chanoloesol y Gymraeg, ei gatalogiad o ryw naw cant o lawysgrifau'r iaith, a'i ddehongliad o beth o'n llenyddiaeth gynnar. Yn anffodus, enillodd lawer o sylw yn ystod ei oes oherwydd y pwynt olaf hwn: bu'n dadlau'n frwd â Syr J. Morris-Jones am flynyddoedd, a dangosodd fod ganddo allu ffraeth fel dadleuydd er nad oedd y sylfeini i'w esboniadau yn ddiogel o gwbl. Ond i ni heddiw, ei ddwy gamp gyntaf yw'r hyn sy'n rhoi iddo le anrhydeddus yn hanes ysgolheictod Cymraeg. Deil dwy gyfrol enfawr ei *Report on Manuscripts in the Welsh Language* yn gaffaeliad amhrisiadwy i bawb sy'n ymhél â'n llenyddiaeth gynnar a chanoloesol. Ac y mae'r gyfres werthfawr o lawysgrifau a olygodd yn debyg o ddal yn safonol i'r efrydydd Cymraeg am flynyddoedd lawer eto: Llyfr Du Caerfyrddin, Llyfr Coch Hergest (Mabinogion a Brutiau), Llyfr Llan-daf, Llyfr Gwyn Rhydderch (Mabinogion),

Llyfr Aneirin, Llyfr Taliesin, Llyfr Coch Hergest (Barddoniaeth), a Llyfr Du'r Waun (Cyfreithiau). Golygodd y rhain i gyd gyda'r gofal mwyaf manwl, a'i destun ef o'r Llyfr Gwyn a gedwir yn yr argraffiad presennol.

Cadwaf ddau ddyfyniad o'i ragymadrodd gwreiddiol gan eu bod yn egluro'r modd yr atgynhyrchodd lawysgrif y Llyfr Gwyn: adlewyrchant hefyd y gydwybod ysgolheigaidd effro a fu ar ddechrau'r ganrif hon yn hyrwyddo'r adfywiad ysgolheigaidd: rhoddaf ei droednodiadau rhwng cromfachau—

The **method** followed is that of reproducing the manuscript in all its details: character for character, word for word, space for space, line for line, column for column, and page for page. (The titles and key-phrases of the headlines are not in the MSS.) This applies to the whole book with these exceptions: in the Gereint from Peniarth manuscript 6; part iv., the page for page has been abandoned in order to make the subject-matter on the opposite pages run concurrently. For a similar reason both page for page and line for line could not be followed in the case of Maxen Wledig from Peniarth manuscript 16. The same departure at the beginning of the second version of the Peredur text, from Peniarth MS. 14, has no better excuse than love of symmetry in the printed page. (For more detailed particulars see remarks in the Notes, preliminary to the first comment on the text of the respective fragments.)

To indicate the present **condition** of the **writing** in the original manuscripts here reproduced, a graphic system has been devised by the editor. Letters, or parts of letters, which are faint, and are therefore liable to be misread, have fine dots placed under them; those which cannot be read, either from the surface of the vellum having been rubbed, torn, or cut away, have a straight line placed under them; and those which have been retraced by some later pen, in a way to make the original writing illegible, are indicated by a wavy underline. This method of visualising the exact state of the originals dispenses with a volume of Notes, which otherwise would have been necessary. It also saves the time of every student who uses the book seriously. He sees at a glance what readings are liable to be mistaken and, if the meaning be out of harmony with the context, knows the work of emendation should be attempted.

Wherever **leaves** are **missing** from the White Book the text of the Red Book has been printed. The numbers of the latter's columns are enclosed within square brackets [ ]. The marginal numbers on pages 97-100 denote the hypothetical columnar numbers of the lost White Book text. The Red Book text of Breudwyd Rhonabwy, by being thrown into bi-columnar form, occupies precisely the number of the sequential folios missing at this place in the White Book. This fact practically proves that the White Book contained this curious story, though I know of no other evidence. If we look further and note how, at the beginning of Jarlles y IFynnon, this bi-columnar arrangement brings us exactly to where the White Book text resumes the story at page 113, we shall need no further demonstration. Pages 117-118, and 123-124 respectively represent folios CCxxix & CCxxxii of the White Book. These two folios, like many others, have been torn out, but unlike others a fragment of each remains behind, containing that part of the text which is underlined. (This is an exceptional use of the underline.) By changing the order of the words (Here and there the wording differs also. The length of the columnar lines prove occasionally that the text of the W.B. differed slightly from that in the R.B.) in the Red Book its text dovetails into these fragmentary lines. (The two texts should be compared to see the force of the remarks.) We thus know that the two texts must have been closely related, probably as original and copy . . . .

The **pagination** of the present work is not on orthodox lines. It is, therefore, necessary to inform the reader that though gaps occur in the paging between 56 and 59, 132 and 193, 254 and 279, yet the text is complete. The explanation is this. The White Book folios were, in the fifteenth century, numbered in Roman letters. These fix its original extent, and have enabled us to deduce the contents of the lost parts. (See p.131 col. 2, and Notes.) It was, therefore, necessary to make the columnar numbers dependent on these. When a black leaf bears a folio number in the manuscript, there is nothing in the printed text, hence there are no columns numbered 113-116. Be it observed that the number of any given page is always half the number of its second column; (This does not apply to the text of MS. 7, i.e. cols. 605-48.) also that wherever two texts face each other the pagination is in duplicate, otherwise the paging of the predominant partner, the White Book, would go wrong, and so make all explanation as to its missing parts confusing. If therefore any reader should imagine that his copy does not contain 312 pages, let him remember the pages reduplicated and the facsimiles. What is apparently missing in one place is in evidence in another part of the book.

The *columnar number* has been adopted as *the unit of reference* (Reference to the *pages* would be obviously confusing and complicated, because so many are in duplicate, and most are in double columns.) in the Notes and Index. The columns run 1-112, 117-261, 385-507, 605-32, 627-48. In the rest of the book the reference is necessarily to the page: these are marked by the letter *p*. For example: '120.2' means column 120, line 2; but 'p. 120.2' means page 120, line 2. Where a secondary text faces that of the White Book, the reference is to the latter only, unless there be an alternative name, or variant, requiring to be recorded in the Index.

Cedwir nodiadau Gwenogvryn Evans yn y testun canlynol lle y corfforir hwy ochr-yn-ochr â'r atgynhyrchiad ei hun: e.e. tt. 131, 254.

Testunau, argraffiadau, a chyfieithiadau

Nid y Llyfr Gwyn yn ei grynswᵗh ac yn ei berffeithrwydd, felly, a geir yn y gyfrol hon. Oherwydd diffygion y testun, y mae Gwenogvryn Evans wedi gwneud iawn drwy gynnwys darnau o Lyfr Coch Hergest yn y mannau priodol. Heblaw hynny, fel y dengys y Cynnwys, y mae ef wedi atodi drylliau o lawysgrifau eraill er mwyn cymhariaeth: Peniarth 6 (13eg ganrif), 7 (cyn y 14eg ganrif), 14 (ail chwarter y 14eg ganrif), 16 (canol y 13eg ganrif).

Ceir yr un chwedlau yn union, yn ôl Llyfr Coch Hergest, yn y copi diplomatig a wnaeth Syr John Rhŷs a J. Gwenogvryn Evans, *The Text of the Mabinogion and other Welsh Tales from the Red Book of Hergest* (Oxford, 1887).

Cafwyd argraffiad Almaeneg o'r Pedair Cainc, *Die vier Zweige des Mabinogi*, gan L. Mühlhausen (Halle, 1925). Yr argraffiad safonol yn y Gymraeg yw gwaith Syr Ifor Williams, *Pedeir Keinc y Mabinogi* (Caerdydd, 1930). Fe gafwyd diweddariad ohonynt gan Syr T. H. Parry-Williams, *Pedair Cainc y Mabinogi* (Caerdydd, 1947). Wedyn, golygwyd argraffiad o *Pwyll Pendeuic Dyuet* gan R. L. Thomson (1957) a *Branwen Uerch Lyr* gan Derick S. Thomson (1961), a gyhoeddwyd ill dau gan Sefydliad Dulyn ar gyfer Efrydiau Uwch.

Golygwyd testun y Llyfr Coch, *Y Tair Rhamant*, gan Bobi Jones (Cymdeithas Lyfrau Ceredigion, Aberystwyth, 1960), wedi diweddaru'r orgraff; a chafwyd argraffiad beirniadol o *Owein* yng nghyfres Sefydliad Dulyn gan R. L. Thomson (1968).

Golygwyd y ddwy Chwedl Frutaidd, *Breuddwyd Maxen* (1908), a *Cyfranc Lludd a Llevelys* (1910) gan Syr Ifor Williams, a'u cyhoeddi gan Jarvis a Foster, Bangor. A chafwyd argraffiad o *Breudwyt Ronabwy* allan o'r Llyfr Coch gan Melville Richards, Gwasg Prifysgol Cymru, Caerdydd, 1948.

Ni chafwyd eto argraffiad beirniadol o *Culhwch ac Olwen*, ond cyhoeddodd yr Athro A. O. H. Jarman ddarnau ohoni, ynghyd â detholiad o ddarnau eraill o'r chwedlau hyn yn *Chwedlau Cymraeg Canol*, Gwasg Prifysgol Cymru, Caerdydd, 1957.

Y cyfieithiad safonol o'r cwbl yw *The Mabinogion* Gwyn Jones a Thomas Jones, The Golden Cockerel Press, 1948, a gyhoeddwyd yn Everyman's Library, 1949. Cyn hynny, fe gafwyd cyfieithiadau nodedig eraill—i'r Saesneg, Lady Charlotte Guest (London, 1838–49); i'r Ffrangeg gan J. Loth, *Les Mabinogion* (ail arg. Paris, 1913); i'r Saesneg drachefn gan T. P. Ellis a J. Lloyd (Oxford, 1929).

Cywiriadau testunol

Rai blynyddoedd yn ôl fe gyhoeddodd yr Athro Thomas Jones ddarlleniadau cywirach o rai camgymeriadau a wnaethai Gwenogvryn Evans yn y testun canlynol. Priodol yw crynhoi'r cywiriadau hynny yma (gw. B XII, 83)

col. 162.26	*ac emwisc*	: cywir. *ac eurwisc*
251. 6	*llanui*	: *llamu*
394.15	*ac ouuyt*	: *ac un d . . .* (ar ôl *d* y mae dwy lythyren

ansicr a thrydedd un wedi'i thrychu gan gyllell y rhwymwr: dyry T.J. ei resymau dros ddarllen *dorth*)

422.49	*a dgynder*	: *a docy . . .* (awgrymir *a docynder*)
452.4	*affynnwys*	: *auynnwys*
455.11	*Ac hroys*	: *Ac ẏaẏs*

xviii

455.36	*Ny chwynei*	:	*Ny chwyuei*
477.2	*keithawr*	:	*porthawr*
478.39	*ac odif*	:	*ae odif*
479.19	*ui*	:	*ni*
479.38	*loski*	:	*losci*
479.39	*pan hydeclo hwnnw*	:	*pan vo glo hwnnw*

(Trafodir gwallau y gallai'r copïwr ei hun fod wedi eu gwneud gan yr Athro Thomas Jones yn y Nodiadau Testunol i *The Mabinogion*, Gwyn Jones and Thomas Jones, J. M. Dent and Sons Limited, 1949.)

Carwn ddiolch o galon i'r Dr. Brynley Roberts, o Adran y Gymraeg, Coleg y Brifysgol, Aberystwyth, am ei garedigrwydd yn darllen y rhagymadrodd hwn ar adeg o brysurdeb. Bu'r Athro Idris Foster yntau mor garedig â'i ddarllen hefyd, a chefais sgwrs dra buddiol a phleserus gydag ef yn ei gylch. Bellach, myfi yn unig a all arddel pob gwall a erys.

R. M. JONES

P wyll pendeuic dỿuet
aoed ỿn argl6ỿd ar feith
cantref dỿuet. athreig-
ỿlgweith ỿdoed ỿn arberth
prif lỿs ida6 adỿuot ỿnỿ
urỿt ac ỿnỿ ued6l uỿnet
ỿ hela. Sef kỿueir oỿ gỿuoeth
auỿnnei ỿhela glỿnn cuch.
ac ef agỿch6ỿnn6ỿs ỿ nos
honno o arberth ac adoeth hỿt
ỿm penn ll6ỿn diar6ỿa. Ac
ỿno ỿ bu ỿnos honno. Athr-
annoeth ỿn ieuengtit ỿdỿd
kỿuodi aoʒuc adỿuot ỿlỿnn
cuch i ell6ng eg6n dan ỿcoet.
A chanu ỿ goʒn adechreu dỿ-
gỿuoʒ ỿʒ hela. acherdet ỿn
ol ỿc6n ac ỿmgolli aỿ gỿdỿ-
mdeithon. Ac ual ỿ bỿd ỿn
ỿm6aranda6 allef ỿʒ erch6-
ỿs. ef aglỿ6ei llef erch6ỿs
arall. ac nit oedỿnt unllef.
a hỿnnỿ ỿn dỿuot ỿn erbỿn
ỿ erch6ỿs ef. Ac ef a6elei la-
nnerch ỿnỿ coet o uaes gu-
aftat. ac ual ỿd oed ỿerch6ỿs
ef ỿn ỿmgael ac ỿftlỿs ỿllan-
nerch ef a6elei car6 oulaen
ỿʒ erch6ỿs arall. a pharth a
pherued ỿllannerch llỿma
ỿʒ erch6ỿs aoed ỿnỿ ol ỿn
ỿmoʒdi6es ac ef. ac ỿnỿ u6ʒ6
ỿʒ lla6ʒ. ac ỿna edʒỿch o hon-
a6 ef ar li6 ỿʒ erch6ỿs heb
han6ỿlla6 edʒỿch ar ỿ car6.
Ac oʒ a6elfei ef o helg6n ỿbỿt.
nỿ 6elfei c6n un lli6 ac 6ỿnt.
Sef lli6 oed arnunt. claer6ỿn

llathreit ac eu clufteu ·ỿn
gochỿon. Ac ual ỿ llathrei
6ỿnnet ỿc6n ỿllathrei co-
chet ỿ clufteu . Ac ar hỿnnỿ
at y c6n ỿdoeth ef. agỿʒru
ỿʒ erch6ỿs aladỿffei ỿ car6
eỿmdeith a llithỿa6 ỿ erch6-
ỿs ehunan ar ỿcar6. Ac ual
ỿbỿd ỿn llithiau ỿc6n. ef a
6elei uarchauc ỿn dỿuot
ỿn ol ỿʒ erch6ỿs ỿ aruarch
erchlas ma6ʒ. Acho2n canu
am ỿuỿn6gỿl. ag6ifc o ure-
thỿn ll6ỿt tei amdana6
ỿn 6ifc hela. Ac ar hỿnnỿ
ỿ marcha6c a doeth atta6 ef
adỿ6edut ual hỿnn 6ʒtha6
Aunben heb ef mi a6nn p6ỿ
6ỿtti ac nỿ chỿuarchaf i well
it. Je heb ef ac atuỿd. ỿ mae
arnat oanrỿded ual naf dỿ-
lỿei. Dioer heb ef nỿt tei-
lỿgda6t uỿ anrỿded am
etteil am hỿnnỿ. Aunben
heb ỿnteu beth amgen.
Ỿrof i adu6 hep ỿnteu dỿ
an6ỿbot dỿ hun ath anfỿ-
ber6ỿt. Pa anfỿber6ỿt un-
ben a6ele·ft ti arnaf i. Nỿ
6eleis anfỿber6ỿt u6ỿ ar
6ʒ hep ef no gỿʒru ỿʒ erch-
6ỿs aladỿffei ỿcar6 eỿmd-
eith. allithiau dỿ erch6ỿs
dỿ hunarna6. Hỿnnỿ hep
ef anfỿber6ỿt oed. achỿn-
nỿt ỿmdial6ỿf athi. ỿrof i
a du6 hep ef mi a6naf o
anglot itt guerth can car6.

Aunbenn hep ef o g6neu-
thum gam mi · ab2ẏnaf
dẏ gerennẏd . Pa del6 hep
ẏnteu ẏ p2ẏnẏ di . v2th
ual ẏ bo dẏ anrẏded ac
nẏ 6nn i p6ẏ 6ẏtti . b2en-
hin co2una6c 6ẏf i ẏnẏ
6lat ẏd han6ẏf oheni .
Argl6ẏd heb ẏnteu dẏd
da itt . Apha 6lat ẏd ha-
n6ẏt titheu o heni . Oan-
n6uẏn heb ẏnteu . Ara6n
urenhin ann6uẏn 6ẏf
i . Argl6ẏd heb ẏnteu pa
furẏf ẏ caf i dẏgerennẏd
di . llẏma 6ẏd ẏ kẏffẏ heb
ẏnteu . G62 ẏffẏd gẏuer-
bẏn ẏ gẏuoeth am kẏ-
uoeth inheu ẏn rẏue-
lu arnaf ẏn 6aftat . Sef
ẏ6 h6nn6 . Hafgan ure-
nhin o ann6uẏn . Ac ẏ2
guaret go2mes h6nn6
ẏ arnaf ahẏnnẏ a ellẏ
ẏn haut . ẏ keffẏ uẏghe-
rennẏd . Minnheu a6naf
hẏnnẏ heb ẏnteu ẏn lla-
6en . amanac ditheu ẏ
mi pa furẏf ẏ gall6ẏf
hẏnnẏ . Managaf heb
ẏnteu . llẏna ual ẏgellẏ .
Mi a6naf athi gedẏmde-
ithas gadarn . Sef ual
ẏ g6naf . Mi ath rodaf di
ẏm lle i ẏn ann6uẏn .
Ac arodaf ẏ 62eic deccaf

a6eleift eiroet ẏgẏfcu gẏt
athi beunoeth am p2ẏt in-
nheu am anfa6d arnat ti
hẏt na bo na guas ẏftauell
na f6ẏda6c na dẏn arall o2
am canlẏn6ẏs i ẏroet a6ẏp-
po na bo miui uẏch ti . Ahẏn-
nẏ heb ef hẏt ẏm penn ẏ
ul6ẏdẏn o2 dẏd auo2ẏ . an
kẏnnadẏl ẏna ẏnẏ lle hon .
Je heb ẏnteu . kẏt b6ẏf i ẏno
hẏt ẏm penn ẏ ul6ẏdẏn .
Pa gẏuar6ẏd auẏd ẏmi
oẏmgael ar g62 adẏ6edẏ
di . Bl6ẏdẏn heb ef ẏ heno
ẏ mae oet ẏrof i ac ef ar
ẏ rẏt . a bẏd di im rith ẏno
heb ef . ac un dẏ2naut a ro-
dẏch di ida6 ef nẏ bẏd bẏ6
ef o h6nn6 . A chẏt archo ef
ẏ ti rodi ẏ2 eil na dẏ2o ẏ2 a
ẏmbilio athi ẏ2 arod6n i
idau ef hagen kẏftal ach-
ẏnt ẏd ẏmladei a mi d2an-
noeth . Je heb ẏp6ẏll beth
a6naf i ẏm kẏuoeth . Mi
a baraf hep ẏ2 ara6n na
bo ith gẏuoeth na g62 na
g62eic a 6ẏppo na bo tidi
w6ẏf i a mi ui aaf ith le di .
ẏn lla6enn hep ẏ p6ẏll
a miui aaf ragof . Dilef-
teir uẏd dẏ hẏnt ac nẏ
ruffẏa dim ragot ẏnẏ
delẏch ẏm kẏuoeth i . a mi
auẏdaf heb2ẏngẏat arnat

ef aẏ hebꝛẏghaud ẏnẏ 6e⸗
las ẏ llẏs ar kẏuanned.
Ilẏna hep ef ẏ llẏs ar kẏ⸗
uoeth ith uedẏant. achẏꝛch
ẏ llẏs nit oes ẏndi nep nith
adnappo. ac 6ꝛth ual ẏ gue⸗
lẏch ẏ guaffanaeth ẏndi
ẏd adnabẏdẏ uós ẏ llẏs.
kẏꝛchu ẏ llẏs aòꝛuc ẏnteu.
Ac ẏnẏ llẏs. ef a 6elei hun⸗
dẏeu ac ẏneuadeu ac ẏſte⸗
uẏll ar ardurn teccaf a6⸗
elfei neb oadeiladeu. Ac ẏꝛ
neuad ẏ gẏꝛch6ẏs ẏ diar⸗
chenu. ef adoeth mak6ẏ⸗
ueit agueiffon ieueinc
ẏ diarchenu aphaup ual
ẏ delẏnt kẏuarch guell
a6neẏnt ida6. deu uarch⸗
auc adoeth i6aret i6ifc he⸗
la ẏ amdana6. ac ẏ6ifca6
eur6ifc obali amdana6.
Ar neuad agẏ6eir6ẏt. llẏ⸗
ma ẏ guelei ef teulu ac
ẏniueroed. ar niuer har⸗
daf achẏ6eiraf oꝛ a6elfei
neb ẏn dẏuot ẏ mẏ6n ar
urenhines ẏgẏt ac 6ẏnt
ẏn deccaf g6ꝛeic oꝛ a6elfei
neb ac eur6ifc amdanei
o bali llathreit. Ac ar hẏ̄nẏ
eẏmolchi ẏd aethant. achẏ⸗
rchu ẏ boꝛdeu aoꝛugant.
ac eiſted a6naethant ual
hẏnn. ẏurenhines oꝛ neill⸗
parth ida6 ef. ar iarll debẏ⸗

gei ef oꝛ parth arall adech⸗
reu ẏmdidan a6naeth ef
ar urenhines. ac oꝛ a6elfei
eirẏoet 6ꝛth ẏmdidan a
hi diffẏmlaf g6ꝛeic a bo⸗
nedigeidaf i hann6ẏt
aẏ hẏmdidan oed. athꝛe⸗
ula6 a6naethant b6ẏt
a llẏnn acherdeu achẏue⸗
dach. oꝛ a 6elfei o holl lẏf⸗
foed ẏ daẏar. llẏna ẏllẏs
diwallaf o u6ẏt allẏnn
ac eur leſtri atheẏꝛn dlẏſ⸗
feu. Amfer adoeth udunt
euẏnet egẏfcu. ac ẏ gẏſ⸗
cu ẏd aethant. ef ar uren⸗
hines. Ygẏt ac ẏd aetha⸗
nt ẏnẏ guelẏ ẏmch6elut
e6eneb at ẏꝛ erch6ẏn a⸗
oꝛuc ef. aẏ geu6n attei
hitheu o hẏnnẏ hẏt tran⸗
noeth nẏ dẏwot ef 6ꝛthi
hi un geir. trannoeth tiri⸗
on6ch ac ẏmdidan hẏgar
auu ẏ rẏngthunt. Peth
bẏnnac o garueidr6ẏd
a 6ei ẏrungthunt ẏdẏd
ni bu unnos hẏt ẏm pen
ẏ ul6ẏdẏn amgen noc a
uu ẏ nos gẏntaf. Tꝛeula6
ẏ ul6ẏdẏn a6naeth tr6ẏ
hela acherdeu achẏue⸗
dach acharueidꝛ6ẏd ac
ẏmdidan achedẏmdeith⸗
on hẏt ẏ nos ẏd oet ẏ
gẏfranc. ẏn oet ẏ nos

honno kỿſtal ỿ doi ỿ gof
ỿꝛ dỿn eithaf ỿn ỿꝛ holl
gỿuoeth ỿꝛ oet. ac ỿnteu
adoeth ir oet aguỿꝛda
ỿ gỿuoeth ỿ gỿt ac ef. ac
ỿ gỿt ac ỿ doeth ir rỿt.
marcha6c agỿuodes ỿ uỿ-
nỿd ac adỿ6ot wal hỿnn.
A 6ỿꝛda heb ef ỿ m6eren-
de6ch ỿn da ỿ r6ng ỿ deu
wrenhin ỿ mae ỿr oet
h6nn. a hỿnnỿ ỿ r6ng
ỿ deu goꝛff 6ỿlldeu. A fob
un o honunt ỿ ſſỿd ha6-
l6ꝛ ar ỿ gilỿd a hỿnnỿ
am dir adaỿar. aſſegur
ỿ digaun pa6b o hona6ch
uot eithỿꝛ gadu ỿꝛ ỿn-
gthunt 6ỿlldeu. Ac ar
hỿnnỿ ỿ deu urenhin
a neſſaỿſſant ỿ gyt am
perued ỿ rỿt e ỿ mgỿua-
ruot. Ac ar ỿ goſſot kỿn-
taf ỿ g6ꝛ aoed ỿn lle a-
ra6n aoſſodes ar hafgan
ỿ mperued bogel ỿ da-
rỿan ỿnỿ hỿllt ỿn deu
hanner ac ỿnỿ dỿrr ỿꝛ
arueu oll ac ỿnỿ uỿd
hafgan hỿt ỿ ureich
ae paladỿꝛ dꝛos pedꝛe-
in ỿ uarch ỿr lla6ꝛ. ac
angheua6l dỿꝛna6t
ỿnda6 ỿnteu. A unben
heb ỿꝛ hafgan pa dỿlỿ-
et aoed iti ar uỿ angheu

i nit ỿttoỿd6n i ỿn holi
dim iti ni 6ỿd6n achos
it heuỿt ỿm llad i. ac ỿꝛ
du6 heb ef canỿs dechre,
ueiſt uỿ llad goꝛffen. A un-
benn heb ỿnteu ef a eill
uot ỿn ediuar gennỿf
g6neuthur a 6neuthum
itt. keis athlado ni ladaf
i di. Vỿ g6ỿꝛda kỿ6ir heb
ỿr hafgan dỿ g6ch ui odỿ-
ma neut teruỿnedic an-
gheu ỿ mi nit oeſ anſa6d
ỿ mi ỿ ch kỿnnal ch6i be-
llach. Vỿ g6ỿda innheu
heb ỿ g6ꝛ a oed ỿn lle ara-
6n. kỿmer6ch ỿ ch kỿuar6
ỿd ag6ỿbỿd6ch p6ỿ adỿ-
lỿo bot ỿn 6ỿꝛ ỿmi. Argl6-
ỿd heb ỿ g6ỿꝛda pa6b aỿ
dỿlỿ canỿt oes urenhin
ar holl ann6uỿn namỿn
ti. Je heb ỿnteu adel ỿn
6aredauc ia6n ỿ6 gỿm-
rỿt. ar nỿ del ỿn uuỿd
kỿmmeller o nerth cle-
dỿueu. Ac ar hỿnỿ kỿm-
rỿt g6ꝛogaeth ỿ g6ỿr a
dechreu guereſkỿnn ỿ
6lat. Ac erbỿn hanner
dỿd dꝛannoeth ỿd oed
ỿnỿ uedỿant ỿ d6ỿ dỿꝛ-
nas. Ac ar hỿnnỿ ef age-
rd6ỿs parth aỿ gỿnna-
dỿl ac a doeth ỿ lỿnn cuch.
A phan doeth ỿno ỿd oed

ara6n urenhin ann6uyn
yny erbyn. Ila6en uu pob
un 6zth y gilid o honunt.
Je heb yz ara6n du6 a da-
lo itt dy gydymdeithas
mi ay kygleu. Je heb yn-
teu pan delych dy hun
ith 6lat ti a 6ely a6neu-
thum i yzot ti. A 6naeth-
oft heb ef y rof i du6 ay
talo itt. Yna y rodes ara-
6n y furuf ay dzych ehun
y p6yll pendeuic dyuet
ac y kymerth ynteu y
furuf ehun ay dzych. ac
y kerdaud ara6n racda6
parth ay lys y ann6uyn
ac y bu digrif gantha6
ym6let ay eniuer ac ay
deulu. canis ry6elfei ef.
6ynteu hagen ni 6ybu-
yffynt ieiffeu ef. ac ni
bu ne6ydach ganthunt
ydyuodyat no chynt.
y dyd h6nn6 adzeul6ys
tr6y digrif6ch ally6enyd.
ac eifted ac ymdidan ay
6zeic ac ay 6yzda. a phan
uu amferach kymryt
hun no chyuedach y gyf-
cu yd aethant. y vely a-
gyzch6ys ay 6zeic aaeth
atta6. kyntaf yg6naeth
ef ymdidan ay, ac ymyz-
ru ar digriw6ch fercha6l
acharyat arnei. A hynny

ny ozdifnaffei hi yf bl6y-
dyn ahynny auedyly6ys
hi. Oy adu6 heb hi pa am-
gen ued6l yffyd ynda6
ef heno noc ar auu yr bl6-
ydyn yheno a medylya6
a6naeth yn hir. Aguedy
y med6l h6nn6 duhuna6
a 6naeth ef. a faraby} a dy-
6ot ef 6zthi hi ar eil ar try-
dyt. ac attep ny chauas
ef genthi hi yn hynny.
Pa acha6s heb ynteu na
dy6edy di 6zthyf i. dy6e-
daf 6zthyt heb hi. na dy-
6edeis yf bl6ydyn ygym-
meint yny kyfry6 le a
h6nn. Pa ham heb ef. ys
glut a beth yd ymdidan-
yffam ni. Meu6yl im heb
hi yz bl6ydyn yneith6yz
oz pan elem yn nyblyc
yn dillat guely na digri-
f6ch nac ymdidan nac
ymch6elut a honot dy
6yneb attaf i yn ch6ae-
thach a uei u6y no hyn-
ny oz bu y rom ni. Ac yna
y medyly6ys ef. Oy aar-
gl6yd du6 heb ef cadarn
aung6z y gydymdeithas
adiffleeis ageueis i yn
gedymdeith. Ac yna y
dy6ot ef 6zth y6zeic. Ar-
gl6ydes heb ef na chapla
di uiui. Yrof i a du6 heb

ỿnteu ni chỿſkeis inheu
gỿt athi ỿ2 bl6ỿdỿn ỿ
neith6ỿ2 ac nio26edeis.
Ac ỿna menegi ỿ holl
gỿfranc a6naeth idi.
J du6 ỿ dỿgaf uỿnghỿ-
ffes heb hitheu gauael
gadarn a geueiſt ar ge-
dỿndeith ỿn her6ỿd
ỿmlad a frouedigaeth
ỿ go2ff achad6 kỿ6irdeb
62thỿt titheu. Argl6ỿdes
heb ef. ſef ar ỿ med6l
h6nn6 ỿd oed6n inheu
tra* de6eis 62thỿt ti dirỿ-
ued oed hỿnnỿ heb hit-
heu. Ynteu p6ỿll pende-
uic dỿuet adoeth ỿ gỿ-
uoeth ac ỿ 6lat adechreu
ỿmou6ỿn a g6ỿ2da ỿ6lat
beth auuaſſei ỿ argl6ỿ-
diaeth ef arnunt h6ỿ
ỿ ul6ỿdỿn honno ỿ62th
rỿuuaſſei kỿnn no hỿn-
nỿ. Argl6ỿd heb 6ỿ nỿ
bu gỿſtal dỿ 6ỿbot. nỿ
buoſt gỿn hỿgaret guas
ditheu. nỿ bu gỿnha6ſ-
ſet gennỿt titheu treu-
la6 dỿ da. nỿ bu 6ell dỿ
doſparth eiroet no2 ul6-
ỿdỿn honn. Y rof i adu6
heb ỿnteu ỿs ia6n a beth
i6ch ch6i diol6ch ỿ2 g62
auu ỿgỿt ach6i. A llỿna
ỿgỿfranc ual ỿ bu ae

datkanu oll op6ỿll. Je ar-
gl6ỿd heb 6ỿ diol6ch ỿdu6
caffael o honot ỿ gỿdỿm-
deithas honno. Ar argl6-
ỿdiaeth a gauſſam ninheu
ỿ ul6ỿdỿn honno nỿs at-
tỿgỿ ỿ gennỿm otg6nn.
nac attỿgaf ỿrof i a du6
heb ỿnteu p6ỿll. Ac o hỿ-
nỿ allan dech2eu cadarn-
hau kedỿmdeithas ỿrỿn-
gthunt ac anuon o pop
un ỿ gilid meirch a mil-
g6n a hebogeu a fob gỿf-
rỿ6 dl6s o2 adebỿgei bob
un digrifhau med6l ỿgi-
lid o hona6. Ac oacha6s
id2igiant ef ỿ ul6ỿdỿn
honno ỿn ann6uỿn a g6-
ledỿchu o hona6 ỿno mo2
l6ỿdannus ad6ỿn ỿ d6ỿ-
dỿ2nas ỿn un d26ỿ ỿ de6-
red ef aỿ uil62aeth ỿdiffỿ-
gỿ6ỿs ỿ en6 ef ar p6ỿll
pendeuic dỿuet ac ỿ gel-
6it p6ỿll penn ann6uỿn
o hỿnnỿ allan. Athreigỿl-
gueith yd oed ỿn arberth
p2iflỿs ida6 ag6led darpare-
dic ida6 ac ỿniueroed ma62
o 6ỿ2 ỿ gỿt ac ef. Aguedỿ ỿ
b6ỿta kỿntaf kỿuodi ỿo2-
ỿmdeith ao2uc p6ỿll. Ach-
ỿ2chu penn go2ſſed aoed
uch lla6 ỿ llỿs ael6it go2ſ-
ſed arberth. Argl6ỿd heb

un o2 llẏs kẏnnedẏf ẏ2 o2ſ
ſed ẏ6 pa dẏlẏedauc bẏnnac
a eiſtedo arnei nat a odẏno
heb un o2 deupeth aẏ kẏm
ri6 neu archolleu neu ẏn
teu a 6elei rẏweda6t. nẏt
oes arnaf i ouẏn cael kẏm
ri6 neu archolleu ẏm plith
hẏnn o niuer. rẏueda6t
hagen da oed gennẏf pei
ẏſguel6n. Mi aaf. heb ẏn
teu ẏ2 o2ſſed ẏ eiſted. Eiſted
a 6nath ar ẏ2 o2ſſed. Ac 6al
ẏ bẏdẏnt ẏn eiſted 6ẏnt
a 6elẏnt g62eic ar uarch
can6el6 ma62 a̧ruchel a
g6iſc eureit llathreit o ba
li amdanei ẏn dẏuot ar
hẏt ẏ p2iffo2d a gerdei heb
la6 ẏ2 o2ſſed. kerdet araf
guaſtat oed gan ẏ march
ar urẏt ẏ neb aẏ guelei. ac
ẏn dẏuot ẏogẏuuch ar o2ſ
ſed. A6ẏ2 heb ẏ p6ẏll aoes
ohona6ch i aadnappo ẏ uar
choges. nac oes argl6ẏd
heb 6ẏnt. aet un heb ẏn
teu ẏnẏ herbẏn ẏ 6ẏbot
p6ẏ ẏ6. un agẏuodes ẏuẏ
nẏd a phan doeth ẏnẏ her
bẏn ẏ2 fo2d neut athoed
hi heiba6. ẏ hẏmlit a6na
eth ual ẏ gallei gẏntaf o
pedeſtric. afei m6ẏf uei ẏ
urẏs ef pellaf uẏdei hitheu
e62tha6 ef. Aphan 6elas

na thẏgẏei ida6 ida6
ẏ hẏmlit ẏmch6elut
ao2uc at p6ẏll adẏ6edut
62tha6. Argl6ẏd heb ef
ni thẏkẏa ẏpedeſtric ẏnẏ
bẏt ehẏmlit hi. Ie heb ẏ
nteu p6ẏll dos ẏr llẏs
achẏmer ẏ march kẏn
taf a6ẏpẏch ados ragot
ẏnẏ hol. ẏ march agẏm
erth ac racda6 ẏd aeth.
ẏmaeſtir guaſtat aga
uas. ac ef adangoſſes
ẏ2 ẏſparduneu ẏ2 march.
affei u6ẏaf ẏ lladei ef ẏ
march pellaf uẏdei hith
eu e62tha6 ef. ẏ2 vn ger
det adechreuẏſſei hitheu
ẏd oed arna6. Yuarch ef
aball6ẏs. a phan 6ybu ef
ar ẏ uarch pallu ẏ bedeſ
tric ẏmch6elut ẏn ẏd oed
p6ẏll a6naeth. Argl6ẏd
heb ef nẏ thẏkẏa ẏ neb
ẏmlit ẏ2 unbennes racco.
nẏ 6yd6n i 6arch gẏnt
ẏnẏ kẏuoẏth no h6nn6
ac ni thẏgẏei ẏmi ẏ hẏm
lit hi. Ie heb ẏnteu p6ẏll.
Ẏ mae ẏno rẏ6 ẏſtẏ2 hut.
A6n parth ar llẏs. ẏ2 llẏs
ẏ doethant. athzeulau ẏ
dẏd h6nn6 a6naethant.
Athzannoeth kẏuodi euẏ
nẏd a6naethant athzeu
la6 h6nn6 ẏnẏ oed amſer

mynet ẏ u6ẏta . A g6edẏ
ẏ b6ẏta kẏntaf . Je heb ẏn⁄
teu p6ẏll ni aa6n ẏ2 ẏni⁄
uer ẏ buam doe ẏ penn
ẏ2 o2ffed . athidẏ heb ef
62th vn oẏ uak6ẏueit
d6g gennẏt ẏ march kẏ⁄
ntaf a6ẏpẏch ẏnẏ maẏs .
a hẏnnẏ a6naeth ẏma⁄
k6ẏf . Y2 o2ffed a gẏ2chẏſ⁄
fant ar march ganthunt .
Ac val ẏ bẏdẏnt ẏn eifte .
6ẏnt a6elẏnt ẏ62eic ar
ẏ2 vn march ar vn6ifc
amdanei ẏn dẏuot ẏr
un fo2d . ⴾẏma heb ẏ p6⁄
ẏll ẏ uarchoges doe . bid
para6t heb ef 6as . e6ẏbot
p6ẏ ẏ6 hi . Argl6ẏd heb
ef mi a6naf hẏnnẏ ẏn
lla6en . Ar hẏnnẏ ẏ uar⁄
choges adoeth gẏ6erbẏn
ac 6ẏnt . Sef ao2uc ẏma⁄
k6ẏf ẏna ẏſkẏnnu ar
ẏ march achẏnn daruot
ida6 ẏmgueira6 ẏnẏ
gẏfr6ẏ neir rẏ adoed
hi heiba6 achẏnn6ll ẏ
rẏgthunt . Amgen urẏs
gerdet nit oed genthi
hi no2 dẏd gẏnt . Ẏnteu
agẏmerth rẏgyng ẏ
gan ẏ uarch ac ef adẏ⁄
bẏgei ẏ2 araued ẏ ker⁄
dei ẏ uarch ẏ2 ẏmo2di6e⁄
dei ahi . A hẏnnẏ nẏ thẏ⁄

gẏ6ẏs ida6 . ell6g ẏ uarch
ao2uc 62th au6ẏneu nẏt
oed nes idi ẏna nochẏnt
bei ar ẏ gam a phei wẏaf
ẏ lladei ef ẏ uarch pellaf
uẏdei hitheu e62tha6 ef .
ẏ cherdet hitheu nit oed
u6ẏ no chẏnt . Canẏ 6elas
ef tẏgẏa6 ida6 ehẏmlit
ẏmch6elut a6naet adẏ⁄
uot ẏn ẏdoet p6ẏll . Argl⁄
6ẏd heb   allu
gan ẏ march amgen noc
a6eleifti . Mi a6eleis heb
ẏnteu nẏ thẏkẏa ẏ neb
ẏ herlit hi . ac ẏ rof i adu6
heb ef ẏd oed neges idi
62th rei o2 maes h6nn .
pei gattei 62thp6ẏthi idi
ẏ dẏ6edut . a ni aa6n par⁄
th ar llẏs . Yr llẏs ẏdoeth⁄
ant ath2eula6 ẏnos hon⁄
no ao2ugant d26ẏ gerdeu
achẏuedach ual ẏ bu llo⁄
nẏd ganthunt . Athranno⁄
eth diuẏ2ru ẏ dẏd a6na⁄
ethant ẏnẏ oed amfer ?
mẏnet ẏ w6ẏta . A phan
daruu udunt ẏ b6ẏd p6⁄
ẏll adẏ6ot . Mae ẏ2 ẏni⁄
uer ẏ buom ni doe ac ech⁄
toe ẏm penn ẏr o2ffed .
ⴾẏmma argl6ẏd heb 6⁄
ẏnt . A6n heb ef ẏ2 o2ffed
ẏ eifte athitheu heb ef
62th 6as ẏuarch kẏfr6ẏa⁄

uỿ march ỿn da adabꝛe ac
ef ỿꝛ foꝛd ad6c uỿ ỿſpardu⁄
neu gennỿt. ỿg6as a6na⁄
eth hỿnnỿ. Dỿuot ỿꝛ oꝛſſed
aoꝛugant ỿ eiſted. nỿ bua⁄
nt haỿach oenkỿt ỿno ỿnỿ
6elỿnt ỿuarchoges ỿn dỿ⁄
uot ỿꝛ vnfoꝛd ac ỿn un an⁄
ſa6d ac vn gerdet. Ha6as
heb ỿ p6ỿll mi a6elaf ỿ
uarchoges. moes uỿ ma⁄
rch. Ỿſkỿnnu aoꝛuc p6ỿll
ar ỿ uarch. ac nỿt kỿnt ỿd
ỿſkỿnn ef ar ỿ uarch noc
ỿd ahitheu hebda6 ef. troi
ỿnỿ hol aoꝛuc ef agadel ỿ
uarch dꝛỿthỿll llamſachus
ỿ gerdet. Ac ef adebỿgei ar
ỿꝛ eil neit neu ar ỿ trỿdỿd
ỿ goꝛdi6edei. nỿt oed nes
hagen idi nochỿnt. Yuarch
agỿmhellaud oꝛ kerdet
m6ỿaf aoed gantha6. A
guelet a6naeth na thỿgỿ⁄
ei ida6 ỿ hỿmlit. Yna ỿ dỿ⁄
6ot p6ỿll. A uoꝛ6ỿn heb
ef ỿꝛ m6ỿn ỿ g6ꝛ m6ỿhaf
agerỿ arho ui. Arhoaf ỿn
lla6en heb hi ac oed lleſſa⁄
ch ỿꝛ march pei aſſarchut
ỿꝛ meitỿn. Se6ỿll ac arhos
aoꝛuc ỿ uoꝛ6ỿn ag6aret
ỿ rann adỿlỿei uot am
ỿ h6ỿneb o 6iſc ỿ phenn
ac attal ỿ gol6c arna6 a
dechreu ỿmdidan ac ef.

Argl6ỿdes. heb ef pan
doỿ di apha gerdet ỿſſỿd
arnat ti. kerdet 6ꝛth uỿ
negeſſeu heb hi ada ỿ6
gennỿf dỿ 6elet ti. craſ⁄
fa6 6ꝛthỿt ỿ gennỿf i heb
ef. Ac ỿna medỿlỿa6 a
6naeth bot ỿn diu6ỿn
gantha6 pꝛỿt a6elſei o
uoꝛ6ỿn eiroet ag6ꝛeic ỿ
6ꝛth ỿ ffrỿt hi. Argl6ỿdes
heb ef adỿ6edỿ di ỿmi
dim oth negeſſeu. Dỿ⁄
6edaf ỿꝛof adu6 heb hi.
Pennaf neges uu ỿmi
keiſſa6 dỿ 6elet ti. llỿna
heb ỿ p6ll. ỿneges oꝛeu
gennỿf i dỿdỿuot ti idi.
Ac adỿ6edỿ di ỿmi p6ỿ
6ỿt. Dỿ6edaf argl6ỿd
heb hi. Riannon uerch
heueỿd hen 6ỿf i am ro⁄
di ỿ 6ꝛ omhan6od ỿdỿdỿs.
ac nỿ mỿnneis innheu
un g6ꝛ a hỿnnỿ oth gar⁄
ỿat ti. ac nỿs mỿnnaf
et6a onỿt ti am g6ꝛthỿt
ac e6ỿbot dỿ attep di am
hỿnny edeuthum i. Rof
i adu6 heb ỿnteu p6ỿll.
llỿna uỿ attep i iti. pei caf⁄
f6n de6is ar holl 6ꝛaged
amoꝛỿnnỿon ỿ bỿt. ỿmae
ti ade6iſſ6n. Je heb hitheu
os hỿnnỿ au ỿnnỿ kỿn
uỿ rodi ỿ 6ꝛ arall g6na

oed a mi. Goꝛeu ẏ6 gennẏf
i heb ẏ p6ẏll bo kẏntaf ac
ẏnẏ lle ẏmẏnnẏch ti g6na
ẏr oet. G6naf argl6ẏd heb
hi bl6ẏdẏn ẏ heno ẏn llẏs
heueẏd mi abaraf bot g6led
darparedic ẏn bara6t erbẏn
dẏdẏuot. ẏn lla6en heb
ẏnteu a mi a uẏdaf ẏn ẏꝛ
oet h6nn6. Argl6ẏd heb hi
tric ẏn iach achoffa gẏ6i-
ra6 dẏ ede6it aᶜ e ẏmdeith
ẏd af i. A guahanu a6na-
ethont achẏꝛchu a6nae-
th ef parth ae teulu ae
niuer. Pa ẏmouẏn bẏn-
nac auei ganthunt 6ẏ
ẏ6ꝛth ẏ uoꝛ6ẏn. ẏ ch6ed-
leu ereill ẏ troffei ẏnteu.
Odẏna treula6 ẏ ul6ẏdẏn
hẏt ẏꝛ amfer a6naethont
ac ẏmgueira6 ar ẏ gan-
uet marchauc. ef a aeth
rẏngta6 a llẏs eueẏd hen.
ac ef adoeth ẏꝛ llẏs alla6en
uu6ẏt 6ꝛtha6 adẏgẏuoꝛ
a lle6enẏd ac arl6ẏ ma6ꝛ
aoed ẏnẏ erbyn a holl ua-
ranned ẏ llẏs 6ꝛth ẏ gẏng-
hoꝛ ef ẏ treul6ẏt. kẏ6eir-
ẏa6 ẏ neuad a6naethp6-
ẏt ac ẏꝛ boꝛdeu ẏd aethant.
Sef ual ẏd eiftedẏffont
heueẏd hen ar neill la6
p6ẏll. a riannon oꝛ parth
arall ida6. ẏ am hẏnnẏ /

pa6b ual ẏ bei ẏ enrẏded. B6ẏ-
ta achẏuedach ac ẏmdidan
a6naethont. Ac ar dechreu
kẏuedach g6edẏ b6ẏt 6ẏnt
a6elẏnt ẏn dẏuot ẏmẏ6n
guas g6ineu ma6ꝛ teẏꝛneid
aguifc o bali amdana6. a phan
doeth ẏ gẏnted ẏ neuad kẏua-
rch guell a oꝛuc ẏ p6ẏll aẏ ge-
dẏmdeithon. creffa6 du6 6ꝛth-
ẏt eneit a dos ẏ eifted heb ẏ
p6ẏll. nac af heb ef eirchat
6ẏf am neges a6naf. g6na
ẏn lla6en heb ẏ p6ẏll. Argl6-
ẏd heb ef 6ꝛthẏt ti ẏ mae uẏ
neges i. ac ẏ erchi it ẏ dod6ẏf.
Pa arch bẏnnac aerchẏch di
ẏmi hẏt ẏ gall6ẏf ẏ gaffael
itti ẏ bẏd. Och heb ẏ riannon
paham ẏ rodẏ di attep ẏ uellẏ.
neus rodes ẏ uellẏ argl6ẏdes
ẏ gg6ẏd g6ẏꝛda heb ef. Eneit
heb ẏ p6ẏll beth ẏ6 dẏ arch di.
ẏ6ꝛeic u6ẏf agaraf ẏd 6ẏt
ẏn kẏfcu heno genthi. ac ẏ
herchi hi ar arl6ẏ ardarmerth
ẏffẏd ẏmma ẏ dod6ẏf i. kẏn-
he6i a oꝛuc p6ẏll canẏ bu at-
tep arodaffei. Ta6 hẏt ẏ mẏn-
nẏch heb ẏ riannon nẏ bu
uufcrellach g6ꝛ ar ẏ ffẏnn6ẏꝛ
ehun nog rẏ uuoft ti. Argl6-
ẏdes heb ef nẏ 6ẏd6n i p6ẏ
oed ef. llẏna ẏ g6ꝛ ẏ mẏnẏffit
uẏ rodi i ida6 omhanuod heb
hi. gua6l uab clut g6ꝛ toꝛmẏn-

naỽc kỿuoethaỽc. A chan derỽ
ỿt dỿỽedut ỿgeir a dỿỽedeiſt ·
dỿzo ui idaỽ rac anglot ỿt.
Arglỽỿdes heb ef nỿ ỽnn i pa⁄
rỿỽ attep ỿỽ hỽnnỽ nỿ allaf
ui arnaf a dỿỽedỿ di uỿth. dỿzo
diui idaỽ ef heb hi a mi aỽnaf
na chaffo ef uiui uỿth. Pa furỿf
uỿd hỿnnỿ heb ỿpỽỿll. Mi aro⁄
daf ith laỽ got uechan heb hi
achadỽ honno gennỿt ỿn da.
ac ef aeirch ỿỽled ar arlỽỿ ar
darmerth. ac nit oes ỿth ue⁄
dỿant di hỿnnỿ. a mi ui aro⁄
daf ỿỽled ỿz teulu ar niuer⁄
oed heb hi. A hỽnnỽ uỿd dỿ
attep am hỿnnỿ amdanaf in⁄
nheu heb hi. mi aỽnaf oet
ac ef ulỽỿdỿn ỿheno ỿgỿſcu
gennỿf. Ac ỿm penn ỿ ulỽỿ⁄
dỿn heb hi bỿd ditheu ar got
honn genhỿt ar dỿ ganuet
marchaỽc ỿnỿ perllan uchot.
A phan uo ef ar perued ỿdi⁄
grifỽch aỿ gỿuedach dỿret
titheu dỿhun ỿmỿỽn adillat
reudus amdanat ar got ỿth
laỽ heb hi. ac nac arch dim
namỿn lloneit ỿgot ouỽỿt
minheu heb hi abaraf bei dot⁄
tit ỿſſyd ỿnỿ ſeith cantref
hỿnn ouỽỿt allỿnn ỿndi
nabỿdei launach no chỿnt.
A guedỿ bỿrỿer llaỽer ỿndi.
ef aouỿn ỿt auỿd llaỽn dỿ
got ti uỿth. dỿỽet titheu na

uỿd onỿ chỿuỿt dỿlỿedauc
trachỿuoethauc aguaſcu
aỿ deudzoet ỿbỽỿt ỿnỿ got
a dỿỽedut digaỽn rỿdodet
ỿmman. Aminheu abaraf
idaỽ ef uỿnet ỿſſeghi ỿbỽỿt
ỿnỿ got. A phan el ef tro dith⁄
eu ỿ got ỿnỿ el ef dzos ỿpen
ỿnỿ got. ac ỿna llad glỽm
ar garrỿeu ỿ got. abit cozn
canu da amdỿuỿnỽgyl. A
phan uo ef ỿn rỽỿmedic ỿnỿ
got. dot titheu lef ar dỿ gozn
abit hỿnnỿ ỿn arỽỿd ỿrot
ath uarchogỿon. Pan glỿỽ⁄
hont llef dỿ gozn diſkỿnnent
ỽỿnteu am pen ỿllys. Ar⁄
glỽỿd heb ỿguaỽl madỽs
oed ỿmi cael attep am aerch⁄
eis. kỿmeint ac aercheiſt heb
ỿpỽỿll oz auo ỿm medỿant
i ti aỿ keffỿ. Eneit heb hith⁄
eu riannon am ỿỽled ar dar⁄
par ỿſſyd ỿma hỽnnỽ a ro⁄
deis i ỿỽỿz dỿuet ac ỿz teulu
ar ỿniueroed ỿſſyd ỿmma.
hỽnnỽ nit eidaỽaf ỿ rodi ỿ
neb. blỽỿdỿn ỿheno ỿnteu
ỿbỿd gỽled darparedic ỿnỿ
llys honn ititheu eneit ỿ
gỿſcu gennỿf innheu. Gỽaỽl
agerdaỽd ryngthaỽ aỿ gỿ⁄
uoeth. Pỽỿll ỿnteu adoeth
ỿdỿuet. ar ulỽỿdỿn honno
adzeulỽỿs paỽb ohonunt
hỿt oet ỿ ỽled aoed ỿn llys

eueẏd hen. Gᴠaul uab clut a
doeth parth ar ᴠled a oed dar-
paredic idaᴠ achẏzchu ẏ llẏs
aᴠnaeth allaᴠen uuᴠẏt ᴠzth-
aᴠ. Pᴠẏll ẏnteu penn annᴠn
adoeth ẏz berllan ar ẏganuet
marchauc ual ẏgozchẏmẏn =
naſſei riannon idaᴠ ar got
ganthaᴠ. Gᴠiſcaᴠ bzatteu
trᴠm ẏmdanᴠ aozuc pᴠẏll
achẏmrẏt lloppaneu maᴠz
am ẏdzaet. A phan ᴠẏbu ẏ
bot ar dechreu kẏuedach ᴠe =
dẏ bᴠẏta dẏuot racdaᴠ ẏr
neuad aguedẏ ẏdẏuot ẏ
gẏnted ẏneuad kẏuarch gu =
ell aᴠnaeth ẏᴠaᴠl uab clut
aẏ gedẏmdeithon o ᴠẏz agᴠ =
raged. duᴠ aro da ẏt heb ẏ
gᴠaᴠl. achzaeſſaᴠ duᴠ ᴠzthẏt.
arglᴠẏd heb ẏnteu duᴠ adalo
ẏt. negeſſaᴠl ᴠẏf ᴠzthẏt. craeſ=
ſaᴠ ᴠzth dẏ neges heb ef. ac
os arch gẏuartal aerchẏ ẏmi
ẏn llaᴠen ti ae keffẏ. Kẏuar-
tal arglᴠẏd heb ẏnteu nẏt
archaf onẏt rac eiſſeu. Sef
arch aarchaf lloneit ẏ got ue=
chan aᴠelẏ di ouᴠẏt. arch di=
dzaha ẏᴠ honno heb ef athi
aẏ keffẏ ẏn llaᴠen. Dẏgᴠch
uᴠẏt idaᴠ heb ef. riuedi maᴠz
oſſᴠẏdᴠẏz agẏuodaſſant ẏ
uẏnẏd adechreu llenᴠi ẏ
got. ac ẏz auẏzit ẏndi nẏbẏ=
dei laᴠnach no chẏnt. Eneit

heb ẏguaᴠl auẏd llaᴠn dẏ got
ti uẏth. na uẏd ẏrof aduᴠ heb ef
ẏz adotter ẏndi uẏth onẏ chẏuẏt
dẏlẏedauc tir adaẏar achẏuoeth
aſſenghi aẏdeudzoet ẏ bᴠẏt ẏnẏ
got adẏᴠedut digaᴠn rẏdodet
ẏma. A geimat heb ẏ riannon kẏ-
uot ẏuẏnẏd ar uẏzr ᴠzth gᴠaᴠl
vab clut. Kẏuodaf ẏn llaᴠen heb
ef. Achẏuodi ẏuẏnẏd adodi ẏdeu-
dzoet ẏnẏ got atroi opᴠẏll ẏ got
ẏnẏ uẏd guaᴠl dzos ẏpenn ẏnẏ
got. ac ẏn gẏflẏm caeu ẏ got a
llad clᴠm ar ẏcarrẏeu adodi llef
ar ẏgozn. Ac ar ẏnẏ llẏma ẏteulu
am penn ẏllẏs. ac ẏna kẏmrẏt
paᴠb oz niuer adoeth ẏgẏt aguaᴠl
aẏdodi ẏn ẏcarchar ehun. Abᴠᴠ
ẏ bzatteu ar loppaneu ar ẏſpeil
dideſtẏl ẏamdanaᴠ aozuc pᴠẏll.
Ac mal ẏdelei pob un oe niuer
ẏnteu ẏmẏᴠn ẏ traᴠei pob un
dẏznaᴠt ar ẏ got ac ẏgouẏnnei
beth ẏſſẏd ẏmma bzoch medẏnt
ᴠẏnteu. Sef kẏfrẏᴠ chᴠare aᴠ-
neẏnt. taraᴠ aᴠnai pob un dẏz-
naᴠt ar ẏ got ae aedzoet ae ath-
roſſaᴠl. ac ẏuellẏ guare ar got
aᴠnaethont. Paᴠb ual ẏdelei a
ouẏnnei pa chᴠare aᴠneᴠch chᴠi
uellẏ guare bzoch ẏggot medẏnt
ᴠẏnteu ac ẏna gẏntaf ẏguarẏ-
ᴠẏt bzoch ẏggot. Arglᴠẏd heb
ẏgᴠz oz got pei guarandaᴠut
uiui nẏt oed dihenẏd arnaf
uẏ llad ẏmẏᴠn got. Arglᴠẏd /

heb eueỿ hen guir adỿ6eit. Ja6n
ỿ6·ỿt ỿ6aranda6 nỿt dihenỿt
arna6 hỿnỿ. Je heb ỿp6ỿll mi
a6naf dỿ gỿngho2 di amdana6
ef. llỿna dỿ gỿngho2 di heb rian=
non ỿna. ỿd6ỿt ỿnỿ lle ỿ perth-
ỿn arnat llonỿdu eircheit ach-
erdo2ỿon. ga2 ỿno ef ỿ rodi d2o-
ffot ỿpa6b heb hi achỿmer ge-
dernit ỿgantha6 na bo ammo=
uỿn na dial uỿth amdana6 a
diga6n ỿ6 hỿnnỿ ogofp arna6.
Ef ageif hỿnnỿ ỿn lla6en heb
ỿg62 o2 got. Aminheu ae kỿm=
meraf ỿn lla6en heb ỿp6ỿll
gan gỿngho2 heueỿd a riannon.
kỿngho2 ỿ6 hỿnnỿ gỿnnỿm
ni heb 6ỿnt. ỿgỿmrỿt a6naf
heb ỿp6ỿll keis ueicheu d2offot.
Ni au ỿd6n d2ofta6 heb heueỿd
ỿnỿ uo rỿd ỿ6ỿ2 ỿ uỿnet d2of-
ta6. Ac ar hỿnnỿ ỿ gollỿng6ỿt
ef o2 got ac ỿrỿdha6ỿt ỿo2eug=
6ỿ2 gouỿn ueithon ỿ6a6l 6eich-
eu heb ỿ2 heueỿd. ni aad6ae=
n6n ỿ neb a dỿlỿer ỿ kỿmrỿt
ỿgantha6. Riua6 ỿmeicheu
a6naeth heueỿd. llunnỿa dỿ
hunn heb ỿgua6l dỿ ammot.
diga6n ỿ6 gennỿf i heb ỿp6ỿll
ual ỿllunnỿa6d riannon. Ỿ
meicheu aaeth ar ỿ2 ammot
h6nn6. Je argl6ỿd heb ỿgua6l
b2i6edic 6ỿf i achỿmri6 ma62
ageueis ac ennein ỿffỿd reit
ỿmi ac ỿ ỿmdeith ỿd af i gan

dỿ gannỿat ti. ami aada6af
6ỿ2da d2offof ỿma ỿattep ỿ
pa6b o2 athouỿnno di. ỿn lla-
6en heb ỿp6ỿll ag6na ditheu
hỿnnỿ. Gua6l aaeth parth
aỿ gỿuoeth. ỿneuad ỿnteu
agỿ6eir6ỿt ỿp6ỿll aeniuer
ac ỿniuer ỿllỿs ỿam hỿnnỿ.
Ac ỿ2 bo2deu ỿd aethont ỿeifted
ac ual ỿd eiftedỿffant ul6ỿ=
dỿn o2 nof honno. ỿd eifted6ỿs
paub ỿnos. b6ỿta achỿuedach
a6naethont. ac amfer adoeth
ỿuỿnet ỿgỿfcu. ac ỿ2 ỿftauell
ỿd aeth p6ỿll ariannon. ath2-
eula6 ỿnos honno d26ỿ digri-
u6ch allonỿd6ch. Ath2annoeth
ỿn ieuengtit ỿdỿd. argl6ỿd
heb riannon kỿuot ỿuỿnỿd
adechreu lonỿdu ỿkerdo2ỿon.
ac na ommed neb hedi6 o2 a
uỿnno da. hỿnnỿ a6naf i ỿn
lla6en heb ỿp6ỿll ahedi6 aphe=
unỿd tra parhao ỿ6led honn.
Ef agỿuodes p6ỿll ỿuỿnỿd
apheri dodi goftec ỿerchi ỿ
holl eircheit acherdo2ỿon dan=
gos amenegi udunt ỿllonỿ=
dit pa6b o honunt 62th ỿuod
aỿ uỿmp6ỿ. ahỿnnỿ a6naeth=
p6ỿd. Ỿ6led honno adzeul6ỿt
ac nỿ ommed6ỿt neb tra bar=
haud. Aphan daruu ỿ6led.
Argl6ỿd heb ỿp6ỿll 62th he=
ueỿd. mi agỿch6ỿnnaf gan
dỿ gannỿat parth adỿuet

aüoɜe. Je heb heueÿd du6 aró-
ÿdhao ragot. ag6na oet achÿ-
fnot ÿ del riannon ith ol. ÿrof
iadu6 heb ÿnteu p6ÿll ÿgÿt
ÿ kerd6n odÿmma. Aÿ uellÿ
ÿmÿnnÿ di argl6ÿd heb ÿɜ
heueÿd. uellÿ ÿrof adu6 heb
ÿp6ÿll. 6ÿnt agerdaffant
trannoeth parth adÿuet a
llÿs arberth agÿɜchÿffant
ag6led darparedic oed ÿno
udunt. Dÿgÿuoɜ ÿ 6lat ar
kÿuoeth adoeth attunt oɜ
g6ÿɜ goɜeu ar g6ɜaged goɜeu
na g6ɜ na g6ɜeic ohÿnnÿ nÿt
ede6is riannon heb rodi rod
en6auc ida6 ae ogae ae ouo-
dɜ6ÿ ae ouaen guerthua6ɜ.
G6ledÿchu ÿ 6lat a6naeth-
ont ÿn ll6ÿdannus ÿ ul6ÿ-
dÿn honno ar eil ac ÿn dɜÿ-
ded ul6ÿdÿn ÿdechreuis g6-
ÿɜ ÿ 6lat dala trÿmurÿt ÿ-
ndunt o6elet g6ɜ kÿmeint
agerÿnt ae hargl6ÿd ac eu
bɜa6duaeth ÿn dietiued ae
dÿuÿnnu attunt a6naeth-
ont. Sef lle ÿdoethont ÿgÿt
ÿbɜeffeleu ÿn dÿuet. Argl-
6ÿd heb 6ÿnt ni a6dom na
bÿdÿ gÿuoet ti a rei o6ÿr
ÿ 6lat honn ac ÿn ouÿn ni
ÿ6 na bÿd it etiued oɜ 6ɜeic
ÿffÿd gennÿt. Ac 6ɜth hÿn-
nÿ kÿmmer 6ɜeic arall ÿ bo-
ettiued ÿt ohonei. nÿt bÿth

heb 6ÿnt ÿperheÿ di achÿt
kerÿch di uot ÿuellÿ nÿf dio-
def6n ÿgennÿt. Je heb ÿp6ÿll
nÿt hir ett6a ÿd ÿm ÿgÿt alla=
6er dam6ein adiga6n bot.
oed6ch ami hÿnn hÿt ÿmpen
ÿul6ÿdÿn abl6ÿdÿn ÿɜ amfer
h6nn ni a6na6n ÿɜ oet ÿdÿuot
ÿ gÿt ac 6ɜth ÿch kÿnghoɜ ÿbÿ-
daf. Yr oet a6naethant. kÿnn
dÿuot c6bÿl oɜ oet mab aanet
ida6 ef. ac ÿn arberth ÿganet.
Ar nos ÿganet ÿducp6ÿt g6=
raged ÿ 6ÿlat ÿmab aÿuam.
Sef a6naeth ÿg6ɜaged kÿfcu
a mam ÿ mab riannon. Sef ri-
uedi o6ɜaged aducp6ÿt ÿɜ ÿfta=
uell h6ech 6ɜaged. g6ÿlat a6na-
ethont 6ÿnteu dalÿm oɜ nos.
ac ÿn hÿnnÿ eiff6ÿs kÿn han=
ner noff kÿfcu a6naeth pa6b
ohonunt athu arpÿlgeint def-
froi. Aphan deffroÿffant. edɜÿch
aoɜugant ÿ lle ÿdodÿffÿnt ÿ
mab. ac nÿt oed dim ohona6
ÿno. Och heb vn oɜ g6ɜaged
neur golles ÿmab. Je heb arall
bÿchan adial oed ÿn llofki ni
neu ÿndienÿdÿa6 am ÿmab.
A oes heb un oɜ guraged kÿng=
hoɜ oɜ bÿt am hÿnn: oes heb a-
rall mi a6nn gÿnghoɜ da heb
hi. beth ÿ6 hÿnnÿ heb 6ÿ. Gell-
aft ÿffÿd ÿma heb hi achana6-
on genti llad6n rei oɜ cana6on
ac ir6n ÿn6ÿneb hitheu riannon

ar g6aet aẏ d6ẏla6 abẏ26n ẏ2
efkẏ2n gẏ2 ẏb2on. athaer6n ar-
nei ehun diuetha ẏmab. ac ni
bẏd ẏntaered ni anch6ech 62thi
hi ehun. Ac ar ẏkẏngho2 h6n=
n6 ẏtrig6ẏt. Parth ar dẏd rian-
non adeffroes ac adẏ6ot a62a-
ged heb hi mae ẏmab. Argl6ẏ-
des heb 6ẏ na ouẏn di ẏni ẏmab.
nẏt oes ohonam ni namẏn ¡
cleiffeu adẏ2nodeu ẏn ẏmda-
ra6 athi adiamheu ẏ6 genn=
ẏm na 6elfam eiroet uil62a=
eth ẏn un 62eic kẏmeint ac ẏ-
not ti. ac nẏ thẏgẏa6d ẏnni
ẏmdara6 athi. neur diffethe=
eift du hun dẏ uab ac na ha6l
ef ẏnni. Ad2uein heb ẏriannon
ẏ2 ẏ2argl6ẏd du6 a6ẏ2 pob peth
na ẏ2r6ch geu arnaf. du6 a6ẏ2
pob peth a6ẏ2 bot ẏn eu hẏnnẏ
arnaf i. Ac os ouẏn ẏffẏd arna=
6chi ẏmkẏffes ẏdu6 mi ach dif-
feraf. dioer heb 6ẏ nẏ ad6n·ni
d26c arnam nẏhunein ẏr dẏn
ẏnẏ bẏt. Ad2uein heb hitheu nẏ
che6ch un d26c ẏ2 dẏ6edut ẏ6i-
r·oned. Ẏ2 adẏ6ettei hi ẏn dec
ac ẏn d2uan nẏ chaffei namẏn
ẏ2 un atteb gan ẏg62aged. P6-
ẏll penn ann6n ar hẏnnẏ agẏ=
uodes ar teulu ar ẏniueroed.
achelu ẏdam6ein h6nn6 nẏ all=
6ẏt. Ẏ2 6lat ẏd aeth ẏch6edẏl
apha6b o2 guẏ2da ae kigleu.
ar guẏ2da adoethant ẏgẏt ẏ

6neuthur kẏnnḣadeu at p6ẏll
ẏerchi ida6 ẏfcar ae 62eic am
gẏflauan mo2 an6edus ac
arẏ6naethoed. Sef attep a
rodes p6ẏll. nẏt oed acha6s
ganthunt 6ẏ ẏerchi ẏmi
ẏfcar amg62eic namẏn na
bẏdei plant idi. plant a6nn
i ẏuot idi hi. ac nẏt ẏfcaraf
a hi. O g6naeth hitheu gam
kẏmeret ẏ phenẏt amda-
na6. hitheu riannon adẏuẏ-
nn6ẏs attei athza6on adoe=
thon. Ag6edẏ bot ẏn degach
genthi kẏmrẏt ẏ phenẏt
nog ẏmdaeru ar g62aged.
ẏ phenẏt agẏmerth. Sef pe-
nẏt adodet erni bot ẏnẏ llẏs
honno ẏn arberth hẏt ẏm
penn ẏ feith mlẏned. ac ẏf-
kẏnuaen aoed odieithẏr ẏ
po2th. eifted gẏ2 lla6 h6nn6
beunẏd adẏ6edut ẏ pa6b
adelei o2 adebẏgei nas g6ẏ=
ppei ẏgẏffranc oll ac o2 aattei
idi ẏd6ẏn. Kẏnnic ẏ6eftei
aphellẏnic ẏd6ẏn ar ẏ che=
uẏn ẏ2 llẏs. adam6ein ẏga-
dei ẏ2 un ẏd6ẏn. Ac ẏuellẏ
treula6 talẏm o2 ul6ẏdẏn
a6naeth. Ac ẏn ẏ2 amfer h6n=
n6 ẏd oed ẏn argl6ẏd ar6ẏnt
ẏfcoet teirnon t62ẏf uliant.
ar g62 go2eu ẏnẏ bẏt oed.
Ac ẏnẏ tẏ ẏd oed caffec. Ac
nẏt oed ẏnẏ dẏ2nas namarch

na chaffec degach no hi. Aphob
nos calanmei ẏ moei ac nẏ 6ẏ-
bẏdei neb un geir e62th ẏ he-
ba6l. Sef a6naeth teirnon
ẏmdidan nof6eith aẏ 62eic.
Ha62eic heb ef llibin ẏd ẏm
pob bl6ẏdẏn ẏn gadu heppil
ẏn caffec heb gaffel ẏ2 un o
honunt. peth a ellir 62th hẏn-
nẏ heb hi. Dial du6 arnaf
heb ef nos calanmei ẏ6 he-
no onẏ 6ẏbẏdaf i pa dileith
ẏffẏd ẏn d6ẏn ẏ2 ebolẏon.
Peri d6ẏn ẏ gaffec ẏmẏ6n
tẏ a6naeth ag6ifca6 arueu
amdana6 ao2uc ẏnteu. A de-
ch2eu g6ẏlat ẏ nos ac ual ẏ
bẏd dech2eu noff. moi ẏ gaf-
fec ar eba6l ma62 teledi6.
ac ẏnfeuẏll ẏnẏ lle. Sef a
6naeth teirnon kẏuodi ac
ed2ẏch ar p2after ẏ2 eba6l.
ac ual ẏ bẏd ẏuellẏ. ef aglẏ-
6ei t626f ma62 ac ẏn ol ẏ t6-
2'f llẏma grauanc ua62 d26ẏ
feneftẏ2 ar ẏ tẏ ac ẏn ẏmaua-
el ar eba6l geir ẏ u6ng. Sef
a6naeth ẏnteu teirnon tẏn-
nu cledẏf athara6 ẏ ureich
onot ẏ2 elin eẏmdeith. ac ẏnẏ
uẏd hẏnnẏ o2 ureich ar eba6l
gantha6 ef ẏmẏ6n. Ac ar
hẏnnẏ t626f adifkẏ2 agigleu
ẏ gẏt. Ago2i ẏ d26s ao2uc ef
ad6ẏn ruthẏ2 ẏn ol ẏ t626f.
nẏ 6elei ef ẏ t626f rac tẏ6ẏllet

ẏ nos ruthẏ2 aduc ẏnẏ ol aẏ
ẏmlit. A dẏuot cof ida6 ada6
ẏ d26s ẏⁿago2et ac ẏmh6elut
a6naeth. ac 62th ẏ d26s llẏma
uab bẏchan ẏnẏ go2n guedẏ
troi llenn obali ẏnẏ gẏlch. Kẏ-
mrẏt ẏ mab a6naeth atta6 a
llẏma ẏ mab ẏn grẏf ẏn ẏr
oet aoed arna6. dodi caẏat ar
ẏ d26s a6naeth achẏ2chu ẏr
ẏftauell ẏd oed ẏ 62eic ẏndi.
Argl6ẏdes heb ef aẏ kẏfcu ẏd
6ẏt ti. nac ef argl6ẏd heb hi.
mi agẏfkeis aphan doethoft
ti ẏmẏ6n mi adeffroeis. mae
ẏmma mab it heb ef of mẏnnẏ
ẏ2 h6nn nẏ bu ẏt eiroet. Argl6-
ẏd heb hi pa gẏfranc uu hẏn-
nẏ. llẏma oll heb ẏ teirnon
amenegi ẏ dadẏl oll. Je argl6-
ẏd heb hi parẏ6 6ifc ẏffẏd am
ẏ mab. ⅃Len obali heb ẏnteu.
mab ẏ dẏnnẏon m6ẏn ẏ6 heb
hi. Argl6ẏd heb hi digrif6ch a
didan6ch oed gennẏf i bei mẏn-
nut ti. mi adẏg6n 62aged ẏn
un a mi ac adẏ6ed6n uẏ mot
ẏ ueicha6c. Mẏui aduunaf a
thi ẏn lla6en heb ef am hẏnnẏ.
ac ẏuellẏ ẏ g6naethp6ẏt, Peri
a6naethont bedẏdẏa6 ẏ mab
o2 bedẏd a6neit ẏna. Sef en6
adodet arna6 g62i 6allt eurẏn.
ẏ2 hẏnn aoed arẏben o 6allt
kẏuelẏnet oed ar eur. Meith-
rẏn ẏ mab a6naethp6ẏt ẏnẏ/

llŷs ŷnŷ oed ulѳŷd. achŷnn ŷ
ulѳŷd ŷd oed ŷn kerdet ŷn grŷf.
abƺeiſcach oed no mab teir blѳ
ŷd auei uaѳƺ ŷdѳf ae ueint.
ar eil ulѳŷdŷn ŷ magѳŷt ŷ
mab achŷnureiſket oed a mab
chѳeblѳŷd. A chŷnn penn ŷ ped=
ѳŷƺŷd ulѳŷdŷn ŷd oed ŷnŷmo-
pƺau agueiſſon ŷmeirch am
ŷadu oe dѳŷn ŷƺ dѳuŷƺ. Arglѳ=
ŷd heb ŷѳƺeic ѳƺth teirnon mae
ŷƺ ebaѳl adiffereiſt ti ŷnoſſ ŷ
keueiſt ŷmab. Mi ae goƺchŷ=
mŷnneis ŷѳeiſſon ŷmeirŷch
heb ef. ac aercheis fŷnnŷaѳ ؛
ѳƺthaѳ. ponŷt oed da iti arglѳŷd
heb hi peri ŷ hŷѳedu aŷ rodi
ŷƺ mab. kanŷs ŷnoſſ ŷ keueiſt
ŷ mab ŷ ganet ŷƺ ebaѳl ac ŷ
differeiſt. Nŷt af i ŷn erbŷn
hŷnnŷ heb ŷ teirnon. Mi aadaf
ŷ ti ŷ rodi idaѳ. Arglѳŷd heb
hi duѳ adalo ŷt mi ae rodaf
idaѳ. Ŷrodet ŷmarch ŷƺ mab
ac ŷ deuth hi at ŷ guaſtrodŷ-
on ac at ѳeiſſon ŷmeirch ŷ
oƺchŷmŷn fŷnŷeit ѳƺth ŷma-
rch ae uot ŷn hŷѳed erbŷn
pan ѳlei ŷ mab ŷ uarchoga=
eth achѳedŷl ѳƺthaѳ. Emŷſc
hŷnnŷ ѳŷnt aglŷѳſſont chѳ=
edlŷdŷaeth ŷ ѳƺth riannon
ac am ŷphoen. Sef aѳnaeth
teirnon ·tѳƺŷf uliant oachaѳs
ŷdouot agaѳſſei ŷmѳarandaѳ
am ŷchѳedŷl ac amouŷn ŷn-

lut ŷmdanaѳ ŷnŷ gigleu gan
laѳer oluoſſogrѳŷd oƺ adelei ŷƺ
llŷs mŷnŷchu cѳŷnaѳ truanet
damѳein riannon aŷ phoen.
Sef aѳnaeth teirnon ŷnteu
medŷlŷaѳ am hŷnnŷ. Ac edƺŷch
ar ŷmab ŷn graf. Achael ŷnŷ
uedѳl ŷn herѳŷd gueledigaeth
na rŷѳelſei eiroet mab athat
kŷndebŷcket ar mab ŷ pѳŷll
penn annѳn. Anſaѳd pѳŷll hŷſ-
pŷs oed gantaѳ ef. canŷs gѳr
uuaſſei idaѳ kŷnn no hŷnnŷ.
Ac ŷn ol hŷnnŷ goueileint adel-
lis ŷndaѳ. ogamhet idaѳ attal
ŷmab ganthaѳ. ac ef ŷn gѳŷbot
ŷ uot ŷn uab ŷ ѳƺ arall. A phan
gauas gŷntaf oŷſcaualѳch ar
ŷ ѳƺeic ef auenegis idi hi nat
oed iaѳn udunt ѳŷ attal ŷ <u>mab</u>
ganthaѳ agadu poen kŷmme͞
int ac aoed ar ѳƺeicda kŷſtal a
riannon oƺ achaѳs hѳnnѳ. Ar
mab ŷn uab ŷ pѳŷll pen͞n an-
nѳn. A hitheu ѳƺeic teirnon
a gŷtfŷnnŷѳŷs ar anuon ŷ
mab ŷ pѳŷll. A thƺiphet arglѳ<u>ŷd</u>
heb hi agaffѳn o hŷnnŷ. Diolѳ<u>ch</u>
ac elѳiſſen oellѳg riannon oƺ
poen ŷmae ŷndaѳ. Adiollѳch
gan pѳŷll am ueithrŷn ŷ <u>mab</u>
ae eturŷt idaѳ. Ar trŷdŷd peth
os gѳƺ mѳŷn uŷd ŷmab. mab
maeth ŷnni uŷd. agoƺeu aallo
uŷth aѳna inni. Ac ar ŷ kŷng-
hoƺ hѳnnѳ ŷ trigŷſſant. Ac nŷ

bu hỏý ganthunt no thʒannoeth
ỳmgueiraᏮ aoʒuc teirnon ar ỳ
dʒỳdỳd marchaᏮc ar mab ỳn petᏮ=
ỳʒỳd ỳgỳt ac Ꮾỳnt ar ỳmarch
a rodỳffei teirnon idaᏮ. A cherdet
parth ac arberth aᏮnaethont nỳ
bu hir ỳbuont ỳnỳ doethont ỳ
arberth. Pan doethant parth ar
llỳs. Ꮾỳnt aᏮelỳnt riannon ỳn
eiſted ỳn emmỳl ỳʒ ỳſkỳnuaen.
Pann doethont ỳn ogỳuuch ahi.
A unbenn heb hi nac eᏮch bellach
hỳnnỳ mi a dỳgaf pob un o hona=
Ꮾch hỳt ỳ llỳs. A hỳnnỳ ỳᏮ uỳm
penỳt am lad o honaf uu hun
uỳ mab. ae diuetha. A Ꮾʒeicda heb
ỳ teirnon nỳ thebỳgaf i ỳun o hỳn
uỳnet ar dỳ geuỳn di. Aet aỳmỳ=
nho heb ỳ mab nỳt af i. dioer e=
neit heb teirnon nỳt aᏮn ninheu.
ỳ llỳs agỳʒchỳffant. a diruaᏮʒ llỳ=
Ꮾenỳd auu ỳnỳ herbỳn. Ac ỳn
dechreu treulaᏮ ỳᏮled ỳd oedit
ỳn ỳ llỳs. ỳnteu pᏮỳll aoed ỳn
dỳuot ogỳlchaᏮ dỳuet. ỳʒ ỳneu=
ad ỳd aethont ac ỳ ỳmolchi. alla=
Ꮾen uu pᏮỳll Ꮾʒth teirnon. Ac ỳ
eiſted ỳd aethont. Sef ual ỳd
eiſtedỳffont. Teirnon ỳ rᏮg pᏮỳll
a riannon. a deugedỳmdeith teir=
non uch llaᏮ pᏮỳll ar mab ỳ rỳ=
ngthunt. Guedỳ daruot bᏮỳta
ar dechreu kỳuedach ỳmdidan
aᏮnaethon. Sef ỳmdidan auu
gan teirnon. Menegi ỳholl gỳf=
ranc am ỳgaffec ac am ỳmab.

A megỳs ỳ buaffei ỳmab ar ỳhar=
delᏮ Ꮾỳ teirnon ae Ꮾʒeic ac ỳmegỳſ=
fỳnt. Ac Ꮾelỳdỳ ỳna dỳ uab arglᏮ=
ỳdes heb ỳ teirnon. A phᏮỳbỳnnac
a dỳᏮot geu arnat cam aᏮnaeth.
A minheu pann gigleu ỳgouut a
oed arnat trᏮm uu gennỳf adolu=
rỳaᏮ aᏮneuthum. Ac nỳ thebỳ=
gaf oʒ ỳniuer hᏮnn oll nit adnap=
po uot ỳmab ỳn uab ỳpᏮỳll heb
ỳ teirnon. Nỳt oes neb heb ỳpaᏮb
nỳ bo diheu gantaᏮ hỳnnỳ. Ỳrof
i a duᏮ heb ỳriannon oed eſcoʒ uỳ=
m pʒỳder im pei gᏮir hỳnnỳ. Ar=
glᏮỳdes heb ỳ pendaran dỳuet
da ỳd enᏮeiſt dỳ uab. pʒỳderi.
a goʒeu ỳ gueda arnaᏮ pʒỳderi
uab pᏮỳll penn annᏮn. Edʒỳch=
Ꮾch heb ỳriannon na bo goʒeu
ỳ gueda arnaᏮ ỳ enᏮ e hun. Mae
ỳʒ enu heb ỳ pendaran dỳuet.
gᏮʒi Ꮾallt eurỳn a dodỳffom ni
arnaᏮ ef. Prỳderi heb pendaran
dỳuet uỳd ỳenᏮ ef. ỳaᏮnahaf
ỳᏮ hỳnnỳ heb ỳ pᏮỳll kỳmrỳt
enᏮ ỳmab ỳ Ꮾʒth ỳgeir a dỳᏮot
ỳ uam pann gauas llaᏮenchᏮe=
dỳl ỳ ᏮʒthaᏮ. Ac ar hỳnnỳ ỳ trig=
Ꮾỳt. Teirnon heb ỳ pᏮỳll duᏮ
a dalo ỳt ueithrỳn ỳmab hᏮn
hỳt ỳʒ aᏮʒ hon. A iaᏮn ỳᏮ idaᏮ
ỳnteu oʒ bỳd gᏮʒ mᏮỳn ỳdalu
ỳtti. ArglᏮỳd heb ỳteirnon. ỳ
Ꮾʒeic ae magᏮỳs ef nỳt oes ỳnỳ
bỳt dỳn uᏮỳ ỳgalar no hi ỳnỳ
ol. JaᏮn ỳᏮ idaᏮ coffau ỳmi ac/

ẏ2 6zeic honno a 6naethom ẏzda6 ef.
ẏzofi a du6 heb ẏ p6ẏll tra parha6=
ẏf i mi ath kẏnhalẏaf athi ath
kẏuoeth tra all6ẏf kẏnnhal ẏ
meu uẏhun. Os ẏnteu a uẏd ia=
6nach ẏ6 ida6 dẏ gẏnnhal nogẏt
ẏ mi. ac os kẏngho2 gennẏt ti hẏn=
nẏ achan hẏnn o6ẏzda. canẏs
megeift ti ef hẏt ẏz a62 hon. ni ae
rod6n ar uaeth at pendaran dẏ-
uet ohẏnn allan. A bẏd6ch gedẏ-
mdeithon ch6itheu athatmaetheu
ida6. kẏngho2 ia6n heb ẏ pa6b ẏ6
h6nn6. Ac ẏna ẏ rodet ẏ mab ẏ pen-
daran dẏuet ac ẏd ẏmẏzr6ẏs g6ẏ-
rda ẏ6lat ẏgẏt ac ef. Ac ẏ kẏch6ẏ-
nn6ẏs teirnon to2ẏfliant aẏ ge-
dẏmdeithon ẏrẏngta6 aẏ 6lat ac
ae gẏuoeth gan garẏat allẏ6e=
nẏd. Ac nẏt aeth heb gẏnnhic ẏda6
ẏ tlẏffeu teccaf ar meirẏch go2eu
ar c6n hoffaf. ac nẏ mẏnn6ẏs ef
dim. Yna ẏ trigẏffant 6ẏnteu ar
eu kẏuoeth ac ẏ mag6ẏt p2ẏderi
uab p6ẏll pen ann6n ẏn amgele=
dus ual ẏd oed dẏlẏet ẏnẏ oed de-
ledi6haf g6aff a theccaf a ch6pplaf
o pob camp da o2 a oed ẏnẏ dẏznas.
uellẏ ẏ treulẏffant bl6ẏdẏn abl6=
ẏdẏned ẏnẏ doeth teruẏn ar hoe-
dẏl p6ẏll penn ann6n ac ẏ bu ua-
r6. Ac ẏ g6ledẏch6ẏs ẏnteu p2ẏde-
ri feith cantref dẏuet ẏn ll6ẏdan-
nus garedic gan ẏ gẏuoeth achan
pa6b ẏnẏ gẏlch. Ac ẏn ol hẏnnẏ ẏ
kẏnẏd6ẏs trẏchantref ẏftrat tẏ6i.

a phed6ar cantref keredigẏa6n. ac ẏ
gel6ir ẏ rei hẏnnẏ. feith cantref feif-
fyll6ch. Ac ar ẏ kẏnnẏd h6nn6 ẏ
bu ef p2ẏderi uab p6ẏll penn an=
n6n ẏnẏ doeth ẏnẏ urẏt 6zeika.
Sef g6zeic a uẏnna6d. Kicua ue-
rch 6ẏnn gohoẏ6 uab glo6ẏ6 6allt
lẏdan. uab caffnar 6ledic o dẏle-
dogẏon ẏz ẏnẏs hon. Ac ẏuellẏ
ẏ teruẏna ẏ geing hon ẏma o2
mabẏnnogẏon.

Bendigeiduran uab llẏ2 aoed
urenhin co2ona6c ar ẏz ẏnẏs
hon. ac ardẏzcha6c ogo2on lun-
dein. a frẏnha6ngueith ẏd oed
ẏn hardlech ẏn ardud6ẏ ẏn llẏs
ida6. ac ẏn eiffet ẏd oedẏnt ar
garrec hardlech uch penn ẏ6eilgi.
amana6ẏdan uab llẏ2 ẏ ura6t
ẏgẏt ac ef. a deu uroder un uam
ac ef niffẏen ac efnẏffẏen aguẏ=
rda ẏam hẏnnẏ mal ẏ g6edei
ẏnghẏlch b2enhin. Ẏ deu uroder
un uam ac ef meibon oedẏnt ẏ
euroff6ẏd oe uam ẏnteu pen=
ardim uerch ueli uab mẏnogan
ar neill o2 gueiffon hẏnnẏ g6as
da oed. ef abarei tangneued ẏ
r6g ẏ deu lu ban uẏdẏnt lidẏa6=
caf. fef oed h6nn6 niffẏen. Y llall
abarei ẏmlad ẏ r6ng ẏ deu uro=
der ban uei u6ẏaf ẏd ẏmgerẏnt
Ac ual ẏd oedẏnt ẏn eiffet ẏ ue=
llẏ 6ẏnt a6elẏnt teir llong ar
dec ẏn dẏuot o deheu i6erdon
ac ẏn kẏ2chu parth ac attunt

a cherdet rugỿl eb2ỽỿd ganthunt.
ỿ gỽỿnt ỿn eu hol ac ỿn neffau ỿn
eb2ỽỿd attunt. Mi aỽelaf longeu
racco heb ỿb2enhin ac ỿn dỿuot
ỿn hỿ parth ar tir. ac erchỽch ỿ
ỽỿz ỿ llỿs ỽifcaỽ am danunt a
mỿnet ỿ ed2ỿch pa uedỽl ỿỽ ỿz
eidunt. ỿ gỽỿz aỽifcaỽd amdan=
unt ac aneffaỿffant attunt ỿỽa=
ỿzet. gỽedỿ guelet ỿ llongeu o
agos diheu oed ganthunt na ỽel-
fỿnt eirỿoet llongeu gỿỽeirach
eu hanfaỽd noc ỽỿ. Arỽỿdon tec
guedus arỽzeid o bali oed arnu=
nt. Ac ar hỿnnỿ nachaf un oz
llongeu ỿn rac ulaenu rac ỿ rei
ereill. ac ỿ guelỿnt dỿzchauael
tarỿan ỿn uch no bỽzd ỿ llong.
A fỽch ỿ tarỿan ỿuỿnỿd ỿn ar-
ỽỿd tangneued. ac ỿ neffaỽys
ỿ gỽỿz attunt ual ỿd ỿmglỿỽỿ-
nt ỿmdidan. bỽzỽ badeu allan
aỽnaethont ỽỿnteu a neffau
parth ar tir a chỿuarch guell
ỿz b2enhin. E b2enhin ae clỿỽei
ỽỿnteu oz lle ỿd oed ar garrec
uchel uch eu penn. duỽ arodo
da ỿỽch heb ef a graỿffaỽ ỽzth=
ỿỽch. Pieu ỿniuer ỿ llongeu
hỿnn. A phỽỿ ỿffỿd pennaf ar-
nunt ỽỿ. Arglỽỿd heb ỽỿnt mae
ỿmma matholỽch b2enhin iỽe-
rdon ac ef bieu ỿ llongeu. beth
heb ỿ b2enhin a uỿnnhei ef. A
uỿn ef dỿuot ỿz tir. na uỿnn
arglỽỿd heb ỽỿnt negeffaỽl

ỿỽ ỽzthỿt ti onỿt ỿ neges a geif.
Bỿrỿỽ neges ỿỽ ỿz eidaỽ ef heb
ỿ b2enhin. Mỿnnu ỿmgỿuathra=
chu athidỿ arglỽỿd heb ỽỿnt. Ỿ
erchi b2anỽen uerch lỿz ỿdoeth.
Ac os da genhỿt ti ef a uỿn ỿm=
rỽỿmaỽ ỿnỿs ỿ kedeirn ac iỽerdon
ỿ gỿt ual ỿ bỿdỿnt gadarnach.
Je heb ỿnteu doet ỿz tir a chỿnghoz
a gỿmerỽn ninheu am hỿnnỿ.
ỿz atteb hỽnnỽ a aeth ataỽ ef. Min=
heu a af ỿn llaỽen heb ef. ef adoeth
ỿz tir allaỽen uuỽỿt ỽzthaỽ a dỿ-
gỿuoz maỽz uu ỿnỿ llỿs ỿnof hon-
no ỿ rỽng eỿniuer ef ac ỿniuer
ỿ llỿs. ỿnỿ lle trannoeth kỿmrỿt
kỿnghoz. Sef agahat ỿnỿ kỿnghoz
rodi b2anỽen ỿ uatholỽch ahonno
oed trỿded p2if rieni ỿn ỿz ỿnỿs
hon. teccaf mozỽỿn ỿn ỿbỿt oed.
Agỽneuthur oed ỿn aberfraỽ ỿ
gỿfcu genti. Ac odỿno ỿ kỿchỽỿn.
Ac ỿ kỿchỽỿnaffant ỿz ỿniueroed
hỿnnỿ parth ac aberfraỽ. Matho=
lỽch aỿ ỿniueroed ỿnỿ llongheu.
Bendigeituran aỿniuer ỿnteu
ar tir ỿnỿ doethant hỿt ỿn aber-
fraỽ. Yn aberfraỽ dechreu ỿ ỽled
ac eifted. Sef ual ỿd eiftedỿffant.
b2enhin ỿnỿs ỿ kedeirn a man=
aỽỿdan uab llỿr oz neill parth
idaỽ. a matholỽch oz parth arall.
ab2anỽen uerch lỿz gỿt ac ỿnteu.
Nỿt ỿmỽn tỿ ỿdoỿdỿnt namỿn
ỿmỽn palleu. nỿ angaffei uen=
digeituran eirỿoet ỿmỽn tỿ.

Ar gẏuedach adechreuffant. dilit
ẏ gẏuedach a6naethant ac ẏmdi-
dan. a phan 6elfant uot ẏn 6ell
udunt kẏmrẏt hun no dilẏt kẏ-
uedach ẏ gẏfcu ẏd aethant. ar nos
honno ẏ kẏfc6ẏs mathol6ch gan
uran6en. A thrannoeth kẏuodi
a o2ugant pa6b oniuer ẏ llẏs. ar
f6ẏd6ẏ2 adechreufant ẏmaruar
am rannẏat ẏ meirẏch ar g6eif-
fon. ac eu rannu a 6naethant
ẏm pob kẏueir hẏt ẏ mo2. Ac ar
hẏnnẏ dẏdgueith na chaf efnẏf-
fen g62 anagneuedus adẏ6edaf-
fam uchot ẏn dẏ6anu ẏ letẏ meir-
ch mathol6ch a gou6n a6naeth
pioed ẏ meirch. Meirẏch matho-
l6ch b2enhin i6erdon ẏ6 ẏ rei hẏn
heb 6ẏ. beth a6nant 6ẏ ẏna heb
ef. Ẏma ẏ mae b2enhin i6erdon.
ac ẏ2 gẏfc6ẏs gan uran6en dẏ
cl̄aer aẏ ueirẏch ẏ6 ẏ rei hẏnn.
Aẏ ẏuellẏ ẏ g6naethant 6ẏ am
uo26ẏn kẏftal a honno ac ẏn ch6-
aer ẏ minheu ẏ rodi heb uẏghan-
ẏat i. nẏ ellẏnt 6ẏ tremic u6ẏ
arnaf i heb ef. Ac ẏn hẏnnẏ guan
ẏdan ẏ meirẏch atho2ri ẏ guefleu
62th ẏ danned udunt ar clufteu
62th ẏ penneu. ar ra6n 62th ẏ ke-
uẏn. ac nẏ caei graf ar ẏ2 amran-
neu eu llad 62th ẏ2 afc62n. Ag6ne-
uthur anfurẏf ar ẏ meirẏch ẏ
uellẏ. hẏt nat oed rẏm a ellit ar
meirẏch. E ch6edẏl a doeth at ua-
thol6ch. Sef ual ẏdoeth. dẏ6edut

anfura6 ẏ ueirẏch ac eu llẏgru
hẏt nat oed un m6ẏnẏant a ell-
it o honunt. Je argl6ẏd heb un
dẏ 6arad6ẏda6 ẏ2 a6naethp6ẏt.
a hẏnnẏ auẏnhir ẏ 6neuthur
athi. Dioer eres genhẏf of uẏ
g6arad6ẏda6 auẏnhẏnt rodi
mo26ẏn gẏftal kẏuurd gẏn an6ẏ-
let gan ẏ chenedẏl ac a rodẏffant
ẏm. Argl6ẏd heb un arall ti a6elẏ
dangos ef. Ac nẏt oes it a6nelẏch
namẏn kẏzchu dẏ longeu. Ac ar
hẏnnẏ arouun ẏ longeu a6na-
eth ef. E ch6edẏl a doeth at uen-
digeituran bot mathol6ch ẏn
ada6 ẏ llẏs heb ou6n heb gan-
hẏat. A chenadeu aaeth ẏou6n
ida6 paham oed hẏnnẏ. Sef ken-
nadeu a aeth. Jdic uab anara6c.
ac eueẏd hir ẏ gu6ẏ2 hẏnnẏ aẏ
godi6a6d ac a ou6nẏffant ida6
pa darpar oed ẏ2 eida6. a pha ach-
a6s ẏd oed ẏn mẏnet eẏmdeith.
dioer heb ẏnteu pei ẏ fg6ẏp6n
nẏ do6n ẏma. C6bẏl 6arad6ẏd
a geueis. ac nẏ duc neb kẏzch
6aeth no2 dugum ẏmma. Are-
ueda6t rẏ gẏuerẏ6 ami. Beth
ẏ6 hẏnnẏ heb 6ẏnt. Rodi bron-
6en uerch lẏ2 ẏm ẏn trẏded ‖
p2if rieni ẏ2 ẏnẏs honn. Ac ẏn
uerch ẏ urenhin ẏnẏˢ ẏ kedeẏ2n
a chẏfcu genthi a g6edẏ hẏnnẏ
uẏ g6arad6ẏda6. a rẏued oed ‖
genhẏf nat kẏn rodi mo26ẏn
gẏftal a honno ẏm ẏ g6neit ẏ

gỽaradỽyd aỽnelit ẏm. Dioer
arglỽyd nẏt ouod ẏ neb a uedei
ẏ llẏs heb ỽẏnt na neb oe kẏng-
ho2 ẏ gỽnaetpỽyt ẏ gỽaradỽyd
hỽnnỽ ẏt. Achẏt bo gỽaradỽyd
gennẏt ti hẏnnẏ. mỽẏ ẏỽ gan
uendigeituran no chenẏt ti ẏ
tremic hỽnnỽ ar guare. Je heb
ef mi a tebẏgaf. ac eiffoes ni eill
ef uẏ ni ỽaradỽydaỽ i o hẏnnẏ.
E gỽẏ2 hẏnnẏ a ẏmchỽelỽẏs ar
atteb hỽnnỽ parth ar lle ẏd oed
uendigeituran. a menegi idaỽ
ẏ2 atteb adiỽedẏffei uatholỽch.
Je heb ẏnteu nẏt oes ẏmỽaret
e uẏnet ef ẏn anẏgneuedus
ac nẏs gadỽn. Je arglỽyd heb
ỽẏ anuon etỽa genhadeu ẏnẏ
ol. Anuonaf heb ef. Kẏuodỽch
uanaỽẏdan uab llẏr. ac eueẏd
hir. ac unic gleỽ ẏfcỽyd ac eỽch
ẏnẏ ol heb ef a menegỽch idaỽ.
ef a geif march iach am pob ı
un o2 alẏgrỽyt. Ac ẏ gẏt ahẏnnẏ
ef a geif ẏn ỽynepỽerth idaỽ
llathen arẏant a uo kẏuref a
chẏhẏt ac ef ehun. a chlaỽ2 eur
kẏflet a ẏ ỽyneb. a menegỽch
ẏdaỽ pa rẏỽ ỽ2 aỽnaeth hẏn-
nẏ. a phanỽ om anuod inheu
ẏ gỽnaethpỽyt hẏnnẏ. ac ẏ ı
maẏ b2aỽt un uam ami aỽna-
eth hẏnnẏ. ac nat haỽd gen-
hẏf i nae lad nae diuetha ado-
et ẏ ẏmỽelet ami heb ef. Ami
aỽnaf ẏ dangneued ar ẏ llun /

ẏ mẏnho ehun. E kennadeu a
aethant ar ol matholỽch ac a ua-
nagẏffant idaỽ ẏ2 ẏmad2aỽd hỽn-
nỽ ẏn garedic. ac ef ae guerende-
ỽis. Aỽẏ2 heb ef ni a gẏmerỽn
gẏngho2. Ef a aeth ẏnẏ gẏngho2
fef kẏngho2 a uedẏlẏffant. Os
gỽ2thot hẏnnẏ aỽnelẏnt. bot ẏn
tebẏgach ganthunt cael kẏỽilid
a uei uỽẏ no chael iaỽn a uei
uỽẏ. a difgẏnnu aỽnaeth ar gẏ-
mrẏt hẏnnẏ. Ac ẏ2 llẏs ẏ deuth-
ant ẏn dangneuedus. a chẏỽei-
raỽ ẏ pebẏlleu ar palleu aỽna-
ethant udunt ar ureint kẏỽe-
irdeb ẏ neuad. a mẏnet ẏ uỽyta.
Ac ual ẏ dechreuẏffant eifted
ar dechreu ẏ ỽled ẏd eiftedẏffa-
nt ẏna. A dechreu ẏmdidan a
ỽnaeth matholỽch a bendige-
ituran. ac na chaf ẏn ardiaỽc
gan uendigeituran ẏn ẏmdi-
dan ac ẏn d2ift a gaei gan uath-
olỽch aẏ lỽỽenẏt ẏn ỽaftat kẏn
no hẏnnẏ. A medẏlẏaỽ aỽnaeth
bot ẏn athrift gan ẏ2 unben uẏ-
chanet a gaỽffei o iaỽn am ẏ gam.
A ỽ2 heb ẏ bendigeiduran nit ỽẏt
gẏftal ẏmdidanỽ2 heno ac un nos
ac os ẏ2 bẏchanet genhẏt ti dẏ
iaỽn. ti a gehẏ ẏchỽanegu ẏt ỽ2th
dẏ uẏnnu. ac auo2ẏ talu dẏ ueirch
ẏt. Arglỽyd heb ef duỽ a dalo ẏt.
Mi adelediỽaf dẏ iaỽn heuẏt ẏt
heb ẏ bendigeituran. Mi a rodaf
ẏt peir. a chẏnnedẏf ẏ peir ỽỽ :

ỹg6ᴢ alader hedi6 ỹt. ỹ u6ᴢ6 ỹnỹ
peir ac erbỹn auoᴢỹ ỹ uot ỹn gỹf=
tal ac ỹ bu oᴢeu eithỹr na bỹd llỹ-
uerỹd gantha6. A diol6ch a6naeth
ỹnteu hỹnỹ adirua6ᴢ lỹ6enỹd
a gỹmerth ỹnteu oᴢ acha6s h6nn6.
A thᴢannoeth ỹ tal6ỹt ỹueirỹch
ida6 tra barha6d meirỹch dof.
ac odỹna ỹ kỹᴢch6ỹt ac ef kỹm-
6t arall ac ỹ tal6ỹt ebolỹon ỹda6
ỹnỹ uu g6bỹl ida6 ỹdal ac 6ᴢth
hỹnnỹ ỹ dodet ar ỹ kỹm6t h6nn6
ohỹnnỹ allan tal ebolỹon. Ar eil
nos eifted ỹgỹt a6naethant. Arg=
l6ỹd heb ỹmathol6ch pan doeth
ỹti ỹ peir a rodeift ỹmi. E doeth
im heb ef ỹgan 6ᴢ auu ỹth 6lat
ti. ac ni 6n na bo ỹno ỹ caffo. P6ỹ
oed h6nn6 heb ef. llaffar llaes gỹ=
fne6it heb ef. a h6nn6 a doeth ỹma
o i6erdon achỹmidei kỹmeinuoll
ỹ 6ᴢeic ỹgỹt ac ef ac a dianghỹff=
ant oᴢ tỹ hayarn ỹn i6erdon pan
6naethp6ỹt ỹn 6enn ỹn eu kỹlch.
ac ỹ dianghỹffant odỹno. Ac eres
gỹnhỹf i onỹ 6dofti dim ỹ 6ᴢth
hỹnnỹ. G6n argl6ỹd heb ef. a ch=
ỹmeint ac a 6nn mi ae managaf
ỹti. Yn hela ỹd oed6n ỹn i6erdon
dỹdgueith ar benn goffed uch ‖
penn llỹn oed ỹn i6erdon. A llỹn
ỹ peir ỹgel6it. A mi a6el6n g6ᴢ
melỹn goch ma6ᴢ ỹn dỹuot oᴢ llỹn
a pheir ar ỹ geuỹn. A g6ᴢ heuỹt
athrugar ma6ᴢ adᴢỹg6eith anoᴢles
arna6 oed. a g6ᴢeic ỹnỹ ol. ac ot

oed ua6ᴢ ef m6ỹ d6ỹ6eith oed ỹ
6ᴢeic noc ef. A chỹᴢchu ataf a6na=
ethant achỹuarch uell im. Je heb
ỹ mi pa gerdet ỹffỹd arna6ch ch6i.
llỹna gerdet ỹffỹd arnam ni argl=
6ỹd heb ef. ỹ 6ᴢeic honn heb ef ỹm
penn pethe6nos a mis ỹ bỹd bei-
chogi idi. ar mab a aner ỹna or
toᴢll6ỹth h6nn6 ar benn ỹ pethe=
6nos ar mi ỹ bỹd g6ᴢ ỹmlad lla=
6n arua6c. ỹ kỹmereis inheu
6ỹnt6ỹ arnaf ỹugoffỹmdeitha6.
ỹ buant ul6ỹdỹn gỹt a mi. ỹnỹ
ul6ỹdỹn ỹ keueis ỹn di6arauun
6ỹnt. o hỹnnỹ allann ỹ guarau=
un6ỹt im. a chỹn penn ỹ ped6ỹ=
rỹd 6ỹnt eu hun ỹn peri eu hat=
caffu ac anghỹn6ỹs ỹnỹ 6lat
ỹn g6neuthur farahedeu. ac ỹn
eigha6 ac ỹn gouudỹa6 guỹᴢda
a g6ᴢagedda. O hỹnnỹ allan ỹdỹ=
gỹuoᴢes uỹgkỹuoeth am ỹmpen
ỹ erchi im ỹmuadeu ac 6ỹnt. A
rodi de6is im ae uỹgkỹuoeth
ae 6ỹnt. E dodeis inheu ar gỹng=
hoᴢ uỹg6lat beth a6neit amda=
nunt. nỹd eỹnt 6ỹ oỹ bod nit oed
reit udunt 6ỹnteu oᴢ eu hanuod
her6ỹd ỹmlad uỹnet. Ac ỹna ỹ=
nỹ kỹuỹng gỹnghoᴢ ỹ caufant
g6neuthur ỹftauell haearn oll
a g6edỹ bot ỹ bara6t ỹᴢ ỹftauell.
dỹuỹn a oed o of ỹn i6erdon ỹno
oᴢ aoed operchen geuel am6ᴢth6l
a pheri goffot kỹuuch achrib ỹr
ỹftauell o lo a pheri guaffanaethu

ŷn di6all o u6ŷt a llŷn arnunt.
ar ŷ62eic aŷ g62 aŷ phlant. A ph=
an 6ŷbu6ŷt eu med6i 6ŷnteu
ŷ dechreu6ŷt kŷmŷſcu ŷ tan ar
glo. am ben ŷ2 ŷſtauell a ch6ŷthu
ŷ megineu a oed 6edŷ eu goſſot
ŷgkŷlch ŷ tŷ a g62 a pob d6ŷ ue-
gin a dechreu ch6ŷthu ŷmegin-
eu ŷnŷ uŷd ŷ tŷ ŷn bur6en am
eu penn. ac ŷna ŷ bu ŷ kŷnghoz
ganthunt h6ŷ ŷmherued lla62
ŷ2 ŷſtauell ac ŷd arhoes·ef ŷnŷ
uŷd ŷ pleit haearn ŷn 6enn. ac
rac dirua62 62es ŷ kŷ2ch6ŷs ŷ
bleit ae ŷſc6ŷd aŷ thara6 ganta6
allan. Ac ŷnŷ ol ŷnteu ŷ 62eic.
A neb nŷ dieghis odŷna namŷn
ef ae 62eic. ac ŷna om tebŷgu i
argl6ŷd heb ŷmathol6ch 62th
uendigeiduran ŷ doeth ef d26od
attat ti. Yna dioer heb ŷnteu
ŷ doeth ŷma ac ŷ roes ŷ peir ŷ
minheu. Pa del6 argl6ŷd ŷd er=
bŷnneiſti 6ŷnteu. Eu rannu ŷ=
m pob lle ŷnŷ kŷuoeth. ac ŷ mae-
nt ŷn lluoſſauc ac ŷn dŷ2chaua=
el ŷm pob lle. ac ŷn cadarnhau
ŷ uann ŷ bŷthont o 6ŷ2 ac arueu
go2eu a6elas neb. Dilit ŷmdi-
dan a6naethant ŷ nos honno
tra uu da ganthunt a cherd ach=
ŷuedach. A phan 6elſant uot ŷn
lleſſach udunt uŷnet ŷ gŷſcu noc
eiſted a6ei h6ŷ ŷ gŷſcu ŷd aeth=
ant. ac ŷ uellŷ ŷ treulŷſſant ŷ
6led honno d26ŷ digriu6ch. Ac

ŷn ni6ed hŷnnŷ ŷ kŷch6ŷnn6ŷs
mathol6ch a b2anuen ŷ gŷt ac ef
parth ac i6erdon. A hŷnnŷ o aber
menei ŷ kŷch6ŷnnŷſſant teir llong
ar dec ac ŷ doethant hŷt ŷn i6er-
don. Yn i6erdon dir6a62 lŷ6enŷd
a uu 62thunt. Nŷ doeŷ 62 ma62
na g62eic da ŷn i6erdon eŷm6let
a b2an6en ni rodei hi ae cae ae
mod26ŷ ae teŷ2ndl6s cad6edic
ŷda6 auei arbennic ŷ6elet ŷn
mŷnet eŷmdeith. Ac ŷmŷſc hŷnnŷ
ŷ ul6ŷdŷn honno a duc hi ŷn glot-
ua62 ah6ŷl deledi6 aduc hi o glot
a chedŷmdeithon. Ac ŷn hŷnnŷ
beichogi adam6ein6ŷs idi ŷgael.
A guedŷ treula6 ŷ2 amferoŷd dŷ=
lŷedus mab a anet idi. Sef en6
a dodet ar ŷ mab. guern uab math=
ol6ch. Rodi ŷ mab ar uaeth a6na=
ethp6ŷt ar un lle go2eu ŷ6ŷ2 ŷn
i6erdon. A hŷnnŷ ŷn ŷ2 eil ul6ŷdŷn
llŷma ŷmod62d ŷn i6erdon am ŷ
guarad6ŷd a ga6ſſei mathol6ch
ŷgkŷmrŷ ar ſomm a6nathoedit
ida6 am ŷueirch. A hŷnnŷ ŷuro=
dŷ2 maeth ar g6ŷ2 neſſaf ganta6
ŷnlli6a6 ida6 hŷnnŷ a heb ŷgelu.
A nachaf ŷ dŷgŷuo2 ŷn i6erdon
hŷt nat oed lonŷd * ida6 onŷ chaei
dial ŷ farahet. Sef dial a6naetha=
nt gŷ2ru b2an6en oun ŷſtauell
ac ef aŷ chŷmell ŷbobi ŷnŷ llŷs.
a pheri ŷ2 kŷgŷd g6edŷ bei ŷn
dzŷllŷa6 kic dŷuot idi athara6
boncluſt arnei beunŷd. ac ŷ uellŷ /

ẏ gỽnaethpỽẏt ẏfoen . Je arglỽyd
heb ẏ6ẏ2 62th uatholỽch par6eithon
6ahard ẏ llongeu ar ẏſcraffeu ar
co2ẏgeu ual nat el neb ẏgẏmrẏ
ac adel ẏma ogẏmrẏ carchara 6ẏ=
nt ua na at trachefẏn rac gỽ6bot
hẏnn. Ac ar hẏnnẏ ẏdiſkẏnẏſſant
blỽẏnẏded nit llei no their ẏbuant
ẏuellẏ. Ac ẏn hẏnnẏ meithrẏn e-
derẏn d2ẏd6en a6naeth hitheu
ar dal ẏnoe gẏt a hi adẏſcu ieith
idi amenegi ẏ2 ederẏn ẏrẏ6 6r
oed ẏ b2a6t. Ad6ẏn llẏthẏ2 ẏpoen-
eu ar amharch aoed arnei hitheu.
Ar llẏthẏ2 a r6ẏm6ẏt am uon eſkẏll
ẏ2 ederẏn aẏ anuon parth achẏmrẏ.
Ar ederẏn adoeth ẏ2 ẏnẏs honn. ſef
lle ẏ cauas uendigeiduran ẏgkaer
ſeint ẏn aruon ẏn dadleu ida6 dẏd-
gỽeith adiſkẏnnu ar eẏſc6ẏd aga-
rỽhau ẏ phluf ẏnẏ arganuu6ẏt ẏ
llẏthẏ2 ac adnabot meithrẏn ẏr
ederẏn ẏgkẏuanned. Ac ẏna kẏm=
rẏt ẏ llẏthẏ2 aẏ ed2ẏch. a phan dar-
lle6ẏt ẏ llẏthẏ2 dolurẏa6 a6naeth
oglẏbot ẏ poen oed ar uran6en a de=
chreu o2 lle hỽnn6 peri anuon ken=
nadeu ẏdẏgẏuo2ẏa6 ẏ2 ẏnẏs honn
ẏgẏt. Ac ẏna ẏ peris ef dẏuot ll6ẏ2
6ẏs pedeir deg6lat aſeithugeint
hẏt atta6. ac e hun c6ẏna6 62th hẏn-
nẏ bot ẏ poen aoed ar ẏ ch6aer. Ac
ẏna kẏmrẏt kẏngho2. Sef kẏngho2
a gahat kẏ2chu i6erdon ac ada6 ſei-
th6ẏ2 ẏdẏ6ẏſſogẏon ẏma. achra-
da6c uab b2an ẏbenhaf. ac eu ſeith

marcha6c ẏn edeirnon ẏd ede6it
ẏ gỽ2 hẏnnẏ. Ac o acha6s hẏnnẏ
ẏ dodet ſeith marcha6c ar ẏ d2ef.
Sef ſeith6ẏ2 oedẏnt. Crada6c uab
b2an. ac euehẏd hir. ac unic gle6
ẏſc6ẏd. ac idic uab anara6c 6allt
grỽn. a fodo2 uab eruẏll. ac 6lch
minaſg62n. a llaſhar uab llaẏſſar
llaeſgẏg6ẏt. a phendaran dẏuet
dẏuet ẏn 6as ieuanc gẏt ac 6ẏ.
Ẏ ſeith hẏnnẏ a d2ig6ẏs ẏn ſeith
kẏn ueiſſat ẏſẏnẏa6 ar ẏ2 ẏnẏs
honn. Ach2ada6c uab b2an ẏn ben=
haf kẏn6eifẏat arnunt . Bendige=
iduran ar ẏniuer adẏ6edẏſſam
ni ah6ẏlẏſſant parth ac i6erdon
ac nẏt oed ua62 ẏ6eilgi ẏna ẏ ue-
is ẏd aeth ef. nẏt oed namẏn d6ẏ
auon. lli. ac archan ẏgel6it. Ague=
dẏ hẏnnẏ ẏd amla6ẏs ẏ6eilgi pan
o2eſkẏn6ẏs ẏ6eilgi ẏ tẏ2naſſoed.
Ac ẏna ẏ kerd6ẏs ef ac aoed ar6eſt [o gerd]
ar ẏ geuẏn ehun achẏ2chu tir i6er=
don. Ameicheit mathol6ch aoedẏnt
ar lan ẏ6eilgi dẏdgueith ẏn troi
ẏgkẏlch eu moch. Ac o acha6s d2e=
mẏnt a6elſant ar ẏ6eilgi 6ẏ a doeth=
ant at mathol6ch. Argl6ẏd heb vẏ
henpẏch guell. Du6 arodo da ẏ6ch
heb ef. ach6edleu genh6ch. Argl6ẏd
heb 6ẏ mae genhẏm ni ch6edleu
rẏued. coet rẏ6elſom ar ẏ6eilgi
ẏnẏ lle nẏ 6elſam eirẏoet un p2=
enn. llẏna beth eres heb ef. A 6e=
le6ch 6chi dim namẏn hẏnnẏ.
G6elem argl6ẏd heb 6ẏ mẏnẏd

ma62 gẏ2 lla6 ẏ coet a h6nn6 ar
gerdet. ac eſkeir aruchel ar ẏmẏ-
nẏd. a llẏnn o pop parth ẏ2 eſkeir
ar coet ar mẏnẏd a phob peth oll
o hẏnnẏ ar gerdet. Je heb ẏnteu
nẏt oes neb ẏma a 6ẏpo dim ẏ
62th hẏnnẏ onẏs g6ẏ2 b2an6en
gouẏnn6ch idi. Kennadeu a aeth
at uran6en. Argl6ẏdes heb 6ẏ
beth dẏbẏgẏ di ẏ6 hẏnnẏ. Kẏn-
nẏ b6ẏf argl6ẏdes heb hi mi a-
6nn beth ẏ6 hẏnnẏ. G6ẏ2 ẏnẏs
ẏ kedẏ2n ẏn dẏuot d26od oglẏbot
uẏm poen am amharch. Beth
ẏ6 ẏ coet a 6elat ar ẏ mo2 heb 6ẏ.
g6ernenni llongeu a h6ẏlb2en-
ni heb hi. Och heb 6ẏ beth oed
ẏmẏnẏd a 6elit gan ẏſtlẏs ẏ
llongeu. Bendigeiduran uẏ-
mb2a6t heb hi oed h6nn6 ẏn-
dẏuot ẏ ueis nẏt oed long ẏ
kẏnghanei ef ẏndi. beth oed
ẏr eſkeir aruchel ar llẏnn o bop
parth ẏ2 eſkeir. Ef heb hi ẏn e-
d2ẏch ar ẏ2 ẏnẏs honn llidẏa6c
ẏ6. Y deu lẏgat ef opop parth ẏ
d26ẏn ẏ6 ẏ d6ẏ lẏnn o bop parth
ẏ2 eſkeir. Ac ẏna dẏgẏuo2 holl
6ẏ2 ẏmlad i6erdon a6naethp6-
ẏt ẏgẏt. ar holl uo2bennẏd ẏn
gẏflẏm. A chẏngho2 a gẏmer6ẏt.
Argl6ẏd heb ẏ 6ẏ2da 62th uatho-
l6ch nẏt oes gẏngho2 namẏn
kilẏa6 d26ẏ linon auon oed ẏn
i6erdon. agadu llinon ẏ rot ac ef.
Atho2ri ẏ bont ẏſſẏd ar ẏ2 auon.

Amein ſugẏn ẏſſẏd ẏ g6aela6t
ẏ2 auon nẏ eill na llong na lleſ-
tẏ2 arnei. 6ẏnt a gẏlẏſſant d26ẏ
ẏ2 auon ac a to2rẏſſant ẏ bont.
Bendigeiduran a doeth ẏ2 tir
a llẏnghes ẏgẏt ac ef parth a
glann ẏ2 auon. Argl6ẏd heb ẏ
6ẏ2da ti a6doſt kennedẏf ẏ2 a-
uon. nẏ eill neb uẏnet d26ẏdi.
nẏt oes bont arnei hit̊eu. Mae
dẏ gẏngho2 am bont heb 6ẏ.
Nit oes heb ẏnteu namẏn a
uo penn bit pont. Mi a uẏdaf pont
heb ef. Ac ẏna gẏntaf ẏ dẏ6etp6ẏt
ẏ geir h6nn6 ac ẏ diha rebir et6a
ohona6. Ac ẏna guedẏ go26ed oho-
na6 ef ar tra6s ẏ2 auon ẏ bẏ26ẏt
cl6ẏdeu arna6 ef. ac ẏd aeth ẏ luo-
ed ef ar ẏ d2a6s ef d26od. Ar hẏnnẏ
gẏt ac ẏ kẏuodes ef. llẏma genna-
deu mathol6ch ẏn dẏuot atta6 ef
ac ẏn kẏuarch guell ida6. Ac ẏnẏ
annerch ẏ gan uathol6ch ẏ gẏua-
thrach62 ac ẏn menegi oe uod ef
na haedei arna6 ef namẏn da. Ac
ẏmae mathol6ch ẏn rodi b2enhi-
naeth i6erdon ẏ 6ern uab matho-
l6ch dẏ nei ditheu uab dẏ ch6aer
ac ẏnẏ ẏſtẏnnu ẏth 6ẏd di ẏn lle
ẏ cam ar codẏant a6naethp6ẏt
ẏ uran6en. Ac ẏnẏ lle ẏmẏnnẏch
ditheu aẏ ẏma aẏ ẏn ẏnẏs ẏ ked-
ẏ2n goſſẏmdeitha uathol6ch. Je
heb ẏnteu uendigeiduran onẏ
allaf i ue hun cael ẏ urenhinaeth.
Ac aduẏd ẏ ſkẏmeraf gẏngho2

am ẏch kennaꝺ6zi ch6i. O hẏn hẏt
ban del amgen nẏ cheff6ch ẏgen=
hẏf i attep. Je heb 6ẏnteu ẏz atteb
go2eu agaffom ninheu attat ti ẏ
ꝺo6n ac ef ac aro ditheu ẏn ken=
naꝺ6zi ninheu. Arhoaf heb ef o ꝺo=
6ch ẏn ehegẏz. Y kennadeu agẏzch=
ẏffant racꝺu ac at uathol6ch ẏ ꝺoe-
thant. Argl6ẏd heb 6ẏ kẏ6eira at-
tep a uo g6ell at uendigeiꝺ6zan.
nẏ 6aranꝺa6ei dim o2 attep a aeth
ẏ genhẏm ni atta6 ef. A6ẏz heb
ẏmathol6ch mae ẏch kẏnghoz ch6i.
Argl6ẏd heb 6ẏ   nẏt oes
it gẏnghoz   namẏn un.
ni enghis ef ẏmẏ6n tẏ eirẏoet
heb 6ẏ. g6na tẏ heb 6ẏ oẏ anrẏ-
ded ef ẏganho ef ag6ẏz ẏnẏs ẏ
kedẏzn ẏn ẏneill parth ẏz tẏ. athi-
theu ath lu ẏn ẏparth arall. A ꝺo-
ro ꝺẏ urenhinaeth ẏnẏ e6ẏllus
ag6za iꝺa6. Ac o enrẏded g6neu=
thur ẏ tẏ heb 6ẏ peth nẏ chauas
eirẏoet tẏ ẏganhei ẏnꝺa6. ef a
tangnoueda athi. Ar kennadeu a
doethant ar gennaꝺ6zi honno gan=
tunt at uendigeiduran. ac ẏnteu
agẏmerth gẏnghoz. Sef agauas
ẏnẏ gẏnghoz kẏmrẏt hẏnnẏ.
ath26ẏ gẏnghoz bzanuen uu hẏ=
nnẏ oll. ac rac llẏgru ẏ6lat oed
genti hitheu hẏnnẏ. E tangneued
agẏ6eir6ẏt ar tẏ a adeil6ẏt ẏn
ua6z ac ẏn bzaf. Ac ẏftrẏ6 a6na=
eth ẏg6ẏdẏl. fef ẏftrẏ6 a6naet=
hant. dodi guanas o bop parth

ẏ bop colou6n o cant colou6n oed
ẏnẏ tẏ. Adodi bol6 croẏn ar bop
guanas a g6z arua6c ẏm pob vn
o honunt. Sef a6naeth efnẏffẏen
dẏuot ẏmlaen llu ẏnẏs ẏ kedẏ=
rn ẏmẏ6n ac edzẏch golẏgon o2=
6ẏllt antrugara6c ar hẏt ẏ tẏ.
ac arganuot ẏ bol6eu cr6ẏn a6na=
eth ar hẏt ẏ pẏft. beth ẏffẏd ẏnẏ
bol6 h6nn heb ef 6zth un o2 guẏ=
ꝺẏl. bla6t eneit heb ef. Sef a 6=
naeth ẏnteu ẏdeimla6 hẏt ban
gauas ẏ benn. a guafcu ẏ benn
ẏnẏ glẏ6 ẏ uẏffed ẏn ẏmanoꝺi
ẏnẏ ureichell d26ẏ ẏz afc6zn. Ac
aꝺa6 h6nn6 adodi
ẏ la6 ar un   arall a gou=
ẏn beth ẏffẏd ẏma. bla6t medei
ẏ g6ẏdel. Sef a 6nai ẏnteu ẏz
un guare a fa6b ohonunt. hẏt
nat eꝺe6is ef 6z bẏ6 o2 holl6ẏz
o2 deu cann6z eithẏz un. A dẏuot
at h6nn6 a gouẏn beth ẏffẏd ẏ=
ma. bla6t eneit heb ẏ g6ẏdel.
Sef a6naeth ẏnteu ẏdeimla6
ef ẏnẏ gauas ẏ benn ac ual ẏ
guafcaffei benneu ẏrei ereill
guafcu penn h6nn6. fef ẏclẏ6ei
arueu am benn h6nn6. nẏt ẏm=
eꝺe6is ef ah6nn6 ẏnẏ laꝺa6d.
Ac ẏna canu englẏn. Yffit ẏnẏ
bol6 h6nn amrẏ6 ula6t keimeit
kẏnniuẏeit difkẏnneit ẏn trin
rac kẏꝺ6ẏz cad bara6t. Ac ar
hẏnnẏ ẏ dothẏ6 ẏ niueroed
ẏz tẏ. ac ẏdoeth g6ẏz ẏnẏs i6er=

don ẏr tẏ oʒ neill parth. aguẏʒ ẏ-
nẏs ẏ kedẏʒn oʒ paᵗth arall. Ac
ẏn gẏn ebʒuẏdet ac ẏd eiſtedẏſ-
fant ẏ bu duundeb ẏ rẏdunt. ac
ẏd ẏſtẏnnuẏt ẏ urenhinaeth
ẏʒ mab. Ac ẏna guedẏ daruot
ẏ tangneued galu ouendigeid-
uran ẏmab attau . ẏ gan uen-
digeiduran ẏ kẏʒchaud ẏmab
at uanauẏdan. A phaub oʒ ae gu-
elei ẏnẏ garu. Egan uanauẏdan
ẏ geluis nẏſſẏen uab euroſſuẏd
ẏ mab attau. Ẏ mab aaeth attau
ẏn dirẏon . paham heb ẏʒ efniſ-
fẏen na dau uẏ nei uab
uẏ chuaer attaf i
kẏn nẏ bei   urenhin ar
iuerdon da oed genhẏf i ẏm-
tirẏoni ar mab. Aet ẏn llauen
heb ẏ bendigeiduran. ẏmab
aaeth attau ẏn llauen. Ẏ duu
ẏ dẏgaf uẏgkẏſſes heb ẏnteu
ẏnẏ uedul ẏſ anhebic a gẏfla-
uan gan ẏ tẏluẏth ẏ uneuthur
aunaf i ẏʒ auʒ honn . achẏuodi
ẏ uẏnẏd achẏmrẏt ẏmab eru-
ẏd ẏ traet aheb ohir na chael
odẏn ẏnẏ tẏ gauael arnau ẏ-
nẏ uant ẏmab ẏn uẏſc ẏ benn
ẏnẏ gẏnneu. A fan uelas uran-
uen ẏmab ẏn boeth ẏnẏ tan. hi
agẏnfẏnuẏs uuʒu neit ẏnẏ tan
oʒ lle ẏd oed ẏn eiſted rung ẏ deu
uroder. Achael ouendigeiduran
hi ẏnẏ neill lau. aẏ tarean ẏ-
nẏ llau arall. Ac ẏna ẏmgẏuot

obaub ar hẏt ẏ tẏ. A llẏna ẏgoduʒu
muẏhaf a uu gan ẏniuer un tẏ.
paub ẏn kẏmrẏt ẏ arueu. Ac
ẏna ẏdẏuot moʒduẏd tẏllẏon.
guern gunguch uiuch uoʒduẏt
tẏllẏon. ac ẏn ẏd aeth paub ẏm-
pen ẏʒ arueu. ẏ kẏnhelis bendi-
geiduran uranuen ẏrung. ẏ
tarẏan aẏ ẏfcuẏd. ac ẏna ẏ de-
chreuis ẏ guẏdẏl kẏnneu tan
dan ẏ peir dadeni. ac ẏna ẏbẏ-
rẏuẏt ẏkalaned ẏnẏ peir ẏnẏ
uei ẏn llaun. ac ẏkẏuodẏn
tranoeth   ẏ boʒe ẏn
uẏʒ ẏmlad kẏſtal achẏnt ei-
thẏʒ na ellẏnt dẏuedut. Ac ẏ-
na pan uelas efniſſẏen ẏ cala-
ned heb enni ẏn un lle o uẏʒ ẏ-
nẏs ẏ kedẏʒn ẏ dẏuot ẏnẏ uedul.
Oẏ aduu heb ef guae ui uẏmot
ẏn achaus ẏʒ uẏduic honn ouẏʒ
ẏnẏs ẏ kedẏʒn. Ameuẏl ẏmi heb
ef onẏ cheiſſaf i uaret rac hẏnn.
Ac ẏmedẏʒẏau ẏmlith calaned
ẏ guẏdẏl. Adẏuot deu uẏdel uonll-
um idau aẏ uuʒu ẏnẏ peir ẏn
rith guẏdel. Emẏſtẏnnu idau ẏn-
teu ẏnẏ peir ẏnẏ dẏʒr ẏ peir ẏn
peduardʒẏll. ac ẏnẏ dẏʒr ẏgalon
ẏnteu. Ac o hẏnnẏ ẏ bu ẏmeint
goʒuot auu ẏuẏʒ ẏnẏs ẏkedẏʒn.
Nẏ bu oʒuot ohẏnnẏ eithẏʒ diang
feithuẏʒ abʒathu bendigeiduran
ẏnẏ troet a guenuẏnuaeu. Sef
feithuẏʒ adienghis. Pʒẏderi. Ma-
nauẏdan. Gliuieu. eil taran. Ta-

lỿeſſin. ac ỿnaỽc grudỿeu uab !
murỿel. Heilỿn uab gỽỿn hen.
Ac ỿna ỿ peris bendigeiduran
llad ỿ benn. Achỿmerỽch chỽi
ỿpenn heb ef adỿgỽch hỿt ỿgỽ=
ỿnurỿn ỿn llundein achledỽch
aỿ ỽỿneb ar freinc ef. Achỽi a uỿ=
dỽch ar ỿfoȝd ỿn hir ỿn hardlech
ỿ bỿdỽch ſeith mlỿned ar ginỿaỽ
ac adar riannon ỿcanu ỿỽch. Ar
penn a uỿd kỿſtal gennỽch ỿ ge=
dỿmdeithas ac ỿ bu oȝeu gennỽch
ban uu arnafi eirỿoet. Ac ỿguales
ỿm penuro ỿ bỿdỽch pedỽarugeint
mlỿned. Ac ỿnỿ agoȝoch ỿ dȝỽs par=
th ac aber henueleu ỿtu ar gernỿỽ
ỿgellỽch uot ỿno ar penn ỿn dilỽ=
gỿȝ genhỽch. ac oȝ pan agoȝoch ỿ
dȝỽs hỽnnỽ nỿ ellỽch uot ỿno
kỿȝchỽch lundein ỿgladu ỿpenn
achỿȝchỽch chỽi racoch dȝỽod. Ac
ỿna ỿ llas ỿ benn ef. Ac ỿ kỿchỽ=
ỿnaſſant ar penn gantu dȝỽod
ỿſeithỽỿȝ hỿnn. abȝanỽen ỿn
ỽỿthuet. Ac ỿaber alau ỿn tal=
ebolỿon ỿdoethant ỿȝ tir. Ac ỿna
eiſted aỽnaethant agoȝfoỽỿs. E=
dȝỿch oheni hitheu ar iỽerdon
ac ar ỿnỿs ỿkedȝȝn aỽelei ohon=
unt. Oỿ a uab
duỽ heb hi guae ni om ganediga=
eth. da adỽỿ ỿnỿs adiffeithỽỿt
om achaỽs i adodi ucheneit uaỽȝ
a thoȝri ỿ chalon ar hỿnnỿ. Agỽne=
uthur bed petrual idi ae chladu
ỿno ỿglan alaỽ. Ac ar hỿnnỿ ker=

det aỽnaeth ỿ ſeithỽỿȝ parth a
hardlech ar penn ganthunt. val
ỿ bỿdant ỿ kerdet llỿma gỿỽeith=
ỿd ỿn kỿuaruot ac ỽỿnt o ỽỿȝ agỽ=
ȝaged. Aoes gennỽch chỽi chỽedleu
heb ỿmanaỽỿdan. nac oes heb ỽỿnt
onỿt goȝeſgỿn ogaſỽallaỽn uab
beli ỿnỿs ỿkedȝȝn. aỿ uot ỿn ure=
nhin coȝonaỽc ỿn llundein. Pa
daruu heb ỽỿnteu ỿgradaỽc uab
bȝan. ar ſeithỽỿȝ aedeỽit ỿgỿt ac
ef ỿn ỿȝ ỿnỿs honn. Dỿuot caſỽa=
llaỽn am eu penn allad ỿchỽegỽỿȝ
a thoȝri ohonaỽ ỿnteu gradaỽc ỿ
galon o aniuỿget am ỽelet ỿ cle=
dỿf ỿn llad ỿỽỿȝ ac na ỽỿdat pỽỿ
ae lladei. Caſỽallaỽn adaroed
idaỽ ỽiſcaỽ llen hut amdanaỽ.
ac nỿ ỽelei neb ef ỿn llad ỿgỽỿȝ
namỿn ỿ cledỿf. Nỿ uỿnhei gaſ=
ỽallaỽn ỿ lad ỿnteu ỿnei uab ỿ
geuỿnderỽ oed. A hỽnnỽ uu ỿtrỿ=
dỿd dỿn a toȝres ỿgallon oaniuỿ=
get. Pendarar dỿuet aoed ỿn
ỽas ieuang gỿt ar ſeithỽỿȝ adien=
ghis ỿȝ coet heb ỽỿnt. Ac ỿna ỿ
kỿȝchỿſſant ỽỿnteu hardlech ac
ỿ dechȝeuſſant eiſted ac ỿ dechȝeu=
ỽỿt ỿmdiỽallu ðỽỿt allỿnn. Ac
ỿdechȝeuỿſſant ỽỿnteu uỽỿta
ac ỿuet. Dỿuot tri ederỿn ade=
chȝeu canu udunt rỿỽ gerd ac oc
aglỿỽſſỿnt ogerd diuỽỿn oed
pob un iỽȝthi hi. A fell dȝemỿnt
oed udunt. ỿguelet uch benn
ỿ ỽeilgi allan. Ac ar hỿnnỿ o gin

Achỳn amlỳket oed udunt ỽỳ a
chỳn bỳdỳnt gỳt ac ỽỳ. Ac ar hỳn=
nỳ oginỳaỽ ỳ buant ſeith mlỳned.
Ac ỳm penn ỳſeithuet ulỽỳdỳn
ỳkỳchỽỳnỳffant parth agualas
ỳmpenuro. Ac ỳno ỳd oed udunt
lle teg bzenhineid uch benn ỳ ỽe=
ilgi ac ỳneuad uaỽz oed ac ỳz neu=
ad ỳkỳzchỳffant. A deu dzỽs a ỽe=
lỳnt ỳn agozet. ỳ trỳdỳd dzỽs oed
ỳgaỳat ỳz hỽnn ỳ tu acherṅỳỽ.
Ỽeldỳ racco heb ỳmanaỽỳdan ỳ
dzỽs nỳ dỳlỳỽn ni ỳagozi. Ar nos
honno ỳ buant ỳno ỳn diỽall ac
ỳn digrif ganthunt. Ac ỳz aỽelfỳ=
nt o ouut ỳnỳ gỽỳd ac ỳz a geỽffỳ=
nt ehun nỳ doỳ gof udunt ỽỳ
dim nac ohỳnnỳ nac o alar ỳnỳ
bỳt. Ac ỳno ỳ treulỳffant ỳ pedỽ=
arugeint mlỳned hỳt na ỽỳbu=
ant ỽỳ eirỳoet dỽỳn ỳſpeit di=
griuach na hỳurỳdach no honno.
Nỳt oed anefmỽỳthach nac ad=
nabot o un ar ỳgilỳd ỳuot ỳn hỳnỳ
oamfer no fan doethan ỳno. Nit
oed anefmỽỳthach ganthunt
ỽỳnte gỳduot ỳ penn ỳna no
phan uuaffei uendigeiduran
ỳn uỳỽ gỳd ac ỽỳnt. Ac o achaỽs
ỳ pedỽarugeint mlỳned hỳnnỳ
ỳ gelỽit. ỳſpỳdaỽt urdaul benn.
ỳſpỳdaỽt uranỽen amatholỽch
oed ỳz honn ỳd aethpỽỳt eiỽer=
don. Sef aỽnaeth heilỳn uab
guỳn dỳdgueith. meuỳl ar uỳ
marỳf i heb ef onỳt agozaf ỳ/

dzỽs eỽỳbot aỳ gỽir a dỳỽedir am
hỳnnỳ. Agozi ỳ dzỽs aỽnaeth ac
edzỳch ar gernỳỽ ac ar aber hen=
ueleu. aphan edzỳchỽỳs ỳd oed
ỳn gỳn hỳſpỳffet ganthunt ỳgỳ=
niuer collet agollỳffỳnt eirỳoet
ar gỳniuer car achedỳmdeith a
gollỳffỳnt ar gỳniuer dzỽc adoth=
oed udunt achỳt bei ỳno ỳ kỳu=
arffei ac ỽỳnt. ac ỳn benhaf oll
am eu harglỽỳd. Ac oz gỳuaỽz
honno nỳ allỳffant ỽỳ ozfoỽỳs
namỳn kỳchu ar penn parth a
llundein. Pa hỳt bỳnnac ỳ bỳ=
dỳnt ar ỳ fozd ỽỳnt adoethant
hỳt ỳn llundein. ac agladỳffant
ỳ penn ỳnỳ gỽỳnurỳn. Ahỽnnỽ
trỳdỳd matcud ban gudỳỽỳt.
Ar trỳdỳd anuat datcud pann
datcudỳỽỳt. canỳ doeỳ ozmes
bỳth dzỽỳ uoz ỳz ỳnỳs honn tra
uei ỳ penn ỳnỳ cud hỽnnỽ. A hỳn=
nỳ adỳỽeit ỳkỳuarỽỳdỳd hỽnn
eu kỳfranc ỽỳ. ỳgỽỳz agỳchỽỳn=
ỽỳs o iỽerdon ỳỽ hỽnnỽ. En iỽer=
don nỳt edeỽit dỳn bỳỽ namỳn
pump gỽzaged beichaỽc ỳmỽỳn
gogof ỳn diffeithỽch iỽerdon.
Ar pump ỽzaged hỳnnỳ ỳn ỳz
un kỳfnot a
anet udunt pum meib. Ar pỳm
meib hỳnnỳ auagỳffant hỳt ban
uuant ỽeiffon maỽz. ac ỳnỳ ue=
dỳlỳffant am ỽzaged. Ac ỳnỳ
uu damunet gantunt eu cafael.
Ac ỳna kỳfcu pob un lau heb lau

gan uam ẏgilid agỽledẏchu ẏ
ỽlat aẏ chẏuanhedu aẏ rannu
ẏrẏdunt ẏll pẏmp. ac oachaỽs
ẏranẏat hỽnnỽ ẏgelỽir etỽan
pẏmp rann ẏỽerdon. Ac edzẏch
ẏỽlat aỽnaethant fozd ẏbuaſſei
ẏz aeruaeu. achael eur ac arẏant
ẏnẏ ẏtoedẏnt ẏn gẏuoethaỽc.
Allẏna ual ẏteruẏna ẏgeing ho-
nn oz mabinẏogi. o achaỽs palua-
ỽt bzanỽen ẏz honn auu trẏded
anuat paluaỽt ẏn ẏz ẏnẏs honn.
Ac oachaỽs ẏſpadaỽt uran pan
aeth ẏniuer pedeir decỽlat aſeith-
ugeint eiỽerdon ẏdial paluaỽt
bzanỽen. ac am ẏginẏaỽ ẏn hard-
lech ſeithmlẏned. ac am ganẏat
adar riannon. ac ar ẏſpẏdaut
benn pedỽarugeint mlẏned.
Guedẏ daruot ẏz ſeithỽẏz a
dẏỽedẏſſam ni uchot cladu
penn bendigeiduran ẏnẏ gỽẏ-
nurẏn ẏn llundein aẏ ỽẏneb ar
freinc. edzẏch aỽnaeth mana-
uẏdan ar ẏdzef ẏn llundein ac
ar ẏgedẏmdeithon adodi uchen-
eit uaỽz achẏmrẏt diruaỽz a-
lar a hiraeth ẏndaỽ. Oẏ aduỽ
holl gẏuoethaỽc guae ui heb ef
nẏt oes neb heb le idaỽ heno na-
mẏn mi. Arglỽẏd heb ẏpzẏderi
na uit kẏn dzẏmhet genhẏt
a hẏnnẏ. Dẏ geuẏnderỽ ẏſſẏd
urenhin ẏn ẏnẏs ẏkedẏrn a
chẏn gỽnel gameu it heb ef.
nẏ buoſt haỽlỽz tir adaẏar ei-

rẏoet. trẏdẏd lledẏf unben ỽẏt.
Je heb ef kẏt boet keuẏnderỽ ẏ
mi ẏgỽz hỽnnỽ goathzift ỽỽ gen-
hẏf i guelet neb ẏn lle bendige-
iduran uẏ mraỽt. ac nẏ allaf uot
ẏn llaỽen ẏn un tẏ ac ef. Aỽneẏ
ditheu gẏnghoz arall heb ẏpzẏ-
deri. Reit oed im ỽzth gẏnghoz
heb ef apha gẏnghoz ẏỽ hỽnnỽ.
Seith cantref dẏuet ẏz edeỽit
ẏmi heb ẏpzẏderi ariannon uẏ
mam ẏſſẏd ẏno. mi a rodaf it
honno amedẏant ẏſeith cantr-
ef genthi. Achẏnẏ bei itti ogẏ-
uoeth namẏn ẏſeith cantref
hẏnnẏ nẏt oes ſeith cantref ỽell
noc ỽẏ. Kicua uerch ỽẏn gloẏỽ
ẏỽ uẏgỽzeic inheu heb ef. Achẏn
bo enỽedigaeth ẏkẏuoeth ẏmi
bit ẏmỽẏnant ẏti a riannon.
Aphei mẏnhut gẏuoeth eirẏoet
ad uẏd ẏcaffut ti hỽnnỽ. Na uẏ-
nhaf unben heb ef. duỽ adalo
it dẏgẏdẏmdeithas. Egedẏm-
deithas ozeu a allỽẏf i ẏti ẏbẏd
os mẏnnẏ. Mẏnnaf eneit heb
ef duỽ adalo it. Ami aaf gẏt
athi ẏedzẏch riannon ac ẏedzẏch
ẏkẏuoeth. Jaỽn aỽneẏ heb ẏn-
teu. Mi adebẏgaf na ỽerende-
ỽeiſt eirẏoet ar ẏmdidanỽzeic
ỽell no hi. Er amſer ẏbu hitheu
ẏnẏ deỽzed nẏ bu ỽzeic delediỽ-
ach no hi ac etỽa nẏ bẏdẏ an-
uodlaỽn ẏphzẏt. Vẏnt ager-
daſſant racdunt. Apha hẏt

býnnac ý býdýnt ar ý fo2d 6ý-
nt adoethant ý dýuet. Gỻed
darparedic oed udunt erbýn
eu dýuot ýn arberth. ariannon
a chicua 6edý ý harlỻýa6. Ac ýna
dech2eu kýdeifted ac ýmdidan
o uana6ýdan a riannon. Ac o2 ý-
mdidan tirioni a6naeth ý urýt
aý ued6l 62thi. a hoffi ýný ued6l
na 6elfei eirýoed 62eic digonach
ý theket aý theledi6et no hi.
P2ýderi heb ef mi a uýdaf 62th
a dý6edeifti. pa dý6ed6ýdat oed
h6nn6 heb ý riannon. Argl6ýdes
heb ef p2ýderi mi athroeffum ýn
62eic ý uana6ýdan uab llý2. A
minheu auýdef 62th hýnný ýn
lla6en heb ý riannon. lla6en ý6
genhýf inheu heb ý mana6ýdan
a du6 adalo ý2 g62 ýffýd ýn rodi
iminheu ý gedýmdeithas mo2
difleis a hýnný. kýn daruot
ý 6led honno ý kýfc6ýt genti.
Ar ný derý6 o2 6led heb ý p2ýde-
ri treul6ch ch6i. a minheu aaf
ý heb26ng uýg62ogaeth ý gaf6a-
lla6n uab beli hýt ýn lloegý2.
Argl6ýd heb ý riannon ý gkent
ý mae caf6alla6n athi a ellý
treula6 ý 6led honn aý arhos
auo nes. Ninheu aý arho6n
heb ef. ar 6led honno adzeul-
ýffant. a dechreu a 6naethant
kýlcha6 dýuet aý hela. Achým-
rýt eu digriu6ch. ac 62th rodýa6
ý6lat ný 6elfýnt eirýoet 6lat

gýuanhedach no hi. na heldir 6ell
nac amlach ý mel naý phýfca6t
no hi. Ac ýn hýnný týuu kedým-
deithas ý rýdunt ýll ped6ar hýt
na mýnnei ý2 un uot heb ý gilid
na dýd na nos. Ac ýmýfc hýnný
ef aaeth at caf6alla6n hýt ýn
rýt ýchen ý heb26ng ý 62ogaeth
ida6. Adirua62 lý6enýd auu ý-
ný erbýn ýno a diol6ch ida6 he-
b26ng ý 62ogaeth ida6. aguedý
ým ch6elut kýmrýt eu g6ledeu
ac eu hefm6ýthder a o2ugant
p2ýderi a mana6ýdan. a dech2eu
g6led a o2ugant ýn arberth ca-
nýs p2if lýs oed. ac o honei ýdech-
reuit pob anrýded. Aguedý ýb6-
ýta kýntaf ýnos honno tra uei
ý guaffanaeth6ý2 ýn b6ýta. ký-
uodi allan a o2ugant a chý2chu
go2ffed arberth a6naethant ýll
ped6ar ac ýniuer gýt ac 6ýnt. Ac
ual ý býdant ýn eifted ý uellý
llýma d626f achan ueint ý t626f
llýma ga6at o ný6l ýn dýuot hýt
na chanhoed ý2 un ohonunt 6ý ý
gilid. Ac ýn ol ýný6l llýma ýn
goleuhau pob lle. a phan ed2ýchýf-
fant ý fo2d ý guelýn ý p2eideu ar
anreitheu ar kýuanhed kýn no
hýnný. ný 6elýnt neb rý6 dim
na thý nac aniueil. na m6c. na
than. na dýn. na chýuanhed ei-
thý2 tei ý llýs ýn 6ac diffeith
anghýuanhed heb dýn heb
uil ýndi. Eu kedýmdeithon ehun

6edẏ eu colli heb 6ẏbot dim ẏ62th=
unt onẏt 6ẏll ped6ar. Oẏ a argl6ẏd
du6 heb ẏmana6ẏdan mae ẏni-
uer ẏllẏs ac ẏn anniuer ninheu
namẏn hẏnn. A6n ẏed3ẏch. dẏuot
ẏ2 ẏneuad a6naethant nit oed
neb. kẏ2chu ẏ2 ẏſtauell ar hundẏ
nẏ 6elẏnt neb. Ẏmedgell nac ẏg-
kegin nit oed namẏn diffeith6ch.
Dechreu a6naethant ẏll ped6ar
treula6 ẏ6led. ahela a6naethant
a chẏmrẏt eu digriu6ch a dechreu
a6naeth pob un o honunt rodẏa6
ẏ6lat ar kẏuoeth ẏed3ẏch a6elẏ-
nt aẏ tẏ aẏ kẏuanhed. a neb rẏ6
dim nẏ 6elẏnt eithẏ2 guẏdl6dẏn.
A guedẏ treula6 eu g6led ac eu dar-
merth o honunt. dechreu a6naeth-
ant ẏmbo2th ar kic hela aphẏſca6t
abẏdaueu. ac ẏuellẏ bl6ẏdẏn ar
eil ad3eulẏſfant ẏn digrif gantunt.
Ac ẏnẏ di6ed dẏgẏa6 a6naethant.
Dioer heb ẏmana6ẏdan nẏ bẏd6n
ual hẏnn. Kẏ2ch6n lo6gẏ2 acheiſ-
f6n greft ẏcaffom ẏn ẏmbo2th.
kẏ2chu llo6gẏ2 ao2ugant. adẏuot
hẏt ẏn henfo2d. achẏmrẏt arnunt
g6neuthur kẏfr6ẏeu. adechreu
a 6naeth ef uana6ẏdan llunẏa6
co2ueu. ac eu lli6a6 ar ẏ 6ed ẏ guel-
fei gan laffar llaef gẏgn6ẏt achalch
llaffar. Ag6neuthur calch laffar rac-
da6 ual ẏg6nathoed ẏ g62 arall.
ac 62th hẏnnẏ ẏgel6ir et6a calch
llaffar. am ẏ6neuthur o laffar llaes
gẏgn6ẏt. Ac o2 gueith h6nn6 tra

geffit gan uana6ẏdan nẏ ph2ẏ=
nit gan gẏfr6ẏd d2os 6ẏneb hen=
fo2d na cho2ẏf na chẏfr6ẏ. a c ẏnẏ
adnabu pob un o2 kẏfr6ẏdẏon ẏ
uot ẏn colli o6ẏ henill. ac nẏ frẏnit
dim ganthunt o nẏt guedẏ na
cheffit gan uana6ẏdan. Ac ẏn hẏ-
nẏ ẏm gẏnulla6 ẏgẏt ohonunt.
aduuna6 ar ẏlad efaẏ gedẏmdeith
ac ẏn hẏnnẏ rẏbud aga6ffont
6ẏnteu. a chẏmrẏt kẏngho2. am
ada6 ẏd3ef. Erofi adu6 heb ẏ
p2ẏderi ni chẏngho2afi ada6
ẏd3ef. namẏn llad ẏtaẏogeu
racco. Nac ef heb ẏmana6ẏdan
bei ẏmlademe ni ac 6ẏnt6ẏ clot
d26c uẏdei arnam ac ẏn carcha=
ru a6neit. Ẏſguell in heb ef kẏ2-
chu tref arall eẏmoſſẏmdeitha6
ẏndi. Ac ẏna kẏ2chu dinas arall.
a6naethant ẏll ped6ar. Pa gel=
uẏdẏt heb ẏ p2ẏderi agẏmer6n
ni arnam. G6na6n tarẏaneu
heb ẏmana6ẏdan. A 6dom nin=
heu dim ẏ62th hẏnnẏ heb ẏ
p2ẏderi. Ni aẏ p2ou6n heb ẏn=
teu. Dechreu g6neuthur
gueith ẏtarẏaneu eu llunẏ=
a6 ar6eith tarẏaneu da 6el=
fẏnt. adodi ẏlli6 a dodẏffẏnt
ar ẏkẏfr6ẏeu arnunt. Ar g6=
eith h6nn6 al6ẏd6ẏs racdunt
hẏt na ph6ẏnit tarẏan ẏn ẏr
holl d2ef onẏt guedẏ na cheffit
ganthunt 6ẏ. Kẏflẏm oed ẏ
gueith 6ẏnteu adiueſſur a6=

neẏnt. Ac ẏ uellẏ ẏ buant ẏnẏ
dẏgẏỽẏs ẏỽ kẏtdzefỽẏz racdunt
ac ẏnẏ duunẏffant ar geiffaỽ
eu llad. Rẏbud adoeth udunt
·ỽnteu achlẏbot bot ẏgỽẏz ac
ẏ bzẏt ar eu dienẏdẏaỽ. Prẏderi
heb ẏmanaỽẏdan ẏ mae ẏ gỽẏz
hẏnn ẏnmẏnnu ẏndiuetha. Nẏ
chẏmerỽn inheu ẏgan ẏ taẏogeu
hẏnnẏ aỽn adanunt alladỽn.
nac ef heb ẏnteu. caffỽallaỽn a
glẏỽei hẏnnẏ ae ỽẏr. areỽin uẏ=
dem. Kẏzchu tref arall a ỽnaỽn.
Vẏnt adoethant ẏdeef arall.
Pa geluẏdẏt ẏd aỽni ỽzthi heb
ẏmanaỽẏdan. ẏz honn ẏmẏn=
ẏch oz aỽdam heb ẏpzẏderi. Nac
ef heb ẏnteu gỽnaỽn grẏdẏa=
eth ni bẏd ogalhon gan grẏdẏ=
on nac ẏmlad ani nac ẏmỽara=
uun. Nẏ ỽnni dim ẏỽzth hon=
no heb ẏpzẏderi. Mi aẏ gỽn heb
ẏmanaỽẏdan ami adẏfcaf it
ỽniaỽ. ac nit ẏmẏzrỽn ar gẏỽe=
iraỽ lledẏz namẏn ẏ bzẏnu ẏn
baraỽt agỽneuthur ẏn gueith
ohonaỽ. Ac ẏna dechzeu pzẏnu
ẏ cozdỽal teccaf agauas ẏnẏ dzef.
ac amgen ledẏz no hỽnnỽ nẏ
phzẏnei ef eithẏz lledẏz guadneu.
A dechreu aỽnaeth ẏmgedẏmde=
ithaffu ar eurẏch gozeu ẏnẏ dzef
apheri guaegeu ẏz efkidẏeu ac
euraỽ ẏ guaegeu afẏnnẏaỽ ehun
ar hẏnnẏ ẏnẏ gỽẏbu. Ac oz acha=
ỽs hỽnnỽ ẏgelỽit ef ẏn trẏded

eurgrẏd. Tra geffit gantaỽ ef
nac efkit na hoffan nẏ phrẏnit
dim gan grẏd ẏn ẏz holl dzef.
Sef aỽnaeth ẏ crẏdẏon adnabot
bot eu hennill ẏn pallu udunt
canẏs ual ẏllunẏei uanaỽẏdan
ẏgueith ẏgỽniei pzẏderi. Dẏuot
ẏ crẏdẏon achẏmrẏt kẏnghoz. fef
agaufant ẏneu kẏnghoz duunaỽ
ar eu llad. Pzẏderi heb ẏmanaỽẏ=
dan ẏ mae ẏ guẏz ẏn mẏnnu an=
llad. Pam ẏ kẏmerỽn inheu hẏn=
nẏ gan ẏtaẏogeu lladzon heb
ẏ pzẏderi namẏn eu llad oll. Nac
ef heb ẏmanaỽẏdan nẏt ẏmla=
dỽn ac ỽẏnt ae nẏ bẏdỽn ẏn llo=
ẏgẏz bellach. kẏzchỽn parth adẏ=
uet ac aỽn ẏ hedzẏch. Bẏhẏt bẏn=
nac ẏbuant ar ẏffozd ỽẏnt ado=
ethant ẏ dẏuet. ac arberth agẏz=
chẏffant. Allad tan aỽnaethant.
A dechreu ẏmbozth ahela athzeu=
laỽ mis ẏuellẏ achẏnnull eu
cỽn attunt ahela abot ẏuellẏ
ẏno ulỽẏdẏn. A bozegueith kẏ=
uodi pzẏdezi amanaỽẏdan ẏ
hela. achẏỽeiraỽ eu cỽn amẏ=
net odieithẏz ẏllẏs. Sef aỽna=
eth rei oe cỽn kerdet oe ỽlaen
amẏnet ẏberth uechan oed gẏz
eu llaỽ. ac ẏgẏt ac ẏdaant ẏr
berth kilẏaỽ ẏgẏflẏm achegin=
ỽzẏch maỽz aruthẏz ganthunt
ac ẏmchỽelut at ẏ guẏz. Neffa=
ỽn heb ẏpzẏderi parth ar berth
ẏ edzẏch beth ẏffẏd ẏndi. Neffau

parth ar berth. pan neffaant llỿ-
ma uaed coed claer6ỿnn ỿn kỿ-
uodi oʒ berth. Sef aoʒuc ỿ c6n
o hỿder ỿguỿʒ ruthra6 ida6. Sef
a6naeth ỿnteu ada6 ỿberth a-
chilỿa6 dalỿm ỿ6ʒth ỿguỿʒ. Ac
ỿnỿ uei agos ỿguỿʒ ida6. kỿua-
rth arodei ỿʒ c6n heb gilỿa6 ỿʒdh-
unt. A phan ỿnghei ỿguỿʒ ỿ kilỿ-
ei eil6eith ac ỿ toʒrei gỿuarth.
Ac ỿn ol ỿbaed ỿ kerḍaffant ỿnỿ
6elỿnt gaer ua6ʒ aruchel ague-
ith ne6ỿd arnei ỿn lle nỿ 6elf-
ỿnt na maen na gueith eirỿoet.
Ar baed ỿn kỿʒchu ỿʒ gaer ỿn
uuan ar c6n ỿnỿ ol. A guedỿ
mỿnet ỿbaed ar c6n ỿr gaer.
rỿuedu a6naethant 6elet ỿga-
er ỿnỿ lle nỿ 6elfỿnt eirỿoet
6eith kỿn nohỿnnỿ. Ac oben ỿʒ
oʒffed edʒỿch a6naethant ac
ỿm6aranda6 ar c6n. Pa hỿt bỿ-
nnac ỿbỿdỿnt ỿuellỿ nỿchlỿ6-
ỿnt un oʒ c6n na dim ỿ6ʒthunt.
Argl6ỿd heb ỿ pʒỿderi mi aaf
ỿʒ gaer ỿgeiffa6 ch6edleu ỿ6ʒth
ỿ c6n. Dioer heb ỿnteu nỿt da
dỿ gỿnghoʒ uỿnet ỿʒ gaer honn
ỿma eirỿoet. ac og6neỿ uỿghỿ-
nghoʒi nỿt eỿ idi. ar neb adodes
hut ar ỿ6lat aberis bot ỿ gaer ỿ-
ma. Dioer heb ỿ pʒỿderi nỿma-
deuafi uỿgk6n. Pa gỿnghoʒ bỿn-
nac a gaffei ef ỿgan uana6ỿd-
'an ỿgaer agỿʒch6ỿs ef. Pan
doeth ỿʒ gaer na dỿn na mil

nar baed nar c6n na thỿ nac an-
hed nỿ 6elei ỿnỿ gaer. Ef a6elei
ual am gỿmherued lla6ʒ ỿ gaer
fỿnna6n agueith ouaen mar-
moʒ ỿnỿ chỿlch. Ac ar lann ỿfỿ-
nna6n ca6g uch benn llech o
uaen marmoʒ. a chad6ỿneu
ỿn kỿʒchu ỿʒa6ỿʒ adiben nỿ
6elei arnunt. Goʒa6enu a6na-
eth ỿnteu 6ʒth decket ỿʒ eur.
a dahet gueith ỿca6c. adỿuot
a6naeth ỿnỿd oed ỿca6c ac ỿ-
mauael ac ef. Ac ỿgỿt ac ỿd ỿm-
eueil ar ca6c glỿnu ỿd6ỿla6 6ʒ-
th ỿ ca6c aỿ dʒaet 6ʒth ỿ llech
ỿd oed ỿn feuỿll arnei ad6ỿn
ỿ lỿ6enỿd ỿ ganta6 hỿt na all-
ei dỿ6edut un geir. A feuỿll a
6naeth ỿ uellỿ. Ae aros ỿnteu
a6naeth mana6ỿdan hỿt parth
adi6ed ỿdỿd. Aphʒỿnha6n bỿʒr
guedỿ bot ỿn diheu ganta6
ef na chaei ch6edleu ỿ6ʒth pʒỿ-
deri nac ỿ6ʒth ỿ c6n. dỿuot a
oʒuc parth ar llỿs. pan da6 ỿ
mỿ6n. fef a6naeth riannon
edʒỿch arna6. Mae heb hi dỿ
gedỿmdeith di ath c6n. llỿma
heb ỿnteu uỿgkỿfranc ae dat-
canu oll. Dioer heb ỿ riannon
ỿf dʒ6c agedỿmdeith. uuofti.
ac ỿs da agedỿmdeith a goll-
eifti. Achan ỿ geir h6nn6 mỿ-
net allan. Ac ỿ tra6s ỿ mana-
gaffei ef uot ỿ g6ʒ ar gaer
kỿʒchu   a6naeth hitheu

Poʒth ẏgaer aƀelas ẏn agoʒet
nẏ bu argel arnei. ac ẏmẏƀn ẏ
doeth ac ẏgẏt ac ẏdoeth argan=
uot pʒẏderi ẏn ẏmauael ar caƀc
adẏuot attaƀ. Och uẏ arglƀẏd
heb hi beth aƀneẏ di ẏma. Ac
ẏmauael ar caƀc ẏ gẏt ac ef. ac
ẏ gẏt ac ẏd ẏmeueil glẏnu ẏ
dƀẏlaƀ hitheu ƀʒth ẏ caƀc aẏ de=
utroet ƀʒth ẏllech hẏt na allei
hitheu dẏƀedut un geir. Ac ar
hẏnnẏ gẏt ac ẏbu nos llẏma
dƀʒẏf arnunt achaƀat ɔnẏƀl
achan hẏnnẏ difflannu ẏgaer
ac eẏmdeith ac ƀẏnteu pann
ƀelas kicua uerch gƀẏn gloeƀ
gƀʒeic pʒẏderi nat oed ẏnẏllẏs
namẏn hi amanaƀydan dʒẏ=
gẏʒuerth aƀnaeth hẏt nat oed
ƀell genti ẏbẏƀ noẏ marƀ.
Sef aƀnaeth manaƀydan
edʒẏch ar hẏnnẏ. Dioer heb ef.
cam ẏd ƀẏt arnaƀ. os rac uẏ=
ouẏni ẏ dʒẏgẏʒuerthẏ di mi
arodaf duƀ ẏuach it naƀele=
iſti gedẏmdeith gẏƀirach noc
ẏ keffẏ di ui tra uẏnho duƀ. it
uot uellẏ. Ẏrof aduƀ bei et=
uƀni ẏn dechreu uẏ ieuengtit.
mi a gadƀn gẏƀirdeb ƀʒth pʒẏ=
deri. ac ẏrot titheu mi aẏ cadƀn
ac na uit un ouẏn arnat heb
ef. Erof aduƀ heb ef. titheu
ageẏ ẏgedẏmdeithas auẏn=
ẏch ẏ genhẏfi herƀẏd nẏg=
gallu i

tra ƀelho duƀ ẏn bot ẏnẏ dihir=
ƀch hƀnn ar goual. Duƀ adalho
it ahẏnnẏ adebẏnƀn i. ac ẏna
kẏmrẏ llẏƀenẏd ac ehouẏndʒa
oʒ uoʒƀẏn oachaƀs hẏnnẏ. Je
eneit heb ẏmanaƀẏdan nẏt
kẏfle ẏni trigẏaƀ ẏma. Ẏn cƀn
agollẏffam ac ẏmboʒth nẏ all=
ƀn. kẏʒchƀn loegẏʒ haƀffaf ẏƀ
in ẏmboʒth ni allƀn ẏno. Ẏn
llaƀen arglƀẏd heb hi a ni aƀna=
ƀn hẏnnẏ. Ẏgẏt ẏkerdẏffant
parth alloẏgẏʒ. Arglƀẏd heb
hi pa greft agẏmerẏdi arnat
kẏmer un lanƀeith. Nẏ chẏm=
eraf i heb ef namẏn crẏdẏaeth
ual ẏgƀneuthum gẏnt. Arglƀ=
ẏd heb hi nẏt hoff honno ẏ
glanet ẏ ƀʒ kẏgẏnhilet kẏu=
urd athẏdi. ƀʒth honno ẏd af
ui heb ef. Dechʒeu ẏgeluẏdẏt
aƀnaeth achẏƀeiraƀ ẏƀeith
oʒ coʒdƀal teccaf a gauas
ẏnẏ dʒef. Ac ual ẏdechʒeuf=
fant ẏn lle arall dechʒeu
gvaegeu ẏʒ eſkidẏeu o ƀae=
geu eureit ẏnẏ oed ouer a
man gueith holl grẏdẏon ẏ
dʒef ẏ ƀʒth ẏʒ eidaƀ ef ehun.
A thʒa geffit ẏgantaƀ nac
eſkit na hoffan. ni phʒẏnit
ẏ gan ereill dim. Ablƀẏn ẏ
uellẏ adʒeulƀẏ̃s ẏno ẏnẏd=
oed ẏcrẏdẏon ẏn dala kẏn=
uigen achẏnghoʒuẏn ƀʒthaƀ.
Ac ẏnẏ doeth rẏbudẏeu idaƀ.

a menegi uot ẏ crẏdẏon ƀedẏ duu=
naƀ ar ẏlad. Arglƀẏd heb ẏ kicua
pam ẏdiodeuir hẏnn gan ẏtaẏo=
geu. Nac ef heb ẏnteu ni aaem
eiſſoes ẏdẏuet. Dẏuet a gẏ2ch=
ẏſſant. Sef a o2uc manaƀẏdan
pan gẏchƀẏnnƀẏs parth a dẏ=
uet dƀẏn beich oƀenith gan -
taƀ a chẏ2chu arberth achẏuan=
hedu ẏno. ac nit oed dim digri
uach gantaƀ no gƀelet arberth
ar tirogaeth ẏbuaſſei ẏn hela ef
a p2ẏderi a riannon gẏt ac ƀẏnt.
Dechreu aƀnaeth kẏneuinaƀ
a hela pẏſcaƀt allẏdnot ar eu gu=
al ẏno. ac ẏn ol hẏnnẏ dechreu
rẏuo2ẏaƀ. ac ẏn ol hẏnnẏ heu
groft. ar eil. ar trẏdẏd. ac nachaf
ẏ guenith ẏn kẏuot ẏn o2eu ẏn-
ẏ bẏt. Ae deir grofd ẏn llƀẏdaƀ
ẏn un dƀf hẏt na ƀelſei dẏn ƀe=
nith tegach noc ef. T2eulaƀ am=
feroed ẏulƀẏdẏn aƀnaeth. na
chaf ẏ kẏnhaeaf ẏn dẏuot. ac ẏ
ed2ẏch un oe rofdeu ẏdoeth. nachaf
honno ẏn aeduet. mi auẏnhaf
uedi honn a uo2ẏ heb ef. Dẏuot
tra ẏgefẏn ẏnos honno hẏt ẏn
arberth. E bo2e glas d2anoeth dẏ=
uot ẏuẏnnu medi ẏgrofd. pan
daƀ nẏt oed namẏn ẏcalaf ẏn
llƀm ƀedẏ daruot to2ri pob un
ẏnẏ doi ẏnẏ dẏƀẏſſen o2keleuẏn
a mẏnet eẏmdeith ar teƀẏs ẏn
hollaƀl ac adaƀ ẏcalaf ẏno ẏn
llƀm. Rẏuedu hẏnnẏ ẏn uaƀ2 /

aƀnaeth a dẏuot ẏed2ẏch grofd
arall na chaf honno ẏn aeduet.
Dioer heb ef mi a uẏnhaf medi
honn auo2ẏ. Ath2annoeth dẏuot
ar uedƀl medi honno. a phan daƀ
nit oed dim namẏn ẏ calaf llƀm.
Oẏ a arglƀẏd duƀ heb ef pƀẏ ẏſſẏd
ẏn go2fen uẏn diua i. a mi ae
gƀnn ẏ neb adechreuis uẏn diua
ẏſſẏd ẏnẏ o2ffen. ac adiuaƀẏs ẏ
ƀlad gẏt ami. Dẏuot ẏed2ẏch
ẏ trẏded grofd. pan doeth nẏ ƀel=
fei dẏn ƀenith degach ahƀnnƀ
ẏn aeduet. Meuẏl ẏmi heb ef o=
nẏ ƀẏlaf i heno. a duc ẏ2 ẏt arall
adaƀ ẏdƀẏn hƀnn. a mi aƀẏbẏdaf
beth ẏƀ. A chẏmrẏt ẏ arueu aƀ=
naeth a dechreu gƀẏlat ẏ grofd.
a menegi aƀnaeth ẏ kicua hẏn=
nẏ oll. Je heb hi beth ẏſſẏd ẏth ur=
ẏt ti. Mi aƀẏlaf ẏ grofd heno heb
ef. Eƀẏlat ẏgroft ẏd aeth. Ac ual
ẏbẏd amhanner nos ẏuellẏ na
chaf to2ẏf mƀẏhaf ẏnẏ bẏt. ſef
aƀnaeth ẏnteu ed2ẏch. llẏma eliƀ=
lu ẏbẏd olẏgot achẏfrif na meſ=
fur nẏ ellit ar hẏnnẏ. Ac nẏ ƀẏ=
dat ẏnẏ uẏd ẏllẏgot ẏn guan
adan ẏgrofd. a phob un ẏn d2ig=
ẏaƀ ar hẏt ẏ kẏleuẏn ac ẏnẏ ef=
tƀng genti ac ẏn to2ri ẏdẏƀẏſſen
ac ẏn guan ar tẏƀẏs eẏmdeith.
ac ẏn adaƀ ẏ calaf ẏno. ac ni ƀẏ=
dẏat ef uot un keleuẏn ẏno nẏ
bei lẏgoden am pob un. Ac agẏ=
merẏnt eu hẏnt racdunt ar tẏƀẏs

gantunt. Ac ẏna r6ng dicter a
llit tara6 ẏm plith ẏ llẏgot a6=
naeth. a m6ẏ noc ar ẏg6ẏdbet
neu ẏ2 adar ẏn ẏ2 a6ẏ2 ni chẏtd2=
emei ef ar ẏ2 un ohonunt 6ẏ eith=
ẏ2 un a6elei ẏn amd2om ual ẏ
tebẏgei na allei un pedeſtric. ẏn
ol honno ẏ kerd6ys ef aẏdala a
6naeth aẏ dodi a6naeth ẏnẏ ua=
nec. ac a llinin r6ẏma6 geneu
ẏuanec aẏ chad6 ganta6 achẏ2=
chu ẏllẏs. Dẏuot ẏ2 ẏſtauell
ẏn ẏd oed kicua. agoleuhau ẏ
tan. ac 62thᵞllinẏn dodi ẏuanec
ar ẏ6anas ao2uc. Beth ẏſſẏd ẏ=
na argl6yd heb ẏ kicua. lleidẏr
heb ẏnteu ageueis ẏn lled2atta
arnaf. parẏ6 leidẏ2 argl6yd a
allut ti ẏdodi ẏth uanec heb hi.
llẏma oll heb ẏnteu a menegi
ual ẏ2 lẏgrẏſſit ac ẏdiu6ẏnẏſ=
ſit ẏgrofdeu ida6. ac ual ẏdoe=
thant ẏ llẏgot ida6 ẏ2 grofd
di6ethaf ẏnẏ 6ẏd. Ac un oho=
nunt oed amd2om ac adeleis
ac ẏſſẏd ẏnẏ uanec. ac agrogaf
inheu auo2ẏ. ac ẏmkẏffes ẏdu6
bei afcaff6n oll mi aẏ crog6n.
Argl6yd heb hi dirẏued oed hẏ-
nnẏ. ac eiſſ6ys an6ẏmp ẏ6 gue-
let g62 kẏuurd kẏmoned athi-
di ẏn crogi ẏ rẏ6 b2ẏf h6nn6.
Aphei g6nelut ia6n nẏt ẏmẏ2=
rut ẏnẏ p2ẏf namẏn ẏ ell6ng
eẏmdeith. Meuẏl ẏmi heb ef
bei afcaff6n ni 6ẏ oll onẏs crog6n.

acageueis mi ae crogaf.Jeargl6yd
heb hi nit oes acha6s ẏmi ẏuot
ẏn bo2th ẏ2 p2ẏf h6nn6 namẏn
goglẏt anfẏber6ẏt ẏti. Ag6na di=
theu dẏ e6ẏllus argl6yd. Bei g6=
ẏp6n inheu defnẏd ẏnẏ bẏt ẏ dẏ-
lẏut titheu bot ẏn bo2th ida6 ef
mi auẏd6n 62th dẏ gẏngho2 am-
dana6. achanẏs g6nn argl6ydes.
med6l ẏ6 genhẏf ẏ diuetha. A-
g6na ditheu ẏn lla6en heb hi.
Ac ẏna ẏ kẏ2ch6ys ef o2ſſed arbe=
rth ar llẏgoden ganta6. aſengi
d6ẏ fo2ch ẏnẏ lle uchaf ar ẏr
o2ſſed. Ac ual ẏ bẏd ẏuellẏ llẏma
ẏguelei ẏſcolheic ẏn dẏuot atta6
ahen dillat hẏd2eul tla6t amda=
na6. Ac neut oed ſeith mlẏned
kẏnno hẏnnẏ ẏ2 pan 6elſei ef na
dẏn na mil eithẏ2 ẏ ped6ardẏn
ẏ buaſſẏnt ẏ gẏt ẏnẏ golles ẏdeu.
Argl6yd heb ẏ2 ẏſcolheic dẏd da
it. Du6 arodo da it a graẏſſa6 62=
thẏt heb ef. pan doẏ di ẏ2 ẏſcolheic
heb ef. pan doaf argl6yd oloẏgẏ2
o ganu. aphaham ẏgou6ẏnhẏ di
argl6yd heb ef. Na 6eleis heb ef
neut ſeith mlẏned un dẏn ẏma
onẏt ped6ar dẏn diholedic athi=
theu ẏr a62 honn. Je argl6yd ⫶
mẏnet heb ef d26ẏ ẏ6lat honn
ẏd 6ẏf inheu ẏ2 a62 honn. parth
am g6lat uẏ hun. Apharẏ6 6eith
ẏd 6ẏte ẏnda6 argl6yd. Crogi
lleidẏ2 ageueis ẏn lled2atta ar=
naf heb ef. Barẏ6 leidẏ2 argl6yd

heb ef. pzẏf aϭelaf ith laϭ di ual
llẏgoden. adzϭc ẏgueda ẏ ϭz kẏ-
uurd athidi ẏmodi pzẏf kẏfrẏϭ
a hϭnnϭ. gellϭg eẏmdeith ef. Na
ellẏnghaf ẏrof aduϭ heb ẏnteu
ẏn lledzatta ẏ keueis ef a chẏfre-
ith lleidẏz aϭnaf inheu ac ef ẏ
grogi. Arglϭẏd heb ẏnteu rac ꞵ
guelet gϭz kẏuurd athidi ẏnẏ
gueith hϭnnϭ punt ageueis i
o gardotta mi ae rodaf it a gellϭ-
ng ẏ pzẏf hϭnnϭ eẏmdeith. Nac
ellẏnghaf ẏrof aduϭ nẏf guer-
thaf. Gϭna di arglϭẏd heb ef onẏ
bei hagẏz guelet gϭz kẏuurd
athidi ẏn teimlaϭ ẏrẏϭ bzẏf a
hϭnnϭ nẏm tozei. ac eẏmdeith
ẏd aeth ẏz ẏfcol꞉ic. Val ẏbẏd ẏ-
nteu ẏn dodi ẏdulath ẏnẏ fẏzch.
nachaf offeirat ẏn dẏuot ataϭ
ar uarch ẏn gẏϭeir. Arglϭẏd dẏd
da it heb ef. duϭ aro da it heb
ẏmanaϭẏdan ath uendith. be-
ndith duϭ it. apharẏϭ ϭeith ar-
glϭẏd ẏd ϭẏd ẏnẏ ϭneuthur.
Crogi lleidẏz ageueis ẏn lledzat-
ta arnaf heb ef. parẏϭ leidẏz ar-
glϭẏd heb ef. pzẏf heb ẏnteu ar
anfaϭd llẏgoden. a lledzatta aϭ-
naeth arnaf. adihenẏd lleidẏr
aϭnaf inheu arnaϭ ef. arglϭẏd
rac dẏϭelet ẏn ẏmodi ẏ pzẏf hϭn-
nϭ mi aẏ pzẏnaf ellϭng ef. ẏduϭ
ẏdẏgaf uẏghẏffes naẏ ϭerthu
naẏ ollϭng nas gϭnafi. Guirẏϭ
arglϭẏd nẏt guerth arnaϭ ef dim.

Rac dẏϭelet ti ẏn ẏmhalogi ϭzth
ẏpzẏf hϭnnϭ mi arodaf it deir
punt agollϭng ef eẏmdeith. Na
uẏnhaf ẏrof aduϭ heb ẏnteu
un guerth namẏn ẏz hϭnn a
dẏlẏ. ẏgrogi. En llaϭen arglϭẏd
gϭna dẏ uẏmpϭẏ. eẏmdeith ẏd
aeth ẏz offeirat. Sef aϭnaeth
ẏnteu maglu ẏllinin am uẏnϭ-
gẏl ẏ llẏgoden. ac ual ẏd oed ẏ-
nẏ dẏzchauael. llẏma rϭtter. ef-
cob aϭelei aẏ fϭmereu aẏ ẏniuer.
ar efcop ehun ẏn kẏzchu parth
ac attaϭ. Sef aϭnaeth ẏnteu go-
hir ar ẏ ϭeith. Arglϭẏd efcop heb
ef dẏuendith. duϭ a rodo^yuendith
it heb ef. Pa rẏϭ ϭeith ẏd ϭẏt tẏ
ẏndaϭ. crogi lleidẏz ageueis ẏn
lledzatta arnaf heb ef. Ponẏt llẏ-
goden heb ẏnteu aϭelafi ẏth laϭ
di. Je heb ẏnteu alleidẏz uu hi
arnafi. Je heb ẏnteu can doeth ϭẏf
i ar diuetha ẏ pzẏf hϭnnϭ mi aẏ
pzẏnaf ẏgenhẏt. mi arodaf feith
punt it ẏrdaϭ. arac guelet gϭz
kẏuurd athi ẏn diuetha prẏf
moz dielϭ ahϭnnϭ. gollϭng ef
ar da geffẏ ditheu. Na ellẏng-
haf ẏrof aduϭ heb ẏnteu. kanẏs
gollẏngẏ ẏz hẏnnẏ. mi arodaf
it pedeirpunt arugeint oarẏa-
nt paraϭt agellϭng ef. Na ell-
ẏnghaf dẏgaf ẏduϭ uẏghẏffes
ẏz ẏgẏmeint arall heb ef. Ca-
nẏs collẏghẏ ẏr hẏnnẏ heb ef
mi arodaf it aϭelẏ ouarch ẏnẏ

maes hόnn. aſeith ſόmer ỿſſỿd
ỿma. ar ỿſeith meirch ỿmaent
arnunt. Na uỿnhaf ỿrof aduό
heb ỿnteu. canỿ mỿnnỿ hỿnnỿ
gόna ỿguerth. Gόnaf heb ỿn=
teu. Rỿdhau riannon aphƶỿde=
ri. ti agehỿ hỿnnỿ. Na uỿnhaf
ỿrof aduό. beth auỿnhỿ ditheu.
Guaret ỿƶ hut ar lledrith ỿar
ſeith cantref dỿuet. ti ageſſỿ
hỿnnỿ heuỿƭ agellόng ỿllỿ=
goden. Na ellỿngaf ỿrof aduό
heb ef. Gόỿbot auỿnhaf pόỿ
ỿό ỿllỿgoden. όỿgόƶeic i ỿό hi
aphỿnỿ bei hỿnnỿ nỿſ dillỿn=
gόn. Pa gỿſſurỿſ ỿdoeth hi at=
taf i. Yherόa heb ỿnteu. Miui
ỿό llόỿt uab kil coet ami ado=
deis ỿƶ hut ar ſeith cantref dỿ=
uet ac ỿdial guaόl uab clut o
gedỿmdeithas ac ef ỿdodeis i
ỿƶ hut. Ac ar pƶỿderi ỿdieleis i
guare bƶoch ỿghot aguaόl uab
clut pan ỿgόnaeth pόỿll penn
annόn. ahỿnnỿ ỿn llỿſ eueỿd
hen ỿgόnaeth o aghỿnghoƶ.
A guedỿ clỿbot dỿ uot ỿn kỿ=
uanhedu ỿόlat ỿdoeth uỿn te=
ulu attaf inheu ac ỿerchi eu
rithỿaό ỿn llỿgot ỿdiua dỿ ỿd.
ac ỿdoethant ỿnos gỿntaf uỿ=
nteulu ehunein. Ar eil nos ỿ
doethant heuỿt ac ỿdiuaỿſſant
ỿdόỿ grofd. ar trỿded nos ỿ do=
eth uỿgόƶeic agόƶaged ỿllỿſ
attaf ỿerchi im eu rithaό. ac ỿ

ritheis inheu. aƀeichaόc oed hi.
Aphỿ nabei ueichaόc hi nis goƶ=
diόedut ti. achanỿs bu aỿdala
hi. mi arodaf pƶỿderi a riannon
it. ac aόaredaf ỿƶ hut ar lletrith
ỿ ar dỿuet. minheu auenegeis
ỿti pόỿ ỿό hi. agellόng hi. Na
ellỿnghaf ỿrof aduό heb ef. beth
auỿnnỿ ditheu heb ef. llỿna heb
ỿnteu auỿnhaf. na bo hut uỿth
ar ſeith cantref dỿuet ac na dot=
ter. ti ageſſỿ hỿnnỿ heb ef agell=
όng hi. Na ellỿnghaf ỿrof aduό
heb ef. beth auỿnnỿ ditheu heb
ef. llỿna heb ef auỿnhaf. na bo
ỿmdiala ar pƶỿderi ariannon
nac arnaf inheu uỿth am hỿnn.
Hỿnnỿ oll ageſſỿ. adioer da ỿ
medƶeiſt heb ef. bei na metrut
hỿnnỿ heb ef. Ef adoỿ am dỿ benn
cόbỿl oƶ gouut. Je heb ỿnteu rac
hỿnnỿ ỿnodeis inheu. arỿtha
όeithon όỿgόƶeic im. Na rỿdha=
af ỿrof aduό ỿnỿ όelόỿf pƶỿderi
a riannon ỿn rỿd gỿt ami. όelỿ
di ỿma όỿnteu ỿn dỿuot heb ef.
Ar hỿnnỿ llỿma pƶỿderi arian=
non. kỿuodi aoƶuc ỿnteu ỿn eu
herbỿn aỿ graeſſaόu. ac eiſted
ỿgỿt. Aόƶda rỿtha uỿngόƶeic
im όeithon. ac neu rỿgeueiſt
gόbỿl oƶanodeiſt. Ellỿnghaf ỿn
llaόen heb ef. ac ỿna ỿgollόng
hi. Ac ỿ treόis ỿnteu hi ahudlath
ac ỿ datrithόỿs hi ỿn όƶeigỿang
geccaf aόelſei neb. Edƶỿch ith

gỻch ar ẏỽlat heb ef athi aỽelẏ
ẏz hollanhedeu ar kẏuanhed
ual ẏbuant o2eu. Ac ẏna kẏuo=
di ao2uc ẏnteu ac edzẏch. aphan
edzẏch ef aỽelei ẏz holl ỽlat ẏn
gẏuanhed ac ẏn gẏỽeir oẏ holl
alauoed aẏ hanedeu. Pa rẏỽ ỽaſ=
ſanaeth ẏbu pzẏderi ariannon
ẏndaỽ heb ef. Pzẏderi auẏdei ac
ẏzd po2th uẏ llẏs i am ẏuẏnỽgẏl.
Ariannon auẏdei amẏnỽeireu
ẏz effẏnn ỽedẏ bẏdẏn ẏn kẏỽein
gueir am ẏ mẏnỽgẏl hitheu. Ac
ẏuellẏ ẏbu eu carchar. Acoach=
aỽs ẏcarchar hỽnnỽ ẏgelỽit ẏ
kẏuarỽẏdẏt hỽnnỽ mabinogi
mẏnỽeir amẏno2d. Ac ẏuell ẏ
ẏteruẏna ẏgeing honn ẏma
o2 mabinogẏ.

Ath uab mathonỽẏ oed ar=
glỽẏd ar ỽẏned. A pzẏderi
uab pỽẏll oed arglỽẏd ar un can=
tref arugeint ẏnẏ deheu. Sef
oed ẏrei hẏnnẏ. Seith cantref dẏ=
uet. aſeith mo2gannhỽc. Aphe=
dỽar kẏzedigẏaỽn. athri ẏſtrat
tẏỽi. Ac ẏn ẏz oes honno. math
uab mathonỽẏ nẏ bẏdei uẏỽ
namẏn tra uei ẏdeudzoet ẏmlẏc
croth mo2ỽẏn onẏt kẏnỽ2ẏf rẏ=
uel aẏ lleſteirei. Sef oed ẏn uo=
rỽẏn gẏt ac ef. goeỽin uerch pe=
bin o dol pebin ẏn aruon. Ahon=
no teccaf mo2ỽẏn oed ẏnẏ hoes
o2 aỽẏdit ẏno. ac ẏnteu ẏgkaer
dathẏl ẏnaruon ẏd oed ẏ ỽaſta=

trỽẏd. Ac nẏ allei gẏlchu ẏỽlat
namẏn giluathỽẏ uab don o
a euẏd uab don o nẏeint uei=
bon ẏchỽaer ar teulu gẏt ac ỽẏ
ẏgẏlchu ẏỽlat d2oſtaỽ. Ar uo=
rỽẏn oed gẏt amath ẏn ỽaſtat.
Ac ẏnteu giluaethỽẏ uab don
adodes ẏurẏt ar ẏuo2ỽẏn aẏ
charu hẏt na ỽẏdat beth aỽnaẏ
ẏmdanei. ac nachaf ẏliỽ aẏ ỽed
aẏ anſaỽd ẏn atueilaỽ oẏ charẏ=
at hẏt nat oed haỽd ẏadnabot.
Sef ·aỽnaeth guẏdẏon ẏuraỽd
fẏnnẏeit dẏdgỽeith arnaỽ ẏn
graf. Aỽas heb ef pa deřỽ ẏtti.
Pa ham heb ẏnteu. beth aỽelẏ
di arnafi. gỽelaf arnat heb ef
colli dẏ b2ẏt ath liỽ apha derẏỽ
ẏti. Arglỽẏd uraỽt heb ef ẏr
hẏnn aderẏỽ ẏmi nẏ frỽẏtha
ẏmi ẏadef ẏneb. beth ẏỽ hẏn=
nẏ eneit heb ef. Ti aỽdoſt heb
ẏnteu kẏnedẏf math uab ma=
thonỽẏ ba huſtẏng bẏnnac ẏz
ẏuẏchanet o2 auo ẏrỽng dẏnn=
ẏon o2 ẏkẏuarfo ẏguẏnt ac ef.
ef aẏ guẏbẏd. Ie heb ẏguẏdẏon
taỽ di bellach. mi aỽnn dẏuedỽl
di caru goeỽin ẏd ỽẏt ti. Sef
aỽnaeth ẏnteu ẏna pan ỽẏbu
ef adnabot oẏuraỽt ẏuedỽl.
dodi ucheneit d2omhaf ẏnẏ bẏt.
Taỽ eneit ath ucheneidaỽ heb
ef. nẏt ohẏnnẏ ẏ go2uẏdir. Min=
heu abaraf heb ef canẏ ellir
heb hẏnnẏ dẏgẏuo2i gỽẏned

a phoỽys. a deheubarth ỿgeiffaỽ
ỿuozỽyn abỿd laỽen di a mi aỿ
paraf ỿt. Ac ar hỿnnỿ at uath
uab mathonỽỿ ỿd aethant ỽỿ.
arglỽỿd heb ỿ guỿdỿon mi a
gigleu dỿuot ỿz ḋeheu ỿzỿỽ bzỿ=
uet ni doeth ỿr ỿnỿs honn eir-
oet. Pỽỿ eu henỽ ỽỿ heb ef. ho=
beu arglỽỿd. parỿỽ aniueileit
ỿỽ ỿrei hỿnnỿ. Aniueileit bỿch=
ein guell eu kic no chic eidon.
bỿchein ỿnt ỽỿnteu. ac ỿmae=
nt ỿnfỿmudaỽ enỽeu. Moch
ỿgelỽir ỽeithon. Pỽỿ bieỽỿnt
ỽỿ. Prỿderi uab pỽỿll ỿd anuo=
net idaỽ o annỽn ỿ gan araỽn
urenhin annỽn. ac etỽa ỿd
ỿs ỿn cadỽ oz enỽ hỽnnỽ. han-
ner hỽch. hanner hob. Je heb ¡
ỿnteu ba furuf ỿ keffir ỽỿ ỿ
gantaỽ ef. Mi aaf ar uỿn deu=
decuet ỿn rith beird arglỽỿd
ỿerchi ỿ moch. Ef arỿeill ỿch
necau heb ỿnteu. Nit dzỽc ͺ
uỿn traỽfcỽỿd i arglỽỿd heb ef.
nỿ doaf i heb ỿmoch. En llaỽen
heb ỿnteu kerda ragot. Ef
aaeth a giluathỽỿ a deguỿr
gỿt ac ỽỿnt hỿt ỿgheredigỿ=
aỽn ỿnỿ lle aelỽir rudlan
teiui ỿz aỽzhon ỿd oed llỿs ỿ
no ỿ pzỿderi. Ac ỿn rith beird
ỿ doethant ỿmỿỽn. llaỽen uu=
ant ỽzthunt. Ar neillaỽ pzỿ=
ḋeri ỿgoffodet guỿdỿon ỿnos
honno. Je heb ỿ pzỿderi da ỿỽ

genhỿm ni cahel kỿuarỽỿdỿt
gan rei oz gỽzeinc racco. Moes
ỿỽ genhỿm ni arglỽỿd heb ỿ
guỿdỿon ỿnos gỿntaf ỿ delher
at ỽz maỽz. dỿỽedut oz penkerd.
Mi adỿỽedaf gỿuarỽỿdỿd ỿn
llaỽen. ỿnteu ỽỿdỿon gozeu
kỿuarỽỿd ỿnỿ bỿt oed. Ar nos
honno didanu ỿllỿs aỽnaeth
ar ỿmdidaneu digrif achỿuar=
ỽỿdỿt ỿnỿ oed hoff gan paub
oz llỿs. ac ỿn didan gan pzỿde=
ri ỿmdidan ac ef. Ac ardiỽed
hỿnnỿ. arglỽỿd heb ef ae guell
ỿgỽna neb uỿ neges i ỽzthỿt
ti no mi uu hun. Na ỽell heb
ỿnteu tauaỽt laỽn da ỿỽ ỿteu
di. ILỿna uỿ neges inheu ar=
glỽỿd. ỿmadolỽỿn athi di am
ỿz aniueileit a anuonet it o
annỽuỿn. Je heb ỿnteu haỽf=
faf ỿnỿ bỿt oed hỿnnỿ bỿna
bei ammot ỿrof am gỽlat a=
mdanunt. Sef ỿỽ hỿnnỿ nat
elont ỿgenhỿf ỿnỿ hilỿont
eu deukỿmeint ỿnỿ ỽlat. Ar=
glỽỿd heb ỿnteu minheu a allaf
dỿ rỿdhau ditheu oz geireu hỿn=
nỿ. Sef ual ỿgallaf. Na dỿro
im ỿmoch heno ac nacaha ui
ohonunt. Auozỿ minheu adan=
goffaf gỿfneỽit amdanunt
ỽỿ. Ar nos honno ỿd aethont
ef aỿ gedỿmdeithon ỿz llettỿ
ar ỿ kỿnghoz. Aỽỿz heb ef nỿ
chaỽni ỿmoch oc eu herchi.

Je heb ỽynte pa dꝛaỽſcỽyd ẏ ke-
ir ỽynteu . Mi a baraf eu cael heb
ẏ guẏdẏon . ac ẏna ẏd aeth ef
ẏnẏ geluẏdodeu ac ẏ dechꝛeuaỽt
dangos ẏ hut . ac ẏd hudỽẏs deu=
dec emẏs . a deudec milgi bꝛonỽẏn
du pob un o honunt . a deudec toꝛch .
a deudec kẏnllẏuan arnunt a neb
oꝛ a guelei ni ỽydat na bẏdẏnt
eur . a deudec kẏfrỽẏ ar ẏ meirch
ac am pob lle ẏ dẏlẏei haẏarn
uot arnunt ẏ bẏdei gỽbẏl o eur .
ar frỽẏneu ẏn un ỽeith a hẏn-
nẏ . Ar meirch ac ar cỽn ẏ doeth
ef at pꝛẏderi . Dẏd da it arglỽyd
heb ef . duỽ aro da it heb ef a gra=
eſſaỽ ỽꝛthẏt . Arglỽyd heb ef
llẏma rẏdit ẏti am ẏ geir adẏ=
ỽedeiſt neithỽyꝛ am ẏ moch nas
rodut ac nas guerthut . titheu
a ellẏ gẏfneỽit ẏr auo guell .
Minheu a rodaf ẏ deudeg meirch
hẏnn ual ẏ maent ẏn gẏueir
ac eu kẏfrỽẏeu ac eu frỽẏneu .
ar deudec milgi ac eu toꝛcheu ac
eu kẏnllẏuaneu ual ẏ guelẏ .
ar deudec tarẏan eureit aỽelẏdi
racco . Ẏrei hẏnnẏ a rithaſſei ef
oꝛ madalch . Je heb ẏnteu . ni a
gẏmerỽn gẏnghoꝛ . Sef a gauſ-
fant ẏnẏ kẏnghoꝛ rodi ẏ moch
eỽydẏon . a chẏmrẏt ẏ meirch ar
cỽn ar tarẏaneu ẏ gantaỽ ẏnteu .
ac ẏna ẏ kẏmerẏſſant ỽẏ ganhe=
at ac ẏ dechreuſſant gerdet ar
moch . A geimeit heb ẏ guẏdẏon

reit ẏỽ in gerdet ẏn bꝛẏſſur . nẏ
phara ẏꝛ hut namẏn oꝛ pꝛẏt pỽy
· gilẏd . Ar nos honno ẏ kerdẏſſant
hẏt ẏ gỽarthaf keredigẏaỽn ẏ
lle a elỽir etỽa oachaus hẏnnẏ
mochtref . A thrannoeth ẏ kẏme=
rẏſſant eu hẏnt dꝛos elenit ẏ do=
ethant . Ar nos honno ẏ buant
ẏ rỽng keri ac arỽ ſ̲ll̲i ẏnẏ dꝛef
a elỽir heuẏt oachaus hẏnnẏ
mochtref . Ac odẏna ẏ kerdẏſſant
racdunt . ar nos honno ẏ daethant
hẏt ẏ gkẏmỽt ẏ mpoỽẏs a elỽir
oꝛ ẏ ſtẏꝛ honnỽ heuẏt mochnant .
ac ẏno ẏ buant ẏ nos honno .
ac odẏnha ẏ kerdẏſſant hẏt ẏ g=
cantref ros . ac ẏno ẏ buant ẏ nos
honno ẏ mẏỽn ẏ dꝛef a elỽir etỽa
mochtref . Ꝼa ỽyꝛ heb ẏ gỽydẏon
ni a gyꝛchỽn kedernit gỽynet
ar aniueileit hẏnn . ẏd ẏs ẏn llu=
ẏdaỽ ẏn an ol . Sef ẏ kẏꝛchẏſſant
ẏ dꝛef uchaf o arllechỽoed ac ẏno
gỽneuthur creu ẏr moch ac or
achaỽs hỽnnỽ ẏ dodet creuỽꝛyon
ar ẏ dꝛef . Ac ẏna guedẏ gỽneuth=
ur creu ẏꝛ moch ẏ kẏꝛchẏſſant
ar uath uab mathonỽẏ hẏt ẏ g
kaer tathẏl . Aphan doethant ẏno
ẏ d oedit ẏn dẏgẏuoꝛi ẏ ỽlat . Pa
chỽedleu ẏ ſſẏd ẏ ma heb ẏ gỽẏdẏ=
on . Dẏgẏuoꝛ heb ỽẏ ẏ mae pꝛẏ=
deri ẏn ẏ chol chỽi un cantref aru=
geint . Rẏued uu hỽyꝛet ẏ kerdẏſ=
faỽchi . Mae ẏꝛ aniueileit ẏd aetha=
ỽch ẏn eu hỽẏſc heb ẏ math . Maent

guedẏ g6neuthur creu udunt ẏ-
nẏ cantref arall iffot heb ẏ guẏ=
dẏon . Ar hẏnnẏ llẏma ẏ clẏ6ẏnt
ẏz utkẏrn ar dẏgẏuo2 ẏnẏ 6lat.
ar hẏnnẏ guifca6 a6naethant
6ẏnteu a cherdet ẏnẏ uẏdant
ẏm pennard ẏn aruon . Ar nos
honno ẏd ẏmh6el6ẏs guẏdẏon
uab don . a chiluath6ẏ ẏ ura6t
hẏt ẏgkaer dathẏl . Ac ẏguelei
uath uab mathon6ẏ dodi gilua=
th6ẏ a goe6ẏn uerch pebin ẏgẏf-
cu ẏ gẏt . achẏmell ẏmo2ẏnẏon
allan ẏn amharchus . achẏfcu
genti oẏ hanuod ẏnos honno.
Pan 6elfant ẏdẏd d2annoeth
kẏzchu a6naethant parth ar
lle ẏd oed math uab mathon6ẏ
aẏ lu . Pan doethant ẏd oed ẏ
guẏz hẏnnẏ ẏn mẏnet ẏgẏm=
rẏt kẏngho2 ba tu ẏd arho6nt
p2ẏderi a guẏz ẏ deheu . Ac ar
ẏ kẏngho2 ẏdoethant 6ẏnteu .
Sef a gauffant ẏn eu kẏngho2
aros ẏgkedernit g6ẏned ẏn ar=
uon . ac ẏghẏmherued ẏ d6ẏ
uaẏna62 ẏd arhoed . Maẏna62
bennard . a maẏna62 coet alun.
A phẏderi aẏ kẏzch6ẏs ẏno 6ẏnt.
ac ẏno ẏ bu ẏ gẏfranc ac ẏ llas
lladua ua62 o pop parth ac ẏ bu
reit ẏ6ẏr ẏ deheu enkil . Sef lle
ẏd enkilẏffant . hẏt ẏ lle a el6ir
et6a nant call . a hẏt ẏno ẏd
ẏmlidẏ6ẏd . ac ẏna ẏ bu ẏr aẏ=
rua diueueffur ẏmeint . Ac

ẏna ẏ kilẏffant hẏt ẏlle a el6ir dol
pen maen . ac ẏna clẏmu a6naeth=
ant a cheiffa6 ẏmdangneuedu ag6=
ẏftla6 a6naeth p2ẏderi ar ẏtangne=
ued . Sef a6ẏftl6ẏs . g62gi guaftra
ar ẏ ped6ẏzẏd arugeint oueibẏon
guẏzda . aguedẏ hẏnnẏ kerdet o
honunt ẏn eu tangneued hẏt ẏ
traeth ma62 . Ac ual ẏgẏt ac ẏ doeth=
ant hẏt ẏ uelen rẏd . ẏ pedẏt nẏ ell-
it eu reoli o ẏmfaethu . Gẏzru ken=
nadeu o p2ẏderi ẏ erchi guahard
ẏ deulu . ac erchi gadu ẏ rẏngta6
ef a guẏdẏon uab don . canẏs ef
a barẏffei hẏnnẏ . At math uab
mathon6ẏ ẏ doeth ẏ genhat . Je
heb ẏ math . Erof a du6 of da gan
6ẏdẏon uab don mi˙ ae gadaf. ẏn
lla6en . ni chẏmellaf inheu ar
neb uẏnet eẏmlad d2os 6neu=
thur ohanam ninheu an gallu.
Dioer heb ẏ kennadeu teg med
p2ẏderi oed ẏz g62 a6naeth hẏnn
ida6 ef ogam . dodi ẏ go2f ẏn er=
bẏn ẏ eida6 ẏnteu . a gadu ẏ deu=
lu ẏn fegur . Dẏgaf ẏdu6 uẏg=
kẏffes nat archafi ẏ 6ẏz g6ẏned
ẏmlad d2offof i a min̄heu uẏ hun
ẏn cael ẏmlad a ph2ẏderi . Mi ado=
daf uẏgko2f ẏn erbẏn ẏ eida6
ẏn lla6en . A hẏnnẏ a anuonet
at p2ẏderi . Je heb ẏ p2ẏderi nit
archaf inheu ẏneb gouẏn uẏ
ia6n namẏn mẏ hun . Eg6ẏz
hẏnnẏ a neilltu6ẏt . ac a dech2e=
u6ẏt g6ifca6 amdanunt . Ac

ẏmlad aꝩnaethant Ac o nerth
grẏm ac angerd a hut a lledzith
guẏdẏon a ozuu. A phzẏderi alas.
ac ẏ maen tẏuẏaꝩc uch ẏuelen
rẏd ẏ cladꝩẏt. Ac ẏno ẏ maẏ ẏued.
Gꝩẏz ẏ deheu agerdaſſant ac ar=
gan truan ganthunt parth ac
eu gꝩlat. ac nit oed rẏued eu har=
glꝩẏd a gollẏſſẏnt a llaꝩer oc eu
gozeuguẏz. ac eu meirch ac eu har=
ueu can mꝩẏaf. Gꝩẏz gꝩẏned a
ẏmchꝩeles dzacheuẏn ẏn llaꝩen
ozaꝩenus. Arglꝩẏd heb ẏ guẏdẏ=
on ꝩzth uath. ponẏt oed iaꝩn ẏn-
ni ollꝩng eu dẏlẏedauc ẏ ꝩẏr
ẏ deheu aꝩẏſtlẏſſant in ar tang=
neued ac nẏ dẏlẏꝩn ẏ garcharu.
Rẏdhaer ẏnteu heb ẏ math. Ar
guas hꝩnnꝩ argꝩẏſtlon oed gẏt
ac ef a ellẏngꝩẏt ẏn ol guẏz ẏ de=
heu. Enteu math a gẏzchꝩẏs caer
tathẏl. Giluaethꝩẏ uab don ar
teulu a uuaſſẏnt gẏt ac ef a gẏzch=
ẏſſant ẏ gẏlchaꝩ gꝩẏned mal ẏ
gnotaẏſſẏnt a heb gẏzchu ẏ llẏs.
Enteu uath a gẏzchꝩẏs eẏſtauell
ac a beris kẏꝩeiraꝩ lle idaꝩ ẏ ben=
elinẏaꝩ ual ẏ carei dodi ẏ dzaet
ẏmplẏc croth ẏuozꝩẏn. Arglꝩẏd
heb ẏ goeꝩẏn keis uozꝩẏn a uo if
dẏ dzaet ꝩeithon gꝩzeic ꝩẏf i. Pa
ẏſtẏz ẏꝩ hẏnnẏ. kẏzch arglꝩẏd a
doeth am uẏm penn a hẏnnẏ ẏn
diargel ac nẏ buum diſtaꝩ inheu.
nẏ bu ẏnẏ llẏs nẏf guẏpei. Sef
a doeth dẏ nẏeint ueibon dẏchꝩaer

arglꝩẏd. gꝩẏdẏon uab don. a gilua=
ethꝩẏ uab don. Athzeis arnaf aozu=
gant a chẏꝩilẏd ẏ titheu. a chẏſcu
aꝩnaethpꝩẏt genhẏf a hẏnnẏ
ith ẏſtauell ac ith ꝩelẏ. Je heb ẏn=
teu ẏr hẏnn a allaf i mi abaraf
iaꝩn ẏ ti ẏn gẏntaf. ac ẏn ol uẏ
iaꝩn ẏ bẏdaf inheu. athitheu
heb ef mi ath gẏmeraf ẏn ꝩzeic
im. ac a rodaf uedẏant uẏgkẏ=
uoeth ithlaꝩ ditheu. Ac ẏn hẏn=
nẏ nẏ doethant ꝩẏ ẏngkẏuẏl ẏ
llẏs. namẏn trigẏaꝩ ẏ gẏlchaꝩ
ẏ ꝩlat aꝩnaethant. ẏnẏ aeth gu=
ahard udunt ar ẏ bꝩẏt aẏ llẏnn.
ẏn gẏntaf nẏ doethant ꝩẏ ẏnẏ
gẏuẏl ef. Ẏna ẏ doethant ꝩẏnteu
attaꝩ ef. Arglꝩẏd heb ꝩẏnt. dẏd
da it. Je heb ẏnteu aẏ ẏꝩneuthur
iaꝩn ẏ mi ẏ doethauch chꝩi. Ar=
glꝩẏd ith eꝩẏllus ẏd ẏdẏm.
Bei uẏ eꝩẏllꝩẏs nẏ chollꝩn o
ꝩẏr ac arueu a golleis. Vẏgkẏ=
ꝩilẏd nẏ ellꝩch chꝩi ẏ dalu ẏ
mi heb angheu pzẏderi. A chan
doethauch chꝩitheu ẏm eꝩẏllus
inheu mi adechreuaꝩ boen ar=
naꝩch. Ac ẏna ẏ kẏmerth ehut=
lath ac ẏ treꝩis giluathꝩẏ ẏnẏ
uẏd daran eꝩic. ac achub ẏ llall
aꝩnaeth ẏn gẏflẏm kẏt mẏn=
hei dianc nẏs gallei. aẏ taraꝩ
ar un hutlath ẏnẏ uẏd ẏn garꝩ.
Canẏs ẏꝩch ẏn rꝩẏmedigaeth
mi aꝩnaf ẏꝩch gerdet ẏ gẏt.
ach bot ẏn gẏmaredic. ac ẏn

un anẏan ar goẏduilot ẏd ẏ6ch
ẏn eu rith. Ac ẏn ẏ2 amfer ẏ bo e=
tiued udunt 6ẏ ẏuot ẏ6ch6ith=
eu. A blo6ẏdẏn ẏ hedi6 do6ch ẏma
atafi. Ympenn ẏul6ẏdẏn o2 un
dẏd llẏma ẏ clẏ6ei odo2un adan
paret ẏ2 ẏftauell. achẏuarthua
c6n ẏ llẏs am penn ẏ godo2un.
Ed2ẏch heb ẏnteu beth ẏffẏd
allan. Argl6ẏd heb un mi aed2ẏ-
cheis. mae ẏna car6 ac e6ic ac
elein gẏt ac 6ẏnt. Ac ar hẏnnẏ
kẏuodi ao2uc ẏnteu adẏuot
allan. aphan doeth. Sef ẏ guelei
ẏ trillẏdẏn. fef trillẏdẏn eod=
ẏnt. car6. ac e6ic. ac elein crẏf.
Sef a6naeth dẏ2chauael ehut-
lath. ẏ2 h6nn a uu ohona6ch ẏn
e6ic ẏzllẏned. bit uaed coed ẏle-
ni. ar h6nn a uu gar6 ohona6ch
ẏzllẏned. bit garnen eleni. Ac ar
hẏnnẏ eu tara6 ar hutlath. Ẏ
mab hagen agẏmerafi ac a bar=
af ẏ ueithrẏn aẏ uedẏdẏa6. Sef
en6 adodet arna6 hẏd6n. E6ch
ch6itheu abẏd6ch ẏlleill ẏn uaed
coed ar llall ẏn garnen coet. Ar
anẏan auo ẏ2 moch coet bit ẏ
ch6itheu. A blo6ẏdẏn ẏ hedi6 bẏ-
d6ch ẏma ẏdan ẏparet. ac ẏch
etiued ẏgẏt achoi. Ẏmpenn ẏ
ul6ẏdẏn llẏma ẏclẏ6ẏn kẏua=
rthua c6n dan paret ẏ2 ẏftauell.
adẏgẏuo2 ẏ llẏs ẏ am hẏnnẏ am
eu penn. Ar hẏnnẏ kẏuodi ao2uc
ẏnteu amẏnet allan. Aphan da6

allan. trillẏdẏn a6elei. Sef kẏfrẏ6
lẏdnot a6elei. baed coed. acharnen
coet. ach2ẏnll6dẏn da ẏgẏt ac 6ẏ.
a b2eifc oed ẏn ẏ2 oet oedarna6.
Je heb ef h6nn agẏmerafi attaf
ac abaraf ẏ uedẏdẏa6 aẏ dara6
ar hutlath ẏnẏ uẏd ẏn uab b2as
6ineu teledi6. Sef en6 adodet
ar h6nn6 hẏchd6n. Ach6itheu
ẏ2 un auu baed coet ohona6ch
ẏzllẏned. bit bleidaft ẏleni. arh6n
auu garnen ẏzllẏned bit uleid
ẏleni. Ac ar hẏnnẏ eu tara6 ar
hutlath ẏnẏ uẏdant bleid a ble=
idaft. ac anẏan ẏz aniueileit ẏd
ẏ6ch ẏn eu rith bit ẏ ch6itheu.
a bẏd6ch ẏma blo6ẏdẏn ẏ2 dẏd
hedi6 ẏdan ẏparet h6nn. Ẏr un
dẏd ẏmpenn ẏul6ẏdẏn llẏma
ẏchẏ6ei dẏgẏuo2 achẏuarthua
dan paret ẏ2 ẏftauell. Ẏnteu a
gẏuodes allan. aphan da6 llẏma
ẏguelei bleid a bleidaft. a chrubo=
thon crẏf ẏ gẏt ac 6ẏnt. h6nn a
gẏmeraf i heb ef ac abaraf ẏ ue=
dẏdẏa6. ac ẏmae ẏ en6 ẏn para6t
Sef ẏ6 h6nn6 bleid6n. ẏ tri meib
ẏffẏd ẏch6i ar tri hẏnnẏ ẏnt.
T2i meib giluaeth6ẏ en6ir tri
chenrẏffedat kẏ6ir. bleid6n. hẏd=
6n. hẏchd6n hir. Ac ar hẏnnẏ ẏn
ẏ tara6 6ẏnteu ẏll deu ar hutlath
ẏnẏ uẏdant ẏn eu cna6t eu hun.
A6ẏ2 heb ef og6naethauch gam
ẏmi diga6n ẏbua6ch ẏm poen.
Achẏ6ilẏd ma62 aga6ffa6ch. bot

plant o bob un ohonaʊch oẏ gilid.
Perʊch enneint ẏᴢ gʊẏᴢ agochi
eu penneu ac eu kẏʊeiraʊ. A
hẏnnẏ aberit udunt. Aguedẏ ẏ
ẏmgueiraʊ o honut. attaʊ ef ẏ
kẏᴢchẏſſant. Aʊẏᴢ heb ef tang-
neued agaʊſaʊch acherennẏd a
geffʊch. Arodʊch im kẏnghoᴢ pa
uoᴢʊyn ageiſſʊyf. Arglʊẏd heb
ẏ guẏdẏon uab don haʊd ẏʊ dẏ
gẏnghoᴢi. Aranrot uerch don dẏ
nith uerch dẏ chʊaer. honno a
gẏᴢchʊẏt attaʊ. ẏuoᴢʊẏn adoeth
ẏmẏʊn. Auoᴢʊẏn heb ef aʊẏt
uoᴢʊẏn di. nẏ ʊnn ni amgen no-
m bot. Ẏna ẏkẏmerth ẏnteu ẏᴢ
hutlath aẏ chamu. camha di dᴢ-
os honn heb ef ac ot ʊẏt uoᴢʊẏn
mi aednebẏdaf. ẏna ẏ camaʊd
hitheu dᴢos ẏᴢ hutlath. Ac ar
ẏ cam hʊnnʊ adaʊ mab bᴢas ue-
lẏn maʊᴢ aoᴢuc. Sef aʊnaeth
ẏmab dodi diaſpat uchel. ẏn ol
diaſpat ẏmab kẏᴢchu ẏdᴢʊs a-
oᴢuc hi. ac ar hẏnnẏ adaʊ ẏ rẏʊ
bethan ohonei. Achẏn cael oneb
guelet ẏᴢ eil olʊc arnaʊ. guẏdẏ-
on aẏ kẏmerth ac adᴢoes llen
o bali ẏnẏ gẏlch ac ae cudẏaʊd.
Sef ẏ cudẏaʊd ẏmẏʊn llaʊ giſt
iſtraed ẏʊelẏ. Je heb mab math-
onʊẏ mi abaraf uedẏdẏaʊ hʊn
ʊᴢth ẏmab bᴢafuelẏn. Sef enʊ
abaraf. dẏlan. bedẏdẏaʊ aʊna-
ethpʊẏt ẏ mab. Ac ẏ gẏt ac ẏ
bedẏdẏʊẏt ẏ moᴢ agẏᴢchʊẏs.

Ac ẏnẏ lle ẏgẏt ac ẏdoeth ẏr
moᴢ. annẏan ẏmoᴢ a gauas a
chẏſtal ẏnouẏei ar pẏſc goᴢeu
ẏnẏ moᴢ. Ac o achaʊs hẏnnẏ
ẏ gelʊit dẏlan eil ton. nẏ thoᴢ-
res tonn adanaʊ eirẏoet. Ar
ergẏt ẏdoeth ẏangheu ohonaʊ
auẏᴢẏʊẏſ gouannon ẏeʊẏthẏᴢ
ahʊnnʊ auu trẏdẏd anuat er-
gẏt. Val ẏd oed ʊẏdẏon diʊar-
naʊt ẏnẏ ʊelẏ ac ẏn deffroi ef
aglẏʊei diaſpat ẏnẏ giſt if ẏ dᴢaet.
kẏnẏ bei uchel hi kẏuuch oed ac
ẏkigleu ef. Sef aoᴢuc ẏnteu
kẏuodi ẏn gẏſlẏm ac agoᴢi ẏ
giſt. Ac ual ẏhegẏᴢ. ef aʊeleẏ
uab bẏchan ẏn rʊẏuaʊ ẏ urei-
cheu oblẏc ẏ llen ac ẏnẏ guaſ-
caru. Ac ef agẏmerth ẏ mab
ẏrʊng ẏdʊẏlaʊ ac a gẏᴢchʊẏs
ẏ dᴢef ac ef lle ẏgʊẏdat bot
gʊᴢeic abᴢonneu genti. Ac ẏ-
mobᴢẏn aʊnaeth ar ʊᴢeic uei-
thrẏn ẏmab. Ymab auagʊẏt
ẏulʊẏdẏn honno. Ac ẏn oet
ẏulʊẏdẏn hof oed gantunt
ẏ ureiſket. bei dʊẏ ulʊẏd. Ar
eil ulʊẏdẏn mab maʊᴢ oed
ac ẏn gallu ehun kẏrchu ẏ
llẏs. ẏnteu ehun ʊẏdẏon ʊedẏ
ẏdẏuot ẏᴢ llẏs a fẏnnʊẏs
arnaʊ. Ar mab aẏmgeneui-
naʊd ac ef. ac aẏ caraʊd ẏn uʊẏ
noc un dẏn. Ẏna ẏ magʊẏt
ẏ mab ẏnẏ llẏs ẏnẏ uu pede-
ir blʊẏd. A hof oed ẏuab ʊẏth

mlỽyd uot ẏn gẏuareifket ac ef.
Adiỽyrnaỽt ef agerdaỽd ẏn
ol gỽẏdẏon ẏ oꝛẏmdeith allan.
Sef aỽnaeth kẏꝛchu caer ara=
nrot ar mab ẏ gẏt ac ef. Gỽedẏ
ẏ dẏuot ẏꝛ llẏs kẏuodi aoꝛuc
aranrot ẏnẏ erbẏn ẏraeffaỽu
ac ẏ gẏuarch guell idaỽ. Duỽ
aro da it heb ef. pa uab ẏffẏd
ẏth ol di heb hi. Ẏmab hỽnn mab
ẏ ti ẏỽ heb ef. Oẏ a ỽꝛ ba doi arnat
ti uẏgkẏỽilẏdaỽ i. a dilẏt uẏgkẏ=
ỽilẏd aẏ gadỽ ẏn gẏhẏt a hẏnn.
Onẏ bẏd arnat ti gẏỽilẏd uỽẏ
no meithrẏn o honaf i uab kẏf=
tal a hỽnn. ẏs bẏchan abeth uẏd
dẏ gẏỽilẏd di. Pỽẏ enỽ dẏ uab
dẏ heb hi. Dioer heb ef nit oes
arnaỽ un enỽ etỽa. Je heb hi mi a
dẏnghaf dẏghet idaỽ na chaffo
enỽ ẏnẏ caffo ẏ genhẏf i. Dẏgaf
ẏ duỽ uẏgkẏffes heb ef direit ỽꝛe=
ic ỽẏt. ar mab ageiff enỽ kẏt
boet dꝛỽc genhẏt ti. Athitheu heb
ef ẏꝛ hỽnn ẏd ỽẏt ti ac auar ar-
nat am nath elỽir ẏuoꝛỽyn. nith
elỽir bellach bẏth ẏn uoꝛỽyn. Ac
ar hẏnnẏ kerdet eẏmdeith dꝛỽẏ
ẏ lit aỽnaeth achẏꝛchu caer tath=
ẏl. ac ẏno ẏbu ẏnos honno. A
thrannoeth kẏuodi aoꝛuc a chẏ=
mrẏt ẏ uab gẏt ac ef amẏnet ẏ
oꝛẏmdeith gan lann ẏ ỽeilgi rỽng
hẏnnẏ ac aber menei. Ac ẏnẏ lle
ẏ guelas delẏfc a moꝛỽyal hudaỽ
llong aỽnaeth. Ac oꝛ guimon ar

delẏfc hudaỽ coꝛdỽal aỽnaeth. A
hẏnnẏ llaỽer. ac eu bꝛithaỽ aoꝛuc
hẏt na ỽelfei neb lledẏr degach
noc ef. Ac ar hẏnnẏ kẏỽeiraỽ hỽẏl
ar ẏ llong aỽnaeth adẏuot ẏdꝛỽf
poꝛth caer aranrot ef ar mab ẏnẏ
llong. Ac ẏna dechꝛeu llunẏaỽ
efgidẏeu ac eu gỽniaỽ. Ac ẏna ẏ
harganuot oꝛ gaer. pan ỽybu ẏn=
teu ẏ arganuot oꝛ gaer dỽẏ eu he=
ilẏỽ ehun aoꝛuc adodi eilẏỽ arall
arnunt. ual nat adnepit. Pa dẏ=
nẏon ẏffẏd ẏnẏ llong heb ẏꝛ ara=
nrot. crẏdẏon heb ỽẏ. eỽch ẏ edꝛẏ=
ch pa rẏỽ ledꝛ ẏffẏd ganthunt.
a pha rẏỽ ỽeith aỽnant. Ẏna ẏ do-
ethpỽẏt aphan doethpỽẏt ẏd oed
ef ẏn bꝛithaỽ coꝛdỽal a hẏnnẏ ẏn
eureit. Ẏna ẏdoeth ẏ kennadeu
amenegi idi hi hẏnnẏ. Je heb hith=
eu dẏgỽch ueffur uẏntroet ac er-
chỽch ẏꝛ crẏd ỽneuthur efgidẏeu
im. Ynteu alunẏỽẏs ẏr efgidẏeu
ac nit ỽꝛth ẏmeffur namẏn ẏn
uỽẏ. dẏuot ar efgidẏeu idi. nachaf
ẏr efgidẏeu ẏn oꝛmod. Rẏuaỽꝛ ẏỽ
ẏ rei hẏnn heb hi. ef ageiff ỽerth
ẏ rei hẏnn. a gỽnaet heuẏt rei
a uo llei noc ỽẏnt. Sef aỽnaeth
ef gỽneuthur rei ereill ẏn llei la=
ỽer noẏthroet. aẏ hanuon idi.
Dẏỽedỽch idaỽ nit a ẏmi un oꝛ
efgidẏeu hẏnn heb hi. Ef a dẏỽet=
pỽẏt idaỽ. Je heb ef nẏ lunẏaf ef=
gidẏeu idi ẏnẏ ỽelhỽẏf ẏ throet.
a hẏnnẏ a dẏỽetpỽẏt idi. Je heb hi

mi aaf hýt atta6. Ac ýna ýdoeth
hi hýt ý llong. A phan doeth ýd
oed ef ýn llunýa6. ar mab ýn g6-
nia6. Je argl6ýdes heb ef dýd da
it. du6 aro da it heb hi. Eres ý6
genhýf na ued2ut kýmed2oli
efgidýeu 62th ueffur. na ued2eis
heb ýnteu. mi aý med2af 6eith-
on. ac ar hýnný llýma ý d2ý6 ýn
feuýll ar w62d ý llog. Sef a6na-
eth ýmab ý u626 aý ued2u ýr6g
gie6ýn ý efgeir ar afc62n. Sef a
6naeth hitheu ch6erthin. Dioer
heb hi ýf lla6 gýffes ý med26ýs
ýlleu ef. Je heb ýnteu aniol6ch
du6 it neur gauas ef ṇ en6. A
da diga6n ý6 ýen6. lle6 lla6 gýf-
fes ý6 bellach. Ac ýna difflannu
ý gueith ýn delýfc ac ýn6imon.
ar gueith nýchanlýn6ýs ef h6ý
no hýnný. ac o2 acha6s h6nn6
ýgel6it ef ýn d2ýdýd eur grýd.
Dioer heb hitheu ni henbýdý
well di ouot ýn d26c 62thýfi. Ný
buum d26c i et6a 62thýt ti heb
ef. ac ýna ýd ellýng6ýs ef ý uab
ýný b2ýt ehun. ac ý kýmerth
ý furýf ehun. Je heb hitheu ¦
minheu adýghaf dýghet ýr
mab h6nn. na chaffo aruei
býth ýný g6ifcofi ýmdana6. ý-
rof a du6 heb ef handid oth direi-
di di. ac ef ageif aruei. ýna ý
doethant 6ý parth adinas dinllef.
ac ýna meith2ýn lle6 lla6gýffes
ýný all6ýs marchogaeth pob/

march ac ýný oed g6býl o b2ýt
ath6f ameint. Ac ýna adnabot
a6naeth g6ýdýon arna6 ýuot
ýn kýmrýt dihir6ch oeiffeu ¦
meirch ac aruei. aý al6 atta6
a6naeth. A6as heb ýnteu ni a
a6n ui athi ý neges auo2ý. A
býd la6enach noc ýd 6ýt. a hýn-
ný a6naf inheu heb ý guas.
Ac ýn ieuengtit ý dýd tranno-
eth. kýuodi a 6naethant achý-
mrýt ý2 ar uo2dir ýuýnýd parth
a b2ýnn arýen. ac ýný penn uch-
af ý geuýn clutno ýmgueira6
ar ueirch a6naethant a dýuot
parth achaer aranrot. Ac ýna
amgenu eu p2ýt a6naethant
a chý2chu ý po2th ýn rith deu
6as ieueinc eithý2 ýuot ýn p2u-
dach p2ýt g6ýdýon noc un ý gu-
as. Epo2tha62 heb ef dos ýmý6n.
adý6et uot ýma beird o uor-
gann6c. ý po2tha62 aaeth. G2ae-
ffa6 du6 62thunt gell6ng ýmý-
6n 6ý heb hi. Dirua62 leuenýd
auu ýn eu herbýn. ý2 ýneuaɑ
agý6eir6ýd ac ý w6ýta ýd aeth-
p6ýt. guedý daruot ý b6ýta ým-
didan a6naeth hi aguýdýon ¦
am ch6edleu achýuar6ýdýt. Ýn-
teu 6ýdýon kýuar6ýd da oed.
Guedý bot ýn amfer ýmada6
achýuedach. ýftauell ag6eir6ýt
udunt 6ý ac ýgýfcu ýd aethant
Hir býlgeint guýdýon agýuodef.
ac ýna ýgel6is ef ý hut aý allu
[atta6

Erbýn pan oed ỿdýd ỿn goleuha=
u ỿd oed gýni6eir ac utkýzn a
lleuein ỿnỿ 6lat ỿn gýnghan.
Pan ỿdoed ỿdýd ỿn dỿuot 6ýnt
aglý6ýnt tara6 dz6s ỿz ỿſtauell.
ac ar hýnný aranrot ỿn erchi
agozi. Kýuodi aozuc ỿ guas ieu-
anc ac agozi. hitheu adoeth ỿmý-
6n amoz6ýn ỿgýt a hi. A6ýzda
heb hi lle dz6c ỿd ỿm. Je heb ỿn-
teu ni aglý6n utkýzn alleuein
abeth adebýgý di ohýnný. Dioer
heb hi ni cha6n 6elet llý6 ỿ 6eil-
gi gan pob llong ar tozr ỿgilýd
ac ỿmaent ỿn kýzchu ỿ tir ỿn
gýntaf aallont. Apha beth a6=
na6n i heb hi. Argl6ýdes heb
ỿg6ýdỿon nýt oes in gýnghoz
onỿt caeu ỿgaer arnam. aỿch-
ỿnhal ỿn ozeu aallom. Je heb
hitheu du6 adalho ý6ch. achý-
nhel6ch ch6itheu. ac ỿma ỿkef-
f6ch diga6n oarueu. Ac ar hýn-
ný ỿn ol ỿz arueu ýd aeth hi. A
llỿma hi ỿn dỿuot ad6ý uoz6ýn
gýt a hi. ac arueu deu 6z gantunt.
Argl6ýdes heb ef g6iſc ỿmdan
ỿg6zỿanc h6nn. aminheu ui
ar mozýnỿon a 6iſcaf ỿmdanaf
inheu. Mi aglý6af odozun ỿ g6-
ýz ỿn dỿuot. hýnný a6naf ỿn
lla6en. Aguiſca6 a6naeth hi
amdana6 ef ỿn lla6en ac ỿn
g6býl. Ader6 heb ef 6iſca6 am=
dan ỿ g6zỿanc h6nn6. derý6
heb hi. neu derý6 ỿminheu

heb ef. Diod6n ỿn arueu 6eithon
nit reit ỿnn 6zthunt. Och heb
hitheu paham. llỿna ỿllỿnghes
ỿngkýlch ỿ tý. A6zeic nit oes ỿ-
na un llỿnghes. Och heb. pa rý6
dýgỿuoz auu o honei. Dýgỿuoz
heb ỿnteu ỿ dozri dý dýnghetuen
am dý uab. ac ỿgeiſſa6 arueu
ida6. Ac neur gauas ef arueu
heb ỿ diol6ch ýti. Erof adu6 heb
hitheu g6z dz6c 6ýt ti. Ac ef a
allei lla6er mab colli ỿeneit
am ỿ dýgỿuoz abereiſti ỿný can-
tref h6nn hedi6. A mi a dýnghaf
dýnghet ida6 heb hi na chaffo
6zeic uýth oz genedýl ỿſfýd ar
ỿ daýar honn ỿz a6z honn. Je
heb ỿnteu direid6zeic uuoſt ei-
roet ac ný dýlýei neb uot ỿn
bozth it. ag6zeic ageif ef ual
kýnt. H6ýnteu adoethant at
math uab mathon6ý ach6ýna6
ỿn luttaf ỿný být rac aranrot
a6naethant amenegi ual ỿ pa-
rýſſei ỿz arueu ida6 oll. Je heb
ỿmath keiſſ6n inheu ui athi
oc an hut anlledzith huda6 g6-
reic ida6 ỿnteu oz blodeu. Ỿn=
teu ỿna ameint g6z ỿnda6.
ac ỿn deledi6haf guas a6elas
dýn eiroet. Ac ỿna ỿ kýmerýſ-
fant 6ý blodeu ỿ deri. a blodeu
ỿ banadýl. a blodeu ỿz er6ein
ac oz rei hýnný aſf6ýna6 ỿz un
uoz6ýn deccaf atheledi6af a
6elas dýn eiroet. Ac ỿ bedýdỿa6

02 bedẏd a6neẏnt ẏna a dodi blo=
deued arnei. G6edẏ ẏkẏſcu ẏ
gẏt 6ẏ ar ẏ6led. nẏt ha6d heb
ẏguẏdẏon ẏ 62 heb gẏuoeth ida6
offẏmdeitha6c. Je heb ẏ math.
mi a rodaf ida6 ẏz un cantref
gozeu ẏ 6as ieuanc ẏgael. Ar-
gl6ẏd heb ef pa gantref ẏ6 h6n=
n6. cantref dinodig heb ef a h6n=
n6 ael6ir ẏz a62 honn. ei6ẏnẏd
ac ardud6ẏ. Sef lle. ar ẏcantref
ẏ kẏuanhed6ẏs lẏs ida6. ẏnẏ
lle ael6ir mur caſtell. a hẏnnẏ
ẏgg62thtir ardud6ẏ. Ac ẏna
ẏ kẏuanhed6ẏs ef ac ẏg6ledẏ-
ch6ẏs. Apha6b a uu uodla6n ida6
ac ẏ argl6ẏdiaeth. Ac ẏna treig-
ẏlgueith kẏzchu a6naeth parth
achaer dathẏl eẏm6elet amath
uab mathon6ẏ. Ẏdẏd ẏd aeth
ef parth a chaer tathẏl. troi ouẏ-
6n ẏllẏs a6naet hi. Ahi aglẏ-
6ei lef co2n. ac ẏn ol llef ẏco2n
llẏma hẏd blin ẏn mẏnet hei-
ba6. ach6n achẏnẏdẏon ẏnẏ ol.
Ac ẏn ol ẏc6n ar kẏnẏdẏon ba-
gat o6ẏz ar traet ẏn dẏuot.
Ellẏngh6cs 6as heb hi e6ẏbot
p6ẏ ẏz ẏniuer. ẏ guas aaeth
a gouẏn p6ẏ oedẏnt. Gzon6
pebẏz ẏ6 h6nn. ẏg62 ẏſſẏd ar-
gl6ẏd ar benllẏn heb 6ẏ. hẏnnẏ
adẏ6ot ẏ guas idi hitheu. Ynteu
agerd6ẏs ẏn ol ẏz hẏd. Ac ar
auon gẏnn6ael gozdi6es ẏr
hẏd aẏ lad. Ac 6zth ulingẏa6

ẏz hẏd allithẏa6 ẏ g6n ef a uu
ẏn ẏ 6afca6d ẏ nos arna6. Aphan
ẏtoed ẏ dẏd ẏn atueila6 ar nos
ẏn neſſau ef adoeth heb po2th
ẏ llẏs. Dioer heb hi ni aga6n
ẏngoganu gan ẏz unben oe adẏ
ẏ pzẏt6n ẏ 6lat arall onẏs gua-
hod6n. Dioer argl6ẏdes heb 6ẏ
ia6nhaf ẏ6 ẏ 6aha6d. ẏna ẏd
aeth kennadeu ẏnẏ erbẏn ẏ
6aha6d. Ac ẏna ẏkẏmerth ef
6aha6d ẏn lla6en ac ẏdoeth ẏz
llẏs. ac ẏ doeth hitheu ẏn ẏerbẏn
ẏ graeſſa6u ac ẏgẏuarch well
ida6. Argl6ẏdes du6 adalho
it dẏ lẏ6enẏd. ẏmdiarchenu
a mẏnet ẏeiſted a6naethant.
Sef a6naeth blodeued edzẏch
arna6 ef ac ẏz a62 ẏd edzẏch nit
oed gẏueir arnei hi nẏ bei ẏn
lla6n oe garẏat ef. Ac ẏnteu
a fẏnẏ6ẏs arnei hitheu. ar un
med6l adoeth ẏnda6 ef. ac ado=
eth ẏndi hitheu. Ef nẏ all6ẏs
ẏmgelu oe uct ẏnẏ charu. ae
uenegi idi a6naeth. hitheu a
gẏmerth dirua62 lẏ6enẏd
ẏndi. ac o acha6s ẏferch ar
carẏat adodaſſei pob un o ho=
nunt ar ẏ gilẏd ẏ bu eu hẏm=
didan ẏ nos honno. Ac nẏ bu
ohir eẏmgael o honunt amgen
no2 nos honno. Ar nos honno
kẏſcu ẏgẏt a6naethant. Ath=
rannoeth arouun a6naeth
ef eẏmdeith. Dioer heb hi

nẏt eẏ ẏ6zthẏfi heno. Enos
honno ẏ buant ẏgẏt heuẏt. Ar
nos honno ẏ bu ẏz ẏmgẏngho2
ganthunt pa furu ẏ kehẏnt uot
ẏgkẏt. Nẏt oes gẏngho2 it heb
ef onẏt un. keiffa6 ẏgantha6
gó ẏbot pa furu ẏ del ẏ angheu
a hẏnnẏ ẏn rith ẏmgeled am-
dana6. T2annoeth arouun a
6naeth. Dioer niṭ chẏgho2af it
hedió uẏnet e6zthẏfi. dioer canẏˢ
kẏngho2ẏ ditheu nit af inheu
heb ef. Dẏ6edaf hagen uot ẏn
perigẏl dẏuot ẏz unben bieu ẏ
llẏs adzef. Je heb hi auo2ẏ mi ath
ganhadaf di eẏmdeith. T2anno=
eth arouun a6naeth ef ac nẏ
ludẏ6ẏs hitheu ef. Je heb ẏnteu
coffa adẏ6edeis 6zthẏt ac ẏmdi-
dan ẏn lut ac ef. a hẏnnẏ ẏn
rith ẏfmala6ch carẏat ac ef. A
dilẏt ẏganta6 pa fo2d ẏ gallei
dẏuot ẏ angheu. Enteu adoeth
adzef ẏnos honno. T2eula6 ẏ
dẏd a6naethant d26ẏ ẏmdidan
acherd achẏuedach. ar nos honno
ẏgẏfcu ẏgẏt ẏd aethant. Ac ef
adẏ6ot parabẏl ar eil 6zthi. Ac
ẏn hẏnnẏ parabẏl nis cauas.
Pa der6 ẏti heb ef. ac a6ẏt iach
di. Medẏlẏa6 ẏd 6ẏf heb hi ẏz
hẏnn nẏ medẏlẏut ti amdanafi.
Sef ẏ6 hẏnnẏ heb hi. goualu
am dẏ angheu di ot elut ẏn gẏ-
nt no miui. Je heb ẏnteu du6
adalho it dẏ ẏmgeled. Onẏm

llad i du6 hagen nit ha6d uẏ llad
i heb ef. A6neẏ ditheu ẏz du6 ac
ẏrof inheu menegi ẏmi ba furu
ẏ galler dẏ lad ditheu. canẏs guell
uẏghof i 6zth ẏmoglẏt no2 teu di.
Dẏ6edaf ẏn lla6en heb ef. nit
ha6d uẏ llad i heb ef o ergẏt. a
reit oed uot bló ẏdẏn ẏn góneu=
thur ẏ par ẏm bẏzhit i ac ef. a heb
góneuthur dim ohona6 namẏn
pan uẏthit ar ẏz aberth du6 ful.
Ae diogel hẏnnẏ heb hi. diogel
dioer heb ef. Nẏ ellir uẏ llad i
ẏmẏ6n tẏ heb ef. nẏ ellir allan.
nẏ ellir uẏ llad ar uarch. nẏ ellir
ar uẏntroet. Je heb hitheu pa
del6 ẏ gellit dẏ lad ditheu. Mi ae
dẏ6edaf ẏti heb ẏnteu. Góneuth-
ur ennein im ar lan auon agó-
neuthur cromgló ẏt uch benn
ẏ ger6ẏn aẏ thoi ẏn da didos.
6edẏ hẏnnẏ hẏ hitheu. A dó ẏn
bó ch heb ef aẏ dodi gẏz lla6 ẏge=
r6ẏn. a dodi ohonof uinheu ẏne-
ill troet ar geuẏn ẏ bó ch a llall ar
emẏl ẏ ger6ẏn. Pó ẏbẏnnac am
ḿetrei i ẏuellẏ ef a6naẏ uẏ ag-
heu. Je heb hitheu diolchaf ẏ du6
hẏnnẏ. ef aellir rac hẏnnẏ dianc
ẏn ha6d. Nẏt kẏnt noc ẏcauas
hi ẏz ẏmad2a6d noc ẏ hanuones
hitheu at gron6 pebẏr. G2on6
alauurẏ6ẏs gueith ẏguaẏ6.
ar un dẏd ẏm penn ẏ ul6ẏdẏn
ẏ bu bara6t. Ar dẏd hónn6 ẏ
peris ef idi hi guẏbot hẏnnẏ.

Argl6ýd heb hi ýd 6ýf ýn medýl-
ýa6 pa del6 ýgallei uot ýn hýnn
adý6edeifti gýnt 6zthýf i. Ac a
dangoffý di ými pa furu ýfauut
ti ar emýl ý ger6ýn . ar b6ch . ofa=
raf uinheu ýz enneint. Dangof-
faf heb ýnteu . Hitheu a anuones
at gron6 . ac a erchis ida6 bot ýg-
kýfca6t ý bzýnn ael6ir 6eithon
bzýnn kýuergýz ýglan auon
kýnuael oed hýnný . Hitheu a be-
ris kýnnulla6 agauas oauýr
ýný cantref. aýd6ýn oz parth !
dza6 ý auon. gýuar6ýneb abzýn
kýuergýz. Athzannoeth hi adý6ot
argl6ýd heb hi mi abereis ký6ei-
ra6 ýgl6ýt ar ennein ac ýmaent
ýn bara6t. Je heb ýnteu a6n eu
hedzých ýn lla6en . 6ý adoethant
trannoeth ý edzých ýz enneint.
Ti aeý ýz ennein argl6ýd heb hi.
af ýn lla6en heb ef. Ef aaeth ýz
ennein ac ýmneina6 a6naeth.
Argl6ýd heb hi llýma ýz aniuei-
leit adý6edeifti uot b6ch arnunt.
Je heb ýnteu par dala un ohonu-
nt. aphar ýd6ýn ýma. Ef aduc=
p6ýt. Ýna ý kýuodes ýnteu oz
ennein aguifca6 ýla6dýz am-
dana6 ac ý dodes ýneilltroet ar
emýl ýger6ýn. ar llall ar geuýn
ýb6ch. Ynteu gron6 agýuodes
euýnýd oz bzýnn ael6ir bzýnn
kýuergýz. ac ar benn ýneillglin
ýkýuodes. ac ar guen6ýn6aý6
ý u6z6 aý uedzu ýný ýftlýs ýný

neita ýpaladýz o hona6 . Athrigý=
a6 ýpenn ýnda6 . Ac ýna b6z6
ehetuan o hona6 ýnteu ýn rith
erýz. Adodi garýmleis an hýgar.
ạc ný chahat ý6elet ef odýna
ýmaes. Yn gýngýflýmet ac ýd
aeth ef eýmdeith ý kýzchýffant
6ýnteu ýllýs ar nos honno kýf-
cu ýgýt. Athzannoeth kýuodi a
ozuc gron6 a guerefkýn ardud6ý.
Guedý g6zefkýn .ý6lat ýg6ledý=
chu a6naeth ýný oed ýný eida6
ef ardud6ý aphenllýn. Ýna ý ch6e=
dýl aaeth at math uab mathon6ý.
Tzým urýt agoueileint agýmerth
math ýnda6 . am6ý 6ýdýon noc
ýnteu la6er. Argl6ýd heb ýguý=
dýon ný ozff6ýffaf uýth ýný gaf=
f6ýf ch6edleu ý 6zth uý nei. Je
heb ýmath du6 auo nerth ýt.
Ac ýna kých6ýnnu a6naeth ef.
adechreu rodýa6 racda6 arodýa6
g6ýned a6naeth apho6ýs ýný
theru ýn. Guedý rodýa6 pob lle
ef adoeth ýaruon. ac adoeth ýtý
uab eillt ýmaýna6z bennard.
Difkýnnu ýný tý a6naeth a
thrigýa6 ýno ýnos honno. g6z
ýtý aý dýl6ýth adoeth ýmý6n.
Ac ýn di6ethaf ýdoeth ýmeichat.
G6z ýtý adý6ot 6zth ýmeichat.
a6as heb ef adoeth dý h6ch di
heno ýmý6n. doeth heb ýnteu
ýz a6z honn ýdoeth at ý moch.
Barý6 gerdet heb ýguýdýon
ýffýd ar ýz h6ch honno. Ban a -

goʒer ẏ creu beunẏd ẏd aallan
nẏ cheir craf arnei ac ni 6ẏbẏ=
dir ba foʒd ẏda m6ẏ no chẏn e-
lei ẏnẏ daear. A6neẏ di heb ẏ
guẏdẏon ẏ rof i nat agoʒẏch
ẏ creu ẏnẏ u6ẏf i ẏn ẏneillparth
ẏʒ creu ẏgẏt athi. g6naf ẏn lla-
6en heb ef. Ygẏfcu ẏdaethant
ẏnos honno. Aphan 6elas ẏme-
ichat lli6 ẏdẏd. ef adeffroes
6ẏdẏon. Achẏuodi a6naeth
g6ẏdẏon aguifca6 amdana6
a dẏuot ẏgẏt a feuẏll 6ʒth ẏ
creu. Ymeichat aagoʒes ẏcreu.
ẏgẏt ac ẏhegẏʒ llẏma hitheu
ẏn b6ʒ6 neit allan. a cherdet
ẏn bʒaf a6naeth. aguẏdẏon
aẏ canlẏn6ẏs achẏmrẏt g6ʒth-
6ẏneb auon a6naeth achẏʒ-
chu nant a6naeth ael6ir 6e-
ithon nantlle6. Ac ẏna guaf-
tatau a6naeth aphoʒi. Ynteu
6ẏdẏon adoeth ẏdan ẏpʒenn.
ac aedʒẏch6ẏs pa beth ẏd oed
ẏʒ h6ch ẏnẏ boʒi. Ac ef a6elei
ẏʒ h6ch ẏn poʒi kic p6dẏʒ achẏ-
nron. Sef a6naeth ẏnteu e-
dʒẏch ẏmblaen ẏpʒenn. A
phan edʒẏch ef a6elei erẏr
ẏmblẽn ẏpʒenn. Aphan ẏ-
mẏfkẏt6ei ẏʒ erẏʒ. ẏfẏʒthei
ẏ pʒẏuet ar kic p6dẏʒ ohona6.
ar h6ch ẏn ẏffu ẏrei hẏnnẏ.
Sef a6naeth ẏnteu medẏ-
lẏa6 ẏ mae lleu oed ẏʒ erẏʒ
achanu englẏn. Dar adẏf

ẏ r6ng deu lenn goʒdu 6ʒẏch a6ẏʒ
aglenn. onẏ dẏ6edaf i eu oulodeu
lle6 ban ẏ6 hẏnn. Sef a6naeth
ẏnteu ẏʒ erẏʒ ẏm ell6ng ẏnẏ
oed ẏgkẏmerued ẏ pʒenn. Sef
a6naeth ẏnteu 6ẏdẏon. canu
englẏn arall. Dar adẏf ẏn ard
uaes nis g6lẏch gla6 nis m6ẏ
ta6d. na6 ugein angerd aboʒthes.
ẏnẏ blaen lle6 lla6 gẏffes. Ac
ẏna ẏmell6ng ida6 ẏnteu ẏ-
nẏ uẏd ẏnẏ geing iffaf oʒ pʒen.
canu englẏn ida6 ẏnteu ẏna.
Dar adẏf dan an6aeret mi-
rein medur ẏm ẏ6et. o nẏ dẏ6e-
daf i ef dẏdau lle6 ẏm arfet.
Ac ẏdẏg6ẏda6d ẏnteu ar lin
g6ẏdẏon. Ac ẏna ẏ tre6is g6ẏ-
dẏon ar hutlath ẏnteu ẏnẏ
uẏd ẏnẏ rith ehunan. Nẏ 6el-
fei neb ar 6ʒ dʒemẏnt dʒuan=
ach hagen noc aoed arna6 ef.
nit oed dim onẏt croen ac af-
c6ʒn. Yna kẏʒchu caer dathẏl
a6naeth ef ac ẏno ẏducp6ẏt
agahat o uedic da ẏgg6ẏned
6ʒtha6. kẏn kẏuẏl ẏʒ ul6ẏdẏn
ẏd oed ef ẏn holl iach. Argl6ẏd
heb ef 6ʒth math uab matho=
n6ẏ mad6s oed ẏmi caffael
ia6n gan ẏ g6ʒ ẏ keueis ouut
ganta6. Dioer heb ẏ math
nẏ eill ef ẏm gẏnhal ath ia6n
di ganta6. Je heb ẏnteu goʒeu
ẏ6 genhẏf i bo kẏntaf ẏ caf=
f6ẏf ia6n. Yna dẏgẏuoʒẏa6

góýned a6naethant a chýzchu
ardud6ý. Gó6dýon a gerd6ýs
ýný blaen. achýzchu mur caftell
aozuc. Sef a6naeth blodeu6ed clý-
bot eu bot ýn dýuot. kýmrýt ý
mozýnýon gýt a hi a chýzchu ý
mýnýd. athz6ý auon gýnuael ⸑
kýzchu llýs aoed ar ýmýnýd. ac
ni 6ýdýn gerdet rac ouýn na=
mýn ac eu hó6neb tra eu keuýn
Ac ýna ni 6ýbuant ýný fýzthýffant
ýný llýn. ac ý bodýffant oll eithýz
hi ehunan. Ac ýna ýgozdi6a6d
gó6dýon hitheu. ac ýdý6ot 6zthi.
Ný ladaf i di. mi a6naf ýffýd 6a-
eth it. fef ý6 hýnný heb ef. dý
ellóng ýn rith ederýn. Ac oach-
a6s ý ký6ilýd a 6naethoft ti
ý le6 lla6 gýffes na ueidých
ditheu dangos dý 6ýneb lli6
dýd býth. Ahýnný rac ouýn
ýz holl adar. a bot gelýnýaeth
ýrýnghot ar holl adar. A bot
ýn anýan udunt dý uaedu.
ath amherchi ý lle ith gaffant.
ac na chollých dý en6 namýn
dý al6 uýth ýn blodeu6ed. Sef
ý6 blodeu6ed týlluan oz ieith
ýz a6z honn. Ac oacha6s hýnný
ýmae digaffa6c ýz adar ýz týllu-
an. Ac ef a el6ir et6a ý dýlluan
ýn blodeu6ed. Ynteu gron6ý pe-
býz agýzchó6s penllýn ac odýno
ýngýnnatau a6naeth. Sef ken=
nad6zi a anuones. gouýn a6na-
eth ý le6 lla6 gýffes auýnnei

ae tir ae daýar ae eur ae arýant
am ý farhaet. na chýmeraf ý
du6 dýgaf uýgkýffes heb ef.
allýma ýpeth lleiaf agýmeraf
ýganta6. Mýnet ýz lle ýd oed6ni
ohona6 ef ban im býzýa6d ar
par. a minheu ýlle ýd oed ýnteu.
agadel ýminheu ýu6z6 ef aphar.
ahýnný leiaf peth agýmeraf ý
ganta6. Hýnný a uenegit ýgron6
bebýz. Je heb ýnteu dir ý6 ými
góneuthur hýnný. Wýg6ýzda
ký6ir am teulu am bzodýz maeth.
aoes ohona6ch ch6i a gýmero ýz
ergýt dzoffofi. nac oes dioer heb
6ýnt. Ac o acha6s gomed ohonunt
6ý diodef kýmrýt un ergýt dzos
eu hargl6ýd ý gel6ir 6ýnteu
ýz hýnný hýt hedi6. trýdýd an-
ni6eir deulu. Je heb ef mi ae
kýmeraf. Ac ýna ýdoethant ýll
deu hýt ar lan auon gýnuael.
Ac ýna ýfeuit gron6ý bebýr ý=
ný lle ýd oed lle6 lla6 gýffes ban
ýbýzýa6d ef. a lle6 ýný lle ýd
oed ýnteu. Ac ýna ýdýuot gro=
n6ý bebýz 6zth lle6. Argl6ýd heb
ef. canýs odzýc ýftrý6 g6zeic ý
góneuthum ýti a6neuthum.
minheu a archaf ýti ýz du6. llech
a6elaf ar lan ýz auon. gadel
ým dodi honno ýrýnghof ar
dýzna6t. Dioer heb ý lle6
nith omedaf ohýnný. Je heb
ef du6 a dalho it. Ac ýna ý ký=
merth gron6ý ýllech ac ýdodes

ẏ rẏngta6 ar ergẏt. Ac ẏna ẏ
bẏzẏa6d lle6 ef ar par ac ẏ gu=
ant ẏllech da6ẏdi. ac ẏnteu ¡
da6ẏda6 ẏnẏ dẏzr ẏgeuẏnn.
Ac ẏna ẏ llas gron6ẏ bebẏz. Ac
ẏno ẏmae ẏllech ar lan auon
gẏnuael ẏn ardud6ẏ ar t6ll da6-
ẏdi. Ac o acha6s hẏnnẏ ett6a
ẏgel6ir llech gron6ẏ. Ynteu
lle6 lla6 gẏffes ao z e fkẏnn6ẏs
eil6eith ẏ6lat. ac ªẏ g6ledẏch6ẏs
ẏn ll6ẏdanhus. a her6ẏd ẏ dẏ-
6eit ẏ kẏuar6ẏdẏt ef a uu ar-
gl6ẏd 6edẏ hẏnnẏ ar 6ẏned
Ac ẏuellẏ ẏ teruẏna ẏ geing
honn oz mabinogi.

Efra6c iarll bioed iarllaeth ẏn ẏ gogled a feith meib oed ida6 ac nẏt oe gẏfoeth ẏn benhaf ẏd ẏmbo2thei efra6c namẏn o t62nei meint ac ẏmladeu a rẏueloed . ac ual ẏ maẏ mẏnych ẏ2 neb a ẏm= ganlẏno a rẏuel ef a las . ac ef a ẏ chꝣmeib ar feithuet mab ida6 peredur ẏ gel6it . a ieuhaf oed h6nn6 oẏ feithmeib nẏd oed oet ẏda6 uẏnet ẏ rẏuel nac ẏmlad pei oet ef aledit ual ẏ llas ẏ tat a ẏ urodẏ2 g62eic kẏmen ẏſtrẏ 6ẏs oed ẏn uam ida6 medẏlẏa6 a6naeth am ẏmab a ẏ gẏuoeth . Sef a gauas ẏn ẏ chẏgho2 fo ar mab ẏ ẏnial6ch adiffeith6ch ac ẏmada6 ar kẏuanned neb nẏ duc ẏnẏ chetẏmdeithas namẏn gwraged a meibon a dẏnẏon did2aha diwala nẏ ellẏnt ac nẏ 6edei udunt nac ẏmladeu na rẏueloed nẏ lẏwaffei neb ẏnẏ clẏ6ei ẏ mab kẏm6ẏll na meirch nac arueu rac dodi ẏ urẏt ohona6 ar nadunt ac ẏr fo2eſt hir beunẏd ẏd ai ẏ mab ẏ chware ac ẏ daflu agaflacheu kelẏn . adiwarna6d ef a6elei kad6 geifẏ2 oed ẏ uam ad6ẏ ewic ẏn agos ẏ2 geifẏ2 fe uẏll a rẏuedu a6naeth ẏ mab g6eled ẏ d6ẏ hẏnnẏ heb gẏ2n achẏrn ẏ bob un o2ei ereill . a thẏ bẏgu eu bot ẏn hir ar goll . ac am hẏnnẏ rẏgolli eu kẏrn onadunt . ac ẏ tẏ aoed ẏm hen ẏ fo2eſt ẏr

geifẏr ouil62ẏaeth affedeſtric ef a gẏmhella6d ẏr ewiged ẏ gẏt ar geiuẏr ẏ mẏ6n . ef a doeth d2ach= euẏn ad2ef uẏ mam heb ef peth rẏued a weleis i ẏghot . D6ẏ oth eifẏ2 g6edẏ rẏuẏnet g6ẏlltineb ẏndunt a rẏgolli eu kẏrn rac hẏt ẏ buant ẏgwẏllt dan ẏ coet . Ac nẏ chafas dẏn ogẏſtec m6ẏ noc a gefeis i ẏn eu gẏrru ẏmẏ6n . Ar hẏnnẏ kẏfodi awnaeth pa6b adẏuot ẏ ed2ẏch . A phan welfant ẏr ewiged . rẏfedu ẏn va62 ao2 ugant bot o wil62aeth na fedeſ tric gan neb megẏs ẏ gallei ẏ go2di6es . A diwarna6t 6ẏnt a welẏnt tri marcha6c ẏn dẏ fot ar hẏt marcha6cfo2d gan ẏſtlẏs ẏ fo2eſt . Sef oedẏnt . G6alchmei uab g6ẏar . Ag6eir uab g6eſtẏl . Ac owein uab urẏ en . ac owein ẏn kad6 ẏ2 ol . ẏn ẏmlit ẏ marcha6c aranaſ fei ẏr aualeu ẏn llẏs arthur . Ẏ mam heb ef beth ẏ6 ẏ rei racco . egẏlẏon uẏ mab heb hi ẏd afi ẏn agel ẏ gẏt ac 6ẏnt heb ẏ peredur . ac ẏ2 fo2d ẏn erbẏn ẏ marchogẏon ẏ deuth . Dẏwet eneit heb ẏr owein a wcleiſti varchauc ẏn mẏnet ẏma heiba6 aẏ hedi6 aẏ doe . Na 6n heb ẏnteu peth ẏ6 ma rcha6c ẏ rẏ6 beth 6ẏf inheu heb ẏr owein . bei dẏwettut ti imi ẏr hẏn aofẏnh6n ẏtti

minheu adẏwedὁn itti ẏr hẏn
aofẏñnẏ titheu . Dẏwedaf ẏn
llawen . beth ẏὁ heb ef ẏrkẏfrὁẏ
kẏfrὁẏ heb ẏr owein . Gofẏn a
ὁnaeth peredur, beth oed pob
peth apeth auẏnnit ac aellit ac
ὁẏnt . Owein a venegis idaὁ
ẏnteu ẏn llὁẏr beth oed pob peth
ac aellit ohonaὁ . Dos ragot heb
ẏ peredur mi aweleis ẏ kẏfrẏὁ
aofẏnnẏ ti . Aminheu aaf ẏth ol
ti ẏn varchaὁc ẏr aὁzhon . Ẏna
ẏd ẏmchoelaὁd pedur ẏn ẏd oed
ẏ vam ar nifer . Mam heb ef nẏt
egẏlẏon ẏrei racco namẏn mar-
chogẏon . Ẏna ẏdẏgὁẏdὁẏs hi
ẏnẏ marὁleὁic . Ac ẏd aeth ẏnteu
peredur racdaὁ ẏnẏd oed ẏ kef=
fẏleu agẏwedei gẏnnut udunt .
Ac adẏgei bὁẏt allẏn oz kẏfanhed
ẏr ẏnẏalὁch . Acheffẏl bzẏchwelὁ
ẏfcẏznic krẏfaf atebẏgei agẏm=
erth . Afẏnozec awafcὁẏs ẏn gẏf-
rὁẏ arnaὁ athrachefẏn ẏ doeth ẏn
ẏd oed ẏ vam . Ar hẏnnẏ llẏma
hitheu ẏr iarlles ẏn datlewẏgu .
 Je heb hi ae kẏchwẏn a uẏnnẏ ti .
Je heb ef. aro ẏgenhẏfi gẏghozeu
kẏn dẏgẏchwẏn . dẏwet heb ef ar
vrẏs mi aeharoaf . Dos ragot
heb hi ẏlẏs arthur ẏnẏ mae go=
reu ẏgὁẏr ahaelaf adeὁzaf . Ynẏ
gὁelẏch eglὁẏs ꞉ can dẏpater ὁzthi .
Ogὁelẏ vὁẏt adiaὁt obẏd reit
it ὁzthaὁ. ac nabo oὁẏbot adaẏoni
ẏ rodi it. kẏmer tuhun ef. Ochlẏὁẏ

diafpat ꞉ dos ὁzthi. adiafpat gὁzeic
anat diafpat oz bẏt . O gὁelẏ tlὁs
tec kẏmer ti euo . a dẏzo titheu ẏ
arall . Ac o hẏnnẏ clot ageffẏ . O
gὁelẏ gὁzeic tec ꞉ gozdercha hi .
kẏn nẏth vẏnho ꞉ gὁellgὁz affe-
nedigach ẏthὁna no chẏnt . Ac o
wẏdẏn ẏ daroed idaὁ danwaret
ẏ kẏweirdebeu awelfei obob peth .
Achẏchwẏnu racdaὁ ẏmdeith a-
dẏrneit gaflacheu blaenllẏm ẏn
ẏ laὁ . A dὁẏ nos adeudẏd ẏ bu ẏn
kerdet ẏnẏalὁch adiffeiṭhὁch heb
uὁẏt heb daὁt . Ac ẏna ẏ doeth ẏ
goet maὁz ẏnẏal . ac ẏmhell ẏn
ẏ coet . ef a ὁelei llanerch o vaes .
ac ẏn ẏ llanerch ẏ gὁelei pebẏll .
ac ẏn rith eglὁẏs ef agant ẏpater
ὁzth ẏ pebẏll . Apharth ar pebẏll
ẏ daὁ . adzὁs ẏ pebẏll aoed ẏn ago-
ret . achadeir eur ẏn agos ẏr dzὁs .
amozὁẏn wineu telediὁ ẏn eif-
ted ẏn ẏ gadeir aractal eureit am
ẏthal . amein damllẏwẏchedic ẏn
ẏ ractal . A modzὁẏ eur vzas ar ẏ
llaὁ . Adifgẏnnu aozuc peredur .
adẏuot ẏmẏὁn . llawen uu ẏ vo-
rὁẏn ὁzthaὁ a chẏfarch gὁell idaὁ
a ὁnaeth . ac ar tal ẏ pebẏll ẏ gὁelei
bὁzd . Adὁẏ goftrel ẏn llaὁn owin .
a dὁẏ tozth o vara can agolὁẏthon
o gic mel voch . vẏmam heb pedur
a erchis imi ẏnẏ gὁelὁn bὁẏt adia=
ὁt ẏ gẏmrẏt . dos titheu vnben heb
hi ẏr bὁzd . Agraeffaὁ duὁ ὁzthẏt .
Yr bὁzd ẏd aeth pedur ar neill=

hanner ẏr bỽẏt ar llẏn agẏmerth
pedur idaỽ ehun. ar llall aadaỽd
ẏghẏfeir ẏ vozỽẏn. Agỽedẏ daruot
ẏdaỽ uỽyta. kẏuodi aozuc adẏfot
ẏnẏd oed ẏ vozỽyn. Vẏ mam heb
ef aerchis imi kẏmrẏt tlỽs tec ẏ
lle ẏgỽelỽn. kẏmer titheu eneit
heb hi nẏt miui ae gỽarafun itti.
Y vodzỽẏ agẏmerth peredur. Ac
eftỽg ar pen ẏ lin arodi cuffan ẏr
vozỽyn. achẏmrẏt ẏ varch achẏch-
wẏnu ẏ ẏmdeith. Yn ol hẏnnẏ llẏ-
ma ẏ marchaỽc biewoed ẏ pebẏll
ẏn dẏuot. Sef oed hỽnnỽ fẏberỽ
llanerch. Ac ol ẏmarch awelei. Dẏ-
wet heb ef ỽzth ẏ vozỽyn pỽẏ a
rẏfu ẏma gỽedẏ mifi. Dẏn enrẏ-
fed ẏ anfaỽd arglỽẏd heb hi. A me-
negi aozuc anfaỽd pedur ae ger-
det. Dẏwet heb ef a rẏfu ef gen-
hẏt ti. na rẏfu mẏn vẏg cret heb
hi. Mẏn vẏg cret nẏth gredaf. Ac
ẏnẏ ẏmgaffỽẏf inheu ac efo ẏdi-
al vẏ llit am kewilẏd nẏ chehẏ
titheu uot dỽẏ nos ẏn vn lle ae
gilẏd. Achẏuodi aozuc ẏmlaen ẏ
marchaỽc ẏ ẏmgeiffaỽ apheredur.
Ynteu pedur agerdaỽd racdaỽ
parth a llẏs arthur. Achẏn ẏ dẏfot
ef ẏlẏs arthur. ef adoeth march-
aỽc arall ẏr llẏs ac arodes modzỽẏ
eur vzas ẏ dẏn ẏn ẏ pozth ẏr dala
ẏ varch. Ac ẏnteu adoeth racdaỽ
ẏr neuad ẏn ẏd oed arthur ae teu-
lu agỽenhỽẏfar ae rianed. agỽas
ẏftauell ẏn gỽaffanaethu o ozflỽch

ar wenhỽẏfar. Ar marchaỽc agẏ-
merth ẏ gozflỽch o laỽ wenhỽẏfar
ac a dineuis ẏ llẏn oed ẏndaỽ am
ẏ hỽẏneb ae bzonfoll. a rodi bon-
cluft maỽz ẏ wenhỽẏfar. Offit heb
ef auẏnho amỽẏn ẏgozflỽch hỽn
ami. adial ẏ farhaet hon ẏwen=
hỽẏfar: doet ẏm ol ẏrweirglaỽd
a mi ae haroaf ẏno. Ae varch agẏ=
merth ẏmarchaỽc ar weirglaỽd
agẏrchỽẏs. Sef aozuc paỽb ẏna
eftỽg ẏỽẏneb rac adolỽyn idaỽ
uẏnet ẏdial farhaet wenhỽẏfar.
Ac ẏntebic ganthunt na wnaei
neb kẏfrẏỽ gẏflauan a honno
namẏn o vot arnaỽ milỽzẏaeth
ac angerd neu hut alletrith mal
na allei neb ẏmdiala ac ef. Ar
hẏnnẏ llẏma peredur ẏn dẏfot
ẏr neuad ẏmẏỽn ar geffẏl bzẏch-
welỽ ẏfcẏrnic achẏweirdeb muf-
crelleid aghẏweir adanaỽ. Achei
oed ẏn fefẏll ẏm perued llaỽz ẏ
neuad. Dẏwet heb ẏ peredur
ẏ gỽz hir racco. mae arthur.
beth auẏnnẏ ti heb ẏ kei ac ar=
thur. Vẏ mam aerchis im dẏ-
uot ẏm vzdaỽ ẏn varchaỽc ur-
daỽl at arthur. Mẏn vẏg cret
heb ẏ kei rẏ aghẏweir ẏdoethoft
o varch ac arueu. Ac ar hẏnnẏ
ẏ arganuot oz teulu a dechzeu
ẏ dẏfalu a bỽzỽ llẏfcon idaỽ.
Ac ẏn da ganthunt dẏuot ẏ
kẏfrẏỽ hỽnnỽ ẏ vẏnet ẏchỽedẏl
arall dzos gof. Ac ar hẏnnẏ

llỿma ẏco₂r ẏn dẏuot ẏmẏ6n .
Ardoethoed oed bl6ẏdẏn kẏn no
hẏnnẏ ẏ lẏs arthur ef ae co₂res
ẏ erchi tr6ẏdet ẏ arthur . A hẏnnẏ
aga6ſſant gan arthur . namẏn
hẏnnẏ ẏggouoẗ ẏ vl6ẏdẏn nẏ
dẏwedaſſant vn geir 6₂th neb.
Pan arganfu ẏ co₂r peredur .
haha heb ef graeſſa6 du6 6₂th-
ẏt pedur dec vab efra6c arben-
hic milwẏr a blodeu marchogẏ-
on . Dioer was heb ẏ kei llẏna
ued₂u ẏn d₂6c bot ul6ẏdẏn ẏn
uut ẏn llẏs arthur ẏn kael
dewis dẏ ẏmdidan6₂ a dewis
dẏ gẏfed . Agal6 ẏ kẏfrẏ6 dẏn
a h6n ẏgg6ẏd ẏr amhera6dẏ₂
ae teulu ẏn arbennic milwẏr
a blodeu marchogyon . a rodi bon-
cluſt ida6 hẏnẏ uu ẏn ol ẏpen
ẏr lla6₂ ẏnẏ var6 lewẏc . Ar
hẏnnẏ llẏma ẏ go₂res ẏn dẏ-
uot . Haha heb hi graeſſa6 du6
6₂thẏt pedur tec vab efra6c
blodeu ẏmilwẏr achanh6ẏll
ẏ marchogẏon . Je vo₂6ẏn heb
ẏ kei llẏna ved₂u ẏn d₂6c bot
6l6ẏdẏn ẏn uut ẏn llẏs arthᵘ
heb dẏwedut un geir 6₂th neb.
agal6 kẏfrẏ6 dẏn a h6n hedi6
ẏgg6ẏd arthur ae vilwẏr ẏn
vlodeu milwẏr ac ẏn ganh6-
ẏll marchogẏon . Ag6an g6th
troet ẏndi hẏnẏ uu ẏnẏ mar6
lewic . Ẏ g6₂ hir heb ẏpedur
ẏna ⁊ manac imi mae arthur .

Ta6 ath ſon heb ẏ kei ⁊ dos ẏn ol
ẏmarcha6c aaeth o dẏma ẏr
weirgla6d . a d6c ẏ go₂fl6ch ẏgan-
tha6 a b6₂6 ef a chẏmer ẏ varch
ae arueu . Ag6edẏ hẏnnẏ ti agehẏ
dẏ v₂da6 ẏn varcha6c urda6l.
Ẏg6₂ hir heb ef minheu a6naf
hẏnnẏ . Ac ẏmchoelut pen ẏ varch
ac allan ac ẏr weirgla6d . A phan
da6 ẏd oed ẏ marcha6c ẏn march-
ogaeth ẏ varch ẏnẏ weirgla6d
ẏn va6₂ ẏ rẏfẏc oe allu ae de6₂ed .
Dẏwet heb ẏ marcha6c a wele-
iſti neb o₂ llẏs ẏn dẏuot ẏm holi .
ẏ g6₂ hir oed ẏno heb ef a erchis
imi dẏ v6₂6 ti a chẏmrẏt ẏ go₂-
fl6ch ar march ar arueu ẏm
ẏhun . Ta6 heb · ẏ marcha6c
dos trath gefẏn ẏr llẏs . Ac arch
ẏ genhẏfi ẏ arthur dẏuot ae
ef ae arall ẏ ẏmwan ẏmi . Ac
onẏ da6 ẏn gẏflẏm nẏs aroaf i
euo . Mẏn vẏg cret heb ẏpedur
dewis ti ae oth vod ae oth anuod
miui a uẏnhaf ẏ march ar arueu
ar go₂fl6ch . Ac ẏna ẏgẏrchu o₂
marcha6c ef ẏn llitẏa6c ac agar-
lloſt ẏ wa6 r6g ẏfc6ẏd amẏn6-
gẏl d₂ẏchaf la6 arna6 dẏrna6t
ma6₂ dolurus . A was heb ẏpedᵃ
nẏ wharẏei weiſſon vẏ mam
amiſi vellẏ . minheu a ch6arẏaf
a thẏdi val hẏn . ae dẏf6₂6 agaf-
lach blaenllẏm ae ved₂u ẏn ẏ
lẏgat hẏt pan aeth ẏr g6egil
allan ac ẏnteu ẏn allmar6 ẏr
[lla6₂.

Dioer heb ỿr owein vab vzỿen 62th kei.
dz6c ỿmedzeiſt am dỿn fol aỿrreiſt ỿn
ỿmarcha6c. ac vn odeu arderỿ6 ae u626
ae lad. os ỿ t626 rỿderỿ6 eirỿf g62 m6-
ỿn auỿd arna6 gan ỿ marcha6c ac ag-
lot tragỿwỿda6l ỿ arthur ae vilwỿr.
os ỿ lad aderỿ6 ⁚ ỿr aglot val kỿnt a
gertha. ae becha6t arnat titheu. ỿn
achwanec. Ac nỿ chatt6ỿfi vỿ 6ỿneb
onỿt afi ỿ 6ỿbot pỿ gỿfranc aderỿ6
ida6. Ac ỿna ỿdoeth owein racda6 parth
ar weirgla6d. a phan da6 ỿ doed pedur
ỿn llufca6 ỿ g62 ỿn ỿ ol ar hỿt ỿweirgla-
6d. A unben heb ỿr owein aro. mi adiof-
glaf ỿr arueu. nỿ da6 bỿth heb ỿpedur
ỿ peis haỿarn hon ỿ amdana6. ohona6
ehun ỿd henỿ6. Yna   ỿdioſcles o-
wein ỿr arueu ar dillat. llỿma itti e-
neit heb ef weithon march ac aruec
g6ell noz rei ereill. achỿmer ỿn lla6en
6ỿnt adỿret gỿt ami ar arthur ath
vzda6 ỿn varcha6c urda6l a gehỿ. nỿ
chat6ỿf vỿ 6ỿneb heb ỿ pedur ot af.
namỿn d6c ỿ goznl6ch ỿ genhỿfi ỿwen-
h6ỿfar. adỿwet ỿ arthur. pỿ le bỿnhac
ỿ b6ỿf ⁚ g62 ida6 vỿdaf. ac ogallaf les
a g6aſſanaeth ida6 mi ae g6naf. Adỿ-
wet ida6 nat af ỿ lỿs vỿth hỿnỿ ỿm-
gaff6ỿf ar g62 hir ỿſſỿd ỿno ỿdial far-
haet ỿ cozr ar gozres. Yna ỿ doeth o6e-
in racda6 ỿr llỿs ac ỿ menegỿs ỿ gỿf-
ranc ỿ arthur a g6enh6ỿfar ac ỿ ba-
6b oz teulu. ar bỿg6th ar kei. Ac ỿnteu
pedur agerd6ỿs racda6 ỿ ỿmdeith.
Ac val ỿ bỿd ỿn kerdet llỿma var-
cha6c ỿn kỿfaruot ac ef. Pỿ le pan

deuỿ ti heb ỿmarcha6c. Pan
deuaf o lỿs arthur heb ef. Ae
g62 ỿ arthur 6ỿti. Je mỿn vỿg
cret heb ef. Ja6n lle ỿd ỿmardel6
o arthur. pa ham heb ỿ peredur.
Mi ae dỿwedaf it heb ef. Her62
adieber62 ar arthur uumi eir =
oet. ac a gỿhỿrd6ỿs a mi o 62 ida6
mi ae lledeis. Nỿ bu h6ỿ no
hỿnnỿ. ỿmwan aozugant. Ac
nỿ bu bell ỿ buant. peredur ae
bỿrỿ6ỿs hỿnỿ uu dzos pedzein
ỿ varch ỿr lla62. Na6d aerchis
ỿ marcha6c. na6d agehỿ heb ỿ
pedur gan dỿ l6 ar vỿnet ỿ lỿs
arthur. a menegi ỿ arthᵃ mae
mi ath vỿrỿa6d ỿr enrỿded
a g6aſſanaeth ida6. A manac
ida6 na ſagaf ỿ lỿs vỿth hỿnỿ
ỿmgaff6ỿf ar g62 hir ỿſſỿd ỿno
ỿ dial farhaet ỿ cozr ar gozres.
Ar marcha6c gan ỿ gret ar hỿn-
nỿ agỿchwỿnn6ỿs racda6 lỿs
arthur. Ac a uenegis ỿ gỿfranc
ỿn ll6ỿr ar bỿg6th ar gei. Ac
ỿnteu pedur agerda6d racda6
ỿ ỿmdeith. Ac ỿn ỿr vn 6ỿthnos
ef agỿfaruu ac ef vn marcha6c
arbumthec. ac a uỿrỿ6ỿs pob un
ac adoethant racdunt lỿs arthur
ar vn parabỿl ganthunt ac ỿ
gan ỿ kỿntaf auỿrỿ6ỿs ar vnbỿ-
g6th ar gei. Acherỿd agafas kei
gan arthur ar teulu. Agoualus
uu ỿnteu am hỿnnỿ. Ynteu
pedur agỿchwỿn6ỿs ỿmdeith

Ac ỿnỿ diwed ef a doeth ỿ goet
maỽz ỿnỿal. ac ỿn ỿſtlỿs ỿcoet
ỿd oed llỿn. ar tu arall ỿr llỿn
ỿd oed llỿs vaỽz achaer telediỽ
ỿnỿ chỿlch. Ac. ar lan ỿ llỿn ỿd
oed gỽz gỽỿnllỽỿt ỿn eiſted ar
obennỿd o bali. a gỽiſc o bali ỿm-
danaỽ. a gỽeiſſon ỿn pỿſcotta
ỿmỿỽn kafỿn ar ỿ llỿn. Mal ỿ
gỽỿl ỿ gỽz gỽỿnllỽỿt peredur
ỿn dỿuot. ef agỿuodes ac agỿr-
chỽỿs ỿ llỿs. achlof oed ỿ gỽz.
Ynteu pedur adoeth racdaỽ
ỿr llỿs. ar poɜth oed ỿn agoɜet.
ac ỿr neuad ỿdoeth. A phan daỽ
ỿd oed ỿ gỽz gỽỿnllỽỿt ỿn eiſ-
ted ar obennỿd obali. Affỿrỿf tan
maỽz ỿn dechreu llofci. achỿuodi
aoɜuc teulu aniuer ỿn erbỿn
pedur ae diſcỿnnu ae diarche-
nu awnaethant. A tharaỽ ỿlaỽ
awnaeth ỿ gỽz ar tal ỿ goben-
nỿd. ac erchi ỿr maccỽỿ dỿuot
ỿ eiſted ar ỿgobennỿd. Achỿt
eiſted ac ỿmdidan aoɜugant.
A phan uu amſer. goſſot bỿɜdeu
amỿnet ỿuỽỿta. Ar neill laỽ
ỿ gỽz ỿ dodet ef ỿ eiſted ac ỿ
uỽỿta. guedỿ daruot bỽỿta
gouỿn awnaeth ỿ gỽz ỿ ped^a
aỽỿdat lad achledỿf ỿn da.
Na ỽn heb ỿpedur pei kahỽn
dỿſc naſ gỽỿpỽn. A ỽỿpei heb
ỿnteu chware affon ac atharỿ-
an. llad achledỿf aỽỿbỿdei. deu
vab oed ỿr gỽz gỽỿnllỽỿt. gỽas

melỿn. agỽas gỽineu. Kỿuodỽch
weiſſon heb ef ỿchware ar fỿnn
ac ar tarỿaneu. Ỿ gỽeiſſon aaeth-
ant ỿ chware. Dỿwet eneit ! :
heb ỿ gỽz. pỽỿ oɜ gỽeiſſon achware
ỿn oɜeu. Vỿn tebic i ỿỽ heb ỿ pe-
redur ỿ gallei ỿ gỽas melỿn
ermeitin gỽneuthur gỽaet ar
ỿ gỽas gỽineu pei afmỿnnei.
Kỿmer ti eneit ỿffon ar tarỿan
o laỽ ỿ gỽas gỽineu. agỽna waet
ar ỿ gỽas melỿn os gellỿ. Pedur
agỿuodes ỿ vỿnỿd ac agỿmerth
ỿffon ar tarỿan a dɜỿchafal llaỽ
ar ỿ gỽas melỿn aoɜuc hỿnỿ uu
ỿr ael ar ỿ llỿgat ar gỽaet ỿn
redec ỿn frỿdỿeu. Je eneit heb
ỿgỽz dos ỿ eiſted weithon. ago-
reu dỿn alad achledỿf ỿn ỿr
ỿnỿs hon vỿdỿ. ath ewỿthỿr
titheu vɜaỽt dỿ vam ỽỿfi. A
chỿt ami ỿbỿdỿ ỿwerſhon ỿn
dỿſcu moes amỿnut. Ymadaỽ
weithon a ieith dỿ vam. ami
auỿdaf athro it ac ath urdaf ỿn
varchaỽc urdaỽl. O hỿn allan
llỿna a wnelỿch. kỿt gỽelỿch
a vo rỿued genhỿt. nac amofỿn
ỿmdanaỽ onỿ bỿd o ỽỿbot ỿ ve-
negi it. nỿt arnat ti ỿ bỿd ỿ ke-
rỿd namỿn arnafi. kanỿs mi
ỿffỿd athɜo it. Ac amrỿfal enrỿ-
ded agỽaſſanaeth agỿmerfant.
Aphan uu amſer ỿ gỿſcu ỿda-
ethant. Pan doeth ỿ dỿd gỿntaf
kỿfodi aoɜuc peredur achỿmrỿt

ẏ varch. achan ganhat ẏ ewẏthẏr kẏch=
wẏn ẏmdeith. Ac ef a doeth ẏ goet maỽ
ac ẏn diben ẏ coet ef adoeth ẏ dol waſtat.
ar tu arall ẏr dol ẏ gỽelei gaer vaỽ
a llẏs teledïỽ. Ar llẏs a gẏꝛchỽẏs ped⁛
ar poꝛth a gauas ẏn agoꝛet ar neuad
a gẏrchỽẏs. A phan daỽ ẏd oed gỽr
gỽẏnllỽẏt teledïỽ ẏn eiſted ar ẏſtlẏs
ẏ neuad a maccỽẏeit ẏn amẏl ẏnẏ
gẏlch. Achẏuodi aoꝛuc paỽb ẏn erbẏn
ẏ maccỽẏ. a bot ẏn da eu gỽẏbot ac
eu gỽaſſanaeth ẏn ẏ erbẏn. Ar neill=
laỽ ẏ gỽꝛda biewed ẏ llẏs ẏ dodet ef
ẏ eiſted. Ac ẏmdidan aoꝛugant. A
phan doeth amſer mẏnet ẏuỽẏt.
ar neill laỽ ẏ gỽꝛda ẏ dodet ef ẏ eiſ-
ted ac ẏ uỽẏta. Gỽedẏ daruot bỽ-
ẏta ac ẏuet tra uu hẏgar ganth-
unt. gofẏn aoꝛuc idaỽ ẏ gỽꝛda a
wẏdẏat llad achledẏf. pei kaỽn
dẏſc heb ẏ peredur tebic oed gen=
hẏf ẏ gỽẏbẏdỽn. ẏſtẏffỽl haẏarn
maỽ oed ẏn llaỽꝛ ẏ neuad aṁgẏſ=
fret milỽ ẏmdanaỽ. kẏmer heb
ẏ gỽꝛ ỽꝛth peredur ẏ cledẏf racco
atharaỽ ẏr ẏſtẏffỽl haẏarn. Pedur
a gẏfodes ẏ uẏnẏd ar ẏſtẏffỽl atre -
wis hẏnẏ uu ẏn deudꝛẏll ar cledẏf
ẏn deudꝛẏll. Dẏro ẏ dꝛẏlleu ẏ gẏt
a chẏfanha ỽẏnt. ẏ dꝛẏlleu a dodes
peredur ẏ gẏt. achẏfannu aoꝛuga-
nt mal kẏnt. Ar eil weith ẏ trewis
hẏnẏ toꝛres ẏr ẏſtẏffỽl ẏn deudꝛẏll
ar cledẏf ẏn deudꝛẏll. Ac malkẏnt
kẏfannu a oꝛugant. Ar trẏded ỽeith
ẏ trewis hẏnẏ toꝛres ẏr ẏſtẏffỽl

ẏn deudꝛẏll ar cledẏf ẏn deudꝛẏll.
Dẏro ẏ gẏt etwa a chẏfanha. pedur
aẏ rodes ẏ trẏded weith ẏ gẏt. ac nẏ
chẏfannei nar ẏſtẏffỽl nar cledẏf.
Jë was heb ef dos ẏ eiſted a bendith
duỽ genhẏt. ẏnẏ teẏrnas goꝛeu dẏn
a lad acledẏf ỽẏt. deu parth dedeỽꝛed
ar gefeiſt. ar traẏan ẏſſẏd heb gahel.
A gỽedẏ keffẏch gỽbẏl nẏ bẏdẏ ỽꝛth
neb. ac ewẏthẏꝛ itti bꝛaỽt dẏ vam
ỽẏf inheu bꝛaỽt ẏr gỽꝛ ẏ buoſt neith-
ỽꝛ ẏn ẏ lẏs. Ar neill laỽ ẏ ewẏthẏr
ẏd eiſtedaỽd pedur. ac ẏmdidan aoꝛ-
ugant. Ar hẏnnẏ ef awelei deu was
ẏn dẏuot ẏr neuad. ac oꝛ neuad ẏn
mẏnet ẏ ẏſtauell a gỽaẏỽ ganthunt
anuedꝛaỽl ẏ veint. A their ffrỽt ar ẏ hẏt
ẏn redec oꝛ mỽn hẏt ẏ llaỽꝛ. A phan
welas paỽb ẏ gỽỽeiſſon ẏn dẏuot ẏn
ẏ wed honno. llefein a dꝛẏcẏruerth
agẏmerth paỽb ẏndunt hẏt nat oed
haỽd ẏ neb ẏ diodef. Nẏ thoꝛes ẏ gỽꝛ
ar ẏ ẏmdidan a pheredur ẏr hẏnnẏ.
Nẏ dẏwaỽt ẏ gỽꝛ ẏ ped "beth oed hẏn=
nẏ. nẏs gofẏnnỽẏs ẏnteu idaỽ. Gỽe=
dẏ tewi ẏſpeit vechan. ar hẏnnẏ llẏ=
ma dỽẏ voꝛỽẏn ẏn dẏuot ẏmẏỽn a
dẏſcẏl vaỽ ẏ rẏgthunt. a phen gỽꝛ
ar ẏ dẏſcẏl. agỽaet ẏn amhẏl ẏ gkẏlch
ẏ pen. Ac ẏna diaſpedein a llefein aoꝛ=
uc paỽb hẏnẏ oed anhaỽd ẏ neb bot ẏn
vn tẏ ac ỽẏnt. Ẏnẏ diwed peidaỽ ahẏn
nẏ a oꝛugant. ac eiſted tra uu amkan
ganthunt ac ẏfet. Yn ol hẏnnẏ ẏſtauell
a gẏweirỽẏt ẏ pedur ac ẏ gẏſcu ẏd aeth
ant. Tꝛanoeth ẏ bore pedur a gẏfodes

ỿ vỿnỿd achan ganhat ỿ ewỿthỿr
kỿchwỿn racda6 ỿ ỿmdeith. Odỿna
ef adoeth ỿgoet ac ỿm pell ỿnỿ coet
ef aglỿwei diafpat. parth ar lle ỿd
oed ỿdiafpat ỿdoeth. aphan da6 ef
awelei g6zeic wineu teledi6. Amarch
ae gỿfr6ỿ arna6 ỿn feuỿll ach ỿlla6.
Achelein g6z ỿ r6g d6ỿla6 ỿwreic.
Ac mal ỿkeifei rodi ỿgelein ỿn ỿkỿf-
r6ỿ ỿdỿg6ỿdei ỿgelein ỿr lla6z. Ac
ỿna ỿdodei hitheu diafpat. Dỿwet
vỿ chwaer heb ef pỿ diafpedein ỿffỿd
arnat ti. Oi a peredur ỿfcỿmmun
heb hi bỿchan g6aret vỿ gofit eiroet
agefeis i genhỿt ti. Pỿ ham heb ef
ỿ bỿd6n ỿfcỿmmun i. Am dỿ vot
ỿn acha6s ỿ lad dỿ vam. kanỿs
pan gỿchwỿnneift ti oe hanuod ỿ
ỿmdeith ỿ llam6ỿs g6ay6 ỿndi hith=
eu ac ohỿnnỿ ỿbu var6. Ac am dỿuot
ỿn acha6s oe hagheu ỿd 6ỿt ỿn ỿfcỿ-
mun. Ar co2r ar co2res aweleift ti ỿn
llỿs arthur. co2r dỿ tat ti ath vam
oed h6nn6. Achwaeruaeth itti 6ỿf in-
heu. am g6z pzia6t ỿ6 h6n alada6d
ỿmarcha6c ỿffỿd ỿn ỿ coet. Ac na dos
ditheu ỿn ỿ kỿfỿl rac dỿ lad. Kam
vỿ chwaer heb ef ỿd 6ỿt ỿmkerỿdu.
am vỿ mot ỿ gỿt achwi ỿn gỿhỿt
ac ỿ bum : ab2eid vỿd im ỿ o2uot. A
phei bỿd6n auei h6ỿ : nỿs go2uỿd6n
bỿth. Athitheu ta6 bellach ath d2ỿcỿr-
uerth kanỿs nes g6aret it no chỿnt.
a mi agladaf ỿg6z. ac aaf gỿt athi ỿn
ỿmae ỿmarcha6c. ac ogallaf ỿmdiala
mi ae g6naf. G6edỿ cladu ỿ g6z 6ỿnt

adoethant ỿn ỿd oed ỿmarcha6c
ỿn ỿ llannerch ỿn marchogaeth ỿ
varch. Ar hỿnt gofỿn awnaeth ỿ
marcha6c ỿ peredur pỿ le pan deuei.
pan deuaf o lỿs arthur. Ae g6z ỿ ar-
thur 6ỿt ti. Je mỿn vỿg cret. Ja6n
lle ỿd ỿmgỿftlỿnỿ o arthur. Nỿ
bu h6ỿ no hỿnnỿ ỿmgỿzchu ao2u-
gant. Ac ỿnỿ lle peredur a uỿrỿ6ỿs
ỿmarcha6c. Na6d aerchis ỿmar-
cha6c. na6d agehỿ gan gỿmrỿt
ỿwreic hon ỿn b2ia6t. ac awnelỿ-
ch o da ỿ wreic ỿ6neuthur idi am
lad ohonot ỿ g6z ỿn wirỿon. A
mỿnet ragot ỿ lỿs arthur. a me-
negi ida6 mae miui ath vỿzỿ6ỿs
ỿr enrỿded ag6affanaeth ỿ arth =
ur. Amenegi ida6 nat af ỿ lỿs
hỿnỿ ỿmgaff6ỿf ar g6z hir ỿffỿd
ỿno ỿ dial farhaet ỿ co2r ar vo26=
ỿn. Achedernỿt ar hỿnnỿ agỿm-
erth pedur ỿgantha6. a chỿwei-
ra6 ỿ wreic ar varch ỿn gỿweir
ỿ gỿt ac ef. a dỿfot racda6 ỿ lỿs
arthur a menegi ỿ arthur ỿ gỿf=
ranc ar bỿg6th ar gei. Acherỿd
agauas kei gan arthur ar teulu
am rỿwỿllta6 g6as kỿftal aped^a
olỿs arthur. Nỿ da6 ỿmacc6ỿ
h6nn6 vỿth ỿr llỿs heb ỿr owein.
nỿt a ỿnteu gei o2 llỿs allan. Mỿn
vỿg cret heb ỿr arthur mi a geif-
faf ỿnỿal6ch ỿnỿs p2ỿdein ỿm-
dana6 ỿnỿ kaff6ỿf. Ac ỿna g6na-
et pob vn onadunt aallo waethaf
ỿ gilỿd. Ynteu pedur a gerd6ỿs

racda6 ẏmdeith. ac adoeth ẏ goet ma-
62 ẏnẏal. amſathẏr dẏnẏon nac a-
lafoed nẏs g6elei ẏnẏ coet namẏn
g6ẏdwaled allẏſſeu. A phan da6 ẏ
diben ẏcoet. ef a welei kaer va62
eidoa6c. athẏreu kadarn amẏl ar-
nei. Ac ẏn agos ẏr po2th h6ẏ oed
ẏ llẏſſeu noc ẏn lle arall. Ar hẏnnẏ
llẏma was melẏngoch achul ar ẏ
b6lch vch ẏpen. Dewis vnben
heb ef ae mi a ago26ẏf ẏpo2th itti.
ae menegi ẏr neb penhaf dẏ vot
titheu ẏnẏ po2th. Manac vẏmot
ẏma ac omẏnnir vẏn dẏuot ẏ
mẏ6n mi adoaf. Ẏmacc6ẏ adoeth
ẏn gẏflẏm tra chefẏn ac a ago2es
ẏ po2th ẏ pedur ac adoeth ẏn ẏ vla-
en ẏr neuad. A phan da6 ẏr neu-
ad ef awelei deuna6 weis o weiſ-
fon culẏon cochẏon vn t6f ac vn
p2ẏt ac vn oet ac vn wiſc arg6as
a ago2es ẏpo2th ida6. A da uu eu
g6ẏbot ac eu g6aſſanaeth. ẏ diſgẏ-
nnu a o2ugant ae diarchenu. Ac
eiſted ac ẏmdidan. Ar hẏnnẏ llẏ-
ma pump mo26ẏn ẏn dẏfot o ẏſ-
tafell ẏr neuad. Ar vo26ẏn pen-
haf onadunt. diheu oed gantha6
na welſei d2emẏnt kẏmrẏt
eiroet a hi ar arall. henwiſc oba-
li t6ll ẏmdanei a uuaſſei da. ẏn
ẏ g6elit ẏchna6t tr6ẏdda6. g6ẏ-
nach oed no bla6t ẏcriffant g6-
ẏnhaf. ẏ g6allt hitheu ae d6ẏla6
duach oedẏnt no2 muchẏd. deu
vann gochẏon vẏchein ẏn ẏ gru-

dẏeu. cochach oedẏnt no2 dim coch-
af. Kẏfarch g6ell ẏ peredur ao2uc
ẏ vo26ẏn. a mẏnet d6ẏla6 mẏn6-
gẏl ida6 ac eifted ar ẏ neill la6.
Nẏt oed bell ẏn ol hẏnnẏ. ef awe-
lei d6ẏ vanaches ẏn dẏuot ẏ mẏ-
6n. achoſtrel ẏn lla6n o win gan
ẏ neill. a chwetho2th o vara cann
gan ẏ llall. Argl6ẏdes heb 6ẏ du6
a6ẏr na bu ẏr g6fent h6nt heno
namẏn ẏ gẏmeint arall o u6ẏt a
llẏn. Odẏna ẏdaethant ẏ u6ẏtta.
A pheredur a adnabu ar ẏ vo26ẏn
mẏnnu rodi ida6 ef o2 b6ẏt ar llẏn
m6ẏ noc ẏarall. Tẏdi vẏchwaer
heb ef. Miui ara?af ẏ b6ẏt ar llẏn.
nac ef eneit heb hi. mefẏl ar vẏ
marẏf heb ef onẏt ef. Peredur a
gẏmerth atta6 ẏbara ac arodes ẏ
ba6b kẏſtal ae gilid. ac ẏvellẏ heuẏt
o2 llẏn ẏ ueſſur ffiol. G6edẏ daruot
b6ẏtta. da oed genhẏfi heb ẏpedur
pei ka6n le efm6ẏth ẏgẏfcu. ẏſtauell
a gẏweir6ẏt ida6. ac ẏgẏfcu ẏd aeth
pedur. llẏma chwaer heb ẏg6eiſſon
62th ẏ vo26ẏn a gẏgho26n i itti. Beth
ẏ6 hẏnnẏ heb hi. Mẏnet at ẏmacc6ẏ
ẏr ẏſtafell ẏghot ẏ ẏmgẏnnic ida6
ẏnẏ wed ẏ bo da gantha6. ae ẏn wreic
ida6 ae ẏn o2derch. llẏna heb hi beth
nẏ wedha. Miui heb acha6s ẏm eiroet
ag62. ac ẏmgẏnnic o honaf inheu ida6
ef ẏmlaen vẏg go2derchu i ohona6
ef. nẏ allafi ẏr dim. Dẏg6n ẏdu6 an
kẏſſes heb 6ẏnt. onẏ wneẏ ti hẏnnẏ
ni ath ada6n ti ẏth elẏnyon ẏma.

Ar hýnný kýfodi a wnaeth ý vo2-
6ýn ý výnýd ýdan ellỽg ýdagreu
a dýfot racdi ýr ýſtauell. Achan tỽ26f
ýdo2 ýn ago2i. deffroi ao2uc peredur.
Ac ýd oed ý uo26ýn ae dagreu ar hýt
ý grudýeu ýn redec. Dýwet vý chwa-
er heb ý ped^t pý 6ýla6 ýffýd arnat ti.
dýwedaf it argl6ýd heb hi. výn tat i
bieoed ý llýs hon. ar iarllaeth o2eu
ýn ý být ý danei. Sef ýd oed mab
iarll arall ým erchi inheu ým tat.
Nýt a6n inheu om bod ida6 ef. ný
rodei výn tat inheu om hanuod nac
ida6 nac ý neb. ac nýt oed o plant
ým tat namýn mihun. Ag6edý ma-
r6 výn tat꞉ ýdýg6ýd6ýs ý kýfoeth
ým lla6 inheu. H6ýrach ý mýnn6n
i efo ýna no chýnt. Sef ao2uc ýnteu
rýfelu arnafı ago2eſcýn výg kýfoeth
namýn ýr vn tý h6nn. a rac dahed ý
g6ýr aweleiſti b2odýr maeth imi. A-
chadarnhet ý tý. ný cheit býth arnam
tra barahei u6ýt allýn. a hýnný rýde-
rý6. namýn mal ýd oed ý manacheffeu
aweleiſti ýn an po2thi herwýd bot ýn
rýd udunt 6ý ýwlat ar kýfoeth. Ac
weithon nýt oes udunt 6ýnteu nab6ýt
na llýn. Ac nýt oes oet bellach auo2ý
ýný del ýr iarll ae holl allu am pen ý
lle h6n. Ac os miui a geif ef. ný býd
g6ell výn dihenýd nom rodi ý weiſſon
ý veirch. Ad5uot ý ýmgýnnic ittiteu
argl6ýd ýn ý wed ý bo hýgar genhýt
ýr bot ýn nerth in ýn d6ýn odýma
neu ýan hamdiffýn ninheu ýma.
Dos vý chwaer heb ef ý gýfcu. Ac

nýt af ý 62thýt heb vn o hýnný. T2a-
chefýn ý doeth ý vo26ýn ac ýd aeth
ý gýfcu. T2annoeth ý bo2e kýfodi aw-
naeth ý vo26ýn a dýuot ýn ýd oed pe-
redur a chýfarch g6ell ida6. Du6 a
rodo da it eneit. a chwedleu genhýt.
nac oes namýn da argl6ýd tra vých
ia᷄ch ti. abot ýr iarll ae holl allu g6edý2
diſgýnnu 62th ý tý. Ac ný welas neb
lle amlach pebýll na marcha6c ýn
gal6 am arall ý ýmwan. Je heb ý-
pedur. kýweirher iminheu vý march.
ami agýfodaf. Y varch agý6eir6ýt
ida6. ac ýnteu agýfodes ac agýrch6ýs
ý weirgla6d. A phan da6 ýd oed mar-
cha6c ýn marchogaeth ý varch a
g6edý dý2chafel ar6ýd ýmwan.
Pedur ae býrýa6d d2os pedzein ý
varch ýr lla62. Allawer auýrý6ýs
ý dýd h6nn6 . a phrýt na6n parth
a diwed ýdýd. ef a doeth marcha6c
arbennic ý ýmwan ida6 . A b626
h6nn6 ao2uc. na6d a erchis h6nn6.
p6ý 6ýt titheu heb ý pedur. Dioer
heb ef penteulu ýr iarll. beth ýf-
fýd og6ýoeth ý iarlles ýth vedýant
ti. Dioer heb ef ý tra5an. Je heb ef
atuer idi tra5an ý chýfoeth ýn ll6ýr
ac agefeiſt oda ohona6 ýn ll6ýr. ab6ýt
can h62 ac eu llýn. Ac eu meirch ac
eu harueu heno ýn ý llýs idi. athi-
theu ýn garchara62 idi. eithýr na
bých eneituadeu. Hýnný agahat
ýn diannot. Ý vo26ýn ýn hýfrýt la-
wen ý nos honno. tra5an ý chýfoeth
ýn eidi. ac amýlder o veirch ac arueu.

A b6ỿt allỿn ỿnỿ llỿs. Efm6ỿthter
tra uu da ganthunt agỿmeraffant.
Ac ỿ gỿfcu ỿd aethant. Trannoeth
ỿ bo3e peredur agỿrch6ỿs ỿweir=
gla6d. a lluoffỿd ỿdỿd h6nn6 a
uỿrỿ6ỿs ef. Adiwed ỿdỿd ef ado-
eth marcha6c kỿmeredus ar ben-
nic. a b626 h6nn6 ao3uc. A na6d a er-
chis h6nn6. Pa vn 6ỿt titheu heb
ỿ pedur. Diftein heb ef. Beth ỿf-
fỿd ỿth la6 titheu ogỿfoeth ỿuo36-
ỿn. ỿ trayan heb ef. trayan ỿchỿ-
uoeth ỿr uo36ỿn ac agefeift o da
ohona6 ỿn ll6ỿr. A b6ỿt deu canh63
ac eu llỿn ac eu meirch ac euharueu.
atitheu ỿn garchara63 idi hi. hỿn-
nỿ ỿn diannot agahat. Ar trỿdỿd
dỿd ỿdoeth pedur ỿr weirgla6d.
am6ỿ ỿdỿd h6nn6 auỿrỿ6ỿs noc
vn dỿd arall. Ac ỿn ỿ diwed ef ado=
eth ỿ iarll ỿ ỿmwan ida6. ac ef ae
bỿrỿ6ỿs ỿr lla63. A na6d a erchis
ỿ iarll. P6ỿ 6ỿt titheu heb ỿpedur.
Nỿt ỿmgelaf heb ef. mi ỿ63iarll.
Je heb ef. c6bỿl oe iarllaeth ỿr uo36=
ỿn. ath iarllaeth titheu heuỿt ỿn
achwanec. ab6ỿt trỿchanh63 ac eu
llỿn ac eu meirch ac eu harueu.
athitheu ỿn ỿ medỿant. ac uellỿ
ỿ bu peredur ỿn peri teỿrnget
adarỿftỿgedigaeth ỿr uo36ỿn
teir 6ỿthnos. Ag6edỿ ỿchỿweira6
ae g6aftatau ar ỿchỿfoeth. Gan
dỿ ganhỿat heb ỿpedur mifi a
gỿchwỿnaf ỿ ỿmdeith. ae hỿnnỿ
vỿmra6t avỿnnỿ ti. Je mỿn vỿg=

cret. A phei na bei oth garỿat ti nỿ
bỿd6n ỿma ermeitin. Eneit heb hi
p6ỿ 6ỿt titheu. Pedur vab efra6c
o3gogled. Ac oda6 nac gofit arnat
nac enbỿtr6ỿd. manac attaf i. a mi
ath amdiffỿnaf os gallaf. Odỿna
kỿchwỿnnu ao3uc pedur. Ac ỿmpell
odỿno af agỿuarfu ac ef marchoges.
amarch achul gochwỿs ỿdanei. Achỿ-
farch g6ell ao3uc ỿr marcha6c. Pan
deuỿ titheu vỿ chwaer heb ỿpedur.
Menegi ao3uc ida6 ỿr anfa6d ỿd oed
ar kerdet h6nn6. Sef oed honno g63eic
fỿber6 llannerch. Je heb ỿpedur mifi
ỿ6 ỿmarcha6c ỿkefeifti ỿgouut h6n-
n6 oe acha6s. Ac edifar uỿd ỿr neb
ae g6naeth it. Ac ar hỿnnỿ nachaf
varcha6c ỿn dỿuot. ac amou ỿn a
pheredur awelfei ỿkỿfrỿ6 varcha6c
ỿd oed ef ỿnỿ ol. Ta6 ath fon heb
ỿ pedur. Mi ỿd 6ỿt ỿnỿgeiffa6. ac mỿn
vỿg cret g6irỿon ỿ63 uo36ỿn ohonofi
Ymwan eiffoes ao3ugant. Apheredur
auỿrỿ6ỿs ỿmarcha6c. Na6d aerchis
ỿnteu. na6d agehỿ gan vỿnet trach
gefỿn ffo3d ỿrỿuuoft ỿ venegi rỿgael
ỿ uo36ỿn. ỿn wirỿon. Ac ỿn 6ỿneb=
werth idi hi dỿ u636 ohonofi. Ỿgret
a rodes ỿmarcha6c ar hỿnnỿ. Ac ỿnteu
pedur agerda6d racda6. ac ar vỿnỿd
ỿ 63tha6. ef awelei gaftell. apharth
ar kaftell ỿ doeth. ag6an ỿpo3th ae
waỿ6 ao3uc. Ar hỿnnỿ: llỿma was
g6ineu teledi6 ỿn ago3i ỿpo3th. ame=
int mil63 ae p3affter ỿnda6. ac oetran
mab arna6. Pan da6 ped" ỿr neuad. ỿd

oed g6zeic va6z deledi6 ÿn eifted
ÿmÿ6n kadeir a lla6 uozÿnÿon
ÿn amhÿl ÿnÿ chÿlch. Allawen
uu ÿwreicda 6ztha6. Aphan uu
amfer mÿnet ÿ u6ÿta 6ÿnt a a=
ethant. A g6edÿ b6ÿta. Da oed
itti vnben heb ÿwreic mÿnet
ÿ gÿfcu ÿ le arall. Ponÿ allaf i gÿf-
cu ÿma. Na6 g6idon eneit heb hi
ÿffÿd ÿna. ac eu tat ac eu mam
gÿt ac 6ÿnt. g6idonot kaer lo6ÿ
ÿnt. ac nÿt nes inni erbÿn ÿdÿd
an dianc noc an llad. ac neur derÿ6
udunt g6erefcÿn adiffeitha6 ÿ
kÿfoeth onÿt ÿr vn tÿ h6nn. Je
heb ÿpedur ÿma ÿ bÿd6n heno.
Ac os gouut ada6. o gallaf les mi
ae g6naf. Afles nÿ wnaf inheu.
Ÿgÿfcu ÿd aethant. Ac ÿgÿt ar
dÿd pedur a glÿwei diafpat. A chÿ=
fodi ÿn gÿflÿm ao2uc pedur oe
grÿs ae la6d6z ae gledÿf am ÿ vÿ=
n6gÿl ac allan ÿ doeth. Aphan da6
ÿd oed widon ÿn ÿmo2diwes ar
g6ÿl6z. ac ÿnteu ÿn diafpedein.
Peredur a gÿzch6ÿs ÿ widon ac ae
trewis achledÿf ar ÿ pen. ÿnÿ leda-
6d ÿ helÿm ae ffenffeftin mal dÿf-
cÿl ar ÿ phen. Dÿ na6d peredur
dec vab efra6c ana6d du6. paham
ÿg6dofti wrach mae pedur 6ÿfi.
Tÿghetuen a g6eledigaeth ÿ6 im
godef gouut ÿgenhÿt. ac ÿ titheu
kÿmrÿt march ac arueu ÿgenhÿf
inheu. Ac ÿgÿt a mi ÿ bÿdÿ ÿfpeit
ÿn dÿfcu itt varchogaeth dÿ varch

a theimla6 dÿ arueu. val hÿn heb
ÿnteu ÿ keffÿ na6d. Dÿ gret na
wnelÿch gam vÿth ar gÿfoeth ÿ
iarlles honn. Kedernit ar hÿnnÿ
a gÿmerth peredur. A chan ganhat
ÿ iarlles kÿchwÿnnu gÿt ar widon
ÿ lÿs ÿ g6idonot. Ac ÿno ÿ bu teir
6ÿthnos ar vn tu. ac ÿna dewis
ÿ varch ae arueu a gÿmerth ped.
A chÿchwÿn racda6 ÿmdeith. Adi-
wed ÿ dÿd ef ada6 ÿ dÿffrÿn. ac ÿn
diben ÿ dÿffrÿn. ef adoeth ÿ gudÿ-
gÿl meud6ÿ. Allawen uu ÿ meud6ÿ
6ztha6. Ac ÿno ÿ bu ÿ nos honno.
T2annoeth ÿ bo2e ef a gÿfodes ÿ
vÿnÿd. aphan da6 allan ÿd oed
kawat o eira g6edÿ rÿodi ÿ nos
gÿnt. a gwalch wÿllt g6edÿ rÿ=
lad h6ÿat ÿn tal ÿ kudÿgÿl. achan
t6z6f ÿ march kÿfodi ÿ walch adif=
gÿnnu b2an ar ÿ kic ÿr ederÿn. Sef
ao2uc pedur: fefÿll. a chÿffelÿ bu
duhet ÿ v2an ag6ÿnder ÿr eira
achochter ÿ g6aet ÿ wallt ÿ wreic
u6ÿhaf a garei a oed kÿnduhet
ar muchÿd. ae chna6t ÿ wÿnder
ÿr eira. achochter ÿ g6aet ÿn ÿr
eira g6ÿn. ÿr deu van gochÿon
ÿg grudÿeu ÿ wreic u6ÿhaf aga=
rei. Ar hÿnnÿ ÿd oed arthur ae
teulu ÿnÿ geiffa6 ÿnteu pedur.
A6dochi heb ÿr arthur p6ÿ ÿ mar=
cha6c paladÿr afeif ÿnÿ nant uchot.
Argl6ÿd heb ÿr vn mi a af ÿ 6ÿbot
p6ÿ ÿ6. ÿna ÿ doeth ÿ mack6ÿ ÿn
ÿd oed peredur a gofÿn ida6 beth

awnaei ẏno aph6ẏoed. A rac meint
med6l pedur ar ẏwreic u6ẏhaf aga-
rei nẏ rodes atteb ida6. Sef awnaeth
ẏnteu goffot ag6aẏ6 ar pedᵃ ac ẏnteu
pedur a ẏmchoeles ar ẏ macc6ẏ tros
pedꝛein ẏ varch ẏr lla62. Ac ol ẏnol
ef adoeth petwar marcha6 arhuge=
int. Ac nẏt attebei ef ẏr vn m6ẏ
no gẏlid namẏn ẏr vn g6are aphob
vn. ẏwan ar vn goffot tros ẏ varch
ẏr lla62. Ẏnteu gei a doeth atta6 ef
ac adẏwa6t ẏn difgethrin an hẏgar
6ꝛth pedur. a phered⁺ ae kẏmerth
ag6aẏ6 dan ẏ d6ẏen. ac ae bẏrẏ6ẏs
ergẏt ma62 ẏ 6ꝛtha6 hẏnẏ to2res
ẏ v2eich ag6ahell ẏ ẏfc6ẏd. Athra
ẏttoed ef ẏnẏ var6lewic rac meint
ẏ dolur aga6ffei ẏ dẏmhoela6d ẏ
varch athuth gra6th gantha6. Aph-
an wẏl pa6b o2 teulu ẏ march ẏn dẏ-
uot heb ẏ g62 arna6. ẏ doethant ar
v2ẏs parth ar lle ẏ bu ẏ gẏfranc. A
phan doethant ẏno÷ ẏ tẏbẏaffant rẏ-
lad kei. g6elfont hagen o2 kaffei
veddic ẏ gẏuanhei ẏ afc62n ac ar6-
ẏmei ẏ gẏmaleu ẏn da÷ na hanbẏ-
dei waeth. Nẏ fẏmuda6d pedur
ẏ ar ẏ ved6l m6ẏ no chẏnt ẏr g6e-
let ẏ penẏal am pen kei. Ac ẏdeuth-
p6ẏt a chei hẏt ẏm pebẏll arthur.
ac ẏ peris arthur vedẏgẏon kẏw=
rein atta6. D26c uu gan arthᵃ
kẏfaruot a chei ẏ gofit h6nn6.
kanẏs ma62 ẏ karei. ac ẏna ẏ dẏ=
wa6t g6alchmei nẏ dẏlẏei neb
kẏffro marcha6c v2da6l ẏ ar ẏ me-

d6l ẏ bei arna6 ẏn aghẏfartal.
kanẏs atuẏd ae collet ar dothoed
ida6. neu ẏnteu ẏn medẏlẏa6
am ẏ wreic u6ẏhaf a garei. Ar
aghẏfartal6ch h6nn6 ac atuẏd a
gẏfaruu ar g6ẏ2 a amwelas ac ef
ẏn diwethaf. Ac o2 bẏd da genhẏt
ti argl6ẏd miui a af ẏ edꝛẏch a fẏ=
muda6d ẏ marcha6c ẏ ar ẏ med6l
h6nn6. ac os vellẏ ẏ bẏd. mi a arch-
af ida6 ẏn hẏgar dẏuot ẏ ẏmwe-
let athi. Ac ẏna ẏ fo2res kei ac ẏ
dẏwa6t geireu dic keinuigenvs.
G6alchmei heb ef hẏfpẏs ẏ6 gen-
hẏfi ẏ deuẏ ti ac ef herwẏd ẏ ẏaf6ẏ
neu. clot bẏchan hagen ac etmẏc
ẏ6 itt o2uot ẏ marcha6c lludedic g6e
dẏ blinho ẏn ẏmlad. vellẏ hagen
ẏ go2fuoft ar lawer onadunt 6ẏ.
ac hẏt tra barhao genhẏt ti dẏtaua-
6t atheireu tec. diga6n vẏd it o2
aruei. peis o uliant teneu ẏmdanat.
ac nẏ bẏd reit it to2ri na g6aẏ6 na
chledẏf ẏr ẏmlad ar marcha6c agef-
fẏch ẏn ẏr anfa6d honno. Ac ẏna ẏ
dẏwa6t g6alchmei 62th gei. Ti a
allut dẏwedut a uei hẏgarach pei
af mẏnhut. Ac nẏt attafi ẏ perthẏn
itti dial dẏ ul6g ath dicofeint. Tebic
ẏ6 genhẏfi hagen ẏ dẏgafi ẏ march-
a6c gẏt ami heb to2ri na b2eich nac
ẏfc6ẏd imi. Yna ẏ dẏwa6t arthur
62th walchmei. mal doeth a ph6ẏllic
ẏ dẏwedẏ ti. a dos titheu ragot a chẏ
mer diga6n o aruei ẏmdanat. A
dewis dẏ varch. G6ifca6 awnaeth

góalchmei ỿmdanaó acherdet racdaó ỿn chweric ar gam ỿ varch.
parth ar lle ỿd oed peredur. Ac ỿd
oed ỿnteu ỿn gozffowỿs ózth paladỿr ỿ waỿó ac ỿn medỿlỿaó ỿr vn
medól. Dỿuot awnaeth góalchmei
attaó heb aróỿd creulonder gantaó.
ac ỿ dỿwaót ózthaó. Pei góỿpón i bot
ỿn da genhỿt ti mal ỿ mae da genhỿfi mi aỿmdanón athi. Eiffoes negeffaól óỿf ỿgan arthur attat. Ỿ
atolóỿn it dỿuot ỿ ỿmwelet ac ef.
Adeu óz adoeth kỿn no mi ar ỿr vn
neges honno. Góir ỿó hỿnnỿ heb
ỿ peredur. ac anhỿgar ỿ doethant ¡
ỿmlad awnaethant a mi. ac nỿd oed
da genhỿf inheu hỿnnỿ. gỿt ac nat
oed da genhỿf vỿn dóỿn ỿa ỿmedól
ỿd oedón arnaó. ỿn medỿlỿaó ỿd
oedón am ỿwreic uóỿhaf a garón.
Sef achaós ỿdoeth kof im hỿnnỿ.
ỿn edzých ỿd oedón ar ỿr eira. ac ar
ỿ vzan. ac ar ỿ dafneu o waet ỿr hó
ỿat ar ladaffei ỿwalch ỿn ỿr eira.
ac ỿn medỿlỿaó ỿd oedón bot ỿngỿnhebic góỿnhet ỿr eira. aduhet ỿgóallt ae haeleu ỿr vzan. ar deu vann
gochỿon oed ỿnỿ grudỿeu ỿr deu
dafỿn waet. heb ỿ góalchmei nỿt oed
anuonedigeid ỿ medól hónnó. Adirỿded oed kỿnỿ bei da genhỿt dỿ dóỿn
ỿ arnaó. Heb ỿ pedur adỿwedỿ ti
imi a ỿttió kei ỿn llỿs arthur. ỿttió
heb ỿnteu. ef oed ỿ marchaóc diwethaf a ỿmwanaó athi. Ac nỿ bu da ỿ
deuth idaó ỿr ỿmwan. tozri awnaeth

ỿ vzeich deheu agóahell ỿ ỿfcóỿd gan
ỿ kóỿmp agafas óóth dỿ baladỿr ti.
Je heb ỿ pedur nỿm taóz dechreu dial
farhaet ỿcozr ar gozres vellỿ. Sef a
wnaeth góalchmei anrỿfedu ỿglỿbot
ỿn dỿwedut am ỿ cozr ar gozres. A
dỿneffau attaó amỿnet dóỿlaó mỿnógỿl idaó. Agofỿn póỿ oed ỿenó.
Þedur vab efraóc ỿmgelwir i heb ef.
Athitheu póỿ óỿt. Góalchmei ỿm
gelwir i heb ỿnteu. Da ỿó genhỿf
dỿ welet heb ỿ pedur. dỿ glot rỿgigleu ỿmpob gólt ozỿ rỿfuum o vilóz
ỿaeth achỿwirdeb ath getỿmdeithas
ỿffỿd adolóỿn genhỿf. keffỿ mỿn vỿg
cret. Adỿro titheu imi ỿ teu. ti ae keffỿ. ỿn llawen heb ỿ pedur. Kỿchwỿn
awnaethant ỿ gỿt ỿn hỿfrỿt gỿt tuun
parth ar lle ỿd oed arthur. aphan gigleu gei eu bot ỿn dỿfot. ef adỿwaót.
Mı awỿdón na bỿdei reit ỿwalchmei
ỿmlad ar marchaóc. Adirỿfed ỿó idaó
kaffel clot. Móỿ awna ef oe eireu tec
no nini o nerth an harueu. amỿnet
awnaeth pedur agóalchmei hỿt ỿn
llueft walchmei ỿ diot eu harueu.
A chỿmrỿt awnaeth pedur vn rỿó
wifc aoed ỿwalchmei. A mỿnet awnaethant lla ỿnllaó ỿnỿd oed arth?
achỿfarch góell idaó. llỿma arglóỿd
heb ỿ góalchmei ỿ góz ỿ buoft ỿftalỿm
oamfer ỿn ỿ geiffaó. Gzaeffaó ózthỿt
vnben heb ỿr arthur achỿt ami ỿ
trigỿe. Aphe góỿpón uot dỿ gỿnnỿd
val ỿ bu: nỿt aut ỿózthỿfi pan aethoft.
Hónnó hagen adarogannóỿs ỿ cozr

ar go2res it auu d26c kei 62thunt. A
thitheu ae dieleift. Ac ar hýnný hýný
výd ý v2enhines ae lla6uo2ýnýon ýn
dýfot. Achýfarch g6ell awnaeth ped"
udunt. allawen uuant 6ýnteu 62th-
a6 ae raeffa6u ao2ugant. parch ac
enrýdet ma62 awnaeth arthur am
pedur. Ac ýchoelut a o2ugant parth
achaer llion. Ar nos gýntaf ý doeth
pedur ý gaer llion ýlýs arthur. ac
ýdoeth ýdýdoed ýn troi ýn ý gaer
g6edý b6ýt. Na chaf · agharat la6
eura6c ýn kýfaruot ac ef. Mýn výg-
cret vý chwaer heb ý pedur mo26ýn
hýgar garueid 6ýt. A mi all6n arnaf
dý garu ýn u6ýhaf g62eic. pei da gen=
hýt. Miui a rodaf výg cret heb hi
val hýn. na charafi tidi ac nath výn=
naf ýn tragýwýda6l. Minheu aro=
daf výg cret heb ý pedur. na dýwe=
daf inheu eir výth 62th griftýa6n
hýný adefých titheu arnat výg caru
ýn u6ýhaf g62. T2anoeth ef a ger-
da6d pedur ýmdeith. ar p2iff ffo2d
ar hýt kefýn mýnýd ma62 adilýn6=
ýs. Ac ar diben ýmýnýd ef awelei
dýffrýn cr6n. a go2o2eu ý dýffrýn
ýn goeda6c karrega6c. ag6aftat
ýdýffrýn oed ýn weirglodeu. athi=
red ar. ýr6g ý g6eirglodýeu ar coet.
Ac ýmýnwes ý coet ý g6elei tei
duon ma62 anuana6l eu g6eith.
adifgýnnu awnaeth ac arwein
ý varch tu ar coet ac am talým
o2 coet. ef awelei ochýr carrec
lem. Ar ffo2d ýn kýrchu ochýr ý-

garrec. Alle6 ýn r6ým 62th gad6ýn
ac ýn kýfcu ar ochýr ý garrec. Aph6ll
d6fýn ath2ugar ý veint awelei dan
ý lle6. ae loneit ýnda6 oefcýrn dýný=
on ac anifeileit. Athýnnu cledýf a
wnaeth pedur athara6 ý lle6. hýný
dýg6ýd ýn dibin 62th ý gad6ýn uch
pen ý p6ll. Ar eil dýrna6t tara6 ý ga=
d6ýn ao2uc hýný tý2r. ac ýný dýg6ýd
ý lle6 ýný p6ll. Ac ar tra6s ochýr ý
garrec arwein ý warch ao2uc pedur
hýný doeth ýr dýffrýn. Ac ef awelei
am gana6l ýffrýn kaftell tec. a thu ar
kaftell ý deuth. Ac ar weirgla6d 62th
ý kaftell ef awelei g62 ll6ýt ma62
ýn eifted. M6ý oed noc g62 o2 awelfei
eiroet. Adeu was ieueinc ýn faethu
karneu eu kýllýll o afc62n mo2vil.
ý neill o honunt ýn was g6ineu.
ar llall ýn was melýn. Adýfot rac=
da6 awnaeth ýn ýd oed ý g62 ll6ýt.
achýfarch g6ell ao2uc pedur ida6.
ar g62 ll6ýt adýwa6t. Mefýl ar varýf
vým po2tha62. ac ýna ýdealla6d pedur
pan ý6 ý lle6 oed ý po2tha62. ac ýna
ýd aeth ý g62 ll6ýt ar g6eiffon gýt
ac ef ýr kaftell. ac ýd aeth peredur
gýt ac 6ý. Alle tec enrýdedus awelei
ýno. ar neuad agý2chaffant. ar býr=
deu oed g6edý eu dýrchafel. ab6ýt
allýn ditla6t arnadunt. Ac ar hýn=
ný ef awelei ýn dýuot o2 ýftafell.
g62eic ohen ag62eic ieuanc. Am6ý=
haf g62aged o2 awelfei eiroet oedýnt
ac ýmolchi ao2ugant a mýnet ý u6ý=
ta. ar g62 ll6ýt aaeth ý pen ý b62d ýn

uchaf ar wreic ohen ẏn neffaf idaỽ.
Aphered^a ar uozỽẏn adodet ẏgẏt.
Ar deu was ieueinc ẏn gỽaffanaet-
hu ar nadunt. Ac edzẏch awnaeth
ẏ vozỽẏn ar pedur athriftau. Ago-
fẏn aozuc pedur'ẏr vozỽẏn paham
ẏd oed trift. Tẏdi eneit ẏr pan o
ẏth weleis gẏntaf. agereis ẏn uỽ-
ẏhaf gỽz. Athoft ẏỽ genhẏf welet
ar was kẏn uonhedigeidet athi
ẏ dihenẏd auẏd arnat auozẏ. Awe-
leifti ẏ tei duon llawer ẏmron
ẏ coet. Gỽẏr ẏỽ ẏ rei hẏnnẏ ẏm
tat i oll. ẏgỽz llỽẏt racco. achebzï
ẏnt oll. ac auozẏ ỽẏnt adẏgẏfoza=
nt am dẏ pen ac ath ladant. Ar
dẏffrẏn crỽn ẏgelwir ẏdẏffrẏn hỽn.
Oi auozỽẏn tec aberẏ ti bot vẏm
marchi am harueu ẏn vn lletẏ
ami heno. paraf ẏ rofi aduỽ os ga-
llaf ẏn llawen. Pan uu amferach
ganthunt kẏmrẏt hun no chẏfed=
ach: ẏgẏfcu ẏd aethant. Ar vozỽẏn
aberis bot march pedur ae arueu
ẏn vn lletẏ ac ef. Athranoeth ped^a
aglẏwei gozdẏar gỽẏr ameirch ẏg
kẏlch ẏkaftell. Aphered^a agẏfodes
ac awifcaỽd ẏarueu ẏmdanaỽ.
ac ẏmdan ẏvarch. Ac ef adeuth ẏr
weirglaỽd. ac ẏdeuth wreic ohen
ar vozỽẏn at ẏgỽz llỽẏt. Arglỽẏd
heb ỽẏ. kẏmer gret ẏmaccỽẏ na
dẏwetto dim awelas ẏma. ani a
uẏdỽn dzoftaỽ ẏkeidỽ. na chẏmeraf
mẏn vẏg cret heb ẏ gỽz llỽẏt. Ac
ẏmlad awnaeth ped^a ar llu. Ac er-

bẏn echỽẏd neur daroed idaỽ llad
traẏan ẏ llu heb argẏwedu neb
arnaỽ. Ac ẏna ẏ dẏwaỽt ẏ wreic
ohen neur derẏỽ ẏr maccỽẏ llad
llawer oth lu. adẏro naỽd idaỽ. Na
rodaf mẏn vẏg cret heb ẏr ẏnteu.
Ar wreic ohen a^rvozỽẏn tec ẏ ar uỽl=
ch ẏgaer ẏd oedẏnt ẏn edzẏch. Ac
ẏn hẏnnẏ ẏmgẏfaruot o pedur ar
gỽas melẏn ae lad. Arglỽẏd heb
ẏ vozỽẏn. dẏro naỽd ẏr maccỽẏ. na
rodaf ẏ rof i a duỽ. Ac ar hẏnnẏ ẏ
ẏmgẏfaruot o ped^a ar gỽas gỽineu
ae lad. buaffei well itti bei roeffut
naỽd ẏr maccỽẏ kẏn llad dẏ deu
vab. ac abzeid uẏd ittitheu dẏ hun
oz dienghẏ. Dos titheu vozỽẏn
ac adolỽc ẏr maccỽẏ rodi naỽd in-
ni. kanẏs roeffam ni idaỽ ef. Ar
vozỽẏn adoeth ẏn ẏd oed pedur
ac erchi naỽd ẏthat aozuc ac ẏr faỽl
adiaghẏffei oe wẏr ẏn uẏỽ. kehẏ
dan amot mẏnet oth tat aphaỽb
oz ẏffẏd ẏdanaỽ ẏỽzha ẏr amhe-
raỽdẏr arthur. ac ẏdẏwedut idaỽ
pan ẏỽ pedur gỽz idaỽ awnaeth
ẏgỽaffanaeth hỽnn. Gỽnaỽn ẏ
rofi aduỽ ẏn llawen. achẏmrẏt
bedẏd ohonaỽch. Aminheu a an-
uonaf at arthur ẏ erchi idaỽ rodi
ẏdẏffrẏn hỽn itti ac ẏth etiued
bẏth gỽedẏ ti. Ac ẏna ẏdoethant
ẏmẏỽn. achẏfarch gỽell awnaeth
ẏgỽz llỽẏt ar wreic vaỽz ẏ pedur.
ac ẏna ẏdẏwaỽt ẏ gỽz llỽẏt. ẏr
pan ẏttỽẏf ẏn medu ẏ dẏffrẏn /

hỽnn. Mi nẏ weleis griſtẏaỽn aelei
ae eneit gantaỽ namẏn ti. Anin=
heu aaỽn ẏ ỽzha ẏ arthur ac ẏ gẏm-
rẏt cret abedẏd. Ac ẏna ẏ dẏwaỽt
pedur. diolchaf inheu ẏduỽ. nathoz=
reis vẏ llỽ ỽzth ẏ wreic uỽẏhaf a
garaf na dẏwedỽn vn geir ỽzth
griſtẏaỽn. Tzigẏaỽ ẏno awnaeth-
ant ẏnos honno. Tzanoeth ẏ boze
ẏd aeth ẏ gỽz llỽẏt ae nifer gantaỽ
ẏ lẏs arthur. ac ẏ gỽzhaẏſſant ẏar-
thur. ac ẏ paranaỽd arthur eu be-
dẏdẏaỽ. ac ẏdẏwaỽt ẏ gỽz llỽẏt
ẏ arthur pan ẏỽ pedur ae gozuuaſ-
fei. Ac arthᵃ arodes ẏr gỽz llỽẏt ae
nifer ẏdẏffrẏn oe gẏnhal ẏdanaỽ
ef mal ẏd erchis pedur. Achan ga-
nhat arthᵃ ẏgỽz llỽẏt aeth ẏmdeith
tu ar dẏffrẏn crỽn. Peredur ẏnteu
agerdaỽd ẏ boze tranoeth racdaỽ
talẏm maỽz odiffeith heb gaffel
kẏfanhed. Ac ẏnẏ diwed ef adoeth
ẏ gẏfanhed bẏchan amdlaỽt. Ac
ẏno ẏclẏwei bot ſarff ẏn gozwed
ar vodzỽẏ eur. heb adel kẏfanhed
feith milltir opop parth idi. Ac ẏd
aeth pedᵃ lle ẏ clẏwei bot ẏ ſarff.
ac ẏmlad awnaeth ar ſarff ẏnlli=
tẏaỽcdzut ffenedic valch. ac ẏn ẏ
diwed ẏlladaỽd. Ac ẏ kẏmerth ẏ
uodzỽẏ idaỽ ehun. ac uellẏ ẏ bu
ef ẏn hir ẏn ẏr agherdet hỽnnỽ
heb dẏwedut vn geir ỽzth neb
rẏỽ griſtẏaỽn. ac hẏnẏ ẏttoed ẏn
colli ẏliỽ ae wed o tra hiraeth ẏn
ol llẏs arthur ar wreic uỽẏhaf

agarei ae getẏmdeithon. Odẏna
ẏ kerdaỽd racdaỽ ẏ lẏs arthur.
Ac ar ẏ ffozd ẏ kẏfaruu ac ef teulu
arthur achei ẏnẏ blaen ẏn mẏ=
net ẏ neges vdunt. Pedur aatwa-
enat paỽb o nadunt. ac nẏt atwa=
enat neb oz teulu efo. Pan doẏ ti
vnben heb ẏ kei. Adỽẏ weith atheir
Ac nẏt attebei ef. ẏ wan aozuc kei
agỽaẏỽ trỽẏ ẏ vozdỽẏt. A rac kẏm=
ell arnaỽ dẏwedut athozri ẏ gret.
mẏnet heibaỽ aozuc heb ẏmdiala
ac ef. Ac ẏna ẏdẏwaỽt gỽalchmei.
ẏrofi aduỽ gei dzỽc ẏmedzeiſt kẏf-
lauanu ar vaccỽẏ val hỽn ẏr na
allei dẏwedut. Ac ẏm hoelut tra-
egefẏn ẏ lẏs arthur. Arglỽẏdes
heb ef ỽzth wenhỽẏfar aweldẏ
dzẏccet ẏ gẏflafan aozuc kei ar
ẏ maccỽẏ hỽnn ẏr na allei dẏwe-
dut. Ac ẏr duỽ ac ẏrofi par ẏ vede-
ginẏaethu erbẏn vẏn dẏfot tra-
chefẏn. Ami a talaf ẏ bỽẏth it. A
chẏn dẏuot ẏgỽẏr oc eu neges: ef
adeuth marchaỽc ẏr weirglaỽd
ẏ emẏl llẏs arthur ẏ erchi gỽz ẏ
ẏmwan. Ahẏnnẏ agafas. Abỽzỽ
hỽnnỽ awaeth. ac ỽẏthnos ẏ bu ẏn
bỽzỽ marchaỽc beunẏd. Adiwarna=
ỽt ẏd oed arthur ae teulu ẏn dẏfot
ẏr eglỽẏs. Sef ẏ gỽelẏnt ẏ march=
aỽc gỽedẏ dzẏchafel arỽẏd ẏmwan
Hawẏr heb ẏr arthur mẏn gỽzhẏt
gỽẏr nẏt af odẏma hẏnẏ gaffỽẏf
vẏ march amharueu ẏ uỽzỽ ẏ iag=
hỽz racco. Ẏna ẏd aeth gỽeiſſon ẏn

ol ẏ varch ae arueu ẏ arthur. Aphe-
redur agẏfaruu ar g6eiffon ẏn
mẏnet heiba6. ac agẏmerth ẏ ma=
rch ar arueu. ar weirgla6d agẏrch-
6ẏs. Sef awnaeth pa6b owelet
ef ẏn kẏfodi ac ẏn mẏnet ẏ ẏm=
wan ẏr marcha6c. mẏnet ar pen
ẏ tei ar b2ẏnneu a lle aruchel ẏ
ed2ẏch ar ẏr ẏmwan. Sef awna=
eth pedur emneida6 ae la6 ar ẏ
marcha6c ẏerchi ida6 dechreu
arna6. Ar marcha6c aoffodes ar-
na6. ac nẏt ẏfgoges ef o2 lle ẏr
hẏnnẏ. Ac ẏnteu pedur ao2dina-
6d ẏ varch ac ae kẏrcha6d ẏn llit-
ẏa6cd2ut engirẏa6lcher6 awẏd-
ualch. Ac ae g6ant dẏzna6t g6en-
6ẏniclẏm toftd2ut mil62eidffẏ2ẏf
ẏ dan ẏd66en ac ẏ d2echefis oe
gẏfr66. ac ẏ bẏrẏa6d ergẏt ma62
ẏ 62tha6. ac ẏd ẏmchoela6d tra-
chefẏn ac ẏd edewis ẏmarch ar
arueu gan ẏg6eiffon mal kẏnt.
Ac ẏnteu ar ẏ troet agẏrcha6d
ẏ llẏs. Ar mack6ẏ mut ẏgelwit
pedᵃ ẏna. Nachaf agharat la6eur-
a6c ẏn kẏfaruot ac ef. ẏrofi adu6
vnben oed glẏffẏn na allut dẏwe-
dut. Aphei gallut dẏwedut mi
ath gar6n ẏn u6ẏhaf g62. Ac mẏn
vẏg cret kẏn nẏs gellẏch. mi ath
garaf ẏn u6ẏhaf. Du6 a talho it
vẏchwaer. mẏn vẏg cret minheu
ath garaf ti. Ac ẏna ẏg66ybu6ẏt
mae pedᵃ oed ef. Ac ẏna ẏdelis ef
gedẏmdeithas ag6alchmei ac

ac owein vab v2ẏen ac apha6b o2
teulu. ac ẏ trigẏ6ẏs ẏn llẏs arthur.
ARthur aoed ẏgkaer llion ar
6ẏfc. Amẏnet awnaeth ẏ hela.
aperedur gẏt ac ef. apheredᵃ aellẏga6d
ẏgi ar hẏd. ar ki alada6d ẏr hẏd mẏ-
6n diffeith6ch. Ac ẏmpen ruthur ẏ
62tha6 ef awelei ar6ẏd kẏfanhed.
athu ar kẏfanhed ẏ deuth. ac ef a-
welei neuad. ac ar ẏd26s ẏneuad
ef awelei tri gweis moel gethinẏon
ẏn g6are g6ẏdb6ẏll. Apħan deuth
ẏmẏ6n. ef awelei teir mo26ẏn ẏn
eifted ar leithic. ac eurwifcoed ẏm=
danunt mal ẏdẏlẏei am dẏlẏedogẏ-
on. Ac ef aaeth ẏeifted attunt ẏr
lleithic. ac vn o2 mo2ẏnẏon aed2ẏch=
a6d ar pedur ẏn graff. ac 6ẏla6 aw-
naeth. Apedur aofẏnna6d idi beth
a6ẏlei. Rac d2ẏccet genhẏf g6elet
lleaffu g6as kẏndeccet athi. P6ẏ am
lleaffei i. pei na bei hẏt it arhos ẏnẏ
lle h6n: Mi ae dẏwed6n it. Ẏr meint
uo ẏ g62thret arnaf ẏn arhos mi ae
g6aranda6af. Ẏg62 ẏffẏd tat inni
bieu ẏ llẏs hon. Ah6nn6 alad pa6b
o2 adel ẏr llẏs hon heb ẏ ganhat.
Pẏ gẏfrẏ6 62 ẏ6 a6ch tat chwi pan
allo lleaffu pa6b uellẏ. G62 awna
treis ac anuod ar ẏgẏmodogẏon.
Ac nẏ wna ia6n ẏneb ẏmdana6
ac ẏna ẏg6elei ef ẏg6eiffon ẏn kẏ-
fodi ac ẏn arll6ẏffa6 ẏ cla62 o2 werin
Ac ef aglẏwei t626f ma62. ac ẏn ol
ẏt626f ef awelei 62 du ma62 vn
llẏgeitẏa6c ẏn dẏfot ẏmẏ6n. Armo=

rýnýon a gýfodaffant ýn ý erbýn
a diot ý wifc ý amdana6 awnaeth-
ant. Ac ýnteu a äth ý eifṭed. Ag6edý
dýfot ý b6ýll ida6 ac arafhau edzých
ao2uc ar pedur. a gofýn p6ý ýmar-
cha6c. Argl6ýd heb ýr hitheu. ý
g6as teccaf a bonhedigeidaf o2 a
welefṭ eiroet. Ac ýr du6 ac ýr dý
fýberwýt p6ýlla 62tha6. Ýrot ti
mi ab6ýllaf ac a rodaf ý eneit ida6
heno. Ac ýna pedur a doeth attunt
62th ý tan. Ac a gýmerth b6ýt a
llýn ac ýmdidan a rianed ao2uc.
ac ýna ý dýwa6t pedᵃ g6edý ý ur6-
ýfca6. Rýfed ý6 genhýf kadarnet
ý dýwedý ti dý vot: p6ý adiodes
dýlýgat. vn om kýnedueu oed.
P6ý býnnac aofýnhei imi ýr hýn
ý d6ýt ti ýn ý ofýn. ný chaffei ý ene-
it genhýf nac ýn rat nac ar werth.
Argl6ýd heb ý uo26ýn kýt dýwetto
efo ofered ab26ýfked a medda6t
parthret ac attat ti. kýwira ý geir
adýwedefṭi gýnheu ac aedeweifṭ
62thýfi. A minheu awnaf hýnný
ýn llawen ýrot ti. Mi a ataf ý ene-
it ida6 ýn llawen heno. Ac ar hýn-
ný ý trigýaffant ý nos honno. A
thranoeth kýfodi ao2uc ý g62 du.
a g6ifca6 arueu ýmdana6. ac er-
chi ý pedur. kýfot dýn ý výnýd
ý diodef agheu heb ý g62 du .
Pedur adýwa6t wrth ý g62 du
G6na ýneill peth ý g62 du. of
ýmlad a výnný ami. Ae diofṭ dý
arueu ý ýmdanat. ae titheu a ro=

dých arueu ereill im ý ýmlad athi.
Hadýn heb ef. ae ýmlad a allut ti
pei kaffut arueu. kýmer ýr arueu
a výnných. ac ar hýnný ý deuth
ý uo26ýn ac arueu ý pedᵃ aoed hoff
gantha6. Ac ýmlad awnaeth efo
ar g62 du: hýný uu reit ýr g62 du
erchi na6d ý pedur. ý g62 du ti a gef=
fý na6d tra' uých ýn dýwedut im
p6ý 6ýt a ph6ý a týnna6d dýlýgat.
Argl6ýd minheu ae dýwedaf. Ýn
ýmlad ar p2ýf du o2 garn. cruc
ýffýd a elwir ý cruc galarus. ac ýn
ý cruc ýmae carn. ac ýný garn
ýmae p2ýf. ac ýn llofc62n ý p2ýf
ýmae maen. A rinwedeu ýmaen
ýnt. P6ý býnhac ae kaffei ýný ¦
neill la6: a uýnnei oeur ef ae kaf=
fei ar lla6 arall ida6. Ac ýn ýmlad
ar p2ýf h6nn6 ý colleis i vý llýgad.
Am hen6 inheu ý6 ýdu traha6c. Sef
acha6s ýmgelwit ý du traha6c.
nýt ad6n vn dýn ým kýlch nýs
treiff6n. a ia6n nýs g6na6n ý neb.
Je heb ý pedur. pý gýbellet odýma
ý6 ý cruc adýwedý ti. Mi arifaf ýt
ýmdeitheu hýt ýno. ac a dýwedaf
it pý gýbellet ý6. Ýdýd ý kýchwýn=
ných odýma ti a do ý ý lýs meibon
ý b2enhin ý diodeifeint. Pý ham ý
gelwir 6ý uellý. Adanc llýn ae llad
vn weith beunýd. Pan elých odýno
ti a deuý hýt ýn llýs iarlles ý kam=
peu. Pý gampeu ýffýd erni hi. T2ý=
chanh62 teulu ýffýd idi. pob g62
dieithýr adel ýr llýs ef adýwedir

ida6 ḳampeu ẏtheulu. Sef acha6s
ẏ6 hẏnnẏ ẏ tri chanh62 teulu a eif-
ted ẏn neffaf ẏr argl6ẏdes. ac nẏt
ẏr amharch ẏr g6efteion. namẏn
ẏr dẏwedut campeu ẏtheulu. Ẏ
nos ẏ kẏchwẏnẏch odẏno ti a eẏ
hẏt ẏ cruc galarus. ac ẏno ẏmae=
nt perchen trẏchant pebẏll ẏg kẏ-
lch ẏ cruc ẏn kad6 ẏ pzẏf. Can bu-
oft ozmes ẏngẏhẏt a hẏnnẏ : Mi
awnaf na bẏch bẏth bellach. ae
lad awnaeth pedur ida6. Ac ẏna
ẏ dẏwa6t ẏ voz6ẏn a dechreuffei
ẏmdidan ac ef. bei bẏdut tla6t ẏn
dẏfot ẏma: kẏfoetha6c uẏdut bell-
ach o treffoz ẏ g62 du aledeift. athi
awelẏ ẏ fa6l vozẏnẏon hẏgar ẏf-
fẏd ẏnẏ llẏs hon. ti a gaffut ozder-
chat ar ẏr vn ẏmẏnhut. Nẏ deu-
thum i om g6lat argl6ẏdes ẏr
g6zeicca. namẏn g6eiffon hẏgar
awelaf ẏna ẏmgẏffelẏbet pa6b
o hona6ch ae gilẏd mal ẏ mẏnho.
adim oc a6ch da nẏs mẏnnaf. ac
nẏt reit im 6ztha6. Odẏna ẏ kẏch=
6ẏnna6d pedur racda6. Ac ẏ doeth
ẏ lẏs meibon bzenhin ẏ diodeife-
int. A phan deuth ẏr llẏs nẏ welei
namẏn g6zaged. Ar g6zaged agẏ-
fodes racda6 ac auuont lawen 6zth
a6. Ac ar dechreu eu hẏmdidan. ef
awelei varch ẏn dẏfot achẏfr6ẏ
arna6 achelein ẏn ẏ kẏfr6ẏ. Ac vn
oz g6zaged a gẏfodes ẏuẏnẏd ac a
gẏmerth ẏ gelein oz kẏfr6ẏ. ac ae
heneina6d ẏmẏ6n ker6ẏn oed is

la6 ẏ d26s ad6fẏz t6ẏm ẏndi. Ac adodes
eli g6erthua6z arna6. ar g6z a gẏfo-
des ẏn uẏ6. ac adeuth ẏn ẏd oed ped
ae raeffa6u aozuc a bot ẏn llawen
6ztha6. A deu 6z ereill a doethant
ẏmẏ6n ẏn eu kẏfr6ẏeu. Ar vn di-
wẏgẏat awnaeth ẏ voz6ẏn ẏr deu
hẏnnẏ ac ẏr vn gẏnt. Yna ẏ gofẏ-
na6d pedur ẏr vnben pẏ ham ẏd
oedẏnt uellẏ. Ac 6ẏnteu a dẏwe-
daffant vot adanc ẏmẏ6n gogof.
Ah6nn6 aladei 6ẏ peunẏd. Ac ar hẏn-
nẏ ẏ trigẏaffant ẏ nos honno. Ath=
ranoeth ẏ kẏfodes ẏmacc6ẏeid rac-
dunt. Ac ẏd erchis ꝑedur ẏr m6ẏn
eu gozdercheu ẏ adel gẏt ac 6ẏnt.
6ẏnt ae gomedaffant. Pei lledit
ti ẏno: nẏt oed it ath wnelei ẏn uẏ6
dzachefẏn. Ac ẏna ẏ kerdaffant 6ẏ
racdunt. ac ẏ kerda6d ped^a ẏn eu hol.
Ag6edẏ eu diflannu hẏt nas g6e=
lei. Ac ẏna ẏ kẏfaruu ac ef ẏn eifted
ar ben cruc: ẏ wre:c teccaf oza welfei
eiroet. Mi a6n dẏ hẏnt. Mẏnet ẏd
6ẏt ẏ ẏmlad ar adanc ac ef ath lad.
Ac nẏt oe de6zed namẏn o ẏftrẏ6.
Gogof ẏffẏd ida6. aphiler maen
ẏffẏd ar d26s ẏr ogof. ac ef awẏl
pa6b oz a del ẏmẏ6n. ac nẏs g6ẏl neb
efo. ac allechwaẏ6 g6en6ẏnic o gẏf-
ca6t ẏ piler ẏ llad ef ba6b. Aphei
rodut ti dẏ gret vẏg caru ẏn 66ẏ-
haf g6zeic mi a rod6n it vaen
val ẏ g6elut ti efo pan elut ẏmẏ6n
Ac nẏ welei ef tẏdi. Rodaf mẏn
vẏg cret heb ẏperedur ẏr pan ẏth

weleis gẏntaf. mi ath gereis. A phẏ
le ẏ keiſſ6n i tẏdi. Pan geiſſẏch ti
viui ꞉ keis parth ar india. Ac ẏna ẏ
difflann6ẏs ẏ vo26ẏn ẏmdeith g6e-
dẏ rodi ẏmaen ẏn lla6 pedur. Ac
ẏnteu adoeth racda6 parth adẏf-
frẏn auon. A go2o2eu ẏ dẏffrẏn oed
ẏn goet. ac o pop parth ẏr auon ẏn
weirglodeu g6aſtat. ac o2 neill parth
ẏr afon ẏ g6elei kad6 o defeit g6ẏn-
nẏon. ac o2 parth arall ẏ g6elei kad6
o defeit duon. ac val ẏ b2efei vn o2
defeit g6ẏnẏon. ẏ deuei vn o2 defeit
duon d26od ac ẏ bẏdei ẏn wen. ac val
ẏ b2efei vn o2 defeit duon ꞉ ẏ deuei
vn o2 defeit g6ẏnnẏon d26od ac ẏ
bẏdei du. A ph2en hir awelei ar lan
ẏr afon. ar neill hanher oed ida6
ẏn llofci o2 g62eid hẏt ẏ vlaen.
ar hanher arall adeil ir arna6. ac
uch lla6 hẏnnẏ ẏ g6elei mack6ẏ
ẏn eifted ar pen cruc a deu vilgi
v2onwẏnẏon v2ẏchẏon mẏ6n
kẏnllẏfan ẏn go2wed ger ẏ la6.
A diheu oed gantha6 na welſei ei-
roet mack6ẏ kẏteẏrneidet ac ef.
Ac ẏnẏ coet gẏfar6ẏneb ac ef ẏ clẏ=
wei ellg6n ẏn kẏfodi hẏd gant.
A chẏfarch g6ell awnaeth ẏr mac-
c6ẏ. ar macc6ẏ a gẏfarcha6d well
ẏ pedur. A their ffo2d awelei pedur
ẏn mẏnet ẏ 62th ẏ cruc. ẏ d6ẏ ffo2d
ẏn va62. ar trẏded ẏn llei. A gofẏn
ao2uc pedᵃ pẏ le ẏd aei ẏ teir ffo2d.
vn o2 ffẏ2d hẏn a a ẏm llẏs i. Ac
vn o2 deu a gẏgho2afi itti ae mẏnet

ẏr llẏs o2 blaen at vẏg g62eic i
ẏſſẏd ẏno ae titheu a arhoẏch ẏ=
ma athi awelẏ ẏ gellg6n ẏn kẏ-
mell ẏr hẏdot blin o2 coet ẏr ma=
es. Athi awelẏ ẏmilg6n go2eu
a weleiſt eiroet a gle6haf ar hẏ=
dot ẏnẏ llad ar ẏ d6fẏr ger an lla6.
A phan vo amfer in mẏnet ẏn
b6ẏt꞉ ef ada6 vẏg was am march
ẏm herbẏn. athi ageffẏ lewenẏd
ẏno heno. Du6 atalho it nẏ thri=
gẏafı namẏn ragof ẏd af. Ẏr eil ffo2d
a a ẏr dinas ẏſſẏd ẏna ẏn agos. Ac
ẏn h6nn6 ẏ keffir b6ẏt allẏn ar
werth. Ar ffo2d ẏſſẏd lei no2 rei ere=
ill a a parth a gogof ẏr adanc. gan
dẏ ganhat vacc6ẏ parth ac ẏno ẏd
afi. Adẏfot awnaeth pedur parth
ar ogof. achẏmrẏt ẏ maen ẏnẏ lla6
aſſeu. Ae wa6ẏ ẏnẏ lla6 deheu. Ac
val ẏ da6 ẏmẏ6n. arganuot ẏr ad=
anc awnaeth ae wan ag6a6ẏ tr6=
ẏda6. Allad ẏ penn. aphan da6 ẏma
es o2 ogof. nachaf ẏn d26s ẏr ogof
ẏ tri chetẏmdeith. Achẏfarch g6ell
awnaethant ẏ pedur. adẏwedẏt
pan ẏ6 ida6 ẏd oed daroga̅n llad
ẏr o2mes honno. A rodi ẏ pen aw=
naeth pedur ẏr macc6ẏeit. achẏn=
nic awnaethant 6ẏnteu ida6 ẏr
vn a dewiſſei oe teir chwio2ed ẏn
b2ia6t a hanher eu t2enhinẏaeth
ẏ gẏt a hi. Nẏ deuthum i ẏma ẏr
g62eicca. aphei mẏnh6n vn wreic
ac atuẏd a6ch whaer ch6i a vẏnn6n
ẏ ngẏntaf. Acherdet racda6 awnaet

pedur ː ac ef a glýwei tó2óf ýný ol.
ac ed2ých awnaeth ef ýný ol. Ac ef
awelei gó2 ar geffýn march coch
ac arueu cochýon ýmdanaó. ar gó2
adoeth ar ogýfuch ac ef. achýfarch
gó ell awnaeth ý pedᵃoduó ac o dýn.
ac ýnteu pedur ag ýfarchaód gó ell
ýr maccóý ýn garedic. Arglóýd
dýuot ý erchi itti ýd óýfi. Beth a
erchý ti heb ý pedᶜ výg kýmrýt
ýn ó2 itt. Póý agýmerón inheu
ýn ó2 bei as kýmerón. Ný chelaf
výg kýftlón ragot. Etlým gledýf
coch ým gelwir. iarll o ýftlýs ýdó-
ýrein. Rýfed ýó genhýfi ýmgýn-
nic o honaót ýn ó2 ý ó2 ný bo móý
ý gýfó eth no thi. nýt oes iminheu
namýn iarllaeth arall. achanýs
góió genhýt dýfot ýn ó2 imi. Mi
ath gýmeraf ýn llawen. ac ý do-
ethant parth allýs ýr iarlles.
allawen uuóýt ó2thunt ýn ý llýs.
adýwedut ó2thunt a wnaethpó-
ýt. nat ýr amharch arnunt ý
dodit if llaó ý teulu ː namýn kýn-
nedýf ý llýs a oed ý vellý. kanýs
ý neb a uýrýei ý thrý chanhó2
teulu hi ː bóýta agaffei ýn nef-
faf idi a hi ae karei ef ýn uóýhaf
gó2. Agóedý ý bó2ó o pedur ýth-
rý chanhó2 teulu ýr llaó2. ac
eifted ar ý neill laó. Ý diolchaf
ýduó kaffes góas kýndeccet
achýn deó2et athi. kaný chefeis

ý gó2 móýhaf agarón. Póý oed ý
gó2 móýhaf agarut titheu. Mýn
výg cret etlým gledýf coch oed
ý gó2 móýhaf agarón i. ac nýs
góeleis eiroet. Dioer heb ef ke-
týmdeith imi ýó etlým. allýma
efo. Ac ýr ý uóýn ef ý deuthum i
ý whare ath teulu. Ac ef ae gallei
ýn well no mi bei af mýnhei. A
minheu athrodaf titheu idaó ef.
Duó adiolcho ititheu vaccóý tec.
aminheu agýmerhaf ý gó2 móý-
haf agaraf. Ar nos honno kýfcu
awnaeth etlým ar iarlles ýgýt.
Athranoeth kýchwýnnu awnaeth
pedur parth ar cruc galarus. Mýn
dý laó ti arglóýd mi aaf ýgýt athi.
heb ýr etlým. óýnt adoethant ː
racdunt hýt ý lle ý góelýnt ý cruc
ar pebýlleu. Dos heb ý pedur at
ý góýr racco ó2th etlým. ac arch
udunt dýfot ý ó2hau imi. ef adeuth
etlým attunt. ac adýwaót val hýn.
Doóch ý ó2ha ýmharlóýd i. Póý ýó
dý arglóýd ti heb ýr óýnt. Pedur
baladýr hir ýó vý arglóýd i heb ýr
etlým. Pei dýlýetus difetha kennat
nýt aut ti trachefýn ýn výó at dý
arglóýd ː am erchi arch mo2 traha-
us ý v2enhined a ieirll a baróneit
adýfot ý ó2hau ýth arglóýd ti. Etlým
adeuth traýgefýn at pedᶜ Pedur
aerchis idaó výnet traegefýn at-
tunt ýrodi dewis vdunt ae gó2hau

ida6 ae ỿmwan ac ef. 6ỿnt adewiffỿf-
fant ỿmwan ac ef. A phered" a uỿrỿa6d
perchen cant pebỿll ỿ dỿd h6nn6 ỿr
lla62. A thranoeth ef a uỿrỿa6d pchen
cant ereill ỿr lla62. Ar trỿdỿd cant a
ga6ffant ỿn eu kỿgho2 g62hau ỿ ped":
A pheredur aofỿna6d udunt. beth a
wneỿnt ỿno. ac 6ỿnt a dewedaffant
pan ỿ6 g6archad6 ỿ p2ỿf hỿnỿ vei va=
r6. ac ỿna ỿmlad awnaem ninheu
am ỿ maen. ar neb a uei trechaf o
honam agaffei ỿ maen. Aro6ch vi ỿ-
ma mi aaf ỿ ỿmwelet ar p2ỿf. Nac
ef argl6ỿd heb 6ỿnt a6n ỿ gỿt ỿ ỿm-
lad ar p2ỿf. Je heb ỿped" nỿ mỿnnaf i
hỿnnỿ: pei lledit ỿ p2ỿf nỿ cha6ni o
glot m6ỿ noc vn ohona6ch chwitheu.
A mỿnet awnaeth ỿr llé ỿd oed ỿ p2ỿf
ae lad: A dỿfot attunt 6ỿnteu. kỿfri=
f6ch a6ch treul ỿr pan doethoch ỿma
a mi ae talaf i6ch ar eur heb ỿ ped":
Ef adala6d udunt kỿmeint ac adỿ=
wa6t pa6b ỿ dỿlỿu ohona6. Ac nỿt
erchis dim udunt eithỿr adef eu bot
ỿn wỿr ida6. ac ef adỿwa6t 62th
etlỿm at ỿwreic u6ỿhaf agerỿ ỿd
eỿ ti. A minheu a af ragof. ac adalaf
it dỿfot ỿn 62 im. ac ỿna ỿ rodes ef
ỿ maen ỿ etlỿm. Du6 a talho it ha
r6ỿdheỿt du6 ragot. Ac ỿmdeith ỿd
aeth pedur. ac ef a deuth ỿ dỿffrỿn
afon teccaf awelfei eiroet. Allawer
o pebỿlleu amli6 awelei ỿno. arỿfe-
dach gantha6 no hỿnnỿ g6elet ỿ fa6l
awelei o velineu ar d6fỿr a melineu
g6ỿnt. Ef agỿhỿrda6d ac ef g62 g6i-
neu ma62 ag6eith faer arna6. A go-
fỿn p6ỿ oed ao2uc ped": Pen melinỿd
6ỿfi ar ỿ melineu racco oll. A
gaffaf i gaffafi letỿ genhỿt ti heb /

ỿ ped": keffỿ heb ỿnteu ỿn llawen.
Ef adeuth ỿ tỿ ỿ melinỿd ac ef awe-
las lletỿ hoff tec ỿr melinỿd. Ac er-
chi awnaeth pedur arỿant ỿn ech=
6ỿn ỿr melinỿd ỿ b2ỿnu b6ỿt allỿn
ida6 ac ỿ tỿl6ỿth ỿ tỿ. ac ỿnteu a ta-
lei ida6 kỿn ỿ vỿnet o dỿno. Gofỿn
ao2uc ỿr melinỿd pỿ acha6s ỿd oed
ỿ dỿgỿfo2 h6nn6. Ỿ dỿwa6t ỿ melinỿd
62th ped": Mae ỿ neill peth. ae tỿdi ỿn
62 o bell: ae titheu ỿn ỿnuỿt. Ỿna ỿ
mae amherod2es criftin6bỿl va62.
ac nỿ mỿn honno namỿn ỿ g62 de=
62af: canỿt reit idi hi da. ac nỿ ellit
d6ỿn b6ỿt ỿr fa6l vilỿoed ỿffỿd
ỿma, ac o acha6s hỿnnỿ ỿ mae ỿ
fa6l velineu. Ar nos honno kỿmrỿt
efm6ỿthter a wnaethant. athrano=
eth kỿfodi ỿ u6ỿnỿd awnaeth ped":
ag6ifca6 ỿmdana6 ac ỿmdan ỿ
varch. ỿ vỿnet ỿr t62neimeint. Ac
ef awelei bebỿll ỿm plith ỿ pebỿlleu
ereill teccaf o2 a welfei eiroet. Amo=
r6ỿn tec awelei ỿn ỿftỿnnu ỿ phen
tr6ỿ ffeneftỿr ar ỿ pebỿll. ac nỿ wel=
fei eiroet mo26ỿn tegach. ac emwifc
obali ỿmdanei. Ac ed2ỿch awnaeth
ar ỿ vo26ỿn ỿn graff. a mỿnet ỿ cha=
rỿat ỿnda6 ỿn va62. Ac vellỿ ỿbu
ỿn ed2ỿch ar ỿ vo26ỿn o2 b02e hỿt han=
her dỿd. Ac o hanher dỿd hỿnỿ oed
p2ỿt na6n. Ac ỿna neur daroed ỿ
t62neimeint. A dỿfot ao2uc ỿ letỿ
athỿnnu ao2uc ỿ arueu ỿ amdana6
ac erchi arỿant ỿr melinỿd ỿn ech=
6ỿn. a dic uu wreic ỿ melinỿd 62th
ped": Ac eiffoes ỿ melinỿd a rodes
arỿant ỿn ech6ỿn ida6. A thran-
oeth ỿ g6na eth ỿr vn wed. ac
awnathoed ỿ dỿd gỿnt. Ar nos

honno ẏ doeth oẏ letẏ. ac ẏ kẏm⸗
erth arẏant ẏn echṽẏn ẏ gan ẏ
melinẏd. Ar trẏdẏd dẏd pan ẏt⸗
toed ẏn ẏr vn lle ẏn edzẏch ar ẏ
vozṽẏn. ef aglẏwei dẏrnaṽt ma⸗
ṽz rṽg ẏfcṽẏd a mẏnṽgẏl a mẏnẏ⸗
bẏr bṽẏall. A phan edzẏchaṽd
traegefẏn ar ẏ melinẏd. Ẏmeli⸗
nẏd adẏwaṽt ṽzthaṽ. Gṽna ẏne⸗
ẏll peth heb ẏ melinẏd ae tẏdi a
tẏnho dẏ penn ẏmdeith. ae tith⸗
eu ael ẏr tṽzneimeint. A gowe⸗
nu awnaeth pedᵃ ar ẏ melinẏd.
amẏnet ẏr tṽzneimeint. Ac a
gẏfarfu ac ef ẏdẏd hṽnnṽ⸗ ef ae
bẏrẏaṽd oll ẏr llaṽz ṽẏnt. A chẏ⸗
meint ac a vẏrẏaṽd. a anuones
ẏ gṽẏr ẏn anrec ẏr amherodzes.
ar meirch ar arueu ẏn anrec ẏ
wreic ẏ melinẏd ẏr ẏmaros am
ẏ harẏant echṽẏn. Dilin aozuc
pedᵒ ẏ tṽzneimeint hẏnẏ vẏrẏ⸗
aṽd paṽb ẏr llaṽz. Ac a vẏrẏṽẏs
ef ẏr llaṽz. anuon ẏ gṽẏr aozuc
ẏ garchar ẏr amherodzes. ar me⸗
irch ar arueu ẏ wreic ẏ melinẏd
ẏr ẏmaros am ẏr arẏant echṽẏn.
Yr amherodzes a anuones at
varchaṽc ẏ velin. ẏ erchi idaṽ
dẏfot ẏ ẏmwelet a hi. Affallu a
wnaeth ẏr gennat gẏntaf. Ar
eil a aeth attaṽ. Ahitheu ẏ trẏdẏd
weith a anuones cant marchaṽc
ẏ erchi idaṽ dẏuot ẏ ẏmwelet
a hi. ac onẏ delhei oe vod. erchi
udunt ẏdṽẏn oe anuod. Ac ṽẏnt
adoethant attaṽ ac adẏwedaffant
eu kenhadṽzi ṽzth ẏr amherodzes.
Ynteu awharẏaṽd ac ṽẏnt ẏn
da. ef abaraṽd eu rṽẏmaṽ rṽẏ⸗

mat iṽzch. Ac eu bṽzṽ ẏg claṽd ẏ
velin. Ar amherodzes a ofẏnnaṽd
kẏghoz ẏ ṽz doeth oed ẏnẏ chẏghoz.
a hṽnnṽ adẏwaṽt ṽzthi⸗ mi a af
attaṽ ar dẏ gennat. a dẏfot at pedᵃ
achẏfarch gṽell idaṽ. Ac erchi idaṽ
ẏr mṽẏn ẏ ozderch dẏfot ẏ ẏmwe⸗
let ar amherodzes. Ac ẏnteu a de⸗
uth ef ar melinẏd. Ac ẏn ẏ gẏfeir
gẏntaf ẏ deuth ẏr pebẏll eifted a
wnaeth. Ahitheu adeuth ar ẏ ne⸗
ill laṽ. a bẏr ẏmdidan a uu ẏ rẏg⸗
thunt. a chẏmrẏt canhat awnae⸗
eth pedᵒ. A mẏnet oe letẏ. Tzano⸗
eth ef a aeth ẏ ẏmwelet a hi. A
phan deuth ẏr pebẏll. nẏt oed !
gẏfeir ar ẏ pebẏll a uei waeth ẏ
gẏweirdeb noe gilẏd. kanẏ wẏd⸗
ẏnt ṽẏ pẏ le ẏd eiftedei ef. Eifted
aozuc pedur ar neill laṽ ẏr am⸗
herodzes. Ac ẏmdidan a wnaeth
ẏn garedic. Pan ẏttoedẏnt uellẏ.
ṽẏnt awelẏnt ẏn dẏfot ẏ mẏṽn
gṽz du a gozflṽch eur ẏn ẏ laṽ ẏn
llaṽn owin. a dẏgṽẏdaṽ a ozuc ar
pen ẏ lin ger bzon ẏr amherodzes.
Ac erchi idi nas rodei onẏt ẏr neb
a delei ẏ ẏmwan ac efo ẏm danei.
a hitheu aedzẏchaṽd ar peredur.
Arglṽẏdes heb ef⸗ moes imi ẏ goz⸗
ulṽch. ac ẏfet ẏ gwin a wnaeth.
a rodi ẏ gozflṽch ẏ wreic ẏ meli⸗
nẏd. A phan ẏttoedẏnt uellẏ⸗ na⸗
chaf ṽz du oed uṽẏ noz llall. Ac
ewin pzẏf ẏn ẏ laṽ ar weith goz⸗
flṽch ae loneit owin. Ae rodi ẏr
amherodzes. Ac erchi idi nas ro⸗
dei onẏt ẏr neb aẏmwanei ac
ef. Arglṽẏdes heb ẏ pedur
moes imi. Ae rodi ẏ peredᵒ. a

wnaeth hi. Ac ẏwet ẏgwin aoᵹuc
pedur. arodi ẏgoᵹflỽch ẏwreic ẏ
melinẏd. Pan ẏttoedẏnt uellỿ. na
chaf gỽᵹ pengrẏch coch aoed uỽẏ
noc vn oᵹ gỽẏr ereill. agoᵹflỽch
o vaen criffant ẏnẏ laỽ aeloneit
owin ẏndaỽ. agoftỽg ar pen ẏlin
ae rodi ẏn llaỽ ẏr amherodᵹes.
ac erchi idi nas rodei onẏt ẏr neb
a ẏmwanei ac efo ẏmdanei. Ae
rodi awnaeth hitheu ẏ pedur.
Ac ẏnteu ae hanuones ẏwreic
ẏmelinẏd. Ẏ nos honno mẏnet
ẏ lettẏ. Athrannoeth gỽifcaỽ ẏm=
danaỽ ac am ẏ varch. a dẏfot ẏr
weirglaỽd. allad ẏ trẏwẏr aoᵹuc
pedᵃ ac ẏna ẏ deuth ẏr pebẏll. A
hitheu a dẏwaỽt ỽᵹthaỽ. Pedur
tec coffa ẏ gret a rodeift ti imi pan
rodeis i itti ẏ maen pan ledeift
ti ẏr adanc. Arglỽẏdes heb ẏnteu
gỽir adẏwedẏ. A minheu ae cof=
faaf. Ac ẏ gỽledẏchỽẏs pedur
gẏt ar amherodᵹes pedeir blẏned
ar dec megẏs ẏ dẏweit ẏr ẏfto -
rẏa.

ARthur aoed ẏgkaer llion
ar ỽẏfc pᵹiflẏs idaỽ. ac ẏg-
hanaỽl llaỽᵹ ẏ neuad ẏd
oed petwar gỽẏr ẏn eifted ar len
o bali. Owein vab vᵹẏen. a gwal-
chmei vab gỽẏar. a hẏwel vab
emẏrllẏdaỽ. a pheredur baladẏᵹ
hir. ac ar hẏnnẏ ỽẏnt awelẏnt
ẏn dẏfot ẏmẏỽn moᵹỽẏn bengr=
ẏch du ar gefẏn mul melẏn. Acha-
rreieu anuanaᵹl ẏnẏ llaỽ ẏn
gẏrru ẏ mul. a phrẏt anuanaỽl
agharueid arnei. Duach oed ẏ
hỽẏneb ae dỽẏlaỽ ᵹ noᵹ haẏarn

165

duhaf adarffei ẏ bẏgu. Ac nẏt
ẏ lliỽ hacraf ᵹ namẏn ẏ llun. Gᵹu=
dẏeu aruchel ac ỽẏneb kẏccir ẏ
waeret. a thᵹỽẏn bẏr ffroenuoll.
ar neill lẏgat ẏn vᵹithlas trath=
erẏll. ar llall ẏn du val ẏmuchẏd
ẏgheuhẏnt ẏ phen. Danhed hi=
rẏon melẏnẏon melẏnach no
blodeu ẏ banadẏl. ae chᵹoth ẏn
kẏchwẏnnu o gledẏr ẏ dỽẏ vᵹon
ẏn uch noe helgeth. Afcỽᵹn ẏ che=
fẏn oed ar weith bagẏl. Ẏ dỽẏ
glun oed ẏn llẏdan ẏfcᵹᵹnic.
ac ẏn vein oll ohẏnnẏ ẏ waeret.
eithẏr ẏ traet ar glinẏeu oed vᵹas
Kẏfarch gỽell ẏ arthur ae teulu
oll eithẏr ẏ pedur aoᵹuc. ac ỽᵹth
pedᵃ ẏ dẏwaỽt geireu dic anhẏ=
gar. Pedur nẏ chẏfarchaf i well
itti. kanẏs dẏlẏỿ. Dall uu ẏ tẏg=
hetuen pan rodes itti daỽn achlot
Pan doethoft ẏ lẏs ẏ bᵹenhin cloff
a phan weleift ẏno ẏ maccỽẏ ẏn
dỽẏn ẏ gỽaẏỽ llifeit. Ac o vlaen
ẏ gỽaẏỽ dafẏn owaet. Ahỽnnỽ
ẏn redec ẏn raẏadẏr hẏt ẏn dỽᵹn
ẏ maccỽẏ. Ac enrẏfedodeu ereill
heuẏt a weleift ẏno. ac nẏ ofẏn-
neifti eu hẏftẏr nac eu hachaỽs.
A phei afgofẏnnut. iechẏt a gaf=
fei ẏ bᵹenhin. ae gẏfoeth ẏn he=
dỽch. a bellach bᵹỽẏdᵹeu ac ẏmla-
deu a cholli marchogẏon. ac adaỽ
gỽᵹaged ẏn wedỽ. arianed ẏn
dioffẏmdeith a hẏnnẏ oll oth a=
chaỽs ti. Ac ẏna ẏ dẏwaỽt hi
ỽᵹth arthur. gan dẏ ganhat ꞏ
arglỽẏd pell ỽỽ vẏ lletẏ odẏma
nẏt amgen ẏ gkaftell fẏberỽ
nẏ ỽnn a glẏweift ẏ ỽᵹthaỽ.

166

Ac ỿn hόnnὀ ỿmae whech mar⸗
chaὀc athrugeint aphỿm cant
o varchogỿon vƶdaόl. Ar wreic
uόỿhaf a gar pob vn gỿt ac ef.
Aphόỿ bỿnhac a vỿnho ennill
clot o arueu ac oỿmwan acoỿm-
lad ef ae keiff ỿno os dirper . A
vỿnnei hagen arbenhicrόỿd clot
ac etmỿc. gόn ỿlle ỿkaffei. kaſtell
ỿſſỿd ar uỿnỿdamlὀc. Ac ỿn hόnnὀ
ỿ mӑ moƶόỿn. Ac ỿnỿ gỿfeiſtȇdӑὀd
ỿd ỿttỿs. Aphόỿ bỿnhac aallei ỿ
rỿdhau꞉ pen clot ỿbỿt agaffei.
Ac ar hỿnnỿ kỿchwỿnu ỿmdeith
aoƶuc. Heb ỿgόalchmei. Mỿn vỿg
cret nỿ chỿſgaf hun lonỿd nes
gόỿbot aallόỿf ellόg ỿ voƶόỿn.
Allaόer oteulu arthur agỿt tun-
naόd ac ef. Amgen hagen ỿdỿwa-
όt ped꞉ Mỿn vỿg cret nỿ chỿſcaf
hun lonỿd nes gόỿbot chwedỿl
ac ỿſtỿr ỿgόaỿὀ adỿwaόt ỿvoƶό⸗
ỿn du ỿmdanaό. Aphan ỿttoed pa-
όb ỿn ỿmgỿweiraό. nachaf uarcha-
aόc ỿn dỿfot ỿr poƶth a meint milόƶ
ae angerd ỿndaό ỿn gỿweir o varch
ac arueu. ac adeuei racdaό aca gỿ-
farchei well ỿarthur ae teulu oll
eithỿr ỿwalchmei. ac ar ỿſcόỿd ỿ
marchaόc ỿd oed tarỿan eurgrόỿ-
dỿr. athraόſt o laſſar glas ỿndi. Ac
vn lliό a hỿnnỿ ỿd oed ỿarueu oll.
Ac ef adỿwaόt όƶth walchmei. Ti
a ledeiſt vỿ arglόỿd oth tόỿll ath
vƶat. ahỿnnỿ mi ae pƶofaf arnat.
kỿfodi awnaeth gόalchmei ỿvỿ-
nỿd. llỿma heb ef vỿg gόỿſtỿl ỿth
erbỿn ae ỿma ae ỿnỿ lle ỿmỿn-
hỿch nat όỿf nathόỿllόƶ na bƶad-
όƶ. kerbƶon ỿbƶenhin ỿſſỿd arnafi

ỿ mỿnhaf bot ỿgỿfranc ỿrofi athi.
ỿn llawen heb ỿgόalch' dos ragot
mi ỿth ol. Racdaό ỿd aeth ỿmarch-
aόc. ac ỿmgỿweiraό awnaeth gόal'.
allawer o arueu agỿnigόỿt idaό.
ac nỿ mỿnnaόd onỿt ỿrei ehun.
Gόiſcaό awnaeth gόalchmei aphe-
redur ỿmdanunt ac ỿkerdaſſant
ỿnỿ ol o achaὀs eu ketỿmdeithas
ameint ỿd ỿmgerỿnt. ac nỿt ỿm-
gỿnhalỿſſant ỿ gỿt ꞉ namỿn pob
vn ỿnỿ gỿfeir. Gόalchmei ỿn ieue-
nctit ỿdỿd adeuth ỿ dỿffrỿn. ac ỿn
ỿdỿffrỿn ỿgόelei kaer allỿs uaόƶ
ouỿόn ỿgaer. athỿreu aruchelua-
lch ỿnỿ chỿlchỿn. ac ef awelei var-
chaόc ỿn dỿfot ỿr poƶth allan ỿhela
ỿarpalfrei gloỿόdu ffroenuoll ỿm-
deithic. arỿgig waſtatualch eſcutlỿm
ditramgόỿd ganthaό. Sef oed hόn-
nὀ꞉ ỿ gόƶ bieoed ỿllỿs. kỿfarch gόell
awnaeth gόalch' idaό. Duό arotho
da it vnben. aphan doỿ titheu. pan
deuaf heb ef olỿs arthur. Ae gόƶ ỿ
arthur όỿt ti. Je mỿn vỿg cret heb
ỿgόalch'. Mi aόnn gỿghoƶ da it heb
ỿmarchaόc ꞉ blin alludedic ỿth we-
laf. dos ỿr llỿs ac ỿno ỿ trigỿ heno.
os da genhỿt. Da arglόỿd aduό
a talho it. hόde vodƶόỿ ỿn arόỿd at
ỿ poƶthaόƶ. Ados ragot ỿr tόƶ racco.
Achwaer ỿſſỿd iminheu ỿno. Ac ỿr
poƶth ỿ doeth gόalch'. adangos ỿ vo⸗
dƶόỿ awnaeth. achỿrchu ỿ tόƶ. affan
daό ỿd oed ffỿrỿftan maόƶ ỿn llofci.
afflam oleu uchel difόc ohonaό.
amoƶόỿn uaόƶhỿdic teledió ỿn
eiſted ỿmόόn kadeir όƶth ỿ tan.
ar voƶόỿn a uu lawen όƶthaό ae
raeſſaόu aoƶuc achỿchwỿnu ỿnỿ

erbẏn. Ac ẏnteu aaeth ẏeifted ar
neill la6 ẏ vo26ẏn. eu kinẏa6 agẏ=
merfant. Ag6edẏ eu kinẏa6. dala
ar ẏmdidan hẏgar ao2ugant. A
phan ẏttoedẏnt uellẏ. llẏma ẏn
dẏfot ẏmẏ6n attunt g62 g6ẏnll6-
ẏt teledi6. Oi a achenoges butein
heb ef. bei g6ẏputi ia6net itt chw-
are ac eifted gẏt ar g62 h6nn6.
nẏt eiftedut ac nẏ chwarẏut. A
thẏnnu ẏpen allan ac ẏmdeith.
A vnben heb ẏ vo26ẏn pei g6ne=
lut vẏg kẏgho2 i rac ofẏn bot pẏt
gan ẏ g62 it. ti agaẏut ẏd26s heb
hi. G6alchmei agẏfodes ẏ vẏnẏd.
aphan da6 tu ar d26s. ẏd oed ẏg62
ar ẏ trugeinuet ẏn lla6n arua6c
ẏn kẏ2chu ẏt62 ẏ vẏnẏd. Sef ao2=
uc g6alch': achla62 g6ẏdb6ẏll dif-
frẏt rac dẏfot neb ẏ vẏnẏd hẏnẏ
doeth ẏg62 ohela. Ar hẏnnẏ llẏma
ẏ iarll ẏn dẏuot. Beth ẏ6 hẏn heb
ef. peth hagẏr heb ẏg62 g6ẏnll6ẏt.
bot ẏr achenoges racco educher
ẏn eifted ac ẏn ẏfet gẏt ar g62 a
lada6d a6ch tat. Ag6alchmei vab
g6ẏar ẏ6 ef. Peid6ch bellach heb
ẏr iarll miui aaf ẏmẏ6n. Y iarll
auu lawen 62th walchmei. a vn-
ben heb ef. kam oed it dẏfot ẏan
llẏs og6ẏput lad an tat ohonot.
kẏnẏ allom ni ẏdial : du6 ae dial
arnat. Eneit heb ẏg6alch': llẏna
mal ẏmae am hẏnnẏ. Nac ẏadef
llad a6ch tat chwi nac ẏdiwat nẏ
deuthum i. Neges ẏd 6ẏfi ẏn mẏ=
net ẏ arthur. ac imi hun. archafi
oet ul6ẏdẏn hagen hẏnẏ delh6ẏf
om neges. Ac ẏna ar vẏg cret vẏn
dẏfot ẏr llẏs hon ẏwneuthur vn

o2deu ae adef ae wadu. Yr oet agafas
ẏn llawen. ac ẏno ẏbu ẏnos honno.
T2anoeth kẏchwẏn ẏmdeith ao2uc.
ac nẏ dẏweit ẏr iflo2ẏa am walch'
h6ẏ no hẏnnẏ. ẏnẏ gẏfeir honno.
A pheredur agerda6d racda6. cr6=
ẏd2a6 ẏr ẏnẏs awnaeth peredur
ẏ geiffa6 chwedlẏdẏaeth ẏ 62th ẏ
vo26ẏn du. ac nẏs kauas. Ac ef a
deuth ẏ tir nẏs atwaenat mẏ6n
dẏffrẏn auon. Ac val ẏd ẏttoed
ẏn kerdet ẏ dẏffrẏn. ef aweleĩ var-
cha6c ẏn dẏfot ẏnẏ erbẏn ac ar6ẏd
bala6c arna6. ac erchi ẏ vendith
awnaeth. Och atruan heb ef nẏ
dẏlẏẏ gaffel bendith : ac nẏ ffr6ẏtha
it. am wifca6 arueu dẏd kẏfuch ar
dẏd hedi6. Aphẏ dẏd ẏ6 hedi6 heb
ẏ ped^a Du6 g6ener croclith ẏ6 he=
di6. Na cherẏd vi nẏ wẏd6n hẏnẏ.
bl6ẏdẏn ẏ hedi6 ẏ kẏchwẏnneis
om g6lat. Ac ẏna difgẏnnu ẏr lla=
62 awnaeth ac arwein ẏ varch ẏn
ẏ la6. athalẏm o2 p2iffo2d agerda6d
hẏnẏ gẏfaruu ochelffo2d ac ef. ac
ẏr ochelfo2d tr6ẏ ẏ coet. Ar parth
arall ẏr coet. ef awelei gaer uoel
ac ar6ẏd kẏfanhed awelei o2 ga=
er. Apharth ar gaer ẏdoeth. ac ar
bo2th ẏ gaer ẏ kẏfaruu ac ef ẏ ba=
la6c agẏfaruuaffei ac ef kẏn no
hẏnnẏ. Ac erchi ẏ vendith ao2uc.
bendith du6 it heb ef. A ia6nach
ẏ6 kerdet uellẏ. Achẏt ami ẏ bẏ=
dẏ heno. Athrigẏa6 awnaeth ped^a
ẏ nos honno. T2anoeth arofun
awnaeth ped^a ẏmdeith nẏt dẏd
hedi6 ẏ neb ẏ gerdet. ti a uẏdẏ gẏt
ami hedi6 ac avo2ẏ athrenhẏd.
A mi adẏwedaf it ẏ kẏfar6ẏdẏt

gozeu aall6ýf am ýr hýnn ýd
6ýt ýný geiffa6. Ar petwerýd
dýd arofun awnaeth pedur ý
ýmdeith. Ac adol6ýn ýr bala6c
dýwedut kýfar6ýdýt ý 6zth :
gaer ýr enrýfedodeu. Kýmeint
a6ýp6ýfi. mi ae dýwedaf it. Dos
dzos ýmýnýd racco. Athu h6nt
ýr mýnýd ý mae afon. Ac ýn dýf-
frýn ýr auon ý mae llýs bzen =
hin. Ac ýno ý bu ý bzenhin ýpafc.
Ac oz keffý ýn vn lle chwedýl ý
6zth gaer ýr enrýfededeu. ti ae
keffý ýno. Ac ýna ýkerda6d rac=
da6 ac ý deuth ý dýffrýn ýr afon.
Ac ý kýfaruu ac ef nifer o wýr
ýn mýnet ý hela. Ac ef awelei
ýmplith ýnifer g6z urdedic. A
chýfarch g6ell ida6 aozuc ped[a].
Dewis ti vnben ae ti aelých
ýr llýs. ae titheu dýuot gýt a
mi ý hela. Ae minheu aýrraf
vn oz teulu ýth ozchýmýn ý ve =
rch ýffýd im ýno. ýgýmrýt b6ýt
allýn hýný del6ýf o hela. Ac oz
býd dý negeffeu hýt ý gall6ýfi
eu kaffel: ti ae keffý ýn lla6en.
A gýrru awnaeth ýbzenhin :
g6as býrr velýn gýt ac ef. aph-
an doethant ýr llýs. ýd oed ýr
vnbennes g6edý kýfodi ac ýn
mýnet ý ýmolchi. Ac ý deuth ped[a]
racda6. ac ý graeffa6a6d hi ped[a]
ýn llawen. ae gýnn6ýs ar ýne-
illa6. achýmrýt eu kinýa6 ao=
rugant. a pheth býnhac adýwe=
ttei Ped[a] 6zthi: wherthin awnai
hitheu ýn vchel. Mal ý clýwei
pa6b oz llýs. Ac ýna ý dýwa6d
ýg6as býrruelýn 6zth ýr vn =

bennes. Mýn výg cret heb ef oz
bu 6z itti eiroet ý macc6ý h6nn
a uu. ac oný bu 6z it: mae dý vzýt
ath ued6l arna6. Ar g6as býrr
velýn aaeth parth ar bzenhin.
ac ýnteu adýwa6t. Mae tebýccaf
oed ganta6 vot ýmacc6ý agýfar=
fu ac ef ýn 6z oe verch. ac onýt
g6z mi atebýgaf ý býd g6z idi ýn
ý lle onýt ýmogelý racda6. Mae
dý gýgho z ti was. Kýgho z ý6 gen=
hýf ell6g de6zwýr am ýpen ae
dala hýný 6ýppých diheur6ýd am
hýnný. Ac ýnteu aellýga6d g6ýz
am pen ped[a] oe dala ac ý dodi ý
mý6n geol. Ar voz6ýn adoeth
ýn erbýn ý that ac ofýnna6d ida6
pý ach6os ý paraffei karcharu
ý macc6ý o lýs arthur. Dioer
heb ýnteu ný býd rýd heno nac
auozý na threnhýd ac ný da6 oz
lle ý mae. Ný 6zthneua6d hi ar
ý bzenhin ýr hýn a dýwa6t. A
dýfot at ý macc6ý. ae anigrýf
genhýt ti dý vot ýma. Ným tozei
kýný być6n. Ný být g6aeth dý
welý ath anfa6d noget vn ý bze=
nhin. ar kerdeu gozeu ýný llýs
ti ae keffý 6zth dý gýgho z. aphei
didanach genhýt titheu no chýnt
vot výg g6elý i ýma ý ýmdidan
athi ti ae kaffut ýn llawen. Ný
6zthneuafi hýnný. ef auu ýg
karchar ý nos honno. ar voz6ýn
agýwira6d ýr hýn aada6ffei
ida6. Athranoeth ýclýwei ped[a]
kýnh6z6f ýnýdinas. Oi a voz6ýn
tec pý gýnh6z6f ý6 h6nn. 1lu ý
bzenhin ae allu ýffýd ýndýfot
ýr dinas h6n hedi6. Peth auýnant

6ý uellý. Jarll ýffýd ýn agos ýma ad6ý iarllaeth ida6. Achýn gadarnet ý6 a bᴣenhin. achýfranc a uýd ýrýdunt hedi6. Adol6ýn ý6 genhýfi heb ý ped"itti peri imi varch ac arueu ý výnet ý difc6ýl ar ý gýfranc. ar výgkýwirdeb inheu dýfot ým karchar trachefýn. Ýn lla6en heb hitheu. mi abaraf itt varch ac arueu. Ahi arodes ida6 march ac arueu ach6nfallt p̃goch ar uchaf ý arueu a tharýan velen ar ý ýfc6ýd. Adýfot ýr gýfranc awnaeth. ac agýfarfu ac ef o wýr ýr iarll ý dýd h6nn6. ef ae býrýa6d oll ýr lla6ᴣ. ac ef adoeth dᴣachefýn oe garchar. Gofýn chwedleu awnaeth hi ý pedur. ac ný dýwa6t ef vn geir 6ᴣthi. A hitheu a aeth ý ofýn chwedleu oe that. Agofýn a wnaeth p6ý auuaffei oᴣeu oe teulu. Ýnteu adýwa6t nas atwaenat. g6ᴣ oed ach6nfallt coch ar uc uchaf ý arueu atharýan velen ar ý ýfc6ýd. Agowenu awnaeth hitheu. adýfot ýn ýd oed pedur. Ada uu ý barch ýnos honno. A thri dieu ar untu ý llada6d ped^a wýr ýr iarll. achýn caffel o neb 6ýbot p6ý vei ý doei oe garchar trachefýn. Ar petwerýd dýd ý llada6d ped" ýr iarll ehun. Adýfot aoᴣuc ý voᴣ6ýn ýn erbýn ýthat. agofýn chwedleu ida6. chwedleu da heb ý bᴣenhin. llad ýr iarll heb ef. a minheu bieu ý d6ý iarllaeth. A 6dofti argl6ýd p6ý ae llada6d. G6n heb ý bᴣenhin. Marcha6c ý c6nfallt coch ar tarýan velen. ae llada6d. Argl6ýd heb hi miui

a6n p6ý ý6 h6nn6. Ýr du6 heb ýr ýnteu p6ý ý6 ef. Argl6ýd ý marcha6c ýffýd ýg karchar genhýt ý6 h6nn6. Ýnteu adoeth ýn ýd oed ped^c achýfarch g6ell ida6 a wnaeth. adýwedut ida6 ý g6affanaeth awnathoed. ý talei ida6 megýs ý mýnhei ehun. A phan aethp6ýt ý u6ýtta. Þedur adodet ar neill la6 ý bᴣenhin. ar voᴣ6ýn ý parth arall ý ped^c Ag6edý b6ýt: ý bᴣenhin adýwa6t 6ᴣth .pedur. Mi arodaf it vým merch ýn bᴣia6t. ahanher vým bᴣenhinýaeth genthi. ar d6ý iarllaeth arodaf it ýth gýfar6s. Argl6ýd du6 a talho it. ný deuthum i ýma ý wreicca. Beth a geiffý titheu vnben. keiffa6 chwedleu ýd 6ýf ý 6ᴣth gaer ýr enrýfedodeu. M6ý ý6 med6l ýr vnben noc ýdým ni ýný geiffa6 heb ý voᴣ6ýn. chwedleu ý 6ᴣth ý gaer ti ae keffý. achanhebᴣ ýg ýeint arnat tr6ý gýfoeth výn tat athreul diga6n. Athýdi vnben ý6 ý g6ᴣ m6ýhaf agarafi. Ac ýna ý dýwa6t 6ᴣtha6. Dos dᴣos ý mýnýd racco. athi a welý lýn achaer o v ý6n ý llýn. Ahonno a elwir kaer ýr enrýfedodeu. ac ný 6dam ni dim oe enrýfedodeu hi. eithýr ý gal6 vellý. Adýfot aoᴣuc pedur parth ar gaer a pho ᴣth ý gaer oed ago ᴣet. aphan doeth tu ar neuad: ý dᴣ6s oed ago ᴣet. Ac val ý deuth ý mý6n: g6ýd b6ýll a welei ýný neuad. A phop vn oᴣ d6ý werin ýn g6are ýn erbýn ý gilýd. Ar vn ý býdei bo ᴣth ef idi: agollei ý g6are.

Ar llall a dodei a6z ẏn vn wed
aphe bẏdẏnt g6ẏr. Sef awna -
eth ẏnteu digẏa6 achẏmrẏt
ẏwerin ẏnẏ arfet athaflu ẏ
cla6z ẏr llẏn. Aphan ẏttoed
uellẏ. nachaf ẏ vo26ẏn du ẏn
dẏuot ẏ mẏ6n. Nẏ bo graeffa6
du6 6zthẏt. Mẏnẏchach it wne-
uthur d26c no da. Beth aholẏ
di imi ẏ vo26ẏn du. Colledęu
ohonot ẏr amherod2es oe chla6z
ac nẏ mẏnnei hẏnnẏ ẏr ẏ am-
herod2aeth. Oed wed ẏ keffit
ẏ cla6z. oed bei elhut ẏ gaer
ẏfbidinongẏl. Mae ẏno 6z du
ẏn diffeitha6 llawer o gẏfoeth
ẏr amherod2es ⁒ a llad honno.
ti agaffut ẏ cla6z. ac ot eẏ ti ẏ-
no ⁒ nẏ doẏ ẏn vẏ6 trachefẏn.
A vẏdẏ ti gẏfarwẏd imi ẏno.
Mi a uanagaf ffo2d it ẏno. Ef
a deuth hẏt ẏg kaer ẏfbidinon-
gẏl. ac a ẏmlada6 ar g6z du.
ar g6z du aerchis na6d ẏpedur.
Mi a rodaf na6d it par vot ẏ cla6z
ẏn ẏ lle ẏd oed pan deuthum i
ẏr neuad. Ac ẏna ẏ doeth ẏ vo26=
ẏn du. emelltith du6 it ẏn lle
dẏ lafur am ada6 ẏr o2mes ẏn
uẏ6 ẏffẏd ẏn diffeitha6 kẏfoeth
ẏr amherod2es. Mi aedeweis heb
ẏ ped^a ida6 ẏeneit ẏr peri ẏcla6z.
Nẏt ẏtti6 ẏ cla6z ẏ lle kẏntaf
ẏ keueift ⁒ dos trachefẏn allad
ef. Mẏnet a o2uc pedur. allad ẏ
g6z. Aphan doeth ẏr llẏs ẏd oed
ẏ vo26ẏn du ẏn ẏ llẏs. Ha vo26ẏn
heb ẏ ped? Mae ẏr amherod2es.
Ẏrofi adu6 nẏs g6elẏ ti hi ẏn
a6z. onẏ bei lad go2mes ẏffẏd
[marg.: ẏ kar6]

ẏnẏ ffo2eft racco o honot. Pẏ rẏ6
o2mes ẏ6 ⁒ Kar6 ẏffẏd ẏno. achẏe=
b26ẏdet ẏ6 ar edeinẏa6c kẏntaf.
ac vn co2n ẏffẏd ẏnẏ tal. kẏhẏt
a phaladẏr g6aẏ6. achẏn vlaen-
llẏmet ẏ6 ar dim blaenllẏmaf.
apho2i awna b2ic ẏ coet ac auo o
wellt ẏnẏ ffo2eft. A llad pob ane=
ueil awna o2 a gaffo ẏndi. Ac ar
nẏs llado ⁒ mar6 vẏdant onewẏn.
Ac ẏf g6aeth no hẏnnẏ dẏuot a
wna beunoeth ac ẏfet ẏ bẏfcot-
lẏn ẏnẏ dia6t agadu ẏ pẏfca6t
ẏn noeth ameir6 vẏd eu can
m6ẏhaf kẏn dẏfot d6fẏr idi tra-
chefẏn. A vo26ẏn heb ẏped^a ado6
ti ẏ dangos imi ẏr aneueil h6n -
n6. Nac af nẏ lafaff6ẏs dẏn
vẏnet ẏr fo2eft ẏs bl6ẏdẏn.
Mae ẏna col6ẏn ẏr argl6ẏdes
a h6nn6 agẏfẏt ẏ kar6 ac ada6
attat ac ef. ar kar6 ath gẏrch
ti. Y col6ẏn aaeth ẏn gẏfarwẏd
ẏ pedur. ac agẏfodes ẏ kar6.
ac adoeth parth ar lle ẏd oed
ped^a ac ef. ar kar6 agẏrcha6d
pedur ac ẏnteu a ellẏg6ẏs ẏ ohen
heibẏa6. ac a trewis ẏ pen ẏ ar-
na6 achledẏf. Aphan ẏttoed ẏn
ed2ẏch ar pen ẏ kar6. ef awelei
varchoges ẏn dẏfot atta6 ac ẏn
kẏmrẏt ẏ col6ẏn ẏn llawes ẏ
chapan. ar pen ẏrẏgthi acho2ẏf
ar to2ch rudeur oed am ẏ vẏn6=
gẏl. A vnben heb hi anfẏber6
ẏ g6naethoft. llad ẏ tl6s teccaf
oed ẏm kẏfoeth. Arch auu arnaf
am hẏnnẏ. Ac aoed wed ẏ gall6n
i kaffel dẏ gerenhẏd ti. oed dos
ẏ v2on ẏ mẏnẏd. Ac ẏno ti awelẏ

lôyn. Ac ŷmon ŷllôyn ŷmae llech.
Ac erchi gô2 ŷ ŷmwan teir gôeith.
ti agaffut vŷg kerenhŷd . Pedur
agerdaôd racdaô. Ac adeuth ŷ
emŷl ŷ llôyn. Ac aerchis gô2 ŷ ŷm-
wan. ac ef a gŷfodes gô2 du ŷdan
ŷ llech. a march ŷfcŷ2nic ŷdanaô.
ac arueu rŷtlŷt maô2 ŷmdanaô .
ac ŷmdan ŷ varch. Ac ŷmwan a
wnaethant. Ac val ŷ bŷ2ŷei pedᵃ
ŷ gô2 du ŷr llaô2. Ŷneidei ŷnteu
ŷnŷ gŷfrôŷ trachefŷn. Adifgŷn=
nu ao2uc pedᵃ athŷnnu cledŷf.
Ac ŷn hŷnnŷ difflannu ao2uc ŷ
gô2 du amarch pedᵃ: ac ae varch
ehun gantaô hŷt na welas ŷr
eil olôc arnunt. Ac ar hŷt ŷmŷ-
nŷd kerdet awnaeth pedur.
ar parth arall ŷr mŷnŷd ef awe-
lei gaer ŷn dŷffrŷn auon. Apha=
rth ar gaer ŷ doeth . Ac val ŷdaô
ŷr gaer neuad awelei . Ad2ôs
ŷneuad ŷn ago2et. Ac ŷmŷôn
ŷdoeth . Ac ef awelei ô2 llôyt
cloff ŷn eifted ar tal ŷneuad. A
gôalchmei ŷn eifted ar ŷneillaô.
A march pedᵃ a welei ŷn vn p2ef-
feb a march gôalch'. Allawen uu=
ant ô2th pedᵃ Amŷnet ŷeifted
ao2uc ŷ parth arall ŷr gô2 llôyt.
ac hŷnŷ vŷd gôas melŷn ŷn
dŷfot ar pen ŷlin ger b2on pedᵃ:
ac erchi kerenhŷd ŷpedᵃ: Arglôyd
heb ŷgôas mi adeuthum ŷn rith
ŷ vo2ôyn du ŷlŷs arthur. Aphan
vŷrŷeift ŷclaô2. aphan ledeift ŷ
gô2 du o ŷfpidinongŷl . aphan
ledeift ŷkarô. a phan uuoft ŷn
ŷmlad ar gô2 du o2 llech. Ami
a deuthum. ar pen ŷn waedlŷt

ar ŷ dŷfcŷl . Ac ar gôayô aoed
ŷ ffrôt waet o2 pen hŷt ŷ dô2n
ar hŷt ŷgôayô. Ath gefŷnderô
biowed ŷ pen. Agôidonot kaer
loŷô ae lladaffei. Ac ôŷnt aglof=
faffant dŷ ewŷthŷr. ath gefŷn=
derô ôŷf inheu. Adarogan ŷô
itti dial hŷnnŷ. Achŷgho2 uu
gan pedᵃ agôalchmei anuon at
arthur ae teulu ŷerchi idaô dŷ=
fot am pen ŷgôidonot. Adechreu
ŷmlad awnaethant ar gôidonot
a llad gô2 ŷarthur ger b2on pedᵃ
awnaeth vn o2 gôidonot. agôa=
hard awnaeth pedᵃ: Ar eilweith
llad gô2 awnaeth ŷwidon ger
b2on pedᵃ: Ar eilweith ŷgôahar=
daôd pedᵃhi. ar trŷded weith llad gô2
awnaeth ŷwidon ger b2on pedᵃ:
athŷnnu ŷgledŷf awnaeth pedᵃ
atharaô ŷwidon ar vchaf ŷr he-
lŷm hŷnŷ hŷllt ŷr helŷm ar
arueu oll ar pen ŷn deu hanher
adodi llef awnaeth ac erchi ŷr
gôidonot ereill ffo . Adŷwedut
pan ŷô peredur oed gô2 auuaf=
fei ŷn dŷfcu marchogaeth gŷt
ac ôŷ ŷd oed tŷghet eu llad.
Ac ŷna ŷ trewis arthur ae teu-
lu gan ŷgôidonot. Ac ŷ llas
gôidonot kaer loŷô oll. Ac ve-
llŷ ŷtreŷthir o gaer ŷnrŷfedo-
deu.

MAxen wledic aoed am=
heraôdŷr ŷn rufein.
atheccaf gô2 oed adoe=
thaf agozeu ŷawedei ŷn am=
heraôdŷr o2 auu kŷn noc ef.
Adadleu b2enhined aoed arnaô

diwarna6t. ac ef adýwa6t ý an =
n6yleit. Miui heb ef auýnnaf
auo2ý výnet ý hela. T2annoeth
ý bo2e ef agýchwýnn6ýs ae nifer.
ac adoeth ý dýffrýn auon adýg6ýd
ý rufein. Hela ý dýffrýn awnaeth
hýt pan uu hanher dýd. ýd oed
hagen gýt ac ef deudec b2enhin
ar hugeint o v2enhined co2ona-
6c ýn wýr ida6 ýna. Nýt ýr di-
grif6ch hela: ýd helei ýr amhe-
ra6dýr ýn gýhýt a hýnný. na-
mýn ý wneuthur ýn gefurd
g62 ac ý bei argl6ýd ar ý fa6ľ
v2enhined hýnný. Ar heul aoed
ýn uchel ar ýr awýr vch eu pen.
ar g62es ýn va62. Achýfcu a do-
eth arna6. a fef awnaeth ý weif-
fon ftefýll kaftellu tarýaneu
ýný gýlch ar peleidýr g6aýwar
rac ýr heul. Tarýan eurgr6ý =
dýr adodaffant dan ý pen. Ac
vellý ý kýfc6ýs maxen. Ac ýna
ý g6elei v2eid6ýt. Sef b2eid6ýt
a welei. Ý vot ýn kerdet dýffrýn
ýr auon hýt ý blaen. ac ý výnýd
uchaf o2 být ý deuei. Ef atebýgei
uot ý mýnýd ýn gýfuch ar awýr.
A phan deuei d2os ý mýnýd: ef
awelei ý vot ýn kerdet g6lado-
ed teccaf ag6aftataf awelfei
dýn eiroet o2 parth arall ýr mý-
nýd. a phrif auonýd ma62 awe-
lei o2 mýnýd ýn kýrchu ý mo2.
Ac ýr mo2ýtýeu ar ýr auonýd
ý kerdei. Pý hýt býnhac ý ker-
dei uellý. ef adoeth ý aber p2if
auon u6ýhaf awelfei neb. A
phrif dinas awelei ýn aber
ýr auon. a phrif gaer ýný dinas.

Aphrif týroed amýl amliwa6c
awelei ar ý gaer. Allýghes awe-
lei ýn aber ýr auon. Am6ýhaf
llýghes oed honno awelfei dýn
eiroet. Allog awelei ýmplith
ý llýghes. am6ý lawer a thegach
oed hoño no2 rei ereill oll. awelei
ef uch ý mo2 o2 llog. ý neill ýftý-
llen awelei ef ýn eureit. ar llall
ýn arýaneit. Pont awelei o afc62n
mo2uil o2llog hýt ý tir. ac ar hýt
ý pont ý tebýgei ý vot ýn kerdet
ýr llog. H6ýl a d2ýchefit ar ý llog
ac ar vo2 ag6eilgi ý kerdit a hi.
Ef awelei ý dýuot ý ýnýs teccaf
o2 holl výt. Ag6edý ý kerdei ar
tra6s ýr ýnýs o2 mo2 p6ý hýt ýr
emýl eithaf o2 ýnýs. Kýmeu
awelei adiff6ýs acherric uchel
athir agar6 amdýfr6ýs ný rýwel-
fei eiroet ý gýfrý6. ac odýno ef
awelei ýný mo2 kýfar6ýneb ar
tir amdýfr6ýs h6nn6. ac ý rýg-
ta6 ar ýnýs honno ý g6elei ef
g6lat aoed kýhýt ý maeftir ae
mo2. kýhýt ý mýnýd ae choet.
Ac o2 mýnýd h6nn6 avon awe=
lei ýn kerdet ar tra6s ý wlat
ýn kýrchu ý mo2. Ac ýn aber ýr
auon ef awelei p2if gaer teccaf
awelfei dýn eiroet. a pho2th ý ga-
er awelei ýn ago2et. adýuot ýr
gaýr awnaeth. ef awelei neuad
dec ýn ý gaer. toat ý neuad ate-
býgei ý vot ýn eur oll. Cant ý
neuad a tebýgei ý vot ýn vaen
llýwýchedic g6erthua62 ae gilýd.
Do2eu ý neuad atebýgei eu
bot ýn eur oll. Ileithigeu eureit
awelei ýný neuad. a býrdeu a

axen wledic oed amperau=
der en ruvein a thecaf gur
oed a doethaf a goʒeu a wedei en
amperauder oʒ a vuaffei kyn [41]
noc ef. Dadleu bʒenhined a oed
arnaƀ diwẏrnaut ac a dywaut urth
y anwylyeit. Mivi hep ef a vyn=
naf avoʒy hely. Athᵃnoeth e boʒe
ef a gerduſ ae niveroed ac a doe=
thant e deffrynt er avon a digwyd
e ruvein. Ʒely e deffrynt a oʒuc
eny oed hanner dyd. yd oedynt
hagen gyt ac ef deng brenhin ar=
ugeint o vrenhined coʒonogyon
en wyr idaƀ e dyd hƀnnƀ. Ac
nyt yr digrivuch hely bennaf yd
helyei er amperauder en gyhyt a
henne namen am y wneithur en
gyvurd gur ac y bei argluyd ar
e faul vrenhined henne. Ar heul
oed uchel ar er awyr uch e benn
ar gƀref en uaƀr ac e doeth kyf=
cu arnaƀ. Sef a wnaeth y weif=
fyon yfteuyll caſtellu taryaneu
ene gylch ar beleider gƀaeƀr rac
e tragƀref. Ɠarean eurgrƀyder a
dodaffant a dan e benn ac e velly
e kyfcuſ er amperauder. ac ena e
gƀelei vreudƀyt. Sef breuduyt a
welei e vot en kerdet dyffrynt er
avon hyt e blaen ene menyd
uchaf oʒ a welſei eryoet ac ef a
debygei bot e menyd en gyuƀch
ar awyr. A phan deuei drof e
menyd ef a welei e vot en ker =
det gƀladoed gƀaſtat tecaf oʒ a
welſei den eryoet oʒ parth arall
er menyd. A phrif avonyd maƀr
a welei oʒ menyd hyt e moʒ ac
yr moʒ rydeu ac yr avonyd e

kerdei enteu. A pha hyt bennac
y ker*dei y velly ef a deuei y aber
prif avon vuyhaf a welſei nep a
phrif dinaſ a welei en aber er av=
on a phrifgaer yng kylch e dinaſ
a phrif dyroed amyl amliwyauc a
welei ar e gaer. Ac en aber er av=
on llyngeſ a welei a mwyhaf llyn=
geſ oed honno or a welſei ef ery
oet. A llong awelei em plith e
llyngeſ a mwy a thegach oed hon=
no lawer noc ƀrun oʒ lleill. kem =
eint ac a welei od uch e duvyr o
honei e neill yſtyllen awelei en
eureit ar llall en areanneit. Pont
a welei oʒ llong hyt e tir o aſgurn
moʒuil ac ar hyt e bont e tebygei
e vot en kerdet ene delei yr llong
e meƀn. Ʒwyl a dyrcheuit ar e
llong ac ar voʒ a gƀeilgi e kerduyt
a hi. Ef a welei e dyuot y enẏf de=
caf or byt a guede e kerdei trauſ
er enyf oʒ moʒ puy gilid en er em=
yl eithaf oʒ enyf e gƀelei vynyded
diffƀyſ a cherryc uchel. a thir a=
garƀ amdyfrƀyſ ny ry welſei ery=
oet e gyfryu. Ac odeno e gƀelei
enyf ene moʒ gyuarwyneb ar tir
amdyfrƀyſ hƀnnƀ ac y rygthau ar
enyf e guelei ef wlat a oed gyhyt
e maeſtir ae moʒ kyhyt y choet
ae menyd. Ac oʒ menyd hƀnnƀ
avon a welei en redec ar drauſ e
wlat en kyrchu e moʒ ac en aber
er auon ef a welei prifgaer decaf
oʒ a welſei den eryoet a phoʒth e
gaer a welei en agoʒet ac er gaer
y deuei. Ef a welei neuad e meƀn
e gaer. [42] Peithyneu e neuad a
debygei eu bot en eur oll. Ʀant

e neuad a debygei e vot en vaen
gꝯerthuaur llewychedic. llozyeu e
neuad a debygei e vot en eur coeth
lleithigeu eureit a debygei e uot
endi a byrdeu aryanneit. Ꝥc ar
lleithic kyu ar wyneb ac ef e guelei
deu vakwy yeueing wineuon en
gꝯare gwydbuyll. Ꙅlaur areant a
welei yr wydbuyll ae gꝯerin o rud=
eur. gwiſc e makwyeit oed o bali
purdu aractal am beñ pob vn ona=
dunt o rudeur en kynnal eu gꝯallt
a mein gꝯerthuaur llewychedic en=
dunt. ꝶud em a gꝯen em pob eil=
werſ endunt ac amperodron mein.
Ꙅwintyſſeu o gozdwal newyd am
eu traet a llafneu o rudeur en eu
caeu. Ꝥc e mon colovyn e neuad
y guelei gur gꝯynllꝯyt en eiſted e
meꝯn cadeir o aſgꝯrn eliphant a
delꝯ deu eryr arnei o rudeir. Ꝥrey=
chrwyeu eur a oed am e vreichyeu
a modrwyeu eur amyl am e dwy
laꝯ. a gozthozch eur am e uꝯnwgyl.
A ractal eur am e ben en kynnal y
wallt. ac anſaud erdrym arnaꝯ.
Ꙅlaur gꝯydbuyll a oed rac e vron
a llath o eur ene laꝯ ac a lliꝯyeu
dur en tozri gꝯerin gwydbuyll oz
llath. Ꝟorwyn a welei yn eiſted
rac e vron o rudeur e meꝯn cadeir
o rudeur. nyt oed hauſ edrech ar=
nei na diſgwyl noc ar er heul pan
vyd taraf a thecaf rac y theket hi=
theu. Ꝥryſſeu o ſidan gwyn a oed
*am e vozwyn a chayeu o rudeur
rac e bzon . a ſꝯrcot o bali eureit
amdanei ac yſgin gyvryu a hi a
thac de o rudeur en kennal yr yſ=
gin am danei a ractal o rudeur am

y þenben . rudem a gꝯen em ene
ractal a mein mererit pob eilwerſ
ac amperodron mein a guregyſ o
rudeur amdanei ac en decaf goluc
o den o edroch ar nei. Ꝥ chyuodi
racdaꝯ a oruc e vorwyn oz gadeir
eur a dodi a wnaeth enteu e dwy
laꝯ am e mꝯnꝯgyl hi ac eiſted a
wnaethant ell deu ene gadeir eur.
Ꝥc nyt oed gyvyngach udunt ell
deu e gadeir noc er vozwyn ehun.
Ꝥphan y toed ef ae dwy laꝯ am
vunꝯgyl e vozwyn ac ae grud ef
urth y grud hitheu rac angerd e
kwn . urth e kynllyvaneu ae yſ=
gwyd urth e taryaneu en kyuarvot
y gyt a pheleider e gꝯaeur ygyt en
kyflad a phyſtolat e meirch defroi
a wnaeth er amperauder. Ꝥc ena
yd eſgynnaud ef ar e balfrei en
driſtaf gur ry welſei den eryoet.
Ꝥphan deffroeſ hoedel nac einn=
yoeſ na bywyt nyt oed idaꝯ am e
vorwyn a ry welſei trꝯy e hun. Ky
hung vn aſgurn endaꝯ na menweſ
vn ewin yg kyuoethach lle a vei
uwy no hꝯnnꝯ nyt oed ar ny bei
gyflaꝯn o gareat e vozwyn. Ꝥc ena
e dywaut y deulu urthaꝯ ar[43]glu=
yd heb wynt neut ydiꝯ troſ amſer
yt e gemryt de vwyt. Ꝥc ena yd eſ=
gynnꝯſ er amperauder ar e balfrei
en driſtaf gur ry welſei den eryoet
ac e kerduſ y ryngthaꝯ a ruvein .
Ꝥa negeſſeu bennac a wnelit ur=
thaꝯ ny cheffit atep am danadunt
rac y driſtet ae anhygaret. Ac ena
e doeth e gaer ruvein ac e velly e
bu er wythnoſ honno ar e hyt. Ꝥan
elhei y deulu y yvet o eurleſtri ac

Peniarth MS. 16, *fols.* 42−43

arỿaneit. Ac ar ỿ lleithic kỿfar-
6yneb ac ef ỿg6elei deu vacc6y
wineuon ieueinc ỿn g6are g6-
ỿdb6yll. cla62 arỿant awelei
ỿr 6ydb6yll. ag6erin eur arnei.
G6ifc ỿmacc6yeit oed pali purdu.
aractaleu o rudeur ỿn kỿnhal
eu g6allt. amein g6erthua62
llỿwỿchedic ỿndunt. rudem
agem pob eilwers ỿndunt ac
amherod2on mein. G6intaffeu
o go2dwal newỿd am eu traet.
allafneu o rudeur ỿn eu kaỿu.
Ac ỿmon colofỿn ỿneuad ỿ g6e-
lei g62 g6ỿnll6yt ỿn eifted ỿ
mỿ6n kadeir o afc62n eliphant.
adel6 deu erỿr arnei o rudeur.
b2eichr6ỿfeu eur aoe'd am ỿ v2e-
icheu. amod26yeu amhỿl am
ỿ d6y la6. ago2dto2ch eur am ỿ
vỿn6gỿl. aractal eur ỿn kỿnhal
ỿ wallt. ac anfa6d erd2ỿm arna6.
Cla62 o eur ag6ydb6yll rac ỿ v2-
on. allatheuʳỿnỿ la6. allifeu dur.
ac ỿn to2ri g6erin g6ydb6yll. a
mo26yn awelei ỿn eifted rac
ỿ v2on ỿmỿ6n kadeir orudeur.
m6ỿ noc ỿd oed ha6d difc6ỿl ar
ỿr heul pan uỿd teccaf: nỿt oed
ha6s difg6ỿl arnei hi rac ỿ thec-
cet. Crỿffeu o fidan g6in a oed
am ỿ vo26ỿn. achaỿeu orudeur
rac ỿ b2on. af62cot opali eureit
ỿmdanei. ac ỿfcin kỿfrỿ6 a hi.
athaccet o rudeur ỿnỿ chỿnhal
ỿmdanei. Aractal o rud=
eur am ỿphen. arudem agem
ỿnỿ ractal. amein mererit pob
eilwers. ac amherod2on vein.
ag62egis o rudeur ỿmdanei

Ac ỿn teccaf gol6c o dỿn oed2ỿch
arnei. achỿfodi ao2uc ỿvo26ỿn
racda6 o2 gadeir eur. Adodi a
wnaeth ỿnteu ỿ d6ỿ la6 am
vỿn6gỿl ỿ vo26ỿn. ac eifted
awnaethant ell deu ỿnỿ gade=
ir eur. ac nỿt oed gỿfỿgach ỿ
gadeir udunt ell deu noc ỿr
vo26ỿn ehun. Aphan ỿttoed
ef ae d6ỿ la6 am vỿn6gỿl ỿ
vo26ỿn ac ae rud ef 62th ỿ gr-
ud hitheu. Rac angerd ỿc6n
62th eu kỿnllỿfaneu. ac ỿfc6=
ỿdeu ỿ tarỿaneu ỿn ỿm gỿ-
gỿfaruot ỿ gỿt. apheleidỿr
ỿg6aewar ỿn kỿflad. Ag6erỿ-
rat ỿ meirch ac eu peftỿlat ⁊
Deffroi awnaeth ỿr amhera=
6dỿr. Aphan deffroes
Hoedỿl nac einoes na bỿwỿt
nỿt oed ida6 am ỿ vo26ỿn
rỿwelfei tr6ỿ ỿ hun. kỿg6n
vn afc62n ỿnda6 na mỿnwes
vn ewin anoethach lle a wei
u6ỿ no h6nn6 nỿt oed nỿ bei
gỿfla6n ogarỿat ỿ vo26ỿn.
Ac ỿna ỿdỿwa6t ỿ teulu 62th-
a6. Argl6yd heb 6ỿnt neut
ỿtti6 d2os amfer it kỿmrỿt
dỿ u6ỿt. ac ỿna ỿd efcỿnn6ỿs
ỿr amhera6dỿr ar ỿ palfre
ỿn triftaf g62 awelfei dỿn
eiroet. ac ỿ kerd6ỿs ỿ rỿgth-
a6 a rufein. Ac vellỿ ỿ bu ỿr
6ỿthnos ar ỿ hỿt. Pan elhei
ỿ teulu ỿ ỿfet ỿ g6in ar med
o2 eur leftri. nỿt aei ef ỿgỿt
a neb onadunt 6ỿ. Pan elh6-
ỿnt ỿwaranda6 kerdeu a
didan6ch nỿt aei ef ỿgỿt ac

6ýnt. ac ný cheffit di̲m̲ ýganta6
namýn kýſcu ýn gýfýnýchet ac
ý kýſcei ꞉ ýwreic u6ýhaf agarei
a welei tró6ý ehun . Prýt na chý-
ſcei ýnteu ný handei dim ým-
danei . kaný wýdýat o2 být pa
le ýd oed . Ac ý dýwa6t g6as ýſ-
tauell 62tha6 diwarna6t . Ar ýr
ý vot ýn was ýſtauell ꞉ b2enhin
romani oed . Argl6ýd heb ef ý
mae dý wýr oll ýth gablu . Pa
ham ýcablant 6ý uiui heb ýr
amhera6dýr . o acha6s nachaf-
fant genhýt na neges nac at⸱
teb o2 ageffi̲t̲ g62 gan eu hargl6-
ýd . Allýna ýr acha6s ar cabýl
ýſſýd arnat . Awas heb ýr am-
hera6dýr ꞉ d6c titheu doethon
rufein ým kýlch i . a mi a dýwe-
daf paham ýd 6ýf triſt i . ac ýna
ý ducp6ýt doethon rufein ýg-
kýlch ýr amhera6dýr . Ac ý dýwa-
6t ýnteu ꞉ doethon rufein heb
ef . b2eid6ýt aweleis i . ac ýný
v2eid6ýt ý g6el6n mo26ýn .
Hoedýl nac einos na býwýt ⫶
nýt oes im am ý vo26ýn . Ar-
gl6ýd heb 6ýnteu kanýs arn-
am ni ý býrýeiſti dý gýgho2 .
ni ath gýgho26n ti . allýna an
gýgho2 ni itti . ell6g genadeu
teir blýned ý teir ran ý být ý
geiſſa6 dý ureud6ýt . Achaný
6doſt pa dýd pa nos ýdel chwe-
dleu da attat ⸭⁎ hýnný oobeith
ath geid6 . Ýna ýkerd6ýs ýke-
nnadeu hýt ým pen ý vl6ýdýn
ýgr6ýd2a6 ý být ac ý geiſſa6
chwedleu ý 62th ý b2eud6ýt .
Pan do̲e̲thant . trachefýn ým

pen ýul6ýdýn ný wýdýnt vn
geir m6ý no2 dýd ý kýchwýnnýſ-
fant . Athriſtau ao2uc ýr amhera-
6dýr ýna otebýgu na chaffei bý-
th chwedleu ý 62th ýwreic u6ý-
haf agarei . ac ýna ýdýwa6t
b2enhin romani 62th ýr amhe-
ra66dýr . Argl6ýd heb ef kýchwýn
ý hela ýffo2d ýg6elut dý vot ýn
mýnet ae parth ar d6ýrein ae
parth ar go2llewin . ac ýna ýkých-
wýnn6ýs ýr amhera6dýr ýhe-
la . ac ýdoeth hýt ýg glan ýr au-
on . Ḷýma heb ef ýdoed6n i pan
weleis ý b2eid6ýt . Ac ýg kýfeir
blaen ýr auon ý tu ar gollewin
ý kerd6n . Ac ýna ý kerdaſfant
trý wýr ardec ýn kenhadeu ýr
amhera6dýr . ac oe blaen ý g6el-
fant mýnýd ma62 adebýgýnt
ý vot 62th ýr aẃýr . Sef anſa6d
oed ar ýkennadeu ýn eu kerde-
dýat . vn llawes aoed a̲t̲ᵃᵗᵃʳgapan
pob vn onadunt o2 tu racda6 ýn
ar6ýd eu bot ýn gennadeu pa
rýueltir býnhac ýkerdýnt ýn-
da6 na wnelit d26c udunt . Ac
val ý doethant꞉ d2os ýmýnýd
h6nn6 . 6ýnt awelýnt g6ladoed
ma62 g6aſtat . aphrif auonýd
ma62 tr6ýdunt ýn kerdet . Ḷý-
ma heb 6ýnt ýtir awelas ýn
hargl6ýd ni . Yr mo2ýdýeu ar
ýr auonýd ý kerdaſfant hýný
doethant ý p2if auon awelýnt

ýn kýrchu ýmo2 . Aphrif
dinas ýn aber ýr auon . aphrif
gaer ýný dinas . Aphrif týroed
amliwa6c ar ýgaer . Ḷýghes
u6ýhaf o2 být awelýnt ýn aber

e gemryt eu llewenyd nyt aei ef y
gyt a nep onadunt wy. Ⓟan elynt
e warandaỽ kerdeu a didanuch nyt
aei ef y gyt a neb. Ⓝy cheffit dim
eganthaỽ namen kyſcu canyſ ene
mynychet y kyſkei e wreic uwyaf
a garei a welei trwy e hun y gyt
ac ef. Ⓟryt.na chyſgei enteu ny
handenei dim amdanei cany wyd⸗
yat oz byt pa le yd oed. Ⓐc a
dywaut gỽaſ yſtauell idaỽ urthau
diwyrnaỽt ac yr e vot en waſ yſta⸗
vell idaỽ bzenhin heuyt en romani
oed. Ⓐrgluyd hep ef e mae dy
wyr oll yth gablu. Ⓟaham e cab⸗
lant wy vyvy hep er amperauder.
Ⓗeb e gỽaſ en atep o achaỽſ na
chafant dy wyrda na nep y gen ⸗
nyt na negeſ nac atep arall oz a
geiff gwyr e gan eu hargluyd a
llyna achauſ e cabyl y ſyd arnat
ti. Ⓗwaſ hep er amperauder dwc
ditheu doetheon ruvein ataf vi ac
em kylch a mi a dywedaf udunt
pa achauſ yd wyf driſt. Ⓐc ena e
ducpỽyt doetheon*ruvein yg kỳlch
er amperaỽder. Ac e dỳwaut en⸗
teu. Ⓐweluch chỽi wỳrda hep ef.
breudwyt a weleiſ i "ar" ac vym⸗
reuduyt e gwelỽn mozwỳn hoedỳl
nac einnyoeſ na bỳwyt nỳt oeſ
ymi am e vozwỳn. Ⓐrgluỳd hep
wynteu canyſ arnam e bỽrỳeiſt dy
gyngoz ni ath gynghozỽn. Ⓐ llema
an kyngoz ni. Ⓔllỽng gennadeu en
yſbeit teir blỳned y deir bañ e byt
e geiſſyaỽ dỳ vreudwyt a chany
wdoſt pa dyd pa noſ e del chỽedỳl
da atat dỳ obeith ath geidỽ. Ⓐc
ena e kerduſ kennadeu hỳt em peñ

e vlỽyden e grỽydraỽ e byt ac ỳ
geiſſỳau chuedleu e urth vreudỽyt
er amperauder. Ⓟan doethant
dracheven em pen e vlỽyden nỳ
wydỳnt vn geir mwy noz dyd e
kychwỳnneſſynt. Ⓐc ena triſtau er
amperauder o debygu na chaffei
byth chuedleu e urth e wreic uwy⸗
af a garei. Ⓐc ena e kerduſ ken⸗
nadeu ereill o newyd e geiſſyau er
eill rañ oz byt. Ⓟan doethant dra
cheuyn em pen e vlỽydyn ny chew⸗
ſynt vn geir e urth e breudỽyt mỽy
noz dyd kentaf. Ⓐc ena triſtav er
amperaỽder o debygu na chyvar⸗
vydei ac ef tyghetven caffael e
wreic uwỳaf a garei ene vỳwyt.
Ⓐc ena e dywaut brenhin romani
urth er amperauder. Ⓐrgluyd hep
ef kechwỳn e hely e fozeſt e gỽelut
dy vot en menet ae parth ar dwy⸗
rein. ae parth ar gozllewin. Ⓐc
ena e kychỽynnỽſ er amperauder
e hely ac e doeth hỳt yg glañ er
avon e gỽelſei e breudỽyt. Ac e dy⸗
waut. lleman hep ef[44]e doethum
i pan weleiſ e breudỽyt. Ac yg kỳ⸗
veirit blaen er avon e tu ar goz ⸗
llewin e kerdỽn. Ⓐc ena e kerdaſ⸗
fant trywyr ardec en gennadeu
yr amperaỽder. Ac o eu blaen e
gỽelynt menyd maỽr a debygynt
e vot urth er awyr. Sef anſaud a
oed ar e kennadeu en kerdet vn
llaweſ a oed ar gapan pob vn on
adunt oz tu racdaỽ en arwyd eu
bot en gennadeu pa ryueldir ben⸗
nac e kerdynt idaỽ. hyt na wnelit
cam vdunt. Ⓐc val e doethant
troſ e menyd hỽnnỽ wyt a welynt

góladoed maór góaſtat a phrif a=
vonyd tróydunt en kerdet. Ac ena
e dẏwedaſſant. lleman eb wynt e
tir a welef an arglóyd ni. *E*r moꝛ
rydeu ar er avonyd e kerdaſſant
eny doethant e aber avon a wel =
ynt en kyrchu e moꝛ aphrif dinaſ
en aber eravon a phrif gaer ene
dinaſ. A phrif dyroed amliwẏaóc
ar e gaer. A llynghef uwyhaf oꝛ
byt a welynt en aber er avon. A
llong a oed uwẏ noc ẏn oꝛ lleill.
Ac ena e dywedyſſant. lleman et=
wa heb wynt breuduyt an argluyd
ni. ac ene llong vaur e doethant
ac e kerdaſſant ar e moꝛ ac e doe=
thant y enyſ brydein er tir. *A*r
enyſ a gerdaſſant ene welant eryri.
Ac ena e dywedaſſant. lleman hep
wynt e tir amdyfróyſ awelef an ar=
gluyd ni. Odena e kerdaſſant rac=
dunt ene welſant enyſ von gyvar=
wynep ac wynt ac eny welynt ar=
von heuyt. Ac ena e dywedaſſant
*lleman heb wynt e tir a welef an
argluyd ni trwy e hun. Ac aber
ſeint awelynt ar gaer en aber er
avon. Poꝛth e gaer a welynt en
agoꝛet ac er gaer e meón e doe =
thant. Neuad a welſant o veón e
gaer. llyman hep wynt e neuad
a welef an argluyd ni. tróy e hun.
wynt a doethant er neuad wynt
a welſant e deu vacwy en góare
er wydbuyd ar e lleithic eur ac a
welſant e gur góynllwyt e mon e
goloven ene gadeir o aſgurn eli =
phant en toꝛri góerin er wẏdbuyd.
Ac a welſant e vorwyn en eiſted
e meón cadeir o rudeur. Ac yſtung

a wnaethant ar dal eu glinyeu a
dywedut val hyn urthi. *A*mperod=
ref rvuein hep wynt hanbych well.
kennadeu ym ni e gan amperau=
der ruvein atat ti. A wyrda hep e
voꝛwyn anſaud gwyr dyledauc a
welaf vi arnauch chói ac arwyd=
yon kennadeu. pa watwar a wne=
uch chói amdanaf vi. Na wnaón
arglóydeſ hep wynt vn góatwar
am danat. namen amperaóder
ruvein ath weles tróy e hun hoe =
del na bywyt nac einnyoeſ nyt oeſ
idaó amdanat. Dewiſ argluydeſ a
geffy e genhym ni ae dyuot e gyt
ani yth wneithur en amperodreſ
en ruvein ae dyuot er amperauder
hyt ema yth genᷓryt titheu en
wreic idaó A wyrda hep e voꝛwyn.
Amheu er hyn adywedóch chói
nyſ gwnaf vi nae gredu heuyt en
oꝛmod. Namen oſ mivi a gar er
amperauder [45] deuot hyt eman
em ol. Ac e róng dyd a noſ e ker=
daſſant e kennadeu dracheven.
Ac val y diffykyei eu meirch y
hedewynt. Ac e prynnynt ereill o
newyd. Ac val henne e doethant
hyt en ruvein achevarch góell er
amperauder a wnaethant ac erchi
eu coelvein a henne a gauſſant
val y nodaſſant e hunein. Ac e
dywedaſſant urthaó val hyn. Ar=
gluyd hep wynt ni a vydun gy=
varwyd yt ar voꝛ athir hyt e lle
e mae e wreic uwyhaf a gerẏ ac
a wdam e henó ae chyſtlón ae bon=
hẹd. *A*c en diannot e kerdóſ er
amperauder ene luyd ar góyr hen=
ne en gyvarwydyeit udunt. *P*arth

ỿr auon . allog aoed uỽỿ noc ỿn
oz rei ereill . lLỿman etwa heb
ỿr ỽỿnt ỿ bzeudỽỿt awelas
an harglỽỿd ni . Ac ỿnỿ llog ua -
ỽz honno ỿ kerdaffant ar ỿmoz
ac ỿ doethant ỿ ỿ̣nỿs pzỿdein .
ar ỿnỿs agerdaffant hỿnỿ doe -
thant ỿ erỿri . lLỿman etwa
heb ỽỿ ỿ tir amdỿfrỽỿs awelas
an harglỽỿd ni . ỽỿnt adoethant
racdunt hỿnỿ welỿnt mon gỿ -
uarỽỿneb ac ỽỿnt . Ac hỿnỿ
welỿnt heuỿt aruon . llỿman
heb ỽỿnt ỿ tir awelas an har -
glỽỿd ni trỽỿ ỿhun . Ac aber
feint awelỿnt ar gaer ỿn aber
ỿr auon . Pozth ỿ gaer aỽelỿ -
nt ỿn agozet . ỿr gaer ỿ doeth -
ant . Neuad awelfant ỿ myỽn
ỿgaer . llỿman heb ỽỿnt ỿnev -
ad awelas an harglỽỿd drỽỿ
ehun . ỽỿnt adoethant ỿr nev -
ad . ỽỿnt awelfant ỿ deu vaccỽỿ
ỿn gỽare ỿr ỽỿdbỽỿll ar ỿllei -
thic eur . ac awelfant ỿ gỽz gỽ -
ỿnllỽỿt ỿmon ỿ golofỿn . Ynỿ
gadeir afcỽzn ỿn tozri ỿ ỽerin
ỿr ỽỿdbỽỿll . ac awelfant ỿ vo -
rỽỿn ỿn eifted ỿmyỽn kadeir
o rudeur a geftỽg ar tal eu
glinỿeu a wnaethant ỿ ken -
nadeu . Amherodzes rufein
hanpỿch gỽell . ha wỿrda heb
ỿ vozỽỿn anfaỽd gỽỿr dỿlỿeda -
ỽc awelaf arnaỽch ac arỽỿd
kennadeu . Pỿ watwar awneỽch -
i amdanafi . Na wnaỽn arglỽỿdes
un gỽatwar amdanat . Namỿn
amheraỽdỿr rufein ath welas
trỽỿ ehun . Hoedỿl nac einỿoes

nỿt oes idaỽ amdanat . Dewis
arglỽỿdes ageffỿ ỿ genhỿm ni .
ae dỿuot ỿgỿt aninheu ỿth wn -
euthur ỿn amherodzes ỿn ru -
fein . ae dỿuot ỿr amheraỽdỿr
ỿma ỿth gỿmrỿt ỿn wreic idaỽ .
Ha wỿrda heb ỿ vozỽỿn amheu
ỿr hỿn adỿwedỽchi nỿs gỽnafi .
nae gredu heuỿt ỿn ozmod .
namỿn os miui agar ỿr amhe -
raỽdỿr ꞏ deuet hỿt ỿman ỿm hol .
Ac ỿ rỽg dỿd a nos ỿ kerdaffant
ỿ kennadeu trachefỿn . Ac val
ỿ diffỿccỿei eu meirch ỿ hedewỿ -
nt ac ỿ pzỿnỿt ereill o newỿd .
Ac val ỿ doethant hỿt ỿn rufein
kỿfarch gwell ỿr amheraỽdỿr
awnaethant . ac erchi eu coeluein .
Ahỿnnỿ agaỽffant val ỿ notỿnt .
Ni auỿdỽn gỿfarwỿd it arglỽỿd
heb ỽỿnt ar voz ac ar tir hỿt ỿ lle
ỿmae ỿwreic uỽỿhaf a gerỿ .
ani aỽdam ỿ henỽ ae chỿftlỽn
ae boned . ac ỿn diannot ỿ ker -
dỽỿs ỿr amheraỽdỿr ỿnỿ luỿd
Ar gỽỿr hỿnnỿ ỿn gỿfarwỿd
ỽdunt . Parth ac ỿnỿs pzỿdein
ỿ doethant tros voz agỽeilgi .
ac ỿ gỽerefcỿnnỽỿs ỿr ỿnỿs
ar veli mab Manogan ae veibon
Ac ỿ gỿrrỽỿs ar voz ỽỿnt . Ac ỿ
doeth racdaỽ hỿt ỿn aruon .
ac ỿd adnabu ỿr amherỽdỿr
ỿwlat mal ỿ gỽelas . ac mal ỿ
gỽelas kaer aber fein . Welỿ
dỿracco heb ef ỿ gäer ỿ gỽeleis
i ỿwreic uỽỿhaf a garaf ỿndi .
ac ỿ doeth racdaỽ ỿr gaer ac
ỿr neuad . ac ỿ gỽelas ỿno kỿ -
nan vab eudaf ac adeon vab

eudaf ẏn g6are ẏr 6ẏdb6ẏll.
Ac awelas eudaf vab carada6c
ẏn eifted ẏmẏ6n kadeir o afc62n
ẏn to2ri g6erin ẏr 6ẏdb6ẏll.
Y vo26ẏn awelas tr6ẏ ehun
ef ae g6elei ẏn eifted ẏmẏ6n
ẏgadeir eur. Amherod2es ru =
fein heb ef hanpẏch g6ell. A
mẏnet d6ẏ la6 mẏn6gẏl idi
a wnaeth ẏr amhera6dẏr. Ar
nos honno ẏ kẏfc6ẏs genthi.
Athranoeth ẏ bo2e ẏd erchis
ẏ vo26ẏn ẏhag6edi am ẏchaf-
fel ẏn vo26ẏn. ac ẏnteu aerch-
is idi nodi ẏheg6edi. Ahitheu
anodes ẏnẏs p2ẏdein ẏ6 that.
o vo2 rud hẏt ẏmo2 iwerdon.
Ar teir rac ẏnẏs eu dala ẏdan
amherod2es rufein. ag6neu-
thur teir p2if gaer idi hitheu
ẏnẏ tri lle adewiffei ẏn ẏnẏs
p2ẏdein. Ac ẏna ẏ dewiffa6d
g6neuthur ẏgaer uchaf ẏn
arvon idi. Ac ẏ ducp6ẏt eg6e-
rẏt rufein ẏno. hẏt pan vei
iachuffach ẏr amhera6dẏr ẏ
gẏfcu ac ẏeifted ac ẏẏmdeith.
Odẏna ẏg6naet p6ẏt ẏd6ẏ
gaer ereill idi. nẏt amgen =
kaer llion. achaer vẏrdin.
A diwarna6t ẏd aeth ẏr am =
hera6dẏr ẏ hela ẏ gaer vẏrdin.
ac ẏd aeth hẏt ẏm pen ẏfreni
ua62. athẏnnu pebẏll ao2uc
ẏr amhera6dẏr ẏno. achadeir
vaxen ẏ gelwir ẏ pebẏllua hon-
no ẏr hẏnnẏ hẏt hedi6. Oach-
a6s ẏnteu g6neuthur ẏgaer
o vẏrd owẏr ẏgelwit kaer vẏr-
din. Odẏna ẏmedẏlẏ6ẏs elen

g6neuthur p2if fẏrd o pob gaer
hẏt ẏgilẏd ar tra6s ẏnẏs p2ẏ-
dein. ac ẏg6naethp6ẏt ẏffẏrd.
Ac oacha6s hẏnnẏ ẏgelwir ffẏrd
elen luẏda6c 62th ẏ hanuot hi
oẏnẏs p2ẏdein. Ac na wnaei
wẏr ẏnẏs p2ẏdein ẏlluẏdeu
ma62 hẏnnẏ ẏneb namẏn idi
hi. Seith mlẏned ẏbu ẏr am-
hera6dẏr ẏn ẏr ẏnẏs hon. Sef
oed defa6t g6ẏr rufein ẏn ẏr
amfer h6nn6. Pa amhera6dẏr
bẏnhac ad2iccẏei ẏg wladoed
ereill ẏn kẏnẏdu feith mlẏned =
trickẏei ar ẏwerefcẏn. ac nẏ
chaffei dẏuot rufein trachefẏn.
Ac ẏna ẏg6naethant 6ẏnteu
amhera6dẏr newẏd. Ac ẏna ẏg6-
naeth h6nn6 lẏthẏr bẏg6th ar
vaxen. Nẏt oed hagen olẏthẏr
namẏn = o deuẏ ti ac o deuẏ di bẏth
ẏ rufein. Ac hẏt ẏg kaer llion ẏ
doeth ẏllẏthẏr h6nn6 ar vaxen
ar chwedleu. Ac odẏno ẏd anuo-
nes ẏnteu lẏthẏr at ẏg62 adẏ-
wedei ẏ vot ẏn amhera6d' ẏn
rufein. Nẏt oed ẏnẏ llẏthẏr
h6nn6 heuẏt namẏn ot af in-
heu ẏ rufein ac ot af. Ac ẏna
ẏkerd6ẏs maxen ẏnẏ luẏd pa-
rth a rufein. ac ẏ g6erefcẏnn6ẏs
ffreinc ab62g6in ar holl wladoed
hẏt ẏn rufein. Ac ẏd eifteda6d
62th ẏ gaer rufein. bl6ẏdẏn ẏbu
ẏr amhera6dẏr 62th ẏgaer.
nẏt oed nes ida6 ẏchaffel no2
dẏd kẏntaf. ac ẏnẏ ol ẏnteu
ẏ doeth b2odẏr ẏ elen luẏda6c
o ẏnẏs p2ẏdein allu bẏchan gan-
thunt. A g6ell ẏmladwẏr oed

ac enyf brydein e doeth ene lyng‐
hef trof voƷ agϑeilgi. Ac e goƷef‐
gynnϑf er enyf e dreif y ar veli
vab manogan ae veibeon ac ae
gyrrϑf wynt ar voƷ. ac e doeth
enteu racdaϑ hyt en arϓon. Ac
yd adnabu er amperauder e wlat
mal e gwelef. Aphan welef ef caer
aber feint e dẏwaut. Ha vyg wyrda
hep ef weluch chϑi racϑ y gaer a
weleif i ar wreic uϓyaf endi. ɑc
e doeth racdaϑ yr gaer ac er neu‐
ad ac e gϑelef eno kenan vab eu‐
daf ac adaon vab eudaf. en gϑare
er wydbuyll ac eudaf vab carad‐
auc en eifted e meϑn e gadeir o
afgϑrn ac en toƷri gϑerin er wyd‐
buyll. **E**ϓoƷwyn a welfei trwy e
hun ef ae gϑelef en eifted e meϑn
cadeir o rudeur. Amperodref rϓ‐
uein hep ef han bych well a my‐
net dwy laϑ mϑ*nygẏl a oƷuc idi
ar nof honno e kyfgϑf genthi. ɑ
thrannoeth e boƷe yd erchif e voƷ‐
wyn y hagϑedi am e chaffael en
voƷwyn. Ac enteu a erchif idi hi
nodi y haguedi. **Ᵽ**itheu ae nodef
val hẏnn. **E**nyf brydein a nodef
yu that. o voƷ vd hyt voƷ ẏwerdon
ar teir rac enyf ae dale a dan am‐
perauder ruvein. A gϑneithur teir
prif gaer idi hitheu ene tri lle a
dewiffei en enyf brydein. Ac ena
e dewiffaud wneithur e gaer uch‐
af en arvon idi. Ac e ducpϑyt
gϑeryt ruvein hyt eno hyt pan
vei yachuffach er amperauder y
gyfgu ac y eifted ac y oƷym‐
deith endi. Odena e gϑnaethpϑyt
idi e dwy gaer ereill nyt am‐

gen caer llion a chaer verdin. A
diwyrnaut yd aeth er amperauder
y helẏ o gaer verdin hyt en pen e
vreni vaur a thynnv pebyll eno a
oƷuc er amperaüder ac e gelwir y
pebyllua honno er henne hyt he‐
diϑ cadeir vaxen. O achauf enteu
gϑneithur caer eno o vyrd o wyr
e gelwir hitheu caer verdin. O
dyna e medylyuf elen gwneithur
priffyrd o pob caer idi hyt y gilid
ar drauf enyf brydein o achauf
henne e gelwir wy fyrd elen lluy‐
dauc urth e hanvot hi o enyf bry‐
dein ac na wnaei wyr enyf bryd‐
ein y lluydeu maur hene e nep
namen idi hi. Seith mlyned e bu
er amperauder en er enẏf hon.
Sef oed devaut gwyr ruvein yn yr
amfer hϑnnϑ. pa amperauder
bennac a driccyei yg wladoed er‐
eill en kenydu feith

ỿný llu bỿchan h6nn6 ꞉ noc eu
deu kỿmeint owỿr rufein. Ac
ỿ dỿwefp6ỿt ỿr amhera6dỿr
og6elet e llu ỿn difcỿnnu ỿn
emỿl ỿ lu ỿnteu ac ỿn pebỿlla6.
ac nỿ rỿwelfei dỿn eiroet llu
tegach na chỿweirach nac ar6-
ỿdon hardach noc oed h6nn6
ỿnỿ veint. Ac ỿ doeth elen ỿ
edzỿch ỿ llu. Ac ỿd adnabu ar6-
ỿdon ỿ b2odỿr. ac ỿna ỿ doeth
kỿnan vab eudaf ac adeon vab
eudaf ỿ ỿmwelet ar amhera6d꞉
ac ỿbu lawen ỿr amhera6dỿr
6zthunt. ac ỿd aeth d6ỿ la6 mỿ-
n6gỿl vdunt. Ac ỿna ỿd edzỿch=
affant 6ỿ ar wỿr rufein ỿn ỿm=
lad ar gaer. Ac ỿ dỿwa6t kỿnan
6zth ỿ vza6t. Nini ageiff6n ỿm-
lad ar gaer ỿn gallach no hỿn.
Ac ỿna ỿmeffuraffant 6ỿnteu
hỿt nos vchet ỿ gaer. ac ỿd ellỿ-
gỿffant eu feiri ỿr coet. Ac ỿ
g6naethp6ỿt ỿfca6l ỿ pob pet=
warg6ỿr o nadunt. Ag6edỿ bot
hỿnnỿ ỿn para6t ganthunt .
Peunỿd ỿ pob hanher dỿd ỿ kỿ-
merei ỿ deu amhera6dỿr eu
b6ỿt. ac ỿ peidỿnt ac ỿmlad opop
parth hỿnỿ darfei ỿ pa6b u6ỿta.
Ar bozedỿd ỿ kỿmerth g6ỿr ỿ-
nỿs pzydein eu b6ỿt ac ỿfet
awnaethant hỿnỿ oedỿnt ur6-
ỿfc. Aphan ỿttoedỿnt ỿ deu am=
hera6dỿr ac eu b6ỿt. Ỿ doeth
ỿ b2ỿtanỿeit 6zth ỿ gaer adodi
eu hỿfcolỿon 6zthi. Ac ỿn dian-
ot ỿd aethant dzos ỿ gaer ỿ mỿ-
6n. Nỿ chauas ỿr amhera6dỿr
newỿd aruot ỿ wifca6 ỿ arueu

ỿmdana6 ꞉ hỿnỿ doethant am
ỿ pen ae lad a llawer ỿ gỿt ac
ef. atheir nos athri dieu ỿ bu=
ant ỿn g6aftatau ỿ nifer aoed
ỿnỿ gaer ac ỿn g6erafcỿn ỿ
kaftell . A rann arall onadunt
ỿn kad6 ỿ gaer rac dỿuot neb
o lu maxen idi ỿnỿ darfei u=
dunt 6ỿ g6aftatau pa6b 6zth
eu kỿgho2. Ac ỿna ỿ dỿwa6t
maxen 6zth elen luỿda6c.
Rỿued ma62 ỿ6 genhỿfi ar=
gl6ỿdes heb ef nat imi ỿ g6e=
refcỿnnei dỿ v2odỿr ti ỿ gaer
hon. Argl6ỿd amhera6dỿr heb
hitheu ꞉ g6eiff6n doethaf o2
bỿt ỿ6 vỿmrodỿr. A dos titheu
rarcco ỿ erchi ỿ gaer. Ac os 6ỿ=
nteu ae med hi ꞉ ti ae keffỿ ỿn
llawen. Ac ỿna ỿ doeth ỿr am-
hera6dỿr ac elen ỿ erchi ỿ ga=
er. Ac ỿna ỿ dỿwedaffant 6ỿ=
nteu 6zth ỿr amhera6dỿr
nat oed weithret ỿ neb ỿ gaf=
fel ỿ gaer nac ỿ6 rodi ida6
ỿnteu namỿn ỿ wỿr ỿnỿs
pzydein. Ac ỿna ỿd ago2et
pỿrth ỿ gaer rufein. ac ỿd eif=
ted6ỿs ỿr amhera6dỿr ỿnỿ
gadeir. ac ỿ g6ed6ỿs ida6 pa6b
owỿr rufein. Ac ỿna ỿ dỿwa6t
ỿr amhera6dỿr 6zth kỿnan
ac adeon. Ha wỿrda heb ef.
c6bỿl a geueis i om hamhero-
dzaeth. Ar llu h6nn mi ae ro=
daf ỿ chwitheu ỿ w̃refcỿn ỿ
gỿfeir ỿ mỿnhoch ar ỿ bỿt.
ac ỿna ỿ kerdaffant 6ỿnteu
ac ỿ g6erefcỿnnaffant g6la=
doed a cheftỿll adinaffoed .

Ac ẏ lladaffant eu gỽyr oll. Ac
ẏgadaffant ẏgỽzaged ẏn uẏỽ .
Ac vellẏ ẏ buant hẏnẏ ẏttoed
ẏgỽeiffon ieueinc a dathoed
ẏgẏt aᶜỽẏnt ẏn wẏr llỽydon rac
hẏt ẏ buaffẏnt ẏnẏ gỽerefcẏn
hỽnnỽ. Ac ẏna ẏ dẏwaỽt kẏnan
ỽzth adeon ẏ vzaỽt. betha vẏn=
nẏ ti heb ef ae trigẏaỽ ẏnẏ wlat
hon. ae mẏnet ẏr wlat ẏd ha=
nỽyt o honei. Sef ẏ kauas ẏn
ẏ gẏghoz mẏnet ẏ wlat a llawer
ẏgẏt ac ef. ac ẏno ẏ trigẏỽẏs
kẏnan. arann arall ẏbzeffỽylaỽ.
Ac ẏ kaỽffant ẏn eu kẏghoz llad
tauodeu ẏ gỽaged rac llẏgru
eu ieith. Ac o achaỽs tewi oz gỽ=
raged ac eu ieith. adẏwedut
oz gỽyr : ẏ gelwit gwẏr llẏdaỽ
bzẏtanẏeit. Ac odẏna ẏ doeth
ẏn vẏnẏch o ẏnẏs pzẏdein. Ac
etwa ẏ daỽ ẏr ieith honno. Ar
chwedẏl hon a elwir : bzeudỽyt
Maxen wledic amheraỽdẏr
rufein. Ac ẏma ẏmae teruẏn
arnaỽ.

Ẏ Ɓeli uaỽz vab manogan ẏbu
tri meib. llud. a chafwallaỽn.
a nẏnhẏaỽ. A herwẏd ẏ kẏ-
uarỽẏdẏt. petwerẏd mab idaỽ uu
lleuelis. Agỽedẏ marỽ beli a dẏgỽ-
ẏdaỽ teẏrnas ẏnẏs pzẏdein ẏn
llaỽ llud. ẏ vab ẏr hẏnaf. ae llẏwẏ-
aỽ o lud hi ẏn llỽydẏanhus. Ef
a atnewẏdỽys muroed llundein
o anriuedic tẏroed ae damgẏlch-
ẏnỽys. Agỽedẏ hẏnnẏ a ozchẏm=

ẏnnỽys ẏr kiỽtaỽtwẏr adeilat tei
ẏndi megẏs na bei ẏnẏ teẏrnaffo-
ed na thei kẏmrẏt ac auei ẏndi.
ac ẏgẏt a hẏnnẏ ẏmladỽz da oed.
a hael ac ehalaeth ẏ rodi bỽyt adi-
aỽt ẏ paỽb oz ae keiffei. Achẏt bei
lawer idaỽ geẏrẏd adinaffoed :
hon agarei ẏn uỽy noz vn. ac ẏn
honno ẏ pzeffỽylei ẏ ran uỽyhaf
oz ulỽydẏn. Ac ỽzth hẏnnẏ ẏ gel-
wit hi kaer lud. ac oz diwed kaer
lundein. Agỽedẏ dẏuot eftraỽn
genedẏl idi ẏ gelwit hi lundein
neu ẏnteu lỽndzẏs. Mỽyhaf oe
vzodẏr ẏ karei lud ẏ lleuelẏs. ka-
nẏs gỽz pzud adoeth oed. agỽedẏ
clẏbot rẏuarỽ bzenhin freinc heb
adaỽ etiued namẏn vn verch.
ac adaỽ ẏ kẏfoeth ẏn llaỽ honno.
ef adoeth at lud ẏ vzaỽt ẏ erchi
kẏghoz a nerth idaỽ. Ac nẏt mỽy
ẏr lles idaỽ ef. namẏn ẏr keiffaỽ
achwanegu anrẏded ac urdas a
theilẏgdaỽt ẏ eu kenedẏl o gallei
vẏnet ẏ teẏrnas ffreinc ẏ erchi ẏ
vozỽyn honno ẏn wreic idaỽ. Ac
ẏnẏ lle ẏ vzaỽt agẏtfẏnhẏỽys
ac ef. ac auu da ganthaỽ ẏ gẏghoz
ar hẏnnẏ. Ac ẏnẏ lle paratoi llog-
eu ac eu llanỽ o varchogẏon ar-
uaỽc. achẏchwẏn parth a freinc.
Ac ẏnẏ lle gỽedẏ eu difcẏnnu :
anuon kennadeu aozugant ẏ ve-
negi ẏ wẏrda ffreinc ẏftẏr ẏ ne-
ges ẏ dothoed oe cheiffaỽ. Ac o gẏt
gẏghoz gỽyrda ffreinc ae thẏwẏf-
fogẏon ẏ rodet ẏ vozỽyn ẏ leuelis
achozon ẏ teẏrnas gẏt ahi. Agỽe-
dẏ hẏnnẏ ef a lẏỽẏwẏs ẏ kẏfoeth
ẏn pzud ac ẏn doeth ac ẏn detwẏd

193 [col. 706, l. 20] hyt trabarhaa6d y oes . Ag6edy llith-
za6 talym o amſer . teir go2mes adyg6ydwys
yn ynys p2ydein . arnywelſei neb o2 ynyſſed
gynt eukyfry6 . Kyntaf onadunt oed ry6 ge-
nedyl adoeth aelwit y co2anneit . achymeint
oed eug6ybot ac nat oed ymad2a6d d2os wyneb
y2 yny^s y2 iſſet y dywettit o2 kyuarffei yg6ynt
ac ef nys g6ypynt . ac 62th hynny ny ellit d26c
udunt . Y2 eil o2mes oed . diaſpat adodit pob nos
kalan mei . vch bob ael6yt yn ynys p̓dein . ahōno
aaei tr6y gallonneu ydynyon . ac ae hofnockaei
yngymeint ac y collei yg6y2 eulli6 ac eunerth .
ar g62aged eubeichogyeu . armeibon ar merchet
agollynt eufynh6y2eu . ar holl aniueileit arg6yd
ar dayar . ar dyfred aedewit yn diffr6yth -
T2yded o2mes oed y2 meint uei ydarmerth ar
arl6y . abarattoit ynllyſſoed y b2enhin . kyt bei ar-
l6y vl6ydyn o v6yt adia6t . ny cheffit vyth dim o
hona6 . namyn atreulit y2 vn nos gyntaf . ar d6y
o2mes ereill nyt oed neb awyppei pa yſly2 oed ud-
dunt . Ac 62th hynny m6y gobeith oed kaffel g6a-
ret o2 gyntaf . noc oed o2 eil neu o2 d2yded - ac 62th
hynny llud v2enhin agymerth pryder ma62 a
goual ynda6 . kany wydyat paffo2d y kaffei waret

194 rac y go2meſſeu hynny . agal6 atta6 ao2uc holl
wy2da ygyuoeth . agouyn kygho2 udunt pabeth
awnelynt yn erbyn y go2meſſoed hynny. ac ogyf [707]
fred kygho2 y wy2da . llud uab beli aaeth att
leuelis y v2a6t b2enhin freinc . kanys g62
ma62 ygygo2 adoeth oed h6nn6 y geiſſa6 kyg-
ho2 yganta6 . ac yna parattoi llyghes aw-
naethant . ahynny yndirgel ac yndiſla6 . rac
g6ybot o2 genedyl honno yſly2 y neges . nac
o neb dy eithy2 y b2enhin ae gygho2wy2 .
Ag6edy eubot yn bara6t 6ynt aaethant yn
eullynghes . llud ac aethole ygyt ac ef . ade-
ch2eu r6yga6 y mo2oed parth afreinc . Ag6e-
dy dyuot y chwedleu hynny att leuelis . kany
wydyat acha6s llyghes y v2a6t . y doeth ynteu
o2 parth arall yny erbyn ef . allynghes gan-
ta6 dirua62 y meint . Ag6edy g6elet olud
hynny. ef aedewis y holl longeu ar yweilgi
allan dy eithy2 vn llong . ac yn y2 vn honno
y doeth yn erbyn y v2a6t . Ynteu ymy6n vn
llong arall adoeth yn erbyn y v2a6t . ag6edy

R. B. of Hergest

eu dyuot ygyt pob un onadunt aaeth dѡylaѡ
mynѡgyl y gilyd . ac o vzaѡdozyaѡl garyat pob
vn areffawaѡd y gilyd onadunt . Agѡedy me -
negi olud y vzaѡt yftyr y neges . lleuelis ady -
waѡt y gѡydyat ehun yftyz y dyuodyat yz

195 gѡladoed hynny . Ac odyna y kymeraffant
kyt gyghoz y ymdidan ameu negeffeu yn
amgen no hynny . megys nat elei ygѡynt
ameu hymadzaѡd . rac gѡybot oz cozannyeit a
dywettynt . Ac yna y peris lleuelis gѡneuthur
cozn hir o euyd . ath2ѡy y cozn hѡnnѡ ymdywe-
dut . a phy ymadzaѡd bynnac adywettei yz vn
onadunt ѡzth y gilyd . trѡy y cozn . ny dodei ar yz
vn onadunt . namyn ymadzaѡd go atcas gѡzth -
ѡyneb . a gѡed gѡelet o leuelis hynny abot y
kyth2eul yn eullefteiryaѡ . ac yn teruyfcu trѡy
y cozn . y peris ynteu dodi gѡin yny cozn ae olchi .
a th2ѡy rinnwed ygѡin gyzru y kyth2eul oz cozn ↲
Agѡedy bot ~~eubot~~ eu hymadzaѡd yn dilefteir ↲
y dywaѡt lleuelis ѡzth y vzaѡt y rodei idaѡ ryѡ
b2yuet . agadu rei onadunt yn vyѡ y hiliaѡ . rac
ofyn dyuot eilweith o damwein y ryѡ ozmes
honno . achymryt ereill oz p2yuet ae b2iwaѡ
ymplith dѡuyz . ac ef agadarnhaei bot ynda
hynny y diftriѡ kenedyl y cozanyeit . Nyt amgen
gѡedy y delei adzef y deyznas . dyuynnu yz holl
bobyl ygyt y genedyl ef . achenedyl y cozanyeit
yz vndadleu . ar uedѡl gѡneuthur tag̅eued y ryg-   [708]

196 tunt . Aphanvei baѡp onadunt y gyt . Kymryt
y dѡuyz rinwedaѡl hѡnnѡ. ae vѡzѡ apaѡp yn gyf -
redin . Ac ef agadarnhaei y gѡennѡynei ydѡfyz
hѡnnѡ genedyl y cozannyeit . ac naladei . ac
nat eidigauei neb oe genedyl ehun . Yz eil ozmes
heb ef yffyd yth gyuoeth di . dzeic yѡ honno .
adzeic eftraѡngenedyl arall yffyd ynymlad a
hi . ac yn keiffaѡ y gozefgynn . ac ѡzth hynny
heb ydyt ych dzeic chѡi diafpat engiryaѡl ↲
Ac ual hynny y gelly kaffel gѡybot hynny .
Gwedy delych atref . par ueffuraѡ yr ynys oe
hyt ae llet . ac yny lle y keffych di ypѡnt perued
yn iaѡn . par gladu y lle hѡnnѡ . ac odyna par
dodi kerѡyneit oz med gozeu aaller y wneuth"
ymyѡn y clad hѡnnѡ . allenn opali ar wyneb y
gerwyn . ac odyna yth perfon dy hunan . byd
yn gѡylaѡ . ac yna ti awely y dzeigeu yn ymlad

The Red Book

ynrith aruthter aniueileit . ac oʒdiwed ydant
yn rith dʒeigeu y nyʒ awyʒ . ac yn diwethaf oll
g6edy darffo udunt?engirya6l agirat ymlad
vlina6.6ynt afyrthant yn rith deu barchell hyt
ar yllenn . ac afudant gantunt y llenn . ac ae
tynnant hyt ygg6aela6t ygerwyn . ac ayvant
y med yng6byl . ac agyfcant g6edy hynny . Ac
yna yny lle plycca ditheu y llenn yn eu kylch
6ynteu . ac yn y lle kadarnhaf ageffych yth gyfo -
197 eth y my6nkift uaen clad 6ynt . achud y my6n
ydaear . a hyt tra vont h6y yny lle kadarn h6ñ6.
ny da6 goʒmes y ynys pʒydein o le arall - acha6s
y tryded oʒmes y6 heb ef . G6ʒ lleturitha6c
kadarn yffyd ynd6yn dy v6yt athlyn athdar -
merth . ah6nn6 te6 y6 y hut ae leturjth a beir
y ba6p kyfcu . Ac 6ʒth hynny y mae reit y tith-
eu yth perffon dy hun g6yla6 dywledeu ath
ar6yleu . ac rac goʒuot oe gyfcu ef arnat . bit
ger6ynet od6fyʒ oer geyʒ dy la6 . aphanvo kyf-
gu yn treiffa6 arnat . dos ymy6n y gerwyn -
ac yna yd ymchoeles llud dʒacheuyn y wlat .
ac yndiannot y dyuynn6ys atta6 pa6b ynll6yʒ
oe genedyl ef . ac oʒ coʒanneit . ac megys y
dyfga6d lleuelis ida6 . bʒiwa6 y pʒyuet aoʒuc
ymplith yd6fyʒ . ab6ʒ6 h6nn6 yngyffredin ar
ba6p . ac yn diannot y diffeitha6d holl giwta6t
y coʒanneit uelly heb echʒys ar neb oʒ bʒytan -
yeit . ac ympenn yfpeit g6edy hynny . llud a
beris meffura6 yʒ ynys ar yhyt ac ar yllet - [709]
ac ynryt y chen y cauas y p6ynt perued. Ac yny lle
h6nn6 y peris cladu y dayar . ac ynyclad h6nn6
goffot kerwyn ynlla6n oʒ med goʒeu aallwyt y
wneuthur . a llenn opali ar y wyneb . Ac ef e -
198 hun y nos honno yng6ylyat . ac ual yd oed
uelly . ef awelas y dʒeigeu yn ymlad . Ag6edy
blina6 o nadunt adiffygya6 . 6ynt a difgynnaf-
fant ar warthaf yllenn . ae thynnu gantunt
hyt ygg6aela6t yger6yn . ag6edy daruot ud -
dunt yuet ymed . kyfcu aoʒugant . ac yn eu
k6fc llud ablyg6ys y llenn yn eu kylch . ac yny
lle diogelaf agauas yn eryri y my6n kift vaen
ae kudywys . Sef ffuruf ygelwit y lle h6nn6
g6edy hynny. dinas emreis . achyn no hynny
dinas ffaraon dande . Tʒydyd crynweiffat uu
h6nn6 a toʒres y gallon anniuiged . ac uelly

of Hergest

ypeidywys ydymheſtlus diaſpat aoed yny kyuo-
eth . Agѹedy daruot hynny . llud vꝛenhin abe-
ris arlѹy gѹled diruaѹꝛ y meint . agѹedy ybot
ynbaraѹt goſſot kerwyn yn llaѹn odѹfyꝛ oer
geyꝛ ylaѹ . Ac ef ehun yny pꝛiaѹt perſon ae
gѹylwys . ac ual ybyd uelly ynwiſcedic oarueu-
val am y tryded wylua oꝛ nos . nachaf yclyѹ
llawer o didaneu odidaѹc . ac amryuaelyon
gerdeu . ahun yny gymell ynteu y gyſcu-
Ac ar hynny ſef aoꝛuc ynteu rac lleſteiryaѹ ar
ydarpar ae oꝛthꝛymu oe hun . mynet yn vynych
ynydѹfyꝛ . ac yny diwed nachaf gѹꝛ diruaѹꝛ y
veint yn wiſcedic oarueu trymyon kadarn
199 yn dyuot ymyѹn achawell gantaѹ . ac megys
ygnottayſſei yndodi yꝛ holl darmerth ar ar-
lѹy ovѹyt allyn yny cawell . ac yn kychwynv
ac ef ymeith . ac nyt oed dim ryuedach gan
lud noc eigaѹ yny kawell hѹnnѹ peth kyme-
int a hynny . ac ar hynny llud vꝛenhin agych-
wynnѹys yny ol . ac adywaѹt ѹꝛthaѹ val hyñ-
arhꝰ arho heb ef . kyt rywnelych di ſarhaedeu
llawer acholledeu kynno hynn . nys gѹney
bellach . ony barn dy vilwryaeth dy uot yn
dꝛech ac yn dewrach no mi . ac yndiannot yn-
teu aoſſodes ykawell ar yllaѹꝛ . ac ae arhoes
ef attaѹ . ac angerdaѹl ymlad avu y rygtunt .
yny oed y tan llachar yn ehedec oꝛ arueu .
ac oꝛ diwed ymauael aoꝛuc llud ac ef . ar
dyghetuen awelas damwheinaѹ y uudugo-
lyaeth ylud . gan vѹꝛѹ yꝛ oꝛmes yryngtaѹ ar   [710]
daear . Agѹedy goꝛuot arnaѹ o rym ac an-
gerd . erchi naѹd aoꝛuc idaѹ . Pawed heb y
bꝛenhin ygallѹn i rodi naѹd ytti wedy y
gyniuer collet aſarhaet rywnaethoſt titheu
ymi . Dy holl golledeu eiryoet heb yꝛ ynteu
oꝛ awneuthum i ytti . mi ae hennillaf itt yn
gyſtal ac ydugym . ac ny wnaf y gyffelyb o
hynn allan . agѹꝛ ffydlaѹn vydafi ytti bellach-
200 Ar bꝛenhin agymerth hynny y gantaѹ . Ac uelly
y gѹaredaѹd llud y teir goꝛmes yar ynys pꝛy-
dein . ac ohynny hyt yndiwed yoeſ yn hedѹch
lѹydyannus y llywyaѹd llud uab beli ynys
pꝛydein . ar chwedyl hѹnn aelwir kyfranc
llud alleuelys . ac uelly y teruynha ∽∽   ∞ ∞

R. B. of Hergest

bzeudƀyt ronabƀy .

Madaƀc uab maredud a oed idaƀ powys yny theruyneu . Sef yƀ hynny o pozfozd hyt yggwauan yggwarthaf arwyftli . Ac ynyz amfer hƀnnƀ bzaƀt aoed idaƀ . nyt oed kyuurd gƀz ac ef . Sef oed hƀnnƀ Jozwoerth uab maredud ƀ a hƀnnƀ agymerth goueileint maƀz yndaƀ a thziftƀch owelet yz enryded ar medyant aoed y vzaƀt ac ynteu heb dim ƀ Ac ymgeiffaƀ aozuc ae gedymdeithƀ ae vzodozyon maeth. ac ymgyghozac ƀynt beth awnelei am hynny ƀ Sef agaƀffant yn eu kyghoz . ellƀng rei onadunt y erchi goffymdeith idaƀ . fef y kynnigywys madaƀc idaƀ ƀ y pennteuluaeth achyftal ac idaƀ ehuna meirch ac aruee . ac enrydeda gƀzthot hynny aozuc iozwoerth . a mynet arherƀ hyt ynlloeger . a llad kalaned allofgi tei . adala karcharozyon aozuc Jozwerth . achyghoz agymerth madaƀc agƀyz poƀys ygyt ac ef . Sef ykaƀffant yn eu kyghoz goffot kanwr ympop tri chymƀt ympowys oe geiffaƀ ƀ A chyftal y gƀneynt rychtir powys . oaber ceiraƀc ymallictƀn vet ynryt wilure ar efyznƀy . ar tri chymƀt gozeu oed ympowys . ar ny vydei da idaƀ ar teulu ympowys . ar ny bei da idaƀ yny rychtir hƀnnƀ ƀ a hyt yn nillyftƀn trefan yny rychtir hƀnnƀ yd ymrannaffant y gƀyz hynny . agƀz aoed ar y keis hƀn - nƀ . fef oed y enƀ Ronabƀy . [556] ac ydoeth ronabƀy a chynnwric vzychgoch gƀz o vaƀdƀy . achadƀgaƀn vzas gƀz o voelure ygkynlleith y ty heilyngoch uab kadƀgaƀn uab idon yn ran . A phan doethant parth ar ty . Sef y gƀelynt hen neuad purdu tal unyaƀn . a mƀc ohonei digaƀn y ueint . Aphandoethant y myƀn y gƀelynt laƀz pyllaƀc an waftat . yny lle y bei vzynn arnaƀ ƀ abzeid yglynei dyn arnaƀ rac llyfnet y llaƀz gan viffƀeil gƀarthec ae trƀnc . yny lle y bei bƀll dzos vynƀgyl y troet ydaei ydyn gan gymyfc dƀfyz athzƀnc y gƀarthec . agƀzyfc kelyn yn amyl ar y llaƀz . gƀedy ry yffu oz gƀar - thec eubzic : Aphan deuthant y kynted y ty y gƀelynt partheu llychlyt goletlƀm . a gƀzwrach yn ryuelu ar y neillparth ƀ aphandę elei annƀyt arnei y byryei arffedeit oz us ampenn y tan hyt nat oed haƀd y dyn oz byt diodef y mƀc hƀnnƀ yn mynet ymyƀn ydƀy ffroen . ac ar yparth arall ygƀelynt croen dinaƀet melyn ar yparth . a blaenbzen oed gan vn onadunt a gaffei vynet ar y croen hƀnnƀ . a gƀedy eu heifted gof'aozugant yz wrach padu ydoed dynyon y ty . ac ny dywedei y wrach ƀzthunt namƀ

g6zth gloched . ac ar hynny nach-
af y dynyon yn dyuot . g6z coch
goaruoel gogrifpin . a beich g6zyfc
ar y gefyn . a g6zeic veinlas vech -
an . a cheffeil6zn genti hithev . a
glafreffa6u awna'ethant ar yg6yz .
a chynneu tan g6ryfc udūt a myn -
et y pobi ao2uc y wreic . ad6yn y
b6yt udunt . bara heid a cha6s
aglaft6fyz llefrith . ac ar hynny
nachaf dygyuo2 owynt a gla6 hyt
nat oed ha6d y neb vynet y2 ag -
heuedyl . ac rac an [557] nefm6y-
thet gantunt eu kerdet dyffyg -
ya6 ao2ugant a mynet ygyfgu .
A phan ed2ych6yt y dyle nyt oed
arnei namyn by2wellt dyfdlyt
ch6einllyt . a boneu g6zyfc yn a-
myl tr6yda6 . a g6edy ryuffu o2
dinewyt y meint g6ellt aoed uch
eu penneu ac is eutraet arnei .
B2eckan l6ytkoch galetlom toll
a dann6yt arnei . a llenlliein
v2aftoll trychwana6c ar uchaf y
v2eckan . a gobennnyd lletwac . a
thudet govudy2 ida6 ar warthaf y
llenlliein . ac y gyfcu yd aethant .
a chyfcu a difgynn6ys ar deu ged-
ymdeith ronab6y yn tr6m . g6edy y
goualu o2 chwein ar an nefm6yth
der . A ronab6y hyt na allei na
chyfcu na go2ffowys . medyly6a a
o2uc bot ynllei boen ida6 mynet
argroen y dinawet melyn yr parth
y gyfgu . Ac yno y kyfg6ys . Ac
yn gytneit ac y daeth hun yny ly-

geit y rodet d2ych ida6 y vot ef
ae gedymdeithon yn kerdet ar
tra6s maes . argygroec ae ohen
ae v2yt a debygei y uot parth a
ryt y groes ar hafren . Ac val yd
oed yn kerdet yclywei t62yf. a chyn-
heb26yd y2 t62yf h6nn6 nyf ry-
gly6ffei eiryoet . Ac ed2ych ao2uc
      d2ae gefyn . Sef y g6elei
g6zaenc penngrych melyn . ae va-
ryf yn newyd eilla6 y ar varch
melyn . Ac o peñ yd6ygoes athal
y deulin y waeret yn las . a pheis
o bali melyn am ymarcha6c . wedy
ry wnia6 ac adaued glaf . a chled-
yf eurd62n ar y   glun . a g6ein
o go2dwal newyd ida6 . A charrei
oledy2 ewic . A g6zaec erni o eur .
Ac ar warthaf hynny llenn o pali
melyn wedy ry wnia6 a fidan glas .
a go2zeon y llenn las ac aoed las
o wifc y marcha6c ae uarch aoed
kynlaffet aoed kynlaffet adeil y
[558] ffenitwyd . ac aoed velyn o
honei aoed kynuelynet a blodeu
y banadyl . a rac d2uttet yg6elynt
y marcha6c . dala ofyn awnaeth -
ant adech2eu ffo . ac eu hymlit a
o2uc y marcha6c . a phan rynnei y
march y anadyl y 62tha6 y pell -
aei y g6yz y 62tha6 . A phan ytyn-
nei atta6 y neffeynt 6ynteu atta6
hyt ym b2on y march . a phan y
go2diweda6d erchi na6d ao2ugant
ida6 . Ch6i ae keff6ch ynlla6en .
ac na vit ofyn arna6ch . Ha vnbeñ

kan rodeiſt naỽd ynn . adywedy
ynn pỽy ỽyt heb yronabỽy . Nychel-
af ragot vygkyſtlỽn . Jdaỽc uab
mynyo. Ac nyt om henỽ ym clyw-
ir yn vỽyaf . namyn omllyſenỽ . a
dywedy di ynni pỽy dy lyſſenỽ .
dywedaf . Jdaỽc coȝd pȝydein ym
gelwir . Havnbenn heb yronabỽy
payſtyȝ yth elwir ditheu velly . Mi
aedywedaf itt yȝ yſtyȝ . Vn oedỽn
oȝ kenadeu ygkatgamlan yrỽng
arthur amedȝaỽt ynei . a gỽȝ
ieuanc dȝythyll oedỽn i yna . ac
rac vychwannocket yvȝỽydyȝ y
t'vyſgeiſ yrygtunt . Sef yryỽ ter-
uyſc aoȝugū . pan ymgyȝrei .i.
yȝ amhaỽdyȝ arthuȝ yvenegi y
vedȝaỽt yuot yndatmaeth ac yn
ewythyȝ idaỽ . ac rac llad meibō
teyȝned ynys pȝydein ae gỽȝda
y erchi tag   nefed . Aphan
dywettei arthur yȝ ymadȝaỽd tec-
kaf ỽȝthyf oȝaallei . ydywedwn
ynneu yȝ ymadȝaỽd hỽnnỽ yn
hacrraf aallỽn ỽȝth vedȝaỽt . ac
ohynny ygyȝrwyt arnaf ynneu
idaỽc coȝdbȝydein . ac ohynny yd
yſtovet ygatgamlan . Ac eiſſoes
teirnos kynn goȝffen ygatgam-
lan . ydymedeweis ac ỽynt .
Ac y deuthum hyt ar yllech las
ympȝydei ypenytyaỽ . Ac yno y
bum ſeithmlyned ynpenydyaỽ .
Athȝugared agefeiſ . ar hynny
nachaf y clywynt tỽȝyf oed vỽy
o laỽer noȝ tỽȝỽf gynt . Aphan

edȝychaſſant tu ar tỽȝyf . nachaf
waſ melyngoch ieuanc heb varyf
aheb [559] dȝaỽſſỽch arnaỽ . A
goſged dylyedaỽc arnaỽ yar varch
maỽȝ . Ac openn ydỽy yſgỽyd . a
thal ydeulin ywaeret yȝ march yn
velyn . agỽiſc ymdan ygỽȝ opali
coch gỽedy rywniaỽ afidann
melyn . agodȝeon yllen yn velyn ,
ac araoed velyn oewiſc ef ae
varch aoed kynuelynet ablodeu
y banadyl . ac aoed goch ohonunt
yngyngochet ar gỽaet cochaf oȝ
byt . Ac yna nachaf ymarchaỽc
yn eugoȝdiwes . ac yngofyn y
Jdaỽc a gaffei ran oȝdynyon bych-
ein hyñy gantaỽ . Yran aweda y
mi yrodi mi aerodaf . bot ynge-
dymdeith udunt ual ybun ynneu .
ahynny aoȝuc ymarchaỽc amynet
ymeith . Jdaỽc heb yronabỽy pỽy
oed ymarchaỽc hỽnn . Rỽaỽn
bybyȝ uab deoȝthach wledic . Ac
yna y kerdaſſant ar traỽs maes
maỽȝ ar gygroec hyt ynryt ygroes
ar hafren . Amilltir yỽȝth yryt o
pob tu yȝ ffoȝd ygỽelynt yllueſteu
arpebylleu . adygyfoȝ olu maỽȝ .
Ac ylan yryt y deuthant . Sef y
gỽelynt arthur yneiſted myỽn
ynys waſtat iſ yryt . ac oȝ neill-
parth idaỽ betwin eſcob . ac oȝ
parth arall gỽarthegyt vab kaỽ . a
gỽas gỽineu maỽȝ yn ſeuyll rac
eubȝonn . ae gledeu trỽy ywein
yny laỽ . A pheis achapan o pali

purdu ymdanaỽ. Ac yngyn wyn-
net y wyneb ac afcỽzn yz eliffant.
ac yn gynduet y aeleu ar muchud.
Ac ny welei dyn dim oe ardỽzn
y rỽng y venic aelewys. Gỽyn-
nach oed noz alaỽ. abzeifgach
oed no mein efkeir milỽz. ac yna
dyuot o Jdaỽc ac ỽynteu ygyt ac
ef hyt rac bzonn arthᵃ achyfarch
gỽell idaỽ. Duỽ arodo da ytt heb
yz arthʳ. Padu idaỽc y keueift di
ydynyon bychein hynny. Mi ae
keueis arglỽyd uchot ar yfozd.
ſſef aozuc yz amheraỽd‘ glas o--
wenu. arglỽyd heb [560] Jdaỽc
beth achwerdy di. Jdaỽc heb yz
arthur. nyt chỽerthin aỽnaf na-
myn truanet gennyf vot dynyȝ
ky vaỽhet ahynn yngỽarchadỽ yz
ynys honn. gỽedy gỽyz kyftal ac
ae gỽarchetwis gynt. Ac yna y
dywaỽt Jdaỽc. Ronabỽy awely di
y vodzỽy ar maen yndi arlaỽ yz
amłłaỽdyz. gỽelaf heb ef. vn o
rinwedeu y maen yỽ. dyuot cof
yti aweleift yma heno. aphei na
welut ti y maen ny doei gof ytti
dim ohyn odzo. a gỽedy hynny
ygỽelei vydim yndyuot tu ar ryt.
Jdaỽc heb yronabỽy pieu y vydin
racko. Kedymdeithon rỽaỽn pe-
byz uab deozthach wledic. Ar
gỽyz racko a gaffant med a bza-
gaỽt ynenrydedˢ. ac agaffant
gozderchu merchet teyrned ynys
pzydein yn diwaravun ac ỽynteu

aȩ dylyant hynny. Kanys ympob
reit y deuant yny vlaen ac ynyol.
ac ny welei amgen liỽ nac ar
varch nac ar ỽz oz vydin honno.
namyn eu bot yn kygochet ar
gỽaet. Ac oz gỽahanei vn oz mar-
chogyon yỽzth y vydin honno.
kynhebic y poſt tan vydei yn
kychwynnu yz aỽyz. Ar vydin
honno yn pebyllyaỽ uch yryt. Ac
arhynny y gỽelynt vydin arall yn
dyuot tu ar ryt. Acoz kozueu
blaen yz meirch y uynyd yn gy-
wynnhet ar alaỽ. ac ohynny y
waeret yn gyduet ar muchud. ſſef
ygỽelynt varchaỽc yn racvlaenu
ac yn bzathu march yny ryt yny
yfgeinỽys y dỽfyz am penn arthur
ar efcob. ac aoed yny kyghoz y
gyt ac ỽynt. yny oedynt kynwly-
pet achyt tynnit oz auon. Ac ual
yd oed yn troffi penn y varch. ac
atraỽei y gỽas oed ynfeuyll rac
bzonn arthur y march ar y dỽy-
ffroen ar cledyf trỽy y wein. yny
oed [561] ryued beitrewit ardur
na bei yff,[dc]ygkwaaethach aikic neu
afcỽzn. a thynnu aozuc y march-
aỽc y gledyf hyt am y hanner y
wein. agofyn idaỽ paham y tre-
weift ti vy march i. ae yz amarch
y mi ae yz kyghoz arnaf. Reit oed
itt ỽzth gygho z. Pa ynvydzỽyd
awnaei y tti varchogaeth yngy
dzuttet ac y hyfteynei y dỽfyz oz
ryt ampenn arthur ar efgob kyf-

fegredic . ac eu kygho2wy2 yny
oedynt kynwlypet achyt tynnit
o2 auon . Minneu aekymeraf yn
llekygho2 . ac ymchoelut penn y
uarch d2achefyn tu ae vydin. Jdaƀc
heb y ronabƀy pƀy y marchaƀc
gynneu . Ygƀas ieuanc kymhen -
naf adoethaf awneir yny teyrnas
honn . adaon uab teleſſin . Pƀy
oed y gƀ2 ad2ewis y varch ynteu .
Gƀas traƀs fenedic . elphin uab
gƀydno . Ac yna ydywaƀt gƀ2
balch telediƀ . ac ymad2aƀd ban -
gaƀ ehaƀn gantaƀ . bot yn ryued
kyſſeïgaƀ llu kymeint ahƀnn yn
lle kygyfyghet ahƀnn . ac aoed
ryuedach ganthaƀ bot yma y2 aƀ2
honn aadaƀei eubot ygg ƀeith ua -
don erbynn hanner dyd yn ymlad
ac oſla gyllellwar . a dewis di ae
kerdet ae na cherdych . Miui a
gerdaf . Gƀir adywedy heb y2
arthur . acherdƀn ninneu y gyt .
Jdaƀc heb y ronabƀy pƀy y gƀ2 a
dywaƀt yn gynaruth2et ƀ2th arth"
ac y dywaƀt ygƀ2 gynneu . Gƀ2 a
dylyei dywedut yn gyn ehofnet ac
ymynnei ƀ2thaƀ . karadaƀc v2eich-
uras uab lly2 mariui pennkygho2-
ƀ2 ae gefynderƀ . Ac odyna Jdaƀc
agymerth ronabƀy is y gil . ac y
kychƀynnyſſont y llu maƀ2 hƀnnƀ
bop bydin yny chyweir parth a
chevyn digoll . Agƀedy eudyuot
hyt ymperued y ryt ar hafren . troi
ao2uc idaƀc penn y varch d2ae -

gefyn ac ed2ych ao2uc ‿ ronabƀy
ar dyffryn hafren . Sef y gƀelei
dƀy vydin waraf yndyuot tu ar ryt
ar hafren. a bydin eglurwenn [562]
yndyuot . allenn o bali gƀyn am
bop un onadunt . a god2yon pob
vn ynpurdu . athal eudeulin a
phenneu eu dƀy goes y2 meirch
yn purdu . ar meirch yn ganwelƀ
oll namyn hynny. ac eu harwydon
yn purwynn . a blaen pob un o
honunt yn purdu . Jdaƀc heb y
ronabƀy pƀy y vydin burwenn
racco . Gƀy2 llychlyn yƀ y rei
hynny . a march uab meirchaƀn
yntywyſſaƀc ar nadunt . Kefynderƀ
y arthur yƀ hƀnnƀ . Ac odyna y
gƀelei vydin.purdu am bop un o
nadunt . agod2eon pob lleñ yn
purwynn . ac openn eu dƀy goes
athal eudeulin y2 meirch yn pur-
wynn . ac eu harƀydon ynpurdu .
A blaen pob vn ohonunt yn pur -
wynn . Jdaƀc heb y ronabƀy pƀy
y vydin purdu racco ‿ Gƀy2 den -
marc . ac edern uab nud yn
tywyſſaƀc arnadunt . Aphan o2 -
diwedaſſant y llu. neurdiſgynnaſſei
arthur aelu y kedyrn od is kaer
vadon . ar ffo2d y kerdei arthur
y gƀelei ynteu yuot ef ac idaƀc
yn kerdet . Agƀedy y diſgynnv y
klywei tƀ2yf maƀ2 ab2ƀyſgyl ar
y llu . Ar gƀ2 auei arymyl yllv y2
aƀ2honn . a vydei ar eukanaƀl el -
chƀyl . ar hƀnn a vydei yny kanaƀl

a vydei ar yꝛ ymyl ⹁ ac ar hynny
nachaf y gѡelei varchaѡc yndyuot
a lluruc ymdanaѡ . ac am y varch
kywynnet y modꝛѡyeu aralaѡ
gѡynnaf . achyngochet y hoelon
argѡaet cochaf . ahѡnnѡ yn mar-
chogaeth ymplith yllu . Jdaѡc heb
y ronabѡy ae ffo awna y llu ragof-
ny ffoes yꝛ amhaѡdyꝛ arthur eir-
yoet . a phei clywit arnat yꝛ ymad-
ꝛaѡd hѡnn gѡ diuethaf vydut .
namy y marchaѡc awely di racko .
kei yѡ hѡnnѡ . teckaf dyn a varch-
ocka yn llys arthur yѡ kei . ar gѡꝛ
ar ymyl y llu yffyd ynbꝛyffyaѡ yn
ol y edꝛych ar kei yn marcho-
gaeth . argѡꝛ yny kanol yffyd yn
ffo yꝛ ymyl rac [563] y vꝛiwaѡ oꝛ
march . a hynny yѡ yftyꝛ kyn-
nѡꝛyf yllu . ar hynny sef y clywynt
galѡ argadѡꝛ iarll kernyѡ . nachaf
ynteu ynkyuot . achledyf arthur
yny laѡ . a llun deu farf ar y cledyf
oeur . Aphan tynnit y cledyf oe
wein . ual dѡy fflam o tan awelit o
eneueu y feirf . a hynny nyt oed
haѡd y neb edꝛych arnaѡ rac y
aruthꝛet . Ar hynny nachaf y llu
yn arafhau ar kynnѡꝛyf ynpeidaѡ .
Ac ymchoelut oꝛ iarll yꝛ pebyll .
Jdaѡc heb y ronabѡy pѡy oed y
y gѡꝛ aduc y cledyf y arthur . Ka-
dѡꝛ iarll kernyѡ gѡꝛ adyly gѡifgaѡ
y arueu am y bꝛenhin yndyd kat
ac ymlad . ac ar hynny y clywynt
galѡ ar eiryn wych   am heibÿ

gѡas arthur gѡꝛ garѡgoch anheg-
ar . a thꝛaѡffѡch goch idaѡ . a bleѡ
feuedlaѡc arnei . nachaf ynteu yn
dyuot ar uarch coch maѡꝛ . gѡedy
rannu y vѡng o boptu y vynѡgyl .
a fѡmer maѡꝛ telediѡ gantaѡ ⹁ a
difgyn aoꝛuc y gѡas coch maѡꝛ
rac bꝛon arth . a thynnu kadeir
eur oꝛ fѡmer a llenn o pali kaeraѡc .
Athānu yllenn aoꝛuc rac bꝛonn
arthur . Ac ᵃual rudeur ѡꝛth bop
koghyl idi . a goffot y gadeir ar y
llenn ⹁ achymeint oed y gadeir
ac y gallei tri milѡꝛ yn aruaѡc
eifted . Gѡenn oed enѡ yllenn . ac
vn ogenedueu y llenn oed . ydyn
ydottit ynygylch . ny welei neb
euo ac euo awelei ⸱ baѡp . ac ny
thꝛigyei liѡ arnei vyth . namyn y
lliѡ ehun . Ac eifted aoꝛuc arth
ar y llenn . Ac owein uab uryen
ynfeuyll rac y uron . Owein heb ar-
thur achwaryy di wydbѡll . Gwar-
yaf arglѡyd heb owein . Adѡyn
oꝛgѡas coch yꝛ wydbѡyll [564]
y arthur ac owein . Gѡerin eur .
a claѡꝛ aryant . adechꝛeu gѡare
awnaethant . Aphan yttoedynt
uelly· yndigrifaf gantunt eugѡare
uch yꝛ wydbѡyll . nachaf y gѡel-
ynt o pebyll gѡynn penngech a
delѡ farf purdu aᵗpenn ypebyll . a
llygeit rudgoch gѡenwynic ym
penn y farf . ae dauaѡt ynfflam-
goch yny vyd mackѡy ieuanc pen-
grych melyn llygatlas ynglaffu

baryf yn dyuot . a pheis a fózcot
o pali melyn ymdanaó . adóy hof-
fan o vzethyn góyzdvelyn teneu
am y traet . ac uchaf yz hoffaneu
dóy wintas ogozdwal bzith. achae-
adeu oeur o eur am vynynygleu
y dzaet yneu kaeu. a chledyf eur-
dózn tróm tri chanaól . agóein o
gozdwal du idaó . afóch orudeur
coeth arpenn y wein yndyuot tu
arlle ydoed yzamłiaód' ac owein
yngóare góydbóyl . a chyuarch
góell aozuc y mackóy y°wein - a
ryuedu o owein yz mackóy gyu-
arch góell idaó ef ac nafkyfarchei
yz amheraód' arth.ᶜ a góybot a
ónaeth arthur panyó hynny aued-
ylyei owein. adywedut' ózth owein.
Na vit ryued gennyt yz mackóy
gyfarch góell ytt yz aózhonn. ef ae
kyfarchóys y minheu gynneu. ac
attat titheu ymae yneges ef . Ac
yna ydywaót y mackóy ózth owein.
Arglóyd ae oth gennyat ti ymae
góeiffon bychein yz amłiaódyz ae
uackóyeit ynkipzis ac ynkathef-
rach.ᶜyn blinaó dy vzein. Ac onyt
oth gennyat. par yz amłiaód' eu
góahard . Arglóyd heb yz owein-
ti aglywy adyweit ymackóy os da
genhyt góahard óynt y ózth vym-
ranos . Góare dy chware heb ef .
Ac yna yd ymchoeles y mackóy
tu ae bebyll . Teruynu y góare
hónnó aónaethant. adechzeu arall.
Aphan yttoedynt am hann y góare

llyma [565] was Jeuanc coch go
bengrych góineu llygadaóc hydóf
góedy eillaó y varyf yndyuot o
' pebyll puruelyn . a delò lleò pur-
goch arpenn ypebyll . a pheis o
pali melyn ymdanaó yngyfuch a
a mein yefceir. góedy ygóniaó ac
adaued o fidan coch. adóy hoffan
am y dzaet .o vóckran góyn teneu.
Ac aruchaf yz hoffaneu dóy win-
tas o gozdwal du am ydzaet - a
gwaegeu eureit arnadunt. achled-
yf maóz tróm tri chanaól yny laó.
agóein ohydgen coch idaó . afóch
eureit ary wein yndyuot tu ar lle
yd oed arthur ac owein yngóare
góydbóyll . achyuarch góell idaó .
a dzóc yd aeth ar owein gyuarch
góell idaó . ac nybu waeth gan
arthur nochynt . Y mackóy ady-
waót ózth owein ae oth anuod di
ymae mackóyeit yz amheraódyz.
yn bzathu dy vzein . ac ynllad er-
eill . ac ynblinaó ereill - ac os
anuod gennyt . adolóc idaó y góa-
hard . Arglóyd heb owein . góa-
hard dy wyz os da gennyt. Gware
dy whare heb yz amłiaód'. Ac yna
yd ymchoeles y mackóy tu ae pe-
byll . Y góare hónnó ateruynóyt
adechzeu arall. ac ual yd oedynt
yndechzeu y fymut kyntaf ar y
góare. Sef ygóelynt ruthur y ózth-
unt pebyll bzychuelyn móyhaf oz
awelas neb . adelò eryz oeur ar-
naó - amaen góerthuaóz ympenn

y2ery2. Yndyuot o2 pebyll y g6el-
ynt vack6y ag6allt pyby2uelyn ar
y benn yntec gofgeidic . allenn o
paliglas ymdana6 . ag6aell eur
yny llenn ar y2 yfg6yd deheu ida6.
kynv2affet a garanvys mil62. a d6y
hoffan am y traet o twtneis teneu.
ad6y efgit ogo2dwal b2ith am y
traet . ag6aegeu eur arnadunt. Y
g6af yn vonhedigeid y b2yt wyneb
g6yn grudgoch ida6. allygeit ma62
hebogeid. Ỹnlla6 ymack6y ydoed
palady2 b2afv2ith uelyn . a phenn
ne6ydlif arna6. ac ar y palady2 yf-
tondard aml6c. Dyuot ao2uc y mac-
k6y yn llidya6c [566] angerda6l. a
thuth e b26yd canta6 tuarlle yd
oed arthur yng6are ac owein vch
peñ y2 6ydb6yll. ac adnabot ao2u-
gant yvot ynllidia6c. Achyuarch
gwell eiffoes y owein ao2uc ef. a
dywedut ida6 rydaruot llad y b2ein
arbennickaf onadunt . ac ar ny
l.s onadunt 6ynt a v2ath6yt ac a
v2iwyt yngymeint ac nadiga6n y2
vn o nadūt kych6ynnv y hadaned
un g62yt y 62th y dayar . Argl6yd
heb y2 owein g6ahard dy wy2 .
G6are hebef os mynny. Ac yna
y dy6a6t owein 62th ymack6y .
dos ragot ac yn ylle y g6elych y
v26ydy2 galettaf. dy2chaf y2 yfton-
dard y vynyd. ac avynno du6 der-
ffit ~ Ac yna y kerd6ys ymack6y
racda6 hyt y lle ydoed galettaf y
v26ydy2 ar yb2ein ~ ady2chauel y2

yftondard . Ac ual y dy2chefit y
kyuodant 6ynteu y2 a6y2 ynllid -
ia6c angerda6l o2a6enus. y ell6ng
g6ynt yn euhadaned ac y v626 y
lludet yarnunt. A g6edy kaffel eu
hangerd . ac eubudugolyaeth . yn
llidya6c o2awen⁹ yngytneit y gof-
tygaffant y2 lla62 ampenn y g6y2
awnathoedynt lit agoueileint a
chollet udunt kyn no hynny. Pen-
neu rei adygynt. llygeit ereill . a
chlufteu ereill . a b2eicheu ereill .
ae kyuodi y2 awy2 awneynt. achyn-
n62yf ma62 a uu yny2 awy2 gan
afgellwrych y b2ein go2awenus ac
eu kogo2. achynn62yf ma62 arall
gan difgy2yein yg6y2. yn eu b2athu
ac yn eu hanauu ac yn llad ereill .
achan aruth2et uu gan arthur. a
chan owein vch benn y2 wyd b6yll
klybot y kynn62yf. A phan ed2ych-
ant y klywynt marcha6c ar varch
erchlas yndyuot attunt . lli6 en-
ryued a oed ar yuarch yn erchlas.
ar v2eich deheu ida6 yn purgoch.
oc openn ygoeffeu hyt y mynwes
yewined$^{y\,garn}$ynpuruelyn ida6. y mar-
cha6c yngyweir ae varch oarueu
trymyon eftrona6l. C6nfallt y
varch o2 go2of vlaen ida6 y vynyd
ynfyndal purgoch . Ac o2 go2of y
waeret ynfyndal puruelyn. Cledyf
eurd62n ma62 un min arglun y
g6as. ag6ein burlas ida6 newyd
af6ch ar y wein olatt6n y2 yfpaen.
g62egys y cledyf ogo2d6al ewy2-

donic du. athꝛoſtreu goꝛeureit ar-
naỽ. agỽaec o aſgỽꝛn elifant ar-
naỽ ~ a ba[567]laỽc purdu ar y
waec. Helym eureit arpenn y
marchaỽc. amein maỽꝛ weirthaỽc
gỽyꝛthuaỽꝛ yndi. ac ar penn yꝛ
helym delỽ lleỽpart melyn rud. a
deu vaen rudgochyon yny peñ~
mal ydoed aruthur y vilỽꝛ yꝛ ka-
darnet vei y gallon edꝛych yn wy-
neb y llewpart āghwaethach yn
wyneb y milỽꝛ. Gỽaell paladyꝛlas
hir trỽm ynylaỽ. acoedỽꝛn y vynyd
yn rudgoch. Penn y paladyꝛ gan
waet y bꝛein ac eu pluf. Dyuot
a oꝛuc y marchaỽc tu arlle ydoed
arthur ac owein vchpenn yꝛ wyd-
bỽyll. Ac adnabot aoꝛugant y uot
ynlludedic lityaỽcvlin yn dyuot at-
tunt. Y makỽy agy uarchaỽd gỽell
y arthur ac adywaỽt vot bꝛein ow-
ein yn llad ỿ weiſſon bychein ae
vackỽyeit. Ac edꝛych aoꝛuc arth-
urth" ar owein. a dywedut ~ gỽa-
hard dy vꝛein. Arglỽyd heb yꝛ
owein gỽare dy chware. a gỽare
aỽnaethant. Ymchoelut aoꝛuc y
marchaỽc dꝛachefyn tu ar vꝛỽy-
dyꝛ. ac nywahardỽyt y bꝛein mỽy
nochynt. a phan yttoedynt gỽedy
gỽare talym. ſef y klywynt kyñ-
ỽꝛyf maỽꝛ. adiſgyꝛyeingỽyꝛ. a
chogoꝛ bꝛein yn dỽyn y gỽyꝛ yneu
nyꝛth yꝛ awyꝛ ac yn eu hyſcol-
uaethu rydunt. ac yn eu gollỽng
yndꝛylleu yꝛ llaỽꝛ. Ac yỽꝛth y kyn-

nỽꝛyf y gỽelynt uarchaỽc yn dyuot
ar uarch kanwelỽ. ar ureich aſſeu
yꝛmarch yn purdu hyt ymynnỽes
y garn. Y marchaỽc yngyweir ef
aevarch o aruev trymleiſſon maỽꝛ.
Cỽnfallt ymdanaỽ o pali kaeraỽc
melyn. agodꝛeon y gỽnfallt ynlas.
kỽnfallt yuarch ynpurdu. ae
odꝛeon ynpuruelyn. Ar glun y
mackỽy ydoed gledyf hir dꝛỽm
trichanaỽl. agỽein oledyꝛ coch
yſgythꝛedic idaỽ. argỽꝛegis ohyd-
gen newyꝺgoch. athꝛoſtreu eur
amyl arnaỽ. agỽaec oaſgỽꝛn moꝛ-
uil arnaỽ. a balaỽc purdu arnaỽ.
[568] Helym eureit ampenn y
marchaỽc. a mein ſaffir rinwed~
aỽl yndi. ac arpenn yꝛ helym.
delỽ lleỽ melyngoch. ae dauaỽt
yn fflamgoch troetued oepenn
allan. allygeit rudgochyon gỽen-
nỽynic yny benn. ymarchaỽc yn
dyuot aphaladyꝛ llinon bꝛas yny
laỽ. a phenn newyd gỽaetlyt ar-
naỽ. allettēmeu aryant yndaỽ.
achyfarch gỽell aoꝛuc y mackỽy
yꝛ amħaỽdyꝛ. Arglỽyd heb ef.
neur derỽ llad dy uackỽyeit ath
weiſſon bychein a meibon gỽyꝛda
ynys pꝛydein. hyt na byd haỽd
kynnal yꝛ ynys honn byth o hediỽ
allan. Owein heb arthur. gỽahard
dy vꝛein. Gỽare arglỽyd heb oỽein
y gware hỽnn. Daruot awnaeth
y gware hỽnnỽ adechreu arall. a
phan yttoedynt ardiwed y gỽare

hónnó . nachaf y klywynt gyn-
nó2yf maó2 . adifgy2yein góy2
aruaóc . achogo2 b2ein ac euhaf-
gellwrych yny2 awy2 . ac yn goll-
óng y2 arueu yngyfan y2llaó2 .
ac yngollóg y góy2 armeirch yn
d2ylleu y2 llaó2 . Ac yna ygóelynt
uarchaóc yar varch olwyn du penn
uchel . a phenn ygoef affeu y2
march yn purgoch . ar v2eich de-
heu idaó'hyt ymynwes y garn yn
purwyn . Ymarchaóc ae uarch yn
aruaóc oarueu b2ych uelynyon .
wedy eub2ithaó a lattón y2 yfpaen-
achónfallt ymdanaó ef ac ymdan
y uarch deu hanner góynn a phur-
du . agod2eon y gónfallt opo2ffo2
eureit . ac aruchaf y gónfallt cle-
dyf eurdó2n gloeó trichanaól .
gó2egis y cledyf o eurllin melyn .
agóaec arnaó? amrant mo2uarch
purdu . abalaóc oeur melyn ar y
waec . Helymloyw ampenn ymar-
chaóc olactón melyn . amein crif-
tal gloeó yndi . ac arpenn y2
helym llun ederyn egrifft . amaen
rinwedaól yny penn . Palady2 llin-
wyd palaty2 grón yny laó . góedy
y liwaó ac afur [569] glas . penn
newyd góaetlyt ar ypalady2 . góedy
y lettému ac aryant coeth . Adyuot
a o2uc ymarchaóc ynllidiaóc y2lle
ydoed arthur adywedut daruot y2
b2ein lad ydeulu ameibon góy2da
y2 ynys hon̄ . ac erchi idaó peri
y owein wahard y v2ein . Yna yd

erchis arth" y owein wahard y
urein . Ac yna y góafgóys arth" y
werin eur aoed ar y claó2 yny
oedynt yndóft oll . ac yd erchis y
owein wers uab reget goftóng y
vaner . Ac yna ygoftyghóyt ac y
tagnouedwyt pob peth . Yna y
govynnóys ronabóy y Jdaóc póy
oed y trywy2 kyntaf adeuth at
owein . ydywedut idaó uot yn llad
y v2ein . ac y dywaót idaóc . góy2
oed d2óc ganthunt dyuot collet
y oóein . kytunbynn idaó ached-
ymdeithon . Selyf uab kynan . gar-
wyn o powys- agógaón gledyfrud.
agó2es uab reget . ygó2 aarwed
y uaner yndydkat ac ymlad . Póy
heb y ronabóy y tryóy2 diwethaf
a deuthant att arthur . y dywedut
idaó ryuot y b2ein yn llad y wy2 .
Y góy2 go2eu heb y2 Jdaóc a
deó2af . ahackaf gantunt golledu
arth" odim . blathaon uab mó2-
heth . a ráón peby2 uab deo2thach
wledic - a hyueid unllenn . Ac ar
hynny nachaf pedwar marchaóc
arhugeint yndyuot y gan offa gyll-
ellwaó2 . y erchi kygreir y arthur
hyt ympenn pythewnos amis . Sef
awnaeth arthur kyuodi amynet y
kymryt kygho2 . fef ydaeth tu arlle
ydoed gó2 pengrych góineu maó2
rynaód y ó2thaó . ac yno dóyn y
gygho2wy2 attaó .
Betwin efcob . agóarthegyt uab
kaó . amarch uab meirchaón . a

chrada6c ureichuras. a g6alchmei
uab g6yar ‑ ac edy2n uab nud. a
r6a6n peby2 uab deo2thach wled‑
ic. a riogan uab b2enhī Jwerdon.
a g6envynnwyn uab naf ‑ [570]
Howel uab emy2 llyda6. G6ilim
uab r6yf freinc. a danet. m̄.oth.
a go2eu | cuſtennin. a mabon m̄
mod2on. a pheredur palady2 hir.
A heneid6n llen. a th62ch. m̄.
perif. Nerth ꝺ̃ kadarn. a gob26
.m̄. echel uo2d6yt twyll.g6eir n̄i
g6eſtel. ac ad6y uab g6ereint.
Dy2ſtan mab talluch. Mo2yen
mana6ᶜ granwen mab lly2. a
llacheu mab arthur. a lla6uroded
uaryfa6c. achad62 iarll kerny6.
Mo2uran eil tegit. arya6d eil mo2‑
gant. a dyuy2 uab alundyuet.
g62yr gwalſtot ieithoed. adaon
mab telyeſſin. a llara uab kaſnat
wledic ‑ A ffleudur fflam. agrei‑
dyal gall dofyd. Gilbert mab kat‑
gyffro. Men6 mab teirg6aed.
gy2thm6l wledic. Ha62da uab kar‑
ada6c v2eichuras.Gildas mab ka6.
karieith mab feidi. a llawer owy2
llychlyn a denmarck.alla6er owy2
groec ygyt ac 6ynt. A diga6n olu
adeuth y2 kygho2 h6nn6. Jda6c
heb y ronab6y. P6y yg62 g6ineu
y deuthp6yt atta6 gynneu. Run
uab maelg6ng6yned g62 y mae o
v2eint ida6 dyuot pa6p y ymgyg‑
ho2 ac ef. Paacha6s yducp6yt
g6as ky ieuanghet ygkygho2 g6y2

ky vurd arrei racko. mal kady2‑
ieith mab faidi. 62th nat oed ym
p2ydein g62 62darch ygygho2 noc
ef. ac ar hȳny nachaf ueird yn
dyuot y datkanv kerd y arthur. ac
nyt oed dyn aadnapei y gerd hon‑
no. namyn kady2ieith ehun. eith‑
y2 yuot ynuolyant yarth" Acar
hynny nachaf pedeir affen aru‑
geint ac eupynneu oeur ac aryant
yndyuot. ag62 lludedic vlin ygyt
a phob un ohonunt ynd6y.n tey2n‑
get yarthur oynyſſed groec. Yna
yderchis kady2ieith mab faidi rodi
kygreir y ofla gyllellwa62 hyt ym
penn pythewnos amis. a rodi y2
affennoed [571] adathoed artey2n‑
get y2 beird. ac aoed arnunt yn
lle goby2 ymaros.ac ynoet y gy‑
greir talu eu kanu udunt. Ac ar
hynny y trigywyt. Ronab6y heb
Jda6c ponyt cam gwarauun y2
g6as ieuanc arodei gygho2 ky‑
helaethet ah6nn vynet ygkygho2
yargl6yd. Ac yna ykyuodes kei
ac ydywa6t ‑ p6y bynnac a vynno
kanlyn arthur‑ bit heno ygherny6
gyt ac ef. Ac ar nys mynno. bit
yn erbyn arthur hyt ynoet ygy‑
greir. ac rac meint y kynn626f
h6nn6 deffroi ao2uc ronab6y. A
phan deffroes ydoed ar groen y
dinawet melyn.g6edy rygyfcu o
hona6 teir,ath2i dieu. ar yſto2ya
honn aelwir b2eidwyt ronab6y.
allyma y2 acha6s na6y2neb y

v2eidwyt . na bard na chyfarwyd
heb lyuy2 . oacha6s y geniuer lli6
aoed arymerch ahynny o amrau-
ael liw odida6c ac ar y2aruev ac
eu kyweirdebeu . ac ar y llenneu
g6erthua62 ậmein rinweda6l . ~

Ramhera6dy2 arthur oed
ygkaer llion arwyfc . Sef
yd oed yn eifted diwarn-
a6t yny yftauell . ac y gyt
ac ef owein uab uryen . a
chynon uab clydno . a chei
uab kyner . a g6enhwyuar
ae lla6uo2ynyon yng6nia6 62th
ffeneft' . achyt dywettit uot po2-
tha62 arlys arthur . nyt oed y2 vn.
Glewl6yt gauaela62 oed yno ha-
gen ar ureint po2tha62 y aruoll
yfp aphellennigyon . ac ydech2eu
euhanrydedu . ac y uenegi moes
y llys ae deua6t udunt . y2 neb
adylyei vynet y2 neuad neu y2
yftauell oe venegi ida6 . Y2 neb
adylyei letty oe venegi ida6 . Ac
ymperued lla62 y2 yftauell ydoed
y2 amhera6dy2 arth^a yneifted . ar
demyl oirv2wyn allenn obali me-
lyngoch ydana6 agobennyd ae
dudet o bali coch dan penn yelin.
Arhynny y dywawt arthur . Ha-
wy2 pei nam gogane6ch heb ef
mi agyfk6n tra uewn ynaros vy
m6yt . ac ymdidan aell6ch ch6i-
theu . achymryt yfteneit oued

agol6ython y gan gei . achyf-
cu ao2uc y2 amhera6dy2 . A
gofyn ao2uc kynon uab klyd-
n6.y2 hynn a adawffei arthur   [y gei]
udunt . Minneu avynnaf y2
ymdidan da ae dewit y minneu
heb y kei . Hawr heb y kynon
teckaf y6 itti wneuth" edewit
arthur yngyntaf . ac odyna
y2 ymdidan go2eu awypom nin-
neu ni ae dywed6n itti . Mynet
ao2uc kei y2 gegin . ac y2 ved-
gell.adyuot ac yfteneit o ved
ganta6 . ac ago2vl6ch eur . ac
alloneit yd62n o vereu . agol6-
ython arnadunt . achymryt y
gol6ython awnaethant . ad ech-
2eu yvet y med . Weithon heb
y kei chwitheu bieu talu y
minneu uy ymdidan . Kynon
heb y2 owein tal y ymdidan y
gei . Dioer heb y kyñ.hyn g62   [on]
6yt agwell ymdidan62 no mi .
m6y a weleift obetheu odi-
da6c . tal di y ymdidan y gei .
Dech2eu di heb y2oweī [628]
o2 hynn odidockaf awypych .
Mi awnaf heb ykynon . Na-
myn vn mab mam a that oed-
6n i . ad2ythyll oed6n . ama62
oed vy ryvic . Ac ny thybyg6n
yny byt ao2ffei arnaf oneb ry6
gamh62i . Ag66edy daruot im
go2uot ar bob camh62i o2 aoed
yn vn wlat ami . Ymgywera6 aw-
neuthum acherdet eithauoed byt

a diffeithỽch. a dýwanu ýn ý diwed
a ỽneuthum ar ý glýn teccaf oȝ
být agỽýd gogýfuch ýndaỽ ac
a von redegaỽc a oed ar hýt ý gl-
ýn. affoȝd gan ýftlýs ýr avon.
Acherdet ý ffoȝd a ỽneuthum hýt
hanher dýd. ar parth arall ý ker-
deis hýt pȝýt naỽn. ac ýna ý de-
uthum ý vaes maỽȝ ac ýn diben
ý maes ý gỽelỽn kaer vaỽȝ llý-
wýchedic agỽeilgi ýn gýfagos
ýr gaer. affarth ar gaer ý deuthum
ac nachaf deu was pengrých me-
lýn aractal eur am pen pob vn
onadunt. affeis o bali melýn am
pen pob vn o nadunt. adỽý win-
tas o goȝdwal newýd am traet pob
vn. aguaegeu eur ar výnýgleu
eu traet ýn eu kau. a bỽa o afcỽȝn
eliffant ýn llaỽ pob vn o nadunt
allinyneu o ieu hýd arnadunt
a faetheu ac eu peleidýr oafkỽȝn
moȝỽil gỽedý eu hafkellu ac ada-
ned paun. affenheu eur ar ý pe-
leidýr. achýllell allafneu eureit
udunt oafkỽȝn moȝuil ým pob
vn oȝ deu not. ac hỽýnteu ýn fa-
ethu eu kýllýll. arýnnaỽd ý ỽȝth-
unt ý gỽelỽn gỽȝ pengrých melýn
ýný deỽȝed aý warýf ýn neỽýd
eillaỽ. affeis a mantell obali me-
lýn ýmdanaỽ. achýfnoden eurllin
ýný vantell adỽý wintas ogoȝd-
wal bȝith am ý dȝaet adeu gnap
eur ýn eu kau. Affan weleis. i.
efo dýneffau aỽneuthum attaỽ
achýuarch gỽell idaỽ. ac rac daet
ý wýbot kýnt ý kýuarchaỽd ef
well ý mi. no mi idaỽ ef. A dýfot

gýt a mi aoȝuc parth ar gaer.
ac nýt oed gýuanhed ýný gaer
namýn aoed ýný neuad. Ac
ýno ýd oed pedeir moȝỽýn aru-
geint ýn gỽniaỽ pali ỽȝth fen-
eftýr. Ahýn adýwedaf ýtti gei
vot ýn debic genhýf bot ýn de-
gach ýr haccraf onadunt hỽý.
noȝ voȝỽýn deckaf aweleift eir-
oet ýn ýnýs pȝýdein ýr anhar-
daf o nadunt. hardach oed no
gwenhỽýwar gỽȝeic arthur
pan uu hardaf eirýoet duỽ na-
dolic ne duỽ pafc ỽȝth offeren.
A chýfodi aoȝugant ragof. A
chwech onadunt agýmerth vý
march ac amdiarchenỽýs. Achỽ-
ech ereill onadunt a gýmerth vý
arueu ac ae golchaffant ý mýỽn
role hýný oedýnt kýn wýnhet
ar dim gỽýnhaf. ar dȝýded chỽech
adodaffant liein ar ý býrdeu ac
a arlỽýaffant bỽýt. Ar petwerýd
chwech adiodaffant .výlluded-
wifc ac ý dodi gỽifc arall ýmda-
naf. Nýt amgen crýs allaỽdýr
oȝ bliant. affeis a fỽȝcot a man-
tell o bali melýn ac oȝffreis
lýdan ýný vantell. Athýnnu
gobennýdeu amhýl athudedeu
oȝ bliant coch udunt ý danaf
ac ým kýlch. ac eifte aoȝugum
ýna. ar chỽech onadunt agým-
erth vý march aý goȝugant
ýn diwall oe holl ýftarn ýn gýf-
tal ar ýfgỽeineit goȝeu ým pȝý-
dein. ac ar hýnný nachaf kaỽ-
geu arýant adỽfýr ý molchi
ýndunt athỽeleu o wliant gỽýn

a rei gȣýrd ac ẏmolchi a oȝugam
a mýnet ẏe:fte ẏr bȣȝd aoȝuc ẏ
gȣ́ẏr gýnheu . a minheu ýn nef-
faf idaȣ ar gȣȝaged if vý llaȣ
inheu eithýr ý rei a oedýnt ýn
gȣaffanaethu ac arýant oed
ý bȣȝd . A bliant oedýnt ý lliei=
nýeu ý bȣȝt.ᵃᶜ Nýt oed vn lleftýr
ýn gȣaffanaethu ý bȣȝt namýn
eur neu arýant neu uuelýn
An bȣýt a doeth ýn . adiheu oed
ýtti gei na weleis eirmoet ac
nas kigleu bȣýt na llýn ný
welȣn ýno ý gýfrýȣ eithýr bot
ýn well kýweirdeb ý bȣýt ar
llýn aweleis ýno noc ýn lle ei-
rýoet . A bȣýta a oȝugam hýt am-
hanher bȣýtta ac ný dýwaȣt
nar gȣȝ nac vn oȝ moȝýnnýon
vn geir ȣȝthýf hýt ýna . Affan
uu debic gan ý gȣȝ bot ýn well
genhýf i ýmdidan no bȣýtta .
amoȣýn a oȝuc a mi parýȣ ger=
det aoed arnaf . affarýȣ wr oed=
ȣn . Adýwedut aoȝugum inheu
bot ýn vadȣs ým kaffel a ým=
didanei a mi . ac nac oed ýný
llýs bei kýmeint ac eu dȝýcket
ýmdidan dýnnýon . Ha vnben
heb ý gȣȝ ꞉ ni a ýmdidanem a
thi er meitin oný bei lefteir
ar dý vwýtta . ac weithon ni
a ýmdidanȣn athi . Ac ýna ý
manegeis i ýr gȣȝ pȣý oedȣn
ar kerdet aoed arnaf . Adýwe-
dut vý mot ýn keisaȣ a oȝffei
arnaf . neu vinheu a oȝffei ar=
naw . ac ýna edȝých a oȝuc ý
gȣȝ arnaf a gowenu . adýwe=

dut ȣȝthýf . pei na thebýccȣn dý-
fot goȝmod o ouut ýtti oý venegi
ýt mi ae managȣn ýt ýr hýn
a geiffý . A chýmrýt triftýt a goue=
ileint ýnof a ȣneuthum . ac adna-
bot a oȝuc ý gȣȝ arnaf hýnný . a
dẏwedut ȣȝthýf . kanýs gwell
genhýt ti heb ef menegi ohonaf
i ýtti dý afles noth les mi ae ma=
nagaf . Kȣfc ýma heno heb ef . a
chýfot ýn voȝe ý uýnýd a chýmer
ý ffoȝd ý dodȣýt ar hýt ý dýffrýn
vchot hýný elých ýr koet ý dodh=
ȣýt trȣýdaȣ . ac ýn rýnaȣd ýný
koet ý kýveruýd gȣahanffoȝd
athi ar ý tu deheu ýt . acherda
ar ý hýt honno hýný delých ý lan-
nerch vaȣȝ o vaes a goȝffed ým-
perued ý llannerch a gȣȝ du maȣȝ
awelý ýmperued ýr oȝffed ný
bo llei no deuȣȝ o wýr ý být hȣn .
ac vn troet ýffýd idaȣ . ac vn llý-
gat ýggneȣillin ý tal . affon ýffýd
idaȣ o haýarn a diheu ýȣ ýtti nat
oes deuwr ný chaffo eu llȣýth
ýný ffon . Ac nýt gȣȝ anhýgar
efo . gȣȝ hagýr ýȣ ýnteu . achoý-
dȣȝ ar ý koet hȣnnȣ ýȣ . A thi
awelý Mil o aniueileit gȣýllt
ýn poȝi ýný gýlch . a gouýn idaȣ
ef ffoȝd ý výnet oȝ lannerch . ac
ýnteu a výd gȣȝthgroch ȣȝthýt .
ac eiffýoes ef a venýc ffoȝd ýti
mal ý keffých ýr hýn a geiffý .
a hir uu genhýf i ý nof honno .
Ar boȝe dȝannoeth kýfodi a oȝu=
gum a gȣifcaȣ ýmdanaf ac ef=
kýnnu ar vý march a cherdet
acherdet ragof ar hýt ý dýffrýn

ar koet ac ỿr wahanffo2d a ve-
negis ỿ g62 ỿ deuthum hỿt ỿ
llannerch. A ffan deuthum ỿno
hoffach oed genhỿf awel6n ỿno
o aniweileit g6ỿllt no thri chỿm =
eint adỿwa6t ỿ g62. Ar g62 du
a oed ỿno ỿn eifted ỿmphen ỿr
o2ffed ma62 ỿ dỿwa6t ỿ g62 ỿ
mi ỿ vot ef. M6ỿ oed^ef lawer no
hỿnnỿ. Ar ffon haỿarn a adỿwe-
daffei ỿ g62 vot ll6ỿth deu62
ỿndi hỿfpỿs oed genhỿf i gei vot
ỿndi ll6ỿth petwar mil62. hon-
no a oed ỿn lla6 ỿ g62 du. a chỿ-
uarch g6ell a o2ugum i ỿr g62
du ac nỿ dỿwedei ỿnteu 62thỿf
namỿn g62thgroched ag^wỿn
a6neuthum ida6 pa wedỿant
aoed ida6 ef ar ỿr ani6eileit. Mi
a dangoffaf ỿtti dỿn bỿchan heb
ef. A chỿmrỿt ỿ ffon ỿnnỿ la6 a
thara6 kar6 a hi dỿrna6t ma62
hỿnỿ rỿd ỿnteu v2eiuat ma62.
Ac 62th ỿ v2eiuat ef. ỿ doeth o a-
niueileit g6ỿllt hỿnỿ oed gỿn
hamlet ar fer ar ỿr aỽỿr. ac hỿ-
nỿ oed kỿuỿg ỿ mi feuỿll ỿnỿ
llannerch gỿt ac h6ỿnt ahỿnnỿ
o feirff a lle6ot ag6iberot ac am-
rỿual aniueileit. ac ed2ỿch ao2uc
ỿnteu ar nadunt h6ỿ. ac erchi
udunt vỿnet ỿbo2i. ac eft6ng
eu penneu a o2ugant h6ỿnteu
ac adoli ida6 ef val ỿ g6naei !
g6ỿr g6areda6c ỿ eu hargl6ỿd
a dỿwedut 62thỿf i. A welỿdỿ
ỿna dỿn bỿchan. ỿ medỿant
ỿffỿd ỿmi ar ỿr aniveileit hỿn.
ac ỿna gouỿn ffo2d a6neuthum

ida6 ef. A gar6 uu ỿnteu 62th-
ỿf i. ac eiffoes gouỿn ao2uc ef
ỿmi pale ỿ mỿnn6n vỿnet
adỿwedut a6neuthum ida6
parỿ6 wr oed6n affa beth a
geiff6n. A menegi ao2uc ỿnteu
ỿmi. Kỿmher heb ef ỿ ffo2d ỿ
dal ỿ llannerch acherda ỿn er=
bỿn ỿr allt vchot hỿnỿ delỿch
ỿffen. Ac odỿno ti awelỿ ỿftrat
megỿs dỿffrỿn ma62. ac ỿm
pheued ỿr ỿftrat ỿ g6elei p2=
en ma62 aglaffach ỿ v2ic no2
fenitwỿd glaffaf. Ac ỿ dan
ỿ p2en h6nn6 ỿ mae fỿnha6n.
ac ỿn emhỿl ỿ fỿnha6n ỿ mae
llech wa62. ac ar ỿ llech ỿ mae
ka6c arỿant 62th kad6ỿn arỿ=
ant mal na ellir ỿ g6ahanu.
A chỿmer ỿ ka6c a b62 ka6ge=
it o2 d6fỿr am ben ỿ llech. Ac
ỿna ti a gl6ỿ6 t62 6f ma62.
A thi a debỿgỿ o2grỿmhu ỿ nef
ar daỿar gan ỿ t62 6f. Ac ỿn ol
ỿ t62 6f ef ada6 cawat adoer.
Ac a vỿd ab2eid ỿtti ỿ diodef
hi ỿn vỿw. achỿnllỿfc vỿd.
Ac ỿn ol ỿ kawat hinon a vỿd.
ac nỿ bỿd vn dalen ar ỿ p2en
nỿr darffo ỿr kawat ỿ d6ỿn.
Ac ar hỿnnỿ ỿ da6 kawat o a=
dar ỿ difcỿnnu ar ỿ p2en ac nỿ
chlỿweift ỿth wlat dỿ hun eir=
ỿoet kerd kỿftal ac a ganant
hwỿ. A ffan vo digriffaf genhỿt
ỿ gerd ti aglỿwỿ tuchan ach6-
ỿnuan ma62 ỿn dỿfot ar hỿt
ỿ dỿffrỿn parth ac attat. Ac ar
hỿnnỿ ti awelỿ varcha6c ỿ ar

ẏ ar varch purdu agỽifc o bali
purdu ẏmdanaỽ ac ẏſtondard
o vliant purdu ar ẏ waẏỽ. ath
gẏrchu a ỽna ẏn gẏntaf ẏgallo.
offoẏ di racdaỽ efo ath oꝛdiwed
os arhoẏ ditheu efo athi ẏn var-
chaỽc ef ath edeu ẏn bedeſtẏr.
Ac onẏ cheffẏ di ẏno ouut nẏt
reit ẏtti amouẏn gouut tra
vẏch vẏỽ. Achẏmrẏt ẏ ffoꝛd
aoꝛugum hẏnẏ deuthum ẏ
ben ẏr allt. Ac odẏno ẏgwelỽn
val ẏ managaſſei ẏ gỽꝛ du ẏm.
Ac ẏ emhẏl ẏ pꝛen ẏdoethum.
Ar ffẏnhẏaỽn awelỽn dan ẏ
pꝛen ar llech varmoꝛ ẏnẏ em-
hẏl. ar kaỽc arẏant ỽꝛth ẏga-
dỽẏn. Achẏmrẏt ẏkaỽc aoꝛu-
gum abỽꝛỽ caỽgeit oꝛ dỽfẏr
am ben ẏllech. Ac ar hẏnnẏ
nachaf ẏtỽꝛẏf ẏn dẏfot ẏn
wỽẏ ẏn da noc ẏdẏwedaſſei
ẏ gỽꝛ du. Ac ẏn ol ẏ tỽꝛẏf ẏ
gawat. Adiheu oed genhẏf i
gei na diaghei na dẏn na llỽ-
dẏn oꝛ a oꝛdiwedei ẏ gawat ẏn
wẏỽ kanẏ oꝛſſauei vn kẏnllẏf-
kẏn ohonei ẏr croen nac ẏr
kic. hẏnẏ attalei ẏr afcỽꝛn. ac
ẏmchoelut pedꝛein vẏ march
ar ẏ gawat aoꝛugum. Adodi
fỽch vẏn tarẏan ar ben vẏ
march ae wỽg. Adodi ẏbarẏf=
len ar vẏmphen vẏ hun. Ac
ẏvellẏ poꝛth ẏgawat. Ac val
ẏd oed vẏ eneit ẏn mẏnnu
mynet oꝛ coꝛff ẏ peidẏaỽd ẏ
gawat. Affan edꝛẏchaf ar ẏ
pꝛen nẏt oed vn dalen arnaỽ.

Ac ẏna ẏd hinones. Ac ẏna nachaf
ẏr adar ẏdifcẏnnu ar ẏ pꝛen ac
ẏn dechreu canu. ahẏfpẏs ẏỽ
genhẏf i gei na chẏnt na gỽedẏ
na chigleu gerd gẏſtal ahonno
eirmoet. Affan vẏd digrifhaf gen-
hẏf gwarandaỽ ar ẏr adar ẏn ca-
nu. nachaf tuchan ẏn dẏfot ar hẏt
ẏ dẏffrẏn parth ac attaf adẏwe-
dut ỽꝛthẏf. Ha warchaỽc heb ef
beth a holut ti ẏmi. pa dꝛỽc adigo-
neis i ẏtti pan ỽnelut titheu ẏmi
ac ẏm kẏfoeth aỽnaethoſt hediỽ.
Ponẏ ỽẏdut ti nat edewis ẏgaỽat
hediỽ na dẏn na llỽdẏn ẏn vẏỽ
ẏm kẏfoeth oꝛ agafas allan. Ac
ar hẏnnẏ nachaf varchaỽc ar va-
rch purdu agỽifc purdu o bali
ẏmdanaỽ ac arỽẏd o vliant pur-
du ar ẏ vaẏỽ. ac ẏmgẏꝛchu aoꝛ=
ugum achẏn bei dꝛut hẏnnẏ
nẏ bu hir hẏ nẏm bẏrẏỽẏt i ẏr
llaỽꝛ. ac ẏna dodi aoꝛuc ẏ march-
aỽc arlloſt ẏ vaẏỽ trỽẏ awỽẏn
eu ffrỽẏn vẏ march i. ac ẏmdeith
ẏd aeth ef ar deu varch ganthaỽ
am hadaỽ inheu ẏno. Nẏ ỽnaeth
ẏ gỽꝛ du o vaỽꝛed ẏmdanaf i kẏ-
meint amkarcharu inheu. nẏt
ẏfpeilỽẏs ẏnteu vi. A dẏfot a
oꝛugum inheu ~~tara~~ tramkefẏn
ẏr ffoꝛd ẏdeuthum gẏnt. Affan
deuthum ẏr llannerch ẏd oed
ẏ gỽꝛ du ẏndi. am kẏffes adẏ-
gaf ẏtti gei maẏ rẏwed na tho-
deis ẏn llẏn taỽd rac kẏwilẏd
gan agefeis o vatwar gan ẏ
gỽꝛ du. Ac ẏr gaer ẏ buaſſam
ẏnos gẏnt ẏdeuthum ẏnoſſ honno.

A llawenach uuwyt ỽrthyf y nos
hōno. noz nos gynt. a gỽell ym
pozthet. ar ymdidan a vynnỽn
gan wyz achan wraged agaffỽnn.
Ac ny chaffỽn i neb agyzbỽyllei
ỽrthyf i dim am vygkyzch yz
ffynnaỽn. Nys kyzbỽylleis ynneu
ỽzth neb ᛫ Ac yno y bum y nos
honno. Aphangyfodeis y vynyd
y boze trannoeth. ydoed balffrei
gỽineudu. amygen burgoch idaỽ
kyngochet arkenn yn baraỽt gỽe-
dy yyftarnu yn gywei. agỽedy
gỽifgaỽ vy arueu. Ac adaỽ vy
mendyth yno. adyuot hyt vy llys
vy hun. Ar march hỽnnỽ ymae
gennyfi etto ynyz yftauell racko.
Ac yrof aduỽ gei nafrodỽn i
euo ettwa yz y palffrei gozeu
ynynys pzydein. Aduỽ awyz gei
nac adeuaỽd [634] dyn arnaỽ ehun
chỽedyl vethedigach no hỽnn eiry-
oet. ac eiffoes rac odidocket gen-
hyf. nachiglef eirmoet nachynt.
na gỽedy awypei dim yỽzth
ychỽedyl hỽnn. namyn hyn-
nÿ. ÿ dÿwede*is*. A bot defnyd
ychỽedyl hỽnn ygkyfoeth
ÿr amheraỽdyz arthur heb dy-
wanu arnaỽ. Hawyz heb yz owe-
in ponÿt oed da mynet ygeif-
fÿaỽ dÿwanu ar ylle hỽnnỽ.
Mÿn llaỽ vygkyfeillt heb y kei.
mÿnÿch ydywedut ardy da-
faỽt ÿ peth nyfgỽnelut ardy we-
ithret. Duỽ awyz heb ygwenhỽ-
ÿfar ys oed gỽell dygrogi di gei.
nodywedut ymadzaỽd moz war-

thaedic ahỽnnỽ ỽzth ỽz mal ow-
ein. Myn llaỽ vygkyfeillt wreic-
da heb y kei. nyt mỽy ovoly-
ant y owein adywedeift di. no
minneu. Ac ar hynny deffroi
aozuc arthur. agofyn agyfgaffei
hayach. Do arglỽyd heb yz
owein dalym ᛫ ae amfer ynni
vynet vynet yz byzdeu ᛫ Am-
fer. arglỽyd heb yz owein. Ac
yna kanu kozn ymolchi a
wnaethpỽyt. amynet awnaeth
yz amheraỽdyz ae deulu oll y
vỽytta. Agỽedy daruot bỽytta.
difflan aozuc owein ymdeith.
A dyuot y letty a pharattoi y
varch ae arueu aozuc ᛫ ∞

Phan welas ef ydyd dzan-
noeth ᛫ gỽifgaỽ y arueu
aozuc. Ac yfgynnu ar y
uarch. acherdet racdaỽ aozuc
eithafoed byt. adiffeith vyn-
yded. ac ynydiwed y dywan-
aỽd ar y glynn a uanagaffei
gynon idaỽ. ual ygỽydyat yn
hyfpyf panyỽ hỽnnỽ oed. a
cherdet aozuc ar hyt y glynn
gan yftlys yz auō. Arparth arall
yz auon y kerdaỽd yny doeth
yz dyffrynn. Ardyffrynn ager-
daỽd yny welei y gaer. A
pharth argaer y deuth. Sef y
gỽelei y gỽeifon ynfaethu eu
kylleill yny lle y gỽelfei gynon.
ar gỽz melyn bieuoed y gaer yn
feuyll ger eu llaỽ. Aphan ytt-
oed owein yn mynnv kyuarch
gỽell yzgỽz melyn. kyuarch gỽell

aozuc ygỽr yowein . a dyuot
yny vlaen parth ar gaer . ac ef
awelei yſtauell yny gaer . A
phandeuth yz yſtauell ef awel-
ei y mozynyon yn gỽnyaỽ [635]
pali y myỽn kadeireu eureit .
Ahoffach o lawer oed gan
owein e tecket . ac euhardet .
noc ydywaỽt kynon idaỽ . A
chyfodi awnaethant y waſſan-
aethu owein mal y gỽaſſanaeth-
aſſynt gynon . ahoffach vu gā
owein y bozthant . no chan gy-
non . ac am hanner bỽytta a
mofyn aozuc y gỽr melyn ac
owein . py gerdet oed arnaỽ .
Ac ydywaỽt owein gỽbyl oe
gerdet idaỽ . ac ȳ ymgeiſſaỽ ar
marchaỽc yſſyd yngỽarchadỽ y
ffynnaỽnn y mynnỽn vy mot .
agowenu aozuc y gỽr melyn . a
bot yn anhaỽd gantaỽ menegi
y owein y kerdet hỽnnỽ . mal y
bu anhaỽd gantaỽ y uenegi y
gynon . ac eiſſoes menegi aozuc
y owein gỽbyl yỽzth hynny . ac
y gyſgu yd aethant . arboze [636]
dzannoeth y bu baraỽt march
owein gan y mozynyon . A cher-
det aozuc owein racdaỽ yny
deuth yz llannerch ydoed y gỽz
du yndi . a hoffach uu gan ow-
ein meint ygỽz du no chan
gynon . agofyn ffozd aoruc ow-
ein yz gỽz du . ac ynteu ae
menegis . acherdet aozuc owein
yffozd ual kynon . yny doeth yn
ymyl y pzenn glas . Ac ef awelei

y ffynnaỽn . ar llech yn ymyl y
ffynnaỽn . ar kaỽc erni . achym-
ryt y kaỽc aozuc owein abỽzỽ kaỽ-
geit oz dỽfyz ar y llech . Ac ar
hynny nachaf y tỽzyf . ac ynol
y tỽzyf y gaỽat . Mỽy olawer noc
ydywedaſſei gynon oedynt . a
gỽedy y gaỽat goleuhau aozuc
yz awyz . Aphan edzychaỽd owein
ary pzenn . nyt oed vn dalen ar-
naỽ . Ac ar hȳny nachaf yz adar
yn difgynnu ar ypzeñ ac ynkanu .
Aphan oed digrifaf gan owein
gerd yz adar . ef awelei varchaỽc
ȳ dyuot arhyt y dyffryn . ae er-
bynnyeit aozuc owein . ac ymwan
ac ef yndzut . A thozri ydeu
baladyz aozugant : adifpeilaỽ
deu gledyf awnaethant . ac ym-
gyfogi . Ac ar hynny owein adze-
wis dyznaỽt ar y marchaỽc trỽȳ
y helym . ar pennffeſtin . ar penguch
pỽzqỽin . a thzỽy y kroen ar kig
ar afgỽzn . yny glỽyfaỽd ar ȳr e-
mennyd . Ac yna adnabot aỽnaeth
ymarchaỽc duaỽc rȳ gaffael dȳr-
naỽt agheuaỽl ohonaỽ . ac ȳmho-
elut peñ y varch affo . ae erlit a
ozuc owein . Ac nyt ȳmgaffei . o-
wein ae vaedu ar cledyf . nȳt oed
bell idaỽ ynteu . Ac ar hȳnnȳ
owein awelei gaer uaỽz lȳwe-
chedic . Ac y pozth y gaer ȳdoeth-
ant . ac ellỽng y marchaỽc duaỽc
aỽnaethpỽyt ymyỽn . ac ellhỽg
doz dyzchauat awnaethpỽyt ar
owein . A honno ae medzaỽd odis
y pardỽgyl y kyfrỽy yny dozres

ymarch yn deu hanner trỽydaỽ
athᴣoelleu yᴣ yfparduneu gan y ·
fodleu owein. ac yny gerda ydoᴣ
hyt y llaỽᴣ . athᴣoelleu yᴣ yfpar-
duneu adᴣyll y march y maes .
Ac owein y rỽng ydỽydoᴣ ardᴣyll
arall yᴣmarch . ardoᴣ y myỽn a
gaewyt ual naallei owein vynet
odyno . Ac ygkyfyg gyghoᴣ ydoed
owein . ac ual ydoed owein uelly.
fef ygỽelei trỽy gyffỽllt ydoᴣ heol
gyfarỽyneb ac ef . ac yftret o tei
o bop tu yᴣ heol . Ac awelei moᴣ-
ỽyn benngrech uelen aractal eur
am y phenn . a gỽ.fc o bali melyn
ymdanei . a dỽy wintaf o goᴣdwal
bᴣith am y thᴣaet . Ac yndyuot
yᴣpoᴣth . ac erchi agoᴣi aoᴣuc .
Duỽ awyᴣ unbennes hebyᴣ owein
na ellir agoᴣi ytti o dyma . mỽy
noc y gellyditheu waret yminneu
o dyna . Duỽ awyᴣ heb y uoᴣỽyn
oed dyhed maỽᴣ na ellit gỽaret
itti . ac oed iaỽn y wreic wneu-
thur da ytti . Duỽ awyᴣ na weleis
i eirmoet waf well no thidi ỽᴣth
wreic . O bei gares itt goᴣeu kar
gỽᴣeic oedut . O bei oᴣderch itt
goᴣeu goᴣderch oedut . ac ỽᴣth
hynny heb hi yᴣ hynn aallaf i o
waret itti mi aegỽnaf . Hỽde di y
votrỽy honn adot amdy vys . a
dot y maen hỽnn y myỽn dy laỽ .
achae dy dỽᴣn am y maen . a
thᴣa gudyych ti euo euo ath gud
ditheu . Aphan hambỽyllont hỽy
oᴣlleon y deuant ỽy yth gyᴣchu
di ythdihennydyaỽ amygỽᴣ . A

gỽedy nawelont hỽy dydi dᴣỽc vyd
gantunt . a minneu a vydaf ar yᴣ
efgynnuaen racko yth aros di . A
thydi amgỽely i. kany welỽyfi dy-
di . adyᴣet titheu adot dy laỽ ar
penn [637] vy yfgỽyd i . Ac yna y
gỽybydafi dy dyfot titheu attaffi.
Ar ffoᴣd yd elỽyfi odyno dyᴣet tith-
eu gyt ami . ac ar hynny mynet
aoᴣuc o dyno y ỽᴣth owein . ac ow-
ein awnaeth aerchis y voᴣỽyn idaỽ
oll . ac ar hynny ydeuth y gỽyᴣ oᴣ
llys y geifaỽ owein oedihenydu .
A phan deuthant y geiffaỽ . ny wel-
fant dim namyn hanner y march .
A dᴣỽc ydaeth arnunt hynny . a
difflannu oaruc owein oc eu plith.
adyuot att y voᴣỽyn . adodi y laỽ
ar y hyfgỽyd . a chychỽyn aoᴣuc
hitheu racdi . ac owein ygyt ahi
yny deuthant y drỽf llofft uaỽᴣ de-
lᴣdiỽ . ac agoᴣi y llofft aoᴣuc y voᴣ-
ỽyn . adyuot y myỽn . achaeu y
llofft aoᴣugant . Ac edᴣych ar hyt
y llofft aoᴣuc owein . ac nyt oed yny
llofft un hoel heb y lliwaỽ a lliỽ
gwerthuaỽᴣ . Ac nyt oed un yftyll-
en heb delỽ eureit arnei yn amry-
ual . A chynnu tan glo aoᴣuc y voᴣ-
ỽyn . achymryt kaỽc aryant aoᴣuc
hi adỽfyᴣ yndaỽ . athỽel ovliant
gỽynn ar y hyfgỽyd . a rodi dỽfyᴣ y
ymolchi aoᴣuc y owein . Adodi
bỽᴣd aryant goᴣeureit rac y vᴣonn.
abliant melyn yn lliein arnaỽ . a
dyuot ae ginyaỽ idaỽ . A diheu oed
ganowein . nawelfei eiryoet neb
ryỽ vỽyt . ny welei yno digaỽn o

honaỽ . eithyꝛ bot ynwell kyweir-
deb ybỽyt awelei yno .noc yn lle
arall eiryoet. Ac ny welas eiryoet
lle kyn amlet anrec odidaỽc ovỽyt
allynn ac yno. Ac nyt oed vn llef-
tyꝛ yn gỽaffanaethu arnaỽ . namyn
lleftri aryant neu eur. a bỽytta ac
yuet aoꝛuc owein yny oed pꝛyt
naỽn hir . Ac ar hynny nachaf y
clywynt diafpedein yny gaer . a
gofyn aoꝛuc owein yꝛ uoꝛỽyn py
wedi yỽ hỽnn . Dodi oleỽ ary gỽꝛ-
da bieu bieu y gaer heb y uoꝛỽyn.
ac y gyfgu ydaeth owein . a gỽiỽ
oed yarthur dahet ygỽely aỽnaeth
y uoꝛỽyn idaỽ . o yfgarlat a gra a
phali afyndal a bliant. Ac amhan-
ner nos yclywynt diafpedein gir -
at. Pydiafpedein yỽ hỽnn weithon
heb yꝛ owein . Y gỽꝛda bieu ygaer
yf [638] fyd uaỽ yꝛ aỽꝛ honn heb y
voꝛỽyn. Ac amrynnawd oꝛdyd . y
clywynt diafpedein agỽeidi . an-
ueitraỽl eu meint . Agofyn aoꝛuc
owein yꝛ uoꝛỽyn pa yftyr yffyd yꝛ
gỽeidi hỽnn . Mynet achoꝛff y gỽꝛ-
da bieu y gaer y gaer yꝛ llann . a
chyuodi aoꝛuc owein y vynyd a
gỽifgaỽ ymdanaỽ . ac agoꝛi ffen -
eftyꝛ ar yllofft. ac edꝛych parth ar
gaer. ac ny welei nac ymyl nac ei-
thaf yꝛ lluoed yn llewni yꝛ heolyd.
ahynny ynllaỽn aruaỽc. agỽꝛaged
llawer y gyt ac wynt ar ueirch ac
ar traet. achꝛefydwyꝛ y dinas oll
ynkanu. Ac ef atebygei oweinbot
yꝛ awyꝛ yn edꝛinaỽ rac meint y
gỽeidi ar utkyꝛnn. ar crefydwyꝛ yn

kanu . Ac ymperued yllu hỽnnỽ
ef yꝛ eloꝛ . allenn o vliant gỽynn
arnei . aphyft kỽyꝛ ynllofgi yn
amyl yny chylch ac nyt oed vn -
dyn dan yꝛ eloꝛ no barỽn kyuoe-
thaỽc. A diheu oed ganowein na
welfei eiryoet niuer kyhardet a
hỽnnỽ o bali aferic a fyndal . Ac
ar ol y llu hỽnnỽ y gỽelei ef gỽꝛeic
velen ae gỽallt dꝛos y dỽy yfgỽyd.
ac agỽaet briỽ amyl yny bꝛigeu.
a gỽifc o bali melyn ymdanei
gỽedy yrỽygaỽ . a dỽy wintas o
goꝛdwal bꝛith am y thraet . A
ryued oed na bei yffic penneu y
byffed rac dyckynet y maedei y
dỽylaỽ y gyt . ahyfpys oed gan
owein nawelfei ef eiryoet gỽꝛeic
kymryt a hi beytuei ar y ffur -
yf iaỽn . ac uch oed ydiafpat .
noc aoed o dyn achoꝛn yny llu-
a phannwelas ef y wreic ennynu
aỽnaeth oe charyat yny oed gyf-
laỽn pop lle yndaỽ . A gofyn
aoꝛuc owein yꝛ uoꝛỽyn pỽy oed
ywreic . Duỽ a wyꝛ heb y uoꝛỽyn
gỽꝛeic y gellir dywedut idi y bot
yn deckaf oꝛ gwraged - ac yndi-
weiraf. ac yn haelaf. ac yn doeth-
af. ac yn vonhedickaf. vy arglỽy-
des i yỽ honn racko. a iarlles y
ffynnaỽn y gelwir gỽꝛeic y gỽꝛ a
[639] ledeift di doe. Duỽ awyꝛ
heb yꝛowein arnaf. mae mỽyhaf
gỽꝛeic agarafi yỽ hi . Duỽ awyꝛ
heb yuoꝛỽyn nachar hi dydi na
bychydic nadim . Ac ar hynny
kyuodi aoꝛuc y voꝛỽyn achynneu

tan glo . a llanỽ crochan odỽfyz
ae dodi y dỽymaỽ . achymryt tỽel
ovliant gỽyn aeˊdodi am vynỽgyl
owein . achymryt gozflỽch o af-
cỽzn eliphant . achaỽc aryant . ae
lanỽ ozdỽfyz tỽym . agolchi peñ
owein . ac odyna agozi pzenuol
athynnu ellyn . ae charn o afgỽzn
eliphant . Adeu ganaỽl eureit ar
yz ellyn . Ac eillaỽ y uaraf aozuc
afychu y benn ae vynỽgyl ar tỽel .
ac odyna dyzchafel aozuc y uoz-
ỽyn rac bzonn owein . a dyuot
ae ginyaỽ idaỽ . adiheu oed gan
owein . na chafas eiryoet kinyaỽ
kyſtal ahonno nadiwallach y waſ-
anaeth . A gỽedy daruot idaỽ y
ginyaỽ . kyweiryaỽ aozuc y uozỽyn
y gỽely . Dos yma heb hi y gyfcu
a minneu aaf yozderchu itti . a
mynet aozuc owein y gyfgu . a
chaeu dzỽs y llofft aozuc y uozỽyn
amynet | amynet parth ar gaer .
aphandeuth yno nyt oed yno na-
myn triſtyt a goual . Ar iarlles
ehun ynyz yſtauell heb diodef
gỽelet dyn rac triſtit . a dyuot a
ozuc lunet attei achyuarch gỽell
idi . ac nyſ attebaỽd yz iarlles .
a blyghau aozuc y uozỽyn ady-
wetut ỽzthi . Pyderỽ ytti pzyt nat
attep|pych y neb hediỽ . Lunet
heb yz iarlles py wyneb yſſyd ar-
nat ti . pzyt na delut y edzych y
gofut auu arnafi . ac aoed itti .
ac yſgỽneuthum i dy ti ỹ gyfoeth-
aỽc . Ac aoed kam itti . na delut
y edzych y gofut auu arnafi .

ac oed kam itti hynny . Di-
oer heb y lunet . ny thebyg-
ỽn i na bei well dy fynỽyz di
noc ymae . Oed well ytti geif-
faỽ goualu am ennill y gỽz-
da hỽnnỽ . noc ampeth arall .
ny ellych byth y gaffel . Yrofi
aduỽ heb yz iarlles . ny allỽn i
vyth ennill vy arglỽyd i o dyn
arall - [640] ynybyt . Gallut heb
y lunet gỽzhagỽz a vei gyſtal
ac ef neuwell noc ef . Yrofi a
duỽ hebyz Jarlles pei na bei
ỽzthmun gennyf peri dihenyd-
yaỽ dyn auackỽn mi abarỽn
dy dihenydyaỽ . am gyffelybu
ỽzthyf peth moz aghywir ahyn-
ny . apheri dy dehol ditheu mi
ae gỽnaf . Da yỽ gennyf heb y
lunet nat achaỽs itt | y hynny .
namyn am uenegi ohonafi ytti
dy les . lle nys metrut dy hun .
a mevyl idi ohonam ygyntaf a
yrro att y gilyd - a miui y adol-
ỽyn gỽahaỽd itti . ae titheu ym
gỽahaỽd inneu . Ac arhynny
mynet aozuc lunet ymeith . a
chyfodi aozuc yz iarlles hyt ar
dzỽs yz yſtauell yn ol lunet . a
pheſſychu yn uchel . ac edzych
aozuc Lunet tu dzaechefyn . Ac
emneidaỽ aozuc yz iarlles arlu-
net . adyuot dzaechefyn aozuc
Lunet att yz iarlles . Yrofi aduỽ
heb yz iarlles ỽzth lunet dzỽc
yỽ dy anyan . a chanys vy lles i
yd oedut ti yny uenegi im .
manac pa ffozd vei hynny . Mi

aemanagaf heb hi ⸱ Ti awdoſt na ellir kynnal dy gyfoeth di namyn o vilȯryaeth ac arueu. ac am hynny keis yn ebȥȯyd ae kynhalyo. Paffoȥd y gallaf i hynny heb yȥ iarlles Managaf heb y lunet. Ony elly di gyn‐ nal y ffynnaȯn. ny elly gynnal dy gyuoeth. Ny eill kynnal y ffynnaȯn namyn vn o teulu ar‐ thur. A minneu a af heb y lunet hyt yn llys arthur. a mefyl im heb hi o deuaf o dyno heb uilȯȥ a gattȯo y ffynnaȯn yn gyſtal neu ynwell noȥ gȯȥ ae kedwis gynt. anhaȯd yȯ hynny heb yȥ iarlles. ac eiſſoes dos ybȥofi yȥ hynn adywedy. Kychȯyn a oȥuc lunet ar uedȯl mynet y lys arthur. Adyuot aoȥuc yȥ llofft att owein. Ac yno ybuhi gyt ac owein yny oed amſer idi dyuot olyſ arth". Ac yna gȯif‐ gaȯ ymdanei aoȥuc hi a dyuot y ymwelet ar iarlles. allawen uu y iarlles ȯȥthi. chȯedleu o lys arthur gennyt heb yȥ iar‐ lles. Goȥeu chȯedyl gennyf ar‐ glȯydes heb hi kaffel o honaf vy neges. a pha bȥyt y mynny di dangos itt yȥ un [641] benn a doeth gyt ami. Dyȥet ti ac ef heb yȥ iarlles am hanner dyd a‐ voȥy ⸱ y ymwelet ami. a minneu abaraf yſgyfalhau ydȥef erbyn hynny. A dyuot awnaeth hi ad‐ ȥef. Ac amhannʼ dyd trannoeth y gȯifgȯys owein ymdanaȯ peis

a fȯȥcot a mantell obali melyn. ac oȥffreis lydan yny vantell o eur‐ llin. adȯy wintas o goȥdwal bȥith am y dȥaet. allun lleȯ o eur yneu kaeu. a dyuot aȯnaethnt hyt yn yſ‐ tauell y iarlles. A llawen uu y iar‐ lleṣ wȥthunt. Ac edȥych ar owein yn graff aoȥuc y iarlles. Lunet heb hi nyt oes wed kerdetȯȥ ar yȥ un‐ ben hȯnn. Py dȥȯc yȯ hynny arg‐ lȯydes. heb y lunet. Y roffi aduȯ heb y iarlles naduc dyn eneit vy arglwydi oe goȥff namyn y gȯȥ hȯnn ⸱ Handit gȯell itt arglȯydes‐ pei na bei dȥech noc ef nyf dygei ynteu y eneit ef. Ny ellir dim ȯȥth hynny heb hi kan deryȯ. Eȯch chȯi dȥachefyn atref heb yȥ iarlles. a minneu agymeraf gyg‐ hoȥ. A pheri dyfynnu y holl gy‐ uoeth y unlle dȥannoeth aoȥuc y iarlles. a menegi udunt uot y hiar‐ llaeth yn wedu. ac na ellit y chyn‐ nal onyt o uarch ac arueu a milȯȥ‐ yaeth ⸱ Ac yſef y rodaf inneu ar awch deȯis chȯi. ae un ohonaȯch chȯi am kymero i. ae vygkannya‐ du ynneu ygymrut gȯȥ ae kanhal‐ yo ole arall ⸱ Sef agaȯfant yn eu kyghoȥ kanhadu idi gȯȥa o le arall ⸱ Ac yna y duc hitheu efcyb ac archefcyb oe llys y wneuthur y pȥiodas hi ac owein. A gȯȥhau a oȥugant gȯȥȥ y iarllaeth y owein. Ac owein a gedwis y ffynnaȯn o waeȯ a chledyf. Sef mal y ked‐ ȯis adelei o ȯarchaȯc yno. owein ae byȥyei. ac aegȯerthei yȥ ylaȯn

werth. Ar da hỽnnỽ arannei owein
y varỽnyeit ae uarchogyon [642]
hyt nat oed vỽy gan y gyfoeth gar-
yat dyn oȝ byt oll noȝ eidaỽ ef.
A their blyned y buef uelly ~ ∞
AC ual ydoed walchmei di-
warnaỽt yngoȝymdeith ygyt
ar amheraỽdyȝ arthur. Edȝych a
oȝuc ar arthur ae welet yn trift
gyftudedic. a doluryaỽ aoȝuc gỽal-
chmei yn uaỽȝ owelet arthur yny
drych hỽnnỽ. a gofyn aoȝuc idaỽ.
arglỽyd heb py derỽ itti. Yrof a
duỽ walchmei heb yȝ arthur hir-
aeth yffyd arnaf am owein. agolles
y gennyf meint teirblyned. Ac o
bydaf y bedwared vlỽydyn heb
y welet ny byd vy eneit ym-
koȝff. a mi aỽn ynhyfpys pan-
ỿỽ oymdidan kynon mab clydno
ỿ colles owein. Nyt reit itti *argl-*
ỽyd luydyaỽ dy gyfoeth yȝ hynny
heb ỿgỽalchmei. namyn ti agỽyȝ dy
lỿs ad*igaỽn* dial owein oȝ llas.
neu ỿ rydhau ot ydiw ygkarchar.
neu os buỽ *efo* y dỽyn *y*gyt a
thi. ac ar a dywaỽt gỽalchmei y
trigỿwyt. *A mynet ymdeith yn*
gỿỽeir o veirch ac arueu awnaeth
arthur a gỽyȝ ydy gyt ac ef y ge-
iffaỽ owein. Sef oed meint y nifer
teir mil heb amlaỽ dynyon. achy-
non vab clydno yngyfarỽyd
idaỽ. a dyuot aoȝuc arthur hyt y
gaer ỿ buaffei gynon yndi. a phan
doethant yno ydoed y gỽeiffon yn
faethu yn yȝ unlle. ar gỽȝ melyn
ỿn feuyll ach eu llaỽ. A phan welas

y gỽȝ melyn arthur. kyuarch gwell
aoȝuc idaỽ ae wahaỽd. achym-
ryt gỽahaỽd aoȝuc arthur. Ac
yȝ gaer ydaethant. a chyt bei
maỽȝ euniuer. ny wydit eu hyftyȝ
yny gaer. a chyuodi aoȝuc y
moȝynyon y eugỽaffanaethu. a
bei awelfant ar bop gỽaffanaeth
eiryoet. eithyȝ gỽaffanaeth ygỽ-
ȝaged. ac nyt oed waeth gwaf-
fanaeth gỽeiffon y meirch y nos
643] honno. noc vydei ar arthur
yny lys ehun. Ar boȝe trannoeth
y kych ỽynnỽys arthur. achynon
yn gyfarỽyd idaỽ odyno. ac wynt
adeuthant hyt lle ydoed y gỽȝ
du. a hoffach o lawer oed gan
arthur meint y gỽȝ du noc ydy-
wedyffit idaỽ. ac hyt ympenn yȝ
allt ydeuthant. ac yȝ dyffryn
hyt yn ymyl ypȝenn glas. ac yny
welfant y ffynnaỽn ar kaỽc ar l̃e-
ch. Ac yna ydoeth kei ar arth'.'
A dywedut arglỽyd heb ef. mi a
ỽnn achaỽs y kerdet hỽnn oll. Ac
eruyn yỽ gennyf. gadu ymi bỽȝỽ
y dỽfyȝ ar yllech. ac erbynyeit
ygofut kyntaf adel. ae ganhadu
aoȝuc arthur. A bỽȝỽ kaỽgeit
oȝdỽfyȝ ar yllech aoȝuc kei. Ac
yny lle arol hynny ydeuth y
tỽȝyf. ac ynol y tỽȝyf y gawat.
ac ny chlywyffynt eiryoet twryf
achaỽat kyffelyb y rei hynny.
a llawer o amlaỽ dynyon aoed
yg kyỽeithas arthur aladaỽd y
gawat. A gỽedy peidyaỽ y gaỽat
y goleuhaỽys yȝ aỽyȝ. A phan

edʒychaffant ar ypʒen nyt oed un
dalen arnaỽ. adifgynnu aoʒuc yʒ
adar ar y pʒenn. a diheu oed gan=
tunt nachlyỽyffynt eiryoet kerd
kyftal ar adar ynkanu. Ac ar hyn=
ny ygỽelynt uarchaỽc y ar varch
purdu. agỽifc o bali purdu ym=
danaỽ. a cherdet gỽʒd gantaỽ. ae
erbynnyeit aoʒuc kei. ac ymwan
ac ef. Ac ny bu hir yʒ ymỽan kei
a vyʒywyt. Ac yna pebyllyaỽ aoʒ=
uc y marchaỽc a phebyll yaỽ aoʒuc
arthur aelu y nos hoño. A phan
gyfodant y boʒe trannoeth y vyn=
yd. ydoed arwyd ymwan ar waeỽ
y marchaỽc. a dyuot aoʒuc kei
ar arthur adywedut ỽʒthaỽ.
arglỽyd heb ef kam ym byrywyt i
doe. ac aoed,ỹti ymi hediỽ vynet
y ymwan ar marchaỽc. Ga=[644]
daf heb yʒ arthur. a mynet aoʒuc
kei yʒ marchaỽc. Ac yny l.e bỽʒỽ
kei aoʒuc ef. ac edʒych arnaỽ
ae wan ac arlloft y waeỽ yny tal
yny tyʒ y helym ar penffeftin ar
croen ar kic hyt yʒ afgỽʒn kyflet
aphenn y paladyʒ. Ac ymchoe=
lut aoʒuc kei ar y gedymdeithon
dʒachefyn. Ac o hynny allan yd
aeth teulu arthur bop eilwerf y
ymwan ar marchaỽc. hyt nat
oed un heb y vỽʒỽ oʒ marchaỽc
namyn arthur a gỽalchmei. Ac
arthur awifgaỽd ymdanaỽ y vy=
net y ymwan ar marchaỽc.
Och arglỽyd heb y gỽalchmei gat
y mi vynet y ymwan ar marchaỽc
yngyntaf. ae adu awnaeth ar=
thur. ac ynteu aaeth y ymwan ar

marchaỽc. a chỽnfallt o bali ym=
danaỽ aanuonaffei uerch iarll rā=
gyỽ ymdanaỽ ac amy varch. ỽʒth
hynny nys atwaenat neb oʒlluef.
Ac ymgyʒchu awnaethant ac ym=
wan y dyd hỽnnỽ hyt ucher. Ac
ny bu agos yʒ un o nadunt abỽʒỽ
ygilyd yʒ llaỽʒ. athʒannoeth yd
aethant y ymwan a pheleidyʒ go=
deuaỽc gantunt. ac ny oʒfu yʒ un
o nadunt ar y gilyd. ar trydyd dyd
ydaethant y ymwan. apheleidyʒ
kadarnuras godeuac gan bob un o
nadunt. Ac ennynnv olit awnaeth=
ant ac ymgyʒchu aỽnaethant am
hanner dyd ehun. a hỽʒd arodes
pob un o nadunt y gilyd. yny toʒ=
res holl gegleu eu meirch. Ac
yny vyd pob un dʒos bedʒein
y varch yʒ llaỽʒ o nadunt. achỹ=
uodi y vynyd yn gyflym aoʒugant.
athyñu clefydeu ac ymffuft adiheu
oed gan y nifer ae gỽelei ỽỹnt ỹ=
uelly. na welfynt eiryoet deu wr
kyn wychet ar y rei hynny na chỹn
gryfet. a phei tywyll y nos hi a-
vydei oleu gan y tan ou harfeu.
Ac ar hynny dyʒnaỽt arodes ỹ
marchaỽc y walchmei ỹnỹ dʒoes
yʒ helym y ar y wyneb ac ỹnỹ
adnabu y marchaỽc panỹỽ gwal=
chmei oed. Ac yna ydywaỽt owe=
in. arglỽyd walchmei nỹt atwa=
enỽn i didi o achaỽs dy gỽnfallt
am kefynderỽ ỽyt. Hỽdedi vỹg
kledyfi am harueu. Tidi owein
yffyd arglỽyd heb y gỽalchmei.
a thi aoʒuu. a chymer di vỹ arfeui.
ac ar hynny yd arganuu arthur

hỽynt adÿfot aoӡuc attunt. Arglỽyd
heb ÿ gwalchmei llyma owein we-
dÿ goӡuot arnaf i ac nÿ mÿn vÿ ar-
veu ÿ genhÿf. Arglỽyd heb ÿr owein
efo aoӡuu arnaf i ac nÿ mÿn vÿg
cledÿf. Moefföch attaf i heb ÿr arth[a]
aỽch cledÿfeu ac nÿ oӡuu ÿr vn oho-
naỽch ar ÿ gilÿd gan hÿnnÿ amÿ-
net dỽylaỽ mÿnỽgÿl ÿr amheraỽ-
dÿr arthur aoӡuc owein ac ÿmgaru
aoӡugant. A dÿfot aoӡuc ÿlu attunt
ÿna gan ÿmfang a bӡÿs ÿ geiffÿaỽ
gỽelet owein ÿ vÿnet dỽÿlÿỽ mÿ-
nỽgÿl idaỽ ac ef auu agos bot cala-
ned ÿn ÿr ÿmfag hỽnnỽ. Ar nos
honno ÿd aeth paỽb ÿ eu pebÿlleu.
A thrannoeth arouÿn aoӡuc ÿr am-
heraỽdÿr arth[a] ÿmdeith. Arglỽyd
heb ÿr owein nÿt vellÿ ÿ mae.
Jaỽn ÿt. teir blÿned ÿr amfer hỽn
ÿ deuthum i ÿ ỽӡthÿt ti arglỽyd ac
ÿ mae meu i ÿ lle hỽn. ac ÿr hÿnnÿ
hÿt hediỽ ÿd ỽÿf i ÿn darparu gỽled
ÿt ti can gỽÿdÿỽn i ÿ dout ti ÿm ke-
iffÿaỽ i. a thi adeuÿ gÿt a mi ÿ vỽӡỽ
dÿ ludet ti ath wÿr ac enneint a
geffỽch. a dÿfot aoӡugant ÿ gÿt oll
hÿt ÿg kaer iarlles ÿ ffÿnhÿaỽn.
ar wled ÿ buỽÿt teir blÿned ÿnÿ
darparu ÿn vn trimis ÿ treulỽÿt
ac nÿ bu efmỽÿthÿach udunt ỽled
eirÿỗt no honno na gwell. Ac ÿna
arouun aoӡuc arthur ÿmdeith a
gÿrru kenhadeu aoӡuc arthur ar
ÿr iarlles ÿ erchi idi ellỽg owein
gÿt ac ef ÿ dangos ÿ vÿrda ÿnÿs
pӡÿdein aÿ gỽӡagedda vn trimis. ar
iarlles aÿ canÿhadaỽd ac anaỽd uu
genthi hÿnnÿ. A dÿfot aoӡuc owein

gÿt ac arthur ÿ ÿnÿs pӡÿdein. A
gỽedÿ ÿdÿfot ÿmplith ÿ genedÿl
aÿ gÿt gÿuedachwÿr ef a dӡigÿỽÿs
teir blÿned ÿg kÿfeir ÿ trimis.
Ac val ÿd oed owein diwarnaỽt
ÿn bỽÿta ar ÿ bỽӡt ÿn llÿs ÿr am-
heraỽdÿr arthur ÿg kaer llion
ar ỽÿfc na chaf voӡöÿn ÿn dÿfot
ar varch gỽineu mÿngrÿch ae
vỽg agaffei ÿ llaỽӡ agỽifc o bali
melÿn ÿmdeni ar ffrỽÿn ac awe-
lit oӡ kÿfrỽÿ eur oll oed. a hÿt rac
bӡon owein ÿ doeth a chÿmrÿt ÿ
vodӡỽÿ a oed ar ÿ laỽ. val hÿn heb
hi ÿ gỽneir ÿ dỽÿllỽӡ aghÿỽir bӡa-
dỽӡ ÿr meuÿl ar dÿ varÿf. ac ÿm-
hoelu pen ÿ march ac ÿmdeith.
ac ÿna ÿ deuth cof ÿ owein ÿ ger-
det. athriftau aoӡuc. affan daruu
bỽÿta ÿw lettÿ aoӡuc agoualu ¡
ÿn vaỽӡ aỽnaeth ÿ nos honno.
Athrannoeth ÿ boӡe ÿ kÿfodes ac
nÿt llÿs arthur agÿrchỽÿs namÿn
eithaued bÿt adiffeith vÿnÿded.
Ac ef a vu ÿ vellÿ ar dӡo hÿnÿ dar-
uu ÿdillat oll. ac hÿnÿ daruu ÿ
goӡff haÿach ac ÿnÿ dÿuaỽd bleỽ
hir trỽÿdÿaỽ oll achÿt gerdet a
bỽÿftuilet gỽÿllt aỽnai a chÿt
ÿmboӡth ac ỽÿnt ÿnÿ oedÿnt gÿ-
nefin ac ef. Ac ar hÿnnÿ gỽanhau
aoӡuc ef hÿt na allei eu kanhÿm-
deith. ac eftỽng oӡ mÿnÿd ÿr dÿf-
frÿn aoӡuc achÿrchu parc teccaf
oӡ bÿt aiarlles wedỽ biewed ÿ pa-
rc. a diwarnaỽt mÿnet aoӡuc ÿr
iarlles ae llaỽ voӡÿnÿon ÿ oӡÿm-
deith gan ÿfllÿs ÿ parc hÿt ar
gÿfeir ÿchanaỽl ac hỽÿnt a ỽelÿnt

ỿn ỿ parc eilun dỿn aỿ delỽ ac
val dala ofỿn racdaỽ aozugant.
Ac eiffỿoes neffau aozugant at=
taỽ aỿ deimlỿaỽ aỿ edzỿch ỿn
graff. Sef ỿ gỽelỿnt gỽỿtheu
ỿn llanui arnaỽ ac ỿnteu ỿn
kỽỿnaỽ ỽzth ỿr heul a dỿfot aozuc
ỿ iarlles trachefỿn ỿr caftell a
chỿmrỿt lloneit gozflỽch oirỿeit
gỽerthwaỽz aỿ rodi ỿn llaỽ ỿ mo-
rỽỿn. dos heb hi a hỽn genhỿt
adỽc ỿ march racko ar dillat ge=
nhỿt a dot gỿr llaỽ ỿ dỿn gỿn-
heu. Ac ir efo ar ireit hỽn. ef a
gỿuỿt gan ỿr ireit hỽn. a gỽỿ-
lỿa ditheu beth aỽnel. ar vozỽ-
ỿn a doeth racdi achỽbỿl oz ireit
a rodes arnaỽ. ac adaỽ ỿ march
ar dillat gỿr ỿ laỽ achilỿaỽ a
mỿnet ruthỿr ỿỽzthaỽ ac ỿm-
gudỿaỽ a difcỽỿl arnaỽ. Ac ỿm-
phen rỿnhỿaỽd hi aỿ gỽelei ef
ỿn coffi ỿ vzeicheu ac ỿn kỿfodi
ỿ vỿnỿd. ac ỿn edzỿch ar ỿ gnaỽt
a chỿmrỿt keỽilỿd ỿndaỽ ehun
aozuc moz hagỿr ỿ gỽelei ỿ delỽ
rỿ oed arnaỽ. ac arganfot aozuc
ỿ march ar dillat ỿ ỽzthaỽ ac ỿm-
lithraỽ aozuc hỿnỿ gafas ỿdill-
at ac eu tỿnnu attaỽ oz kỿfrỽỿ
ac eu gỽifcaỽ aozuc ỿmdanaỽ ac
efcỿnnu ar ỿ march o abzeid. Ac
ỿna ỿmdangos aozuc ỿ vozỽỿn
idaỽ achỿfarch gỽell idaỽ aozuc.
Allaỽen uu ỿnteu vzth ỿ vozỽỿn
a gofỿn aozuc efo ỿr vozỽỿn pa
dir oed hỽnnỽ affa le. dioer heb
ỿ vozỽỿn iarlles wedỽ pieu ỿ
caftell racco. affan uu varỽ ỿ

harglỽỿd pziaỽt efo aedeỽis genthi
dỽỿ iarllaeth aheno nỿt oes ar ỿ
helỽ namỿn ỿr vn tỿ racco nỿs
rỿdỿcco iarll ieuanc ỿffỿd gỿmo-
daỽc idi am nat ai ỿn vzeic idaỽ.
Tzuan ỿỽ hỿnnỿ heb ỿr owein
acherdet aozuc owein ar vozỽỿn
ỿr caftell adifcỿnnu aozuc hi aỿ
dỽỿn ef aỽnaeth ỿ vozỽỿn ỿr caf-
tell efmỽỿth. achỿnneu tan idaỽ
aỿ adaỽ ỿno adỿfot aozuc ỿ vozỽỿn
at ỿ iarlles arodi ỿ gozflỽch ỿnỿ
laỽ. Ha vozỽỿn heb ỿ iarlles mae
ỿr ireit oll neur golles arglỽỿdes
heb hi. Ha vozỽỿn heb ỿ iarlles
nỿt haỽd genhỿf i dỿ atneirỿaỽ
di oed dirỿeit ỿminheu treulaỽ
gỽerth feith ugein punt oirỿeit
gỽerthuaỽz ỽzth dỿn heb ỽỿbot
pỽỿ ỿỽ ac eiffỿoes vozỽỿn gỽaf-
fanaethỿa di efo ỿnỿ vo diwall
ogỽbỿl a hỿnnỿ aozuc ỿ vozỽỿn
ỿ ỽaffanaethu ar fỽỿt adiaỽt
athan agỽelỿ ac enneint hỿnỿ
fu iach. ar bleỽ aaeth ỿ ar owein
ỿn dozỽennu kenfo. Sef ỿ bu ỿn
hỿnnỿ trimis agỽỿnnach oed
ỿ gnaỽt ỿna no chỿnt. ac ar hỿn=
nỿ diwarnaỽt ỿ clỿwei owein
kỿnhỽzỿf ỿnỿ kaftell ac arlỽỿ
maỽz adỽỿn arueu ỿmỿỽn. A
gofỿn aozuc owein ỿr vozỽỿn pa
kỿnhỽzỿf ỿỽ hỽn heb ef. Ỿiarll
adỽỽedeis ỿtti heb hi ỿffỿd ỿn
dỿfot ỽzth ỿ caftell ỿ geiffỿaỽ di
ua ỿ vzeic hon allu maỽz ganth-
aỽ. Ac ỿna gofỿn aozuc owein ỿr
vozỽỿn aoes varch ac arueu ỿr
iarlles. oes heb ỿ vozỽỿn ỿ rei

gozeu oz bỹt. A eỷdi ỷ erchi ben =
fic march ac arueu ỷmi at ỷr
iarlles heb ỷr owein val ỷ gall-
ȯn vỹnet ỷn edzỷchỹat ar ỷ llu.
af ỷn llaȯen heb ỷ vozȯỹn, adỷfot
at ỷ iarlles aozuc ỷ vozȯỹn adỷue -
dut ȯzthi cȯbỹl oỷ ỷmadzaȯd . Sef
aozuc ỷ iarlles ỷna chȯerthin .
Ỷrof aduȯ heb hi mi arodaf idaȯ
varch ac arueu vỹth ac nỹ bu ar
ỷ helȯ ef eirỷoet varch ac arueu
well noc ȯỹnt a da ỷȯ genhỹf i
eu kỹmrỹt o honaȯ rac eu caffel
om gelỹnnỹon a vozỹ om hanfod
ac nỹ ȯn beth a vỹn ac ȯỹnt. Adỷ-
fot aȯnaeth pȯỹt a gȯafcȯỹn du
telediȯ achỹfrȯỹ faȯỹd arnaȯ
ac adogỹn o arueu gȯz a march
a gȯifcaȯ aozuc ỷmdanaȯ ac ef-
cỹnnu ar ỷ march a mỹnet ỷm -
deith a deu vaccȯỹf gỹt ac ef ỷn
gỹȯeir o veirỷch ac arueu. Affan
doethant parth a llu ỷr iarll nỹ
ȯelỹnt nac emỹl nac eithaf idaȯ.
A gofỹn aozuc owein ỷr mackȯỹ-
eit pa vỹdin ỷd oed ỷr iarll ỷndi.
ỷnỹ vỹdin heb ȯỹnt ỷ mae ỷ pe-
deir ỷftondard melỹnỹon racco
ỷndi. dȯỹ ỷffỹd oe vlaen a dȯỹ
ỷnỹ ol. Je heb ỷr owein eȯchi 1
dzachefỹn ac aroȯch vỹvỹ ỷm po=
rth ỷkaftell. Ac ỷmhoelut aozu-
gant hȯỹ. acherdet aozuc owein
racdaȯ trȯỹ ỷ dȯỹ vỹdin vlaen-
haf hỹnỹ gỹueruỹd ar iarll. ae
dỹnnu aozuc owein efo oỷ gỹfrȯỹ
ỷnỹ vỹd ỷrỹdaȯ achozỹf ac ỷm =
hoelut pen ỷ varch parth ar caf=
tell aozuc. Affa o vit bỹnhac agafas

ef adoeth ar iarll ganthaȯ hỹ=
nỹ doeth ỷ bozth ỷ caftell lle ỷd
oỷdỹnt ỷ mackȯỹeit ỷnỹ aros
ac ỷ mỹȯn ỷ doethant. ar iarll
arodes owein ỷn anrec ỷr iarll=
es adỷwedut ȯzthi val hỹn. ȯelỹdi
ỷma ỷtti pȯỹth ỷr ireit bendige=
dic agefeis i genhỹt ti. ar llu a
bebỹllỹȯỹs ỷg kỹlch ỷ caftell
ar ỷr rodi bȯỹt ỷr iarll ỷ rodes
ef ỷ dȯỹ iarllaeth idi trachefỹn.
ac ỷr rỹdit idaȯ ỷnteu ỷ rodes
hanher ỷ gỹfoeth ehun achȯbỹl
oe heur aỷ harỹant aỷ thlỹffeu
a gȯỹftlỹon ar hỹnnỹ. ac ỷmde-
ith ỷd aeth owein aỷ wahaȯd
a ozuc ỷ iarlles ef aỷ gỹfoeth oll
ac nỹ mỹnȯỹs owein namỹn
kerdet racdaȯ eithavoed ỷ bỹt
a diffeithȯch. Ac val ỷd oed ỷ ve=
llỹ ỷn kerdet. ef aglỹȯei difcỹr
vaȯz ỷmỹȯn coet ar eil ar dzỹdet
Adỷfot ỷno aozuc. affan daȯ ef
aȯelei clocurỹn maȯz ỷg kanaȯl
ỷ koet a charrec lȯỹt ỷn ỷftlỹs
ỷ bzỹn. a hollt aoed ỷnỹ garrec.
a farff aoed ỷn ỷr hollt alleȯ pur=
ȯỹn aoed ỷn emỹl ỷ farff. affan
geiffỹei ỷ lleȯ vỹnet odỹno ỷ
neitỹei ỷ farff idaȯ. ac ỷna ỷ
dodei ỷnteu difkỹr. Sef aozuc
owein ỷna difpeilỹaȯ cledỹf a
neffau ar ỷ garrec. Ac val ỷd oed
ỷ ffarf ỷn dỹfot oz garrec ỷ tha=
raȯ aozuc owein achledỹf ỷnỹ
vỹd ỷn deu hanher ỷr lloȯz a
dỹfot ỷ ffozd val kỹnt. Sef ỷ
gȯelei ỷ lleȯ ỷnỹ ganlỹn ac
ỷn gȯare ỷnỹ gỹlch ual milgi

auackei ehun . A cherdet aoʒu-
gant ar hÿt ÿ dÿd educher . Af-
fan uu amſer gan owein oʒffo-
ỽÿs difcÿnnu aoʒuc ac ellỽg ÿ
varch ÿboʒi ÿmÿỽn dol waſtat
goedaỽc . a llad tan aoʒuc owein
Affan uu baraỽt ÿ tan gan owe-
in ÿd oed gan ÿ lleỽ dogÿn ogÿn-
nut hÿt ÿmphen teir nos . adif-
flannu aoʒuc ÿ lleỽ ÿ ganthaỽ
ac ÿnÿ lle na chaf ÿ lleỽ ÿn dÿfot
attaỽ achaeriỽzch maỽz telediỽ
ganthaỽ aÿ vỽzỽ ger bʒon owe-
in amÿnet ÿoʒwed ÿ am ÿ tan
ac ef . A chÿmrÿt aoʒuc owein ÿ
kaeriỽzch aÿ vligÿaỽ a dodi golhỽ-
ÿthÿon ar vereu ÿg kÿlch ÿ tan
a rodi ÿ iỽzch oll namÿn hÿnnÿ
ÿr lleỽ ÿ ÿffu . Ac val ÿ bÿdei owe-
i.1 ÿ vellÿ ef aglÿỽei och waỽz
ar eil ar trÿdet . ac ÿn agos attaỽ .
agofÿn aoʒuc owein aÿ bÿdaỽl
aÿ gỽnaei . Je ÿfgỽir heb ÿ dÿn
pỽÿ ỽÿt titheu heb ÿr owein ꞏ di-
oer heb hi lunet ỽÿf i llaỽ voʒỽÿn
iarlles ÿ ffÿnÿhaỽn . beth aỽneÿ
di ÿna heb ÿr owein . vÿg karcha-
ru heb hi o achaỽs gỽzảng a do-
eth olÿs ÿr amheraỽdÿr . ac auu
rÿnnaỽd gÿt a hi . ac ÿd aeth ÿ
dʒeiglÿaỽ lÿs arthur . ac nÿ doeth
vÿth dʒachefÿn . ar kedÿmdÿeith
oed ef genhÿf i mỽÿhaf agarỽn
oʒ holl vÿt . Sef aoʒuc deu o weif-
fÿon ÿftauell ÿ iarlles ÿoganu
ef ÿm gỽÿd i . ae alỽ ÿn dỽÿllỽz
bʒadỽz . Sef ÿ dÿỽedeis inheu na
allei eu deu goʒff hỽÿnt amrÿf-
fon ae vn goʒff ef . Ac am hÿnnÿ

vÿg karcharu ÿnÿ lleſtÿr maen
hỽn aoʒugant adÿỽedut na bÿdei
vÿ eneit ÿm koʒff onÿ deuhei ef
ÿm hamdiffin i ÿn oet ÿ dÿd ac nÿt
pellach ÿr oet no threnhÿd ac nÿt
oes ÿmi neb ae keiſſÿo ef . Sef oed
ÿnteu owein vab vzÿen . aoed di-
heu genhÿt titheu heb ÿr ÿnteu
pei gỽÿppei ÿ gỽzeanc hỽnnỽ hÿnÿ
ÿdeuhei efo ÿth hamdiffÿn di . diheu
ÿrof a duỽ heb hi . Affan uu digaỽn
poeth ÿ golỽÿthÿon eu rannu aoʒuc
owein ÿn deu hanher ÿ rÿdaỽ ar
voʒỽÿn . a bỽÿtta aoʒugant . a gỽedÿ
hÿnnÿ ÿmdidan hÿnÿ uu dÿd dʒa-
noeth . A thrannoeth goỽÿn aoʒuc
owein ÿr voʒỽÿn aoed le ÿ gallei
ef caffel bỽÿt a lleỽenÿd ÿ nos hỽno.
oes arglỽÿd heb hi dos ÿna drỽod
heb hi ÿr rÿt a cherda ÿ ffoʒd gan
ÿftlÿs ÿr afon ac ÿmphen rÿnna-
ỽd ti a welÿ gaer vaỽz a thÿrÿeu
amhÿl arnei ar iarll pieu ÿ gaer
honno goʒeu gỽz am vỽÿt ÿỽ ac
ÿno ÿgellÿ vot henỽ ac nÿ ỽÿlÿỽÿs
gỽÿlỽz ÿ arglỽÿd eirÿoet ÿn gÿftal
ac ÿ gỽÿlÿ ỽÿs ÿ lleỽ owein ÿ nos
gÿnt . Ac ÿna kÿỽeirÿaỽ ÿ varch
aoʒuc owein acherdet racdaỽ trỽÿ
ÿ rÿt hÿnÿ welas ÿ gaer . Ac ÿr gaer
ÿ doeth owein . aÿ aruoll aỽnaeth-
pỽÿt idaỽ ÿno ÿn anrÿdedus achÿ-
weirÿaỽ ÿ varch ÿn diwall a dodi
dogÿn o vỽÿt ger ÿ vʒon . amÿnet
aoʒuc ÿ lleỽ ÿ bʒeſſeb ÿ march ÿ
oʒwed hÿt na leuaſſei neb oʒ gaer
vÿnet ÿg kÿfÿl ÿ march racdaỽ
adiheu oed gan owein na ỽelas
eirÿoet lle kÿftal ÿ waſſanaeth

ahonn6. A chyndziꝼtet oed bop
dyn yno achyn bei agheu ympop
dyn onadunt. A mynet ao2ugant y
v6yta. ac eiꝼted ao2uc y2 iarỻ ar
y neiỻla6 ywein. Ac un verch oed
ida6 ar y tu araỻ y owein. A diheu
oed gan owein na welas eiryoet
vn vo26yn delediwach no honno.
A dyuot ao2uc y ỻew r6ng deu =
troet owein dan y b62d. Ac owein
ae po2thes o bop b6yt o2 aoed
ida6 ynteu. Ac ny welas owein
bei kymeint yno a th2iꝼtyt y dyn=
yon. Ac amhanner b6ytta greꝼ=
fa6u owein ao2uc y iarỻ. Mad6s
oed itt bot yn ỻawen heb y2 ow=
ein. Du6 a6y2 yni nat 62thyt ti
ydym dziꝼt ni. namyn dyuot deu=
nyd triꝼtit in a gofal. Beth y6
hynny heb y2 owein. Deu uab
oed im. a mynet uyn deu uab y2
mynyd doe y hela. Sef y mae
b6yꝼtuil yno aỻad dynyon awna.
ac eu hyꝼfu. A dala vy meibon a
o2uc. ac auo2y y mae oet dyd y
rofi ac ef y rodi y vo26yn honno
ida6. neu ynteu aladho vy meibon
ymg6yd. ac eiljlun dyn yꝼfyd ar=
na6. Ac nyt ỻei ef no cha62. Di=
oer heb y2 owein. truan y6 hynny.
a phyun awney ditheu o hynny.
Du6 awy2 arnaf heb y2 iarỻ uot
yn diweirach gennyf diuetha vy
meibon agafas om hanuod. no
rodi uy merch ida6 ombod. [652]
oe ỻygru. ae diuetha. ac ymdidan
awnaethant am betheu ereiỻ. Ac
yno y bu owein y nos honno. ar
bo2e trannoeth 6ynt a glywynt

t62yf anveitra6l y ueint. Sef oed
hynny y g62 ma62 yn dyuot ar deu
uab ganta6. A mynnu kad6 y gaer
ao2uc y iarỻ racda6 a dilyꝼfu y deu
vab. G6ifga6 ao2uc owein y arueu
ymdana6. a mynet aỻa. ac ym=
b2a6f arg62. Ar ỻe6 yny ol. A
phanwelas y g62 owein yn arua6c.
y gy2chu ao2uc. Ac ymlad ac ef.
ag6eỻ o la6er yd ymladei y ỻe6
ar g62 ma62 noc owein. Yrofi a
du6 heb y g62 62th owein. nyt oed
gyfyg gennyf ymlad a thidi bei na
bei y2 anifeil gyt a thi. Ac yna
y by2ya6d owein y ỻe6 y2 gaer. a
chaeu y po2th arna6. A dyuot y
ymlad ual kynt arg62 ma62. a
diꝼgrech ao2uc y ỻe6 am glybot
gofut ar owein. a dzigya6 yny vyd
arneuad y2 iarỻ. ac yar y neuad
hyt ar y gaer. ac yar y gaer y nei=
dya6d yny uu gytac owein. a
phalua6t atrewis yỻe6 ar beñ yꝼ=
g6yd y g62 ma62 yny uyd y balaf
tr6y bleth y d6yclun. ual yg6elit
y holl amyfgar yn ỻith2a6 ohona6.
Ac yna y dyg6yd6ys y g62 ma62 yn
var6. Ac yna y rodes owein y deu
vab y2 iarỻ. a g6aha6d owein a
o2uc y2 iaỻ. ac nyf mynna6d ow=
ein. namyn dyuot racda6 y2 dol
ydoed Lunet yndi. Ac ef awelei
yno kynneu ua62 o tan. A deu
was penngrych wineu deledi6
yn mynet ar uo26yn oeb62o yny
tan. A gofyn ao2uc owein py
beth aholynt y2 uo26yn. a dat=
kanu eu kyfranc ao2ugant ida6.
mal ydatkanaꝼfei y uo26yn y

[653] nos gynt . ac owein a pall =
6ys idi . Ac am hynny y llofg6n
ninneu hi . Dioer heb y2 owein
marcha6c da oed h6nn6 . Aryued
oed gennyfi pei g6ypei ef uot ar
y uoz6yn hynny . nadelei y ham -
diffyn . A phei mynne6ch ch6i vy=
ui dzofta6 ef . miui aa6n y ch6i .
Mynn6n heb y gweiffon mynny
g6z an g6naeth . a mynet aozug =
ant y ymdiot ac owein . a gofut
agafas owein gan y deuwas . Ac
ar hynny y lle6 a nerth6ys owein .
ac aozuuant ar y g6eiffon . Ac
yna ydywedaffant 6ynteu . ha un=
benn . nyt oed amot ynni ymlad
namyn athydi dy hun . Ac yfan =
ha6s ynni ymlad ar anifeil racko
noc athydi . Ac yna ydodes owein
y lle6 yny lle y buaffei y uoz6yn
ygkarchar . a g6neuthur mur maen
ar ydz6s ⌐ Amynet y ymlad ar
g6yz malkẏt⌐ ac ny dothoed ow=
ein y nerth ettwa ⌐ Ahydyz oed
y deuwas arna6 . Ar lle6 vyth yn
difgrechu amvot gouut ar owein.
a r6yga6 ymur aozuc y lle6 yny
gauaf ffozd alla . Ac yngyflym y
lladа6d y neill oz g6eiffon . ac yny
lle y llada6d y llall . Ac uelly y
differaffant h6y Lunet rac y llof =
gi . Ac yna ydaeth owein a Lunet
gyt ac ef y gyfoeth iarlles y ffyn=
na6n . a phan doeth odyno y duc
y iarlles ganta6 y lys arthur . A hi
a uu wreic trauu vy6 hi ⌐ ∞

AC yna ydeuth ef ffozd ylys
y du tra6s . ac ymlada6d ac
ef . ac nyt ymedewis y lle6 ac ow-
ein yny ozuu ar y dutra6s . A phan
doeth ef ffozd y lys y du tra6s y
neuad agyzch6ys . Ac yno y g6elas
ef pedeir g6zaged ar hugeint . te=
lediwaf oz awelas neb eiryoet . ac
nyt oed dillat ymdannunt werth
pedeir arhugeint o aryant . Achyn
triftet oedynt ac [654] agheu . A
gofyn aozuc owein udunt yfty2 eu
triflit . Ydywedaffant 6ynteu
pany6 merchet ieirll oedynt . Ac
ny dothoedynt yno namyn ar
ar g6z m6yhaf a garei bop un o
nadunt gyt ahi . Aphan doetham
ni yma ni a ga6ffam lewenyd a
pharch ac an g6neuthur yn ved6 .
A g6edy y beym ued6 y deuei y
kythzeul bieu y llys honn . ac y
lladei ang6yz oll . ac y dygei an
meirch ninneu ac an dillat ac an
eur ac anaryant . A chozffozoed y
g6yz yffyd ynyz un ty a llawer o
galaned ygyt ac 6ynt . allyna itti
unben yfty2 an triflit ni . Adz6c
y6 gennym ni unben dy dyuot ti =
theu yma rac dz6c itt . A thzuan
uu gan owein hynny ˙amynet a
ozuc y ozymdeith allann . Ac ef
awelei uarcha6c yndyuot atta6 .
ac yny aruoll tr6y lewenyd achar=
yat ual bei bza6t ida6 . Sef oed
h6nn6 y dutra6s . Du6 a6yz heb
y2 owein nat y gyzchu dy lewen =
yd ydod6yf i yma . Du6 awyz heb
ynteu naf keffy ditheu . Ac yny lle
ymgyzchu a6naethant . Ac yma =
doydi yndzut . ac ymdihauarchu
ac ef aozuc owein ac ef . ae r6y =
ma6 ae d6yla6 ary gefyn . ana6d

a erchis y du traѵs y owein .
A dywedut ѵ2thaѵ . arglѵyd ow-
ein heb ef. darogan oed dydy-
uot ti yma ym dareftѵngi . a
thitheu a deuthoft . ac ao2ug-
oft hynny . Ac yfpeilѵ2 uum i
yma . ac yfpeilty uu uyn ty . a
dy2o im vy eneit . A mi a af yn
yfpyttyѵ2 . ami agynhalyaf y
ty hѵnn yn yfpytty ywann ac
y gadarn. tra vѵyf vyѵ rac dy
eneit ti . Ac owein agymerth
hynny gantaѵ . ac yno y bu
owein y nos honno . a th2an-
noeth y kymerth y pedeir
gѵ2aged arhugeint ae meirch.
ae dillat . ac adathoed gantunt
oda athlyffeu . Ac y kerdѵys
ac ѵynt gyt ac ef hyt yn llys
arthur . Allawen uuaffei arthur
ѵ2thaѵ gynt pan y kollaffei .
a llaѵenach yna . ar gѵ2aged
hӯny y2honn a vynnei dri-
gyaѵ yn llys arth"[655] hi
ae kaffei . ar honn a vnnei
vynet ymeith elei . Ac owein
a trigywys yn llys arthur o
hynny allann yn pennteulu .
Ac yn annѵyl idaѵ yny aeth
ar y gyfoeth ehun. Sef oed
hynny trychant ₍cledyf₎ kenuerchyn
ar v2anhes . Ac y2 lle ydelei
owein ahynny gantaѵ . go2uot
aѵnaei . Ar chwedyl hѵn ael-
wir chwedyl. iarlles y ffyn-
naѵn . ⌣ ⌣ ⌣∞

261   *R. B. of Hergest.*

THIRTY leaves, namely, folios
CCxxxvij—CClxvj, are missing,
after next page, in Peniarth MS. 4.
Of these, folios CCxxxvij—CCl are
seemingly lost, and the nature of
their contents is a matter of con-
jecture. Happily folios CClj—CClviij,
which contain Historical and other
Triads as well as some Poetry, are
simply misplaced : they now form
pages 117—132 of Peniarth MS. 12,
and their text was published in
Y Cymmrodor for 1884, pages 123—
154. As regards the remaining
folios CClix—CClxvj, they were in
existence in February 1573, when
Richard Langford fortunately copied
them "in a good light where the
sun shone," he having nevertheless
to "strain his eyes, because the
writing was both so dark and old."
Langford's transcript however has,
like its original, disappeared, but
John Jones of Gelli Lyvdy has left
us a copy of it in Peniarth MS. 111,
pages 117—169, where we are cate-
gorically told that Langford's origi-
nal was part of Llyfr Gwyn
Rhydderch, i.e. Peniarth MS. 4.
Moreover we know that the existing
folio CClviij ends with the opening
lines of *Englynion Gereint vab
Erbin*, and as Langford gives us
the concluding lines, it follows that
he had folio CClix. This fact estab-
lishes the identity of the fragment
he copied as folios CClix—CClxvj.

rthur a deuodes dala
llys ẏghaer llion ar
vyſc ag ẏ dellis ar un
tu ſeith paſc a phymp nadolic
Ar ſulgwyn treilgveith dala
llys aozuc ẏno. canys hy=
gyrchaf lle yny gyuoyth
oyd gaer llion y ar uoz ac y
ar dir. A dygyuoz a ozuc at=
tav nav bzenhin cozunavc a
oedynt wyr itav hyd ẏno.
Achyt a hynnẏ. Jeirll a ba-
roneit canys gvahodwyr ꞇ
itav uydei y rei hynny ym
pob gvyl arbennic ony bei
uavr aghennyon yn eu m̃
lludyas. a phan uei ef yg=
hayr llion yn dala llys teir
eglvys ardec a achubid vrth
ẏ offerenneu ſef ual ẏ achu=
bid. Eglvys ẏ arthur aẏ de=
ẏrned aẏ wahodwyr. ar eil
ẏ wenhvyuar aẏ rianed ar ꞇ
trydet a uydei yr diſtein
ar eircheid. Ar bedwared y
odyar franc ar ſvydogyon
ereill. nav eglvys ereill a uyd=
ei yrvg nav penteulu ac y ꞇ
walchmei yn bennaf canys
ef o arderchogrvyd clod ꞇ
milvryaẏth ac urtas boned
oed bennaf ar nav pentelu.
ac ny ag annei yn yr un oz
eglvyſeu mvy noc adywedaſ=
fam ni uchod. Glevlvyd gy-
uaeluavr a oyd benn pozth-
avr itav ac nyd ymmyrrei
ef yggvaſaẏ͠th namyn yn
un oz teir gvyl arbennic.
namyn ſeithwyr a oydynt
ẏ danav yn gvaſanythu ẏ
a rennynt ẏ ulvydyn ẏ ⁄

385

I 2

rygthunt. nyd amgen. gryn
  A phen pighon.
a llaẏs gymyn. a gogẏuvlch
a gvrdnei lygeidcath a welei
hyd nos yn gyſtal ac hyd dẏt
A drem uab dremhidid. Ach=
luſt uab cluſtueinyd aodynt
vylwyr ẏ arthur. a dyv ma=
vrth ſulgyn ual yd oyd yr
amheravdyr yny gyued=
ach yn eiſted. nachaf was
gvineu hir yn dyuod ẏ my=
vn apheis a fvrcot o bali
cayravc ymdanav achledyf
eurdvrn am ẏ uynvgyl a
dvy eſkid iſſel o gozdwal am
ẏ drayd. a dyuod a ozuc
hyd rac bzon arthur hen=
pych gvell arglvyd heb ef.
dyv a rodo da it heb ynteu
a greſſo dyv vrthẏt. ac a
oys chwedleu o newyd gen=
nyd ti. Oes arglvyd heb yr
ynteu. nyd adwen i di heb
yr arthur. ryued ẏv genyf
nu ꞏ nam atwaẏnoſt. a fozef=
tvr iti arglvyd vyf i yn fo=
reſt ẏ ded dena a madauc
ẏv uy env uab tvrgadarn ꞏ
dywed ti dy chwetleu heb yr
arthur. dywedaf arglvyd
heb yr ef. carv aweleis yn
fozeſt ac ny weleis yr moet
ẏ gyfryv. pa beth yſſyd ar=
nav ef heb yr arthur. pryt
na welut eiroyd ẏ gyfryv
purwyn arglvyd ẏv ac nẏ
cherda gyd ac un aneueil
o ryuyc a balchder rac ẏ
urenhineidet ac ẏ[y] ouyn kyg=
hoz iti arglvyd ẏ dodvyf. i.
beth ẏv dy gyghoz ẏ am da=

na6 . Ja6naf ẏ g6naf . i . heb
ẏr arthur mẏnet ẏ helẏ ef
ẏ uo2ẏ ẏn ieuengit ẏ dẏt .
a pheri g6ẏbot heno ar ba6b
o2 llettẏeu hẏnnẏ . ac ar rẏfue=
rẏs oed benkẏnẏd ẏ arthur . ị
ac areliuri a oed penn macc6ẏf
ac ar ba6b ẏ amhẏnnẏ . Ac ar
hẏnnẏ ẏ trigaffant a gell6g
ẏ macc6ẏf o2 blaen a o2uc . ac
ẏna ẏ dẏwa6d g6enh6ẏuar
vrth arthur . Argl6ẏd heb hi a
genhedẏ di uẏui auo2ẏ ẏ uẏ=
net ẏ ẏdrẏch ac ẏ waranda6
ar helẏ ẏ car6 a dẏwa6d ẏ ṃ
macc6ẏf . Canẏhadaf ẏn lla=
wen heb ẏr arthur . Mineu
a af heb hi . ac ẏna ẏ dẏwa6d
g6alchmei vrth arthur . Ar=
gl6ẏd heb ef ponẏd oed ia6n
ititheu canhadu ẏr neb ạ
delei h6nn6 atta6 ẏnẏ helua
llạd ẏ benn aẏ rodi ẏr neb ẏ
mẏnhei aẏ ẏ o2derch ita6 e=
hun ae ẏ o2derch ẏ gẏdẏmdeith .
ita6 . na marcha6c na p̣ḥẹ=
deṣṭẏr ẏ del ịṭa6 . Canhadaf
ẏn llawen heb ẏr arthur . a
biḍ ẏ kerẏd ar ẏ diftein ọnẏ
bẏd para6t pa6b ẏ bo2e ẏ
uẏṇet ẏ helẏ . atreula6 ẏ
nos ao2ugant dṛ6ẏ gẏmẏ=
dṛọlder o gerdeu a didan6ch
ac ẏmdidaneu a didla6t wa=
fanaeth . aphan uu amfer gan
ba6b onadunt mẏnet ẏ gẏfcu
ḥ6ẏṇt a aethant . a phan do=
eth ẏ dẏt drannoeth dẏffroi
ao2ugant a gal6 a o2uc arth=
ụṛ ar ẏ g6eiffon a gadwei ẏ
welẏ nẏd amgen pedwar
maccọẏf . Sef ẏ rei a oedẏnt

Cadẏrieith uab po2tha6r gand6ẏ .
ac amb2en uab bedwẏr . ac am=
har uab arthur . a go2eu uab g .
Cuftennẏn . ar g6ẏr hẏnnẏ a
doethant ar arthur ac a gẏuarch=
affant well ita6 . ac awifcaffant
ẏmdana6 . a rẏuedu a o2uc arth=
ur na deffroes gwenh6ẏuar .
Ac nad ẏmdroes ẏnẏ gwelẏ . ar
g6ẏr auẏneffẏnt ẏ deffroi . Na
deffro6ch hi heb ẏr arthur canẏs
g6ell genthi gẏfcu no mẏnet
ẏ edrẏch ar ẏr helẏ . ac ẏna ẏ
kerda6d arthur racda6 ac ef
a glẏwei deu go2n ẏn canu : un
ẏn ẏmẏl llettẏ ẏ penkẏnẏd ar
llaỻ ẏn ẏmẏl llettẏ ẏ pennmac=
c6ẏf . a ll6ẏr dẏgẏfo2 c6bẏl o2
niueroed a doethant ar arthur .
acherdet a o2ugant parth ar
fo2eft , arthr6ẏ vẏfc ẏ doethant
ẏr fo2eft ac ẏmada6 ar b2iffo2d
acherdet tir erd2ẏm aruchel
ẏnẏ dothant ẏr fo2eft . a g6ede
mẏnet arthur odieithẏr ẏ llẏs
ẏ deffroes g6enh6ẏuar . a gal6
ar ẏ mo26ẏnẏon a o2uc a g6ifca6
ẏmdanei . a uo2ẏnẏon heb hi
mi agẏmereis neithwẏr gen=
hẏad ẏ uẏnet ẏ ẏdrẏch ar ẏr
helẏ . ac aet un o hona6ch ẏr
ẏftabẏl apharet dyuot a uo
o uarch o2 aweḍạ ẏ wraged eu
marchogaeth . ac ef aaeth
ụn onadunt ac nẏ chaffat ẏn
ẏr ẏftabẏl namẏn deu uarch .
a gwenh6ẏfar ac un o2 mo2ẏn=
ẏon a aethant ar ẏ ḍeu uarch .
ac vẏnt adoethant dr6ẏ 6ẏfc .
a llufc ẏ g6ẏr ar meirch ac eu
fathẏr ạgẏnhalẏffant ac ual
ẏ bẏdẏnt ẏn kerded ẏ uellẏ

húýn aglýôýnt tôrôf maôr anghe=
rdaôl . ac ýdrých a oʒugant dʒae
keuýn . ac výnt awelýnt uarch =
aôc ar ebaôluarch helýglei athru =
gar ý ueint . Amaccôýf gôineu
Jeuanc eſkeirnoýth teýrneid ar
arnaô . achledýf eurdôʒn ar glun .
apheis a fôrcot obali ýmdanaô .
a dôý eſkid iffel o goʒdôal am ý
dʒaýd . allen o boʒfoʒ glas ar m̱
warthaf hýnný . ac aual eur
vrth pob côrr idi . acherdet ýn
uchelualch drýbelidfraeth gýſ=
fonuýr awnai ý march . ac ýmoʒ=
diwes a gwenhôýuar aoʒuc . ach=
yuarch gôell iti a oʒuc . Dyô a
rodo da it ereint hep ýr hith =
eu . a mi ath adnabuum pan ýth
weleis gyntaf gynneu . achreſ=
fo duô vrthýt . a paham nad
aethoſt ti gýd ath arglôyd y hela
am na výbuum pan aeth heb
ef . Minneu a rýuedeis heb ýr
hi gallu o honaô ef uýned ýn
ý mi . Je arglôýdes heb ef kýſcu
awneuthum inheu mal na
výbuum pan aeth ef . a goʒeu
un kedýmdeith heb hi genýf i
uýghýdýmdeithas arnaô ýný
kýuoeth oll být ti owas Jeu=
anc . ac ef a allei uod ýn gýn
digriued ýni oʒ hela ac udunt
hôýnteu . Canýs ni a glýôôn
ý kýrn pan ganer . ac a glýô=
vn ý côn pan ellýgher aphan
dechreuôýnt alô . ac výnt a
doethant ý ýſtlýs ý foʒeſt . ac
ýno ſeuýll awnaethant . Ni
a glýôôn odýma heb hi pan ell=
ýnger ý côn . ac ar hýnný tô=
rôf aglýwýnt . ac edrých ýg
gôrthôýneb ý tôrôf a oʒugant .

Ac výnt awelýnt coʒr ýn march =
ogaeth march uchedeô froýn =
uoll maſwehýn . cadarndrut .
ac ýn llaô ý coʒr ýd oed frowýll
aᶜ ýn agos ýr coʒr ý gwelýnt
wreic ý ar uarch canwelô te =
lediô aphedeſtric waſtadualch
ganthaô . ac eurwiſc obali am
danei . ac ýn agos iti hitheu m̱
marchaôc ý ar caduarch maôr
tomlýd . ac arueu trôm g̃loýô
ýmdanaô ac am ý uarch . a di=
heu oýd ganthunt na welýnt
eiroed gôr a march aᶜ arueu
hoffach ganthunt eu meint
no výnt . aphob un onadunt
ýn gýuagos ý gilid . Gereint
heb ý gwenhôýuar aatwaý=
noſt ti ý marchaôc racco ma̱=
vr . Nac atwen heb ýnteu . Ný
at ýr aruen ýſtronaôl maôr
racco welet naý výneb ef naý
bʒýt . Dros uoʒôýn heb ý gwen=
hôýuar a gouýn ýr coʒr pôý
ý marchaôc . mýnet a oʒuc
ý uoʒôýn ýn erbýn ý coʒr . Sef
aoʒuc ý coʒr kýuaros ý uoʒôýn
pan ý gwelas ýn dýuot attaô .
a gouýn a oʒuc ý uoʒôýn ýr coʒr
pôý ýmarchaôc heb hi . Nýs dý=
wedaf iti heb ef . Canýs kýn=
drôc dý výbot heb hi ac nas
dýwedý mi . Mi ae gouýnaf ýdaô
ehun . Na ouýnný mýn uýgchret
heb ýnteu . paham heb ýr hi .
Am nad být ýn ýnrýdet dýn
awedo vrthaô ýmdidan am
arglôýd . i . Sef a oʒuc ý uoʒôýn
ýna ꞏ troffi penn ý march tu
ar marchaôc . Sef a oʒuc ý
coʒr ýna ýtharaô a frowýll
a oed ýný laô ar draôs ý hôýneb

aẏ llẏgeit ẏnẏ uẏd ẏ gwaet ẏn
hidleit. **Sef** awnaeth ẏ uoꝛʋẏn
o dolur ẏ dẏrnaʋd ꞉ dẏuot tra ꞊
cheuẏn at wenhʋẏuar ẏ dan
gʋẏnaʋ ẏ dolur. **Hagẏr** iaʋn
heb ẏ gereint ꞏ ẏ goꝛuc ẏ coꝛꝛ
athi. Mi aaf heb ẏ gereint ẏ
vẏbot pʋẏ ẏ marchaʋc. **Dos**
heb ẏ gwenhʋẏuar. **Dẏuot**
a oꝛuc gereint at ẏ coꝛꝛ. heb
ef pʋẏ ẏ marchaʋc. **Nẏs** dẏ ꞉
wedaf iti heb ẏ coꝛꝛ. Mi aẏ go ꞉
uẏnnaf ẏr marchaʋc e hun
heb ẏnteu. **Na** ouẏnhẏ mẏn
uẏgkred heb ẏ coꝛꝛ. **Nẏd** vẏt
un anrẏdet di ac ẏ dẏlẏhẏch
ẏmdidan am arglʋẏd i. Miui
heb ẏ gereint a ẏmdideneis a
gʋr ẏffed gẏftal ath arglʋẏd di.
athroffi penn ẏ uarch aoꝛuc m
parth ar marchaʋc. **Sef** aoꝛuc
ẏmoꝛdiwes ac ef aẏ daraʋ ẏnẏ
gẏueir ẏ traʋffei ẏ uoꝛʋẏn ẏnẏ
oed ẏ gʋaet ẏn lliwaʋ ẏ llenn
a oed am ereint. **Sef** aoꝛuc
gereint dodi ẏ laʋ ar dʋrn ẏ
gledẏf achẏmrẏt kẏghoꝛ ẏnẏ
uedʋl ac ẏftẏraʋ a oꝛuc na oed
dial ganthaʋ llad ẏ coꝛꝛ. ar mar ꞉
chaʋc aruaʋc ẏnẏ gael ẏn rat
a heb arueu. **a** dẏuot dracheuẏn
a oꝛuc ẏn ẏd oed wenhʋẏuar.
Doeth afʋẏllaʋc ẏ medreift heb
hi. **Arglʋẏdes** heb ef mẏui ettʋa
aaf. ẏnẏ ol gan dẏ gennat ti. ac
ef adaʋ ẏnẏ diwed ẏ gẏuanhed
ẏ caffʋẏf i arueu. ae eu benfic
ae ar ʋẏftel ual ẏ caffʋẏf ẏm bꝛa ꞊
ʋf ar marchaʋc. **Dos** ditheu heb
hi ac nac ẏmwafc ac ef ẏnẏ gef ꞊
fẏch arueu da. **a** goual maʋr
uẏd genhẏf. i. ẏmdanat heb hi

391

ẏnẏ gaffʋẏf chʋetleu ẏ vrthẏt.
Os bẏʋ uẏdaf. i. heb ef erbẏn
pꝛẏd naʋn ẏ uoꝛucher ti aglẏwẏ
chʋetleu o dianghaf. ac ar hẏnnẏ
kerdet a oꝛuc. **Sef** foꝛd ẏ kerdaf ꞊
fant is laʋ ẏ llẏs ẏghaer llion.
ac ẏr rẏt ar vẏfc mẏnet drʋod.
a gʋaftattir teg erdrẏm aruchel
agerdẏffont ẏnẏ doẏthont ẏ di ꞊
naftref. **a**c ẏm penn ẏ dref ẏ
gʋelẏnt caer achaftel. **a**c ẏm penn
ẏ dref ẏ doethant. **a**c ual ẏ kerd ꞊
ei ẏ marchaʋc trʋẏ ẏ dref. ẏ kẏ ꞊
uodei tẏlʋẏth pob tẏ ẏ gẏuarch
gwell idaʋ ac ẏ graffaʋu. **a**ffan
doeth gereint ẏr dref ẏ ẏdrẏch
ẏm pob tẏ ẏ geiffaẏaʋ neb adna ꞊
bot neb oꝛ a welei. **a**c nit atwae ꞊
nat ef neb na neb ẏnteu. ual
ẏ gallei ef caffael kẏmʋẏnas o
arueu aẏ o uenfic ae ar vẏftẏl.
afob tẏ awelei ẏn llaʋn o wẏr ac
arueu a meirch. **a**c ẏn llathru tar ꞊
ẏaneu. ac ẏn ẏfleẏpanu cledẏueu.
ac ẏn golchi arueu ac ẏn pedoli
meirch. **a**r marchaʋc ar uarcho ꞊
ges ar coꝛꝛ a gẏrchẏaffant ẏ
caftell a oed ẏnẏ dref. llawen oet
paʋb vrthunt oꝛ caftell. **a**c ar
ẏ bẏlcheu ac ar ẏ pẏrth ac ẏm pob
kẏueir ẏd ẏmdoꝛuẏnẏglẏnt ẏ
gẏuarch gʋell ac uot ẏn llawen
vrthunt. **Seuẏll** ac edrẏch a
oꝛuc gereint a uẏdei dim go ꞉
hir arnaʋ ẏnẏ caftell. **A** ffan
vẏbu ẏn hẏfpẏs ẏ drigaʋ. edrẏch
aoꝛuc ẏnẏ gẏlch. ac ef a welei ar
dalẏm oꝛ dref hen llẏs atueiledic
ac ẏndi neuad drẏdoll. **a**c vrth
nat atwaenat neb ẏnẏ dref mẏ ꞉
net aoꝛuc parth ar hen llẏs a
gʋedẏ dẏuot o honaʋ parth ar

llỹs ꞉ nỹ welei haỹach namỹn loft a welei afont o uaỹn marmoz ỹn dỹuot oz loft ỹ waeret . ac arbont ỹ gwelei gỽr gwỹnllỽyt ỹn eifted a hen dillat adueiledic ỹmdanaỽ . Sef a ozuc gereint ỹdrỹch arnaỽ ỹn graf hir hỹnt . Sef a dỹwaỽd ỹ gỽr gwỹnllỽyd vrthaỽ . A uaccỽyf heb ef pa ued= vl ỹỽ ỹ teu di . Ꝏedỹlỹaỽ heb ỹn= teu am na vn pa le ỹd af heno . A deuỹ di ragot ỹma unben heb ef . athi ageffỹ ozeu agaffer it . af heb ỹnteu a dỹỽ a dalo it . a dỹuot racdaỽ a ozuc ach= ỹrchu a ozuc ỹ gỽr gwỹnllỽyd ỹr neuad oe ulaen . a difkỹnnu a ozuc ỹn ỹ neuad ac adaỽ ỹno ỹ uarch a dỹuot racdaỽ tu ar loft ef ar gvr gwỹnllỽyt . ac ỹnỹ lloft ỹ gwelei gohenwreic ỹn eifted ar obennỹd a hen dillat atueiledic o bali amdanei . affan uuaffei ỹnỹ llaỽn ieuengtit . tebic oet ganthaỽ na welfei neb wreic degach no hi . a mozỽyn a ged gỹr ỹ llaỽ achrỹs a llenlliein ỹmdanei gohen ỹn dechreu atueilaỽ . a diheu oed ganthaỽ na welfei eiroet un uozỽyn gỹflaỽnach o amỹlder prỹd a gofked atheledivrỽyd no hi . ar gỽr gwỹnllỽyd a dỹwaỽd vrth ỹ uozỽyn . Nit oes was ỹ uarch ỹ marchaỽc mackỽyf hỽnn namỹn ti heno . ỹ gỽafanaeth ozeu a allỽyf . i . heb hi ꞉ mi ae gỽnaf ac itaỽ ef ae uarch . a diarchenu ỹ mac= kỽyf aozuc ỹ uozỽyn . ac odỹ- na ỹ diwallu ỹ march o wellt ac ỹt . Achỹrchu ỹr neuad ual

kỹnt a dỹuot ỹr lloft dracheuỹn a ỹna ỹ dỹwaỽd ỹ gỽr gwỹnllỽyt vrth ỹ uozỽyn . Dos ỹr dref heb ef vrth ar traỽfglỽyd gozeu a ellỹch o uỽyd a llỹn par dỹuot ỹma ac ef . Mi awnaf ỹnllawen arglỽyd heb hi . ac ỹr dref ỹ doỹth ỹ uozỽyn ac ỹmdidan aozugant hỽỹnteu tra uu ỹ uozỽyn ỹnỹ dref . ac ỹnỹ lle nachaf ỹ uozỽyn ỹn dỹuot a gvas ỹ gỹt a hi ach= oftrel ar ỹ geuỹn ỹn llaỽn o ued gỽerth a chwarthaỽr eidon Jeuanc ac ỹ rỽg dỽỹlaỽ ỹ uozỽyn ỹd oed talỹm o uara gwỹnn ac ouuỹt coeffet ỹnỹ llenlliein ac ỹr lloft ỹ doeth . Nỹ elleis i heb hi draỽf= clỽyd well no hỽnn . ac nỹ cha= vn uỹgkredu ar well no hỹnn . Dadigaỽn heb ỹ gereint . afferi berwi ỹ kic aozugant . a fan uu baraỽd eu bỽỹt vỹnt a aỹthont ỹ eifte . nỹt amgen . Gereint a eiftedaỽd ỹ rỽg ỹ gỽr gwỹnllỽyt aỹ wreic . ar uozỽyn awafana= ethaỽd arnunt . a bỽỹta ac ỹuet a ozugant . a gwedỹ dar= uot utunt uỽyta dala ar ỹm= didan ar gỽr gwỹnllỽyt a ozuc gereint a gouỹn itaỽ ae ef gỹn= taf bieiuu ỹ llỹs ỹd oed ỹndi . mi ỹfgwir heb ef aỹ hadilỹaỽd . a mi bieuu ỹ dinas ar caftell aweleift ti . Och a vr heb ỹ gereint paham ỹ colleift titheu hỽnnỽ . Ꝏi agoll= eis heb ỹnteu iarllaeth uaỽr ỹ gỹt a hỹnnỹ . a llỹma paham ỹ colleis . Nei uab praỽt a oet im achỹuoeth hỽnnỽ ar meu uỹ hun a gỹmereis attaf . affan doeth nerth ỹndaỽ holi ỹ gỹuoỹth a ozuc . Sef ỹ kỹnhelleis inheu /

ẏ gẏuoeth racda6 ef . Se꞉ a o2uc
ẏnteu rẏuelu arnaf . i . achẏn =
nẏdu c6bẏl o2 a oed ẏm lla6 .
A vrda heb ẏ gereint a uenegẏ
di i mi pa dẏuotẏat uu un
ẏ marcha6c a ꝺoeth ẏr dinas
gẏnheu ar uarchoges ar co2r .
afaham ẏ maẏ ẏ darpar a
weleis . i . ar gweirẏa6 arueu .
Managaf heb ef . Darpar ẏ6
ẏ uo2ẏ ar chware ẏ ꝼꝼẏt gan ẏ
iarll ieuanc . Nit amgen ꞉
dodi ẏ mẏ6n gweirgla6d ẏf =
fẏd ẏno d6ẏ fo2ch . ac ar ẏ d6ẏ
fo2ch g6eilging arẏant . alla =
mẏſtaen a dodir ar ẏ weilging .
ath6rneimeint a uẏd am ẏ
llamẏſtaen . ar niuer a weleiſt
ti ẏnẏ dref oll o wẏr a meirch
ac arueu ada6 ẏr t6rneime =
int . ar wreic u6ẏhaf a garo
ada6 ẏ gẏt a fob g6r . ac nẏ
cheif ẏmwan am ẏ llamẏſta =
en ẏ g6r nẏ bo gẏt ac ef ẏ wreic
u6ẏhaf a garo . ar marcha6c
a weleiſt ti a gauas ẏ llamẏſten
d6ẏ ulẏnet ac o2 keif ẏ drẏdet
ẏ hanuon a wneir ita6 pob
bl6ẏdẏn gwedẏ hẏnnẏ . ac nẏ
da6 e hun ẏno . a marcha6c
ẏ llamẏſten ẏ gelwir ẏ march-
a6c o hẏn allan . A 6r da heb
ẏ gereint maẏ dẏ gẏgho2 di
ẏ mi am ẏ marcha6c h6nn6
am fẏrhaet a geueis gan ẏ
co2r ac a gauas mo26ẏn ẏ m
wenh6ẏuar wreic arthur a
menegi ẏſtẏr ẏ fẏrhaed a o2uc
Gereint ẏ g6r gwẏnll6ẏd .
Nẏt ha6d im allu roti kẏgho2
it canẏt oes na gwreic na
mo26ẏn ẏd ẏmardelwẏch o

o honei ẏd elut ẏ ẏmwan ac ef .
arueu a oed ẏ mi ẏna ẏ rei hẏnnẏ
a gaffut . ac o bei well gennẏt
uẏ march i no2 teu dẏ hun . a
vrda heb ẏnteu dẏ6 adalo it
da diga6n ẏ6 genhẏf i uẏ march
uẏ hun ẏd vẏf geneuin ac ef
atharueu ditheu . a ꝼꝼonẏ edẏ
ditheu vrda ẏ mi ardel6 o2
uo26ẏn racco ẏ ꝼꝼẏd uerch ititheu
ẏn oet ẏ dẏt ẏ uo2ẏ . ac o2 diag =
haf i o2 t6rneimant uẏgkẏwir =
deb am careat a uẏd ar ẏ uo26ẏn
tra u6ẏf u6 . onẏ dianghaf uinheu
kẏn diweiret uẏd ẏ uo26ẏn m̄
achẏnt . 0)iui heb ẏ g6r gwẏn =
ll6ẏd awnaf hẏnnẏ ẏn llawen .
a chanẏs ar ẏ met6l h6nn6 ẏd 6ẏt
titheu ẏn trigẏa6 . reit uẏd it
pan uo dẏt auo2ẏ bot dẏ varch
ath arueu ẏn bara6t . Canẏs
ẏna ẏ dẏt marcha6c ẏ llāẏſten
goſtec . Nẏt amgen erchi ẏr wreic
u6ẏhaf a gar kẏmrẏt ẏ llamẏſten
canẏs go2eu ẏ gveda iti . athi
aẏ keueiſt med ef ẏr llẏned ac
ẏr d6ẏ . ac o2 bẏd aẏ gwarauunho
it hedi6 o gedernit mi aẏ ham =
diffẏnnaf it . ac am hẏnẏ heb ẏ
g6r gwẏnll6ẏt ẏ maẏ reit ẏ
titheu uot ẏno pan uo dẏt . a
minheu ẏn tri auẏd6n gẏt
athẏ di . ac ar hẏnnẏ triga6 a
o2ugant . ac ẏn ẏ lle o2 nos ẏd
aethont ẏ gẏſcu . achẏn ẏ dẏt
kẏuodi a o2ugant a gviſca6
ẏmdanunt . a ꝼfan oed dẏt
ẏd oedẏnt ẏll petwar ar gla6d
ẏ weirgla6d ẏn feuẏll . ac ẏna
ẏd oẏd marcha6c ẏ llamẏſten
ẏn dodi ẏr oſtec ac ẏn erchi ẏ
o2derch kẏrchu ẏ llam ẏ ſten .

Na chÿrch heb ÿ gereint mae m
ÿma uoɀ0ÿn ÿífÿd degach athe =
lediwach a dÿlÿedogach nothi
ac aÿ dÿlÿ ÿn well. Os ti di a
gÿnhellÿ ÿ llamÿften ÿn eidi hi =
dÿret ragot ÿ ÿmwan a mÿui.
Dÿuot rogda0 a oɀuc gereint
hÿd ÿmpen ÿ weirgla0d ÿn gÿ =
weir o uarch ac arueu trom rÿd -
lÿt diel0 ÿftrona0l ÿmdana0
ac ÿm dan ÿ uarch aç ÿmgÿrchu
a oɀugant. atho2ri to o beleidÿr.
atho2i ÿr eil. atho2ri ÿ trÿdet to
a hÿnnÿ a hÿnnÿ pob eilwers
a h0ÿnt ae toɀrÿnt ual ÿ dÿckid
attunt. affan welei ÿ iarll aÿ
niuer marcha0c ÿ llamÿften
ÿn hÿdÿr = dolef a goɀawen a
llÿwenÿd a uÿtèi gantha0 ef ; aÿ
niuer. athriftau awnai ÿ g0r
gwÿnll0ÿt aÿ wreic aÿ uerch ·
Ar g0r gwÿnll0ÿt awaffanaeth =
ei ÿ ereint o2 peleidÿr ual ÿ toɀ =
rei. ar coɀr awaffanaethei uarch =
a0c ÿ llamÿften. ac ÿna ÿ doeth
ÿ gvr gwÿnll0ÿt ar ereint. a
unben heb ef welÿ dÿ ÿma ÿ
paladÿr a oÿd ÿm lla0 i ÿ dÿt
ÿm urd0ÿt ÿn uarcha0c urd =
a0l. ac ÿr hÿnnÿ hÿt nÿ tho2 =
reis. i. ef. ac ÿ maÿ arna0 penn
ia0nda. kanÿ thÿckÿa un pala =
dÿr gennÿt. Gereint agÿm -
erth ÿ gwae0 gan ÿ diol0ch ÿr
g0r gwÿnll0ÿt. ar hÿnnÿ na
chaf ÿ co2r ÿn dÿuot a g0aÿ0
gantha0 ÿnteu at ÿ argl0ÿd.
welÿ ditheu ÿma waÿ0 nÿd
g0aeth heb ÿ co2. achoffa na
feuis marcha0c eiroet gen =
hÿt kÿhÿt ac ÿ mae h0nn ÿn
feuÿll. Y rof a dÿ0 heb gereint

onÿt agheu ebɀ0ÿd am d0c i nÿ
henbÿd gwell ef oth bo2th di. ac
o bell ÿ vrtha0 go2dina0 ÿ uarch
a oɀuc gereint aÿ gÿrchu ef gan
ÿ rÿbudÿa0 a goílot arna0 dÿr =
na0d toftlÿm creula0ndrud ÿg =
hedernit ÿ darÿan ÿnÿ holltes
ÿ darÿan ac ÿnÿ dÿrr ÿr arueu
ÿghÿueir ÿ goífot. ac ÿnÿ dÿr ÿ
gegleu. ac ÿnÿ uÿd ÿnteu ef
aÿ gÿfr0ÿ dros bedrein ÿ uarch
ÿr lla0r. ac ÿn gÿflÿm dif =
kÿnnu a oɀuc gereint a llidia0
athÿnnu cledÿf aÿ gÿrchu ÿn
llidia0clÿm. ÿ kÿuodes ÿ march =
a0c enteu athÿnnu cledÿf arall
ÿn erbÿn gereint. ac ar eu
traed ÿmfuft a chledÿfeu ÿnÿ
ÿtto ÿd arueu pob un onadunt
ÿn feriglurÿ0 gan ÿ gilid. ac
ÿnÿ ÿtto ÿd ÿch0ÿs ar g0aet
ÿn d0ÿn lleuuer ÿ llÿgeit
udunt. affan uei hÿttraf ge =
reint ÿ llawenhai ÿ g0r gwÿn =
ll0ÿd aÿ wreic aÿ uerch. affan
uei hÿttraf ÿ marcha0c = y
llawenhaei ÿ iarll aÿ bleit.
affan welas ÿ g0r gwÿnll0ÿt
gereint g0edÿ caffel dÿrna0d
ma0rdoft. neffau a oɀuc atta0
ÿn gÿflÿm a dÿwedut vrtha0
a unben heb ef coffa ÿ fÿrhaet
a geueift ÿ gan co2r. a ffonÿt
ÿ geiffa0 dial dÿ fÿrhaed
ÿ deuthoft ÿma a fÿrhaed
g0enh0ÿuar gwreic arthur.
Dÿuot cof a oɀuc ÿ ereint
ÿmadra0d ÿ g0r vrtha0 a
gala0 atta0 ÿ nerthoed a drÿch =
auael ÿ gledÿf a goífot ar ÿ
marcha0c ÿgg0arthaf ÿ benn
ÿnÿ dÿrr holl arueu ÿ benn

ac ẏnẏ dẏrr ẏ kic oll ar croen
ac ẏnẏ ac ẏnẏ glỽẏua ar ẏr
afcỽrn . ac ẏnẏ dẏgỽẏd ẏ
marchaỽc ar ẏ deulin a bỽrỽ
ẏ gledẏf oe llaỽ aozuc ac
erchi trugaret ẏ ereint ꞏ a
rowẏr heb ef ẏ gadaỽd uẏg
cam rẏuic am ballchder ẏm
erchi naỽd . ac onẏ chaf ẏfpeit
ẏ ẏmwneuthur a dẏỽ am
uẏm hechaỽt ac ẏmdidan
ac offeireit ꞏ nẏ hanỽẏf well
o naỽd . Ỽi arodaf naỽd it
gan hẏn heb ef dẏuẏnet hẏd
at wenhỽẏuar gỽreic arth =
ur ẏ wneuthur iti am fẏr =
haed ẏ mozỽẏn oth gozr . Di =
gaỽn ẏỽ gennẏf inheu a
wneuthum . i . arnat ti am
a geueif . i . o fẏrhaet gennẏt
ti ath gozr . ac na difcẏnnẏch
oz pan elẏch odẏma hẏt rac
bronn gwenhỽẏuar ẏ wne =
uthur iaỽn iti uar ẏ barnher
ẏn llẏs arthur . a minne a
wnaf hẏnnẏ ẏn llawen . af =
fỽẏ vẏt titheu heb ef . Mi
ereint uab erbin ꞏ a manac
ditheu pỽẏ vẏt . Ỽi edern
uab uab nud . ac ẏna ẏ bẏ =
rỽẏt ef ar ẏ uarch . ac ẏ doẏth
racdaỽ hẏd ẏn llẏs arthur
ar wreic uỽẏaf a garei ẏ =
nẏ ulaen ac gozr a drẏcẏr =
uerth maỽr ganthunt .

Ychwedẏl ef hẏd ẏna
Ac ẏna ẏd oed ẏ doẏth ẏ
Jarll ieuanc aẏ niuer ẏn ẏd
oed ereint a chẏuarch gvell
itaỽ aẏ wahaỽd gẏd ac ef
ẏr caftell . Na uẏnhaf heb ẏ
gereint . y lle ẏ bum neithwẏr

ẏd af heno . Canẏ uẏnhẏ hẏnnẏ
dẏ wahaỽd nu ꞏ ti auẏnhẏ di =
walrỽẏd oz a allỽẏf . i . ẏ beri it .
ẏr lle buoft neithwẏr . a mi a
baraf enneint it a bỽrỽ dẏ ulin =
der ath ludet ẏ arnat. Dẏỽ a dalho
it heb ẏ gereint a minneu a af
ẏm llettẏ . ac ẏ uellẏ ẏ doeth
gereint . a nẏỽl iarll ae wreic
ae uerch . affann doethant ẏr
loft . ẏd oed gỽeiffon ẏfteuẏll
ẏ iarll ieuanc ae gwafanaeth
gvedẏ dẏuot ẏr llẏs . ac ẏn kẏ =
weiraỽ ẏ tei oll ac ẏnẏ diwallu
o wellt athan ac ar oet bẏrr ẏ
baraỽt ẏr enneint . ac ẏd aẏth
gereint idaỽ a golchi ẏ benn a
awnaẏth pỽẏt . ac ar hẏnnẏ ẏ
doeth ẏ iarll ieuanc ar ẏ deu =
geinued o uarchogẏon urdaỽl
ẏ rỽg ẏ wẏr e hun a gwahod =
wẏr oz tvrneimeint . ac ẏna
ẏ doeth ef oz enneint ac ẏd
erchis ẏ iarll itaỽ uẏned ẏr
neuad ẏ uỽẏta . Ỽae ẏnỽl
Jarll heb ẏnteu ae wreic . ac
uerch . Maent ẏnẏ loft racco
heb ẏ gwas ẏftauell ẏ iarll
ẏn gvifcaỽ ẏmdanunt ẏ gvif =
coẏd a beris ẏ iarll ẏ dỽẏn
utunt . Na wifcet ẏ uozỽẏn
heb ẏnteu dim ẏmdanei onẏt
ẏchrẏs ae llenlliein ẏnẏ del ẏ
lẏs arthur ẏ wifcaỽ o wenhỽẏ =
uar ẏ wifc auẏnho ẏmdanei .
ac nẏ wifcaỽd ẏ uozỽẏn . ac ẏna
ẏ doẏth paỽb ẏr neuad onadunt .
ac ẏmolchi a ozugant a mẏned
ẏ eifte . ac ẏ uỽẏta . Sef ual
ẏd eiftẏdaffant oz neilltu ẏ
ereint ẏd eifteaỽd ẏ iarll
ieuanc . ac odẏna ẏnẏỽl iarll

oz tu arall ẏ ereint ẏd oed ẏ
uoʒoẏn ae mam . a gvedẏ hẏnẏ
paob ual ẏ raculaẏnei ẏ anrẏdet .
A boẏta awnaethont a didlaod
waſſanaeth ac amẏlder o am =
rauael anregẏon a gaoſant
Ac ẏmdidan a oʒugant .ỵ. nẏd
amgen no gwahaod oz iarll
ieuanc ereint trannoeth . Na
uẏnhaf ẏ rof a dẏo heb ẏ ge =
reint . ẏ lẏs arthur ẏd af . i . ar
uoʒoẏn hon ẏ uoʒẏ . A digaon
ẏo genhẏf hẏd ẏ maẏ ẏnẏol
iarll ar dlodi a gouut . a ẏ
geiſſyao ẏgchvanegu goſſẏm =
deith itao ef ẏd af . i . ẏn ben =
naf . a unben heb ẏ iarll ieu =
anc nẏd om cam . i . y mae
ẏnẏol heb gẏuoeth . ꝏ ẏn
uẏgkred . i . heb gereint nẏ bẏd
ef heb ẏ gẏuoyth onẏt agheu
ebroẏd am doc . i . A unben heb
ef am uu o angghiſſondeb ẏ
r f . i . ac ynẏol mi a uẏdaf
vrth dẏ gẏghoz di ẏn llawen
gan dẏuot dẏ uot ẏn gẏf =
redin ar ẏ iaonder ẏ rẏghom .
Nẏt archaf . i . heb ẏ gereint
rodi itao namẏn ẏ dẏlẏet
e hun aẏ amrẏgoll ẏr pan
golles ẏ gẏuoẏth hẏt hedio .
a minneu awnaf hẏnnẏ ẏn
llawen ẏrot ti heb ef . Je heb
ẏ gereint a uo ẏma oz a dẏlẏo
uod ẏn vr ẏ ynẏol gorhaed
itao oz lle . a hẏnnẏ a oʒuc ẏ
gwẏr oll . ac ar ẏ dẏgneued
honno ẏ trigoẏd . Aẏ gaſtell
ae dref ae gẏuoeth a edewit
ẏ enẏol . achobẏl oz a goſlaſſei
hẏt ẏn oet ẏ tlos lleiaf a goll =
es . ac ẏna ẏ dẏwaot ẏnẏol

vrth ereint . a unben heb ef
ẏ uoʒoẏn a ardelweiſt o honei
ẏ dẏt bu ẏ toʒneimeint para =
vd ẏo ẏ wneuthur dẏ ewẏllus
allẏma hi ẏth uedẏant . Nẏ
uẏnhaf . i . heb ẏnteu namẏn
bot ẏ uoʒoẏn ual ẏ maẏ ẏnẏ
del ẏ lẏs arthur . ac arthur a
gwenhoẏuar a uẏnhaf eu
bot ẏn rodẏeit ar ẏ uoʒoẏn .
a thrannoeth ẏ kẏchwẏnaſſant
racdunt ẏlẏs arthur . .
Kẏfranc gereint hẏd
ẏma . Ꜳ Ꝉẏma ẉeithon
ual ẏd hellaod arthur ẏ caro .
rannu ẏr erhẏuaeu oz gwẏr
ar con . ac ellog ẏ con arnao a
oʒugant . a diwethaf ki a ellẏg =
vẏd arnao annoẏl gi arthur .
cauall oed ẏ eno . ac adao ẏr
holl gon a oʒuc a rodi ẏſtum
ẏr caro . ac ar ẏr eil ẏſtum ẏ
doeth ẏr caro ẏ erhẏlua arth =
ur . ac arthur a ẏmgauas ac
ef achẏn kẏflauanu o neb ar =
nao . neu rẏdaroed ẏ arthur
lad ẏ benn . ac ẏna canu cozn
llad a wnaethpoẏt . ac ẏna
dẏuot a oʒugant paob ẏ gẏt .
A dẏuot a oʒuc cadẏrieith at
arthur a dẏwedud vrthao .
arglod heb ef maẏ racco wen =
hoẏuar heb neb gẏt a hi na =
mẏn un uoʒoẏn . arch ditheu
heb ẏr arthur ẏ gildas uab
cao ac ẏſcolheigon ẏ llẏs oll
kerdet gẏd a gwenhoẏuar
parth ar llẏs . a hẏnnẏ a wna =
ethant vẏnteu . ac ẏna ẏ
kerdoẏs paob o natunt adala
ar ẏmdidan a oʒugant am
benn ẏ caro ẏ boẏ ẏ rodit . un

ẏn mẏnnu ẏ roti ẏr wreic
uϭẏaf a garei ef . arall ẏr
wreic uϭẏaf a garei ẏnteu
affaϭb oz teulu ar marchog =
ẏon ẏn amrẏffon ẏn chϭerϭ
am ẏ penn . ac ar hẏnnẏ ẏ
doẏthant ẏr llẏs . ac ẏ kic =
leu arthur a gwenhϭẏuar
ẏr amrẏffon am ẏ penn . ac
a dẏwaϭd gwenhϭẏuar ẏna
vrth arthur . arglϭẏd heb hi
llẏma uẏghẏgoz . i . am benn
ẏ carϭ na rodher ẏnẏ del ge =
reint uab erbin oz neges ẏd
ediϭ iti . a dẏwedut ẏ arthur
ẏftẏr ẏ neges a ozuc gwen =
hϭẏuar . gvneler hẏnnẏ ẏn
ẏn llawen heb arthur . ac ar
hẏnnẏ ẏ trigϭẏt . athrannoẏth
ẏ peris gwenhϭẏuar bot dif =
gϭẏleid ar ẏ gaer am dẏuod =
ẏad gereint . a gwedẏ
hanner dẏd ẏ gvelẏnt go =
drumẏd o dẏn bẏchan ar
uarch . ac ẏnẏ ol ẏnteu gvre =
ic neu uozϭẏn debẏgẏnt hϭẏ
ar uarch . ac ẏnẏ hol hitheu
Marchaϭc maϭr gochrϭm
penn iffel goathrift . ac ar =
ueu brẏwedic amdlaϭt ẏm =
danaϭ . . achẏn · ẏ dẏuot ẏg
kẏuẏl ẏ pozth ẏ doeϩth un oz
difcϭẏleid ẏn ϸ ẏd oed gwen =
hϭẏuar a dẏwedut iti ẏ
rẏϭ dẏnẏon awelẏnt ar
rẏϭ anfaϭd oed arnunt . Nẏ
vn i . pϭẏ ẏnt hϭẏ heb ef .
Mi ae gϭn heb gwenhϭẏuar
llẏna ẏ marchaϭc ẏd aeth
gereint ẏnẏ ol . athebic ẏϭ
genhẏf nad gan ẏ uod ẏ
maẏ ẏn dẏuot . ac ot ẏm =

ozdiwedaϭd gereint ac ef
neu rẏdialaϭd fẏrhaed ẏ uozϭẏn
pan uo lleiaf . ac ar hẏnnẏ na =
chaf ẏ pozthaϭr ẏn dẏuot ẏn
ẏd oed wenhϭẏuar . arglϭẏdes
heb ef maẏ ẏnẏ pozth march -
aϭc ac nẏ welas dẏn eiroed
golϭc moz athrugar edrẏch
arnaϭ ac ef arueu briwedic
amdraϭt ẏffẏd ẏmdanaϭ a
lliϭ ẏ waet arnunt ẏn drech
noc eu lliϭ e hun . aϭdoft ti pϭẏ
ẏϭ ef heb hi . gϭn heb ẏnteu .
edwin uab nud ẏϭ med ef .
Nẏd atwen inheu ef . ac ẏna
ẏ doeth gϭenhϭẏuar ẏr pozth
ẏnẏ erbẏn . ac ẏ mẏϭn ẏ doẏth .
ac ẏ bu doft gan wenhϭẏuar
gϭelet ẏr olϭc a welei arnaϭ .
pei na attei gẏd ac ef ẏ cozr
ẏn gẏndrϭc ẏ vẏbot ac ẏd oẏd .
ar hẏnnẏ kẏuarch gwell a
ozuc edern ẏ wenhϭẏuar . dẏϭ
a rodo da it heb ẏr hi . arglϭẏd =
es heb ef dẏ annerch ẏ gan
Ꞓ:eint uab erbin ẏ gϭas go =
reu a deϭraf . a ẏmwelas ef
athi heb hi do heb ef ac nẏd ẏr
lles ẏ mi . ac nẏd arnaϭ ef ẏd
oed hẏnnẏ ꞉ namẏn arnaf . i .
arglϭẏdes . ath annerch ẏ gan
ereint . achan dẏ annerch ef
am kẏmhellaϭd . i . hẏd ẏma ẏ
wneuthur dẏ ewẏllus di am
godẏant dẏ uozϭẏn ẏ gan ẏ
cozr . ẏnteu madeuedic ẏϭ
ganthaϭ ẏ godẏant ef ꞉ am
a ozuc arnaf . i . gan tebẏgei
uẏ mot ẏn enbẏdrϭẏd am
uẏ eneit . achẏmellẏat cadarn
drut gϭraϭl milϭrẏeid a ozuc
ef arnaf . i . ẏma ẏ wneuthur

iti arglỽydes. Oỹ a vr pa
le ỹ dỹmoꝛdiwedaꝸd ef athi
ỹnỹ lle ỹd chꝸareu ac ỹmrỹf=
fon am lamỹſten ỹnỹ dref a
elwir ỹraꝸron caỹrdỹf. ac
nỹd oed gỹd ac ef o niuer gỹꝺ
namỹn tri dỹn godlaꝸd ac
atueilỹedic eu hanfaꝸd. Nỹd
amgen gꝸr gwỹnllꝸỹt go=
hen a gvreic oedaꝸc a moꝛꝸyn
ieuanc delediꝸ. a hen dillat
atueiledic ỹmdanunt. ac o
ardelꝸ caru ỹ uoꝛꝸyn o ereint
ỹr ỹmỹraꝸd ỹnỹ toꝛneimeint
am ỹ llamỹſten. a dỹwedud
uod ỹn well ỹ dỹlỹei ỹ uoꝛꝸ=
ỹn honno ỹ llamỹſten noꝛ uo=
rꝸyn ỹna a oed gỹd amỹui
ac am hỹnnỹ ỹmwan a oꝛu=
gam. Ac ual ỹ gvelỹ di arglꝸ=
ỹdes ỹd edewis ef uỹui. a
vr heb hi pa brỹd ỹ tỹbỹgỹ
di dỹꝺot gereint ỹma. a uoꝛỹ
arglꝸydes ỹ tỹbỹgaf. i. ỹ dỹ=
uot ef ar uoꝛꝸyn. ac ỹna ỹ
doeth arthur attaꝸ achỹ=
uarch gvell a oꝛuc ef ỹ arth-
ur. Dỹꝸ arodo da it heb ỹr
arthur. ac edrỹch hir hỹnt
a oꝛuc arthur arnaꝸ a bot
ỹn aruthỹr ganthaꝸ ỹ welet
ỹ uellỹ. ac ual tỹbỹeid ỹ ad-
nabot a gouỹn a oꝛuc idaꝸ.
Ae edern uab nud vỹt ti.
mi arglꝸyd heb ỹnteu gvedỹ
rỹgỹhꝸrd a mi diruaꝸr ouut
a gweliod annodef. a mỹne=
gi cꝸbỹl oe agherdet a oꝛuc
ỹ arthur. Je heb ỹr arthur
Jaꝸn ỹꝸ ỹ wenhꝸỹuar uod
ỹndrucaraꝸc vrthỹt. vrth
a glỹwaf. i. ỹ drugared a

uỹnnỹch di arglꝸyd heb hi
mi ae gwnaf ac ef. vrth uot
ỹn gỹmeint gỹꝸilid ỹ ti
arglꝸyd kỹhỹrdu gvartha=
ed a mỹui ac athỹ hun. llỹ=
na ỹffỹd iaꝸnaf am hỹnnỹ
heb ỹr arthur gadel mede=
ginỹeathu ỹ gꝸr ỹnỹ vỹper
auo bỹꝸ. ac os bỹꝸ uỹd g.
gvnaed iaꝸn ual ỹ barnho
goꝛeugvỹr ỹ llỹs. a chỹm=
mer ueicheu ar hỹnnỹ. Os
marꝸ uỹd ỹnteu goꝛmod
uỹd agheu gvas kỹſtal ac
edern ỹn fỹrhaed moꝛꝸyn.
Da ỹꝸ genỹf. i. hỹnnỹ heb ỹ
gwenhꝸỹuar. ac ỹna ỹd aeth
arthur ỹn oꝛuodaꝸc droſtaꝸ.
achradaꝸc uab llỹr: a gwallaꝸc
uab llennaꝸc. ac owein uab
nud. a gvalchmei a digaꝸn ỹ
am hỹnnỹ. ac ỹ peris arthur
galꝸ moꝛgan tꝺd attaꝸ penn
Medỹgon oed hꝸnnꝸ. kỹm=
mer attat edern uab nud af=
far gweirỹaꝸ ỹſtauell itaꝸ.
affar uedeginỹaeth idaꝸ
ỹn gỹſtal ac ỹ parut ỹ mi
bei behꝸn urathedic. ac na
at neb ỹ ỹſtauell ỹ aflonỹdu
arnaꝸ. namỹn ti a thiſgỹb=
lon ae Medeginỹaetho. ꝸi
awnaf hỹnnỹ ỹn llawen
arglꝸyd heb ỹ moꝛgan tꝺd.
ac ỹna ỹ dỹwaꝸd ỹ diſtein
Pa le ỹ mae iaꝸn arglꝸyd
goꝛchỹmỹn ỹ uoꝛꝸyn. ỹ wen=
hꝸỹuar aỹ llaꝸuoꝛỹnỹon heb
ỹnteu. ar diſtein ae goꝛchỹ=
mỹnhaꝸd. ℂ eu chwedỹl
vỹnt hỹd ỹna ℂ Tran=
noeth ỹ deuth gereint parth

ar llẏs . **a** diſgὗẏleit a oed
ar ẏ gaer ẏ gan wenhὗẏuar
rac ẏ dẏuot ẏn dirẏbud . ar
diſgὗẏlat a doeth ẏn ẏd oẏd
gwenhὗẏuar . **A**rglὗẏdes
heb ef mi a debẏgaf ẏ gve =
laf ereint ar uozὗẏn gẏd
ac ef . Ac ar uarch ẏ mae af =
fedẏtὗiſc ẏmdanaὗ . ẏ uo =
rὗẏn hagen ual gozwẏn ẏ
gvelaf athebic ẏ lieinwiſc
awelaf ẏmdanei . ẏmgve =
irὗch oll wraged in a dovch
ẏn ẏrbẏn gereint ẏ reſſaὗu
ac ẏ uot ẏn llawen vrthaὗ .
a dẏuot a ozuc gvenhὗẏuar
ẏn erbẏn gereint ar uozὗẏn .
Afan daὗ gereint ẏn ẏd oed
gvenhὗẏuar kẏuarch gvell
a ozuc idi . Dẏὗ a rodo da it
heb hi achreſſo vrthẏt . ahẏnt
frὗẏthlaὗn donẏaὗc her =
wẏd hẏrrὗẏd cloduaὗr a
dugoſt . **a** dẏὗ a dalho it heb
hi peri iaὗn ẏm ẏn gẏualch =
et ac ẏ pereiſt . **A**rglὗẏdes heb
ef mi arẏbuchὗn peri iaὗn it
vrth dẏ ẏwẏllus . **a** llẏma ẏ
uozὗẏn ẏ keueiſt ti dẏ warth =
rud oe achaὗs . Je heb ẏ gwen =
hὗẏuar greſſaὗ dẏὗ vrthi . **a**c
nẏt cam uot ẏn llawen vrthi
dẏuot ẏ mẏὗn a ozugant a dif =
cẏnnu a mẏnet gereint ẏn
ẏd oed arthur achẏuarch gvell
itaὗ . Dẏὗ a roto da it heb ẏr
arthur achreſſo dẏὗ vrthẏt .
a chẏt caffo edern uab nud go=
uut achlὗẏueu gẏ genhẏt ti
hẏnt lὗẏdẏannus a dugoſt .
Nẏt arnaf . i . ẏ bu hẏnnẏ heb
ẏ gereint namẏn ar rẏuẏc

edern uab nud ehun nat ẏm =
gẏſtlẏnei . nẏt ẏmẏdaὗn inheu
ac ef ẏnẏ vẏpὗn pὗẏ uei . neu
ẏnẏ ozfei ẏ lleill ar ẏ llall . **a** vr
heb ẏr arthur pa le ẏ maẏ ẏ
uozὗẏn a giglef ẏ bot ẏth arde =
lὗ di . ẏ mae gvedẏ mẏnet gẏd
a gwenhὗẏuar ẏ hẏſtauell . ac
ẏna ẏ deuth arthur ẏ welet ẏ
uozὗẏn . **a** llawen uu arthur ae
gẏdẏmdeithon affaὗb vrth ẏ
uozὗẏn oz llẏs oll . **a** hẏpẏs oed
gan baὗb o honunt pei kẏdret =
tei goſſẏmdeith ẏ uozὗẏn aẏ frẏd
na welſẏnt eiroed un vẏmpach
no hi . **a**c arthur a uu rodẏat
ar ẏ uozὗẏn ẏ ereint . **a**r rὗẏm
a wneit ẏna rὗgc deudẏn a
wnaẏthpὗẏd ẏ rὗg gereint
ar uozὗẏn . **a** dewis ar holl wiſ =
coed gwenhὗẏuar ẏr uozὗẏn
ar neb awelei ẏn ẏ uozὗẏn ẏnẏ
wiſc honno ef awelei olὗc wed =
eidlὗẏs delediὗ arnei . **a**r dẏt
hὗnnὗ ar nos honno adreulaſ =
fant drὗẏ dogẏnder o gerdeu
ac amẏlder o anrecẏon ac am =
raual wirodeu a lluoffẏd o wa =
rẏeu . **a**ffan uu amſer ganth =
unt uẏnet ẏ gẏſcu hὗẏnt a
aethont . Ac ẏn ẏr ẏſtauell ẏd
oed welẏ arthur a gwenhὗẏ =
uar ẏ gwnaethpὗẏd gὗelẏ
ẏ ereint ac enit . **a**r nos hon =
no gẏntaf ẏ kẏſgẏffant ẏ gẏt .
athrannoeth ẏ llonẏdaὗd arth =
ur ẏr eircheid dros ereint . o
didlaὗd rodẏon . **a**cheneuinaὗ
a ozuc ẏ uozὗẏn ar llẏs a dὗẏn
kẏdẏmdeithon iti o wẏr a
gwraged hẏd na dẏwedit am
un uozὗẏn ẏn ẏnẏs brẏdein /

17 y vo2ƀyn. ywenĥ heb ynteu ae llaƀuo2ynyon. ac ynteu
ae Go2chymynƀys. Eu chwedyl ƀy hyt yna. T2annoeth
ẏdoeth Geŧ. parth ar llys. adifcƀylyat aoed ar y gaer gan
wenĥ rac y dyuot yndirybud. ar difgƀylat adoeth att
wenh'. Arglƀydes heb ef Mi atebygaf heb ef ygƀelƀn
Eŧ. ar vo2ƀyn gyt ac ef. Ac ar varch ymae ef aphedyt-
wifc ymdanaƀ. yvo2ƀyn hagen val go2wyn ygƀelƀn
athebic ylieinwifc awelƀn ymdanei. Ymgyweirƀch oll
wraged heb y Gƀenh'. Ni aaƀn yn erbyn Geŧ. yraeſſaƀ
ac yuot ẏn llawen ƀ2thaƀ. A dyuot ao2uc Gƀenh' ẏn er-
byn Geŧ ar vo2ƀyn. A phan doeth Geŧ ynyd oed wenh'.
kyfarch gƀell ao2uc idi. Duƀ arotho da itt heb hi agraeſſ-
aƀ ƀ2thyt. ahynt frƀythlaƀn donyaƀc hyrrƀyd glotuaƀ2
adugoſt. a duƀ atalho itt peri iaƀn im yn gynualchet
ac y pereiſt im. Arglƀydes heb ef mi arybuchƀn peri ia-
ƀn itt ƀ2th dy ewyllif. allyma yuo2ƀyn ykeueiſt ti dy di-
warth2udyaƀ oe hachaƀs. Je heb y Gƀenh' G2aeſſaƀ duƀ
ƀ2thi. ac nyt kam im vot ynllawen ƀ2thi. adyuot ymy-
ƀn ao2ugant adifcynnu. a Mynet ao2uc Geŧ. y ymwe-
let ac artĥ. achyfarch Gƀell idaƀ. Duƀ arotho da itt heb
yr artĥ. agraeſſaƀ duƀ ƀ2thyt. achyt kaffo edern. M.
nud gofit achlƀyfeu ygenhyt : hynt lƀydyanuf adugoſt.
Nyt arnafi ybu hynny heb y Geŧ. namyn aryuyc edern
ehun. nat ymgyſtlynei. nyt ymdidanƀn inheu ac efo
hyny ƀypƀn pƀy vei. neu yny o2ffei yneill ar y llall. Aƀ2
heb yr artĥ. Mae yuo2ƀyn agigleu ybot yth ardelƀ ti-
y Mae gyt agƀenh' yny hyſtauell. ac yna ydoeth artĥ
y welet y vo2ƀyn. allawen uu ƀ2thi ae getymdeithon

18 aphaƀb o2 llys. A hyſpys oed gan paƀb onadunt pei ky-
hyttrei goſſymdeith y vo2ƀyn ae ph2yt na welfynt eiro-
et vo2ƀyn ƀympach no hi. ac artĥ auu rodyat ar y vo2-
ƀyn y eŧ. arƀym awneit yna yrƀg dynyon awnaeth-
pƀyt yrƀg Geŧ ar vo2ƀyn. adewif ar holl wifcoed gƀ-
enh' arodet yr uo2ƀyn. ar neb awelhei yuo2ƀyn yny wi-
fc honno. ef awelei olƀc wedeidlƀys arnei. Ar dyd hƀn-
nƀ ar nof honno a treulaſſant trƀy gerdeu adidanƀch
ac amhylder o anregyon ac amryfal wirodeu alluoſ-
fyd o waryeu. aphan uu amfer ganthunt vynet y
gyfcu ƀynt aaethant. ac ynyr yſtauell yd oed wely ar².
agƀenh' ygnƀaethpƀyt gƀely Geŧ agƀeı ac enyd. Ar

Peniarth MS. 6, *part iv.*

noſ honno gyntaf y kyſcaſſant ygyt . Athranoeth
yllonyda6d artĥ yr eircheit dzoſ er'. o ditla6t rodyon .
Acheneuina6 ao2uc yuo26yn arllys ad6yn ketymde -
ithon idi o wyr ag62aged hyt na dywedit am vn vo26yn
yn ynys p2ydein m6y noc ymdanei . ac yna ydywa6t
G6enh'. Ja6n ymedzeiſı heb hi am pen y kar6 na rodit
hyny delei . Er'. Allyma le ia6n yrodi ef y Enyd   verch y-
ny6l yuo26yn glotuo2af . ac ny thebygaf neb ae g6ar-
afunho idi kanyt oes yrydi aneb namyn yſſyd o garyat
achetymdeithaſ . Canmoledic uu gan pa6b hynny . a
chan artĥ heuyt . arodi pen y kar6 awnɑethp6yt y
enyd . ac o hynny allan lluoſſogi ao2uc ychlot aechet-
ymdeithon o hynny yn u6y no chynt . Sef ao2uc Ger'
ohynnẏ allan karu t62neimeint achyfranceu kalet
a buduga6l ydeuei ef opop vn . abl6ydyn ad6y athe-
ir ybu ef yn hynny . hyny yttoed yglot g6edy ehedec
19 ar tra6s yteyrnas . Ath2eigyl g6eith ydoed artĥ yn dala
llys yg kaerllion ysulg6yn . nachaf yn dyuot atta6 ken-
nadeu doethp2ud dyſgeticla6n ymadza6dlym . ac yn
kyfarch g6ell yartĥ . Du6 arodho da i6ch heb yr artĥ a
graeſſa6 du6 62thy6ch . ac o pyle pan do6chi . Pan do6n
argl6yd heb 6y ogerny6 . achennadeu ym attat ygan
erbin . m . Cuſtenhin dy ewythyr . ath annerch yganta6
val ydyly ewythyr annerch y nei . ac val ydyly g62 an-
nerch yargl6yd . ac y venegi y vot ef yn amd2ymu ac yn
dyneſſau ar heneint . ae kyttiryogyon o 6ybot hynny
yn kamteruynu ac ef . ac yn chwenychu y tir ae gyfoeth
ac adol6yn itti argl6yd ymae erbin ell6g Ger' y vab yga-
d6 ygyfoeth ac y 6ybot y teruẏneu . ac yn menegi ida6
ymae bot yn well ida6 treula6 blodeu yieuenctit aede-
62ed yn kynhal y teruyneu ehun . noc yn t62neimeint
diffr6yth . kyt kaffo clot yndunt . Je heb yrartĥ e6chi
ydiarchenu . achymer6ch a6ch b6yt . abyry6ch a6ch blin-
der yarna6ch . achyn a6ch mynet ymdeith atteb a gef-
f6ch . ac uelly yg6naethant . ac yna medylya6 ao2uc . aꝛ.
nat oed ha6d ganta6 ell6g Ger'. y62tha6 nac o vn llys ac
ef . Nyt oed ha6d ganta6 ynteu nathec lludyas ykefyn-
der6 y gynhal y gyfoeth ac ygad6 y teruyneu . kany all-
ei y tat eu kynhal . Nyt oed lei gofal g6enh' ae hiraeth
hi ar holl wraged ar holl vo2yꝗyon rac mynet enyd y

Peniarth MS. 6, part iv.

uöy noc ymdanei. ac ynaỹ dỹ=
waỏd gwenhỏyuar Jaỏn ỹ med=
reis i heb hi am benn ỹ carỏ na
rodet ỹ neb ỹnỹ delei ereint
a llỹma le iaỏn ỹ rodi ef enỹt
uerch ỹnỹỏl ỹ uozỏỹn gloduo=
raf. ac nỹth ỹbỹgaf aỹ gwa=
rauữho idi. Canỹt oes rỹgthi
a neb namỹn ỹſſỹd o garỹat
a chỹdỹmpdeithas. Canmole=
dic uu gan baỏb hỹnnỹ achan
arthur heuỹt. a roti penn ỹ
carỏ awnaethpỏỹd ỹ enit. Ac
o hỹnnỹ allan lluoſſogi ỹchlod
ae chỹdỹmdeithon o hỹnnỹ ỹn
uỏỹ no chỹnt. Sef a ozuc ge=
reint o hỹnnỹ allan caru toz=
neimeint a chỹfragheu calet
a budỹgaỏl ỹ deuei ef o bob
un. a blỏỹdỹn a dỏỹ atheir
ỹ bu ef ỹn hỹnnỹ. ỹnỹ doed
ỹ glod gỏedỹ ehedec dros vỹ
neb ỹ dỹrnas. a threilgỏeith
ỹd oed arthur ỹn dala llỹs
ỹghaer llion ar vỹſc ỹ ſulgvỹn
nachaf ỹn dỹuot attaỏ ken=
hadeu doethbzud dỹſkediclaỏn
ỹm adraỏdlỹm ac ỹⁿ kỹuarch
gwell ỹ arthur. Dỹỏ aroto
da ỹỏch heb ỹr arthur ach=
refo dỹỏ vrthỹỏch. ac o pa
le ỹd ỹỏch ỹn dỹuot. Pan
doỏn arglỏỹd heb hỏỹ o ger=
niỏ. a chennadeu ỹm ỹ gan
erbin uab cuſtennỹn dỹ ewỹth=
ỹr. ac attat ỹ maỹ ỹn kenna=
dỏri ath annerch ỹ ganthaỏ
mal ỹ dỹlỹ ewỹthỹr annerch
ỹ nei. ac ual ỹ dỹlỹ gỏr an=
nerch ỹ arglỏỹd ac ỹ uenegi
ỹ ti ỹ uod ef ỹn am dzỹmmu
ac ỹn lleſcu ac ỹn deneſſau

ar heneint. ae gỹttirogỹon o
vỹbot hỹnnỹ ỹn camderuỹ=
nu arnaỏ ac ỹnchwỹnỹchu
ỹ dir aỹ gỹuoỹth. ac ỹn ado=
lỏc ỹ maỹ ỹ ti arglỏỹd ellỏg
gereint ỹ uab attaỏ ỹ gadỏ
ỹ gỹuoeth ac ỹ vỹbot ỹ der=
uỹneu. a menegi ỹ maỹ idaỏ
bod ỹn well itaỏ treulaỏ blo=
deu ỹ Jeuengtit ae dewred
ỹn kỹnhal ỹ deruỹneu e hun
noc ỹn tozneimeint diffrỏỹth
kỹd caffo clot ỹndunt. Je heb
ỹr arthur eỏch ỹ ỹmdiarche=
nu ac ỹmerỏch ỹch bỏỹd a
bỹrỹỏch ỹch blinder ỹ arnoch
a chỹn ỹch mỹnet ỹmdeith
atteb a geffỏch. ỹ uỏỹta ỹd
aỹthant. ac ỹna medỹlỹ=
aỏ a ozuc arthur. nad oed
haỏd ganthaỏ ellỏg gereint
ỹ vrthaỏ. nac o un llỹs ac ef.
Nỹd oed haỏd na thec ganth=
aỏ ỹnteu ỹ geuỹnderu ỹ
warchadỏ ỹ gỹuoeth ae
deruỹneu canỹ allei ỹ dat
eu kỹnhal. Nỹt oed lei go=
ual gwenhỏyuar ae hiraeth
hi ar holl wraget ar holl uoz=
ỹnỹon rac ouỹn mỹnet. ỹ
uozỏỹn ỹ vrthunt. ỹ dỹt
hỏnnỏ ar nos honno adreu=
lỹſſon diſalrỏỹd o bob peth.
ac arthur a uenegis ỹ ereint
ỹſtỹr ỹ genadỏri a dỹuotỹat
ỹ kennadeu o gernỹỏ attaỏ
ỹno. Je heb ỹ gereint ỹr a
del ᴺᴬᴄ o les nac o afles ỹ mi
arglỏỹd o hỹnnỹ dỹ uỹnhu
di a wnaf. i. am ỹ gennad=
vri honno. llỹma yỏ dỹ
gỹghoz am hỹnnỹ hep ỹr

arthur kẏd boet dẏhir genẏf
. i . dẏ uẏnet ti ᛬ mẏnet o ho ᛫
not ẏ gẏuanhedu dẏ gẏfoẏth
ac ẏ gadỽ dẏ deruẏneu . ach ᛫
ẏmer ẏ niuer a uẏnnẏch ẏ
gẏd athi . a' mỽẏaf a gerẏch
om fydlonẏon . i . ẏn hebrẏg ᛫
ẏeid arnat . ac ath garant
titheu ath gẏtuarchogẏon
Dẏỽ adalho it aminheu a ᛫
wnaf hẏnnẏ heb ẏ gereint
Pa odỽrd heb ẏ gwenhỽẏ ᛫
uar a glẏwaf . i . ẏ . gẏnỽch
chỽi . ae am hebrẏgẏeit ar
ereint parth ae wlad . Je heb
ẏr arthur reit ẏỽ ẏ minneu
uedẏlẏaỽ heb hi am hebrẏgẏ ᛫
eid a diwallrỽẏd ar ẏr unben ᛫
nes ẏffẏd gẏd a minneu . Jaỽn
a wneẏ heb ẏr arthur . ac ẏ
gẏfcu ẏd aẏthant ẏ nos hon ᛫
no . athrannoeth ẏd ellẏgỽẏd
ẏ kennadeu ẏ ẏmdeith . a dẏ ᛫
wedut udunt ẏ deuei ereint
ẏnẏ hol ẏ trẏdẏdẏt gỽedẏ
hẏnẏ ẏ kẏchwẏnaỽd gereint
Sef ẏ niuer a aeth gẏd ac ef
Gỽalchmei uab gwẏar . a
Riogoned uab bᴣenin iwerdon .
ac ondẏaỽ uab duc bỽrgỽin .
Gỽilim uab rỽẏf freinc . Ho ᛫
wel uab ẏmerllẏdaỽc . Eliurẏ
anaỽ kẏrd . gwẏn uab trin ᛫
gat . Goᴣeu uab cuftennẏn .
Gweir gỽrhẏt uaỽr . Garan ᛫
naỽ uab golithmer . Peredur
uab Euraỽc . Gwẏn llogell
gwẏr ẏnat llẏs arthur .
Dẏuẏr uab alun dẏuet .
Gỽrei gwalftaỽd ieithoed .
Bedwẏr uab bedᴣaỽt kadỽrẏ

uab gỽrẏon . Kei uab kẏnẏr .
Odẏar franc . yftiward llẏs arthur
ac edern uab nud . heb ẏ gereint
a glẏỽaf . i . digaỽn uarchogaẏth
a uẏnhaf ẏ gẏt a mi . Je heb ẏr
arthur nẏ weda iti dỽẏn ẏ gỽr
hỽnnỽ ẏ gẏt athi kẏd boet iach
ẏnẏ wneler tagneued ẏ rẏgthaỽ
a gwenhỽẏuar . Ef a allei ẏ
wenhỽẏuar ẏ ganhadu gẏt a
mi ar ueicheu . Os canẏhatta
canẏhatted ẏn rẏd heb ueicheu .
canẏs digaỽn o gẏmỽẏeu a go ᛫
uudẏeu ẏffẏd aᴿ ẏ gỽr ẏn lle
fẏrhaed ẏ uoᴣỽẏn ẏ gan ẏ coᴣr .
Je heb ẏ gỽenhỽẏuar awelẏch
di ẏ uot ẏn iaỽn am hẏnnẏ ti
a gereint mẏui aẏ gỽnaf ẏn
llawen arglỽẏd . ac ẏna ẏ canẏ ᛫
hadadaỽd hi . edern uẏned ẏn
rẏd a digaỽn ẏ am hẏnnẏ a aeth
ẏn hebrẏgẏheit ar ereint . ach ᛫
ẏchwẏn a oᴣugant a cherdet
ẏn vẏmpaf niuer a welas neb
eiroẏt parth a hafren . ac ar ẏ
parth draỽ ẏ hafren ẏd oed go ᛫
reugwẏr . Erbin uab cuftennẏn
aẏ datmaeth ẏn eu blaen ẏn
aruoll gereint ẏn llawen a
llawer owraged ẏ llẏs ẏ gan
ẏ uam ẏnteu ẏn erbẏn enẏt
uerch ẏnẏỽl ẏ wreic ẏnteu . a
diruaỽr oᴣuoled a llẏwenẏd
agẏmerth paỽb oᴣllẏs ẏndunt
ac oᴣ holl gẏuoeth ẏn erbẏn
gereint rac meint ẏ kerẏnt
ef a rac meint ẏ kẏnnullaffei
ẏnteu clot oᴣ pan athoed ẏ vrth ᛫
unt hỽẏ . ac am uot ẏ uedỽl
ẏnteu ar dẏuot ẏ werefkẏn
ẏ gẏuoeth ehun . ac ẏ gadỽ

Ꮭ᎒thunt . ydyd h᎒nn᎒ ar noſ honno atreulaſſant tr᎒y
diwallr᎒yd o pop peth . ᎓c artḥ̄ a venegiſ y er'. yſtyr y ke -
nad᎒᠎i adyuodyat y kenadeu ogerny᎒ hyt yno . Je heb
y Ger'. yr a del nac oles nac o aſles imi argl᎒yd o hynny ᛭
20 dy vynnu ti awnaſi am y gennad᎒᠎i honno . Ꮮlyna dy gyg -
ho᠎ am hynny heb ~~hynny~~ yr artḥ̄ . kyt boet dyhir gen -
hyf am dy vynet ti . mynet o honot y gyfanhedu dy
gyfoeth ac y gad᎒ dy teruyneu . ᎓chymer ynifer auyn -
hych gyt athi am᎒yhaf agerych om ffydlonyon i . yn
heb᠎ygyeit arnat ᎓c oth garant titheu ath gytuarch -
ogyon . Du᎒ atalho itt aminheu awnaf hynny . Reit
y᎒ iminheu heb y G᎒enh' vedylya᎒ am ganheb᠎ygy -
eit adiwallr᎒yd ar yr vnbennes yſſyd gyt aminheu .
Ja᎒n awney heb yr artḥ̄ . ᎓c y gyſcu yd aethant ynoſ
honno . ᎓thranoeth y gellyg᎒yt y kennadeu ymdeith
᎓dywedut udunt ydeuei . Er'. yn eu hol . ᎓rtrydydyd
g᎒edy hynny y kychwynn᎒ys Ger'. sef nifer a aeth ẏ
gyt ac ef . G᎒alchmei . A Rioganed . ᴍ . b᠎enhin iwerdon
ac ond᠎ya᎒ . ᴍ . duc b᎒᠎g᎒in . G᎒ilym . ᴍ . R᎒yf ffreinc .
Howel . ᴍ . emyrllyda᎒ . Elifri ana᎒ kyrd . G᎒yn . ᴍ . trin -
gat . Go᠎eu . ᴍ . Cuſtennin . G᎒eir g᎒᠎hyt ua᎒᠎ . Garanhon
. ᴍ . Glythmyr . Peredur . ᴍ . Efra᎒c . G᎒yn llogell g᎒yr ẏg -
nat llys artḥ̄ . Dyuyr . ᴍ . alun dyuet . G᎒᠎ei g᎒alſta᎒t
ieithoed . Bedwyr . ᴍ . bed᠎a᎒t . Kad᎒᠎i . ᴍ . G᎒᠎yon . Kei
. ᴍ . kynyr . Odyar ffranc yſtiwart llyſ artḥ̄ . ᎓c edern . ᴍ .
Nud heb y ger'. aglywaſi y vot yn gallu marchogaeth
auynnaſ ydyuot gyt ami . Je heb yr artḥ̄ . Ny weda itti
d᎒yn y g᎒᠎ h᎒nn᎒ gyt athi kyn boet iach hyny we᠂neler
tagnefed y rygta᎒ a g᎒enh'. Ef a allei y wenh' y gyt ami
y ganhadu ar veicheu . Os canhatta ᛭ canhadet yn ryd
oe veicheu . kanyſ diga᎒n o gym᎒yeu a gouityeu yſſyd
ar y g᎒᠎ yn lle ſarhaet y uo᠎᎒yn gan y co᠎r . Je heb y g᎒enh'
21 awelych ti yn uot yn ia᎒n am hynny ti a ger'. ᴍiui ae
g᎒naf yn llawen argl᎒yd . ᎓c yna y kanhada᎒d hi edern
yn ryd . ᎓diga᎒n yam hynny aaeth yn heb᠎ygyeit ar
Er'. ᎓chychwyn ao᠎᠎ugant yn ᎒ympaſ nifer aweles neb
eiroet . parth a haſren . ᎓c ar y lan tra᎒ y haſren . yd oed
go᠎eug᎒yr Erbin . ᴍ . Cuſtenhin . ae tatmaeth yn y bla -
en yn aruoll Ger'. yn llawen . ᎓llawer owraged y llyſ y
gan y vam ynteu yn erbyn Enyd verch yny᎒l g᎒᠎eic . Er'.

Peniarth MS. 6, part iv.

K 2

adiruaϬ oϩuoled allewenyd agymyrth paϬb oϩ llyf yn - dunt ac oϩ holl gyfoeth yn erbyn Ger'. rac meint ykerynt ef. arac meint y clyϬffynt y glot ynteu yr pan athoed yϬϩthunt Ϭy. ac amy vot yndyuot y oϩefcyn y gyfoeth ehun. ac ygadϬ yteruyneu. ac yr llys y doethant. ac yd oed yno diwallrϬyd ehalaethualch o amryual anregyon ac amhylder owirodeu adidlaϬt waffanaeth. ac amryf - alyon gerdeu agϬaryeu. ac o enryded Ger'. ygϬohodet holl wyrda y kyfoeth ynof honno. ar dyd hϬnnϬ ar nof honno atreulaffant trϬy gymedϩold' o efmϬythter. ac yn ïeuenctit ydyd tranoeth kyuodi aoϩuc Erbin. adyuyn - nu Ger'. attaϬ ar GoϩeugϬyr adothoed y hebϩϬg. adywe - dut Ϭϩth Er'. GϬϩ amtrϬm oetyaϬc Ϭyfi heb ef. athϩa elle - ifı kynhal kyfoeth itti ac iminheu. Mi ae kynheleif. athitheu GϬaf ieuanc Ϭyt. aϲ ymlodeu dy deϬϩed ath ieu - enctit yd yttϬyt. kynhal dy gyfoeth weithon. Je mi heb ÿ Ger'. om bod i ny rodut ti vedyant dy gyfoeth ym llaϬ i yr aϬϩ hon. ac nym dygut etwa o lys,. $_{arth^2}$ yth laϬ ti nu y rodafi. achymer hediϬ Ϭϩyogaeth dywyr. Ac yna ydy - waϬt GϬalchmei. JaϬnhaf yϬ it llonydu hediϬ yr eircheit.

22 ac auoϩy kymer Ϭϩyogaeth dy gyfoeth. ac yna ydyfynϬ - yt yr eircheit y vn lle. ac ydoeth kadyrieith attadunt y edϩych eu haruedyt. apheth aeruynynt. ac ny bu hir ybuϬyt yn rodi. kanyf teulu artĥ agϬyr kernyϬ aro - daffant yn ehalaeth y paϬb Ϭϩth yatolϬyn. ae vod. y da yn didlaϬt. ar dyd hϬnnϬ ar nof honno atreulaffant trϬy gymedϩolder o efmϬythtra. athranoeth ynieuenc - tit ydyd yd erchif Erbin y er'. anuon kenadeu ary wyr. y ofyn udunt aoed diϬϩthtrϬm ganthunt y dyuot ef e gymryt eu gϬϩyogaeth. ac aoed ganthunt na bar nac einiwet ae dim adottynt yn yerbyn. ac uelly ygϬnaeth ynteu. ydywedaffant Ϭynteu nat oed namyn kyflaϬn - der o lewenyd agogonyant gan baϬp onadunt. am dyuot Ger' ygymryt eu gϬϩyogaeth. ac yna ykymyrth Ger'. gϬϩyogaeth aoed yno onadunt. ac yno ygyt ybu - ant y tryded nof. athϩanoeth yd arofunaϬd teulu artĥ. ymdeith. Ry eghyrth yϬ iϬch vynet ymdeith etwa. ar - hoϬch gyt ami hyny darffo im kymryt gϬϩyogaeth vyg goϩeugϬyr oc a erkytyo o nadunt dyuot attaf. ac uelly y gϬnaethant Ϭynteu. ac yna y kyϲhwynaffant Ϭy pth

Peniarth MS. 6, part iv.

ẏ deruẏneu . ac ẏr llẏs ẏ deuth =
ont . ac ẏd oed ẏnẏ llẏs udunt
diwalrỏẏd helaethualch o amra =
ual anregẏon ac amẏlder gwi =
rodeu a didlaỏd waſſanaeth ac
amrauaẏlon gerdeu a gvarẏ =
eu . a o anrẏdet gereint ẏ gỏa =
hodet holl wẏrda ẏ kẏuoẏth ẏ
nos honno ẏ ẏmwelet a gereint .
ar dẏt hỏnnỏ a dzeulaſſant ar
nos honno drỏẏ gẏmedrolder
o eſmỏẏthdza . ac ẏn Jeueinctid
ẏ dẏt dzannoẏth kẏuodi a ozuc
erbin a dẏuẏnnu attaỏ ereint
ar gozeugỏẏr adoded ẏhebzỏng . a dẏ=
ỏedut ỏzth ereint gỏz amdzỏm oe=
daỏc vẏf . i . heb ef . athra elleis
i kẏnnal gẏnal ẏ kẏuoẏth iti
ac ẏ muhun mi ae kẏnhelleis .
a thitheu gỏas ieuanc vẏt
ac ẏmblodeu dẏ deured ath
Jeuengtit ẏt vẏt kẏnhal dẏ
gẏuoeth weithon . Je heb ẏ
gereint . om bod . i . nẏ rodut ti
medẏant dẏ gẏuoeth ẏm llaỏ
i . ẏr aỏron . ac nẏm dẏgut
etwa o lẏs arthur . Yth laỏ
di nu ẏ rodaf . i . achẏmmer
heuẏd hediỏ vrogaeth dẏ
wẏr . ac ẏna ẏ dẏwaỏt ⏤
Gỏalchmei . Jaỏnaf ẏỏ it lo =
nẏdu ẏr eircheid hediỏ . ac
ẏ uozẏ kẏmmer vrogaeth dẏ
gẏuoeth . ac ẏna ẏ dẏuẏnnỏ =
ẏd ẏr eircheid ẏn un lle . ac
ẏna ẏ doeth cadẏrieith attunt
ẏ edrẏch eu aruedẏt ac ẏ o-
uẏn ẏ baỏb onadunt beth
a eruẏnnẏnt . a theulu arth^a
a dechreuỏẏs roti . Ac ẏnẏ lle
ẏ doeth gỏẏr kernẏỏ ac ẏ

rodaſſant vẏnteu . ac nẏ bu
hir ẏ buont ẏn roti rac meint
bzẏs paỏb onadunt ẏ roti . ac
oz a doeth ẏ erchi da ẏno ꞉ nẏt
aeth neb ẏmdeith odẏno na =
mẏn gan ẏ uod . ar dẏt hỏnnỏ
ar nos honno adzeulaſſant
drỏẏ gẏmedrolder o eſmỏẏthdza
Athrannoeth ẏn Jeuengtit ẏ
dẏt ẏd erchis erbin ẏ ereint
anuō kenhadeu ar ẏ wẏr ẏ
ouẏn utunt a oed divrthrỏm
ganthunt ẏ dẏuot ẏ gẏmrẏt
eu gỏrogaeth . ac a oed ganth =
unt ae bar ae eniwet o dim
adottẏnt ẏnẏ erbẏn . Y Yna
ẏ gẏrraỏd Gereint kenadeu
ar wẏr kernẏỏ ẏ ouẏn uth-
unt hẏnnẏ . y dẏwedaſſant
vẏnteu nad oed ganthunt
namẏn kẏflaỏnder o lẏwe =
nẏd a gogonẏant gan baỏb
onadunt am dẏuot gereint
ẏ gẏmrẏt eu gỏrogaeth . Ac
ẏna ẏ kẏmerth ẏnteu gỏr-
ogaeth a oed ẏno onadunt .
ac ẏno ẏ gẏd ẏ buant ẏ drẏ=
det nos . athrannoeth ẏr aro=
uunaỏd teulu arthur ẏm=
deith . Rẏ ẏghẏrth ẏỏ ẏỏch
uẏnet ẏmdeith ettỏa . arho=
vch ẏ gẏt a mi ẏnẏ darffo
im gẏmrẏt gỏrogaeth uẏ=
gozeugỏẏr oz a ergẏttẏo o
nadunt dẏuod attaf . Ac
vẏnt adzigaſſant ẏnẏ dar-
uu itaỏ ef hẏnnẏ . ac ẏ
kẏchỏẏnnaſſant hỏẏ parth
a llẏs arthur . ac ẏna ẏd aeth
gereint eu hebzỏg ac ef ac
enẏt hẏt ẏn dẏganhỏẏr ac

ẏna ẏ gỽahanaſſant. **a**c ẏna
ẏ dẏwaỽd Ondẏaỽ uab duc
bỽrgỽin vrth ereint . kerda
heb ef eithauoeth dẏ gẏ̓oeth
ẏn gẏntaf . **a**c edrẏch ẏn
llỽẏr graf✻deruẏneu dẏ gẏ =
uoeth . **a**c oꝝ goꝝthrẏma gouut
arnat manaka ar dẏ gẏdẏm =
deithon dẏỽ a dalho it heb ef
a minheu awnaf hẏnnẏ . **a**c
ẏna ẏ kẏrchaỽd gereint .
eithauoed ẏ gẏuoeth . **a**chẏ =
uaỽẏdẏt hẏſpẏs gẏt ac ef .
o oꝝeugỽẏr ẏ gẏuoeth . **a**r
amcan pellaf adangoſſed ı
idaỽ agedwis ẏnteu ganth =
aỽ . **a**c ual ẏ gnotaẏſſai tra
uu ẏn llẏs arthur . kẏrchu
toꝝneimeint awnaeẏ . **a**c ẏm =
ỽẏbot ar gỽẏr deỽraf acha =
darnaf ẏnẏ oed gloduaỽr
ẏnẏ gẏueir honno ual ẏ lle
ẏ buaſſei gẏnt . **a**c ẏnẏ gẏ =
uoethoges ẏ lẏs ae gẏdẏm =
deithon ae vẏrda oꝝ meirch
goꝝeu ar arueu goꝝeu ac oꝝ
eurdlẏſſeu arbenniccaf a go =
reu . **A**c nẏ oꝝfẏwẏſſaỽd ef
o hẏnnẏ ẏnẏ hedaỽd ẏ glot
dros wẏneb ẏ dẏrnas . aſſan
wẏbu ef hẏnnẏ ꝛ dechreu caru
eſmỽẏthder ac ẏſgẏuaỽch
a oruc ẏnteu . Canẏd oed
neb adalhei aruot ẏnẏ er =
bẏn . **a**charu ẏ wreic agỽaf =
tadrỽẏd ẏnẏ lẏs . acherdeu
a didanỽch achartreuu ẏn
hẏnnẏ dalẏm a oꝝuc . ac ẏn
ol hẏnnẏ caru ẏſcaualỽch oe
ẏſtauell aẏ wreic hẏd nad
oed ꝺigrif dim ganthaỽ
namẏn hẏnnẏ . **ẏ**nẏ ẏttoed

ẏn colli callon ẏ wẏrda ae hela
ae digrifỽch . **a** challon cỽbẏl
o niuer ẏ llẏs . **a**c ẏnẏ oed ẏm
odỽrd a gogan arnaỽ dan laỽ
gan dẏlỽẏth ẏ llẏs . am ẏ uot
ẏn ẏmgolli ẏn gẏnlỽẏret a
hẏnnẏ ac eu kẏdẏmdeithas
hỽẏnt o garẏat gỽreic . **a**r
geireu hẏnnẏ aaeth hẏt ar
erbin . **a** gỽedẏ clẏ clẏbot o
erbin hẏnnẏ . Dẏwedut a
oꝝuc ẏnteu hẏnnẏ ẏ enẏt
a gouẏn a oꝝuc iti aẏ hihi aoed
ẏn peri hẏnnẏ ẏ ereint ac ẏn
dodi ẏ danaỽ ẏmadaỽ ae dẏ =
lỽẏth ac aẏ niuer . na ui mẏn
uẏghẏſſes ẏ dẏỽ heb hi . ac
nẏt oes dim gaſſach genhẏf
no hẏnnẏ . ac nẏ vẏdat hi
beth awnai . Canẏt oed haỽd
genthi adef hẏnnẏ ẏ ereint .
Nẏt oed haỽs genthi hitheu
warandaỽ ar a glẏwei heb
rebudẏaỽ gereint ẏmdanaỽ
agoueileint maỽr adellis
hi ẏndi am hẏnnẏ . **a** boꝝe =
gweith ẏr haf ẏd oẏdẏnt
ẏnẏ gỽelẏ ac ẏnteu vrth
ẏr erchwẏn . **a**c enẏt a oed
heb gẏſgu ẏ mẏỽn ẏſtauell
wẏdrin ar heul ẏn tẏwẏnnu
ar ẏ gỽelẏ . **a**r dillad gỽedẏ
rẏlithraỽ ẏ ar ẏ dỽẏuron ef
ae dỽẏ ureich . **A**c ẏnteu ẏn
kẏſcu . Sef aoꝝuc hitheu ẏd =
rẏch tecket ac aruthred ẏr
olỽc a welſei arnaỽ . a dẏwedut
Gỽaẏ ui heb hi os omachaỽs
. i . ẏ mae ẏ bꝝeicheu hẏn ar
dỽẏ uron ẏn colli clot amilỽr =
ẏaeth kẏmeint ac a oed eidunt .
achann hẏnnẏ ellỽg ẏ dagreu

allys arth̄. ac yd aeth Ger. ac enyd y eu heb26g hyt yn
dyngannan. aphan ymwahanyffant y dywa6t Ond2a
.M. yduc 62th Er'. kertha heb ef eithafoed dy gyfoeth
yngyntaf. ac ed2ych ynll6yrgraff teruyneu dy gyfoeth.
ac og62thtryma gofit arnat. manac ar dy getymdeith-
on. Du6 atalo itt. aminheu awnaf hynny. ac yna y
kyrcha6d Ger'. eithafoed ygyfoeth. achyfar6ydyt gyt
ac ef o o2eug6yr hyfpyf ygyfoeth. ar amkan pellaf a.

23 dangoffet ida6 agetwif ynteu ganta6. ac val ygnotta-
affei tra uu ynllys arth̄. kyrchu t62neimeint awnaei.
ac ym6ybot ar g6yr de62haf achadarnaf hyny oed
clotua62 yny kyfeir h6nn6 val y lle y buaffei gynt. ac
yny gyf6ethoges ylys aewyrda. o2 meirch go2eu ac o2
arueu go2eu ac o2 eurtlyffeu arbennicaf ago2eu. ac
ny o2ffowyffa6d ohynny hyny eheda6d yglot d2os 6y-
neb yteyrnas. aphan 6ybu ef hynny ꞉ dech2eu karu ef-
m6ythter ac yfcyfal6ch ao2uc ynteu. kanyt oed neb a
dalhei vot ynyerbyn. acharu ywreic ag6aftatr6yd y-
ny lys acherdeu adidan6ch. achartrefu talÿm ao2uc.
ac yn ol hynny karu yfcyfal6ch oeyftauell aewreic hyt
nat oed digrif ganta6 dim namyn hynny. hyny ytto-
ed yn colli callon ywyrda ae hela ae digrif6ch achallon
c6byl o nifer ylys. ac yny yttoed ymod62d agogan ar-
na6 dan lla6 .gan tyl6yth ylys am yuot yn ymgolli yn
gynl6yret ahynny ac eu ketymdeithaf 6ynt ogaryat
g62eic. Ar geireu hynny aaeth ar erbin. ag6edy cly-
bot o Erbin hynny ꞉ dywedut ao2uc ynteu hynny y
Enyd. a gofyn ao2uc idi. a̅hihi oed ynperi hynny y. er'.
ac yn dodi ydana6 ymada6 ae tyl6yth ac ae nifer. Na
vi myn vyg cret kyffes ydu6 heb hi. ac nyt oes dim
gaffach genhyf no hynny. Abo2eg6eith yr haf ydo-
edynt yn eu g6ely. ac ynteu 62th yr erchwyn. ac enyd
oed heb gyfcu ymy6n yftauell wyd2in. ar heul yn ty-
wynnu ar yg6ely. ar dillat g6edy rylith2a6 yar yd6y
v2on ae d6y v2eich. ac ynteu ynkyfcu. Sef ao2uc hith-
eu ed2ych tecket ac aruth2et yr ol6c awelei arna6.

24 adywedut. G6ae vi heb hi os om hacha6s i ymae y b2e-
icheu hi ar d6y v2on yn colli clot amil62yaeth kyme-
int aoed eidunt. achan hynny ell6g y dagreu yn hid-
leit hyny dyg6ydaffant ar y d6y v2on ef. ac vn o2 peth ꞉

Peniarth MS. 6, part iv.

eu ꝛe deffroes ef uu hynny . a medѡl arall ae kyffroes
ynteu nat yr amgeled ymdanaѡ ef ydywedaſſei hi hy -
nny . namyn yr yſtyryaѡ karyat ar ѡꝛ arall dꝛoſtaѡ ef .
adamunaѡ yſgyfalѡch hebdaѡ ef . ac ar hynny llityaѡ
aoꝛuc geꝛ' trѡy anhagnefed yny vedѡl . agalѡ ar yſ -
gѡier attaѡ . Par yn gyflym heb ef kyweiraѡ vym
march am harueu . aphar eu bot yn baraѡt . achyfot
titheu heb Enyd agѡifc ymdanat . aphar gyweiraѡ
dy varch . adѡc ywifc waethaf ar dy helѡ ѡꝛth varcho -
gaeth . A meuel imi heb ef o deuy ti yma hyny ѡyp -
ych agolleiſi vyn nerthoed yn gyngywiret ac y dywe -
dut ti . ac ygyt ahynny o byd kyn yſcyfalhaet itti ac
yd oed dy damunet y geiſſaѡ yſcyfalѡch am yneb yd o -
edut yn medylyaѡ ymdanaѡ . achyfodi aoꝛuc hitheu
agѡifcaѡ yſcaelufwifc ymdanei . Ny ѡn i dim oth ve -
dѡl ti arglѡyd heb hi . Nyf gѡybydy ti yr aѡꝛ hon heb
ef . ac yna yd aeth Ger' y ymwelet ac erbin . Aѡꝛ da heb
ef . y negef yd ѡyfi yn mynet . ac nyt hyfpys genhyf
py bꝛyt y deuaf trachefyn . asynhya ti ѡꝛda heb ef ѡꝛth
dy gyfoeth hyny delhѡyfi trachefyn . Mi awnaf heb
ef ac ef eres yѡ genhyf moꝛ deiſſyuyt yd ѡyt yn my -
net . Aphѡy agerda gyt athi . ѡꝛth nat ѡyt ti ѡꝛ yger -
det tir lloegyr tuhunan . Ny daѡ gyt amiui nam -
yn vn dyn arall . Duѡ ath gygho nu mab heb yr erbin
25 a llawer dyn ahaѡl arnat yn lloegyr . ac yr lle yd oed y varch
ydoeth Ger' . ac yd oed y varch yn gyweir o arueu trѡmloyѡ
eſtronaѡl . Ac erchi aoꝛuc ynteu y enyd efcynnu ar y
march acherdet oꝛ blaen achymryt ragoꝛ maѡꝛ . ac
yr awelych ac aglyѡhych arnafi heb ef nac ymchoel ti
trachefyn . ac ony dywedafi ѡꝛthyti . na dywet ti vn ge -
ir heuyt . acherdet racdunt aoꝛugant . ac nyt y ffoꝛd di -
grifaf achyfanhedaf aperif ef y cherdet . namyn y ffoꝛd
diffeithaf adiheuaf bot lladꝛon aherwyr abѡyſtuilet
ʽkyndeiraѡc gѡenѡynic . adyuot ypꝛif foꝛd aoꝛugant .
ae chanlyn . achoet maѡꝛ awelynt y ѡꝛthunt . apharth
ar coet ydoethant . ac yn dyuot oꝛ coet allan y gѡelynt
petwar marchaѡc aruaѡc . ac edꝛych aoꝛugant arnadunt
adywedut aoꝛuc vn onadunt . Llyma le da inni y deu varch
racco ararueu arwreic heuyt . ahynny agaffѡn yn fe -
gur yr yr vn marchaѡc pentrѡm goathꝛiſt llibin racco .

Peniarth MS. 6, part iv.

ŷn hidleit ŷnŷ dŷg6ŷdaffant
ar ŷ d6ŷ uron ef. ac un o2
petheu ae deffro2es ef uu
hŷnnŷ ŷ gŷt ar ŷmadra6d
a dŷwa6t hi kŷn no hŷnnŷ
A med6l arall ae kŷffroes
ŷnteu nat ŷr ŷmgeled ŷm =
dana6 ef ŷ dŷwedaffei hi
hŷnnŷ namŷn ŷr ŷftŷrŷa6
carŷat ar vr arall drofta6
ef. A damm6ŷna6 ŷfcaua =
l6ch hepda6 ef. ac ar hŷnnŷ
fef a o2uc gereint antag =
neuedu ŷnŷ ued6l a gal6
ar ŷfcuer a dŷuot h6nn6
atta6. Par ŷn gŷflŷm heb
ŷnteu kŷweira6 uŷ march
am arueu ac eu bot ŷn ba =
ra6^d achŷuot titheu heb ef
vrth enŷt a g6ifc ŷmdanat
affar g6eirŷa6 dŷ uarch a
d6c ŷ wifc waethaf ar dŷ
hel6 gennŷt vrth uarchoga =
eth. ameuŷl ŷ mi heb ef o
dewŷ di ŷma ŷnŷ vŷpŷch
di a golleis i uŷ nerthoed ŷn
gŷng6plet ac ŷ dŷwedŷ di
ac ŷ gŷt a hŷnnŷ o bŷd kŷn
ŷfcafalahet it ac ŷd oed dŷ
damunet. ŷ geiffa6 ŷ geiffa6
ŷfcaual6ch am ŷ neb ŷ med =
ŷlŷut ŷmdana6. achŷuodi
a o2uc hitheu a g6ifca6 ŷf =
caelufwifc ŷmdanei. Nŷ
vn. i hep hi dim oth uedŷlŷeu
di argl6ŷd. Nŷs g6ŷbŷdŷ di
ŷr a6ron heb ef. ac ŷna ŷd
aeth gereint ŷ ŷmwelet ac
erbin. a vrda heb ef neges
ŷd vŷf ŷn mŷnet idi. ac
nŷt hŷfpŷs gennŷf pa b2ŷt
ŷ deuaf dracheuŷn. affŷnŷa

di heb ef vrda vrth dŷ gŷfoeth
ŷnŷ del6ŷf. i. dracheuŷn. Mi
awnaf heb ef. ac eres ŷ6 gen =
hŷf mo2 deiffŷueit ŷd vŷt ŷn
mŷnet. aff6ŷ a gerda gŷd ¡
athi vrth nat vŷt vr di ŷ
gerdet tir llo6gŷr ŷn unic.
Nŷ da6 gŷt amŷui namŷn
un dŷn arall. Dŷ6 ath gŷg =
ho2o nu mab heb ŷr erbin. a
llawer dŷn aŷ ha6l arnat
ŷn llo6gŷr. ac ŷr lle ŷd oed
ŷ uarch ŷ doeth gereint. ac
ŷd oed ŷ uarch ŷn gŷweir o
arueu tr6m ŷftrona6l glo6ŷ
ac erch a o2uc ŷnteu ŷ enŷt
ŷfcŷnnu ar ŷ march acherdet
o2 blaen achŷmrŷd rago2
ma6r. ac ŷr awelŷch ac ŷr
a glŷwŷch heb ef arnaf. i.
nac ŷmho6ŷl di d2acheuŷn.
ac onŷ dŷwedaf i vrthŷt ti
na dŷweit ti un geir heuŷt.
acherdet racdunt ao2ugant
ac nŷd fo2d digrifaf achŷuŷ =
nhedaf aberis ef ŷcherded
namŷn ŷ fo2d diffeithaf a
diheuaf uod lladron ŷndi
aherwŷr a b6ŷftuilet gwe =
n6ynic. a dŷuot ŷr b2iffo2d
aŷ chanlŷn a o2ugant achoet
ma6r awelŷnt ŷ v2thunt.

affarth ar coed ŷ doethant
ac ŷn dŷuot o2 coed allan ŷ
gvelŷnt petwar marcha6c
arua6c ac ŷdrŷch ao2ugant
arnunt. a dŷwedud a o2uc
un ohonunt. llŷma le da
ŷni heb ef ŷ gŷmrŷt ŷ deu
uarch racco ar arueu ar
wreic heuŷt. a hŷnnŷ a
gaff6n ŷn fegur ŷr ŷr un

marcha6c pend26m goath-
riſt racco llibin. **a**r ỳmdidan
h6nn6 a gigleu enỳt ac nỳ
vỳdat hitheu beth awnai
rac ouỳn gereint aᵞ dỳwedut
hỳnnỳ ae tewi. Dial dỳ6 ar-
naf heb hi onỳt dewiſſach
gennỳf uỳ agheu oe la6 ef
noc o la6 neb achỳt ỳmlatho
mi aỳ dỳwedaf ita6 rac gwe-
led agheu arna6 ef ỳn dỳb-
rỳt. **a** chỳuaros gereint a
o2uc ỳnỳ uỳd ỳn agos idi.
Argl6ỳd heb hi a glỳwỳ di
geireu ỳ gwỳr ỳmdanat.
Drỳchauel ỳ vỳneb a o2uc
ỳnteu ac ỳdrỳch arnei ỳn
llidia6c. **N**ỳd oed reit ỳ ti
namỳn cad6 ỳ geir a erch-
ỳſſit it. Sef oed h6nn6
tewi. **N**it amgeled gen-
nỳf ỳ teu ac nit rỳbud.
a chỳt mỳnnỳch ti weled
uỳ agheu. i. am diuetha o2
gwỳr racco nỳt oes arnaf
. i. un ergỳſſ6r. **a**c ar hỳnnỳ
eſt6g gva6ỳ a o2uc ỳ blaỳn-
haf o honunt a goſſot ar
ereint. **a**c ỳnteu aỳ her-
bỳnỳa6d ef ac nỳt ual g6r
lleſk. **a** gell6g ỳ goſſot hei-
ba6 a o2uc. **a** goſſot a o2uc
ỳnteu ar ỳ marcha6c ỳn
de6red ỳ darỳan ỳnỳ hỳllt
ỳ darỳan ac ỳnỳ dỳr ỳr
arueu ac ỳnỳ uỳd dogỳn
kỳuelin ua6r ỳnda6 o2
paladỳr ac ỳnỳ uỳd hỳd
g6aỳ6 gereint dros bed-
rein ỳ uarch ỳr llawr. Ar
eil marcha6c ae kỳrcha6d
ỳn llidia6c am lad ỳ gỳ-

dỳmdeith. **a**c ar un goſſot
ỳ bỳrỳa6d ef h6nn6 ac llad-
a6d ual ỳ llall. ar trỳdỳt aỳ
kỳrcha6d ac ỳ uellỳ ỳ llad-
a6d. ac ỳ uellỳ heuỳt llad-
a6d ỳ petwỳrỳt. Triſt ac
aflawen oed ỳ uo26ỳn ỳn
ỳd2ỳch ar hỳnnỳ. Diſgỳnnu
a o2uc gereint a diot arueu
ỳ gwỳr lladedic ac eu dodi
ỳn kỳfr6ỳeu. a ffr6ỳnglỳm-
hu ỳ meirch a o2uc. ac ỳſkỳn-
nu ar ỳ uarch. **W**elỳ di awne-
lỳch di heb ef kỳmmer ỳ ped-
war meirch a gỳrr rac dỳ
uron. **a** cherda o2 blaen ual
ỳd ercheis it gỳnheu. ac na
dỳ6et ti dim geir vrthỳf
. i. ỳnỳ dỳwett6ỳf. i. vrthỳt
ti. ỳm kỳffes ỳ dỳ6 heb ef os
hỳnnỳ nỳ wneỳ : nỳ bỳt di-
boen it. **ꝼ**i a wnaf uỳg gallu
am hỳnnỳ argl6ỳt heb hi
vrth dỳ gỳgho2 di. **V**ỳnt a
gerdaſſant raccdunt ỳ goet.
Ac ada6 ỳ coet a o2ugant
a dỳuot ỳ waſtattir ma6r.
ac ỳmperued ỳ g6aſtattir
ỳd oet bỳrgoet pende6 dỳ-
rỳs. **a**c ỳ vrth h6nn6 ỳ gwe-
lỳnt tri marcha6c ỳn dỳuot
attunt ỳn gỳweir o ueirch
ac arueu hỳt ỳ lla6r ỳmda-
nunt ac ỳmdan eu meirch.
Sef a o2uc ỳ uo26ỳn ỳd2ỳch
ỳn graf arnunt. **a** ffan do-
ethant ỳn agos. Sef ỳm-
didan a glỳwei ganthunt
llỳma dỳuot da ỳn ni heb
vỳnt ỳn ſegur pedwar
meirch afedwar arueu.
Ac ỳr ỳ marcha6c llaeſtriſt

ar ymdidan h0nn0 aglywei Enyd . ac ny wydyat beth
awnaei rac ofyn Ger'. ae dywedut hynny ae tewi . Di -
al du0 arnaf onyt dewiffaf genhyf vy agheu oe la0 ef
nocet ola0 arall . achyt am lladho mi ae dywedaf ida0
rac g0elet agheu arna0 ef yndirybud . achyfarhof ger'.
ao2uc hynny vyd yn agof idi . argl0yd heb hi aglywy
ti geireu yg0yr racco ymdanat ti . D2ychafel y0yneb
ao2uc ynteu . ac ed2ych arnei ynllitya0c . Nyt oed reit
it namyn kad0 "aerchit itt "ygeir . Sef oed hynny tewi .
Nyt amgeled genhyf ac nyt rybud yteu . achyt myn -
nut ti welet vy agheu i am diuetha o2 g0yr racco
nyt oes arnafi vn argyff02o . ac ar hynny eft0g g0ay0
26 awnaeth yblaenaf onadunt agoffot ar Er'. ac ynteu ae
herbynya0d ac nyt mal g02 llefc . agoll0g y goffot heib -
a0 ao2uc . agoffot ao2uc ynteu ar y marcha0c ym per -
ued ytaryan hyny hyllt y taryan ac yny tyrr yr arueu
ac yny vyd dogyn kyfelin va02 ynda0 o2 paladyr . ac
ynteu d2of ped2ein y varch yr lla02 yn var0 . ar eil mar -
cha0c ae kyrch0yf ynteu ynllitya0c am lad y getymde -
ith . ac ar yr vn goffot y byrya0d ef h0nn0 yr lla02 ac
y llada0d mal y llall . ar trydyd ae kyrcha0d ac yuelly
y llada0d . ac uelly heuyt y llada0d ypetweryd . T2ift ac
aflawen oed enyd yn ed2ych ar hynny . Difgynnu ao2 -
uc Ger'. adiot arueu yg0yr lladedic . ac eu dodi yn eu ky -
fr0yeu a ffr0ynglyma0 ymeirch ao2uc . ac efcynnu ar
y varch . aweldy awnelych ti heb ef . Gyr ypetwar meirch
rac dy v2on . acherda o2 blaen mal y herch͡is itt gynneu
ac na dywet ti vn geir 02thyfi hyny dywett0yfi 02thyti .
ymkyffes ydu0 os hynny ny wney ꞇ ny byd diboen itti .
Mi awnaf vyg gallu am hynny argl0yd . 02th dy gyg -
ho2 ti heb hi . 0ynt agerdaffant racdunt y coet . ac ada0
y coet ao2ugant . adyuot ywaftattir ma02 . ac ymperued
y gwaftattir yd oed byrgoet pente0 dyrys . ac y02th
h0nn0 y g0elynt tri marcha0c yndyuot attadunt yn
gyweir o veirch ac arueu hyt ylla02 ymdanadunt 0y
ac am eu meirch . Sef ao2uc enyd ed2ych yngraff ar -
nadunt . aphan doethant yn agof . sef ymdidan agly -
wei ganthunt . ꞁyma doefot da inni yn fegur heb 0ynt
ypetwar meirch ar petwar arueu yr ymarcha0c racco
rat y kaff0n 0ynt . ar vo20yn heuyt yn an medyant y

Peniarth MS. 6, part iv.

L

27 byd. G6ir y6 hynny heb hi. blin y6 yg62 o ymgyh62d ar
g6yr gynheu. Dial du6 arnaf onyf rybudyaf heb hi. ac
arhof Ger' ao2uc hyny vyd yn agof iidi. argl6yd heb hi
pony chlywy ti ymdidan yg6yr racco ymdanat. Beth
y6 hynny heb ef. Dywedut yrydunt ehun ymaent y
kaffant hyn oyfpeil ynrat. yrofi adu6 heb ef yf trymach
genhyfi noc adyweit yg6yr. na thewy ti 62thyfi. ac na
bydy 62th vyg kygho2. Argl6yd heb hi rac dy gaffel yn
dirybud ỿ6 genhyfi. Ta6 bellach nu. nyt amgeled genhyf
yteu. ar hynny efl6g g6ay6 achyrchu Ger'. o vn o2 march-
ogyon agoffot arna6 yn ffr6ythla6n tebygaffei ef. ac yf-
gaeluf ykymyrth Ger' y goffot ae tara6 heiba6 ao2uc ae
gyrchu ynteu agoffot arna6 am y gymherued. achan
h62d yg62 ar march ny thygya6d y rifedi o arueu hyny
vyd pen yg6ay6 allan athalym o2 paladyr tr6yda6. ac
hyny vyd ynteu hyt y v2eich ae paladyr d2of pedzein y
varch yr lla62. ydeu varcha6c ereill pop eil wers adoeth-
ant ac ny bu well eu hynt. no2 llall. Y vo26yn yn feuyll
ac yn ed2ych ar hynny. Gofaluf oed o2 neill pth o teby-
gu b2iwa6 Ger'. yn ymh62d ar g6yr. ac o2 parth arall.
llawen oed oe welet ynteu yn go2uot. yna ydifgynna6d
Ger'. ac yr6yma6d y tri arueu yny tri chyfr6y. ac y ffr6yn-
glyma6d y meirch ygyt. hyny oed yna seith meirch gan-
ta6. ac efcynnu ar y varch ao2uc. ago2chymyn yr vo26-
yn gyrru y meirch ac nyt g6ell imi heb ef dywedut 62th-
yt ti no thewi. kany bydy 62th vyg kygho2. bydaf ar-
gl6yd hyt y gall6yf heb hi eithyr na allaf kelu ragot
geireu engirya6lchwer6 agly6yf yth gyfeir argl6yd

28 gan eftrona6l gi6da6doed agertho diffeith6ch mal yrei hyn.
yrofi adu6 heb ef nyt amgeled genhyf y teu atha6 bellach.
Mi awnaf argl6yd hyt y gall6yf. acherdet ao2uc y vo26-
yn rocdi ar march rac y b2on achad6 yrago2 ao2uc. ar p2-
yfc adywefp6yt uchot gynneu r6ydtir arucheldec g6aft-
atl6ys erd2ym agerdaffant. ac ympell y 62thunt .6ynt
awelynt goet. ac eithyr g6elent yr emyl neffaf atad-
unt ÷ ny welynt g6edy hynny nac emyl nac eithaf yr
coet. ac 6ynt adoethant parth ar coet. ac yn dyuot o2 co-
et 6ynt awelynt pump marcha6c awydd2ut kadarn-
ffer y ar katueirch kadarnte6 efcyrnb2aff maefwehyn
ffroenu6d2ut adogynder o arueu am y g6yr ac am y me

racko rat ẏ caff6n vẏnt . ar
uoʒ6ẏn heuẏt ẏn medẏant
ẏ bẏd . Gwir ẏ6 hẏnnẏ heb hi
blin ẏ6 ẏ g6r o ẏmh6rd ar
gwẏr gẏnheu dial dẏ6 arnaf
onẏs rẏbudẏaf heb hi . ac a
aros gereint a oʒuc ẏ uoʒ6ẏn
ẏnẏ uẏd ẏn agos iti . argl6ẏd
heb hi ponẏ chlẏwẏ di ẏmdidan
ẏ gwẏr racco ẏmdanat . beth
ẏ6 hẏnnẏ heb ef . dẏwedut ẏ
rẏgthunt e hun ẏ maent ẏ
caffant hẏn o ẏſpeil ẏn rat .
ẏ rof a dẏ6 heb ef ẏs trẏm=
ach genẏf . i . noc a dẏweit
ẏ gwẏr natheu di vrthẏf . i .
ac na bẏdẏ vrth uẏghẏhoʒ .
argl6ẏd heb hi rac dẏ gaffel
ẏn diaruot ẏ6 genẏf . i . ta6
bellach a hẏnnẏ nẏd amgeled
genẏf ẏ teu . Ac ar hẏnnẏ ef=
t6g gwae6 a oʒuc un oʒ march=
ogẏon achẏrchu gereint a
goſſot arna6 ẏn fr6ẏthla6n
dẏbẏgei ef . ac ẏſca6lus ẏ
kẏmerth gereint ẏ goſſot
ae dara6 heibẏa6 a oʒuc . ae
gẏrchu ẏnteu a goſſot ar=
na6 ẏnẏ gẏmherued achann
h6rd ẏ g6r ar march nẏ thẏg=
ẏa6d ẏ riuedi arueu . ynẏ
uẏd penn ẏ gwae6 allan ath=
alẏm oʒ paladẏr tr6ẏa6 . ac
ẏnẏ uẏd ẏnteu hẏd ẏ ureich
ae baladẏr tros bedrein ẏ
uarch ẏr lla6r . y deu uarch=
a6c ereill adoethant pob eil=
wers ac nẏ bu well eu kẏrch
vẏnt noʒ llall . ẏ uoʒ6ẏn ẏn
feuẏll ac ẏn edrẏch ar hẏnnẏ
goualus oed oʒ lleill b parth
o dẏbẏgu bria6 gereint

ẏn ẏmh6rd ar gwẏr . ac oʒ
parth arall o lewenẏd ẏ welet
ẏnteu ẏn goʒuot . Yna ẏ dif=
kẏnna6d gereint ac ẏ r6ẏ=
ma6d ẏ tri aruer ẏnẏ tri
chẏfr6ẏ ac afr6ẏnglẏma6d
ẏ meirch ẏ gẏt ẏnẏ oed ẏna
feith meirch ẏ gẏd ganatha6 .
ac ẏſkẏnnu ar ẏ uarch ehun
a oʒuc a goʒchẏmẏn ẏr uoʒ6ẏn
gẏrru ẏ meirch ac nẏt gwell
im heb ef dẏwedut vrthẏt
ti nothewi canẏ bẏdẏ vrth
uẏgkẏgho ʒ . Bẏdaf argl6ẏd
hẏd ẏ gall6ẏf heb hi eithẏr
na allaf kelu ragot ẏ geireu
engiria6lchweru a glẏ6ẏf
ẏth gẏueir argl6ẏd ẏ gan
eſtrona6l gi6da6doed a
gerdo diffeith6c mal ẏ rei
hẏnnẏ . ẏ rof a dẏ6 heb ef
nẏd amgeled gennẏf ẏ teu .
atha6 bellach mi awnaf ar=
gl6ẏd hẏt ẏ gall6ẏf . acherdet
a oʒuc ẏ uoʒ6ẏn rẏgthi ar
meirch rac ẏ bʒon acha6d ẏ
ragoʒ a oʒuc ac oʒ pʒẏſc gẏn=
neu a dẏwetp6ẏt vchot
r6ẏdir arucheldech gvaſtad-
l6ẏs erdrẏm a gerdaſſant .
ac ẏmpell ẏ vrthunt vẏnt
awelẏnt coet ac eithẏr g6e=
let ẏr ẏmẏl neſſaf attunt
nẏ welẏnt wedẏ hẏnnẏ
nac ẏmẏl nac eithaf ẏr coet .
ac vẏnt adoethant par ar
coed . ac ẏn dẏuot oʒ coet
vẏnt awelẏnt pẏmp march=
a6c awẏdrut cadarnfer ẏ
ar cadueirch cadarndeu **
eſkẏrnbʒaf meſwehẏn
froenuolldrud a dgẏnder

o arueu am ẏ gwẏr ac am
ẏ meirch . a gwedẏ eu dẏ=
uot ẏn agos ẏ gẏt . Sef
ẏmdidan a glẏwei enẏt ẏ
gan ẏ marchogẏon . Welẏdẏ
ẏma ẏnni dẏuot da ẏn rat
ac ẏn dilauur heb vẏnt . hẏn
oll o ueirch ac arueu a gaf=
fon ar wreic heuẏt ẏr ẏr
un Marchaϐc llibindrϐm go=
athriſt racco . Goualu a
oʒuc ẏ uozϐẏn ẏn uaϐr am
glẏbot ẏma drodẏon ẏ gwẏr
hẏt na vẏdat oz bẏd pa wnai .
ac ẏnẏ diwed ẏ cauas ẏnẏ
chẏghoz rẏbudẏaϐ gereint .
athroſſi a oʒuc penn ẏ march
attaϐ . Arglϐẏd heb hi bei clẏ=
vut ti ẏmdidan ẏ marchogẏ=
on racco mal ẏ kiglef . i . mϐẏ
uẏdei oual noc ẏ mae . glas
chwerthin digius engiri=
aϐlchweru a oʒuc gereint .
a dẏwedut mi ath glẏϐaf
di heb ef ẏn tozri pob peth oz
awahardϐẏf . i . ti . ac ef aal=
lei uot ẏn ediuar genẏt ti
hẏnẏ etwa . ac ẏnẏ lle nach=
af ẏ gϐr ẏn kẏuaruot ac
vẏnt . ac ẏn uudẏgaϐl oza=
wenus gozuot a oʒuc Gere=
int ar ẏ pẏmwẏr . ar pẏmp
arueu a rodes ẏnẏ pẏmp
kẏfrϐẏ affrϐẏnglẏmu a
oʒuc ẏ deudegmeirch ẏ gẏt
ac eu gozchẏmẏn ẏ enẏt a
wnaeth . ac nẏ vn . i . heb ef
pa da ẏϐ im dẏ ozchẏmẏn .
ar un weith honn ar ureint
rẏbut it mi athozchẏmẏn=
af . acherdet recdi ẏr coet
a oʒuc ẏ uozϐẏn . achadϐ ẏ ra=

goz ual ẏd erchis gereint iti .
athoſt oed ganthaϐ edzẏch ar
drϐthret kẏmeint a honno
ar uozϐẏn gẏſtal a hi gan ẏ
meirch bei ẏſgattei lit idaϐ .
ar coet a gẏrchaſſant a dϐuẏn
oed ẏ coet a maϐr . anos a doẏth
arnunt ẏnẏ coet . a uozϐẏn heb
ef nẏthẏkẏa ẏni keiſſẏaϐ ker=
det . Je arglϐẏd heb hi auẏn=
ẏch di ni aẏ gϐnaϐn Jaϐnaf
ẏϐ ẏ ni heb ef troſſi ẏr coet
ẏ ozfowẏs ac aros dẏt ẏ gerd=
et . gϐnaϐn ẏn llawen heb hi .
a hẏnnẏ a ozugant . a diſkẏn=
nu a oʒuc ef ae chẏmrẏt hith=
eu ẏr llaϐr . Nẏ allaf heb ef
ẏr dim rac blinder na chẏfcϐẏf
a gϐẏlha ditheu ẏ meirch ac
nachϐſc . Mi awnaf arglϐẏd
heb hi . achẏfcu a oʒuc ẏnteu
ẏnẏ arueu . athreulaϐ ẏ nos
ac nẏt oed hir ẏn ẏr amſer
hϐnnϐ . a ffan welas hi aϐr
dẏt ẏn ẏmdangos ẏ lleuuer
ẏdrẏch ẏnẏ chẏllch a oʒuc .
a ẏttoed ef ẏn deffroi . ac ar
hẏnnẏ ẏd ẏttoed ef ẏn deffroi .
Arglϐẏd heb ef hi mi auẏn=
naſſϐn dẏduhunaϐ ẏr mei=
tin . Kẏnhewi a oʒuc ẏnteu
oulinder vrthi hi am nad
archaſſei idi dẏwedut . achẏ=
uodi aoʒuc ẏnteu a dẏwedut
vrthi hi . Kẏmmer ẏ meirch
heb ef acherda ragot . achẏn=
al dẏ ragoz ual ẏ kẏnheleiſt
doẏ ac ar dalẏm oz dẏt a=
daϐ ẏ coet a ozugant a dẏ=
uot ẏ uaes dir goamnoeth
a gweirgloẏeu oed oz neill
tu utunt affaladurwẏr ẏn

irch . agỽedy eu dyuot yn gyfagoſ ygyt . Sef ymdidan
aglywei Enyd gan ymarchogyon . weldy yma douot
da inni ynrat ac yn dilafur heb ỽynt . hyn oll o veirch
ac arueu agaffỽn ar wreic heuyt yr yr vn marchaỽc
llibin grỽm goathꝛiſt racco . Goualu aoꝛuc enyd yn va -
ỽꝛ am glybot ymadꝛodyon ygỽyr hyt na wydyat oꝛ byt
py wnaei . ac yny diwed y kauaſ yny chyghoꝛ rybudyaỽ
Ger’. athꝛoi aoꝛuc pen ymarch attaỽ . arglỽyd heb hi
pei clyỽhut ti ymdidan y marchogyon racco mal y kic -
gleu i . mỽy uydei dy oual noc ymae . Glas chwerthin di -
gyuſ engiryaỽcherỽ aoꝛuc . Ger’. a dywedut . Mi ath gly -
waf ti heb ef yn toꝛri pop peth oꝛ a wahardỽyfi itti . ac
ef aallei vot yn ediuar genhyt hynny etwa . ac yny lle
nachaf ygỽyr yn kyfaruot ac ỽynt . ac yn uudugaỽl
oꝛawenuſ goꝛuot aoꝛuc Ger’ ar y pump marchaỽc hyn .
ar pump arueu arodes yny pump kyfrỽy . affrỽyn -

29 glymaỽ ydeudec meirch aoꝛuc ygyt . ae goꝛchymyn y
enyd awnaeth . ac ny ỽnn i heb ef py da yỽ im dy oꝛch -
ymyn . ar vn weith hon ar vꝛeint rybud itt Mi athoꝛch -
ymynaf . acherdet recdi ycoet aoꝛuc y voꝛỽyn achadỽ
yragoꝛ mal yd archyſſit idi . athoſt oed gan er’ edꝛych
ar diỽꝛthꝛet kymeint ahonno ar voꝛỽyn gyſtal ahon -
no . gan ymeirch . pei aſ gattei lit idaỽ . ar coet agerdaſ -
fant . adỽfyn oed y coet amaỽꝛ . a noſ adoeth arnunt y -
ny coet . Auoꝛỽyn heb ef ny thyccya inni keiſſaỽ ker -
det . Je arglỽyd heb hi auynnych ti ni ae gỽnaỽn . Jaỽn -
haf yỽ inni troſſi yr coet yoꝛffowyſ ac yarhoſ dyd yger -
det . gỽnaỽn yn llawen heb hi . ahynny aoꝛugant . a
diſcynnu aoꝛuc ef ae chymryt hitheu yr llaỽꝛ . Ny all -
aff i yr dim rac blinder na chyſcỽyf . a gỽylya titheu y
meirch ac na chỽſc . Mi awnaf arglỽyd heb hi . a chyf -
cu aoꝛuc ef yny arueu . athꝛeulaỽ ynof ac nyt oed hir
yny kyfamſer hỽnnỽ . aphan welas hi waỽꝛ dyd yn
dangoſ y lleuuer . edꝛych yny chylch aoꝛuc a yttoed yn
deffroi . ac ar hynny yd yttoed yn deffroi . Mi auynaſſỽn
dy deffroi ermeitin . kynhewi aoꝛuc ef o ulinder ỽꝛthi
hi am nat archaffei idi dywedut . achyfodi aoꝛuc Ger’
adywedut ỽꝛthi hi . kymer ymeirch heb ef acherda ra -
got achynnal dy ragoꝛ mal y kynheleiſt doe . ac ar tal -
ym oꝛ dyd adaỽ y coet awnaethant adyuot y uaeſtir

Peniarth MS. 6, part iv.

goamnoeth . agѢeirglodyeu aoed oz neilltu udunt a
phaladurwyr yn llad gѢeir . ac y afon aoed oc eu blaen
ydoethant . ac eftѢg awnaeth ymeirch y yuet dѢfyr .
adzychafel aozugant y riѢ aruchel . ac yna y kyfarfu
30 ac Ѣynt glafwas ieuanc goaduein athѢel am y vynѢgyl
a bѢzn awelynt yny tѢel . ac ny wydynt Ѣy beth oed . aphif-
fer glaf bychan yny laѢ . affiol ar Ѣyneb ypiffer . a chyf-
arch gѢell aozuc y gѢaf y er' . DuѢ arotho da itt heb ỹ
Ger' . o py le pan deuy . pan deuaf oz dinaf yffyd yth vla-
en racco . arglѢyd ae dzѢc genhyt ti heb ynteu gofyn
it o py le pan deu titheu . Na dzѢc heb y Ger' . pan deu-
af trѢy y coet racco . Nyt hediѢ ydoethoft trѢy ycoet .
nac ef heb y Ger' . yny coet y buum neithѢyr . Mi ate-
bygaf na bu da dy anfaѢd neithѢyr ac na chefeift na
bѢyt na diaѢt . na do yrofi aduѢ heb y Ger' . awney ti
vyg kyghoz i heb y gѢaf kymryt ygenhyfi dy ginyaѢ .
Py ryѢ ginyaѢ heb y Ger' . BozeuѢyt yd oedѢn yny anfon
ym paladurwyr racco nyt amgen bara a chic a gѢin .
ac of mynny ti Ѣzda ny chaffant Ѣy dim . Mynnaf heb
y Ger' aduѢ atalho it . adifgynnu aozuc Ger' . achym-
ryt oz gѢas enyd yr llaѢz . ac ymolchi aozugant ach-
ymryt eu kinyaѢ . ar gѢaf atauellaѢd y bara ac arodef
diaѢt udunt . ac ae gѢaffanaethaѢd o gѢbyl . a gѢedy
daruot udunt hynny y dywaѢt y gѢaf Ѣzth er' . arglѢyd
gan dy ganhat Miui a af ygyrchu bѢyt yr paladur-
wỹr . Dos yr tref heb y Ger' yn Gyntaf y dala llety imi
yny lle gozeu aѢyppych ac ehagaf yr meirch . achymer
t꞉theu yr vn march a vynnych ae arueu gyt ac ef yn
tal dywaffanaeth ath anrec . DuѢ atalho it hebỹ gѢaf
adigaѢn oed hynny yn tal gѢaffanaeth auei uѢy noz
vn awneuthum i . ac yr tref yd aeth ygѢaf . a dala llety
gozeu ac efmѢythaf awydyat yny tref aozuc y er' . agѢe-
31 dy hynny yd aeth yr llyf ae varch ac ae arueu . adyuot a
ozuc ynyd oed yr iarll . adywedut ygyfranc oll idaѢ . ami-
ui arglѢyd aaf yn erbyn ymarchaѢc y venegi y lety idaѢ .
Dof yn llawen heb yr iarll . allewenyd agaffei ef yma
bei af mynnei . ac yn erbyn Ger' y doeth ygѢaf . a mene-
gi idaѢ ycaffei lewenyd gan yr iarll ynylys ehun . ac ny
mynnaѢd ef namyn y lety ehun . ac yyftauell efmѢyth
adigaѢn o wellt adillat yndi ydoeth Ger' . alle ehang ef-

Peniarth MS. 6, part iv.

llad ẏ gweirglodeu. ac ẏ auon
ẏn eu blaẏn ẏ doethant ac
eſtỽg a oꝺuc ẏ meirch ac ẏuet
ẏ dỽuẏr awnaethont adꝛẏch=
auel a oꝺugant oꝛ auon ẏ
riỽ aruchel. ac ẏna ẏ kẏuar=
uu ac vẏnt glaſỽas goad=
uein athỽel am ẏ ~~ẏuẏ~~ ẏuẏ=
nỽgẏl. a bỽrn awelẏnt ẏnẏ
tỽel. ac nẏ vẏdẏnt hỽẏ beth
oed. affiſſer glas bẏchan ẏ=
nẏ laỽ. a fiol ar vẏneb ẏ piſ=
fer. achẏuarch gwell a oꝺuc
ẏ gỽas ẏ ereint. Dẏỽ aro
da it heb ẏ gereint. ac o pa
le ẏ dewẏ di: pan deuaf heb
ẏnteu oꝛ dinas ẏſſẏd ẏth=
ulaen ẏna. Arglỽẏd heb ẏn=
teu ae drỽc gennẏt ti ouẏn
pa le pandeuẏ ditheu: na
ẏ coet —— drỽc heb ẏnteu. pan deuaf=
nẏt hetiỽ ẏ deuthoſt ti drỽẏ
ẏ coet. nac ef heb ẏnteu ẏnẏ
coet ẏ buum neithwẏr. Mi
a debẏgaf heb ẏnteu na bu
da dẏ anfaỽd ẏno neithwẏr
ac na cheueiſt na bỽẏt na
diaỽd. Na do ẏ rof a dẏỽ
heb ef ẏnteu. a wneẏ di
uẏgkẏghoꝛ. i. heb ẏ gỽas
kẏmrẏt ẏ genẏf. i. dẏ gin=
ẏaỽ. Pa rẏỽ ginẏaỽ heb
ẏnteu. Boꝛeuuỽẏd ẏd oed=
vn ẏnẏ anuon ẏr paladur
wẏr racco. Nẏt amgen no
bara achic a gwin. ac os
mẏnẏ di vrda nẏ chaffant
hỽẏ dim. Mẏnaf heb ẏnteu
a dẏỽ adalo it. a difcẏnnu
a oꝺuc gereint achẏmrẏd
a oꝺuc ẏ ginẏaỽ gỽas ẏ uo=
rỽẏn ẏr llaỽr. ac ẏmolchi

a oꝛugant achẏmrẏt ẏ kin=
ẏaỽ aꝛ gỽas a dauellaỽd ẏ bara
ac arotes diaỽt utunt. ac
ae gwaſſanaethaỽd o gỽbẏl.
a gvedẏ daruot utunt hẏn=
nẏ: ẏ kẏuodes ẏ gỽas ac ẏ
dẏwaỽd vrth ereint. arglỽ=
ẏd gan dẏ genhẏat mẏui
aaf ẏ gẏrchu bỽẏd ẏr pala=
durwẏr. Dos ẏr dref heb
ẏ gereint ẏn gẏntaf. a dalẏ
lettẏ ẏ mi ẏnẏ lle goꝛeu aỽẏ=
pẏch ac ehangaf ẏr meirch.
achẏmer ditheu heb ef ẏr
un march a uẏnnẏch ae ar=
ueu gẏt ac ef ẏn dal dẏwa=
fanaeth ath anrec. Dẏỽ a
dalho it heb ẏ gwas a diga=
vn oed hẏnnẏ ẏn tal gwaſa=
naeth a uei uỽẏ noꝛ un awne=
uthum. i. ac ẏr dref ẏd aeth
ẏ gvas. a dala llettẏ goꝛeu
ac efmỽẏthaf a vẏat ẏnẏ
dref awnaeth. a gwedẏ hẏn=
nẏ ẏd aeth yr llẏs ae uarch
ae arueu ganthaỽ. a dẏuot
a oꝛuc ẏnẏd oed ẏ iarll a dẏ=
wedud ẏ gẏfranc oll idaỽ.
a mẏui arglỽẏd aaf ẏnẏ er
erbẏn ẏ maccỽẏf ac ẏ uene=
gi ẏ lettẏ idaỽ heb ef. Dos
ẏn llawen heb ẏnteu. a lle=
wenẏd a geif ef ẏma bei as
mẏnei ẏn llawen. ac ẏn
erbẏn gereint ẏ doeth ẏ
gỽas a dẏwedut itaỽ ẏ caf=
fei lewenẏd gan ẏ iarll ẏ=
nẏ lẏs e hun. ac nẏ mẏn=
haỽd ef namẏn mẏnet ẏ
ehun. ac ẏſtauell efmỽẏth
a digaỽn owellt a dillat
ẏndi. a lle ehang efmỽẏth

a gauas oe ueirch a dogẏn
o diwallrõẏd a beris ẏ gõas
udunt . **a** gõedẏ diarchenu
o nadunt ẏ dẏwaõd gereint
vrth enẏt . Dos di heb ef ẏr
tu dzaõ ẏr ẏſtauell . ac na dẏ =
ret ẏr tu hõnn ẏr tẏ . **a** galõ
attat wreic ẏ tẏ os mẏnnẏ
mi awnaf arglõẏd heb hi ual
ẏ dẏwedẏ . ac ar hẏnnẏ ẏ do =
eth gõr ẏ tẏ ar ereint ae greſ =
faueu vrthaõ . **a** unben heb ef
a leweiſti dẏ ginneaõ do heb
ẏnteu . **ac** ẏna ẏ dẏwaõd ẏ
gõas vrthaõ a uẏnnẏ di heb
ef ae diaõt ae dim kẏn uẏ
mẏnet . i . ẏ ẏmwelet ar iarll .
Mẏnhaf ẏſgvir heb ẏnteu .
ac ẏna ẏd aeth ẏ gõas ẏr
dref . ac ẏ doeth a diaõt ud =
unt . **a** chẏmrẏd diaõt a ozu =
gant . ac ẏn agos ẏ hẏnnẏ
gereint . **Ni** allaf . i . nachẏſ =
cõẏf heb ef . **J**e heb ẏ gwas
tra uẏch ti ẏn kẏſcu mẏui
aaf ẏ ẏmwelet ar iarll . Dos
ẏn llawen heb ẏnteu a dẏret
ẏma pan ercheis ẏ ti dẏuot .
a chẏſcu a ozuc gereint . ach =
ẏſcu a ozuc enẏt . **a** dẏuot a
ozuc ẏ gwas ẏn ẏd oed ẏ iarll
a gouẏn a ozuc ẏ iarll idaõ
pa le ẏd oed llettẏ ẏ march =
aõc ẏ dẏwaõd ẏnteu . a reit
ẏõ ẏ mi heb ef uẏned ẏ wa =
fanaethu arnaõ ef ẏ chõin =
faf . Dos heb ẏnteu ac an =
nerch ẏ genhẏf . i . ef . a dẏ =
wed itaõ mi aaf ẏ ẏmwe =
let ac ef ẏ chõinfaf . mi a
wnaf heb ẏnteu . **a** dẏuot
a ozuc ẏ gõas pan oed am =

fer udunt deffroi : a chẏuodi
aozugant a gozẏmdeith . affan
uu amfer ganthunt kẏmrẏt
ẏ bõẏd . vẏnt ae kẏmeraffant .
ar gõas a uu ẏn gwafanaethu
arnunt . **a** gereint a ouẏnaõd
ẏ vr ẏ tẏ a oed gẏdẏmdeithon
itaõ a uẏnhei eu gwahaõd at =
taõ oes heb ẏnteu . Dõc dith =
eu hõẏntõẏ ẏma ẏ gẏmrẏt
digaõn ar uẏghoſti oz hẏn go =
reu a gaffer ẏnẏ dref ar werth .
Ẏ niuer gozeu a uu gan vr ẏ tẏ
ef aè duc ẏno ẏ gẏmrẏt diga =
vn ar goſt gereint . **ar** hẏnnẏ
nachaf ẏ iarll ẏn dẏuot ẏ ẏm =
welet a gereint ar ẏ deudec =
ued marchaõc urdaõl . **a**chẏ =
uodi a ozuc gereint ae greſ =
faõu . Dẏõ aro da it heb iarll .
Mẏnet ẏ eiſte a ozugant paõb
ual ẏ raclẏdei ẏ anrẏdet . **ac**
ẏmdidan a ozuc ẏ iarll a ge =
reint . a gouẏn idaõ pa rẏõ
gerdet a oed arnaõ . **N**it oes
gẏnnẏf . i . heb ef namẏn edzẏch
damweineu a gwneuthur
negeffeu a uo da genẏf . **Sef**
a ozuc ẏ iarll ẏna ẏdzẏch ar
enẏt ẏn graff fẏthedic . **a**
diheu oed ganthaõ na welſei
eiroed uozõẏn degach no hi
na gõẏmpach a dodi ẏ urẏd
ae uedõl a ozuc arnei . **a** go =
uẏn a ozuc ẏ ereint a gaf ẏ
gennẏt ti genẏad ẏuẏnet
at ẏ uozõẏn draõ ẏ ẏmdidan
a hi . megẏs ar didaõl ẏ vrthẏt
ẏ gwelaf . **k**effẏ ẏn llawen heb
ef a dẏuot a ozuc ẏnteu ẏn
ẏd oed ẏ uozõẏn a dẏwedut
vrthi . **a** uozõẏn heb ef nit

m6yth agaua∫ ymeirch . adogyn odiwallr6yd aperi∫
yg6a∫ udunt . ag6edy diarchenu onadunt ydywa6t
ydywa6t Ger' 6zth Enyd . Do∫ ti heb ef yr tu tra6 yr y∫ta-
uell ac na dyret yr tu h6n yr ty . a gal6 attat wreic y ty
o∫ mynny . Mi awna∫ argl6yd heb hi val ydywedy . ac ar
hynny ydoeth g6z yty ar er' . ae rae∫∫a6u abot yn llawen
6ztha6 . Avnben heb ef alewei∫t ti dy gynya6 . do heb
              ynteu . ac yna y   dywot y g6a∫ 6zth er' . avyn-
ny ti eb ef aedia   6t ae dim kyn vy mynet i y ym-
welet ar iarll . Mynna∫ y∫ g6ir heb ef . ac yna yd aeth y
g6a∫ yr tref . ac ydoeth adia6t udunt . achymryt dia6t
aozugant . ac yn ago∫ y hynny ydywa6t Ger' . ny alla∫i
na chy∫c6y∫ heb ef . Je heb yg6a∫ . tra vych ti yn ky∫cu
Mi aa∫ y ymwelet ar iarll . Do∫ yn llawen heb y Ger' . a
dyret yma oz llehon . achy∫cu aozuc Ger' . achy∫cu aozuc
enyd . adyuot aozuc yg6a∫ ynyd oed yr iarll . agofyn a
ozuc yr iarll ida6 py le yd oed lety ymarcha6c . ydywa6t
ynteu reit y6 imi vynet ywa∫∫anaethu arna6 ochwin-
∫a . Do∫ heb ynteu ac annerch ygenhyfi ef . adywet ida6
Mi a a∫ y ymwelet ac ef ochwin∫a . Mi awna∫ heb y g6as
32 adyuot aozuc yG6a∫ pan oed am∫er udunt deffroi . achyfodi
aozugant agozymdeith . aphan uu am∫er ganthunt kym-
ryt eu b6yt awnaethant . ar g6a∫ auu yn g6a∫∫anaethu
arnunt . a Ger' aofynna6d y6z yty aoed getymdeithon ida6
auynhei eu g6aha6d atta6 . oes heb ynteu . D6c titheu yma
6ynt y gymryt diga6n ar vyg ko∫ti oz hyn gozeu agaff-
er yny tref ywerth . ynifer gozeu auu gan 6z yty ef aeduc
yno ygymryt diga6n ar go∫t ger' . ar hynny nacha∫ yr
iarll yn dyuot y ymwelet a Ger' . ar ydeudecuet march-
a6c urda6l . achyfodi aozuc Ger ae rae∫∫awu . Du6 arotho
da itt heb yr iarll . amynet yei∫ted aozugant pa6b val
yracdylei y anreded . ac ymdidan aozuc yr iarll a ger' . a
gofyn py ry6 gerdet oed arna6 . Nyt oe∫ genhyfi namyn
edzych damweineu ag6neuthur nege∫∫eu auo da gen-
hyf . Se∫ aozuc yr iall yna edzych ar enyd yn graff sych-
edic . adiheu oed gantha6   na wel∫ei eiroet
Moz6yn tegach no hi . na g6ym   pach adodi y vzyt a-
ruc arnei . agofyn aozuc yer' a ga∫∫ei ganhyat ganta6
y vynet yymdidan ar voz6yn . ke∫∫y yn ll̶awen heb y Ger' .
adyuot aozuc ynteu ynyd oed yuoz6yn . adywedut 6zthi

L 2   *Peniarth MS. 6, part iv.*

Auoᵣ6yn heb ef. nyt digrif itt yny kerdet hón gyt ar
g6ᵣ racco. nyt anigryf heb hi genhyfi kerdet kerdet
yffoᵣd ykertho ynteu. ny cheffy heb ynteu na g6eiffon
na moᵣynyon ath waffanaetho. Digrifach y6 genhyfi
kanlyn yg6ᵣ racco no phei kaff6n weiffon amoᵣynyon.
Mi a6nn gygho₂ da itt heb ynteu. Mi arodaf vy iarlla-
eth yth vedyant athᵣic gyt a miui. Na vynnaf yrofi
adu6 ar g6ᵣ racco yd ymgredeifi eiroet ac nyt anwa-
33 dalaf y6ᵣtha6. kam awney heb ef. O lladafi yg6ᵣ racco ꝛ mi
ath gaf ti tra vynh6yf. ag6edy nath vynh6yf. Mi ath yr-
raf ymdeith. Os oth vod titheu yg6ney yrofi. kyffondeb
diwahan tragywyda6l auyd yrom tra vom uy6. Medyly-
a6 aoᵣuc hitheu am adywa6t ef. ac oe med6l y kafas yny
chygho₂ rodi ryuyc ida6 am a erchif. Llyma yffyd ia6nhaf
itti vnben heb hi rac gyrru arnafi m6y no meffur o aniwe-
irdeb dyuot yma auoᵣy ym kymryt i mal na 6ypp6n i dim
y6ᵣth hynny. Minheu awnaf hynny heb ef. achyfodi a
oᵣuc ar hynny achymryt canhyat. a mynet ymdeith.
ac ef ae wyr. ac ny dywa6t hi yna dim o ymdidan y g6ᵣ
ahi rac tyfu ae llit ae gofal ynda6 ae aflonyd6ch. a mynet
ygyfcu yn amfer aoᵣugant. adechᵣeu nof kyfcu ychydic
aoᵣuc hi. ac am hanner nof deffroi aoᵣuc achyweira6 ar-
ueu Ger'. ygyt val y bydynt bara6t 6ᵣth eu g6ifca6. ac yn
ofna6c ereneiguf y doeth hi hyt yn emyl g6ely Ger'. ac yn
tawel araf ydywa6t 6ᵣtha6. arg6yd heb hi deffro. ag6ifc
ymdanat. allyma ymdidan yr iarll ami arg6yd ae ved6l
ymdanat heb hi. a menegi y er' yr holl ymdidan aoᵣuc.
achyt bei litya6c ef 6ᵣthi hi ꝛ ef agymyrth yrybud ac awif-
ca6d ymdana6. ag6edy llofci canh6yll o honei hi yn oleu-
at ida6 ef 6ᵣth wifca6. Ada6 yna yganh6yll. ac arch y6ᵣ
yty dyuot yma. Mynet aoᵣuc hitheu ag6ᵣ yty adoeth at-
ta6. ac yna ygofynna6d ger' ida6. a6dofti heb ef py amkan
adyly ti imi. ychydic atebygafi ydylyu itti 6ᵣda heb ef. beth
bynhac nu adylyych ꝛ kymer yr vn marᴄh ar dec. ar vn
arueu ar dec. Du6 atalho itt arg6yd ac ny thᵣeuleif 6ᵣth-
yt ti werth vn oᵣ arueu. Pytha6ᵣ heb ynteu hanbydy
34 kyfoethgach. a6ᵣ heb ef adeuy ti yngyfarwyd imi odie-
ithyr y tref. af heb ynteu ynllawen. aphy tra6f ymae
dy ved6l titheu arna6. yr parth arall yr lle ydoetham yr
tref ymynn6n vynet. G6ᵣ y lety ae hebᵣyga6d hyny uu

digrif it ẏnẏ kerdet hỽnn gẏt
ar gỽr racco. Nẏt anigrif gẹn
heb hi gennẏf. i. nu gerdet ẏ
foᵹd ẏ kerdo ẏnteu. Nẏ cheffẏ
heb ẏnteu na gỽeiſſon na mo =
rẏnẏon ath waſananṭho. Je
heb hi digriuach ẏỽ gennẏf. i.
canlẏn ẏ gỽr racco no chẏt caf=
fỽn weiſſon a moᵹẏnẏon. Ⱥi
a ỽn gẏghoᵹ da it heb ẏnteu.
Mi a rodaf uẏ iarllaẏth ẏth
uedẏant athric gẏt a mi.
Na uẏnaf. i. ẏ rof a dẏỽ heb
hi ar gỽr racco ẏd ẏmgredeis
ẏn gẏntaf eiroet ac nẏd an=
wadalaf ẏ vrthaỽ. Cam a=
wneẏ heb ẏnteu. O lladaf. i.
ẏ gỽr racco ꞉ mi ath gaf di tra
uẏnnỽẏf. a gvedẏ nath uẏn=
nỽẏf ꞉ mi ath ẏrraf ẏmdeith.
Os od uod ẏ gvneẏ ditheu ẏr
ẏrof. i. kẏſſondeb diwahan
tragẏwẏdaỽl a uẏd ẏ rom.
tra uom uẏỽ. Ⱥedẏlẏaỽ awna
a oᵹuc hitheu am a dẏwaỽd
ef. ac oe medỽl ẏ cauas ẏnẏ
chẏghoᵹ rodi rẏuiᵹ itaỽ am a
erchis. Ⱥẏma ẏſſẏd iaỽnaf ẏ
ti unben heb hi rac gẏrru
arnaf. i. mỽẏ no meſſur o
aniweirdeb ꞉ dẏuot ẏma ẏ
uoᵹẏ ẏm kẏmrẏt ual na vẏ=
pỽn. i. ẏ vrth hẏnnẏ. Ⱥinheu
awnaf hẏnnẏ heb ef a chẏ=
uodi a oᵹuc ar hẏnnẏ achẏm=
rẏd canẏat a mẏnet ẏmde=
ith ac ef ae wẏr ac nẏ dẏwa=
vd hi ẏna ẏ ereint dim o ẏm=
didan ẏ gỽr a hi rac tẏuu aẏ
llit aẏ goual ẏndaỽ aẏ aflo=
nẏdỽch a mẏnet ẏ gẏſcu
ẏn amſer a oᵹugant. a dech=

reu nos kẏſcu ẏchẏdic a oᵹuc
hi. Ⱥc am hanner nos deffroi
a oᵹuc a chweiraỽ arueu gere=
int ẏ gẏt ual ẏ bẏdẏnt bara=
vt vrth ẏ gviſcaỽ. Ⱥc ẏn of=
naỽc erenigus ẏ doeth hi hẏt
ẏn ẏmẏl gỽelẏ gereint. Ⱥc ẏn
daỽel araf ẏ dẏwaỽt vrthaỽ.
Arglỽẏd heb hi deffro a gwiſc
ẏmdanat allẏma ẏmdidan ẏ
ẏ iarll a mẏui arglỽẏd ae ued=
vl ẏmdanaf heb hi a dẏwedut
ẏ ereint ẏ holl ẏmdidan a oᵹuc.
achẏt bei lidiaỽc ef vrthi hi
ef a gẏmerth rẏbud ac awiſ=
caỽd ẏmdanaỽ. a gwedẏ lloſgi
cannỽẏll o honei hi ẏn oleuad
itaỽ ef vrth wiſcaỽ. adaỽ ẏna
ẏ gannỽẏll heb ef ac arch ẏ ỽr
ẏ tẏ dẏuot ẏma. Ⱥẏnet a oᵹuc
hitheu. a gỽr ẏ tẏ a doeth at=
taỽ. ac ẏna gouẏn a oᵹuc
gereint itaỽ. a vdoſt ti pa am=
ken adẏlẏ di ẏ mi. ẏchẏdic a
debẏgaf. i. ẏ dẏlẏu iti vrda
heb ef. Beth bẏnnac nu adẏ=
lẏẏch kẏmer ẏr un march ar
dec ar un arueu ardec. Dẏỽ
a dalho it arglỽẏd heb ef ac
nẏ threuleis. i. vrthẏt. ti. gỽrth
un oᵹ arueu. pathaỽr heb ẏnteu
henbẏdẏ kẏuoethogach. a
vr heb ef a deudi deuẏ di ẏn
gẏuarwẏd ẏ mi o dieithẏr
ẏ dref. Af heb ẏnteu ẏn
llawen. affa draỽs ẏ mae
dẏ uedỽl ditheu arnaỽ. ẏr
parth arall ẏr lle ẏ deuthum
ẏr dref ẏ mẏnỽn uẏnet -
Gỽr ẏ llettẏ ae hebᵹẏghaỽd
ẏnẏ uu gỽbẏl ganthaỽ ẏr
hebrẏghẏad. Ac ẏna ẏd erchis

ef ẏr uoꝛѵyn kẏmrẏt ragoꝛ
oꝛ blaen . a hitheu aẏ kẏmerth
aç a gerdaѵd rocdi ar poꝛthman
a doeth adꝛef. ac nẏ dauu idaѵ
namẏn dẏuot ẏr tẏ. nachaf
ẏ tѵrѵf mѵyaf a glẏѵẏſſei
dẏn neb ẏn dẏuot am ben
ẏ tẏ. affan edrẏchaѵd allan
nachaf ẏ gwelei petwar =
ugeint marchaѵc ẏghẏlch
ẏ tẏ ẏn llaѵn aruaѵc. ar
Jarll dѵnn oed oc eu blaen.
Mae ẏ marchaѵc a oed ẏma
heb ẏ iarll. ꝰyn dẏ laѵ di
heb ef mae ar dalẏm odẏm =
a ac ẏr mettin ẏd aeth od =
ẏma. Paham uilein heb
ẏnteu ẏ gadut ti ef heb ẏ
uenegi ẏ mi. arglѵyd heb
ẏnteu nẏ oꝛchẏmẏneiſti ef
ẏ mi bei ẏſgoꝛchẏmẏnnut
nẏs gadѵn. Pa barth heb
ẏnteu ẏ tẏbẏgẏ di ẏ uẏnet
ef. Na vn heb ẏnteu namẏn
ẏr ẏſtrẏt uaѵr a gerdaѵd.
Troi penneu eu meirch a
oꝛugant ẏr ẏſtrẏt uaѵr.
a gѵelet oleu ẏ meirch awna =
ethant. achanlẏn ẏr oleu
a dẏuot ẏ briffoꝛd uaѵr. Sef
awnai ẏ uoꝛѵyn ẏdrẏch ẏnẏ
hol ban welas oleuad ẏ dẏt
a hi a welei ẏnẏ hol tarth a
nẏѵl maѵr. a nefnes attei ẏ
gѵelei. a goualu a oꝛuc hi
am hẏnnẏ. athẏbẏgu bot
ẏn dẏuot ẏnẏ hol ẏ iarll aẏ
lu. ac ar hẏnnẏ hi awelei
uarchaѵc ẏn ẏmdangos oꝛ
nẏѵl. ꝰyn uẏghret heb hi
mi athrẏbudẏaf kẏt ẏmllatho
gѵell ẏѵ gennẏf. i. uẏ ag =

heu oe laѵ ef no gwelet ẏ lad
ef heb ẏ rẏbudẏaѵ. arglѵyd heb
Arglѵyd heb hi ponẏ welẏ di
ẏ gwẏr ẏth gẏrchu a gwẏr
ereill llawer gẏt ac ef. gѵelaf
heb ẏnteu ac ẏr a oſtecker ar =
nat ti nẏthewẏ di bẏth. Nẏt
rẏbud gẏnẏf ẏ teu athaѵ
vrthẏf. ac ẏmhoẏlud aoꝛuc
ar ẏ marchaѵc. ac ar ẏ goſſot
kẏntaf ẏ uѵrѵ ẏr llaѵr ẏ dan
draet ẏ uarch. athra barhaѵd
ẏr un oꝛ pedwarugein march =
aѵc · ar ẏ glot goſſot kẏntaf
ẏ bẏrẏaѵd pob un o nadunt.
ac o oꝛeu ẏ oꝛeu ẏ doehont attaѵ.
eithẏr ẏ iarll. ac ẏn diwethaf
oll ẏ doeth ẏ iarll attaѵ. athoꝛri
paladẏr athoꝛri ẏr eil. Sef a
oꝛuc ẏnteu ereint ẏmhoẏlut
arnaѵ a goſſot a gwaẏѵ ẏn
deѵret ẏ darẏan hẏnẏ hẏlt
ẏ darẏan a hẏnẏ dẏrr ẏr holl
arueu ẏnẏ gẏueir honno. ac
hẏnẏ uẏd ẏnteu dros bedꝛein
ẏ uarch ẏr llaѵr. ac hẏnẏ oed
ẏmberigẏl am ẏ eneit. A nef =
fau a oꝛuc gereint attaѵ. ach =
an dѵrѵf ẏ march datlẏwẏgu
a oꝛuc ẏ iarll. Arglѵyd heb ef
vrth ereint dẏ naѵd. a naѵd
arodes Gereint itaѵ. ac ẏ
rѵg calettet ẏ daẏar lle ẏ bẏr =
ẏѵẏt ẏ gѵr a drutted ẏ goſſo =
deu a gaѵfant nẏt aeth ẏr
un o nadunt heb gѵẏmp ag =
heuaѵlchwerѵ clѵẏfedicdoſt
briwedicfẏrẏf ẏ vrth ereint.
acherded a oꝛuc gereint rac =
daѵ ar ẏ bꝛiffoꝛd ẏd oet arnei.
ar uoꝛѵyn a getwis ẏ ragoꝛ
ac ẏn agos udunt hѵẏnt

gơbyl gantaơ y hebʒygyat . ac yna yd erchif ef ″kymryt
″y enyd yragoʒ oʒ blaen . ahitheu ae kymyrth ac agerda -
ơd recdi . ar poʒthmon adoeth attref . ac ny darfu idaơ na-
myn dyuot yr ty ~~nan~~ nachaf y tơʒơf mơyhaf aglyơffei
neb yndyuot ampen y ty . aphan edʒych allan nachaf y
gơelei petwar vgeint marchaơc ygkylch yty yn llaơn ar -
uaơc . ar iarll dơnn oc eu blaen . Mae y marchaơc heb yr
iarll aoed yma . Myn dy laơ ti mae ar talym odyma . ac
ermettin yd aeth odyma . Py ham vilein heb ef ygadut
ti efo heb y uenegi imi . arglơyd heb ef ny oʒchymyneifti
euo imi . pei as goʒchymynnut nyf gadơn . py barth y te-
bygy ti yvynet ef . Na ơnn heb ynteu namyn yr yftryt va-
ơʒ agyrchơyf ef . Tʒoi penneu ymeirch aoʒugant yr yftryt
agơelet oleu ymeirch awnaethant achanlyn yr oleu ady -
uot yr bʒiff foʒd vaơʒ . Sef awnaei y voʒơyn pan weles o-
leuat ydyd edʒych yny hol . ahi awelei yny hol tarth any-
ơl maơʒ a nefnes attei ygơelei . agofalu aoʒuc hi am hyn-
ny . otebygu vot yr iarll ae lu yndyuot yn eu hol . ac ar
hynny hi awelei varchaơc yn ymdangof oʒ nyơl . Myn
vyg cret heb hi mi ae rybudyaf ef kyt am llathơ . gơell yơ
genhyfi vy agheu oe laơ ef . noc gơelet y lad ef heb yryb-
udyaơ . arglơyd heb hi pony wely ti ygơʒ yth gyrchu . agơyr
ereill llawer gyt ac ef . Gơelaf heb ynteu . ac yr aofteccer
o honot ti ny thewy ti byth . Nyt rybud genhyf y teu .
35 athaơ ơʒthyf . ac ymchoelut aoʒuc ar y march . ac ar ygof-
fot kyntaf y uơʒơ dan traet y varch yr llaơʒ . athʒa pa-
raaơd vn oʒ petwar vgeint marchaơc ⁖ ar y goffot kyn -
taf y byryaơd pop vn . ac o oʒeu yoʒeu y doethant attaơ .
eithyr yr iarll . ac yn diwethaf oll y doeth yr iarll attaơ .
athoʒri paladyr yndaơ athoʒri yr eil . Sef aoʒuc Ger' ym-
choelut arnaơ . agoffot agơayơ yndeơʒed ytaryan hyny
hyllt . ac yny tyrr yr holl arueu yny gyfeir honno . ac hy-
ny vyd ynteu dʒof pedʒein y varch yr llaơʒ ac yny perigyl
am y eneit . aneffau aoʒuc Ger' attaơ achan tơʒơf ymarch
datlewygu aoʒuc y iarll . arglơyd heb ef ơʒth er' . dy naơd .
a naơd arodes Ger' idaơ . ac yrơg kaletet ydayar lle ybyr-
yơyt ygơyr adʒuttet ygoffodeu agaơffant nyt aeth yr
vn o nadunt heb gơymp agheuaơlchwerơ . clơyfedic
toft bʒiwedicfyryf . yơʒth er' . acherdet aoʒuc Ger' racdaơ
ac yr bʒiff foʒd yd oed erni . ar voʒơyn agetwif yragoʒ . ac

Peniarth MS. 6, *part* iv.

yn agoſ ydunt ϐynt awelynt dyffryn teccaf awelſei
neb eiroet . a phrif auon arhyt y dyffryn . a phont awel-
ynt ar yr auon . a ffoₐd yn dyuot yr pont . ac uch laϐ y bont
oₐ tu traϐ yr auon ygϐelynt kaſtelltref teccaf awelſei neb
eiroet . ac val y kyrchei ef y pont ef awelei varchaϐc yn dy-
uot ar traϐſ tu ac attaϐ trϐy vyrgoet bychan teϐ ar varch
maϐₐ uchel ymdeith waſtat hywedualch . A varchaϐc heb
y Ger'. o py le pan deuy ti . pan deuaf heb ynteu oₐ dyffryn
iſſot . aϐₐ heb y Ger'. pieu y dyffryn tec hϐnnϐ ar gaſtell-
tref tec racco . dywedaf heb ynteu . Gϐiffret pedyt yge-
ilϐ y ffreinc ar ſaeſſon ef . y bₐenhin bychaçhn ygeilϐ ỿ
kymry ef . ac yr pont racco yd aſi heb y Ger'. ac yr pₐiffoₐd
36 iſſaf ydan ytref . Na doſ ti ar y tir oₐ tu dₐaϐ yr bont ony
mynny ymwelet ac efo . kanyſ ygynnedyf yϐ . na daϐ
marchaϐc ar y tir na mynho ef ymwelet ac ef . y rofi aduϐ
heb y Ger' ᴍiui agerdaf y ffoₐd val kynt yr hynny . Teby-
gach yϐ genhyf nu oſ uelly ygϐney y keffy gewilyd agϐ-
arthaet . yn oₐulϐg galonnaϐc dic kerdet aoₐuc Ger' yr
ffoₐd val yd oed y vedϐl kynno hynny . ac nyt y ffoₐd agy-
rchei y tref oₐ bont agerdaϐd Ger'. namyn yffoₐd agyr-
chei ykefyn kalettir erdₐym aruchel dₐemynuaϐₐ . ac ef a
welei varchaϐc yn dyuot ynyol yar katuarch kadarnteϐ
kerdetdₐut llydangarn bₐonheanc . ac ny welſei eiroet gϐₐ
lei noc awelei ar ymarch . a dogynder o arueu ymdanaϐ ac
am y varch . a phan ymodiwaϐd ager' ydywaϐt ϐₐthaϐ . Dy-
wet vnben heb ef . ae oanϐybot ae o ryfyc ykeiſſut ti colli
ohonoſi vymreint ᴀthoₐri ohonoſi vyg kynnedyf . Nac
ef heb y Ger' ny wydyϐn i kaethu ffoₐd yneb . kanyſ gϐydy-
ut heb ynteu deret gyt ami ym llys ywneutʰ iaϐn im .
Nac af myn vyg cᵣet heb ef . nyt aϐn ylys dy arglϐyd onyt
artʰ uei dy arglϐyd . ᴍyn llaϐ artʰ nu mi a vynnaf iaϐn
.ygenhyt . neu vinheu agaffϐyf diruaϐₐ ouit ygenhỿt ti .
ᴀc ymgyrchu aoₐugant . ac yſwein idaϐ ef adeuth y waſſa-
naeth ar peleidyr mal y toₐrynt . a dyrnodeu kalettoſt
arodei pop vn yn taryan ygilyd . hyny golles y taryaneu
eu holl liϐ . ac ampₐytuerth oed y er'. ymwan ac ef rac ỿuỿ-
chanet ac anhaϐdet craffu arnaϐ . a chalet y dyrnodeu a
rodei ynteu . ac ny digyaſſant ϐy o hynny hyny dygϐyd-
aϐd ymeirch ar tal eu glinyeu . ac yny diwed y byryaϐd
Ger' ef hyny yttoed yn ol ypenn yr llaϐₐ . ac yna ydaeth-

Peniarth MS. 6, part iv.

awelỿnt dỿffrỿnt teccaf awel-
fei neb eiroet. affrif auon ỿ rỿt
ỿ dỿffrỿnt. a ffont awelỿnt
ar ỿr auon. ar bᴣiffoᴣd ỿn dỿuot
ỿr bont ac uch laỽ ỿ bont oᴣ tu
draỽ ỿr auon ỽỿnt awelỿnt
caftelldref deccaf awelfei neb
eiroet. ac ual ỿ kỿrchei ef ỿ
bont ef awelei vr ỿn dỿuot
tu ac attaỽ trỽỿ uỿrgoet bỿch-
an teỽ ỿ ar uarch maỽr uchel
ỿmdeithwaftat hỿwedualch.

a uarchaỽc heb ỿ gereint o pa
le ỿ deuỿ di. pan deuaf heb ỿn-
teu oᴣ dỿffrỿnt iffot. aỽr heb
ỿ gereint a dỿwedỿ di ỿ mi
pieu ỿ dỿffrỿn tec hỽnn ar caf-
telldᴣef racco ᴣ dỿwedaf ỿn
llawen heb ỿr ỿnteu. Gỽiffret
petit ỿ geilỽ ỿ freinc. ar bᴣen-
hin bỿchan ỿ geilỽ ỿ kỿmrỿ
ef. aỿ ỿr bont racco heb ỿ Ge-
reint ỿd af. i. ac ỿr bᴣiffoᴣd
iffaf ỿ dan ỿ dref. Nados di
heb ỿ marchaỽc ar ỿ dỽr ef
oᴣ tu dᴣaỽ ỿr bont onỿ mỿnnỿ
ỿmwelet ac ef. Canỿs ỿ gỿn-
edỿf ỿỽ na daỽ marchaỽc ar
ỿ dir ef na mỿnno ef ỿmwe-
let ac ef. y rof a dỿỽ heb ỿ
gereint mỿui a gredaf gerd-
af ỿr hỽnnỽ ỿ foᴣd. tebỿccaf
ỿỽ gennỿf. i. heb ỿ marchaỽc
os ỿ uellỿ ỿ gwneỿ nu ỿ keffỿ
gỿwilid a gỽarthaet ỿnoᴣulỽg
galonaỽcdic. kerdet a oᴣuc
gereint ỿ foᴣd ual ỿd oet ỿ
uedỽl gỿnn no hỿnnỿ. ac nỿt
ỿ foᴣd a gỿrchei ỿ dᴣef oᴣ bont
a gerdaỽd ereint namỿn foᴣd
a gỿrchei ỿ geuỿn ỿ calettir
erdrỿm aruchel dremhỿnuaỽr

. ac ual ỿ bỿd ỿ uellỿ ỿn kerdet
ef awelei uarchaỽc ỿnỿ ol ỿ
ar catuarch cadarndeỽ kerdet-
drut llỿdangarn bᴣon ehang.
ac nỿ welfei eiroet gỽr lei
noc awelei ar ỿ march a do-
gỿnder o arueu ỿmdanaỽ
ac am ỿ uarch. affan ỿmoᴣdi-
wedaỽd a gereint ỿ dỿwaỽt
vrthaỽ. Dỿwet unben heb ef
aỿ o anỽỿbot aỿ ỿnteu o rỿuỿc
ỿ keiffut ti colli o honof. i. uỿ
mreint athoᴣri uỿghỿnedỿf.
Nac ef heb ỿ gereint nỿ ỽỿd-
vn. i. caethau foᴣd ỿ neb. Canỿ
vỿdut heb ỿnteu dỿret gỿt
a mỿui ỿm llỿs ỿ wneuthur
iaỽn im. Nac af mỿn uỿgkred
heb ỿnteu. Nit aỽn ỿ lỿs dỿ
arglỽỿd onỿt arthur ỿỽ dỿ-
arglỽỿd. Oỿn llaỽ'nu heb ef *arthᵃ*
mi a uỿnaf iaỽn ỿ gennỿt.
Neu uinheu agaffỽỿf ỿ gen-
nỿt ti diuaỽr ouut. ac ỿn
dianot ỿmgỿrchu a oᴣugant
ac ỿfỽein itaỽ ef adoeth ỿeỽ
wafanaethu arbeleidỿr ual
ỿ toᴣrỿnt. a dỿrnodeu calet
toft a rodei paỽb o nadunt ỿ
gilid. ỿnỿ golles ỿ tarỿaneu
euholl liv. ac amhrỿduerth
oet ỿ ereint ỿmwan ac ef
rac ỿ uỿchaned ac anhaỽfet
craffu arnaỽ achalettet ỿ
dỿrnodeu arodei ỿnteu. ac
ac nỿ dig'affont vỿ o hỿnnỿ
ỿnỿ dỿgỽỿaỽd ỿ meirch ar
eu glinỿeu. ac ỿnỿ diwed
ỿ bỿrỿaỽd gereint ef ỿn ol
ỿ ben ỿr llaỽr. ac ỿna ỿd aeth-
ont ar eu trad ỿ ỿmfuft. a
dỿrnodeu kỿflỿmdic toftdᴣut

cadarnchwer6 a rodei pob un
onadunt ẏ gilid . athrẏdẏllu
ẏ helmeu a biwa6 ✻ ẏ paele =
deu ac ẏffiga6 ẏr arueu a
o2ugant ẏnẏ oet eu llẏgeit
ẏn colli eu lleuuer gan ẏchö6ẏs
ar gwaet . ac ẏnẏ diwed llidi =
a6 a o2uc gereint a gal6
atta6 ẏ nerthoed ac ẏn llidi =
a6cdrut gẏflẏmwẏchẏr
greula6nfẏrẏf drẏchauel
ẏ gledẏf a o2uc ae dara6 ẏg
g6aftat ẏ benn dẏna6t ag =
heua6ldoft g6en6ẏniclẏm
engirẏalchwer6 ẏnẏ dẏrr
holl arueu ẏ penn ar croen
ar kic ac ẏnẏ uẏd clö6ẏf ar
ẏr afcö6rn . ac ẏnẏ uẏd ẏ
gledẏf o la6 ẏ b2enhin bẏch =
an ẏn eithaf ẏ maes ẏ
vrtha6 ar erchi ẏr dẏ6 na6d
gereint ae drugaret a o2uc
ẏna . Ti a geffẏ na6d heb ẏ
gereint . ac nẏ bu da dẏ 6ẏ =
bot ac nẏ ✻✻buoft gẏuar =
tal gan dẏuot ẏn gẏdẏm -
deith im . ac nad elẏch ẏm
erbin eilweith ac ochlẏwẏ
ouut arnaf ẏ achubeit o
honot . Ti a geffẏ hẏnnẏ
argl6ẏd ẏn llawen ay gred
a gẏmerth ar hẏnnẏ . ath =
itheu argl6ẏd heb ef a deuẏ
gẏt amẏuẏ ẏm llẏs racco
ẏ u6r6 dẏ ludet ath ulinder
ẏ arnat . Nac af ẏ rof a dẏ6
heb ẏnteu . ac ẏn edrẏch a o2uc
g6iffret petit ar enẏt ẏn ẏd
oed athoft uu gantha6 we =
led lluoffogr6ẏd o ouut ar
dẏn kẏn uonedigeidet a hi .
a dẏwedut ẏna a o2uc vrth

435

ereint . Argl6ẏd heb ef cam
awneẏ na chẏmerẏ ardẏm ✦
hereu ac efm6ẏthder ac ochẏ =
ueruẏd caledi athi ẏn ẏr an =
fa6d honno nẏ bẏd ha6d it ẏ
o2uot . Nẏ mẏnna6d Gereint
namẏn kerdet racda6 ac ẏf =
kẏnnu ar ẏ uarch ẏn greulẏt
anefm6ẏth . ar uo26ẏn a
gẏnhellis ẏ rago2 ac vẏnt
a gerdaffant parth a choet a
welẏnt ẏ vrthunt ar tes oed
ua6r ar arueu drö6ẏ chö6ẏs ar
gwaet ẏn glẏnu vrth ẏ gna6t .
a g6edẏ eu dẏuot ẏr coet fe =
uẏll a o2uc ẏ dan b2en ẏ ochel
ẏ tes a dẏuot cof ita6 ẏ dolur
ẏna ẏn u6ẏ no fan ẏ ca6fei ·
a feuẏll a o2uc ẏ uo26ẏn ẏ
dan ẏ p2enn arall . ac ar hẏn =
nẏ vẏnt a glẏwẏnt kẏrn a
dẏgẏuo2 . Sef ẏftẏr a oet
ẏ hẏnnẏ . arthur ae niuer a
oet ẏn difkẏnnu ẏnẏ coet .
Sef a o2uc ẏnteu medẏlẏa6
pa fo2d ẏd aẏ ẏ eu gochel vẏnt .
ac ar hẏnnẏ nachaf pedeftẏr
ẏnẏ arganuot . Sef ẏd oed
ẏna was ẏr diftein a dẏuot
a o2uc ar ẏ diftein a dẏwedut
ita6 welet kẏfrẏ6 vr ac a
welfei ẏnẏ coet . Sef a o2uc
ẏ diftein ẏna peri kẏfrö6ẏa6
ẏ uarch achẏmrẏt ẏ waẏ6
ae darẏan a dẏuot ẏn ẏd oet
Gereint . a uarcha6c heb ef
beth awneẏ di ẏna . Seuẏll
dan b2enn gooer a gochel ẏ
b26t ar tes . Pa gerdet ẏffẏt
arnat ti afö6ẏ vẏt ti . Edrẏch
damweineu acherdet ẏ fo2d
ẏ mẏn6ẏf . Je heb ẏ kei dẏret

Peniarth MS. 4   436

37 ant y ymffuſt ar eu traet . adyrnodeu kyflymdic toιrut
kaletchwyrn arodei pop vn ohonunt y gilyd . athᴣydyllu
yrhelmeu a bᴣiwaϬ ypaledeu ac yſſigaϬ yr arueu aoᴣu -
gant hyny yttoed eu llygeit yn colli eu lleuuer gan ych -
wyſ argϬaet . ac yny diwed llityaϬ aoᴣuc Ger' . a galϬ attaϬ
ynerthoed . ac yn llityaϬcdic cyflymchwyrn greulaϬn ffy -
ryf dᴣychafel ygledyf aoᴣuc ae taraϬ ar warthaf ypenn
dyrnaϬt agheu∗aϬldoſt GϬenϬyn∗∗iclym engiryaϬlchwe-
rϬ . hyny tyrr holl arueu y pēn ar croen ar kic ac yny glϬ -
yfha ar yr aſcϬᴣn . ac yny vyd ygledyf o laϬ ybᴣenhinᣜ
bychan y eithaf ymaes yϬᴣthaϬ . ac erchi yr duϬ naϬd
yer' . ae trugared aoᴣuc yna . Ti ageffy naϬd heb y Ger' . ac·
ny bu da dy Ϭybot ac ny buoſt gyfartal . Gan vot yn get-
ymdeith ohonot im . ac nat elych ym herbyn o hyn all -
an . ac ochlywy ofit arnaf y achub ohonot . Ti ageffy
hynny arglϬyd ynllawen . ae gret agymyrth arhynny
athitheu arglϬyd ti adeuy gyt ami ym llyſ racco yuϬᴣϬ
dy vlinder athludet yarnat . Nac af yrofi aduϬ heb y ger' .
ac yna edᴣych awnaeth GϬiffret pedyt ar enyd yn yd oed .
athoſt oed gantaϬ gϬelet lluoſſogrϬyd o ofit ar dyn kyn
uonhedigeidet a hi . adywedut aoᴣuc Ϭᴣth er' . arglϬyd
heb ef kam awney na chymery artymhereu ac efmϬ -
ythter . ac ochyferuyd kaleti athi yn yr anfaϬd honno .
ny byd haϬd itti yoᴣuot . Ny mynnaϬd Ger' namyn
kerdet racdaϬ . ac eſcynnu ar y varch yngreulyt an -
efmϬyth . ar voᴣϬyn agynheliſ yragoᴣ . ac Ϭynt ager-
daffant parth achoet awelynt yϬᴣthunt . ar tes oed
vaϬᴣ . ar arueu trϬy ychwys argϬaet yn glynu Ϭᴣth

38 ẏ gnaϬt . agϬedy eu dyuot yr coet . seuyll aoᴣuc dan pᴣenn
yochel ytes . adyuot kof idaϬ ydolur yna yn uϬy no phan
y caϬffei . a feuyll aoᴣuc y uoᴣϬyn dan pᴣen arall . ac ar
hynny Ϭynt aglywynt kyrn adygyfoᴣ . Sef yſtyr oed
hynny . arth ae nifer oed yn diſcynnu yny coet . Sef a
oᴣuc ynteu medylyaϬ py ffoᴣd yd aei y eu gochel Ϭynt .
ar hynny nachaf pedeſtyr yny arganuot sef oed yno
gϬaf yrdiſtein . adyuot aoᴣuc ar y diſtein . adywedut idaϬ
y kyfryϬ varchaϬc awelſei yny coet . Sef aoᴣuc ydiſtein
yna peri kyfrϬyaϬ y varch . achymryt y wayϬ ae tary-
an adyuot ynyd oed er' . AvarchaϬc heb ef beth awney
ti yma . Seuyll yny gooer agochel ybᴣϬt ar tes . py ger-

det yſſyd arnat ti . a phỽy ỽyt . Edᴣych damweineu acher -
det yſſoᴣd ymynhỽyf . Je heb y kei dyret gyt ami ỿ ym -
welet ac artḣ yſſyd yn agoſ . nac af yrofi aduỽ heb ynteu .
ef auyd reit it dyuot heb y kei . ac nyt atwaenat Gei ef .
a Ger' aatwaenat Gei . ac ar hynny o gywirha ymwan
a oᴣugant . agoſſot aoᴣuc kei ar er' . val ygellaỽd oᴣeu .
ablyghau aoᴣuc Ger' . ac agarlloſt ywayỽ ywan dan y
dỽ ́y en hyny uyd yn ol ypen yr llaỽᴣ . ac ny mynnaỽd ị
waeth idaỽ no hynny . ac yn oᴣwyllt ofnaỽc y kyfodes
kei . ac eſcynnu ar y varch . adyuot yỽ lety . ac odyna
mynet aoᴣuc yoᴣymdeith hyt ym pebyll Gỽalchmei .
Aỽᴣ heb ef ỽᴣth walchmei . ᴍi agigleu gan vn oᴣ gỽeiſ-
ſon gỽelet yny coet uchot . marchaỽc bᴣiwedic . ac arueu
amdᴣaỽt ymdanaỽ . ac o gỽney iaỽn ti aey yedᴣych ae
gỽir . hynny . Nym taỽᴣ i vynet heb y Gỽalchmei . kym -
er dy varch nu a pheth oth arueu . ᴍi agigleu nat di -
39 ỽᴣthgroch ef ỽᴣth y neb adel attaỽ . Gỽalch' agymerth ywa -
yỽ ae taryan ac a eſcynnaỽd ar y varch . ac adoeth ynyd
oed er' . ha varchaỽc heb ef py gerdet yſſyd arnat ti . kerdet
ỽᴣth vy negeſſeu . ac yedᴣych damweineu . a dywedy ti pỽy
ỽyt . neu a doy y ymwelet ac artḣ yſſyd yn agoſ yma . nyt
ymgyſtlynafi athi yn aỽᴣ ac nyt af y ymwelet ac artḣ
heb ef heuyt . ac euo aatwaenat walch' . ac nyt atwayn -
at walch' euo . Ny chlywir arnafi vyth o vethyant heb y
gỽalch' . dy adu yỽᴣthyf hyny ỽypỽyf pỽy vych . ae gyr -
chu agỽayỽ . agoſſot yny taryan hyny vyd y pal adyr yn
vᴣiỽ ar meirch taltal ˙ ac yna edᴣych yn graff ae adnabot .
Och er' heb ef ae tidi yſſyd yma . Nac ỽyf er' i heb ef . Ger' y
rofi aduỽ heb ef . acherdet truan aghygoᴣus yỽ hỽnn .
ac edᴣych yny gylch aoᴣuc ac argaᴘuot enyd ae graeſ-
ſaỽ awnaeth . abot yn llawen ỽᴣthi . Ger' heb y Gỽalch' dy-
ret yymwelet ac artḣ dy ewythyr ath gefynderỽ yỽ .
nac af heb ef nyt yttỽyf yn anſaỽd y gallỽyf ymwelet
a neb . ac ar hynny nachaf vn oᴣ maccỽyeit yndyuot yn
ol Gỽalch' ychwedleua . Sef aoᴣuc Gỽalch' gyrru hỽnnỽ y
dᴣachefyn y venegi yartḣ bot Ger' yn w̨ vᴣiwedic . ac na
deuei y ymwelet ac ef . ac ydoed truan edᴣych ar yr anfaỽd
yſſyd arnaỽ . a hynny heb ỽybot y er' . ac yn huſtig yryg -
taỽ ar maccỽy . ac arch y artḣ neſſau y pebyll yr ſſoᴣd ka -
ny daỽ ef oe vod yymwelet ac ef . ac nat haỽd ydiryaỽ

Peniarth MS. 6, part iv.

ti gỿt amỿui ỿ ỿmwelet ac
arthur ỿffỿt ỿma ỿn agos .
nac af ỿ rof a dỿ6 heb ỿnteu
ereint . Ef a uỿt reit ỿt dỿ =
uod heb ỿ kei . a gereint a ed =
waenad kei ac nỿt ỿtwaỿnat
kei . ereint . a goffot a o2uc kei
arna6 ual ỿ galla6d ef o2eu .
a blỿghau a o2uc gereint ac
ac arlloft ỿ wa6 ỿ wan ỿnỿ
uyd ỿn ol ỿ benn ỿr lla6r ac
nỿ mỿnna6d g6neuthur ita6
waeth no hỿnnỿ . ac ỿn wỿllt
ofna6c ỿ kỿuodes kei ac ỿfcỿn =
nu ar ỿ uarch a dỿuot ỿ lettỿ .
ac odỿna mỿnet a o2uc ỿ o2 =
ỿmdeith hyt ỿmpebỿll . G6alch =
mei . a vr heb ef vrth walchmei
Mi a giglef gan un o2 gweif =
fon g6elet ỿnỿ coet uchot
macha6c 6iwedic ac arueu
amdla6t ỿmdana6 . ac°g6neỿ
ia6n ti a eỿ ỿdrỿch aỿ gwir
hỿnnỿ . Nỿm ta6r . i . uỿnet
heb gwalchmei . kỿmmer dỿ
uarch nu heb ỿ kei affeth oth
arueu mi a giglef nat di6rth =
gloch ef . vrth ỿ neb adel atta6 .
Gwalchmei a gỿmerth ỿ
wa6 aỿ darỿan ac aỿfkỿn =
na6d ar ỿ uarch ac a doeth
ỿn ỿd oet gereint . a uarcha6c
heb ef pa rỿ6 gerdet ỿffỿd
arnat ti . kerdet vrth uỿ ne =
geffeu ac ỿ edrỿch damwei =
neu . a dỿwedỿ di p6ỿ vỿt .
neu a deuỿ ỿ ỿmwelet ar
arthur ỿffỿd ỿn agos ỿna .
Nỿt ỿmgỿftlỿnaf . i . vrth =
ỿt ti ac nỿt af ỿ ỿmwelet
ac arthur heb ef . ac ef a at =
waenat walchmei . ac nỿt

atwaenat walchmei ef . Ni
chlỿ6ir arnaf uỿth heb ỿ
gwalchmei dỿ adu ỿ vrthỿf
ỿnỿ vỿp6ỿf p6ỿ uỿch aỿ gỿrchu
a g6aỿ6 a goffot ỿnỿ darỿ =
an ỿnỿ uỿd ỿ paladỿr yn
ỿffic uri6 ar meirch dadal
ac ỿna edrỿch arna6 ỿn graf
a o2uc ae adnabot . Och ere =
int heb ef ae tidi ỿffỿd ỿma
nac vỿf ereint . i . heb ef . Ge =
reint ỿ rof a dỿ6 heb ỿnteu
acherdet aghỿgho2us truan
ỿ6 h6n ac edrỿch ỿnỿ gỿlch
a o2uc ac arganuot enỿt . aỿ
ae chreffa6u a bot ỿn llawen
vrthi . Gereint heb ỿ gvalch =
mei dỿret ỿ ỿmwelet ac
arthur dỿ argl6yd ỿ6 ath
geuỿnder6 . na af heb ỿnteu
nỿt ỿd6ỿf . i . ỿn anfa6d ỿ
gall6ỿf ỿmwelet a neb . ac
ar hỿnnỿ nachaf un o2 Mac =
6ỿueit ỿn dỿuot ỿn ol g6alch =
mei ỿ ch6edleua . Sef a o2uc
g6alchmei gỿrru h6nn6 ỿ
uenegi ỿ arthur uot gere =
int ỿno ỿn uriwedic ac na
deuei ỿ ỿmwelet ac ef ac
ỿd oed druan edrỿch ar ỿr
anfa6d ỿffỿd arna6 . a hỿn =
nỿ heb vỿbot ỿ ereint ac
ỿn huftinc ỿ rỿgtha6 ar
macc6ỿf . ac arch ỿ arthur
heb ef neffau ỿ bebỿll ar ỿ
fo2d canỿ da6 ef ỿ ỿmwelet
oe uod a*ac ef . ac nat ha6d
ỿ dirỿa6 ỿnteu ỿn ỿr ag6ed
ỿ mae . ar macc6ỿf a doeth
ar arthur ac a dỿwad ida6
hỿnnỿ . ac ỿnteu affỿmuda6d
ỿ bebỿll ar ỿmỿl ỿ fo2d . a

A llawenhau a oꝛuc medỽl ẏ
uoꝛⱱẏn ẏna . a chẏnnhⱱẏllaⱱ
Gereint a oꝛuc gwalchmei
ar hẏt ẏ ffoꝛd ẏr lle ẏd oed
arthur ẏn pebẏllaⱱ aᵞ uaccⱱẏ=
ueit ẏn ẏ tẏnnu pebẏll ẏn
ẏ ỿⱱẏs ẏ foꝛd arglⱱẏd heb ẏ
gereint henpẏch gwell . dẏⱱ
a ro da it heb ẏr arthur . affⱱẏ
vẏt ti . Gereint heb ẏ gwalch=
mei ẏⱱ hⱱnn ac oe uod nẏt
ẏmwelei athẏdi hetiⱱ . Je heb
ẏr arthur ẏnẏ aghẏghoꝛ ẏ
maẏ . ac ar hẏnnẏ enẏt ado=
eth ẏn ẏd oed arthur achẏ=
uarch gwell itaⱱ . dẏⱱ a ro da
it heb ẏr arthur . kẏmeret
un hi ẏr llaⱱr . ac un oꝛ maccⱱẏ=
ueit ae kẏmerth . Och a enẏt
heb ef pa gerdet ẏⱱ hⱱnn . Na
vn arglⱱẏd heb hi namẏn dir
ẏⱱ im gerdet ẏ foꝛd ẏ kẏrdo
ẏnteu . arglⱱẏd heb ẏ gereint
ni aaⱱn ẏmdeith gan dẏ gen=
ẏad . pa le uẏd hẏnnẏ heb ẏr
arthur nẏ nẏ ellẏ di uẏned
ẏr aⱱron ꞉ onẏt eẏ ẏ oꝛfen dẏ
agheu ⸗ Nẏ adei ef ẏ mi heb
ẏ gwalchmei gvahaⱱd arnaⱱ .
ef ae gad ẏ mi heb ẏr arthur .
ac ẏ gẏt a hẏnnẏ nẏt a ef
odẏma ẏnẏ uo iach goꝛeu
oed gennẏf . i . arglⱱẏd heb
ẏ gereint pei gattut uẏui
ẏmdeith . Na adaf ẏ rof a
dẏⱱ heb ẏnteu . ac ẏna peris
galⱱ ar ẏ uoꝛⱱẏn ẏn erbẏn
enẏt oẏ dⱱẏn ẏ bebẏll ẏỿa=
uell gvenhⱱẏuar . a llawen
uu wenhⱱẏuar vrthi ar gwra=
ged oll . a gvaret ẏ marchaⱱc=
wifc ẏ ẏmdanei a rodi arall

ẏmdanei . a galⱱ ar gadyrieith
a oꝛuc ac erchi itaⱱ tẏnnu pe=
bẏll ẏ ereint ae uedẏgon a
dodi arnaⱱ peri diwallrⱱẏd
obop peth ual ẏ gouẏnnit idaⱱ
a hẏnnẏ a oꝛuc cadẏrieith ual
ẏ erchid itaⱱ oll a dⱱẏn Moꝛgan
tut ae difgẏblon a oꝛuc at
ereint . ac ẏna ẏ bu arthur
aẏ niuer agos ẏ uis vrth ued=
eginẏaethu gereint . affan
oed gadarn ẏ gnaⱱd ganthaⱱ
ereint ẏ doeth at arthur . ac
ẏd erchis gennat ẏ uẏnet
ẏ hẏnt . Nẏ vn aⱱẏt iach iaⱱn
etwa vẏf ẏfcⱱir arglⱱẏd heb
ẏ gereint . Nẏt tidi agredaf
· i . am hẏnẏ namẏn ẏ medẏgon
a uu vrthẏt . a dẏuẏnnu ẏ med=
ẏgon attaⱱ a oꝛuc a gouẏn ud=
unt a oed wir hẏnnẏ gwir heb
ẏ moꝛgan tut . Trannoeth ẏ
canẏadaⱱd arthur ef ẏmdeith .
ac ẏd aeth ẏnteu ẏ oꝛfen ẏ
hẏnt . ar dẏt hⱱnnⱱ ẏd aeth
arthur odẏno . ac erchi a oꝛuc
gereint ẏ enẏt kerdet oꝛ blaen
achadⱱ ẏ ragoꝛ ual ẏ gvnath=
oed kẏn no hẏnnẏ . a hi agerd=
aⱱd . ar bꝛiffoꝛd adilẏnaⱱd
ac ual ẏ bẏdẏnt ẏ uellẏ ⱱẏnt
aglẏwẏnt diafpad grochaf
oꝛ bẏt ẏn agos udunt . Saf
di ẏma heb ef achẏuaro ac ẏd
af . i . ẏ edrẏch ẏflẏr ẏ diafpat .
Mi awnaf heb hi amẏnet a
oꝛuc ẏnteu a dẏuot ẏ lanerch
a oed ẏn agos ẏr foꝛd . ac ar
ẏ llannerch ẏ gvelei deu uarch
un achẏfrⱱẏ gⱱr arnaⱱ . ac
arall achẏfrⱱẏ gwreic arnaⱱ .
A marchaⱱc aẏ arueu ẏmdanaⱱ

ynteu ynyr anfa6d ymae . ar Macc6y auenegif hynny
y artĥ . ac ynteu a perif fymut y pebyll y emyl yffo2d .
a llawenhau ao2uc med6l enyd yna . achynh6ylla6 Ger'.
ao2uc g6alch' ar hyt yffo2d ynyd oed er' yn pebylla6 .

40 yn tynnu pebyll yn yftlyf yffo2d . argl6yd heb y Ger'. han-
pych g6ell . Du6 arotho da itt heb yr artĥ . a p6y 6yt ti .
. Ger'. heb y g6alch' y6 h6n . ac oe vod nyt ymwelei athidi
hedi6 . Je heb yr artĥ yny aghygho2 ymae . ac arhynny
enyd adoeth ynyd oed artĥ . achyfarch g6ell ida6 . Du6
arotho da itt heb yr artĥ . kymeret vn hi yr lla62 . ac vn
ae kymerth . Och a enyd heb ef py gerdet y6 h6n . na
6n argl6yd heb hi . namyn dir y6 imi kerdet y ffo2d .
y kertho ynteu . argl6yd heb y ger'. ni a a6n ymdeith
gan dy ganhyat . py le uyd hynny heb yr artĥ . Ny elly
ti vynet heb yr artĥ onyt ey yo2ffen dy aghheu . Ny adei
ef imi vn g6aha6d arna6 . heb y G6alch' . Ef ae gat imi
heb yr artĥ . ac ygyt a hynny nyt a ef odyma hyny vo
iach . Go2eu oed genhyfi argl6yd pei gattut ti vyui ym-
deith . Na adaf yrofi adu6 heb yr artĥ . ac yna y perif ef
gal6 ar vo2ynyon yn erbyn enyd . oe d6yn y yftauell
wenh6yfar . allawen uu wenh6yfar ar g62aged oll 62thi .
a g6aret ymarcha6cwifc y amdanei . a rodi arall ymda-
nei . agal6 ar katyrieith ao2uc artĥ . ac erchi "tynnu "ida6
pebyll y er'. ae vedygon . a dodi arna6 peri diwallr6yd o
pop peth mal ygofynnet ida6 . a hynny ao2uc katyrie-
ith . a d6yn Mo2gan tut ae difcyblon ao2uc at er'. ac yno
y bu artĥ ae nifer agof y vis 62th vedeginaethu Ger'. a
phan oed gadarn ygna6t gan er'. ydoeth ar artĥ y erchi
canhat oe vynet y hynt . Ny 6nn i a6yt ti ia6n iach ti et-
wa . 6yf ys g6ir argl6yd heb y Ger'. Nyt tidi agredafi am
hynny namyn y medygon auu 62thyt . adyfynnu y
medygon atta6 ao2uc . a gofyn udunt aoed wir hynny .

41 G6ir heb y mo2gant tut . T2annoeth y kychwýna6d artĥ
ymdeith . ac yd aeth Ger' y o2ffen y hynt . ac yd erchif Ger'
y enyd kerdet o2 blaen acha d6 yrago2 . val yg6nathoed !
kynno hynny . a hi agerda6d . ar p2iffo2d adilynyffant .
ac val y bydynt uelly . 6ynt aglywynt diafpat grochaf
o2 byt yn agof udunt . Saf ti yma heb ef achyfarho . ac
yd afi yed2ych yftyr ydiafpat . a mi awnaf heb hi . a my-
net ao2uc ynteu adyuot ylannerch aoed yn agof yr ffo2d

Peniarth MS. 6, part iv.

ac ar y llānerch yg6elei deu varch . vn achyfr6y g62 ar -
na6 . ac arall achyfr6y g62eic . a marcha6c ae arueu ym -
dana6 yn var6 . a Mo26ynwreic ieuanc amarcha6cwifc
ymdanei awelei yn diafpedein uch pen ymarcha6c .
Avnbennes heb y ger'. py dery6 itti . yma yd yttoed6n
yn kerdet vi ar g62 m6yhaf agar6n . ac ar hynny ydoeth
tri cha62 oge62i attam a heb gad6 ia6n o2 byt ae lad .
Py ffo2d yd edynt 6y heb ef . yna yr ffo2d va62 heb hi .
Dyuot ao2uc ef ar enyd . Dof heb ef at yr vnbennes yffyd
yna . ac arho vi yno o2 deuaf . Toft uu genthi hi erchi
hynny idi . ac eiffoes dyuot ao2uc at y vo26yn . ac irat
oed ganta6 waranda6 arnei . adiheu oed genthi na deuei
er'. vyth trachefyn . Yn ol y ke62i yd aeth ef . ac ymodi -
wef ac 6ynt ao2uc . a m6y oed pop vn onadunt no thry -
wyr . achl6pa ma62 oed ar yfc6yd pop vn . Sef ao2uc yn -
teu d6yn ruthyr y vn onadunt ae wan ag6ay6 tr6yda6 .
athynnu y̆way6 o h6nn6 ag6an arall onadunt heuyt .
artrydyd aymchoelef arna6 ynteu ac ae trewif achl6pa
hyny hyllt ytaryan hyny ettelif yr yfc6yd . ac yny ym -
egyr y holl welioed . ac yny vyd y waet yn colli oll . Sef
42 ao2uc ynteu tynnu cledyf ae gyrchu ef ae tara6 dyrna -
6t toftlym ath2ugar angerda6ld2ut yg warthaf y
pen . hyny hyllt ypen ar myn6gyl ida6 hyt yd6y yfc6 -
yd . ac yny dyg6yd ynteu yn var6 . ac eu hada6 yn var6
ao2uc uelly . adyuot ynyd oed enyd . aphan welef ef
enyd ydyg6yda6d yn var6 yar y varch . Diafpat ath2u -
gar aruchel ditaweldoft arodes enyd . adyuot uch y
penn ylle ydyg6ydaffei . ac ar hynny nachaf yn dyuot
62th ydiafpat iarll lym62s anifer oed gyt ac ef . aoed -
ynt yn kerdet yffo2d . ac o acha6f ydiafpat ydoethant
trof yffo2d . ac yna ydywa6t y iarll62th enyd . A vnben -
nes heb ef py dery6 itti . a62da heb hi llad yg62 m6yhaf
a gereif eirmoet ac agaraf byth . Py beth heb ef a dery6
ittitheu . 62th yllall . llad heb hi yg62 m6yhaf agar6n
inheu heuyt . Py beth ae llada6d 6ynt heb ef . y ke62i
a llada6d yg62 m6yhaf agar6n i . ar marcha6c arall a
aeth yn eu hol . ac val yg6ely ti euo ydoeth y62thunt
ae waet yn colli m6y no meffur . athebic y6 genhyfi
na doeth y62thunt heb lad ae rei onadunt ae c6byl . yr
iarll aperif cladu ymarcha6c aedewffit yn var6 . Ynteu

ỿn uarỽ ac uch ỿ by. ben ỿ
marchaỽc ỿ gỽelei uo2ỽỿn =
wreic Jeuanc ae marchaỽc
wiſc ỿmdanei ac ỿn diaſbede=
in . a unbenes heb ỿ gereint
pa deriỽ iti yma ỿd oedỽn
ỿn kerdet ui ar gỽr mỽỿaf
a garỽn . ac ar hỿnnỿ ỿ doeth
tri chaỽr o geỽri attam a
heb gadỽ iaỽn o2 bỿt ac ef
ỿ lad . Pa fo2d ỿd eỿnt vỿ
heb ỿ gereint . ỿna ỿ fo2d
uaỽr heb hi . Dỿuot ao2uc
ỿnteu ar enỿt dos heb ef
at ỿr unbennes ỿſſỿd ỿna
ob2ỿ ac aro ui ỿno ỿ deuaf .
Toſt uu genthi erchi idi
hỿnnỿ . ac eiſſỽys dỿuot a
o2uc at ỿ uo2ỽyn ac irat oed
warandaỽ arnei a diheu oed
genthi na deuei ereint uỿth .
Ỿn ol ỿ keỽri ỿd aeth ỿnteu
ac ỿmo2diwes ac vỿnt a
o2uc . a mỽỿ oed pob un o nad=
unt nothrỿwỿr . achlỽppa
maỽr a oed ar ỿfcỽyd pob
un o nadunt . Sef a o2uc
ỿnteu dỽyn ruthur ỿ un
o nadunt ae wan a gwaỿ6
trỽydaỽ berued . athỿnnu
ỿ waỿ6 o hỽnnỽ a gwan ar=
all o nadunt trỽydaỽ heuỿt
ar trỿdỿt a ỿmhoelaỽd ar=
naỽ . ac ae trewis achclỽppa
ỿnỿ hỿllt ỿ darỿan ac ỿn ỿ
ettelis ỿ ỿfcỽyd ỿnteu ac ỿnỿ
ỿmmegỿr ỿ holl welioed ỿn=
teu ac ỿnỿ uỿd ỿ waet ỿn
colli oll . Sef a o2uc ỿnteu
ỿna tỿnnu cledỿf aỿ gỿrchu
ef aỿ daraỽ dỿrnaỽd toſtlỿm
athrugar angerdaỽldrut

ỿgỽarthaf ỿ benn ỿnỿ hỿllt
ỿ penn ar mỿnỽgỿl itaỽ hỿt
ỿ dỽỿ ỿfcỽyd . ac ỿnỿ dỿgỽyd
ỿnteu ỿn uarỽ . ac eu hadaỽ
ỿn uarỽ a o2uc ỿ uellỿ . a dỿ=
uod ỿn ỿd oed enỿt . a ffan
welas ef enỿt ỿ dỿgỽydaỽd
ỿn uarỽ ỿr llaỽr ỿ .ỿ.ar uarch .
Diaſpat athrugar aruchel
didaweldoſt arodes enỿt .
a dỿuot uch ỿ ben ỿ lle ỿ dỿ=
gỽydaỽd . ac ar hỿnnỿ nachaf
ỿn dỿuot vrth ỿ diaſpat
Jarll limỽris a niuer a oed
ỿ gỿd ac ef a oedỿnt ỿn kerd=
et ỿ ffo2d . ac o achaỽs ỿ diaſ=
pat ỿ doethant dros ỿ fo2d
ac ỿna ỿ dỿwaỽt ỿ iarll
vrth enỿt . a unbenness heb
ef pa derỿỽ ỿ ti . a vrda heb
hi llad ỿr un dỿn mỽỿaf a
a gereis ỿr moet ac a garaf
uỿth . Pa beth heb ef a derỿỽ
ỿ titheu vrth ỿ llall ꞏ llad ỿ
gỽr mỽỿaf agarỽn heb hi
heuỿt . Pa beth ae lladaỽd
vỿnt heb ef . y keỽri heb ỿr
honno a ladaỽd ỿ gỽr mỽỿaf
a garỽn . ar marchaỽc arall
heb hi aaeth ỿn eu hol ꞏ ac ỽal
ỿ gỽely di ef ỿ doeth ỿ vrth=
unt . ae waet ỿn colli mỽỿ
no meſſur . athebic ỿ6 gen=
nỿf heb hi na doeth ỿ vrth=
unt heb lad rei o nadunt .
aỿ cỽbỿl ꞏ ỿ iarll a beris cladu
cladu ỿ marchaỽc a edeỽſit
ỿn uarỽ . ỿnteu adỿbỿgei
uot peth o2 eneit ỿmỿỽn
gereint etỽa ac aberis ỿ
dỽyn gỿt ac ef ỿ ỿdrỿch a
uei uỿ6 ỿm plỿc ỿ darỿan

ac ar eloz. ar dôý uozôýn a
doethant ýr llýs. a gwedý
eu dýuot ýr llýs ýdoed Gere=
int ar eloz welý ar ar daluozt
a oed ýný neuad. Diarche=
nu a ozuc paôb onadunt.
ac erchi a ozuc ý iarll ý enýt
diarchenu achýmrýt gôifc
arall ýmdanei. Na uýnhaf
ý rof a dýô heb hi. a unben=
nes heb ýnteu na uýd kýn
driftet ti a hýnný. a naôd m̥
iaôn ýô uýghýnhozi am hýn=
ný heb hi. Ôi auanagaf it
heb ýnteu hýt nat reit it uod
ýn drift peth býnnac a uo
ý marchaôc racco na ^byô na^ marô.
Y mae ýna Jarllaeth da ti
a geffý honno ýth uedýant
a minheu gýt a hi heb ef.
a býd lawen hýfrýt bellach
Na uýdaf lawen ým kýf=
fes ý dýô heb hi tra uôýf
uýô bellach. Dýret ý uôý=
ta heb ef. nac af ý rof a
dýô heb hi deuý ý rof a dýô
A dôýn gýt ac ef oe hanuod
ýr uozt ac erchi idi uôýta
ýn uýných. Na uôýtaaf
ým kýffes ý dýô heb hi ýný
uôýtao ý gôr ýffýt ar ýr eloz
racco. Ný ellý di gýwiraô
hýnný heb ý iarll. y gôr rac=
co neut marô haýach. Mi
a bzofaf ý allu heb hi. Sef
a ozuc ýnteu kýnnic fioleit
idi hi. ýf heb ýnteu ý fiole=
id honn. ac ef aamgena dý
fýnwýr. Ôeuýl ý mi heb hi
ot ýfaf. i. diaôt ýný ýuo
ýnteu. Je heb ý iarll nýt
gwell ý mi uot ýn hegar

vrthýt ti noc ýn anhegar.
A rodi boncluft a ozuc idi. Sef
a ozuc hitheu dodi diafpat
uaôr arucheldoft a dolurýaô
ýn uoý ýna o lawer no chýn
no hýnný a dod ý dan ý med=
vl pei býô Gereint na bon=
cluftit hi ý uellý. Sef a ozuc
gereint ýna datlýwýgu
o datfein ý diafpat achýuo=
di ýný eifte achaffel ý gledýf
ýmplýc ý darýan a dôýn
ruthur ýn ýd oed ý iarll.
ae daraô dýrnaôt eidiclým
gvenôýnnicdoft cadarnfer
ýgwarthaf ý benn ýný holl=
tes ýnteu ac ýný etteil ý
uozt ý cledýf. Sef a ozuc
paôb ýna adaô ý bozdeu a fo
allan. ac nýt ouýn ý gôr býô
a oed uôýaf arnunt namýn
gôelet ý gôr marô ýn kýuodi
og eu llad. ac edrých a ozuc
gereint ar enýt ýna a dýuot
ýndaô deu dolur. un o honunt
o welet enýt wedý ýr golli
ý lliô ae gôed. ar eil onadunt
gôýbot ýna o honaô ý bot hi
ar iaôn. arglôýdes heb ef
a vdofti ti pa le ý mae an
meirch ni. gôn. i. heb hi pa
ýd aeth ý teu di. ac ný vn. i.
pa le ýd aeth ý llall ýr tý
racco ýd aeth dý uarch di.
Ýnteu a doeth ýr tý ac a dýn=
aôd ý uarch allan ac ýfkýn=
nu a ozuc arnaô achýmrýt
enýt. i. ar ý llaôr aý dodi ý
rýgthaô ar gozzýf. acherdet
rogdaô ýmdeith. ac ual ý
býdýn uellý ýn kerdet ual
ý rôg deu gae ar nos ýn

atebygei bot peth oz eneit yg ger' ettwa . ac ef aperiſ y
dóyn yó lys ygyt yedzych auei uyó . ym plyc y taryan .
ar eloz . ar dóy vozóyn adoeth yrllyſ . a góedy eu dyuot .
yr llys . ydodet Ger' ar yr eloz uelly ar talbozd yny neuad .
Diarchenu aozuc paób onadunt . ac erchi aozuc yr
iarll y enyd diarchenu achymryt góiſc arall ymdanei .
Na vynnaf yrofi aduó heb hi . a vnbenes heb ef na
vyd kyn triſtet ti a hynny . anhaód iaón yó vyg kyg-
43 hozi am hynny heb hi . ми awnaf itt na bo reit itt vot
yntriſt beth bynhac vo ymarchaóc racco na byó na
maró . y мae imi iarllaeth da . ti ageffy honno yth ved-
yant a minheu gyt a hi . heb ef . abyd lawen hyfryt
bellach . Na vydaf lawen heb hi ym kyffeſ duó tra uóyf
uyó bellach . Dyret yuóyta heb ef . nac af yrofi aduó
heb hi . Deu y yrofi aduó heb ef . ae dóyn gyt ac ef yr bózd
oehanuod . ac erchi idi yn vynych uóytta . Na vóytta-
af ym kyffes yduó heb hi . hyny uóyttao ygóz yſſyd ar
yr eloz racco . Ny elly ti gywyraó hynny . y góz racco
neut maró hayach . мi abzofaf yallu heb hi . Sef aozuc
kynnic ffioleit idi . ****** yf yffioleit hon heb ef . ac ef
a amgena dy fynhóyr . мefyl im heb hi oſ yſafi hyny
hyſho ynteu . Je heb yr iarll nyt góell imi vot yn hy-
gar ózthyt ti no bot yn anhygar . a rodi boncluſt idi .
Sef aozuc hitheu dodi diaſpat arucheldoſt . adoluryaó
yn uóy yna oalar yn uóy no chynt no hynny . adodi y
dan ymedól . bei byó Ger' . na boncluſtit hi velly . Sef a
ozuc ger' yna datlewygu o datſein ydiaſpat . achyfodi
yny eiſted achaffel ygledyf ym plyc y tayryan . adóyn
ruthyr ynyd oed yr iarll . ae taraó dyrnaót eidiclym
góenóynictoſt katarnffer yg warthaf ypen hyny
holltes ynteu . ac yny hetteil y bózd y cledyf . Sef aozuc
paób yna adaó y byrdeu affo allan . ac nyt ofyn y góz
byó uóyhaf oed arnadunt . namyn góelet y góz maró
yn kyfodi y eullad . ac edzych aozuc ger' yna ar enyd .
adyuot yndaó deu dolur . vn o honunt góelet enyd góe-
dy colli y llió ae góed . ar eil onadunt góybot ohonaó
44 ybot ar yr iaón . arglóýdeſ heb ef aódoſti py le yd aeth an
meirch ni . Gón heb hi py le ymae y teu ti . ac ny ónn i pe
le yd aeth yllall . yr ty racco yd aeth y teu ti . ynteu ade-
uth yr ty ac atynnaód y varch allan . ac eſcynnu aozuc

Peniarth MS. 6, part iv.

M 2

arnaỽ achymryt enyd yar y llaỽꝛ ae dodi yrydaỽ achoꝛ-
of . acherdet racdaỽ y ymdeith . ac val y bydynt velly yn
kerdet val yrỽg deu gae . ar nof yn goꝛuot ar ydyd . na-
chaf ygỽelynt yrydunt ar nỽyfre ar eu hol peleidyr
gỽaywaỽꝛ . athỽꝛỽf meirch agodỽꝛỽf nifer aglywynt .
Mi aglywaf dyuot yn an hol ni . heb ef . Mi athrodaf ti
dꝛof y kae . ac ar hynny nachaf varchaỽc yny gyrchu
ynteu ac yn geftỽg gỽayỽ . aphan welaf hi hynny ydy-
waỽt . Avnben heb hi py glot ageffy ti yr llad gỽꝛ marỽ .
pỽy bynhac uych . Och duỽ heb ynteu ae Ger' yỽ ef . Je y
rofi aduỽ heb hi . aphỽy ỽyt titheu . Mi ybꝛenhin bychan
heb ef yn dyuot yn boꝛth itt am glywet vot gofut arn-
at . aphei rywnelfut vyg kygho: ny chyhyrdei agyhyr-
daỽd ogaleti athi . Ny ellir dim ʼheb y ger' ỽꝛth auynho
duỽ . llawer da adaỽ ogyghoꝛ heb y Ger'. Je heb y bꝛenhi
bychan . mi aỽnn gyghoꝛ da itt weithon . Dyuot gyt
ami ylys daỽ gan chwaer yffyd yn agof in yma . yth
vedeginyaethu oꝛ hyn goꝛeu agaffer yny teyrnas .
aỽn yn llawen heb y Ger' . a March vn oꝛ yfweineit a
rodet dan enyd . adyuot racdunt aoꝛugant ylys ybar-
ỽn . allawen uỽyt ỽꝛthunt yno . ac amgeled agỽaffana-
eth agaỽffant . athranoeth y boꝛeyd aethpỽyt ygeif-
faỽ medygon . ar medygon agaffat . ac ar oet byrr me-
deginaethu Ger' awnaethant . hyny uu holl iach .
45 athra uuỽyt yny vedeginyaethu : ef aberif y bꝛenhin
bychan kyweiraỽ yarueu hyny yttoedynt kyftal ac y
buont oꝛeu eiroet . aphytheỽnof amif ybuant yno .
ac yna ydywaỽt y bꝛenhin bychan ỽꝛthaỽ . Ni aaỽn ym
llys inheu bellach yoꝛffowys ac ygymryt efmỽythter
pei da genhyt heb y ger' . ni agerdem etwa vn dyd . ac
odyna ni a ymchoelem adꝛef . Yn llawen heb y bꝛenhin
bychan . kertha titheu . ac yn ieuenctit ydyd ykerdaff-
ant . ahyfrydach allawenach oed enyd ygyt ac ỽynt ydyd
hỽnnỽ noc eiroet . ahỽynt adoethant yffoꝛd vaỽꝛ . ac ae
gỽelynt yn gỽahanu yn dỽy . ac ar hyt yneill . ỽynt awe-
lynt pedeftyr yndyuot yn eu herbyn . agofyn aoꝛuc Gỽi-
ffret . ypedeftyr o py tu pan doy ti . pan deuaf heb ef o w-
neuthur negeffeu oꝛ wlat yna . Dywet heb y ger' . Py
ffoꝛd oꝛeu inni gerdet oꝛ dỽy hyn . Goꝛeu itt gerdet hon
heb ef . ot ey yr hon iffot ny deuy trachefyn vyth . iffot

goꝫuot ar ẏ dẏt nachaf ẏ
gwelẏn ẏ rẏgthunt ar noỿure
ar eu hol peleidẏr gweẏwẏr
athỽroỽ meirch a glẏwẏnt
a godỽrd ẏ niuer . Ꝺi aglẏỽ=
af dẏuot ẏn ol heb ef. a mi
ath rodaf di dros ẏ cae ae rodi
a oꝫuc . ac ar hẏnnẏ nachaf
uarchaỽc ẏnẏ gẏrchu ẏnteu
ac ẏn esỽg ẏ waẏỽ . affan
welas hi hẏnnẏ ᵧ dẏwot a
unben heb hi pa glot a geffy
di ẏr llad gỽr marỽ pỽẏ bẏn=
ac uẏch . Och dẏỽ heb ẏnteu
ae gereint ẏỽ ef ie ẏ rof a
dẏỽ . affoẏ vẏt titheu mi
ẏ bꝫenhin bẏchan heb ẏnteu
ẏn dẏuot ẏn boꝫth ẏ ti am
glẏbot bot gouut arnat .
a ffei gỽnelut ti uẏghẏgoꝫ
nẏ chẏhẏrdei agẏhẏrdaỽd
o galedi athi . Nẏ ellir dim
heb ẏ gereint vrth a uẏnho
dẏỽ . llawer da adaỽ heb ẏn=
teu o gẏghoꝫ . Je heb ẏ bꝫen=
hin bẏchan mi aỽn gẏghoꝫ
da iti weithon dẏuot gẏd
a mi ẏ lẏs daỽ gan chwaer
im ẏssẏd ẏn agos ẏna ith
uedegin ẏ aethu oꝫ hẏnn
goꝫeu a gaffer ẏnẏ dẏẏr=
nas . aỽn ẏn llawen heb
ẏ gereint . a march un oꝫ
ẏsweineit ẏ bꝫenhin bẏch=
an a rodet ẏ dan enẏt . a
dẏuot racdunt a oꝫugant
ẏ lẏs ẏ barỽn allawen uuỽd
vrthunt ẏno . ac ẏmgeled
a gaỽssant a gỽassan aeth
athranoeth ẏ boꝫe ẏd aeth=
pỽẏd ẏ geissaỽ medẏgon
a gaffat . ac ar oet bẏrr /

vẏnt adoethont a medegin=
ẏ aethu Gereint awnaeth=
pỽẏd ẏna ẏnẏ oed holl iach .
athra uuỽyd ẏn ẏ uedegin=
ẏ aẏthu ef ẏ peris ẏ bꝫenhin
bẏchan kẏweirẏaỽ ẏ arueu
ẏnẏ oedẏnt gẏstal ac ẏ buef=
sẏnt oꝫeu eiroet . affethef=
nos a mis ẏ buant ẏno . ac
ẏna ẏ dẏwot ẏ bꝫenhin bẏch=
an vrth ereint . Ni a aỽn ~~
parth am llẏs inneu weith=
ẏon ẏ oꝫffowẏs ac ẏ gẏmrẏt
esmỽẏth der . Pei da gennẏt ti
heb ẏ gereint ni a gerdem
un dẏt etwa . ac odẏna ẏm=
holut tracheuẏn . ẏn llawen
heb ẏ bꝫenhin bẏchan kerda
ditheu . ac ẏn ieueigtit ẏ
dẏt ẏ kerdassant a hẏfrẏdach
a llawenach ẏ kerdaỽd enẏt
ẏ gẏt ac vẏnt ẏ dẏt hỽnnỽ
noc eiroet . ac vẏnt a doeth=
ant ẏ foꝫd uaỽr ac vẏ aᵧ gwe=
lẏnt ẏn gwahanu ẏn dỽẏ
ac ar hẏt ẏ neill o nadunt
vẏnt awelẏnt pedesdẏr ẏn
dẏuot ẏn eu herbẏn . a go=
uin a oꝫuc gỽiffret ẏr pe=
desdẏr . pa du pan deuei .
Pan deuaf o wneuthur ne=
gesseu oꝫ wlad . Dẏwed heb
ẏ gereint pa foꝫd oꝫeu ẏ
mi ẏ gerdet oꝫ dỽẏ hẏnn .
Goꝫeu it gerdet honno heb
ef . O deẏ ẏ honno nẏ deuẏ
dracheuẏn uẏth . Jssot ẏ mae
ẏ kae heb ef nẏỽl . ac ẏ mae
ẏn hỽnnỽ gwarẏeu lledrith=
ẏaỽc . ar gẏniuer dẏn a
edẏỽ ẏno nẏ dodẏỽ uẏth
dracheuẏn . a llẏs Eẏỽein

iarll ẏffẏd ẏno ac nẏt at neb
ẏ lettẏa ẏnẏ dref namẏn a
del atta6 ẏ lẏs . ẏ rof a dẏ6
heb ẏ gereint ẏr fo2d iffot
ẏd a6n . i . ac ẏ honno ẏ doeth=
ant ac ẏnẏ deuant ẏr d2ef
ar lle teccaf a hoffaf ganth =
unt ẏnẏ dref ẏ dallẏaffant
lettẏ ẏnda6 . ac ual ẏ bẏdynt
ẏ uellẏ nachaf Ieuanc ẏn
dẏuot attunt ac ẏn kẏuarch
gwell udunt . dẏ6 a ro da it .
a wẏrda heb ef pa darpar
ẏ6 ẏr ejn6ch chi ẏma : dala
llettẏ heb vẏnteu athriga6
heno . Nẏt deua6t gan ẏ
neb g6r bieu ẏ dref gadu
neb ẏ lettẏa6 ẏndi o dẏnẏ =
on m6ẏn namẏn adel at =
ta6 e hun ẏr llẏs . achwitheu
do6ch ẏr llẏs . a6n ẏn llawen
heb ẏ gereint . a mẏnet a
o2ugant gẏd ar macc6ẏf
a llawen uu6ẏd vrthunt
ẏnẏ llẏs . ar iarll adoeth
ẏr neuad ẏn ḷ eu herbẏn .
ac a erchis kẏweira6 ẏ bo2 =
deu ac ẏmolchi a o2ugant
a mẏnet ẏ eifte . Sef ual
ẏd eiftdẏffant . gereint
auu o2 neilltu ẏr iarll ac
enẏt o2 tu arall . ẏ neffaf
ẏ enẏt ẏ b2enhin bẏchan
odẏna ẏ iarlles ẏn neffaf
ẏreint . pa6b g6edẏ hẏnnẏ
ual ẏ gwedei udunt . ac
ar hẏnnẏ medẏlẏa6 a o2ç
o2uc gereint am ẏ gware
athẏbẏgu na chafei ef uẏ =
net ẏr g6are . afeida6 a
b6ẏta o acha6s hẏnnẏ .

Sef a o2uc ẏ Iarll ẏdrẏch ar
ereint a medẏlẏa6 athẏbẏgu
pan ẏ6 rac mẏnet ẏr gware
ẏd oed ẏn peida6 a b6ẏta . ac
ẏndr6c gantha6 gwneuthur
ẏ gwarẏeu hẏnnẏ eiroet kẏn
nẏ bei namẏn rac colli gvas
kẏftal a gereint . ac ot arch =
ei ereint ida6 peida6 ar g6a =
re h6nn6 ef a beidei uẏth ẏn
llawen ac ef . Ac ẏna ẏ dẏwa6d
ẏ iarll vrth ereint . pa ued6l
ẏ6 dẏ teu di unben prẏt na
b6ẏteẏch ti . Os pedruffẏa6
ẏd vẏt ti uẏnet ẏr gware
ti a geffẏ nat elẏch . ac nad
el dẏn uẏth ida6 oth anrẏdet
ditheu . Dẏ6 adalho it heb ẏ
gereint ac nẏ mẏnhaf . i . na =
mẏn mẏnet ẏr gware am
kẏuar6ẏda6 ita6 . Os go2eu
gennẏt hẏnnẏ ti ae keffẏ ẏn
llawen . Go2eu ẏfgvir heb ẏn =
teu . a b6ẏta a o2ugant a
dogẏnder o waffanaeth ac am =
ẏlder o anregẏon alluoffog =
r6ẏd o wirodeu a geffẏnt .
affan daruu b6ẏta kẏuodi
a o2ugant . a gal6 a o2uc
gereint am ẏ uarch ae ar =
ueu . a gvifca6 ẏm dana6
ac am ẏ uarch a o2uc . A dẏ
uot a o2ugant ẏr holl niue
roed ẏnẏ uẏdant ẏn ẏmẏl
ẏ cae . ac nẏt oed is ẏ kae a
welẏnt no2 dremẏnt uchaf
awelẏnt ẏn ẏr awẏr . ac ar
pob pa6l awelẏnt ẏnẏ cae
ẏd oed penn g6r eithẏr deu
ba6l . ac amẏl ia6n oed ẏ
~~penneu~~ polẏon ẏnẏ cae
athr6ẏda6

heb ef ymae y kae nyʋl . ac yn hʋnnʋ ymae gʋaryeu
lletrithaʋc . ar gnifer dyn aethyʋ yno꞉ ny dodynt vyth
trachefyn . llys Owein iarll y ffyd yno . ac ny at ef neb y
letyu yny tref . namyn adel attaʋ ef y lys . yrofi aduʋ yr
ffoʒd iffot yd aʋn ni . ac yno ydoethant ar hyt honno yr
tref . ar lle teccaf a hoffaf ganthunt yny tref ydalyaffant
lety . yndaʋ . ac val y bydant uelly . nachaf Maccʋy ieuanc
yn dyuot attunt ac yn kyfarch gʋell udunt . Duʋ aro-
tho da it heb ʋynt . A wyrda heb ef py darpar yʋ yr ein-
yʋchi yma . Dala llety athʒigyaʋ heno . nyt deuaʋt gan
y gʋʒ bieu y tref gadu y neb letyu yndi o dynyon myʋyn
namyn adel attaʋ yʋ lys . achwitheu doʋch yr llys . ~

46 aʋn yn llawen heb y Ger' . a mynet aoʒugant gyt ar mac-
cʋy . a llawen uuʋyt ʋʒthunt yny llys . ar iarll adoeth
yr neuad yny eu herbyn . ac a erchif kyweiraʋ y byrdeu
ac ymolchi aoʒugant . a mynet y eifted . Sef mal ýd-
eiftedaffant . Ger' a eiftedaʋd oʒ neill tu yr iarll . ac enyd
oʒ tu arall . yn neffaf y enyd y bʒenhin bychan . O dyna
y iarlles yn neffaf y er' . Paʋb gʋedy hynny mal y gʋe-
dei udunt . ac ar hynny medylyaʋ aoʒuc ger' . am y gʋa-
rae . athebygu na edit ef idaʋ . a pheidaʋ a bʋyta aoʒ-
uc oʒ achaʋs hʋnnʋ . Sef aoʒuc y iarll edʒych ar er' . a
thebygu pan yʋ rac mynet yr gʋare yd oed yn peidaʋ
a bʋyta . ac yn dʒʋc gantaʋ wneuthur ygʋaere eiroet .
kyny bei namyn colli gʋas kyftal a ger' . ac ot archei er'
idaʋ peidaʋ ar gʋare hʋnnʋ vyth . ef a beidei yn llawen
ac ef . ac yna ydywaʋt yr iarll ʋʒth er' . Py vedʋl yʋ y
teu ti pʒyt na bʋytteych . os pedʒuffaʋ yd ʋyt mynet
yr chwhare . ti ageffy nat elych . ac nat el dyn vyth oth
enryded titheu . Duʋ atalho it heb y ger' . ac ny mynnafi
dim onyt mynet yr gʋare . am kyfarʋydaʋ idaʋ . Os go-
ʒeu genhyt ti hynny . ti ae keffy yn llawen . goʒeu yf gʋir
heb ynteu . abʋytta aoʒugant . a dogynder o waffanaeth
ac amhylder o anregyon alluoffogrʋyd gʋirodeu ageff-
ynt . a phan darfu bʋyt kyfodi aoʒugant agalʋ aoʒuc
Ger' am y varch ae arueu . a gʋifcaʋ ymdanaʋ ac ymdan
y varch aoʒuc . a dyuot aoʒugant yr holl niferoed hyny
vydant yn emyl y kae . ac nyt oed if y kae awelynt noʒ
dʒemynt uchaf a welynt ar yr awyr . ac ar pop paʋl awe-
lynt yny kae yd oed pen gʋʒ eithyr ar deu paʋl . ac am-

47 hyl iaϬn oed ypolyon yny kae. athrϬydaϬ. ac yna ydywa-
Ϭt ybƷenhin bychan. ageiff neb vynet gyt ar vnben ꓼ
namyn ehun. na cheiff heb yr owein iarll. Py gyfeir
heb yr Ger'. yd eir yma. Na Ϭnn heb yr owein namyn
ygyfeir haϬffaf genhyt vynet dof. ac yn ehofyn dienbyѳ
mynet aoƷuc Ger' racdaϬ yr nyϬl. aphan edewiſ ynyϬl
ef adoeth yperllan. uaϬƷ allannerch awelei yny perllan.
aphebyll opali pengoch awelei yny llannerch. adƷϬs y
pebyll awelei yn agoƷet. ac auallen oed yg kyfeir dƷϬs
ypebyll. achoƷn canu maϬƷ awelei ar yſcϬƷ yr auallen.
adifgynnu aoƷuc ger' yna amynet yr pebyll ymyϬn.
ac nyt oed yny pebyll namyn vn uoƷϬyn yn eiſted ymy-
Ϭn kadeir eureit. achadeir arall kyferbyn ahi yn wac.
Sef aoƷuc Ger' eiſted yny gadeir wac. Avnben heb y vo-
rϬyn ny chyghoƷafi itti eiſted yny gadeir honno. py ham
heb y Ger'. ygϬƷ bieu ygadeir honno ny odefaϬd eiſted o
arall yny gadeir eiroet. nym taϬƷ heb yger' kyt boet dƷϬc
gantaϬ ef eiſted yndi. ac ar hynny Ϭynt aglywynt tϬƷϬf
maϬƷ yn emyl ypebyll. ac edƷych aoƷuc Ger' py yſtyr oed
yr tϬƷϬf. ac ef awelei varchaϬc yar gatuarch ffroenuoll
dƷut awyduaϬƷ eſgyrnbƷaff. achϬnfallt deu hanner
ymdanaϬ. ac am y varch. adogyn o arueu y am hynny
Dywe^t vnbeɴ heb ef ϬƷth er'. PϬy aganhadϬys itti ei-
ſted yna. ᴍihun heb ynteu. kam oed itti heb ef gϬne-
uthur kewilyd kymeint ahϬnnϬ agϬarthaet imi.
achyfot ti yodyna ywneuthur iaϬn imi am dy aghym-
endaϬt dyhun. achyfodi aoƷuc ger'. ac yn diannot ym-
wan ✳✳✳ aoƷugant athoƷri to opeleidyr aoƷugant. a

48 thoƷri yr eil. athoƷri ytryded. adyrnodeu kalethwyrn kyf-
lymdƷut arodei pop vn o honunt ygilyd. ac yny diwed llit-
yaϬ aoƷuc Ger'. agoƷdinaϬ y varch ae gyrchu. agoffot ar-
naϬ ygkymherued ytaryan hyny hyllt. ac yny uyd pen
ygϬayϬ yny arueu. ac yny tyrr yholl gegleu. Ac hyny
vyd ynteu dƷof pedƷein y varch hyt gϬayϬ ger' ahyt y
vƷeich yn Ϭyfc ypen yr llaϬƷ. ac yn cyflym tynnu cled-
yf y vynnu llad ẏpen. Och arglϬyd heb ynteu dy naϬd.
athi ageffy auynnych. Ny mynnaf heb ynteu nam-
yn na bo yma byth ygϬaryeu hyn nar kae nyϬl nar
hut nar lletrithwaryeu. ti ageffy hynny yn llawen ar-
glϬyd. Par titheu vynet ynyϬl oƷ lle heb y Ger'. kan ti y

Peniarth MS. 6, part iv.

athrόydaό. ac ẏna ẏ dẏwaόd
ẏ bzenhin bẏchan. ageif neb
uẏnet ẏ gẏt ar unben na =
mẏn e hun. Na cheif heb ẏr
ẏwein iarll. Pa gẏueir heb
ẏ gereint ẏd eir ẏma. Na
όn. i. heb ẏr ẏwein namẏn
ẏ gẏueir haόffaf gennẏt
uẏnet dos. ac ẏn ehouẏn
dibedrus mẏnet a ozuc ge =
reint racdaό ẏr nyόl. affan
edewis ẏ nyόl ef adoeth ẏ
berllan uaόr. a llanerch a
welei ẏnẏ berllan : a febẏll
o bali pengoch a welei ẏnẏ
llannerch. a drόs ẏ pebẏll a
welei ẏn agozed. ac ẏuallen
a oed ẏghẏueir drόs ẏ pe =
bẏll. ac ar ẏfcόr oz auallen
ẏd oed cozn canu maόr. a
difkẏnnu a ozuc ẏnteu ẏna
a dẏuot ẏr pebẏll ẏ mẏόn.
ac nẏd oed ẏnẏ pebẏll namẏn
un uozόẏn ẏn eifte ẏ mẏόn
cadeir eureit. achadeir ar =
all gẏuerbẏn a hi ẏn waac.
Sef a ozuc gereint eifte
ẏnẏ gadeir waac. A unben
heb ẏ uozόn nẏ chẏghozaf. i.
ẏ. ti eifte ẏnẏ gadeir honno
Paham heb ẏ gereint. ẏ gόr
bieu ẏ gadeir honno nẏ ode -
uaόd eifte o arall eiroed ẏnẏ
gadeir. Nim taόr. i. heb ẏ
gereint kẏd bόẏd drόc ganth =
aό ef eifte ẏnẏ gadeir. ac ar
hẏnnẏ vẏnt a glẏwẏnt tό =
rόf maόr ẏn ẏmẏl ẏ pebẏll.
ac edrẏch a ozuc gereint

pa ẏftẏr a oed ẏr tόrόf.
ac ef a welei uarchaόc all =
an ar gaduarch froenuoll
drud awẏduaόr efkẏrn bzaf
achόnfallt deuhanner ẏm =
danaό ac am ẏ uarch. adgẏn =
der o arueu ẏ dan hẏnnẏ. Dẏ =
weit unben heb ef vrth ereint
pόẏ a erchis. i. ti. eifte ẏna.
Mẏ hun heb ẏnteu. Cam oet
it gwneuthur kẏwilid kẏm =
meint a hόnnό im a gwarth =
aet. achẏuot ti odẏna ẏ wne =
uthur iaόn ẏ mi am dẏaghẏm -
endaόd dẏ hun. achẏuodi a
ozuc gereint. ac ẏn diannot
mẏnet ẏ ẏmwan a ozugant.
Athozi to o beleidẏr a ozugant
athozri ẏr eildo. athozri ẏ drẏ =
det do. a dẏrnodeu caletchwe =
rό kẏflẏmdrud a rodei pob
un o nadunt ẏnẏ gilid. ac
ẏnẏ diwed llidiaό a ozuc gere =
int a gozdinaό ẏ uarch aẏ
gẏrchu. a goffot arnaό ẏghe =
dernit ẏ darẏan ẏnẏ hẏllt
ac ẏnẏ uẏd penn ẏ waẏό
ẏnẏ arueu. ac ẏnẏ dẏrr ẏ
holl gegleu ac ẏnẏ uẏd ẏn =
teu dros bedrein ẏ uarch ẏr
llaόr hẏt gόaẏό gereint a
hẏt ẏ ureich ẏn vẏfc ẏ benn.
Och arglόẏd heb ẏnteu dẏ
naόd athi a geffẏ a uẏnnẏch.
Nẏ mẏnnaf. i. heb ẏnteu na =
mẏn na bo ẏma uẏth ẏ gόa =
reu hόn nar cae nyόl nar hud
nar lletrith a rẏuu. ti a gef =
fẏ hẏnnẏ ẏn llawen arglόẏd

Par ditheu heb ef uynet ẏ
nẏ6l ymdeith oʒ lle . Can di
ẏ coʒn racco heb ef . ac ẏr
a6r ẏ kenẏch ef aa ẏ nẏ6l
ẏmdeith . ac ẏnẏ canei ef
uarcha6c am bẏrrẏei . i . nẏt
ai ẏ nẏ6l uẏth odẏna —
a thriſt a goualus oed enẏt
ẏn ẏ lle ẏd oed rac goual am
ereint . ac ẏna dẏuot a
oʒuc gereint achanu ẏ coʒn .
ac ẏr a6r ẏ rodes un llef
arna6 ẏd aeth ẏ nẏ6l ẏm =
deith . ac ẏ doeth ẏ niuer
ẏ gẏt ac ẏ tagnoued6ẏd
pa6b o nadunt ae gilid . ar
nos honno ẏ gwahodes ẏ
iarll gereint ar bʒenhin
bẏchan . Athrannoeth ẏ
boʒe ẏ gwahanaſſant ac ẏd
aeth gereint parth ae gẏ =
uoeth e hun . ac ẏ gwled =
ẏchu o hẏnnẏ allan ẏn
ll6ẏdannus ef ae uil6rẏaeth
ae wẏchdra ẏn parhau
gan glot ac edmic ida6
a ẏ enẏt o hẏnnẏ allan .

KJlẏd mab kẏledon wledic
a uẏnnei wreic kẏn ‐
mwẏd ac ef . Sef g6reic
affẏnn6ẏs goleudẏt merch
anla6d wledic . Gwedẏ ẏ weſt
genti ꞉ mẏnet ẏ wlad ẏ g6edi
malka6n ageffẏnt etiued .
a chaffael mab o honu tr6ẏ
weti ẏ wlad . ac oʒ a6r ẏ delis
beichogi ꞉ ẏd aeth hitheu ẏg6ẏll‐
da6c heb dẏgredu anhed . pan
dẏuu ẏthẏmp idi ef a dẏuu
ẏ ia6n b6ẏll iti . Sef ẏ dẏuu
mẏnẏd oed meichad ẏn cad6
kenuein o uoch . a rac ouẏn ẏ
moch enghi a oʒuc ẏ urenhines .
a chẏmrẏt ẏ mab a oʒuc ẏ me ‐
ichad hẏt pan dẏuu ẏr llẏs .
A bẏdẏa6 ẏ mab a oʒucp6ẏt .
a gẏrru kulh6ch arna6 dẏ
vrth ẏ gaffel ẏn retkẏr h6ch .
Bonhedic hagen oed ẏ mab .
keuẏnder6 dẏ arthur oed . a
rodi ẏ mab a oʒucp6ẏd aʳ ueith‐
rin . a gwedẏ hẏnnẏ klẏuẏchu
mam ẏ mab goleudẏt merch
anla6d wledic . Sef a oʒuc hi
gal6 ẏchẏmar attei . ac am ‐
ka6d hi vrtha6 ef . Mar6 uẏd =
af . i . oʒ cleuẏt h6nn . a gwreic
arall auẏnnẏ ditheu . arecdouẏd
ẏnt ẏ gwraged weithon . Dr6c
ẏ6 iti hagen llẏgru dẏ uab . Sef
ẏ harchaf it na mẏnnẏch wreic
hẏt pan welẏch drẏſſien deu
peina6c ar uẏm bed . ada6 a
oʒuc ẏnteu hẏnnẏ idi . Gal6 ẏ
hathro attei a oʒuc hitheu ꞉ ac
erchi ida6 amlẏmu ẏ bed p6b

For end of MS. vi., see page 254.

blỽydyn hyd nathffei dim ar-
naỽ. Ꝏarỽ ẏ urenhines. Sef
a wnai ẏ bzenhin gẏrru gỽas
pob boze ẏ ẏdrẏch malkaỽn
a dẏffei dim ar ẏ bed. Gỽallo-
cau a ozuc ẏr athro ẏm penn
ẏ feith ulỽydyn ẏ rẏn rẏ ad-
aỽfei ẏr urenhines. Diwar-
naỽd ẏn hẏlẏ ẏr bzenhin. dẏ-
gẏrchu ẏ gozfflan a ozuc. gỽe-
led ẏ bed auẏnnei trỽ ẏt gaffei
wreicca. gwelet ẏ drẏffien a
ozuc. ac mal ẏ gwelas mẏnet
a ozuc ẏ bzenhin ẏgkẏghoz kỽt
gaffei wreic. amkaỽd un oz
kẏghozwẏr mi a ỽydỽn wreica
da it a wedei. Sef ẏỽ honno
gwreic doget urenhin. kẏghoz
uu ganthunt ychẏrchu. a
llad ẏ bzenhin. a dỽyn ẏ wreic
atref ganthu a ozugant ac
un uerch a oed idi gẏd a hi.
a gwerefkẏn tir ẏ bzenhin
awnaethant. Dẏtgweith ẏd
aeth ẏ wreic da allan ẏ ozẏm-
deith ẏ deuth ẏ dẏ henwrach
a oed ẏnẏ dref heb dant ẏnẏ
fenn. amkaỽd ẏ urenhines.
ha wrach a dẏwedẏ di imi
ẏ peth a ouẏnnaf it ẏr dẏỽ.
kỽt ẏnt plant ẏ gỽr am rẏdẏ-
allas ẏg gozdỽẏ. amkaỽd ẏ
wrach nẏd oes plant itaỽ.
amkaỽd ẏ urenhines gỽae
uinheu uẏn dẏuot ar anuab·
Dẏwaỽt ẏ wrach. Nẏt reit
iti hẏnnẏ. darogan ẏỽ itaỽ
kaffel ettiuet o honot ti ẏt
gaffo ef kanẏs rẏgaffo o arall.

Na wna triftit heuẏt un
mab ẏffẏd itaỽ. Ꝏẏnet a ozuc
ẏ wreic da ẏn llawen atreff.
ac amkaỽd hi vrth ẏchẏmmar
Pỽẏ ẏftẏr ẏỽ gennẏt ti kelu
dẏ blant ragof. i. amkaỽd ẏ
bzenhin. a mineu nẏs kelaf
kennatau ẏ mab a ozucpỽẏt.
ae dẏuot ẏnteu ẏr llẏs. Dẏ-
wedut a ozuc ẏ lẏfuam ỽrthaỽ
Gwreicca ẏffẏd da iti a mab.
a merch ẏffẏd imi gỽiỽ ẏ bob
gỽrda ẏnẏ bẏt. amkaỽd ẏ
mab nẏt oet ẏ mi etwa
wreicca. Dẏwaỽd hitheu.

Tẏghaf tẏghet it na latho
dẏ ẏftlẏs vrth wreic hẏt
pan geffẏch olwen merch
ẏfpadaden penkaỽr. lliuaỽ
a ozuc ẏ mab a mẏnet a ozuc
ferch ẏ uozỽyn ẏm pob aelaỽt
itaỽ kẏn nẏs rẏwelhei eiroet.
amkaỽd ẏ dat vrthaỽ. Ha
uab pẏ liuẏ ti. Pẏ drỽc ẏffẏd
arnat ti. uẏ llẏfuam rẏdẏg-
vẏs im na chaffỽẏf wreic
bẏth hẏt pan gaffỽẏf olwen
merch ẏfpadaden penkaỽr.
Haỽd it kaffel uꞏ hẏnnẏ uab
heb ẏ tat vrthaỽ. Arthur
ẏffẏd geuẏnderỽ it dos titheu
ar arthur ẏ diwẏn dẏ wallt
ac erchẏch hẏnnẏ idaỽ ẏn
gẏuarỽs it. Ꝏẏnet a ozuc
ẏ mab ar ozỽyd penlluchlỽyt
pedwar gaẏaf gauẏlgẏgỽng
carngragen. A frỽyn eur
kẏmibiaỽc ẏnᵡ penn. ac ẏftro-
dur euꞏ anllaỽd ẏ danaỽ. a

deu par arẏanhẏeit lliueit
ẏnẏ ll laѬ . Gleif penntirec
ẏnẏ laѬ kẏuelin dogẏn gѬr
ẏndi o drum hẏt aѬch . ẏ gѬaet
ẏr ar ẏ gѬẏnt adẏgẏrchei
bẏdei kẏnt noz gwlithin kẏn =
taf oz konẏn hẏt ẏ llaѬr pan
uei uѬẏaf ẏ gѬlith mis mehe =
uin . Cledẏf eurdѬrn ar ẏ
glun a rac llauẏn eur itaѬ .
ac hroẏs eurcrѬẏdẏr arnaѬ .
a lliѬ lluchet nef ẏndi .
a llozing elifeint ẏndi . a deu
uilgi uronwẏn ẏon urẏchẏ =
on racdaѬ a gozdtozch rudeur
am uẏnѬgẏl pob un o cnѬch
ẏfcѬẏd hẏt ẏfkẏuarn ẏr hѬn
a uei oz parth affeu auẏdei
oz parth deheu . ar hѬnn auei
oz parth deheu a uẏdei oz
parth affeu . Ꙫal dѬẏ moz =
wennaѬl ẏndar ware ẏnẏ
gẏlch . Pedeir tẏwarchen
a ladei pedwarcarn ẏ gozѬẏd
mal pedeir gѬennaѬl ẏn ẏr
awẏr uch ẏ benn gweitheu
uchtaѬ gveitheu iftaѬ .
llenn bozfoz pedeir ael ẏm =
danaѬ ac aual rudeur vrth
pob ael iti . canmu oed werth
pob aual . Gwerth trẏchan
mu o eur ~~gwrẏth~~ gѬerth =
uaѬr a oed ẏnẏ archenat .
ae warthafleu fangnarѬẏ
o benn ẏ glun hẏt ẏmblaẏn
ẏ uẏs . Nẏ chѬẏnei ulaen
blewẏn arnaѬ rac ẏfcaѬn =
het tuth ẏ gozѬẏd ẏ danaѬ
ẏn kẏrchu pozth llẏs arthur .

AmkaѬd ẏ mab . a oes pozth =
aѬr . Oes athitheu nẏ bo
teu dẏ benn pẏr ẏ kẏuerchẏ
di . Ꙫi auẏdaf pozthaѬr ẏ arthur
pob dẏѬ kalan ionaѬr . am rac -
louẏeit hagen ẏ ulѬẏdẏn eith =
ẏr hẏnnẏ . Nẏt amgen huan =
daѬ . a gogigѬc . a llaes kemẏn .
a ffenpingẏon a ẏmda ar ẏ penn
ẏr eirẏach ẏ draet nẏt vrth
nef nẏt vrth daẏar . mal maen
~~tirig~~ treigẏl ar laѬr llẏs . agoz
ẏ pozth : nac agozaf . pѬẏ ẏftẏr
nas agozẏ ti . Kẏllell a edẏѬ
ẏ mѬẏt . allẏnn ẏmual . ac
amfathẏr ẏ neuad arthur   .
Namẏn mab bzenhin gvlat
teithiaѬc . neu ẏ gerdaѬr a
dẏcco ẏ gerd nẏ atter ẏ mẏѬn .
llith ẏth gѬn ac ẏd ẏth uarch .
a golѬẏthon poeth pebzeit . i .
titheu . a gѬin gozẏfcalaѬc . a
didan gerdeu ragot . bѬẏt
degwẏr a deugeint a daѬ attat
ẏr ẏfpẏttẏ ẏno ẏ bѬẏta pellenig -
ẏon . a mabẏon gѬladoed ereill
nẏd ergẏttẏo kerth ẏn llys arthur .
Nẏ bẏd gѬaeth in ẏno noc et
ẏ arthur ẏnẏ llẏs . Gwreic ẏ
gẏfcu gennẏt . a didan gerdeu
rac dẏ deulin . ẏuozẏ pzẏt an =
terth pan agozaѬr ẏ pozth rac
ẏ niuer a dothẏѬ hediѬ ẏma :
bẏdhaѬt ragot ti gẏntaf ẏd
agozaѬr ẏ pozth . achẏueifted
awnelẏch ẏnẏ lle a dewiffẏch
ẏn neuad arthur . oe gѬarthaf .
hẏd ẏ gѬaelaѬd . Dẏwedut
a ozuc ẏ mab nẏ wnaf . i . dim

ohýnný. Ot agoʒý ý poʒth da
ýỽ : onýs agoʒý mi adýgaf an =
glot ýth arglỽýd a drýgeir ý
titheu. a mi ad adodaf teir
diaſpat ar drỽs ý poʒth hỽnn.
hýt na bo anghleuach ým penn
pengỽaed ýgkernýỽ. ac ýg gỽa =
elaỽt dinſol ýný gogled. ac ýn
eſkeir oeruel ýniwerdon. ac ýſ =
fýd o wreic ueichaỽc ýn ý llýs
honn methaỽd eu beichogi. ac
ar nýd beichaỽc onadunt ým =
hoelaỽd eu callonneu ýn vrth =
trỽm arnadunt mal na bỽýnt
ueichaỽc býth o hediỽ allan.
amkaỽd gleỽlỽýt gauaeluaỽr.
Pý diaſpettých ti býnhac am
gýfreitheu llýs arthur nýth
atter ti ý mýỽn hýný elỽýf ui
ý dýwedud ý arthur geſſeuin.
AC ý dýuu gleỽlỽýt ýr neu =
ad. amkaỽd arthur vrth =
aỽ chwedleu poʒth genhýt.
ýſſýdýnt genhým deu parth
uý oet adodýỽ. a deuparth ý
teu ditheu. Mi a uum gýnt
ýghaer ſe. ac aſſe. ýn ſach a
ſalach. ýn lotoʒ a fotoʒ. Ỽi
a uum gýnt ýn ýr india uaỽr
ar india uechan. Ỽi auum
gýnt ýn ýmlad deu ýnýr pan
ducpỽýt ý deudec gỽýſtýl o
lýchlýn. a mi a uum gýnt ýn
ýr egrop. a mi auum ýn ýr
affric. ac ýn ýnýſſoed coʒſica.
ac ýghaer bʒýthỽch a bʒýtach
anerthach. Ỽi auum gýnt
pan ledeiſt ti teulu gleis mab
merin. pan ledeiſt Ỽil du

mab ducum. Ỽi a uum gýnt
pan wereſkýnneiſt groec
vrth parth ý dỽýrein. Ỽi auum
gýnt ýghaer oeth ac anoeth.
ac ýghaer neuenhýr naỽ naỽt
teýrndýnýon tec a welſam
ni ýno. ný weleis. i. eirmoet
dýn kýmrýt ar hỽnn ýſſýd
ýn drỽs ý poʒth aỽr aỽr honn.
Amkaỽd arthur oʒ bu ar dý
gam ý dýuuoſt ý mýỽn : dos
ar dý redec allan. ar ſaỽl a
edrých ý goleu. ac a egýr ý
lýgat. ac ae kae aghengaeth
idaỽ. agvaſſanaethet rei a
buelin goʒeureit. ac ereill a
golỽýthon poeth pebʒeit hýt
pan uo goʒanhed bỽýt a llýnn
idaỽ. ys dýhed abeth gadu
dan wýnt a glaỽ ý kýfrýỽ
dýn a dýwedý di. am kaỽd
kei mýn llaỽ uýghýueillt
bei gỽnelhit uýgkýghoʒ. i.
nýthoʒrit kýfreitheu llýs
ýrdaỽ. Na wir kei wýnn
ýdým wýrda hýt tra ýn
dýgýrcher. ýd ýt uo mỽýhaf
ý kýuarỽs a rothom. Ỽỽýuỽý
uýd ýn gỽrdaaeth ninheu
ac an clot ac an eṭ hetmic.
ac ý dýuu gleỽlỽýd ýr poʒth.
ac agoʒi ý poʒth racdaỽ. ac
agoʒýỽ paỽb diſkýnnu vrth
ý poʒth ar ýr ýſkýnuaen nýs
goʒuc ef. namýn ar ý goʒỽýd
ý doeth ý mýỽn. am kaỽd kul =
hỽch. Henpých gwell penn
teýrned ýr ýnýs honn ný bo
gỽaeth ýr gỽal gỽaelaỽt tý

noc ỿr g6arthaf dỿ. Poet ỿn
gỿſtal ỿth deon ath niuer ath
catbʒitogỿon ỿ bo ỿ g6ell h6nn.
Nỿ bo dida6l neb o hona6 mal
ỿ mae kỿfla6n ỿ kỿuerheis
. i. well. i. ti. boet kỿfla6n dỿ rat
titheu ath cret athetmic ỿn ỿr
ỿnỿs honn. Poet gwir dỿ6
unben. Henpỿch gwell titheu.
Eiſted kỿfr6g deu oʒ milwỿr
adidangerd ragot a bʒeint
edling arnat g6rthrỿchỿad
teỿrnas bỿhỿt bỿnnac ỿ bỿch
ỿma. affan ranh6ỿf uỿn da
ỿ oſpeit affellennigỿon bỿth ⸗
a6d oth la6 pan ỿ dechreu6ỿf
ỿnỿ llỿs honn. am ka6d ỿmab
nỿ doth6ỿf. i. ỿma ỿr fra6dun⸗
ỿa6 b6ỿt allỿnn. Namỿn oʒ
kaffaf uỿghỿuar6s ỿ dalu
ae uoli awnaf. Onỿs caffaf
d6ỿn dỿ vỿneb di awnaf
hỿt ỿ bu dy glot ỿm pedʒỿal
bỿt bellaf. amka6d arthur ⸗
kỿn nỿthriccỿch ti ỿma un⸗
ben ti a geffỿ kỿuar6s a
notto dỿ benn athtaua6d.
hỿt ỿ fých gwỿnt. hỿt ỿ m.
g6lých gla6. hỿt ỿretilheul.
hỿt ỿd ỿmgỿffret moʒ. hỿt
ỿdỿdi6 daỿar. eithỿr uỿ
llong. am llen. achaletu6lch
uỿg cledỿf. a ron gom ỿant
uỿg gva6. ac vỿneb g6rth⸗
ucher uỿ ỿſc6ỿt. acharn⸗
wenhan uỿg kỿllell. a gwen-
hvỿuar uỿg gwreic. G6ir
dỿ6 arhỿnnỿ. ti ae keffỿ
ỿn llawen. Not a nottỿch.

Nodaf diwỿn uỿg wallt a
uỿnaf. Ti agỿffỿ hỿnnỿ. kỿm ⸗
rỿt crip eur o arthur a gwelliu
a doleu arỿant ita6. achriba6
ỿ benn a oʒuc. a gouỿn p6ỿ oet
a oʒuc. am ka6d arthur mae uỿg
kallon ỿn tirioni vrthỿt mi a6n
dỿ hanuot om gvaet. Dỿwet
p6ỿ vỿt. Dỿwedaf kulh6ch mab
kilỿd mab kỿledon wledic. o oleudỿt
merch anla6d wledic uỿ mam.
amka6d arthur. g6ir ỿ6 hỿnnỿ.
keuỿnder6 vt titheu ỿ mi. Not
a nottỿch athi ae keffỿ. a Notto
dỿ benn athaua6t. G6ir dỿ6 im
ar hỿnnỿ. a gvir dỿ deỿrnas. ti
ae keffỿ ỿn llawen. Nodaf arnat
kaffel im olwen merch ỿſpadaden
penka6r. ae haff6ỿna6 awnaf
ar dỿ uilwỿr.

A ff6ỿna6 ỿ gỿuar6s o hona6
ar kei abedwỿr. a greida6l
galldouỿd. a g6ythỿr uab greida6l.
a greit mab eri. achỿndelic. kỿ ⸗
uarwỿd. athathal t6ỿll goleu.
a maỿlwỿs mab baedan. achnỿch6r
mab nes. achubert. m. daere. a
fercos. m. poch. a lluber beuthach.
acho ʒuil beruach. a g6ỿn. m. eſni.
a gvỿnn. m. n6ỿwre. a g6ỿnn. m.
nud. ac edern mab nud. ac ad6ỿ
·m. gereint. a ffle6d6r flam wled'.
a rua6n pebỿr. m. doʒath. a bʒat⸗
wen. m. Moʒen. Mỿnac. a Moʒen
mỿna6c ehun. a dalldaf eil kimin
cof. a Mab alun dỿuet. a Mab ſaidi.
a Mab g6rỿon. ac vchdrỿt ard6ỿat
kat. a chỿnwas curỿuagỿl. a g6rhỿr
g6arthecuras. a Jſperỿr ewingath

A Gallcoit gouẏnnat. A duach.
A Brathach. a nerthach ·Meibon
Gʋaʋrdur kẏruach o vrthdir
uffern pan hanoed ẏ gwẏr.
A chilẏd canhaſtẏr. achanaſtẏr
canllaʋ. Achoꝛs cant ewin.
Ac eſkeir gulhʋch gonẏn caʋn.
A Druſtꝛʋ. A Druſtʋrn haẏarn
A gleʋlʋẏt gauael uaʋr. a
lloch llaʋwẏnnẏaʋc. ac anwas
edeinaʋc. a Sinnoch mab
feithuet. A watu mab feith-
uet. A naʋ mab feithuet. A
gʋenʋẏnwẏn mab Naʋ mab
Seithuet. A Bedẏʋ mab feith-
uet. A gobꝛʋẏ mab echel uoꝛd-
vẏt tʋll. ac Echel uoꝛdẏttʋll
ehun. A Mael mab Roẏcol. a
Datweir dallpenn. A garʋẏli
eil gʋẏthaʋc gʋẏr. A gʋẏthaʋc
gʋẏr ehun. A goꝛmant Mab
Ricca. a Menʋ mab teirgʋaed.
A digon mab alar. A Selẏf
mab Sinoit. a guſc mab achen.
A nerth mab kadarn. A drutwas
Mab trẏffin. A tʋrch mab pe-
rif. athʋrch mab anwas. A
Jona urenhin freinc. A Sel mab
Selgi. atheregut mab Jaen.
A Sulẏen mab Jaen. A bꝛatwen
mab Jaen. A Moꝛen mab Jaen.
A Siaʋn mab mab Jaen. achra=
daʋc mab Jaen gʋẏr kaer
tathal oedẏnt kenetẏl ẏ arth=
ur o pleit ẏ tat. Dirmẏc
mab kaʋ. A Juſtic mab kaʋ.
Ac etmic mab kaʋ. ac angaʋd
mab kaʋ. ac ouan mab kaʋ.
Achelin mab kaʋ. achonnẏn

mab kaʋ. a Mabſant mab kaʋ.
A gʋẏngat mab kaʋ. A llʋẏbẏr
mab kaʋ. achoch mab kaʋ.
A Meilic mab kaʋ. achẏnwal
mab kaʋ. ac ardʋẏat mab
kaʋ. ac ergẏrẏat mab kaʋ.
a neb mab kaʋ. a gildas mab
kaʋ. achalcas mab kaʋ. a hueïl
mab kaʋ. nẏd aſſʋnʋẏs eiroet
ẏn llaʋ arglʋẏd. a Samſon
uinfẏch. athelieſſin penn
beird. a Manawedan mab
llẏr. a llarẏ mab caſnar
wledic. ac Sperin mab fler=
gant bꝛenhin llẏdaʋ. A Sa=
ranhon mab glẏthwẏr. a
llaʋr eilerʋ. ac anẏnnaʋc
mab mab menʋ mab teirgʋaed
A gʋnn mab nʋẏwre. afflam
mab nʋẏwre. a gereint mab
erbin. A dẏuel mab erbin. ace
A gvẏnn mab ermit. achẏn=
dꝛʋẏn mab ermit. a hẏueid
unllenn. ac eidon uaʋrurẏ-
dic. A Reidʋn arʋẏ. a goꝛmant
mab Ricca bꝛaʋt ẏ arthur
o barth ẏ uam. Pennhẏnef
kernẏʋ ẏ tat. A llaʋnrodet
uaruaʋc. A nodaʋl uarẏf
tʋrch. a berth mab Kado. A
reidʋn mab beli. ac Jſconan
hael. ac ẏſcawin mab panon.
a Moꝛuran eil tegit nẏ dodes
dẏn ẏ araf ẏndaʋ ẏghamlan
rac ẏ haccred paʋb atẏbẏgẏnt
ẏ uod ẏn gẏthreul canhoꝛthʋẏ
bleʋ a oed arnaʋ mal bleʋ hẏd.
A Sande pꝛẏt angel nẏ dodes
neb ẏ waẏʋ ẏndaʋ ẏghamlan

rac ỿ decket pa6b adebỿ =
gỿnt ỿ uod ỿn engỿl can -
ho2th6ỿ . achỿnwỿl fant
ỿ trỿdỿg6r a dienghis o
gamlan . ef a ỿfcar6ỿs di -
wethaf ac arthur ỿ ar hen =
groen ỿ uarch . ac uchdrỿt
mab erim . ac eus mab erim .
Ahenwas edeina6c mab
erim . a henbedeftỿr mab
erim . a Scilti fca6ntroet
mab erim . Teir kỿned -
ỿf a oed ar ỿ trỿwỿr hỿn =
nỿ . henbedefter nỿ chauas
eiroet ae kỿfrettei o dỿn
nac ar uarch nac ar droet .
Henwas edeina6c nỿ all6ỿs
mil pedwar troeda6c eiroet
ỿganhỿmdeith hỿd un er6
anoethach a uei bellach no
hỿnnỿ . Scilti ỿfca6ntroet
pan uei wỿnhỿwl kerdet
ỿnda6 vrth neges ỿ ar =
gl6ỿd nỿ cheiff6ỿs fo2d ei =
roet am g6ỿpei pỿ le ỿd
elei . Namỿn tra uei coet
ar uric ỿ coet ỿ kerdei .
Athra uei uỿnỿd ar ulaen
ỿ ka6n ỿ kerdei . ac ỿn hỿt
ỿ oes nỿ flỿg6ỿs konỿn dan
ỿ draet . anoethach to2ri
rac ỿ ỿfkafned . Teithi
hen mab g6ỿnhan awe =
✱✱✱rỿfkỿnn6ỿs mo2 ỿ kỿ =
uoeth . ac ỿ dihengis ỿnteu
o ureid ac ỿ doeth ar arth =
ur . achỿnedỿf a oed ar ỿ
gỿllell ỿr pan deuth ỿm =
ma nythrig6ỿs carn ar =

nei uỿth . ac vrth hỿnnỿ
ỿ tỿu6ỿs heint ỿnda6 a
nỿchda6t hỿt tra uu uỿ6 .
ac o hỿnnỿ ỿ bu uar6 . ach =
arnedỿr mab gouỿnỿon hen .
A   gỿffeuin
rỿff6r arthur . A llỿgatrud
emỿs . A g6zbothu hen ewỿth =
red arthur oedỿnt b2odỿr
ỿ uam . Kuluanawỿt mab
go2ỿon . A llennlea6c vỿdel
o ben tir gamon . A dỿuỿnwal
moel . a dunart b2enhin ỿ
gogled . Teỿrnon t6r bliant
oedỿnt . athecuan glof .
athegỿr talgella6c . G6rdi =
ual mab eb2ei . a Mo2gant hael .
G6ỿftỿl mab n6ỿthon . A Run
mab n6ỿthon . a lluỿdeu mab
n6ỿthon . a g6ỿdre mab lluỿdeu
o wenab6ỿ merch ka6 ỿ uam .
Hueil ỿ ewỿthỿr ae gwant .
ac am hỿnnỿ ỿ bu gas r6g
arthur a hueil am ỿr archoll .
Drem mab dremidỿd a
welei o gelli wic ỿgherni6
hỿt ỿm penn blathaon ỿm
predein pan drỿchauei ỿ
g6ỿdbedin ỿ bo2e gan ỿr
heul . ac eidoel mab ner .
a glu6dỿn faer awnaeth
ehangwen neuad arthur
Kỿnỿr keinuarua6c . Kei
a dỿwedit ỿ uot ỿn uab
ita6 ef a dỿwa6d vrth ỿ
wreic ofit rann imi oth uab
ti uo26ỿn oer uỿth uỿd ỿ gal =
on . ac nỿ bỿd g6res ỿnỿ d6ỿla6 .
Kỿnedef arall a uỿd arna6

os mab y mi uyd kyndynny-
aôc uyd. kynedyf arall a
uyd arnaô : pan dycco beich
na maôr na bychan uo : ny
welir uyth na rac vyneb na
thaegeuyn. Kynedyf arall
a uyd arnaô ny feit neb dô=
uyr athan yn gyftal ac ef.
Kynedyf arall a uyd arnaô
ny byd gôafanythur na fôyd=
vr mal ef. Henwas. a hen
vyneb. a hengedymdeith.
Gallgoic un arall y dref y
dref y delhei idi kyt bei trych=
antref yndi oz bei eiffeu
dim arnaô ny adei ef hun
uyth ar legat dyn tra uei
yndi. Berwynn mab ky=
renyr. Afferis bzenhin
freinc. ac am hynny y gel=
wir kaer paris. Osla gyll=
elluaôr a ymdygei bzon=
llauyn uerllydan pan del=
hei arthur ae luoed y uron
llifdôr y keiffit lle kyuyg
ar y dôuyr. ac y dodit y
gyllell ynу gwein ardzaôs
y llifdôr digaôn o bont uyd=
ei y lu teir ynys pzydein
aetheir rac ynys ac eu an
hanreitheu. Gôydaôc mab
menefter aladaôd kei. ac
arthur ay lladaôd ynteu
ae urodyr yn dial kei. Ga=
ranwyn mab kei. ac amren
mab bedwyr. ac elу a Mýr
a Reu rôyddyrys. a Run
rudwern. ac eli athrach=
mýr penkynydyon arthur

A lluydeu mab kelcoet.
A huabôy mab gôryon
a gôynn gotyuron. A gôeir
datharwenidaôc. a gôeir
mab kadellin tal aryant
A gôeir gôrhyd enwir. A
Gôeir gwyn paladyr ywyth=
red y arthur bzodyr y uam
Meibon llôch llaôwynnyaôc
oz tu draô y uoz terwyn ·
Llenlleaôc vydel. ac ardyrch=
aôc pzydein. Cas mab faidi.
Gôruan gôallt auôyn. Gôilen-
hén bzenhin freinc. Gôittart
mab aed bzenhin iwerdon.
Garfelit vydel. Panaôr
penbagat. Atlendoz mab naf
Gôynn hyuar maer kernýô
a dyfneint naôuet a eflo=
ues catgamlan. kelli. achuel.
A gilla. goefhyd trychanherô
alammei ynу un llam. penn
llemidit Jwerdon. Sol. a
gôadyn. ojfol. a gôadyn odeith.
Sol aallei seuýll un dyt ar
y un troet. Gôadyn offol
pei fafhei ar benn y mynyd
môyaf ynу byd : ef auydei
yntуno gôaftat dan y droet.
Gôadyn odeith kymeint
a[uas tôym pan dynhet
oz eueil oed tanllachar y
wadneu pan gyuarfei
galet ac ef. ef aarllôyffei·
fozd y arthur yn lluydd.
Hirerôm. a hiratrôm y dyd
y delhynt y weft trychan=
tref aachubeint yn eu
kyuereit gôeft hyt naôn

a diotta hỿt nos pan elhỿnt
ỿ gỿſcu penn ỿ p2ỿuet aỿſ=
fỿnt rac newỿn mal pei
nat ỿffỿnt uỽỿt eiroet .
Pan elhỿnt y weſt nỿ dỿwe=
~~dỿnt~~ nỿd 'edewỿnt ỽỿ na
theỽ natheneu . nathỽỿm
nac oer na ſur na chroỿỽ
nac ir na hallt . Huarwar
mab halỽn a nodes ỿ wala
ar arthur ỿnỿ gỿuarỽs
trỿdỿt gozdibla kernỿỽ
adỿfneint pan gahad id =
aỽ ỿ wala . Nỿ cheffit gỽỿn
gỽen arnaỽ uỿth namỿn
tra uei laỽn . Gỽarae gỽallt
eurin . Deu geneu gaſt
rỿmhi . Gỽỿdrut a gỽỿden
aſtrus . Sucgỿn mab ſuc=
nedut . a ſugnei ỿ mozaỽl
ỿ bei trỿcha̅llong arnaỽ
hỿt na bei namỿn traeth
fỿch . bron llech rud a oed
ỿndaỽ . Caccỿmuri gỽas
arthur dangoffet itaỽ ỿr
ỿſcubaỽr kỿt bei rỽỿf dec
aradỿr arugeint ỿndi ⁊
ef aỿ trawei afuſt heỿer=
nỿn hỿt na bei well ỿr
rethri . ar troſtreu ar tu=
latheu noc ỿr mangeirch
ỿgỽaelaỽt ỿr ỿſcubaỽr
llỽng . adỿgỿflỽng . ac
anoeth ueidaỽc . a hir eidỿl
a hir amren deu was arth=
ur oedỿnt . *A gỽeuyl mab gỽ=*
aſtat y dyd y bei dziſt ygellyng=

ei y lleill weuyl idaỽ ywaeret
hyt y uogel ar llall a uydei yn
bennguch ar y benn .- vchtryt

vchdrỿt uarỿf draỽs a uỿr=
ỿei ỿ uaraf goch ſeuỿdlaỽc
aoed arnaỽ dros dec traỽſt
a deugeint oed ỿn neuad
arthur . Elidir gỿuarỽỿd .
ỿſkỿrdaf . ac ỿſcudỿd deu
was ỿ wnenhỽỿuar oedỿnt
Kỿnhebrỽỿdet oet eu traet
vrth euˊ neges ac eu medỽl .
B2ỿs uab b2ỿffethach o dal
ỿ rỿdỿnaỽc du o b2ỿdein .
A grudlỽỿn gozr . Bỽlch .
achỿuỽlch . a ſeuỽlch meibon
kledỿf kỿuỽlch vỿron cledỿf
diuỽlch . Teir gozwen gỽen
eu teir ỿſcỽỿt . Tri gouan
gỽan eu tri gỽaỿỽ . Tri benỿn
bỿneu eu tri chledỿf . glas .
glefic . gleiffat . eu trichi . call .
kuall . kauall⁑ eu tri meirch
hỽỿr dỿdỽc . a drỽc dỿdỽc
a llỽỿr dỿdỽc . eu teir gỽraged
Och . ac arỿm . a diaſpat . eu
teir vỿrỿon . lluchet a neuet
ac eiſfỿwed . O eu teir Merch=
ed . Drỽc . a gỽaeth . a gỽaeth=
af oll . eu teir mozỽỿn . Eheu
b2ỿt merch kỿuỽlch . gozaſcỽrn
merch nerth . Gỽaedan merch
kỿnuelỿn keudaỽc pỽỿll han=
ner dỿn . Dỽnn dieffic unben
Eiladar . m . penn ~~llacarn~~
llarcan . kỿnedỿr wỿllt mab

hett6nn tal arÿant . Sawÿl penn
uchel . G6alchmei mab g6ÿar .
G6alhauet mab g6ÿar . G6rhÿr
g6alsta6d ieithoed ÿr holl ieith =
oed a6ÿdat . ar kethtr6m of =
feirad . Clust mab clustueinat
pei cladhet seith vrhÿt ÿnÿ
daÿar deng milltir a deugeint
ÿ clÿwei ÿ mo2grugÿn ÿ bo2e
pan gÿchwhÿnnei ÿ ar l6th
Medÿr mab methredÿd a ued -
rei ÿ drÿ6 ÿn eskeir oeruel ÿn
iwerdon tr6ÿ ÿ d6ÿ goÿs ÿn =
gÿthrÿmhet o gelli wic .
G6ia6n llÿgat cath aladei ong =
ÿl ar lÿgat ÿ g6ÿdbedÿn heb
argÿwed ÿr llÿgat . Ol mab
olwÿd seith mlÿnet kÿn noe
eni a ducp6ÿd moch ÿ dat . af =
san drÿchau6ÿs ÿnteu ÿn 6r
ÿd olre6ÿs ÿ moch . ac ÿ deuth
attref ac vÿnt ÿn seith ken =
uein . Bit6ini escob auendi =
gei u6ÿt allÿn ÿr m6ÿn merch -
et eurtÿrchogÿon ÿr ÿnÿs
honn ·

Y am wenh6ÿuar penn
rianed ÿr ÿnÿs honn .
A gwenh6ÿach ÿchwaer .
A Rathtÿen merch vnic clememÿl
Kelemon merch kei .
a thang6en . m . weir dathar wenida6c .
G6en alarch . m . kÿnwal canh6ch .
Eurneit merch clÿdno eidin .
Eneua6c merch uedwÿr . Enrÿ =
drec merch tutuathar . G6enwle-
dÿr merch waredur kÿruach .
Erduduÿl merch trÿffin . Eurol =
vÿn merch   . Teleri

merch peul . Jndec merch Ar6ÿ
hir . Mo2uÿd merch urÿen reget
G6enlliant tec ÿ uo26ÿn ua6r
uredic . Creidÿlat merch llud
lla6 ereint ÿ uo26ÿn u6ÿaf ÿ
ma6red a uu ÿn teir ÿnÿs p2ÿ =
dein ae their rac ÿnÿs . ac am
honno ÿ maÿ g6ÿthÿr mab
greida6l . a g6ÿnn mab nud ÿn
ÿmlad pob dÿ6 kalan mei u6ÿth
hÿt dÿtb2a6t . Ellÿl6 merch
neol kÿn croc . a honno a uu
teir oes gvÿr ÿn u6 . Effÿllt
vÿnwen . ac effÿllt u6ngul
arnadunt oll ÿ haff6ÿn6ÿs
kul6ch mab kilid . ÿ g6uar6s

Arthur a dÿwa6d ha unben
nÿ rÿgiglef . i . eir moet
ÿ uo26ÿn a dÿwedÿ di nae rieni .
Mi a ellÿnghaf genhadeu oe
cheissa6 ÿn llawen . Or nos hon =
no hÿt ÿ llall ÿm penn ÿ llall
ÿ ul6ÿdÿn ÿ bu ÿ kenhadeu
ÿn kr6ÿdra6 . Ÿmpen y ul6ÿd =
ÿn hÿnÿ u6d kenhadeu arthur
heb gaffel dim . Dÿwa6d ÿr
unben . Pa6b rÿgauas ÿ gÿ =
uar6s . ac ÿd vÿf . i . ettwa ÿn
eiffÿwet . Mÿnet awnaf . i .
ath6ÿneb di adÿgaf . i . gen =
hÿf . Dÿwa6d kei ha unben
r6ÿ ÿt wertheÿ arthur . Dÿ =
gÿrch ti genhÿm ni hÿd pan
dÿwettÿch ti nat oes hi ÿnÿ
bÿt . neu ninheu ae caffom
nÿn hÿfcarha6r athi . Kÿuodi
ÿna kei . angerd oed ar gei .
na6 nos ana6 diwarna6 hÿt
ÿ anadÿl ÿ dan d6uÿr . Na6

nos a naỽ dieu hýd uỳdei hep
gýfcu. Cleuỳdaỽd kei ný allei
uedýc ý waret. Budugal oed
kei. Kýhýt ar pᵹenn uchaf ý
ný coet uỳdei pan uei da ·ŋ
ganthaỽ. kýnnedýf arall oed
arnaỽ pan uei uỽyaf ý glaỽ
dýrnued uch ý laỽ ac arall
is ý laỽ ýt uýd ýn fých ýr hýnn
auei ýný laỽ rac meint ý an=
gerd. affan uei uỽyaf ý anwýd
ar ý gýdýmdeithon dýfkýmon
výdei hýnný utunt ý gýnneu
tan. Galỽ a oᵹuc arthur ar ued-
wýr ýr hýnn nýt arfỽýdỽýs
bedwýr ý neges ýd elhei gei
idi. Sef a oed ar uedwýr nýt
oed neb kýmrýt ac ef ýn ýr
ýnýs honn namýn arthur
adrých eil kibdar. a hýnn
heuýt kýt bei un llofýaỽc
nýt anwaýdỽýs tri aeruaỽc
kýn noc ef ýn un uaes ac ef.
Angerd arall oed arnaỽ un
archoll a uýdei ýný waýỽ.
a naỽ gỽrthwan. Galỽ o arth=
ur ar gýndýlic kýuarwýd
dos ti im ýr neges honn ý
gýt ar unben. Nýd oed wa=
eth kýuarwýd ýný wlad
ný rýwelei eiroet noc ýný
wlad e hun. Galỽ gỽrhýr gỽaf
gỽalftaỽt ieithoed. ýr holl
ieithoed a ỽýdat. ~~Gỽalchmei~~
Galỽ gỽalchmei mab gỽýar
caný deuth attref eiroet heb
ý neges ýd elhei oe cheiffýaỽ
goᵹeu pedeftýr oed a goᵹeu
marchaỽc. Nei ý arthur uab

ý chwaer aý gefýnderỽ oed.
Galỽ o arthur ar uenỽ mab
teirgỽaed kanýs o delhýnt
ý wlat aghred mal ý gallei
ýrru lleturith arnadunt hýt
nas gwelei neb výnt. ac výnt=
vý awelýnt paỽb .

Mynet a oᵹugant hýd pan
deuuant ý uaeftir maỽr
hýný uýd kaer awelýnt mỽý=
haf ar keýrýt ý być. kerdet
o honu ý dýt hỽnnỽ. Pan debý=
gýnt vý eu bot ýn gýuagos
ýr gaer nýt oýdýnt nes no
chýnt. Mal ý deuant eiffỽýs
ar un maes a hi ꞏ han ný uýd
dauates uaỽr awelýnt heb oᵹ
aheb eithaf iti. a heufaỽr ýn
cadỽ ý deueit ar benn goᵹfetua
Aruchen o grỽýn amdanaỽ.
A gauaelgi kýdenaỽc ach ý laỽ.
noc amỽs naỽ gaýaf oed mỽý.
Deuaỽt oet arnaỽ ný chollet
oen eiroet ganthaỽ anoethac
llỽdỽn maỽr. Nýd athoed ký=
weithýd hebdaỽ eiroet ný wne=
lei ae anaf ae adoet arnei.
ý saỽl uarỽ bᵹenn athỽýmpath
auei ar ý maýs a lofkei ý a=
nadýl hýt ý pᵹid dilis. Amkaỽd
kei gỽrhýr gỽalftaỽd ieithoed.
Dos ý gýfrỽch ar dýn racco.
Kei nýt edeweis uýnet namýn
hýd ýd elhut titheu. doỽn ý gýt
ýno. amkaỽd menỽ mab teir-
gỽaed. na uid amgeled genhỽch
mýnet ýno. Mi a ýrraf lledrith
ar ý ki hýd na wnel argýwed
ý neb. Dýuot awnaethont

mynyd oed yr heufaỽr. am
keudaỽt. berth ydytỽyt heu=
faỽr. Ny bo berthach byth y
boch chwi no minheu. Myn dyỽ
canỽyt penn nyd oes anaf
ym llygru namyn uym pziaỽt
Pieu y deueit a getwy · di neu
pieu y gaer. Dros y byt y
gwys pan yỽ caer yfpyda=
den penkaỽr bieu y gaer.
Neu titheu pỽy vyt ⁚ cuften-
hin amhynỽyedic vyf. i.
ac am uym pziaỽt ym ryam-
diuỽynỽys uym pziaỽt yfpyd-
aden penkaỽr. Neu chwitheu
pỽy yỽch ⁚ kenhadeu arthur
yffyd yma yn erchi olwenn.
vb wyr naỽd dyỽ ragoch yr y
byt na wneỽch hynny. ny
dodyỽ neb y erchi yr arch
honno a elhei ae uyỽ ganthaỽ
kyuodi aozuc yr heufaỽr y
uynyd. mal y kyuyt rodi
modrỽy eur a ozuc culhuch
itaỽ. Keiffaỽ gwifcaỽ y uod=
rỽy o honaỽ ac nyd ai idaỽ.
Ay dodi a ozuc ynteu y mys
y uanec. acherdet a ozuc
adref a roti y uanec ar y
kymhar. achymryt a ozuc
hitheu y uodrỽy oz uanec.
Pan yr y ti. vr y uodrỽy honn
nyt oed uynych it caffel do=
uot. Mi a euthum yr moz
y geiffaỽ mozuỽyt nachaf
gelein awelỽn yn dyuot gan
yr ertrei y myỽn ny weleis
i eirmoỽt gelein gymryt
a hi. ac am y uys ef y keueis

y uodrỽy hon. oi aỽr cany
at moz marỽ dlỽs yndaỽ
dangos imi y gelein honno
ha wreic y neb pieu y gelein
ti ay gỽelho yma ochwinfa.
Pỽy ef hỽnnỽ heb y wreic
kulhỽch mab kilid mab ke-
lydon wledic o oleudyt merch
anlaỽd wledic y uam adoeth
y erchi olwen. Deu Synhỽyr
a oed genthi. llawen a oed
genthi dyuot y nei uab y
chwayr attei afl athrift oed
genthi. kany rywelfei eiroet
y uynet ae eneit ganthaỽ
adelhei y erchi y neges hon=
no. kyrchu a ozugant vy
pozth llys cuftenhin heufaỽz
clybot o heni hitheu eu trỽft
yn dyuot. Redec o heni yn
eu herbyn olywenyd. goglyt
a ozuc kei ym̅pzenn oz glud=
weir. Ae dyuot hitheu yn eu
herbyn y geiffaỽ mynet
dỽylaỽ mynỽgyl udunt
goffot o gei eiras kyfrỽg
y dỽy laỽ. Gỽafcu o honei
hitheu yr eiras hyt pan
yttoed yn vden diednedic.
Amkaỽd kei ha wreic pei
mi rywafcut uelly ny ozuyd=
ei ar arall uyth rodi ferch
im drỽc aferch hỽnnỽ. Dy=
uot a ozugant hỽy yr ty.
a gvneuthur eu gỽafanaeth
ym penn gwers pan at paỽb
eu damfathyr. agozi kib a
ozuc y wreic yn tal y pentan
achyuodi gỽas pengrych

Melýn o heni . Amka6d g6r-
hýr . oed dýhed kelu ý rý6
was h6nn . g6n nat ý gam
ehun a dielir arna6 . am-
ka6d ý wreic ýs gohilion
h6nn trimeib ' arugeint
rýlada6d ýfpýdaden pen
ca6r imi nýd oes o uenic
imi o h6nn m6ý noc o2 rei
ereill . Amka6d kei dalet
gýdýmdeithas a mi . ac
nýn llada6r namýn ý gýd .
B6ýta o honunt . amka6d
ý wreic . pa neges ý dodý=
vch ýma chwi . ý dodým
ý erchi olwen ýr dý6 caný=
vch rewelas neb etwa o2
gaer ýmhoel6ch . Du6 a
výr nat ýmhoýl6n hýt
pan welhom ý uo26ýn .
a da6 hitheu ýntheruýn
ý gweler . Hi ada6 ýma
pob dý6 fad6rn ý olchi ý
fenn . ac ýný lleftýr ýd
ýmolcho ýd edeu ý mod=
r6ýeu oll nac hi nae chen=
nad ný da6 býth amda=
nunt . a da6 hi ýma ochen=
neteir . Du6 a6ýr na lad=
af . i . uý eneit nýth6ýllaf
ui am crett6ý . Namýn
o rod6ch cret na wneloch
gam iti mi ae kennattaaf .
As red6n ý chennatau a
o2ucp6ýd . ae dýuot hitheu
achamfe fidan flamgoch
amdanei . a go2dto2ch rud=
eur am ýmýn6gýl ý uo=
r6ýn . a mererit g6éthua6r

ýndi a rud gemmeu . Oed me=
lýnach ý fenn no blodeu ý ba=
nadýl . Oed gwýnnach ýchna6d
no diftrých ý donn . Oed g̃výn=
nach ý falueu ae býffed no
chanawon godr6ýth o blith
man graýan fýnha6n fýn=
honus . Na gol6c heba6c mut
na gol6c g6alch trimut nýd
oed ol6c tegach no2 eidi . No
b2onn alarch g6ýnn oed g6ýn=
ach ý d6ý uron . Oed kochach
ý deu rud no2 fion . ý fa6l ae
gwelei kýfla6n uýdei oe ferch .
Pedeir meillonen g6ýnnýon
a dýuei ýný hol mýnýd elhei .
ac am hýnný ý gelwit hi
olwen . Dýgýrchu ý tý a o2uc
ac eifted kýfr6g kulh6ch ar
dalueinc . ac ual ý g6elas
ýd adnabu . Dýwa6t kulh6ch
vrthi . Ha uo26ýn ti ageres .
A dýuot awnelých genhýf
Rac eirýchu pecha6d iti ac
iminheu ný allaf ui dim o
hýnný . Cret a erchis uýn tat
im nat el6ýf heb ý gýgho2
kanýt oes hoedýl ita6 namýn
hýný el6ýf gan vr . ýffýd ýffit
hagen cufful arodaf it os ar=
uollý . Dos ým erchi ým tat .
affaueint býnnac a archo ef
iti . adef ditheu ý gaffel . a
minheu a geffy . ac ot amheu
dim . mi ný cheffý . a da ý6 it
o dihenghý ath uý6 genhýt .
Mi aad6af hýnný oll . ac ae
kaffaf . Kerdet a o2uc hi ý hýf=
tauell . Kýuodi o nadunt výnteu

ỿn ỿ hol hi ỿr gaer . a llad naỽ
keithaỽr a oed ar naỽ poꝛth
heb difgỿrrỿaỽ gỽr . a naỽ
gauaelgi heb wichaỽ un . ac
ỿ kerdaffant racdu ar neu =
ad . Amkaỽd . am keudaỽt
Henpỿch gwell ỿfpadaden
penkaỽr o duỽ ac o dỿn .
Neu chwitheu kỽt ỿmdeỽch
ỿd ỿmdaỽn ỿ erchi olwen
dỿ uerch ỿ gulhỽch mab kilid .
Mae uỿgweiffon drỽc am
direidỿeit heb ỿnteu . Drỿch -
euỽch ỿ fỿrch ỿ dan uỿn deu
amrant hỿt pan welỽỿf
defnỿt uỿn daỽ . Goꝛucpỽỿt
hỿnỿ doỽch ỿma auoꝛỿ . mi
adỿwedaf peth atteb iỽch .
Kỿuodi a oꝛugant vỿ . a
Meglỿt a oꝛuc ỿfpadaden
penkaỽr ỿn un oꝛ tri llech -
waỽ gỽenhỽỿnic a oed
ac ỿ laỽ . ae odi ar eu hol .
Ae aruoll a oꝛuc bedwỿr .
Ae odif ỿnteu . a gỽan ỿfpad -
aden penkaỽr trỿỿ aual ỿ
garr ỿn gỿthrỿmhet . am =
kaỽd ỿnteu . Emendigeit
anwar daỽ . hanbỿd gỽaeth
ỿd ỿmdaaf gan anwaeret .
Mal dala cleheren ỿm toftes
ỿr haỿarn gwenỽỿnic .
Poet emendigeit ỿ gof aỿ
digones . ar einon ỿ digo =
net arnei moꝛ doft ỿỽ . Gỽeft
a oꝛugant vỿ ỿ nos honno
ỿn tỿ guftenhin . ar eil dỿt
gan uaỽred a gỿrru gỽiỽ
grip ỿ mỿỽn gỽallt ỿ doeth =

ant ỿ; neuad . Dỿwedut
a oꝛugant . ỿfpadaden
penkaỽr doꝛo in . dỿ uerch
dros ỿ hegweti ae hamwa =
bỿr iti ae dỽỿ garant . ac
onỿs rodỿ dỿ agheu ageffỿ
ỿmdanei . hi aỿffedeir goꝛ -
henuam . ae fedwar goꝛ -
hendat ỿffỿd uỿỽ ettwa .
Reit ỿỽ im gỿ ỿmgỿghoꝛi
ac vỿnt . Dỿpi iti hỿnnỿ
heb vỿ . aỽn ỿn bỽỿt mal
ỿ kỿuodant kỿmrỿt a oꝛuc
ỿnteu ỿr eil llech waỿỽ a oed
aỽch ỿ laỽ a odif ar eu hol ae
aruoll a oꝛuc Menỽ mab teir -
gveth . ae odif ỿnteu ae wan
ỿn alauon ỿ dỽỿuronn . Hỿn
pan dardaỽd ỿr mein gefỿn
allan . Emendigeit anwar
daỽ mal dala gel bendoll ỿm
toftes ỿr haỿarndur . Poet
emendigeit ỿ foc ỿt uerwit
ỿndi pan elỽỿf ỿn erbỿn allt
hat uỿd ỿgder dỽỿ uron arnaf
achỿllagỽft . a mynych lyfuỽỿd
kerdet a oꝛugant ỽỿ ỿ eu bỽỿd
a dyuod ỿ trỿdỿdỿt ỿr llỿs .
Amkeudaỽt ỿfpadaden pen =
kaỽr na faethutta ni bellach .
na uỿn anaf ac adoet ath
uarỽ arnat . Mae uỿggweif =
fon drycheuỽch ỿ fỿrch uỿ
aeleu rỿfỿrthỽỿs ar aualeu
uỿ llygeit hỿt pan gaffỽỿf
edrych ar defnỿd uỿn daỽ .
kỿuodi a oꝛugant . ac mal ỿ
kỿuodant kỿmrỿt ỿ trỿdỿt
llechwaỿỽ gỽenỽỿnic . ac odif

ar eu hol . ae aruoll a oʒuc
kulhỏch . ae odif ẏn mal ẏ
rẏbuchei . ae wan ẏnteu
ẏn aual ẏ lẏgat hẏt pan aeth
ẏr gỗegil allan . Emendigeit
anwar daỗ 'hẏt tra ẏm gat =
ter ẏn uẏỗ hanbẏd gỗaeth
drem uẏ llẏgeit pan elỗẏf
ẏn erbẏn gỗẏnt berỗ awnant .
At uẏd gal penn affendro ar =
naỗ ar ulaen pob lloer . poet
emendigeit foc ẏt uerwid
ẏndi . mal dala ki kẏndeira =
vc ẏỗ gẹn genhẏf mal ẏm
gỗant ẏr haẏarn gỗenỗẏnic .
Mẏnet onadunt ẏ eu bỗẏt .
Tranhoeth ẏ deuthant ẏr
llẏs . Amkeudaỗt na faeth =
utta ui na uẏn adoet ac anaf
a merthrolẏaeth ẏffẏt arnat .
ac a uo mỗẏ os mẏnhy . Doʒo
in dẏ uerch . Mae ẏ neb ẏ dẏ =
wir vrthaỗ erchi uẏ merch .
Mi ae heirch kulhỗc mab kilẏd
Dos ẏma mẏn ẏdẏmwelỗẏf
athi . Kadeir a dodet ẏ danaỗ
vẏneb ẏn vẏneb ac ef . Dẏ =
waỗt ẏfpadaden penkaỗr
ae ti a eirch uẏ merch . ẏfmi
ae heirch . Cred a uẏnhaf
ẏ genhẏt na wnelhẏch waeth
no gwir arnaf . Ti ae keffẏ
pan gaffỗẏf inheu a nottỗẏf
arnat ti titheu a geffẏ uẏ
merch . Nod anottẏch . Nodaf
a welẏ di ẏ garth maỗr dʒaỗ
gỗelaf ẏ diwreidẏaỗ oʒ daẏar
ae loſki ar vẏneb ẏ tir hẏt
pan hẏdeclo hỗnnỗ . ae ludu a

uo teil itaỗ a uẏnhaf . ae ere =
dic aẏ heu hẏd pan uo ẏ boʒe
erbẏn pʒẏt diwlith ẏn aed =
uet . hẏt pa uo ọ hỗnnỗ awne =
lit ẏn uỗẏd a llẏnn ẏth neith =
aỗrwẏr ti a merch . A hẏnnẏ
ol a uẏnhaf ẏ wneuthur ẏn
un dẏt . haỗd ẏỗ genhẏf gaf =
fel hẏnnẏ kẏd tẏbẏckẏch na
bo haỗd . kẏt keffẏch hẏnnẏ
ẏffẏd nẏ cheffẏch . Amaeth
a amaetho ẏ tir hỗnnỗ nac ae
digonho onẏt amaethon aỗ
mab don nẏ daỗ ef oe uod gen =
hẏt ti nẏ ellẏ ditheu treis ar =
naỗ ef . Haỗd ẏỗ genhẏf gaf =
fel hẏnnẏ kẏt tẏbẏcckẏch ti
na bo haỗd . kẏt keffẏch hẏnnẏ
ẏffit nẏ cheffẏch . Gouannon
mab don ẏ dẏuot ẏt ẏm penn
ẏ tir ẏ waret ẏr heẏrn nẏ
wna ef weith oe uod namẏn
ẏ urenhin teithiaỗc ꞉ nẏ ellẏ
ditheu treis arnaỗ ef . Haỗd
ẏỗ genhẏf . kẏt keffẏc . Deu
ẏchen gỗẹ gỗlwlẏd wineu
ẏn deu gẏtbʒeinaỗc ẏ eredic
tir dẏrẏs draỗ ẏn vẏch . nẏs
rẏd ef oe uod nẏ ellẏ ditheu
treis arnaỗ . Haỗd ẏỗ genhẏf
kẏt keff . Ẏ melan melẏn
gwanhỗẏn . ar ẏch bʒẏch ẏn
deu gẏtbʒeinhaỗc auẏnhaf
Haỗd ẏỗ gen . kẏt keffẏch
Deu ẏchen bannaỗc ẏ lleill
ẏffẏd oʒ parth hỗnt ẏr mẏ =
nẏd bannaỗc . ar llall oʒ parth
hỗnn ac eu dỗẏn ẏ gẏt ẏ dan
ẏr un aradʒẏ ẏs hỗẏ ẏr rei
[hẏnnẏ]

hÿnnÿ nÿnhÿa6 apheibÿa6 a
rith6ÿs du6 ÿn ÿchen am eu
pecha6d. Ha6d ÿ6 gen.. kÿt
kef. A welÿ di ÿ keibedic
rud dra6. gwelaf : pan gÿ =
uaruum gÿfeuin a mam y
uo26ÿn honno ÿd he6ÿt ÿ
na6 hefta6r llinat ÿnda6 na
du na gwÿnn nÿ doeth o ho =
na6 etwa. ar meffur h6nn6
ÿffÿd gennÿf ettwa , h6nn6
a uÿnnaf inheu ÿ gaffel ÿnÿ
tir newÿd d2a6. hÿt pan vo
ef auo pennlliein guÿnn am
penn vÿm merch ar dÿ neith =
a62. ha6d ÿ6 genh'. kÿt keffÿch.
A)el auo chwechach na6 mod
no mel kÿnteit heb 6chi heb
wenÿn ÿ v2agodi ÿ wled. ha6d
ÿ6. kÿt keffÿch. kib l6ÿr mab
ll6ÿrÿon ÿffÿd pennllat ÿndi.
canÿt oes leftÿr ÿnÿ bÿt adal =
hÿo ÿ llÿn cadarn h6nn6 namÿn
hi. nÿ cheffÿ ti hi o° uod ef nÿ
ellÿ titheu treis arna6. ha6d
ÿ6 genh'. kÿt keff'. M6ÿs g6ÿ-
dneu garanhir pob tri ~~arna6
ha6d ÿ6 genh'. kÿt keff'~~. na6ÿr
pei delhei ÿ bÿt oduchti. b6ÿt
a uÿnho pa6b 62th ÿurÿt ageiff.
ÿndi. A)i auÿnnaf u6ÿtta o hon -
no ÿ nos ÿ kÿfco vÿ merch gen =
hÿt. nÿs rÿd ef oe uod ÿ neb
nÿ ellÿ titheu ÿ d2eiffa6 ef. ha =
vd ÿ6 genh'. kÿt. Co2n g6lga6t
gododin ÿ walla6 arnam ÿ nos
honno. nÿs rÿd ef oe uod nÿ ellÿ
titheu ÿ treiffa6 ef. ha6d ÿ6.

kÿt keff'. Telÿn teirtu ÿm
didanu ÿ nos honno pan uo
da gan dÿn. canu a wna ehu-
nan. pan uÿnher idi : te6i a6na.
nÿs rÿd ef oe uod nÿ ellÿ titheu
treis arna6 ef. ha6d. kÿt keff'.
adar rianhon ÿ rei aduhun ÿ
mar6. ac a huna ÿ bÿ6 a vÿnhaf
ÿm didanu ÿ nos honno. ha6d.
kÿt keff'. Peir di62nach 6ÿdel
maer odgar mab aed brenhin
iwerdon. ÿ verwi b6ÿt dÿ nei-
tha62wÿr. ha6d. kÿt. Reit ÿ6
ÿm olchi vÿm penn aceilla6
vÿm. barÿf. ÿfkithÿr ÿfkithÿr6ÿn
penn beid a uÿnnaf ÿ eilla6 ÿm.
nÿ han6ÿf well o hona6 onÿt
ÿn vÿ6 ÿ tÿnnir oe pen. ha6d
kÿt. Nÿt oes ÿnÿ bÿt ae tÿnho
oe penn : namÿn odgar mab
aed b2enhin iwerdon. ha6d. kÿt.
Nÿt ÿmdiredaf ÿ neb o gad6
ÿr ÿfkithÿr namÿn ÿ kad6
o p2ÿdein. trugein cantref p2ÿ=
dein ÿffÿd dana6 ef. nÿ da6 ef
oe uod oe teÿrnas. nÿ ellir tre=
is arna6 ÿnteu. ha6d. kÿt.
Reit ÿ6 ÿm eftÿnnu vÿm ble6
62th eilla6 ÿm. nÿt eft6g uÿth
onÿ cheffir guaet ÿ widon o2du
merch ÿ widon o2wen o penna-
nt. gouut ÿg g62thtir uffern.
ha6d. kÿt. Nÿ m6ÿnha ÿ g6a-
et onÿt ÿn d6ÿm ÿ keffir. nÿt
oes leftÿr ÿnÿ bÿt a gattwo g6-
res ÿ llÿn adott'er ÿnda6 nam =
ÿn botheu guidol6ÿn go2r a
gatwant gures ÿndunt pan

dotter yny dô̇ỿrein ỿndunt
ỿ llỿn hỿt pan dỿffer ỿr golle =
win . nỿ rỿd ef oe vod nỿ ellỿ
titheu ỿ treiſſa6 . Ha6d . kỿt .
Ilefrith a wennỿch rei ꞏ nỿt ar-
llaeth kaffel lleurith ỿ ba6b nes
kaffel botheu rinnon rin bar-
ua6t nỿ ſurha uỿth llỿn ỿndu-
nt . nỿs rỿd ef oe uod ỿ neb nỿ
ellir treis arna6 . ha6d . kỿt .
Nỿt oes ỿnỿ bỿt crib a guell-
eu ỿ galler gô2teith vỿg uallt
ac 6ỿ rac ỿrỿnhet . namỿn ỿ
grib ar guelleu ỿſſỿd kỿfrô̇g
deu ỿſkỿuarn tô2ch trô̇ỿth mab
tared wledic ꞏ nỿs rỿd ef oe uod
ꝛ ̇c. ha6d. kỿt. Nỿ helir tô2ch trô=
ỿth hỿnỿ gaffer d2utwỿn ke =
neu greit mab eri . ha6d . kỿt .
Nỿt oes ỿnỿ bỿt gỿnllỿuan
a dalhỿo arna6 ꞏ namỿn kỿn=
llỿuan cô2s cant ewin . ha6d
kỿt . Nỿt oes to2ch ỿnỿ bỿt
a dalhỿo ỿ gỿnllỿuan . namỿn
to2ch canaſtỿr kanlla6 . ha6d
kỿt . Cad6ỿn kilỿd canhaſtỿr
ỿ dalỿ ỿ to2ch gỿt ar gỿnllỿuan
ha6d . kỿt . Nỿt oes ỿnỿ bỿt
kỿnỿd adigonho kỿnỿdỿaeth
arᵏki hônn6 onỿt mabon mab
mod2on . a ducp6ỿt ỿn teir nof=
ſic ỿ 62th ỿ vam . nỿ wỿs pỿ tu
ỿ mae na pheth ỿ6 ae bỿ6 ae
mar6 . ha6d . kỿt . Guỿn mỿg=
tôn march gued6 kỿfret athon
ỿ6 dan vabon ỿ hela tô2ch trô=
ỿth . nỿs ef oe vod ꝛ ̇c. ha6d
kỿt . Nỿ cheffir mabon vỿth

nỿ wỿs pỿ tu ỿ mae nes kaffel
eidoel ỿ gar gỿffeuin mab aer .
kanỿs diuudỿa6c uỿd ỿnỿ geiſ-
fa6 ỿgeuỿnder6 ỿ6 . ha6d . kỿt .
Garſclit 6ỿdel penkỿnỿd iwer-
don ỿ6 . nỿ helir tô2ch trô̇ỿth uỿth
hebda6 . ha6d . kỿt . Kỿnllỿuan o
uarỿf diffull varcha6c . canỿt oes
a dalhỿo ỿ deu geneu hỿnnỿ nam-
ỿn hi . ac nỿ ellir mô̇ỿnỿant a hi
o nỿt ac ef ỿn vỿ6 ỿ tỿnnir oe va-
rỿf . ae gnithỿa6 a chỿllellp2enneu .
Nỿ at neb oe vỿ6ỿt gô̇neuthỿr
hỿnnỿ ida6 . nỿ mô̇ỿnha hitheu
ỿn uar6 canỿs b2eu vỿd . ha6d .
kỿt . Nỿt oes kỿnỿd ỿnỿ bỿt
a dalhỿo ỿ deu geneu hỿnnỿ ꞏ
namỿn kỿnedỿr wỿllt mab
hettôn clauỿrỿa6c ꞏ guỿlltach
na6 mod ỿ6 hônn6 no2 gô6dlô̇6dỿn
guỿlltaf ỿnỿ mỿnỿd . nỿ cheffỿ
ti ef bỿth . a merch inheu nỿs
keffỿ . ha6d . kỿt . Nỿ heli tô2ch
trô̇ỿth nes kaffel guỿnn mab
nud . ar dodes du6 arỿal dieuỿl
ann6uỿn ỿnda6 rac rewinnỿa6
ỿ b2effen nỿ hebco2ir ef odỿno .
ha6d . kỿt . Nỿt oes uarch a
tỿckỿo ỿ wỿnn ỿhela tô2ch trô=
ỿth ꞏ namỿn du march mo2o
oerueda6c . ha6d . kỿt . Nes dỿ=
uot guilenhin b2enhin freinc
nỿ helir tô2ch trô̇ỿth uỿth heb=
da6 . hagỿr ỿ6 ida6 ada6 ỿteỿr=
nas . ac nỿ da6 uỿth ỿma . ha6d
kỿt . Nỿ helir tô2ch trô̇ỿth vỿth
heb caffel mab alun dỿuet ellỿg=
ỿ62 da ỿ6 . ha6d . kỿt . Nỿ helir

tổ2ch trổÿth uÿth nes kaffel anet
ac aethlem kÿfret ac awel wÿnt
oedÿnt. nÿ ellổngổÿt eiroet ar
mil nÿs lladổÿnt. haổd. kÿt. Ar-
thur ae gÿnÿdÿon ÿ helÿ tổrch
trổÿth gổ2 kÿuoethaổc ÿổ. ac nÿ
daổ genhÿt. Sef ÿổ ÿr achaổs.
dan uÿ llaổ i ÿ mae ef. haổd. kÿt.
Nÿ ellir hela tổrch trổÿth vÿth
nes kaffel bổlch achÿuổlch a fÿuổ-
lch meibÿon kilÿd kÿuổlch. ổ2ÿon
cledÿf diuổlch. teir go2wen guen
eu teir ÿfcổÿt. Tri gouan guan
eu tri guaÿổ. Tri benÿn bÿn eu
tri chledÿf. Glas. Gleffic. Gleiffat.
eu tri chi. Call. Cuall. Cauall. eu
tri meirch. Hổÿr dÿdổc. a d2ổc
dÿdổc. a llổÿr dÿdổc. eu teir gura-
ged. Och. aᵴaram. a diafpat. eu
teir gureichon. lluchet. auÿnet.
ac eiffÿwet eu teir merchet.
Drổc. a gwaeth. ac guaethaf
oll. eu teir mo2ổÿn. Y trÿwÿr
a ganant eu kÿrn. ar rei ereill
oll a doant ÿ diafpedein. hÿt na
hanbổÿllei neb pei dÿgổÿdei ÿ
nef ar ÿ daÿar. haổd. kÿt. Cle-
dÿf ổrnach gaổ2 nÿ ledir uÿth
namÿn ac ef. nÿs,ᵉᶠ ⁿᵃᶜ ÿ neb nac
ar werth nac ÿn rat nÿ ellÿ tith-
eu treis arnaổ ef. Haổd. Kÿt.
Anhuned heb gÿfcu nos a geffÿ
ÿn keiffaổ hÿnnÿ. ac nÿs keffÿ.
a merch inheu nÿs keffÿ. ᴔeirÿch
a gaffaf inheu a marchogaeth.
am harglổÿd gar arthur a geiff
imi hÿnnÿ oll. ath verch titheu
a gaffaf ui. ath eneit a gollÿ titheu.

kerda nu ragot nÿ o2uÿd arnat
na bổÿt na dillat ÿ merch i. Keis
hÿnnÿ. affan gaffer hÿnnÿ vÿm
merch inheu a geffÿ.

KErdet a o2ugant ổÿ ÿ dÿd
hổnnổ educher. hÿnÿ vÿd
kaer uaen gÿmrổt a welafint uổ-
ÿhaf ar keÿrÿd ÿ bÿt. Nachaf
gổ2 du mổÿ no thrÿwÿr ÿ bÿt
hổnn a welant ÿn dÿuot o2 gaer.
amkeudant ổ2thaổ. Pan doÿ ti
ổ2. Or gaer a welổch chổi ÿna.
Pieu ÿ gaer. ᴔeredic awÿr ÿổchi
nÿt oes ÿnÿ bÿt nÿ ổÿppo pieu
ÿ gaer honn. ổrnach gaổ2 pieu.
Pÿ uoes ÿffÿd ÿ ofp a phellenhic
ÿ difkÿnnu ÿnÿ gaer honn. Ha
vnben duổ ach notho. nÿ dodÿổ
neb gueftei eiroet o heni ae uÿổ
ganthaổ. nÿ edir neb idi namÿn
adÿccổÿ ÿ gerd. Kÿrchu ÿ po2th
a o2ugant. amkaổd gổ2hÿr gual-
ftaổt ieithoet. aoes po2thaổr.
Oes atitheu nÿ bo teu dÿ penn
pÿr ÿ kÿuerchÿ dÿ. ago2 ÿ po2th
nac ago2af pổÿftÿr nas ago2ÿ
ti. kÿllell a edÿổ ÿm mổÿt a
llÿnn ÿmual. ac amfathÿr ÿn
neuad v2nach namÿn ÿ ger-
daổ2 adÿccổÿ ÿ gerd nÿt ago2-
rir. amkaổd kei. ÿ po2thaổ2
ÿ mae kerd genhÿf i. Pa gerd
ÿffÿd genhÿt ti꞉ ÿffliġanổ2 cle-
dÿeu go2eu ÿnÿ bÿt ổÿf ui.
ᴔi aaf ÿ dÿwedut hÿnnÿ ÿ
v2nach gaổ2. ac a dÿgaf atteb
ÿt. Dÿuot a o2uc ÿ po2thaổr
ÿ mÿổn. Dÿwaổt ổ2nach gaổ2

whedleu poꝛthᵛ genhỿt . ỿꝼꝼỿ =
dỿnt genhỿf . kỿweithỿd ỿꝼꝼỿd
ỿndꝛ6s ỿ poꝛth ac auỿnnỿnt
dỿuot ỿ mỿ6n . a ouỿnneiſti a
oed gerd ganthunt . gouỿnneis .
ac vn o nadunt adỿwa6t gallel
ỿſlipanu cledỿueu . Oed reit ỿ
mi 6ꝛth h6nn6 . ỿs guers ỿd 6ỿf
ỿn keiꝼꝼa6 a olchei vỿg cledỿf
nỿs rỿgeueis . gat h6nn6 ỿ mỿ6n
cans oed gerd gantha6 . Dỿuot
ỿ poꝛtha6ꝛ ac agoꝛi ỿ poꝛth . adỿuot
kei ỿ mỿ6n ehun . a chỿuarch gu=
ell aoꝛuc ef ỿ 6ꝛnach ga6ꝛ . kadeir
a dodet ỿ dana6 . Dỿwa6t 6ꝛnach
ha6ꝛ ae g6ir a dỿwedir arnat
gallel ỿſlipanu cledỿueu . Mi ae
digonaf . Dỿd6ỿn ỿ cledỿf at=
ta6 aoꝛucp6ỿt . Kỿmrỿt a galen
gleis aoꝛuc kei ỿ dan ỿ geꝼꝼeil .
P6ỿ well genhỿt arna6 ae gu=
ỿnſeit ae gr6mſeit . ỿr h6nn a
uo da genhỿt ti malpei teu uei
g6na arna6 . Glanhau aoꝛuc
hanher ỿ lleill gỿllell ida6 . ae ro=
di ỿnỿ la6 aoꝛuc . areinc dỿ uod
di hỿnnỿ . Oed well genhỿf noc
ỿꝼꝼỿd ỿm g6lat bei oll ỿt uei val
hỿnn . Dỿhed a beth bot g6r
kỿſtal athi heb gedỿmdeith . Oi
a 6ꝛda mae imi gedỿmdeith kỿ=
nỿ dỿgoho ỿ gerd honn . P6ỿ
ỿ6 h6nn6 . aet ỿ poꝛtha6ꝛ allan
a mi a dỿwedaf ar ar6ỿdon ida6 .
Penn ỿ wa6 ada6 ỿ ar ỿ bala=
dỿr . ac ỿꝼꝼef adỿgỿrch ỿ guaet
ỿ ar ỿ guỿnt ac a diſkỿn ar ỿ
baladỿr . agoꝛi ỿ poꝛth awnaeth=

p6ỿt adỿuot bedwỿr ỿ mỿ6n .
Dỿwa6t kei . buduga6l ỿ6 bed-
wỿr kỿn nỿ digonho ỿ gerd hon .
adadleu ma6ꝛ auu ar ỿ g6ỿr
hỿnnỿ allan . Dỿuot kei a bed=
wỿr ỿ mỿ6n . aguas ieuanc a
doeth gỿt ac 6ỿnt ỿ mỿ6n vn
mab cuſtennhin heuꝼꝼa6ꝛ . Sef
a 6naeth ef ae gedỿmdeithon a
glỿn 6ꝛtha6 mal nat oed v6ỿ
no dim ganthunt mỿnet dꝛos
ỿ teir catlỿs awnaethant hỿt
pan dỿuant ỿ mỿ6n ỿ gaer .
amkeudant ỿ gedỿmdeithon
6ꝛth vab cuſtenhin goꝛeu dỿn ỿ6 .
O hỿnnỿ allan ỿ gelwit goꝛeu
mab cuſtenhin . Guaſcaru aoꝛu=
gant 6ỿ ỿ eu llettỿeu mal ỿ kef=
fỿnt llad eu llettỿwỿr heb 6ỿbot
ỿr ca6ꝛ . Ỿ cledỿf a daruu ỿ 6ꝛte=
ith . ae rodi aoꝛuc kei ỿn lla6 6ꝛn=
ach ka6ꝛ ỿ malphei ỿ edꝛỿch a
ranghei ỿ uod ida6 ỿ weith . Dỿ=
wa6t ỿ ka6ꝛ . da ỿ6 ỿ gueith aranc
bod ỿ6 genhỿf . amka6d kei . dỿ
wein a lỿgr6ỿs dỿ gledỿf . dỿro
di imi ỿ diot ỿ kellellpꝛenneu
o heni . a chaꝼꝼ6ỿf inheu g6neu=
thur rei newỿd ida6 . achỿm=
rỿt ỿ wein o hona6 . ar chedỿf
ỿn ỿ lla6 arall . Dỿuot o hona6
vch pen ỿ ka6ꝛ malphei ỿ cledỿf
a dottei ỿnỿ wein . ỿ oꝼꝼot aoꝛuc
ỿmphen ỿ ka6ꝛ . a llad ỿ penn
ỿ ergỿt ỿ arna6 . Diffeitha6 ỿ
gaer a d6ỿn a vỿnnaꝼꝼant o tlỿſ=
ſeu . ỿg kỿuen6 ỿr vn dỿd h6nn6
ỿmphen ỿ vl6ỿdỿn ỿ deuthant

[col. 833, l. 3] y lys arthur. achled-
yf 6znach ga62 gantunt

DYwedut a6naethant y arthur
y ual y daruu udunt. Arthur
adywa6t. Pa beth yffyd ia6naf y
geiffa6 gytaf o2 annoetheu hynny.
Ja6naf y6 heb 6ynteu keiffa6 Ma-
bon uab mod2on. ac nyt kaffel
arna6 nes kaffel eidoel uab aer
y gar. yn gyntaf. Kyuodi ao2uc
arthur a milwy2 ynys p2ydein gan-
ta6 y geiffa6 eidoel. adyuot ao2-
ugant hyt yn rackaer glini yny lle
ydoed eidoel ygkarchar. Seuyll
ao2uc glini ar vann y gaer. ac y
dywa6t. Arthur py holydi y mi
p2yt nam gedy yny tarren honn.
nyt da im yndi ac nyt digrif. nyt
g6enith. nyt keirch im. kynny
cheiffych ditheu wneuthur cam im.
Arthur adywa6t. Nyt y2 d26c itti
y deuthum i yma. namyn y geiffa6
y karchara62 yffyd gennyt. Mi
a rodaf y carchara62 itti ac ny dar-
paryffwn y rodi yneb. Ac ygyt a
hynny vynerth am po2th a geffy
di. Y g6y2 adywa6t 62th arthur.
argl6yd dos di ad2ef ny elly di
uynet ath lu y geiffa6 peth mo2
uan ar rei hynn. Arthur adywa6t.
G62hy2 g6alfta6t ieithoed itti y
mae ia6n mynet y2 neges honn.
Y2 holl ieithoed yffyd gennyt. a
chyfyeith 6yt ar rei o2 adar ar anni-
ueileit. Eidoel itti y mae ia6n myn-
et y geiffa6 dy geuynder6 y6. gyt
am g6y2 i. Kei a bedwy2. gobeith
[834] y6 gennyf y negef yd eloch

ymdanei ychaffel. E6ch im y2 ne-
ges honn. Kerdet ao2ugant rac
dunt hyt att v6yalch gilg62i.
Gouyn ao2uc g62hy2 idi y2 du6 a
6doft ti dim y62th uabon uab
mod2on. aducp6yt ynteir noffic
ody r6ng y vam ar paret. Y u6y-
alch adywa6t. pan deuthum i yma
gyntaf. eingon gof aoed yma. a
minneu ederyn ieuanc ood6n. ny
wnaethp6yt g6eith arnei. namyn
tra uu uyggeluin arnei bob uch-
er. Hedi6 nyt oes kymmeint
kneuen o honei heb d2eula6. dial
du6 arnaf o chigleu i dim y62th
y g62 aovynn6ch ch6i. Peth yffyd
ia6n hagen. adylyet y mi y wneu-
thur y gennadeu arthur mi ae
g6naf. kenedlaeth vileit yffyd gynt
rith6ys du6 nomi. mi aaf yn
gyuarwyd ragoch yno. Dyuot
ao2ugat hyt yn lle yd oed kar2
redynure. Kar6 redynure yma
ydoetham ni attat. kennadeu ar-
thur kany 6dam aniueil hyn no
thi. dywet. a wdoft di dim y62th
uabon uab mod2on. a ducp6yt yn
deir noffic y62th y uam. Y kar6
a dywa6t. Pan deuthum i yma
gyntaf. nyt oed namyn vn reit
obop tu ym penn. ac nyt oed yma
goet namyn un o gollen derwen.
ac y tyfwys honno yndar can
keing. ac ydyg6yd6ys ydar g6e-
dy hynny. a hedi6 nyt oes namyn
6yftyn coch o honei. Y2 hynny
hyt hedi6 yd6yf i yma. ny chigleu
i dim o2 neb aouynn6ch ch6i.

Miui hagen auydaf gyfarỽyd yỽch
[835] kanys kennadeu arthur yỽch
hyt lle ymae aniueil gynt arithỽys
duỽ no mi . Dyuot aoɜugant . hyt
lle ydoed cuan cum kaỽlỽyt . cuan
cỽm caỽlỽyt yma ymae kennadeu
arthur . aỽdoſt di dim yỽɜth va-
bon vab modɜon aducpỽyt ɜc'-
Pei aſgỽypỽn mi aedywedỽn .
Pandeuthum i yma gyntaf . y cỽm
maỽɜ awelỽch glynn coet oed .
ac ydeuth kenedlaeth o dynyon
idaỽ . ac ydiuaỽyt . ac y tyuỽys yɜ
eilcoet yndaỽ . ar trydyd coet yỽ
hỽnn . aminneu neut ydydynt yn
gynyon boneu vy efgyll . yɜ hynny
hyt hediỽ . ny chiglefi dim oɜ gỽɜ
aouynnỽch chỽi ⹁ Mi hagen auy-
daf gyuarwyd y genadeu arthur .
yny deloch hyt lle ymae yɜ anni-
ueil hynaf yſſyd yny byt hỽnn .
a mỽyaf adɜeigyl ⹁ eryɜ gỽern ab-
ỽy . Gỽɜhyɜ adywaỽt . Eryɜ gwern
abỽy ni adoetham gennadeu ar-
thur attat . youyn itt a ỽdoſt
dim yỽɜth vabon uab modɜon a
duc ɜc'⹁ Yɜeryɜ adywaỽt . Mi a
deuthum yma yɜ yſpell o amſer .
aphanndeuthum yma gyntaf .
Maen aoed ym . ac yar y benn
ef ypigỽn yſyɜ bop ucher . weith-
on nyt oes dyɜnued yny uchet . yɜ
hynny hyt hediỽ ydỽyf i yma .
ac ny chiglefi dim yỽɜth ygỽɜ
aouynnỽch chỽi . onyt un trei-
gyl ydeuthum y geiſſaỽ uymbỽyt
hyt yn llynn llyỽ . Aphanndeuth-
um i yno ylledeiſ uygcryuang-

heu y myỽn ehaỽc odebygu bot
vymbỽyt yndaỽ weſ̃ vaỽɜ . ac y
tynnỽys ynteu ui hyt yɜ affỽyſ . hyt
pann uu abɜeid im ymdıanc y gan-
taỽ . Sef aỽneuth um inheu mi am
[836] holl garant mynet yggỽɜyſ
ỽɜthaỽ y geiſſaỽ ydiuetha . Ken-
nadeu a yɜrỽys ynteu y cymot
ami . adyuot aoɜuc ynteu attaf i .
y diot dec tryuer adeugeint oe
geuyn . onyt ef awyɜ peth oɜ hynn
ageiſſỽch chỽi . ny ỽnn i neb ae
gỽypo ⹁ Mi hagen auydaf gyuar-
ỽyd yỽch hyt lle y mae ⹁ Dyuot
aoɜugant hyt lle yɜ oed . Dywedut
aoɜuc yɜ eryɜ . Ehaỽc llyn lliỽ mi
adeuthum attat . gan gennadeu
arthur y o uyn aỽdoſt dim yỽɜth
vabon uab modɜon aducpỽyt yn
teir noſſic y ỽɜth y uam . Y gy-
meint awypỽyfi mi ae dywedaf .
Gan bob llanỽ ydaf i ar hyt yɜ auon
uchot hyt pandelỽyf hyt ym ach
mur kaer loyỽ . ac yno y keueis i .
ny cheueis eirmoet o dɜỽc ygy-
meint . ac mal ycrettoch doet un
ar uyndỽy yſgỽyd i yma ohon-
aỽch . ac yſef ydaeth ardỽy yſgỽyd
yɜ ehaỽc . kei agỽɜhyɜ gỽalſtaỽt
ieithoed . Ac ykerdaſſant hyt pann
deuthant am y uagỽyɜ ar karchar-
aỽɜ . yny uyd kỽynuan agriduan
aglywynt am y uagỽyɜ ac ỽy .
Gỽɜhyɜ adywaỽt . padyn agỽyn
yny maendy hỽñ ⹁ Oiaỽɜ yſſit le
idaỽ y gỽynaỽ yneb yſſyd yma .
Mabon uab modɜon yſſyd yma
ygcarch . ac ny charcharỽyt neb

kyndoſtet ynllỽ2ỽ carchar ami .
na charchar llud llaỽ ereint . neu
garchar greit mab eri . Oes o -
beith gennyt ti ar gaffel dy ellỽng
ae y2 eur ae y2 aryant ae y2 golut
p2eſſennaỽl. ae y2 catwent ac ym-
lad . Y gymeint ohonof i a gaffer
a geffir d2ỽy ymlad . Ymchoelut
o honunt ỽy odyno . a dyuot hyt
[837] lle ydoed arthur . Dywedut o
honunt y lle yd oed mabon uab mo-
d2on ygkarchar ~ Gỽyſſyaỽ ao2uc
arthur milwy2 y2 ynys honn. amy-
net hyt ygkaer loyỽ ylle yd oed ma-
bon ygkarchar . Mynet ao2uc kei
abedwy2 ardỽy yſcỽyd y pyſc .
tra yttoed vilwy2 ar†hur yn ymlad
ar gaer ~ rỽygaỽ o gei y uagỽy2
achymryt y carcharaỽ2 ar y geuyn.
ac ymlad ar gỽy2 ualkynt ar
gỽy2 . At ref ydoeth arthur a
mabon gantaỽ ynryd ⁘ ∞

Dywedut ao2uc arthur . beth
Jaỽnhaf weithon y geiſſaỽ
yngyntaf o2 annoetheu . Jaỽnhaf
yỽ keiſſaỽ deu geneu gaſt rymhi .
awys heb y2 arth" pa du y mae
hi . Y mae heb y2 un yn aber deu-
gledyf . Dyuot ao2uc arth" hyt
ynty tringat yn aber cledyf . A
gouyn ao2uc ỽ2thaỽ . aglyweiſt ti
yỽ2thi ḟi yma . Py rith y mae hi .
Ynrith bleidaſt heb ynteu . ae
deu geneu genthi yd ymda . Hi
a ladaỽd vy yſgrybul yn vynych .
ac ymae hi iſſot yn aber cledyf y
myỽn gogof . Sef ao2uc arthur
gy2ru ym p2yt wenn y long ar uo2.

ac ereill ar y tir yhela y2 aſt . ae
chylchynu uelly hi ae deu geneu.
ac eudat rithaỽ o duỽ y arthᵃ yn
eu rith ehunein . Gwaſcaru ao2uc
llu arthur bob un bob deu ⁘ ∞

AC ual ydoed gỽythy2 mab
greidaỽl. dydgỽeith yn
kerdet d2os vynyd. y clywei leuein
agridua girat . agarſcon oed eu
clybot . a chub ao2uc ynteu parth
ac yno . ac mal y deuth yno [837ᵇ]
difpeilaỽ cledyf awnaeth. a llad y
tỽynpath ỽ2th y dayar. ac eẟiffryt
uelly rac y tan . ac y dywedaſſant
ỽynteu ỽ2thaỽ ~ Dỽc uendyth duỽ
ar einym gennyt . ar hynn ny allo
dyn vyth y waret . ni adoỽn y
waret itt . Hỽyntỽy wedy hynny
a doethant ar naỽ heſtaỽ2 llinat .
anodes yſpadaden pennkaỽ2 ar
culhỽch ynueſſuredic oll heb dim
yn eiſſeu o honunt eithy2 un llin -
hedyn . ar mo2grugyn cloff adoeth
ahỽnnỽ kynn ynos ⁘ ∞ ∞ ∞ ∞ ∞

Pan yttoed gei a bedwy2 yn
eiſted arbenn pumlumon .
ar garn gỽylathy2 ar wynt mỽyaf
yny byt . ed2ych aỽnaethant yn
eukylch. ac ỽynt aỽelynt vỽc maỽ2
parth ardeheu ympell y ỽ2thunt
heb d2oſſi dim gan y gỽynt ~ ac
yna y dywaỽt kei . myn llaỽ vyng
kyueillt . fyll dy racco tan ryſſỽ2.
Bryſſyaỽ ao2ugant parth ar mỽc.
adyneſſau parth ac yno dan ym
ardifgỽyl o bell. yny uyd dilluˢ uar-
cuaỽc yndeiuaỽ baed coet . Ilyna
hagen yryſſỽ2 mỽyaf aochelaỽd

arthur eiryoet. Heb y bedwyꝛ
yna Ѵꝛth gei. ae hatwaenoſt di
ef. atwen heb y kei. llyna dillus
uarruaѴc. nyt oes yny byt kyn-
llyuan adalyo dꝛutwyn ᴗ keneu
greit uab eri. namyn kynllyuan
o uaryf y gѴꝛ awely di racko. ac
ny mѴynhaa heuyt onyt yn vyѴ y
tynnir achyllellpꝛenneu oe uaraf.
kanys bꝛeu uyd yn uarѴ. Mae
ankynghoꝛ ninneu Ѵꝛth hynny heb
y bedwyꝛ. GadѴn ef. heb y kei y
yſſu ywala oꝛ kic. agѴedy hynny
kyſcu aѴna. Tꝛa yttoed ef yn
[837ᶜ] hynny y buant Ѵynteu yn
gѴneuthur kyllellbꝛenneu. Pan
Ѵybu gei yndiheu y uot ef ynkyſcu.
gѴneuthur pѴll aoꝛuc dan y dꝛaet
mѴyhaf yny byt. atharaѴ dyꝛnaѴt
arnaѴ anueitraѴl y ueint aoꝛuc. ae
waſcu yny pѴll hyt pandaroed ud-
unt y gnithiaѴ ynllѴyꝛ ar kyllell-
bꝛenneu y uaryf. agѴedy hynny y
lad yngѴbyl. Ac odyna ydaethant
elldeu hyt ygkelli wic ygkernyѴ.
achynllyuann o uaryf dillus uar-
uaѴc gantunt ᴗ ae rodi aoꝛuc kei
ynllaѴ arthur. ac yna y kanei ar-
thur yꝛ eglyn hѴnn. KynnllyuꜵÐ
aoꝛuc kei. o uaryf dillus uab
eurei. Pei Jach dy angheu uydei-
Ac amhynny yfoꝛres kei hyt pan
uu abꝛeid y uilwyꝛ yꝛ ynys honn
tangneuedu y rѴng kei ac arthur.
Ac eiſſoes nac yꝛ anghyfnerth ar
arthur ᴗ nac yꝛ llad y wyꝛ. nyt ym-
yꝛrѴys kei yn reit gyt ac ef o hynny
allan. Ac yna y dywaѴt arthur.

Beth iaѴnaf weithon y geiſſaѴ oꝛ
annoetheu. JaѴnaf yѴ keiſſaѴ dꝛut-
wyn keneu greit uab eri. Kynno
hynny ychydic ydaeth creidylat
uerch lud laѴ ereint gan wythyꝛ
mab greidaѴl. achynnkyſcu gen-
thi dyuot gѴynn uabnud aedѴyn
y treis. KynnullaѴ llu o wythyꝛ
uab greidaѴl. adyuot y ymlad a
gѴynn mabnud. agoꝛuot o wyn-
adala greit mab eri. aglinneu
eil taran. a gѴꝛgѴſt letlѴm. a dyf-
narth y uab- adala openn uab
nethaѴc. a nѴython. a chyledyꝛ
wyllt y uab. allad nѴython aoꝛuc
adiot y gallon. a chymhell ar ky-
ledyꝛ yſſu callon y dat. Ac am
hynny ydaeth kyledyꝛ yggѴyllt.
Clybot o arthur hynny. adyuot
hyt y gogled. adyuynnv aoꝛuc ef
gѴynn uab nud attaѴ. [837ᵈ] a
gellѴng y wyꝛda y gantaѴ oe gar-
char. agѴneuthur tangneued y
rѴng gѴynn mab nud agѴythyꝛ
mab greidaѴl. Sef tangneued a
wnaethpѴyt. gadu y uoꝛѴyn yn
ty y that yn diuѴyn oꝛ dѴy barth-
Ac ymlad bob duѴ kalan mei uyth
hyt dyd bꝛaѴt oꝛ dyd hѴnnѴ allan.
y rѴng gѴynn agѴythyꝛ. ar un a
oꝛffo o nadunt dydbꝛaѴt kymeret
y uoꝛѴyn. AgѴedy kymot y gѴyꝛ-
da hynny uelly. y kauaſ arthur
mygdѴn march gѴedѴ- a chynn-
llyuan cѴꝛs cant ewin. GѴedy
hynny yd aeth arthur hyt yn
llydaѴ. a mabon uab mellt gan-
taѴ. agѴare gѴallt euryn y geiſſaѴ

deu gi glythmyꝛ lewic . Agỽedy
eu kaffel yd aeth arthur hyt yg
goꝛllewin iwerdon ygeiffaỽ gỽꝛgi
feueri . ac odgar uab aed bꝛenhin
iwerdō gyt ac ef . ac odyna ydaeth
arthur yꝛ gogled . ac y delis kyle-
dyꝛ wyllt . ac yd aeth yfkithyꝛw-
ynn penn beid . ac ydaeth mabon
mab mellt adeugi glythuyꝛ led-
ewic yny laỽ . adꝛutwyn geneu
greit mab eri . ac yd aeth arthur
ehun yꝛerhyl . achauall ki arthur
yny laỽ . Ac yd efgynnỽys kaỽ o
bꝛydein arlamrei kaffec arthur .
ac achub yꝛ kyfuarch . Ac yna y
kymerth kaỽ o bꝛydein nerth
bỽyellic . ac yn wychyꝛ trebelit y
doeth ef yꝛ baed . ac y holldeſ y
benn yndeu hanner . Achymryt
aoꝛᶜ kaỽ yꝛ yfgithyꝛ . Nyt ykỽn
anottayffei yfpaden ar gỽlhỽch
aladaỽd ybaed . namyn kauall ki
arthur ehun ~ ∞

AGỽedy llad yfgithyꝛwyn benn
beid yd aeth arthᵘ ae niṷ
hyt yngkelli [837ᵉ] ỽic yngker-
nyỽ . ac odyno ygyꝛrỽys menỽ
mab teirgỽaed y edꝛych a uei y
tlyffeu y rỽng deugluft tỽꝛch
trỽyth . rac falwen oed uynet y
ymdaraỽ ac ef . ac ony bei y
tlyffeu gantaỽ . diheu hagen oed
y uot ef yno . Neur daroed idaỽ
diffeithaỽ traean iwerdon . Mynet
aoꝛuc menỽ yymgeis ac ỽynt .
Sef ygỽelas ỽynt ynefgeir oeruel
yn Jwerdon . Ac ymrithaỽ aoꝛuc
menỽ yn rith ederyn . a difgynnu

aỽnaeth uch penn y gỽal . acheif-
faỽ yfglyffyaỽ un oꝛ tlyffeu y gan-
taỽ ~ ac ny chauas dim hagen
namyn un oe wrych . Kyuodi a
oꝛuc ynteu yn wychyꝛ da . ac
ymyfgytyaỽ hyt pan ymoꝛdiwed-
aỽd peth oꝛgỽenỽyn acef . O
dyna ny bu dianaf menỽ uyth .
Gyꝛru o arthur gennat gỽedy
hynny ar odgar uab aed bꝛenhin
iwerdon . y erchi peir diỽꝛnach
wydel maer idaỽ . Erchi o otgar
idaỽ yrodi . Y dywaỽt diỽꝛnach-
duỽ awyꝛ pei hanffei well owelet
un olỽc arnaỽ nafkaffei . adyuot
ogennat arthur anac genthi o
Jwerdon- Kychỽynnu aoꝛuc arthᵃ
ac yfgaỽn niuer ganthaỽ amyn-
et ympꝛytwen y long . adyuot y
ywerdon . adygyꝛchu ty diỽꝛnach
ỽydel aoꝛugant . Gỽelfant niuer
otgar eu meint . agỽedy bỽyta
o nadunt ac yuet eudogyn . erchi
y peir aoꝛuc arthᵃ . Ydywaỽt ynteu
pei af rodei y neb . y rodei ỽꝛth eir
odgar bꝛenhin Jwerdon . Gỽedy
lleueryd nac udunt . kyuodi aoꝛuc
bedwyꝛ ac ymauael yny peir . ae
dodi ar geuyn [838] hygỽyd gỽas
arthur . bꝛaỽt oed hỽnnỽ un uam
y gachamỽꝛi gỽas arth- Sef oed
y fỽyd ef yn waftat ymdỽyn peir
arthur adodi tan ydanaỽ- Meglyt
o lenlleaỽc ỽydel ygkaletvỽlch .
ae ellỽng ar yrot . allad diỽꝛnach
wydel ae niuer achan . Dyuot
lluoed Jwerdon ac ymlad ac ỽy .
agỽedy ffo y lluoed achlan . mynet

arthur ae wy2 yn eu g6yd yny llong.
ar peir yn lla6n o f6llt i6erdon
gantunt . adifkynnu yn ty ll6yd
eu mab kel coet ympo2th kerdin
yndyuet . ac yno y mae meffur
y peir . ~ ~ ∞ ∞ ∞

C yna ykynnull6ys arth" a
oed o gynify62 ynteir ynys
p2ydein ~ ae their rac ynys . ac
aoed yn freinc a llyda6 . a no2-
mandi ag6lat y2 haf . ac aoed o
gic62 dethol . a march clotua62.
ac ydaeth ar niueroed hynny oll
hyt yn i6erdon . ac y bu ouyn ma62
ac ergryn racda6 yn Jwerdon .
Ag6edy difgynnu arthur y2 tir .
dyuot feint Jwerdon atta6 y erchi
na6d ida6 . Ac yrodes ynteu
na6d udunt h6y . ac yrodaffant
6ynteu eu bendyth ida6 ef . Dy-
uot ao2uc g6y2 iwerdon hyt att
arth" arodi b6yttal ida6 . Dyuot a
o2uc arthur hyt yn efgeir oeruel
yn J6erdon . yny lle ydoed t62ch
tr6yth . ae feithlydyn moch gan-
ta6 . gell6ng k6n arna6 o bop
parth . y dyd h6nn6 educher yd
ymlada6d y g6ydyl ac ef . Y2 hyn-
ny pymhet ran y iwerdon a6naeth
yn diffeith . athrannoeth yd ym-
[839] lada6d teulu arthur ac ef .
namyn a ga6ffant od26c y ganta6.
ny cha6ffant dim o da . Y trydyd
dyd yd ymlada6d arthur ehun ac
ef na6 nos . a na6 nieu . ny lada6d
namyn un parchell oe uoch . Go-
uynn6ys y g6y2 y arthur peth oed
yfty2 y2 h6ch h6nn6 . Y dywa6t

ynteu ~ b2enhin uu. ac am y bech-
a6t y rith6ys du6 ef ynh6ch. Gy2ru
a6naeth arthur g62hy2 g6alfta6t
ieithoed. y geiffa6 ymad2a6d ac ef.
Mynet ao2uc g62hy2 ynrith eder-
yn . adifgynnv a6naeth vch benn
y wal ef ae feithlydyn moch . a
gouyn ao2uc g6alfta6t ida6 . Y2
y g62 athwnaeth ar y del6 honn .
o2 gell6ch dywedut . y harchaf
dyuot un o hona6ch y ymdidan
ac arthur . G62theb a6naeth gru-
gyn g62ych ereint . mal adaned
ar6ant oed y wrych oll y ffo2d y
kerdei ar goet ac ar uaes y g6elit
ual y llith2ei y wrych . Sef atteb
a rodes grugyn . Myn y g62 an
g6naeth' ni ar y del6 honn . ny
wna6n . ac ny dywed6n dim y2
arth" Oed diga6n od26c a6nath-
oed du6 ynni . an g6neuth" ar y
del6 hon . kyny dele6ch ch6itheu
y ymlad ani . Mi adywedaf y6ch
ydymlad arth" am y grib ar ellyn
ar g6elleu yffyd r6ng deu gluft
t62ch tr6yth . Heb y grugyn hyt
panngaffer y eneit ef yn gyntaf .
ny cheffir y tlyffeu hynny . Ar bo2e
auo2y y kych6ynn6n ni o6yma. ac
yda6n y wlat arth" ar meint m6y-
haf a allom ni o d26c a6na6n yno.
Kych6yn ao2ugant h6y ar ymo2
parth achymry . ac ydaeth [840]
arthur ae luoed ae ueirch ae g6n
ymp2ytwen . athara6 lygat ym-
welet ac 6ynt . Difgynnu a6naeth
t62ch tr6yth ympo2th cleis yn
dyuet . Dyuot ao2uc arthur hyt

ym myny6 ynos honno. T2an-
noeth dywedut y arthur eu mynet
heiba6 . ac ymo2diwes ao2uc ac
ef yn llad g6arthec kynnwas k62r
y uagyl. Ag6edy llad aoed yn deu
gledyf odyn a mil kynndyuot ar-
thur. O2 pandeuth arth" y kych-
6ynn6ys t62ch tr6yth odyno hyt
ymp2effeleu. Dyuot arthur allu-
oed y byt hyt yno ~ Gy2ru ao2uc
arthur ywy2 y2 erhyl ~ Ely . a
th2achmy2. ad2utwyn keneu greit
mab eri yny la6 ehun. a g6arth-
egyt uab ka6 yghongyl arall. a
deu gi glythmy2 letewic yny la6
ynteu. A bedwy2 achauall ki ar-
thur yny la6 ynteu. a reftru ao2uc
y milwy2 oll odeu tu nyuer. Dyuot
tri meib cledyf div6lch. g6y2 a
gauas clot ma62 yn llad yfgith-
y2wyn pennbeid ~ Ac yna y kych-
6ynn6ys ynteu olynn nyuer. ac
y doeth y g6m ker6yn. ac y rodes
kyuarth yno: Ac yna y llada6d ef
bedwar ryff62 y arthur. g6arth-
egyd mab ka6 a thara6c allt cl6yt.
a reid6n uab eli atuer. ac ifcouan
hael. ag6edy llad y g6y2 hynny ~
y rodes y2 eil kyuarth udunt yny
lle. ac yllada6d g6yd2e uab ar-
thur. a garfelit wydel. a gle6 uab
•yfca6t . Ac ifca6yn uab panon.
ae dolurya6 ynteu yna a6naeth-
p6yt. Ar bo2e ymb2onn ydyd
d2annoeth yd ymo2diweda6d rei
o2 g6y2 ac ef. Ac yna y llada6d
huanda6 . agogig62. aphenn pin-
gon. tri g6eis gle6l6yt gauaelua62~

hyt nafg6ydyat du6 was yny byt
ar y hel6 ynteu. eithy2 llaefgen-
ym ehunan g62 ny hanoed well
neb ohona6 . Ac y gyt ahynny
y llada6d lla6er owy2 y 6lat. a
g6lydyn faer penfaer y arthur.
Ac yna yd ymo2diweda6d arthur
ympelumya6c ac ef. ac yna yllad-
a6d ynteu mada6c mab teithyon.
ag6yn mab tringat Mab neuet
[841] ac eirya6n pennllo2an. Ac
odyna ydaeth ef hyt yn aber ty6i.
ac yno yrodes kyuarth udunt .
ac yna yllada6d ef kynlas mab
kynan. ag6ilenhin b2ein freinc .
odyna yd aeth hyt ygglynn yftu.
Ac yna yd ymgollaffant yg6y2 ar
c6n ac ef. Dyuynnu ao2uc arth"
g6yn uab nud atta6 . agouyn ida6
a6ydyat ef dim y62th t62ch tr6yth.
Y dywa6t ynteu naf g6ydyat. Y
hela ymoch yd aeth y kynnyd-
yon yna oll. hyt yn dyffryn llych-
62. ac y digriby6ys grugyn g6allt
ereint udunt. a ll6yda6c gouynn-
yat. ac y lladaff y kynnydyon hyt
na diengis dyn yn vy6 onadunt ~
namyn un g62. Sef ao2uc arth"
dyuot ae luoed hyt lle ydoed
grugyn all6yda6c. a gell6ng yna
arnadunt aoed o gi rynodydoed
yn ll6y2. Ac 62th y2 a62 adodet
yna ar kyuarth. y doeth t62ch
tr6yth ac y diffy2th 6ynt. Ac y2
pan dathoedynt d2os uo2 iwerdon.
nyt ymwelfei ac 6ynt hyt yna ~
Dyg6yda6 a6naethp6yt yna ag6y2
a ch6n arna6. Ymrodi y gerdet o

hona6 ynteu . hyt ym mynyd a -
man6. Ac yna y llas ban6 oeuoch
ef . ac yna yd aethp6yt eneit d2os
eneit ac ef . ac y llad6yt yna t62ch
lla6in . ac yna y llas arall oe voch⹁
g6ys oed y en6 . ac odyna yd aeth
hyt yn dyffrynn aman6 . ac yno
y llas ban6 a bennwic . Nyt aeth
odyno ganta6 oe uoch yn vy6 . na-
myn grugyn g6allt ereint . a ll6y-
da6c gouynnyat . O2 lle h6nn6 yd
aethant hyt yn ll6ch e6in . ac yd
ymo2diweda6d arthur ac ef yno .
Rodi kyuarth a6naeth ynteu yna.
ac yna y llada6d ef echel uo2d6yt
t6ll . ac ar6yli eil g6yda6c ~~g6yda6c~~
g6y2 . alla6er owy2 a ch6n heuyt .
ac yd aethant odyna hyt yn ll6ch
ta6y . Yſcar awnaeth grugyn
g6rych ereint ac 6ynt yna . ac yd
aeth grugyn odyna hyt yn din -
tywi . Ac odyna yd aeth hyt yg
keredigya6n . ac eil . a th2achmy2
ganta6 . a llia6s gyt ac 6ynt heuyt.
ac ydoeth hyt yggarth gregyn .
ac yno y [842] y llas ll6yda6c
gouynnyat yny myſc . ac y llada6d
ruduy6 rys . a lla6er gyt ac ef . Ac
yna yd aeth ll6yta6c hyt yn yſtrat
y6 . Ac yno y kyuaruu g6y2 llyda6
ac ef . ac yna y llada6d ef hir peif-
fa6c b2enhin llyda6 . a llygatrud
emys ag62bothu . e6ythred arth"
v2ody2 y uam . Ac yna y llas ynteu.
T62ch tr6yth aaeth yna y r6ng
ta6y ac euyas . G6yſfya6 kerny6
adyfneint o arthur yny erbyn hyt
yn aber hafren . adywedut ao2uc

arthur 62th vil6y2 y2 ynys honn .
T62ch tr6yth alada6d lla6er om
g6y2 . Myn g62hyt g6y2 nyt ami yn
uy6 ydaho ef y gerny6 . nys ymlit-
yafi ef bellach . namyn mynet eneit
d2os eneit ac ef awnaf . G6ne6ch
ch6i a6nelhoch . Sef adaruu o gyg-
ho2 ganta6 ell6ng kat o uarch -
ogyon . a ch6n y2 ynys gātunt hyt
yn euyas . ac ymchoelut odyno
hyt yn hafren . ae ragot yno ac
aoed o vilwy2 p2ouedic yny2 ynys
honn . ae y2ru anghen yn anghen
yn hafren . a mynet a6naeth ma-
bon uab mod2on ganta6 ar wynn
mygd6n march g6ed6 yn hafren .
a go2eu mab cuſtennin . a men6 .
Mab teir g6aed y r6ng llynn lli6an
ac aber g6y ⹁ Adyg6yda6 o arthur
arna6 . aryſwy2 p̈dein gyt ac ef .
Dyneſſau ao2uc ofla gyllellua62 .
amana6ydan uab lly2 . a chac m6ri
g6as arth⹁ ag6yngelli . adygrynn-
ya6 ynda6 . Ac ymauael yngyntaf
yny traet . ae gleica6 ohonunt yn
hafren . yny yttoed yn llen6i o
dyuchta6 . B2athu am6s o uabon
uab mod2ō o2 neilparth . achael y2
ellyn y ganta6 . Ac o2parth arall
y dygy2ch6ys kyledy2 wyllt y ar
am6s arall ganta6 yn hafren . ac
yduc y g6elleu y ganta6 . Kynn
kaffel diot y grib . kaffel dayar o
hona6 ynteu ae d2aet . ac o2 pan
gauas y tir ny all6ys na chi na
dyn na march y ganhymdeith hyt
pan aeth y gerny6 . Noc agaffat
o d26c yn keiſfa6 y tlyſfeu hynny

y ganta6. g6aeth a gaffat ynkeiffa6
diffryt y deu 62 rac eu bodi. Kac
m62i ual y tynnit ef y uynyd y tyn-
nei deu uaen ureuan ynteu [843]
y2 aff6ys. Ofla gyllellua62 yn redec
yn ol y t62ch- y dyg6yd6ys y gyllell
oe wein ac y kolles. ae wein ynteu
g6edy hynny yn lla6n o2 d6fy2.
ual y tynnit ef y uynyd y tynnei
hitheu ef y2 aff6ys. Odyna yd daeth
arthur alluoed hyt pan ymo2di-
weda6d ac ef y gkerny6. G6are
oed a gafat o d26c ganta6 kyn no
hynny y 62th a gaffat yna ganta6
yn keiffa6 y grib. O d26c y gilyd
ykaffat ygrib y ganta6. Ac odyna
y holet ynteu o gerny6. ac y gy2-
r6yt y2 mo2 yny gyueir. Nywybu-
6yt vyth o hynny allan pale yd aeth
ac anet ac aethlem ganta6. Ac o-
dyno yd aeth arth⁽ᵃ⁾ y ymeneina6
ac y u626 y ludet yarna6 hyt yg
kelli wic ygkerny6 ⌣ ⌣ ⌣ ∞ ∞

DYwedut o arth⁽ᵃ⁾ ~~aoef~~. aoes
dim weithon o2 anoetheu
heb gaffel. Y dywa6t vn o2 g6y2.
oes. g6aet y widon o2du merch
y widon o2wen openn nant gouut
yg g62th tir uffern. Kych6yn ao2uc
arth⁽ᵃ⁾ parth ar gogled. a dyuot
hyt lle ydoed gogof y wrach ⌣ A
chyngho2i o wynn uab nud. ag6y-
thy2 uab greida6l gell6ng kac-
m62i. ahyg6yd y ura6t. y ymlad
ar wrach. ac ual ydeuthant ymy6n
y2 ogof y hachub ao2uc y wrach.
Ac ymauael yn hyg6yd her6yd
g6allt y benn. ae dara6 y2 lla62

deni. Ac ymauel o gacm62i yndi
hitheu. her6yd g6allt y phenn. ae
thynnu yar hyg6yd y2 lla62. ac
ymchoelut ao2uc hitheu ar kac-
m62i. ac eu dygaboli ylldeu. ac
eu diaruu͜ ᵃᵉ ᵍʸ²ʳᵘ allan dan eu hub ac eu
hob. a llidya6 ao2uc arth⁽ᵃ⁾ o welet
ydeu was hayachen ʷᵉᵈʸ ᵉᵘ llad aceif-
fa6 achub y2 ogof. ac yna y dy-
wedaffāt g6ynn a g6ythy2 62tha6.
nyt dec ac nyt digrif genhym dy
welet yn ymgribya6 ag62ach- gell-
6ng hiramren a hir eidil y2 ogof.
a mynet ao2ugant. Ac o2 bu d26c
trafferth y deu gynt. g6aeth uu
d2afferth ydeu hynny. hyt naf
g6ypei du6 y vn o honunt ellped-
war allu mynet o2 lle. namyn
mal ydodet ell pedwar. ar lamrei
kaffec arthur. Ac yna achub ao2uc
arth⁽ᵃ⁾ d26s y2 ogof. ac y ar yd26s
a uy2yei y wrach acharnwennan
y gyllell. ae thara6 am y hanner
ynyuu yndeu gel62n hi ⌣ a [844]
chymryt ao2uc ka6 o b2ydein g6aet
y wido⁽ⁿ⁾ ae gad6 ganta6 ⌣ ⌣ ⌣ ∞ ∞

ACyna y kych6ynn6ys kul-
h6ch. a go2eu uab cuften-
nin gyt ac ef. ar fa6l a buchei d26c
y yfpadaden pennka62- ar anoeth-
eu gantunt hyt ylys. A dyuot ka6
o b2ydein y eilla6 y uaryf. kic a
ch2oen hyt afg62n ar deugluft yn
ll6y2. ac y dy6a6t kulh6ch. a
eill6yt itti 62. Eill6yt heb ynteu.
ae meu y minneu dy uerch di.
weithon. Meu heb ynteu. ac nyt
reit itt diol6ch y mi hynny. namyn

diolѡch y arthur y gѡz ae peris
itt . Om bod i nys kaffut ti hi
vyth . Am heneit inheu ymadѡs
yѡ ydiot ⹀ Ac yna yd ymauael-
aѡd gozeu mab cuſtennin yn-
daѡ herѡyd gѡallt y penn . Ae
luſgaѡ yn yol yz dom . allad y
penn ae dodi ar baѡl y gatlys . A
gozeſgyn y gaer aozuc aegy=
uoeth . Ar nos honno y kyſcѡys
kulhѡch gan olwen . Ahi auu un
wreic idaѡ trauu vyѡ . A gѡaſ-
caru lluoed arthᵘ paѡb ywlat .
Ac uelly y kauas kulhѡch olwen
merch yſpadaden penn kaѡz ⹀⹀⹀∞

507   *R. B. of Hergest.*

THE WINNING OF OLWEN
is the last in the sequence of
Tales in Peniarth manuscript 4.
The rest of this volume is made
up of fragments of the Mabinogi
of Branwen and of Manawydan,
three pages of Gereint, and a
second text of Peredur, nearly
complete. The pagination jumps
from 254 to 279 because of the
pages in duplicate earlier in
the book. After this note follow
the concluding lines of MS. 6,
part iv., which could not face
page 226 without interrupting
The Story of Kulhwch & Olwen.

CHWEDYL GEREINT VAB ERBIN

cozn racco heb ef . ar aѡz ykenych ef aa ynyѡl ymdeith .
Ac yny kanei ef varchaѡc am byrryei i . nyt aei ynyѡl
byth odyma . Athziſt agofalus oed enyd yny lle yd oed
rac pzyder am er' . Ac yna kanu aozuc Ger' ycozn . ar aѡz
yrodes vn llef arnaѡ yd aeth ynyѡl y ymdeith . Ac y doeth
ynifer ygyt ac ytagnefedѡyt paѡb o honunt ae gilyd .
Ar noſ honno ygohodes yr iarll Ger' ar bzenhin bychan .
Athzannoeth y gѡanhanyſſant ac yd aeth Ger' . parth
ae gyfoeth ehun . Ac ny bu gynnyd ar Ereint o hynny
allan .   *End of Pen. MS. 6, part iv.*

namẏn afo pēn bid bont ᛬ mi afẏdaf bont hep ef. Ac ena
gẏntaf ẏ dẏwedpᴠẏd ẏ geir hᴠnnᴠ ac ẏ diarhebir etwa
o honaᴠ. Ac ena gᴠedẏ goʒwet o honaᴠ ef ar draᴠſ er afon
ẏ bẏrẏᴠd clᴠẏdeu arnaᴠ ef ac ẏt aeth ẏ lu ef drᴠod ar ẏ
draᴠſ ef. Ac ar hennẏ gẏd ac ẏ kẏfodeſ ef llema genad ᛬
eu mallolᴠch en dẏfod attaᴠ ef. Ac en kẏfarch gᴠell itaᴠ
ac enẏ annerch ẏ gan uallolᴠch ẏ gẏfathrachᴠr. Ac en
menegi oe uot ef na haethei namẏn da arnaᴠ ef. Ac ẏ
mae mallolᴠch hep wẏ en rodi brenninaeth ẏwerdon ẏ
wern uab mallolᴠch dẏ nei ditheu uab dẏ chᴠaer. ac
enẏ eſtẏnnu itaᴠ ẏthᴠẏt di en lle ẏ cam ar kodẏant a
wnathpᴠẏd ẏ uranwen ac enẏ lle ẏ mẏnẏch ditheu arglᴠẏt
ae ema ae en enẏſ ẏkedẏrn goſſẏmdeitha uallolᴠch. Je
hep enteu uendigeiduran onẏ allafi uẏhun cael ẏ uren ᛬
hinaeth ac aduẏt ẏſ kẏmerafẏ gẏgoʒ am aᴠch kenadᴠri
chᴠi ᛫ o hẏnn hẏd hẏnnẏ nẏ cheᴠch chᴠi ẏgennẏfi atteb en ᛬
ẏ del gennᴠch amgen noc a doeth. Je arglᴠẏt hep wẏ er atep
goʒeu a gaffom ninneu atatẏ ẏ doᴠn ac ef. Ac aro ditheu
en kennaduri ninheu. Aroaf hep ef o doᴠch en ehegẏr.
ẏ kennadeu a gerdaſſant racdunt ac ar uallolᴠch ẏ doeth ᛬
ant. Arglᴠẏt hep wẏ kẏweira atep afo gᴠell ar uendigeid ᛬
uran nẏ warandawei dim oʒ atep a aeth gennẏm ni at ᛬
taᴠ ef. A wẏr hep y mallolᴠch mae ẏ kẏgoʒ. nẏd oeſ id gẏ ᛬
goʒ arglᴠẏt hep wẏ namẏn un. nẏ enniſ ef ẏmẏᴠn tẏ

See p. 26] ——————— [*cols.* 52-3

Peniarth MS. 6, *part i.*

eiroed hep wẏ . Gṽna di hep wẏ oe anrẏdet ef tẏ ẏ ganno ef
a gṽẏr enẏſ ẏ kedẏrn ar ẏ neill ſtlẏſ itaṽ ꝛ A thitheu ath
lu oꝛ parth arall . A dẏro dẏ urenhinaeth enẏ ewẏlliſ a gṽr-
haa idaṽ . Ac o anrẏdet gṽneuthur ẏ tẏ hep we peth nẏ
gafaſ eiroed tẏ ẏ gannei endaṽ ef a dagnefeta a thi ar ken-
nadeu a doethant ar ẏ gennadṽri hōno ar uendigeiduran
Ac enteu a gẏmẏrth kẏmẏrth . Sef a gafas enẏ gẏgoꝛ
kẏmrẏd hennẏ . a thrṽe gẏgoꝛ branwen fu hēnẏ oll . A rac
llẏgru ẏ wlad oet genthi hitheu hennẏ . ẏ dagnefet a gẏw-
eirṽd ar tẏ a adeilṽẏd en uaṽr ac en braff . Ac ſtrẏṽ a wna-
eth ẏ gṽẏdẏl . Sef ſtrẏṽ a wnaethant dodi gṽanaf o bop parth
ẏ bop colofẏn o cant colofẏn oet enẏ tẏ a dodi bolẏ croen ar
bop un oꝛ gṽanaſſeu a gṽr arfaṽc em hop un o nadunt .
Sef a wnaeth efnẏſſẏn dẏfod ẏmlaen llu enẏ́ſ ẏ kedẏrn ẏ
mẏṽn ac edrẏch golẏgon arwẏllt antrugaraṽc ar hid
ẏ tẏ a wnaeth ac arganfod ẏ bẏlẏ crṽẏn ar hẏd ẏ pẏſt .
Beth ẏſſẏt ẏnẏ bolẏ hṽn hep ef ṽrth un oꝛ gṽẏtẏl . blaṽd
eneid hep ef . ſef a wnaeth enteu ẏ deimlaṽ ef enẏ gafaſ
ẏ bēn a gṽaſgu ẏ bēn enẏ glẏṽ ẏ uẏſſet ẏn ẏmanodi enẏ
ureithell drṽe ẏr aſgṽrn . Ac adaṽ hṽnnṽ a dodi ẏ llaṽ ar un
arall a gofẏn beth ẏſſẏt ema blaṽd medei ẏ gṽẏdel ſef a wna-
ei enteu er un gṽare a phaṽb o nadunt hẏd nad edewiſ ef
gṽr bẏṽ oꝛ holl wẏr oꝛ deu canṽr eithẏr un . A dẏfod ar hṽn-
nṽ . A gofẏn beth ẏſſẏt ema blaṽd eneid hep ẏ gṽẏdel . Sef a

See p. 27] ——— [*cols.* 53-4

End of Pen. MS. 6, *part i.*

ithẏr ẏ llẏf. Sef a wnaeth rei o eu kѳn kerded oeu blaen
a mẏned ẏ̈ perth uechan oet gar eu llaѳ. Ac ẏgẏd ac ẏt
ant ẏr berth kilẏaѳ en gẏflẏm acheginwrẏch uaѳr
aruthẏr ganthunt ac emchwelu ar eu gѳẏr. Neffaѳn
hep ẏ prẏderi parth ar berth ẏ edrẏch beth ẏffẏt endi
Neffau parth ar berth pan neffaant llema bäet coed
claerwẏn en kẏfodi oᴢ berth. Sef a oᴢuc ẏ kѳn o hẏder
ẏ gѳẏr ruthraѳ itaѳ. Sef a wnaeth enteu adaѳ ẏ berth
a chilẏaѳ dalẏm ẏ̇ѳrth ẏ gѳẏr. Ac enẏ uei agof ẏ gѳẏr
itaѳ kẏfarth a rodei ir kѳn hep gilẏaѳ erdunt. A phan
ẏgei ẏ gѳẏr arnaѳ ẏ kilẏei eilweith ac ẏ toᴢrei ẏgẏfarth.
Ac en ol ẏ baet ẏ kerdaffant enẏ welẏnt caer uaѳr ar -
uchel a gѳeith newẏt arnei enẏ lle nẏ welfẏnt na maen
na gѳeith eiroed Ar baet ẏn kẏrchu e gaer en unẏaѳn
ar kѳn enẏ ol ac gѳedẏ mẏned ẏ baet ar kѳn er gaer
rẏfedu a wnaethant wẏnteu weled ẏ gaer enẏ lle nẏr
welfẏnt weith eiroed kẏn no hennẏ. Ac o bēn goᴢffet ed -
rẏch ac emwarandaѳ ar kѳn a wnaethant. pa hẏd ben -
nac ẏ bẏdẏnt nẏ clẏwẏnt ẏr un oeu kѳn na dim ẏ̇ѳrth -
unt. Arglѳẏt hep ẏ prẏderi mi aaf ẏr gaer ẏ geiffaѳ
chѳedleu ẏ̇ѳrth ẏ kѳn. Dẏoer heb enteu nẏth dѳc dẏ gẏg -
oᴢ ẏ uẏned ẏr gaer. nẏ welfam ni ẏ gaer hōn ema eiroed
ac o gѳneẏ uẏ gẏgoᴢi nẏd eẏ idi ar neb a dodef hud ar ẏ
wlad a beris bod ẏ gaer ema. Dẏoer hep ẏ prẏderi nẏ

See p. 34]   [*cols.* 68-9
                    Peniarth MS. 6, *part ii.*

uadeůſij uẏ kwn pa gẏgoʒ bennac agaei gan vanawẏdan
ẏgaer agẏrchuſ ef. pan doeth er gaer na dẏn na mil
nar baed nar kwn na thẏ nac anned nẏ welei enẏ
gaer. Guelei hagen * ual am gẏmerued llaur ẏg ⸗
aer. fẏnna<u>wn</u> agueith ouaen marmor *nẏ chẏlch
ac ar lañ ẏ fẏnnawn cauc evr * en rwẏmedic urth
bedeir cadwẏn a hẏnnẏ uch ben llech ouaen marmoʒ ar
kadẟyneu en kẏrchu er awẏr a diben enẏ bẏd nẏ welei
arnadunt. Goʒfẏnnaẟ ar wnaeth enteu ẟrth deced er
eur a daed gẟeith ẏ kaẟc a dẏfod ẏn ẏt oet ac emafael ac
ef. Ac ẏgẏd ac ẏt emafael ar caẟc glẏnu ẏ dẟylaẟ ẟrth ẏ
caẟc ae draed ẟrth ẏ llech ẏt oet ẏn ſefẏll arnei a dẟyn
ẏ leferẏt ẏ ganthaẟ hẏd na allei dẏwedud un geir a ſef ⸗
ẏll er wnaeth ef ue<u>ll</u>ẏ. Ae aroſ enteu a oʒuc manawẏ ⸗
dan hẏd parth a di<u>wet</u> dẏt. A phẏrnaẟn bẏrr gẟedẏ bod
en diheu ganthaẟ na chaei chẟetleu ẏ ẟrth prẏderi nac
ẏ ẟrth ẏ kẟn dẏfod a oʒuc parth ar llẏſ. pan daẟ ẏmẏwn ſeſ
a<u>wn</u>aeth riannon edrẏch arnaẟ mae hep hi dẏ gedymdeith
dẏ ath gẟn ⁖ llema hep enteu ẏ kẏfranc ar damwein ae
dadcanu oll. Dẏoer hep ẏ riannon ẏſ drẟc a gedẏmdeith fu ⸗
oſti ac ẏſ da a gedẏmdeith a golleiſtẏ. A chan ẏ geir hẟnnẟ
mẏned allan. Ac ar ẏ traẟſ ẏ managaſſei ef uod ẏ gaer
kẏrchu a wnaeth hitheu. poʒth ẏ gaer a weleſ en egoʒed nẏ
bu argel arnei ac emeẟn ẏ deuth ac ẏ gẏd ac ẏ doeth arga<u>n</u> ⸗

See p. 35]

———

[*cols.* 69-70

End of Pen. MS. 6, part ii.

Gwelaf heb ẏr ẏnteu. Ac ẏr a oſteker ohonad ṭi nẏthewẏ
dẏ bẏth. Nẏd rẏbut gennẏf ẏ teu. Athaỽ ỽrthẏf. ac ẏm-
chỽelud aoʒuc ar ẏ Marchaỽc. Ac ar ẏ goſſod kẏntaf ẏ fỽrỽ
ẏr llaỽr ẏ dan dʒaed ẏ uarch. Athra phaaỽt ṿn oʒ pedwaru-
gein Marchaỽc. ar ẏ goſſod kẏntaf ẏ bẏrrẏaỽt pop ṿn. aͅc
o oʒeu ẏ oʒeu ẏ doethant attaỽ. eithẏı ẏr Jarll. Ac ẏn diweth-
af oll ẏ doeth ẏr Jarll attaỽ. athoʒri paladẏr ẏndaỽ. a thoʒri
ẏr eil. Sef a oʒuc ẏnteu er'. ẏmchỽelud arnaỽ. agoſſod a
gwaẏỽ ẏn deỽret ẏ daẏan ẏnẏ hẏlld ac ẏnẏ dẏrr ẏr holl
aruen. ẏnẏ gẏueir honno. ac ẏnẏ uẏt ẏnteu dʒos bedʒe-
in ẏ uarch ẏr llaỽr. Ac ẏnẏ berigẏl am ẏ eneid a neſſau
a oʒuc ger'. attaỽ achan dỽrẏf ẏ March dalewẏgu aoʒuc
Arglỽẏt heb ef ỽrth er' dẏ naỽt. A naỽt a roteͅs ger' itaỽ.
ac ẏ rỽng caleted ẏ daẏar lle ẏ bẏrrỽẏd ẏ gỽẏr a dʒutted
ẏ goſſodeu a gaỽſſant nẏd aeth ẏr ỽn o natunt heb gỽẏp
angheuaỽlchwerỽ clỽẏfedicdoſt bʒiwedic fẏrẏf ẏ ỽrth
Er'. Acherted a oʒuc ger' racdaỽ. ar ẏ bʒiffoʒt ẏt oet erni.
Ar uoʒỽẏn Agedwis ẏ ragoʒ. Ac ẏn agos utunt hỽẏnt a
welẏnt dʒẏffrẏnt tecaf a welſei neb eirẏoed. affrif aͅfon
ar hẏd ẏ dẏffrẏͅnt. ạ ffont a welẏͅnt ar hẏͅd ẏr afon. Aphˡ
ffoʒt ẏn dẏuod ẏṛ bont. Ac uch laỽ ẏ bont oʒ tu dʒaỽ ẏr
afoͅn. hỽẏnt a welẏnt caſtelltreͅf tecaf a welſei neb eirẏ-
oeͅd. Ac ual ẏ kẏrchei ef ẏ bont ef a welei uarchaỽc
ẏn dẏuod ar daỽs tu ac attaỽ Trỽẏ uẏrrgoeͅd bẏchaͅn
teỽ ar uarch Maỽr uchel ẏmdeithwaſtat. hẏwetuaͅlch.

See p. 216] ——————— [*cols.* 432-3
<small>P</small>   *Peniarth MS.* 6, *part iii.*

A varcha6c heb ỿ ger'. o bỿ le ỿ deuedi pan deuaf heb ỿnteu
o2 dỿffrỿnd iſſod. A 6r heb ỿ ger'. pieu ỿ dỿffrỿnt tec h6nn.
Ar caſtelldzef racko. Dỿwedaf heb ỿnteu. G6ỿffred petỿd. y.
geil6 ỿ ffreinc. ar ſſaeſſon ef. ỿ bzenhin bỿchan ỿ geil6 ỿ kỿm-
rỿ_ef. Ae ỿr bont racko heb ỿ ger' ỿt afɉ. ae ỿr bziffo2t iſſaf
ỿdan ỿ tref. Na dos di ar ỿ tir o2 tu dza6 ỿr bont onỿ Mỿn-
nỿ ỿmweled ac efo. Canỿs ỿ gỿnnetỿf ỿ6. Na da6 Mar-
cha6c ar ỿ tir na Mỿnno ef ỿmweled ac ef. ỿrofi adu6 heb
ỿ Ger' Miui a gertaf ỿ ffo2t ual kỿnt ỿr hỿnnỿ. Tebỿgach
ỿ6 gennỿfi nu os ỿ uellỿ ỿ gwneỿ ỿ keffỿ gewilỿt a g6ar-
thaed. ỿn o2wl6ng gallona6c dic kerted a o2uc ger'. ỿ ffo2t
ual ỿt oet ỿ uet6l kỿn no hỿnnỿ. ac nỿd ỿ ffo2t a gỿrchei
ỿ dzef o2 bont agerta6t ger'. namỿn ỿ ffo2t a gỿrchei. ỿ gef-
ỿn ỿ caletir erdrỿm aruchel dzemỿnua6r. ac ef awelei 6ar-
cha6c ỿn dỿuod ỿnỿ ol ỿar gaduarch cadarnde6 kerted-
rud llỿdangarn bzon ehang. Ac nỿ welffei eirỿoed g6r lei
noc a welei ar ỿ March. A dogỿnder o arueu ỿmdana6. ac
am ỿ March. Aphan ỿmodiwa6t a ger' ỿ dỿwa6d 6rtha6
Dỿwed unben heb ef [ae] o an6ỿbod ae o2 rỿuỿc ỿ keiſſud
ti colli o honafi vỿm mreint. atho2ri 6ỿnghỿnetỿf.
Nac ef heb ỿ ger' nỿ 6ỿt6ni caỿthau ffo2t ỿ neb. kanỿˢ
g6ỿtud heb ỿnteu dỿred gỿd ami ỿm llỿs ỿ wneutȟ
ỿa6n ỿm. Nac af mỿnn vỿng kred heb ỿnteu. nỿd a-
6n ỿ lỿs dỿ argl6ỿt onỿd arthȟ ỿ6 dỿ argl6ỿt. Mỿnn
lla6 arthȟ nu heb ef Mi a uỿnnaf ỿa6n ỿ gennỿd neu

See p. 217] ——————

ac am ẏ ᴍarch . adogẏnder o arueu y am hẏnẏ . Dẏwed un-
ben heb ef ỏrth er'. pỏẏ agẏnhadỏẏs itti eiſtet ẏna . ᴍi hun
heb ẏnteu . Kam oet ut∧ᵍᵂⁿᵉᵘᵗʰᵘʳ kewilẏt kẏmeint a hwnỏ
a gwarthaed . Achẏuod ti odẏna ẏ wneuthur ẏaỏn ẏmi am
dẏ anghẏmendaỏd dẏ hun . a chẏuodi a oʒuc ger'. Ac ẏn di
annod ᴍẏned ẏ ẏmwan a oʒugant a thorʒi to o peleidẏr a
oʒugant athoʒri ẏr eil . athoʒri ẏ trẏdet . Adẏrnodeu caled
chwẏrn kẏflẏmdʒud arotei pop ỏn o honunt oe gilẏt . ac
ẏnẏ diwet llidẏaỏ a oʒuc ger'. a goʒdinaỏ ẏ uarch ae gẏrchu
a goſſod arnaỏ ẏnghẏmerued ẏ darẏan ẏnẏ hẏllt . ac ẏnẏ
uẏt pen ẏ gỏaẏỏ ẏnẏ arueu . ac ẏnẏ dẏrr ẏ holl gengleu .
ac ẏnẏ uẏt ẏnteu dʒos pedʒein ẏ uarch hẏd gwaẏỏ ger'.
a hẏd ẏ ureich ẏn ỏẏſc ẏ penn ẏr llaỏr . ac ẏn gẏflẏm tẏn-
nu cletẏf ẏ uẏnnu llat ẏ penn . och arglỏẏt heb ẏnteu
dẏ naỏt athi ageffẏ a uẏnnẏch . Nẏ ᴍẏnnaf heb ẏnteu
namẏn na bo ẏma uẏth ẏ gỏarẏeu hẏnn . nar kaẏ nẏỏl .
nar hud nar lledʒith warẏeu . ti a geffẏ hẏnnẏ ẏn llaweN
arglỏẏt . par ditheu uẏned ẏ nẏỏl oʒ lle heb ẏ ger' kan di
ẏ coʒn racko heb ef ar aỏr ẏ kenẏch ef aa ẏ nẏỏl ẏmdeith .
ac ẏn ẏỏ kanei ef uarchaỏc am bẏrẏei .). nẏd ai ẏ nẏỏl
bẏth odẏma . Athriſt a goualus oet enẏt ẏnẏ lle ẏt oet
rac goual am er'. ac ẏna dẏuod a oʒuc ger'. achanu ẏ corn .
ar aỏr ẏ rotes un llef arnaỏ ẏt aeth ẏ Nẏỏl ẏ ẏmdeith . ac
ẏ doeth ẏ niuer ẏ gẏd ac ẏ tangnẏuethẏd paỏb o honunt .
ae gilẏt . Ar nos honno ẏ gỏahotes ẏr Jarll Ger' ar bren-
hin bẏchan . Athranoeth ẏ boʒe ẏ gỏahanẏffant ac ẏt aeth
Ger'. parth ae gẏuoeth ehun . Ac nẏ bu gẏnnẏt ar Er'. o
= hẏnnẏ allan .

See p. 225-6]
—
End of Pen. MS. 6, *part iii.*

Efrawc ẏarll bieuuoed ẏarlleth ẏnẏ gogled aſeithmeib aoed idaw . ac nẏt oegẏuoeth ẏd ẏmboʒthei ef ẏn ben‐naf namẏn odwrmeinieint ac ẏmladeu arẏueloed ⸗ Ac ẏnẏ diwed ẏllas ef ae chwemeip. ar ſeithuet map aoed idaw. ac nyt oed oet ẏdaw gẏrchu bʒwẏdẏr ac ẏſef oed ẏhenw pe[181]redur a gwreic bwẏllawc aoed uam ẏdaw amedẏlẏaw aoʒuc am ẏ map ae gẏfuoeth a chẏrchu ẏnẏalwch aoʒuc ae map a dẏuot oʒ kẏfuanned ẏr diffeith. ac nẏ duc nep ẏgẏt ahi namẏn dẏn‐ẏon diwala lleſc nẏ wẏdẏnt dim ẏwrth rẏueloed ac ẏmladeu nac ẏwrth ueirch nac arueu ⸗ Affoʒeſt aoed agos udunt ac ẏr ffoʒeſt beunẏd ẏd aei ẏmap ẏchware ac ẏ daflu blaen ẏſgẏ‐ron . adiwẏrnawt ẏgweleſ kadw oeiuẏr aoed oeuam adwẏ ewic aoed agos udunt ſef aoʒuc peredur gẏrru ẏgeiuẏr ẏmewn ar ewiged gẏt ac wẏnt oewrhẏdʒi ae uilwrẏaeth. adẏuot aoʒ‐uc at ẏuam adẏwedut uẏ mam hep ef peth rẏued aweleiſi ẏnẏ ffoʒeſt dwẏ oth eiuẏr agolleſ eu kẏrn rac pellet ẏr pan gollaſſant ami ae gẏrreiſ wẏnt ẏmewn ẏgẏt ar lleill ac ẏd oed‐ẏnt gwedẏ mẏnet gwẏlldinep ẏndunt ami ageueiſ gẏſtec ẏn eu gẏrru ẏmewn ẏgẏt ar lleill . ⱮYnet awnaethbwẏt ẏ ed‐ʒẏch aoed wir hẏnnẏ . arẏued uu gan bawp oʒ ae gweles . a diwẏrnawt wẏnt awelẏnt tri marchawc ẏn kerdet ffoʒd aoed gan ẏſtlẏs ẏffoʒeſt . ac ẏſef ẏgwẏr oedẏnt . Gwalchmei ap gwẏar . agweir ap gweſtẏl . ac ẏwein ap urẏen ⸗ Agwalchmei˙ aoed ẏn kadw ol ẏn ẏmlit ẏmarchawc arannaſei ẏr aualeu ẏn llẏs arthur. vẏ[182]mam hep ẏ peredur pa beth ẏw ẏrei rackaw engẏlẏon vẏmap hep hi . Minheu aaf ẏn engẏl ẏgẏt ac wẏn‐tw . a dẏuot aoʒuc peredur ẏr ffoʒd . a gouẏn aoʒuc* idaw aweleiſti uarchawc ẏn kerdet ẏffoʒd honn . Ni wnni hep ẏ peredur beth ẏw marchawc ẏrẏw beth wẏfi hep ẏgwalchmei . pei dẏwetut ti ẏmi ẏr hẏnn aouẏnnaf ẏt minheu adẏwedwn ẏt ẏr hẏnn aouẏnnẏ ditheu. dẏwedaf hep ẏnteu. beth ẏw hwnn hep ẏ peredur wrth ẏkẏfrwẏ . kẏfrwẏ hep ẏ gwalchmei . ago‐uẏn aoʒuc peredur henw pob peth ac aellit ac ef . a gwalch‐mei ae mẏnegis idaw . dos ragot hep ẏperedur Mi aweleiſ ẏ rẏw dẏn aofuẏnnẏ . aminheu aaf ẏth ol di ẏn uarchawc ⸗ Dẏuot aoʒuc peredur ẏn ẏd oed ẏuam . uẏ mam hep[ef] nẏt en‐gẏlẏon oed ẏrei gẏnneu namẏnn marchogẏon ⸗ Ac ẏna ẏ llewẏgawd ẏuam . ac ẏna ẏd aeth peredur ẏn ẏdoed keffẏleu ẏn ẏd . agẏwedei gẏnnut . ac agẏwedei bwẏt allẏnn udunt oʒ

kẏuanned ẏr diffeith . ar keffẏl krẏfuaf aweles agẏmẏrth .
ac ẏn llekẏfrwẏ ẏrodef panẏozec ac owdẏn anwaredut ẏr hẏnn
awelfei ẏgan walchmei adẏuot ẏn ẏdoed ẏ uam ẏna adat -
lewẏgu ẏuam ẏna = Je arglwẏd hep hi ae kẏchwẏn auẏn di .
Je hep ẏnteu . aro ẏgennẏfi eirieu kẏnghoz ẏt . dẏwet ar
urẏs hep ẏnteu ami ae harhoaf = Dos ragot hep hi lẏf arthur
ẏno ẏ mae gozeu ẏgwẏr adewraf[183] ẏnẏ gwelẏch eglwẏs kan
dẏbader wrthi . ogwelẏ bwẏt adiawt kẏmer ef obẏd reit ẏt
wrthaw onẏ o wẏbot adaeoni ẏrod ẏt . ochlẏwẏ diafbat dof
wrthi ac ẏn enwedic diafbap gwreic = Ogwelẏ dlws tec kẏ -
mer ef . adẏro ditheu ẏarall ẏr kanu da ẏtt . Ogwelẏ wreic
dec gozdercha hi gwellgwr ẏth wna kẏn ẏth uẏnho = Ẏna ·y
kẏchwẏnnawd peredur ẏmeith adẏrneit ganthaw o aflacheu
blaenllẏm = Dwẏnos adeudẏd ẏ buant ẏn kerdet ẏnẏalwch
a diffeith hep na bwẏt na diawt . ac ef adoeth ẏgoet mawr .
ac ẏnẏ koet ẏgwelei lannerch ac ẏnẏ llannerch ẏgwelei be -
bẏll . ac ef agant ẏ bader wrthaw ẏnrith eglwẏs . apharth
adzwf ẏpebẏll ẏdoeth . ac ef awelei ẏn emẏl ẏdzwf kadeir
eureit . amozwẏn wẏnep delediw ẏn eifted ẏn gadeir . aractal
eur am ẏthal amein gwerthuawr ẏndaw . amodzwẏ eururaf ar
ẏllaw . Difgẏnnu aozuc peredur adẏuot ẏmewn . llawen uu ẏ
uozwẏn wrthaw . achẏuarch gwell ẏdaw = Ac ar dal ẏbebẏll
ẏ gwelei bwrd adwẏ goftrel ẏn llawn owin adwẏ dozth ouara
gwẏn agolwẏthẏon ogic meluoch = Vẏmam hep ef aerchis
ẏmi ogwelwn bwẏt adiawt ẏgẏmrẏt dos ditheu ẏr bwrd un -
ben hep hi agwroeffo duw wrthẏt ẏr bwrd ẏd aeth peredur . ar
neill hanner oz[184] bwẏt ar llẏn agẏmẏrth peredur ar llall a
adawd ẏngkẏueir ẏuozwẏn = aphan daruu ẏdaw uuwẏta dẏ -
uot aozuc ẏn ẏd oed ẏuozwẏn adẏwedut vẏmam aerchẏs ẏmi
hep | kẏmrẏt tlws tec ẏnẏ gwelwn nẏt mẏui eneit aegwara -
uun ẏti hep ẏr unbennef . ẏuodzwẏ agẏmẏrth peredur ac
ẏftwng ar benn ẏ lin aozuc arodi cuffan idi amẏnet ẏmeith =
Ac ẏn ol hẏnnẏ ẏdoeth marchawc bieuuoed ẏpebẏll agwelet
ol ẏmarch ẏnẏ dzws = pwẏ auu ẏma gwedẏ mẏui . dẏn eref
auu ẏma hep hi adẏwedut oll ual ẏd oed . auu ef gennẏti
hep ef na uu mẏn uẏngkret hep hi ⟨dⁿ⟩ẏn uẏngkret heb ẏnteu
nẏth gredaf . ac ẏnẏ ẏmgaffwẏf i ac euo ẏ dial uẏngkewilid
nẏ cheffẏ ditheu dwẏnos ẏn untẏ = Ac ẏna ẏkẏfuodef fẏberw
ẏllannerch . ac ẏd aeth ẏ ẏmgeiffiaw ac ef . ẏnteu beredur a

Peniarth MS. 14.

gerdawd racdaw parth allẏſ arthur . achẏn ẏdẏuot ef ẏr llẏſ
ẏdoeth ẏmarchawc arall ẏr llẏs . amodᴢwẏ eururaſ arodaſei
hwnnw ẏdẏn ẏnẏ poᴢth ẏr dalẏ ẏuarch tra adoed ẏnteu ẏ
mewn ẏn ẏd oed arthur aᵹwenhwẏuar ac enniuer ar marchawc
aᵹẏmẏrth ẏgoluwrch olaw wenhwẏuar ac ef auwẏrẏawd ẏ llẏn
am ẏhwẏnep ae bᴢonnoll ac ef arodeſ idi boncluſt ac adẏuawt
wrthi ẏnuchel oſit auẏnho amwẏn ẏgoluwrch hwnn amẏui .
adial ſarhaet gwenhwẏuar doet ẏm ol ẏr weirglawd ami ae
har[185]hoaf ẏno ꞊ Sef aoᴢuc pawp ẏna ẏſtwng ẏbenn athewi
rac adolwẏn ẏnep onadunt uẏnet ẏn ol ẏmarchawc. ac ẏn debic
ganthunt nawnelei nep ẏrẏw gẏflauan honno onẏ bei hut a
lleturith neu na allei nep ẏmgẏhwrd ac ef oe gedernẏt ꞊ Ac
ar hẏnnẏ nachaf peredur ẏn dẏuot ẏr neuad ẏmewn ar ẏkeffẏl
bᴢẏchwelw ẏſgẏrnic ac ar kẏweirdep muſgrell owdẏn ac ẏſef
ẏd oed gei ẏn ſeuẏll ar ḷlawr ẏneuad ⸗ ẏgwr hir racw hep ẏ
peredur mae arthur . beth auẏnnuti ac arthur hep ẏkei . vẏ
mam aerchiſ ẏm dẏuot ar arthur ẏm urdaw ẏn uarchawc ur ⸗
dawl . Mẏn uẏnkret hep ẏkei rẏ anghẏweir ẏdoethoſ o uarch
ac arueu ac ar hẏnnẏ arganuu ẏteulu ef . ae daualu a bwrw
llẏſgẏeu ẏdaw ac ẏn da ganthunt caffel eſguſ ẏdewi am ẏ mar-
chawc áádoed ẏr weirglawd . ac ar hẏnnẏ nachaf ẏn dẏuot ẏ
mewn koᴢr adodoed ẏno ẏr yſblwẏdẏn ac nẏ dẏuot ungeir ẏr
pan dothoed ẏno hẏt ẏna ẏ dẏuot pan ar ganuu beredur. ha. ha.
beredur dec ap efrawc groeſſo duw wrthẏt ar bennic ẏmilwẏr
ablodeu y marchogẏon . ẏrof aduw hep ẏkei ẏſdᴢwc medᴢu
uellẏ bot ulwẏdẏn ẏn llẏs arthur ẏn uut agalw ẏdẏn hwnn
ẏgwẏd arthur ae deulu ẏn arbennic milwẏr ac ẏn ulodeu
marchogẏon arodi boncluſt aoᴢuc kei ẏr koᴢr ẏnẏ uyd ẏnẏ uar-
[186]wlewẏc ꞊ Ac ar hẏnnẏ nachaf ẏ goᴢreſ ẏn dẏuot ẏmewn
ac ẏn dẏwedut wrth beredur ẏr unrẏw ẏmadᴢawd ac adẏuot
ẏ koᴢr. Sef aoᴢuc kei ẏna gwan gwth troet ẏnẏ goᴢreſ ẏnẏ
uẏd ẏnẏ marwlewẏc ꞊ Ẏna ẏdẏuot peredur . ẏgwr hir man -
ac ẏm mae arthur ꞊ Taw athſon hep ẏkei adoſ ẏn ol ẏ
marchawc ááeth ẏr weirglawd a bwrw ef ẏr llawr achẏmer
ẏuarch ae arueu ac gwedẏ hynnẏ ti ageffẏ wneuthur ẏn uar-
chawc urdawl Ɑ)i awnaf hẏnnẏ hep ẏ peredur . amẏnet a
oᴢuc peredur ẏr weirglawd ẏn ẏd oed ẏ marchawc. dywet
dẏwet hep ẏmarchawc wrth beredur aweleiſ di nep oᴢ llys
ẏn dẏuot ym ol ac onẏſ gweleiſt doſ etwa ẏr llẏs ac arch ẏ

arthur neu ẏun oe deulu dẏuot ẏma ~~ẏman am~~ ẏ ẏmwan ami
ac onẏ daw ẏn ebʒwẏd mi ááſ ẏmeith ẏ gwr hir ẏſẏd ẏno
aerchiſ ẏmi dẏuwrw di achẏmrẏt ẏm mihun dẏuarch ath ar -
ueu ar goʒulwch ⸗ Sef aoʒuc ẏmarchawc ẏn llidiawc neſſau
ar beredur ac agarlloſt ẏwaew ẏdaraw ẏrwng ẏſgwyd amwn⸗
ẏgẏl dẏrnawt maw doluruſ awaſ hep ẏperedur nẏ warei
weiſion uẏ mam amẏui ẏuellẏ abwrw ẏmarcha|awc awnaeth
peredur agaflach blaenllym ẏnẏ lẏgat ẏnẏ uẏd ẏr gwegil ẏr
[187] allan ac ẏnteu ẏn uarw ẏr llawr ⸗ Dioer hep ẏ gwalchmei
wrth gei dʒwc ẏmedʒeiſt am ẏdẏn ſol aẏrreiſt o dẏma ẏn ẏr
weirglawd ac of ẏuwrw awnaethbwẏt idaw eirif gwr mwẏn a
uẏd arnaw . Ac ollas bʒeint gwr mwẏn auẏd arnaw ac anglot
tragẏwẏdawl ẏ arthur ae wẏr . ae bechawt ẏnteu arnam nin -
heu oll amẏui aaf ẏ edʒẏch ẏr weirglawd pa beth ẏſẏd ẏno ⸗
Ac ẏna ẏdoeth gwalchmei ẏr weirglawd aphann doeth ẏd oed
beredur ẏn lluſgaw ẏ gw ẏnẏ ol erbẏn ẏarueu arho hep ẏ
gwalchmei mi adiodaf ẏ arueu ẏ am ẏ gwr ẏtt nẏt hawd hep
ẏperedur gan ẏbeiſ haearn dẏuot ẏam ẏ gwr . ẏna ẏdiodeſ
gwalchmei ẏholl aruei ẏ am ẏmarchawc ae gwiſgwaw am
beredur ac erchi y beredur dẏuot ẏgẏt ac ef ẏr llẏs ẏwneuthur
ẏr uarchawc urdawl nac af mẏn uẏngkret ẏnẏ dialwẏf ar ẏ
gwr hir ſarhaet ẏ coʒr ar goʒreſ adwc ditheu ẏgoʒuulch ẏwen-
hwẏuar adẏwet ẏarthur ẏmae gwr idaw uẏdaf pale bẏnnac ẏ
bwẏf ac ogallaf waſaneth ẏdaw ẏgwnaf   ẏna ẏdoeth
gwalchmei ẏr llẏf ac   ẏmẏnegiſ ẏkẏfrang ual ẏ bu   ẏna
ẏd aeth per[188]edur racdaw. ac ual ẏbẏd ẏnkerdet llẏma
uarchawc ẏn kẏuaruot ac ef. pan doei ep ef ae gwr y arthur
wẏti Je mẏn uẏngkret hep ẏnteu . ẏſ da le ẏd ẏm gẏſtlẏneiſti .
Paham hep ẏperedur am uẏmot ẏn diaberwr ac ar herw ar
arthur ermoet ac agẏhẏrdawd ami . mi ae lledeiſ ac ar hẏnnẏ
ẏmwan aoʒugant . ac nẏ bu hir eu hẏmwan peredur ae bwr -
ẏawd ẏnwẏsc yⸯenn ẏr llawr . ᴀnawd aerchis ẏmarchawc ti
a geffẏ nawd hep ẏperedur gan dẏ gret uẏnet lys arthur ẏ
uẏnegi ẏmae mẏui athuwrẏawd di ẏr anrẏded agwaſaneth ẏ
arthur amẏnac nat af ẏlẏs arthur ẏnẏ ẏmgaffwẏf arg|gwr hir
y dial ſarhaet ẏ coʒ ar goʒes ⸗ Ar marchawc ar ygret adoeth
lẏs arthur ac auẏnegis cwbẏl oe damwein ar bygwth ar gei ⸗
Ac ẏnteu beredur agerdawd racdaw ac ẏn ẏr un wẏthnoſ
ẏbwrẏawd un marchawc ar bẏmthec ac wẏnt ááethant lẏs

Peniarth MS. 14.

arthur ẏn un amot ar kẏ|ẏntaf oz marchogẏon ar bẏgwth ar
gei. acherẏd mawr agauaſ kei gan arthur aeuilwẏr a goualuſ
uu gei am hẏnnẏ = Enteu beredur agerdawd racdaw ac ef a
doeth ẏgoet mawr ẏnẏal. ac ẏn ẏſtlẏs   ẏkoet lko llẏn
ac ar ẏtu arall ẏr   llẏn. llẏs dec a chaer uawr uẏlch   awc
ẏnẏ chẏlch [189] ac ar lan ẏllẏn ẏd oed gwr gwẏnllwẏt ẏn eiſ-
ted ar obennẏd o bali agwiſᶜ obali am danaw a gweiſion ẏn pẏſ-
gota argauẏneu ar ẏ llẏn a ffann wẏl ẏ gwr gwẏnllwẏt beredur
kẏuodi aozuc ẏnteu a mẏnet ẏr llẏs achloſſ oed a dẏuot aozuc
peredur ẏmewn ẏr neuad ac ef awelei gwr gwẏnllwẏt ẏn eiſ-
ted ar obennẏd o bali a ffreſtan mawr ger ẏuronn. a chẏuodi
aozuc talẏm o niuer ẏnẏ erbẏnn ae diarchenu. a tharaw ẏ law
ar ẏ gobennẏd aozuc ẏgwr gwẏnllwẏt ac erchi ẏberedur eiſ-
ted ar ygobennẏd. peredur a eiſtedawd ac ẏmdidan aozuc ar
gwr gwẏnllwẏt. ac gwedẏ daruot bwẏt ẏmdan aozugant a
gouẏn aozuc ẏ gwr gwẏnllwẏt ẏ beredur a wẏdẏat lad achled-
ẏf. pei caffwn dẏſc mi a debẏgaf ẏ gwẏdwn. ẏ nep awẏpei
chware afonn ac atharẏan ef awẏbẏdei lad achledẏf deuuap
aoed ẏr gwr gwẏnllwẏt un gwneu ac un melẏn. kẏuodwch hep
ef ac ewch ẏ chware affon ac atharẏan. ar gweiſion á áethant
ẏ chware = Dẏwet eneit hep ẏ gwr aoeſ ẏnwẏn ẏgwerẏ ẏ
gweiſſion oeſ hep ẏnteu ac ef a allei ẏgwaſ ẏr emeitin gwneuth-
ur gwaet ar ẏ llall. kẏuot tith[190]eu eneit hep ẏgwrgwẏnllwẏt
a gwna waet ar ẏ gwaſ melẏn oſgellẏ. peredur agẏfuodes ẏfonn
ar darẏan ac a dzewiſ ẏgwaſ melẏn ẏnẏ uu ẏ ael ar ẏlẏgat.
dos ẏ eiſted hep ẏ gwr gwẏnllwẏt nẏt oes ẏnẏr ẏnẏſ honn
a lad achledẏf ẏn well no thẏdi ath ewẏthẏr ditheu brawt dẏ
uam wẏfi a ffeit ti bellach a iaith dẏ uam ami adẏſgaf ẏti
dẏwedut ac ath wnaf ẏn uarchawc urdawl ohẏnn allan a
chẏt gwelẏch beth auo rẏued gennẏt taw amdanaw an ac
na ouẏn. a ffann uu amſer ganthunt uẏnet ẏgẏſgu wẏnt aaeth-
ant a phan weles peredur ẏdẏd dzannoeth mẏnet ẏmeit aozuc
gan gannẏat ẏewẏthẏr. ac ef a doeth ẏgoet mawr ac ẏn niben
ẏ coet ef a daw ẏdol ac ar ẏ tu arall ẏr dol ef awelei kaer uawr
allẏs deledi w ac ẏr llẏs ẏ mewn ẏ doeth a fan daw ẏr neuad ef
a wẏl gwr gwẏnllwẏt ẏn eiſted amacwẏfieit ẏn amẏl ẏn gẏlch
a chẏuodi aozuc pawb ẏnẏ erbẏn ae diarchenu ae rodi ẏ eiſted
ar neillaw ẏ gwr gwẏnllwẏt a ffan aethbwẏt ẏ uuwẏta ar nei-
llaw ẏgwr gwẏnllwẏt ẏd eiſtedawd peredur. ac gwedẏ daruot

End of Pen. MS. 14.

reit ym wrthaw dof dithev
ẏr bwrd ẏn llawen a ɢroeſſaw dẏw
wrthẏt. Ac ẏna ẏ kẏmẏʒth pedᵃ
hanner ẏ bwẏt arllẏnn ar hanⁿ
arall aedewis ẏʒvoʒwẏn affan dar-
vv idaw vwẏtta ef adoeth ẏnẏ do
ed ẏ voʒwẏn ac a gẏmẏʒth ẏuot
rwẏ iar illaw ac aẏſtẏnghawd ar
benn ilin ac arodes cuſſan yʒvoʒwẏn
ac adwawt wrthi vẏmam heb ẏt
ẏntev aerchis imi ogwelwn dlwſ
tec ẏ gẏmrẏt. Nẏt mẏvi aẏ gwa -
ravẏn ẏtt heb ẏuoʒwẏn ac eſgyn -
nv ar ẏ varch aoʒuc pedᵃ amẏnet
ẏ meith ac ẏnẏ lle arol hẏnnẏ ẏ
nechaf ẏ marchawc bioed ẏ pebẏll
ẏn dẏuot ſeff oed hwnnw ſẏberw
y llannerch ac argannvot ol ẏma
rch ẏn dʒws ẏ be bẏll dẏwet voʒ-
wẏn heb ef pwẏ avv ẏma wedẏ
mẏvi. Dẏn rẏued ianſawd eb hi
adẏwedut idaw iſurẏf aẏ agwed
oll. Dẏwet eneit heb ẏntev avv ef
gennẏt ti. navv mẏn vẏngkret
hep hithev. Mẏn vẏkret i eb ẏn
tev mi nith gredaf ac hẏnẏm
gaffwẏf vinnev ardẏn hwnnw
idial vẏmlwng arnaw nichefẏ
dithev vot dwẏnos ẏn vntẏ ac
egilid amẏnet aoʒuc ẏ marcha
wc ẏmdeith i ẏmgeiſſiaw affaredᵃ
ac ẏntev baredᵃ aaẏth racdaw
lẏs arthᵃ Achẏnn nodẏuot pedᵃ

ẏr llẏf ahwnnw adiſgẏnnwf ẏnẏ poʒth
ac arodes modʒwẏ eururas ẏʒ dẏn
adelis ivarch ẏtra elei ef ẏʒ llẏs
ac ẏrnevad ẏ doeth ẏnẏ wiſc varchogeth
ẏnẏ doed arthᵃ aẏ deulu ae wẏrda ac ẏnẏ
doed weñhwẏuar aẏ rianed . Agwas
ẏſtauell aoed ẏn ſeuẏll rac bʒon gwenh'
agolwrch oeur ẏnẏ law aẏrodi ẏn llaw
wennh'. Ar awr ẏrodes ˗ Sef aoʒuc ẏ
marchauc kẏmrẏt ẏ golwrch ẏnchwim
wth adinev ẏllẏnn am ẏ hwẏnep aẏ
bʒoñell arodi boncluſt idi amẏnet all
an ẏʒdʒws adẏwedut oſit aovẏnno
ẏewn am ẏ golwrch aruoncluſt doet
ẏm ol ẏʒweirglawd ami aẏ haroaf ẏno
Ac ẏʒweirglawd ẏdaeth ẏmarchauc .
Sef aoʒuc paub goſtwng ev pennev
ac nidwaut nep vẏnet ẏnẏ ol rac me
ẏnt ygâflauan odebẏgu bot ẏnẏ mar
chauc aẏ anvat uilwrẏaẏth aẏ ẏntev
hut aẏ lledrith. Ac arhẏnnẏ llẏma
pedᵃ ẏndẏuot ẏʒ nevad argevẏn keffẏl
bʒẏchwelw ẏ ſgẏʒnic achẏweirdeb go
vvſgrell ẏdanaw. Sef ẏdoed gei ẏn
ſeuẏll ar lawr ẏneuad ẏn ſeuẏll. Ẏgwr
hir eb ẏ paredᵃ wrth manac ẏm ẏ pale
ẏmaẏ arthᵃ beth avẏnnvt ti ac evo
eb ẏ kei. vẏmam aerchis ẏm dẏuot
attaw ẏm vʒdaw ẏn varchauc urdaul.
Yrof . i . aduw eb ẏ kei rẏanghẏweẏr
wẏt ovarch ac aruev aẏ dangoſ aoʒuc
ẏʒteulu oẏ watwar ac oẏ *d**lu
abwrw llẏſgev idaw hẏnẏ aeth ẏchware
arall dʒoſtvnt Ac arhẏnnẏ llẏma ẏ koʒr

ẏndẏuot ẏ mewn achoᴣref arodaſſei
arthur vdunt trwydet blwẏdẏn kẏn
no hẏñẏ ac nẏdwawt vngeir k̶ẏ̶ñ̶ ̶n̶o̶h̶
wrth vndẏn oholl niuer arth" ẏnẏ we-
les baredur. Ac yna ẏdẏawt abaredur
dec vab efrawc groeſſaw duw wrthẏt
arbenic ymiwẏᴣ ablodeu ẏmarchogeon
Yrof. i. aduw eb ẏ kei ẏſtrwc medᴣu ẏ
vellẏ bot blwẏdẏn ẏn llẏs arth" ẏn
kaffel dewis dẏ ẏmdidanwr adewis dẏ
gẏued ac nẏdẏwedeiſt vngeir ẏnẏwe
leiſt ẏdẏn racw aẏ alw ẏn vlodev mil
vyr achannwẏll marchogoeon yrkẏwi
lid ẏ arth" aẏ vilwyr arodi boncluſt ẏr
koᴣᴣ ẏnẏ vẏd ẏni varw lewic. Ac arhẏ
nẏ llẏma ẏ goᴣref yndẏuot ac obu la-
wen ẏkorr llawenach vv ẏ goᴣref wᴣ
th bared." ac yna ẏ̶n̶a̶ ẏrodes kei gwth
troet ẏnẏ goᴣres ẏnẏ digwẏd ẏnẏ marw
lewic. Y gwr hir eb ẏ ped" manac ẏm
arth" taw athſon eb y kei adoſ ẏr weir
glawd ẏnol ymarchawc aaeth ẏno
adwc ẏma ẏ golwrch achẏmer ẏty
hvn ymarch ar arvev ẏgwr hir eb
ẏntev minnhev awnaf hẏnnẏ. Ac
ẏmchwelu penn ivarch ac allan a
dẏuot yrweirglod ar ẏmarchawc
balch d̶ẏ̶w̶e̶t̶ dẏwet eb ymarchawc
aweleiſt nep oᴣllys ẏn dẏuot ẏm ol. i.
ẏma naweleiſ eb ẏntev ẏgwr hir a̶e̶r̶
ẏſy ẏno aerchis imi dẏuot ẏma ẏ gẏr
chu y golwrch iwenhwẏuar achẏmRẏt
iminnev ẏmarch ar aruev igennẏtti
dos di ẏrllẏs eb ẏmarchawc ac arch. i.

gennẏf iarthur nev i vn oẏ w̲ẏ̲r̲
dẏuot ẏma i ẏmwan amẏvi onẏ d̲a̲w̲
ẏn ebᴣwẏd nẏſſaroaf i. Mẏnvẏg
kret eb ẏ ped" dewis di aẏ oth uod
aẏ othannvod mi avẏnnaf ẏ golwrch
ar march ar aruev. Sef ẏ goᴣuc
ẏmarchauc llidiaw wrth ped" aẏ gẏr
chu. Ac agarlloſt ẏ waew taraw
ped" rwng ẏ ſgwid amwnwgwl dẏr
nawt toſt Awas eb ẏ ped" Nẏt vellẏ
ẏ gwaraei weiſſion vẏmam amẏvi
aminnev weithion awareaf athydẏ
aẏ vwrw agaſlach aẏ vedᴣu ẏni lẏ
gat ẏnẏ vẏd oẏ wegil allan ac ẏnẏ
digwẏd ẏmarchauc ẏn varw ẏr llawr
Ac ẏdẏvot ġwalchmei wrth gei
ẏrof. i. aduw eb ef dᴣwc ẏmedᴣeiſt
am ydẏn fol a ẏrreiſt ynol ẏmarchauc.
Oſ ivwrw aoᴣuc ymarchauc idaw
bᴣeint marchauc da avẏd arnaw
Os ẏlad aoᴣuc ẏranglot hevẏt val
kynt affechawt ydyn fol hwnnw
ẏn āgwanec amẏui aaf ẏwybot
padamwein ẏw reidaw affandaw
gwalchmei ẏᴣweirglawd ẏdoed
ped" ẏn lluſgaw ẏmarchawc arhẏt
ẏweirglawd eʀbẏn godᴣef iluric
beth awnei di vellẏ eb ẏ gwalchmei
keiſſiaw dioſc ẏbeiſ haearn eb ẏ ped"
Aro di vnben eb y̶p̶e̶d̶" ef ami aydioſ
gaf ac ẏ̶n̶a̶ ẏna ẏdioſgeſ gwalch
mei iaruev iam ẏmarchauc ac
ẏrodes ẏped" adẏwedut wrthaw .
welẏ dẏna ẏttẏ aruev amarch da .

adẏret ẏgẏda amẏuẏ ẏ2 llẏſ ẏth
urdaw ẏn varchawc v2dawl ⹁ Nac
af mẏnvẏkret eb ẏped⁴ ll̋ellaw
"ẏnẏ gaffwẏf„ ar ẏ gwr hir ẏdial
ſarraed ẏco2 ar go22es. Namẏn dwc
igennẏf ẏgolwrch iwenhwẏuar .
adẏwet iarth⁴ ogallaf wneuthur
gwaſſaneth ẏmaẏ ẏnẏ enw ẏgwnaf
ac ẏmaẏ gwr idaw vẏdaf Ac ẏna
doeth gwalchmei ẏr llẏs amenegi
kwbẏl o2damwein iarth⁴ agwenh'
arbẏgwth aoed gan ped⁴ argei. Ac
ẏna kerdet ao2uc ped⁴ ẏmdeith ac
val ẏ bẏd ẏbẏ ẏnkerdet ẏnechaf va
rchauc ẏn kẏuaruot ac ef pwẏ dẏ
dẏ ebẏrhwnnw aẏgwr iarth⁴ wẏt
ti ye mẏnvẏkret eb ẏped⁴ ẏewnlle
ẏ dẏmgẏſt lẏneiſt di oarth⸴ paham
eb ẏped⁴ amvẏmot. i. ẏnherwr ermo
et ararth⁴ ac agẏhẏrdws oẏwẏr mi aẏ
lledeis oll. Ni bu hwẏ nohẏnnẏ ev kẏ
wira ẏmwan ao2ugant. Apheredur
avwrẏawd ẏmarchauc hwnnw ac
erchi nawd iped⁴ao2uc. ti ageffẏ na
wd eb ẏntev gan rodi dẏgret ohonot
aruẏnet ẏlẏs arth⁴ amenegi iarth⁴
ẏmaẏ mẏuẏ athuẏreawd ẏr anrẏd3
iarth⁴ amanac idaw nadaaf i oẏlẏs
ef vẏth ẏnẏ ẏmgaffwẏf i ar gwr hir
ẏfẏd ẏno idial arnaw ſarahet ẏco2r
argo2res ẏmarchauc arodes igret
arhẏnnẏ ac aeth racdaw lẏs arth⁴
ac avenegis ẏno aerchif ped⁴idawoll
arbẏgwth argei ẏn enwedic. Apha-
- redur

agerdaw radaw ac avẏrẏawd ẏn ẏrvn
wẏthnos vnmarchauc arbẏmthec
ac aẏ gellẏnghawd kymeẏnt hvn lẏs
arth⁴ ar evcret arẏrvnrw amad2awd
ac adwawt ẏmarchawc kẏntaf arbẏ
gwth argei ganbob vn. Acherẏd mawr
agauaſ kei ganarth⁴aẏdeulu. Aphered⁴
adoeth igoet mawr anẏal ac ẏn ẏſtlẏs ẏcoet
ẏdoed llẏnn ar tv arall ẏrllẏn ẏdoed llẏs
achaer vawr delediw ẏnẏ chẏlch. Ac aʀ
lañ ẏllẏn ef awelei gwrgwẏnllwẏt telediw
ẏn eiſte ar obeñẏd athudet obali amdanaw
ac am ẏgwr gwiſc obali agweiſſyon ẏmewn
cavẏn arẏllẏnn ẏnpẏſgotta Aphan arganvv
ẏgwrgwẏnllwẏt ped˝ ẏn dẏuot attaw kẏuodi
ao2uc amẏnet ẏr llẏs agoglof oed. Amẏnet
ao2uc ped⁴ ẏrllẏs aphandaw ẏr nevad
ẏdoed ẏgwrgwẏñllwẏt ẏn eiſte ar obeñẏdd
pali. Affrifdan mawr ẏn llofgi rac ivron.
Achẏuodi ao2uc niuer mawr ẏnerbẏn
ped⁴ oẏ diarchenv. Atharaw ao2uc ẏgwr
gwẏñllwẏt ẏgobeñẏd aẏlav ẏr iped⁴
eiſte. Ac ẏmdidan ao2uc ẏgwrgwẏñllwẏt
aphared⁴ ẏnẏ aethbwt ẏvwẏta. Ac ẏna
arneillaw ẏgwrgwẏñll' ẏdeiſtedod ped⁴
Ac wedẏ daruot bwẏta ẏgovẏñawd
ẏgwrgwẏñll' ẏped⁴ a wdẏat lad achle
dẏf paẏ caffwñ⁎ dẏfc eb ẏntev mi aẏ
gobẏdwn. Je eb ẏgwr gwẏñll' ẏnep awẏpo
chware affoñ ac atharean. ef aobẏdei
lad achledẏf. Adeuab aoed ẏrgwrgwñll'
gwas melẏn agwaf gwinev . Ac erchi
ao2uc ẏgwr vdunt mẏned ẏchware
affyñ ac athareanev ac wẏnt aaethant

Ac wedẏ gware talẏm onadūt ẏgovẏn
nawd ẏgwrgwẏñll' ipedur pwẏ oɀev oɀ
gweiſſion achwerẏ Tebic oed geñẏf eb
ẏpedur ẏgallei ẏ gwas melẏn gwnev
thur gwaet arẏgwas gwinev ẏr ẏ -
meitẏn. kẏuot ti eb ẏ gwrgwẏnll' achẏm̄
foñ atharean ẏgwas gwinev agwna
waet arẏgwas melẏn oſgellẏ paredᵃ
agẏuodes ac agẏm̄ẏrth ẏffoñ ardar
ean ac aoɀuc waet arhẏnt ẏgwas
melẏn. Ac yna ẏdwawt ẏgwr gwẏñl'
Dos di vnben ieiſte agoɀev dẏn alad
achledẏf ẏnẏ dyernas wẏt ti ⸰ Athewẏ
thẏr vrawt dẏuam di wyf. i ⸰ Athi a
drigẏ ẏgida ami yrwẏthnoſ hoñ idẏſ
gu ẏtt moeſ amẏnvt ac iāmadaw
bellach ac ieith dẏuam ami avẏdaf atlī
ẏtt ac athurdaf ẏn varchawch vrda
wl. Achẏt gwelẏch peth auo rẏued
gennẏt taw amdanaw ac na ovẏn
dim wrthaw rac dẏueiaw. Adiwallrw
ẏd obob gwaſſaneth agawſſant ẏnoſ
hoño hẏnẏ aethant igẏſgv. aphanwe
les paredᵃlliw ẏdẏd dɀañoeth kyuodi
aoɀuc achymrẏt keñat iewẏthẏr
amẏnet ẏmdeith ⸰ Sef ẏdoeth igoet
mawr anyal. Ac ẏm ben ẏ coet ef awe
lei dol vaſtat. Ac ar ytu arall yr dol
caer vawr allẏs . Ac dẏuot aoɀuc p
edur ẏrllẏs. Aſſandaw ef awẏl gwẏñ
llwẏt telediw aniuer mawr ovakwẏ
eit awelei ẏnẏ gẏlch. Achẏuodi aoɀuc
ẏmakwẏeit oll rac pedᶜ⸱ Arodi pedur
pedᵃ ieiſte arneillaw ẏgwrgwẏnll'.
Ac ẏmdidan aoɀugant ẏnẏaethbwt

ivwẏta Ac arneillaw ẏgwʀ ẏn bwẏta
ẏdeiſtedod pedᶜ⸱ Aphan darvv bwẏta a
thalmv ar ẏvet govẏn aoɀuc ẏgwr gwẏ.
ẏpedᵃ awẏdẏat lad acheledef. Pei caf
fwn dẏſc eb ẏpedᵃ mi awẏbẏdwn lad a
chledev. Sef ẏdoed ẏſtwffẏl haearn mavɀ
ẏnẏ neuad. kẏuot eb ẏ gwr wrth pedᵃ
achẏmeᶜʀ ẏcledev rakwn atharaw ẏr
ẏſtwffẏl haearn paredᵃ agẏmẏrth
ẏcledẏf ac adɀewis ẏr ẏſtwffẏl ẏnẏ vẏd
ẏn dev haner ar cledev ẏn dev haneʀ
doro yngẏſlym ydɀyllẏev ẏgẏt ac wẏnt
agẏuañañ pedur aoɀuc hẏñẏ achẏuañv
aoɀuc ẏrẏſtwffẏl ar cledev. Ac eʀchi a
oɀuc ẏgwr idaw taraw ẏr eil dẏrnawt
ac ẏntev aẏtreẇis ẏnẏ vvant eilweith
ac eudodi ẏgẏt aoɀuc pedᵃ achẏuañv
aoɀugant val ẏ bueſſẏt oɀev. Arthrẏdẏd
dẏrnawt adɀewis ẏnẏ doɀraſſant. ac nẏ
chyuañei yrvn onadūt ac igilid ohẏñẏ
allan. Ac ẏna ẏdwawt ẏg'. g'. doſdi ieiſte
agoɀev dẏn alad achledẏf wẏt ẏnẏ deern
as deuparth dẏdewred ageveiſt artraean
hep gaffel Aſſangeffẏch kwbẏl nẏ bẏ
dẏ wrth nep. Ac ewẏthẏr vɀawt dẏ
vam wẏf. vi. ẏttẏ abɀawt ẏrgwr ẏ
buoſt neiſtwẏr ẏ gẏda agef. Ac ẏmdi
dan aoɀugant o hẏñẏ allan Ac ar
hẏñẏ ef awelei devwas ẏndẏuot ẏ
mewn ⸰ athrwẏ ẏnevad ẏn mẏnet
i ẏſtauell agwaew mawr ganthūt
ac atheirfrwt owaet arẏt ẏpaladẏɀ
Aſſan weles ẏtẏlwẏth hẏñẏ dɀẏc ar
verthv aoɀugant hẏt nadoed hawd
ev gwarandaw ⸰ Ac nẏthoɀreſ ẏgwr

gwýnll' ar ýmdidan affared˙ ýr hýnný
Nÿdwawt ÿgwr ÿped˙pabeth oed hýn
nÿ nÿſgovÿnnawd ped" ·Ac ÿn agoſ ÿ
hyñy wÿnt awelÿnt ÿndÿuot ÿme
wn dwÿ voᴢwÿn adÿſgÿl vawr ganth
vnt apheñ gwr arnei ÿn waedlÿt. Ac
ÿna onewÿd enÿnnv dᴢyc aruaÿth aoᴢ
uc ÿtÿlwÿth. ac *ÿuet aoᴢuc ÿgwrgll'
aphered" ÿnÿ vv amſer vdunt vÿnet
igÿſgu. Athrannoeth ÿboᴢe ÿkÿmÿᴢth
ped˙ kenat iewÿthÿᴢ ÿ vÿnet ÿmeith.
ac ef adoeth racdaw ydyd hwnnw.
ÿrcoet mwÿaf awelſei ef erioet ac
ÿmpell ÿnÿ coet ef aglÿwei diaſbat
ac ef adoeth ÿno Aphan daw ef awÿl
gwreic winev delediw amarch mawr
gar illaw achÿfrwÿ gwac arnaw ac
acheleÿn ger ibᴢon aphan geiſſei ÿwre
ic rodi ÿgeleÿn ÿnÿkÿfrwÿ nÿſgallei
Ac ÿna ÿrodei diaſbat wiawreic da
eb ÿpedur paham ÿdiaſbedÿ di. Ÿrof
i. aduw ped˙ ÿſgÿmÿnnedic bichan gᵃ
ret omdiaſbedeyn ageueis i genit ti.
Paham wreic da eb ÿntev ÿdwÿf ÿſ
gÿmvñ. i. amdÿuot ÿn achawſ iaghev
dyvam eb hi pan aeſthoſt ÿmeith. ÿ
llewÿgawd ac oaffeith ÿllewic honno
ÿdoed ÿhanghev. Ar coᴢr ar coᴢᴢef a
weleiſt di ÿn llÿs arth" ÿnllÿs dÿ dat
ti athuam ÿmegeſit wÿnt Achwa -
er vaeth ittithev wÿf innev ⸗ amgur
jinne ÿw hwñ ⸗ Amarchauc ÿſÿt ÿna
ÿnÿ coet aladawd ÿgwr hwn. ac na
doſ di ÿnÿ gÿvÿl ef rac ÿlad argaᵃ
oll ÿdwÿt ÿmkerÿdu ⸗ eb ÿpedur

Ac am vÿmot ÿgÿda achwi kÿt ac ÿbvm
nÿt hawd ÿm ÿoᴢuot athaw di bellach
athiaſbedein ac athdrÿc aruaÿth ami
agladaf dÿ wr ac ogallaf idial mi aÿ
dialaf. Ac wedÿ daruot vdunt kladu
ÿgwᴢ wÿnt adoethant ÿr lle ÿdoed ÿmar
chawc. Sef ÿgovÿnnawd ÿmarchavc
ÿped" pwÿ oed ac obale pandeuei. Olÿs
arthᵃ ÿ dodwÿf. i. eb ÿpedᵃ aÿgwr iarthᵃ
wÿt ti eb ÿmarchauc. Je eb ÿpedᵃ Jewn
lle ÿdÿmgÿſtlÿneiſt eb ÿmarchawc a
mi avÿnnaf ymwan athi. ac yndiañot
ÿmwan aoᴢugant abwrw aoᴢuc ped᷑
ÿmarchauc arhÿnt anawd aerchis ÿ
marchauc idaw Nycheffÿ di nawd eb
ÿpedᵃ onÿ friodÿ ÿwreic hōn oᴢlle amy
net lÿs arthur gÿntaf ac ÿgellÿch a
manac ÿarthᵃ aÿvilwÿᴢ maÿ pedur
athvwrÿawd amlad gwr ÿwreic hōn
ÿn wirion. Amanac iarthᵃ nat af. i. oelÿs
ef vÿth ÿnÿmgaffwÿf argwr hir ÿſÿd
ÿno idial arnaw faraet ÿcoᴢr ar goᴢreſ
Armarchawc abriodeſ ÿwreic ac aro⸗
def igret vynet lÿs arthᵃ ac ar wneuth"
cwbÿl oᴢaerchis pedur idaw armar
chawc aaeth lÿs arth" ac aoᴢuc aer
chit idaw. Ac ÿna ykauaſ kei igerÿdv
ÿn vawr˙am wÿlltÿaw ped" oᴢllÿf. Ac
ÿna ÿdwawt gwalchmei arglwÿd eb
ef wrth arth" Nÿdaw ÿmakwÿ ÿma
vÿth trauo kei ÿma . Nit a kei odÿma
allan. Mÿnvÿkret eb ÿr arth" miñev
aaf ÿgeiſſiaw anÿalwch ÿnÿſ brÿde
ÿn amdanaw ef ÿnÿ kaffwÿf ac ÿna
gwnaet pob vn onadvt waÿthaf agallo

[iegilid

Aracdaw ẏdaeth peredᵃ odẏna idiffe
itħ goedẏd ac anialwch. Ac ẏn diben
ẏ diffeith goet mawr ef awelef kaer
vawr ideoc agwẏd weli hir diffathẏ2
ẏnẏ chẏlch athẏrev amẏl arnei ac
ẏr po2th ẏdoeth ac agarlloſt ẏwaew
hẏrdu ẏpo2th ac ẏnẏlle ẏnechaf waſ
melẏngoch achul ar vwch vvch iben
ẏn rodi ẏnẏdewis aẏ iellwng ẏmewn
aẏ ẏntev menegi ibenadur ẏgaẏr i -
vot go2ev gennẏf eb ẏpedᵃ menegi. i.
benadur ẏgayr vẏmot ar gwaſ a
venegis vot pedᵘ ẏnẏpo2th ac ẏngẏf
lẏm ẏdoeth iago2i· ac ẏneuad aoed
ẏno ẏdoeth. **a**c ef awelei ẏnẏ neuad
deunaweis oweiſſion kulgocheon.
ẏn vn diwẏgẏat pob vn onadī aegi
lid ẏn vndwf ẏnvnoſged vnwiſc. Alla
wen ẏewn vv ygweiſſion wrth pedur
aẏdiarchenu ao2ugant ac ẏmdidan
ac ef. ac arhẏn̄ẏ ef awelei pvm mo2
wẏn ẏndẏuot oẏſtavell ẏrneuad a
diev oed ganthaw nawelſei erioet
dẏn kẏmrẏt arbennaf onadunt ahen
wiſc obali amdanei· ac ẏnẏ gwelit ẏ
chnawt ẏn noeth drwẏ ẏren bali gw
ẏnnach oed noblawt ẏgriſſiant. ẏgwa
llt hithev aẏ dwẏaẏl duach oed no·
muchud caboledic. Deuvann goche
on aoed ẏnẏ devrud cochach oẏdẏnt
no fion. Achẏuarch gwell awnaeth ẏ
vo2wẏn hoño ibared᷎ amẏnet dwẏl
aw ẏmw̃gẏl ac eiſte ẏgẏda ac ef. Ac
ar hẏnnẏ ef awelei dwẏ vanaches
ẏndẏuot ẏmewn achoſtrel ẏnllawn

owin ẏgan ẏneill achwetho2th ouara
cann gan ẏllall adẏwedut wrth ẏ vo2
wẏn arglwẏdef duw awẏr hep wẏnt
nabu ẏr govent ẏngot heno ovwẏt
adiawt namẏn kẏmẏn arall hẏn.
Sef awnaeth bwt am hẏnnẏ ovwẏt
allẏ̄ irodi racb2on pedᵃ jerchi idaw
ef kẏmrẏt avẏnnei ohonaw. Nẏt vellẏ
eb ẏpedᵃ ẏgwneir am hẏnn ovwẏt aẏ
ranv ef hun ẏn o2ev ac ẏmed2od kẏſ-
tal ibawb aẏgilid ohẏnnẏ. Aphann
darvv udūt bwẏta govẏn ao2uc pedᵘ
lle igẏſgv. Ac ẏna ẏdaeth bwẏt ac ef i
ẏſtauell dec da ithrefnat. Jwelẏ hard
ohendillat. Ac igẏſgu ihwnnw ydaeth
pedᵃ. Ac ẏna ẏkẏgho2ef ẏgweiſſion cul
gocheon yr vo2wẏn mẏnet i ẏmgẏnẏc
ẏpedᵃ aẏ ẏn wreic aẏ ẏno2derch. Yrof.i·
aduw eb hi peth aweda ẏn d2wc ivo2wyn
heb vot idi achawˢ agwr erioet mẏnet
y ẏmgẏnẏc iwr o2bẏt. Paẏ ẏverchi
innev awnaei ẏr unben digewilid oed
gennẏf wneuthᵃ avẏ̄ei. mẏn ẏnkret
ni eb wẏnt oni wnei di hẏnnẏ niatha
dwn di ẏthelẏneon ẏn diañōt. Ac ẏna
ẏ kẏuodes ẏuo2wẏn ẏn oathriſt athrwẏ
eigẏon ac wẏlaw ego2i d2ws ẏr ẏſta
vell achan ẏd2wſ ẏn ego2i ahithev ẏn
wẏlaw deffroi ao2uc pedur agovẏn ẏr
vnbeñeſ awnaeth paham ẏdw̃lei. mia
vanagaf ẏttẏ varglwẏd heb hi. Jarll
kadarn fenedic oed vẏnhat. i. amarw
vv ago2ev iarlleth oed honn ẏnẏ deer
nas Ac nẏt oed oetived namẏn mẏui
amabiarll arall am erchis innev ẏmtat

ac nýmÿnnwnn. i. evo ombod ni rodei
vÿnhat vinnev omanuod. Sef ÿmaÿ
ÿriarll ieuang hwnnw wedÿ go2efgÿn
vÿghÿweth oll eythÿ2 ÿr vntÿ hwn
arac daet gwÿ2 vÿmrodÿ2 maeth. i.
ÿgweiffion aweleift di ÿkÿnhaleaffāt
wÿ ÿttÿ hwnn etto. Ac nÿt oef bellach
nabwÿt nallÿnn namÿn val ÿmaÿ
ÿmanacheffev ÿffÿd rÿd vdunt ÿwlat
ÿn anpo2thi. Arbo2e auo2ÿ ÿmaÿ oet
ganthvnt idÿuot ÿma iorefgÿn ÿ tÿ
hwnn. Adÿuot iovÿn kÿngho2 ÿttÿ a
wneuthvm. i. varglwÿd am hÿnnÿ.
canÿf of evo amkeif. i. avo2ÿ ef am
rÿd iweiffion iveirch ⏤ Ac omÿnnÿ di
vÿvÿ nac ÿm dwÿn odÿma nac ÿmam
diffÿn ÿma ti am keffÿ wrth dÿewÿllÿs.
Dof di eb ÿntev igÿfgu ac nagwÿl ac
nÿt af. i. ywrthÿti hep wneuthur vn
ohÿnÿ. Ath2achevÿn ÿdoeth ÿvo2wÿn
igÿfgu .Athrannoeth ÿbo2e ÿdoeth ÿ
vo2wÿn arbaredᵃ achÿuarch gwell i ⏤
daw. aoes chwedÿl newÿd geñÿt ti eb
ÿpedur. Nac oef varglwÿd heb hi tra
vÿch iach di Onÿt bot ÿriarll aÿlv
ÿnghÿlch ÿttÿ ac ÿn galw am wr iÿm-
wan. kweirier vÿmarch ÿmi ami a
af i ÿmwan. Ac ÿndiannot mÿnet ao
ruc pedur ÿ2 weirglawd ac ÿmwan
ar marchawc aoed ÿno aÿw vwrw
ao2uc pedᵃ idaw ar hÿnt. Ac ual ÿdoe
thant attaw hÿt barnhawn ef aÿ bw
rÿawd. Affarnhawn hwÿr ef adoeth
attaw marchawc ferredic kadÿr a
gwifc adwÿn amdanaw ac ÿmwan

ao2uc hwnnw apharedᵃ aÿ vwrw ao2uc
paredᵃ arhÿn. anawd aerchif ÿntev ÿ
pedᵃ Parwÿ wr wÿt ti eb ÿpedᵃ penn
teulv ÿ2 iarᴸᴸeh wÿf. i. eb ÿntev. Aoes
gennÿti dim o gwÿwoeth ÿr iarlles hōn
eb ÿ pedᵃ oes eb ÿntev traean ichwÿ
ichÿweth ie eb ÿpedᵃ nicheffÿ dinawd
am dÿ eneit onÿ rodÿ ÿtraean hwnnw
idi hi d2achevÿn. ac adwgoft oda oho
naw oll. abwÿt cannwr heno i anvon
idi ac ev diot ÿr caftell rakw athithev
bÿd garcharawr eithÿ2 nabÿdÿ eneit
vadev. Ti ageffÿ eb ÿmarchawc cwbÿl
o2aercheift. Ac ÿna ÿdoeth pedᵃ ÿr gaÿr
ac menegif ÿ2vo2wÿn kwbwl oedamwein
allawenach v̈wt ÿnos hoño wrth pedᵃ
no2 nof gÿnt adogned ovwÿt allÿnn a
gawffant ÿnos honno ⏤ Aphan vv amẛ
mynet ÿgÿfgv wÿnt aaethant. Athran
noeth ÿbo2e ÿdoeth pedᵃ ÿr weirglawd
ac adoeth attaw ef ÿdÿd hwnnw o var
chogeon ef aÿbÿrÿawd . Apharnhawn
hwÿ2 ÿdoeth attaw marchawc kÿ̄ned⁹
balch ac ÿndiānot pedᵃ aÿbÿrÿawd ac
ÿnte aerchis nawd pedᵃ parÿw wr wÿt
ti eb ÿpedᵃ. Diftein wÿf. i. ÿriarll eb ÿn
tev aoes gennÿt ti dim ogÿwoeth ÿri
arlles hōn. Oes eb ÿntev traean ÿchÿ
weth. Je eb ÿpedᵃ nÿcheffÿ nawd am
dÿ eneit onÿ rodÿ di ÿr iarlles ÿtraean
hwnnw oÿ chÿweth aÿ hamrÿgoll oho
naw abwÿt deucannwr heno oÿ llÿs ac
ev diawt ac ev meirch ac ev haruev athithev
ÿgharchar.Ti ageffÿ ÿn llawen eb ÿdiftein
kwbÿl o2anodeift Ac ÿdoeth pedᵃ ÿrgaÿ2

Arnoſ honno adʒeulaſſan ẏn llawen
artrẏdẏd dẏd ẏdaeth pedᵃ ẏrweirglawd
abwrw aoʒwc ẏdẏd hwnnw adoeth ataw
ovarchogeon ẏnẏ vv agoſ ẏrnoſ Ac ẏna
ac ef ẏn vlin ẏdoeth ẏrarll ef hvn ataw
ẏ ẏmwan ac ef. Ac ẏn diannot ẏbẏrẏawd
pedᵃ ẏrẏarll. Ac ẏna ẏ govẏnnawd pedᵃ
jdaw pwẏ oed. Jr yarll heb ẏntev wẏf
j. Je eb ẏpedᵃ omynnẏ caffel nawd am dẏ
eneit. Dẏro ẏr Jarlles ievang oẏchẏweth
hi ehvn. Athiarlleth dithev ẏn hachwancc
ẏnẏ hewẏllẏſ. abwẏt trẏchannwr ac ev
diawt ydwẏn heno oẏllẏs Ac ev meirch
ac ev harvev. Hi ageiff hẏnny oll eb ẏr
ẏarll val ẏnodeiſt. Ac ẏmewn ẏdoeth pedᵃ
ẏnoſ hoño ẏn llawenach noc vnoſ. Allawe
nach llawenach vvwẏt wrthaw ẏntef
ẏn llẏs ẏr ẏarlles. Ar boʒe dʒannoeth ẏkẏ
mẏrth pedᵃ kennat ẏvoʒwẏn jvẏnet
ẏmeith. Och vẏmrawt am eneit eb ẏvoʒ
wẏn nẏdei di ẏwrthẏf. i. moʒ ebʒwẏd a
hẏnnẏ. Af mẏn vẏgkret eb ẏpedᵃ Aphei
na bei oth gareat ti nẏ bẏdwn J ẏma ẏr
eil noſ. A vnben eb ẏvoʒwẏn avenegẏ di ẏ
mi pwẏ wẏt ti. Managaf eb ẏntev pedᵃ
vap efrawc wẏf. j· Ac odaw arnat nep
aghen na nep govvt oʒbẏt manac ataf
j. mi aẏ ham diffẏnnaf oſ gallaf. Ac od
ẏna ẏkerdod pedᵃ racdaw. ynẏ gẏver
vẏd ac ef marchoges ar varch achvl
lludedic. Achẏvarch gwell aoʒvc ẏvarcho
ges ẏ pedᵒ. Ac ẏna govẏn aoʒuc pedur
jdi pwẏ oed affagerdet aoed arnei. Ac
ẏna ẏ megiſ ẏ varchogeſ kwbẏl oe dam

wein. aẏhamarch ẏpedᵘ ſef ẏdoed ẏ
na gwreic ſẏberw ẏ llannerch. Je eb
ẏpedᵒ omachaws j. ẏ keveiſt di ẏr
amarch hwnnw. oll ami aẏ dialaf ar
ẏnep ay goʒuc ẏtt. Ac ar hẏñẏ ẏne
chaf ẏmarchawc yn dẏvot attadūt
Ac ẏn ẏlle amovẏn aoʒuc afferedur
awelſei ef ẏrẏw varchawc ẏdoed ẏnẏ
ovẏn. Beth avẏnnvt ti ahwnnw eb
ẏpedᵃ. namẏn gwirion ẏw dẏ oʒderch
di. Ami vi ẏw ẏr marchawc aovẏnnẏ
di. A llẏma dangoſ ẏt ẏmae mi Agoſſot
aoʒuc pedᵃ arnaw ẏn chwim wth eidiawc
aẏ vwrw ẏn amharchuſ ẏr llawr ac
ẏna ẏderchis ẏmarchawc nawd ipedᵘ
ti nẏcheffẏ nawd eb ẏ pedᵘ onẏt ei ẏ bob
lle oʒagerdeiſt ti arvoʒwẏn J venegi J
bawb j bot ẏn wrion aſ ẏn llawen eb
ẏmarch awc aẏ gret agẏmẏrth pedᵘ
iganthaw ar hẏñẏ. Odẏna ẏ kerdod
pedᵘ ẏnẏ weles kaſtell ac iboʒth ẏ caſtell
ẏ doeth. ac ac arlloſt ẏ waew oʒdi doʒ
ẏ poʒth. Sef ẏdoeth gwaſ gwinev tele
diw ameint miliwr yndaw iegoʒi porth
ac oedʒan map adebẏgei pedᵃ ivot ar
naw Ac ẏneuad ẏdoeth pedᵃ. Ac ẏno
y gweleẏ pedᵃ gwreic vawr delediw
amoʒẏnẏon llawer ẏ gẏda ahi. ~~Allewē~~
Allawen vv wẏt ẏno wrth pedᵃ Aſ
fan darvv vdunt vwẏtta ẏdwot
ẏwreic wrth pedᵒ. a vnben eb ẏr hi
goʒev ẏw iti venet odẏma igẏſgu
odẏma le arall. Paham eb ẏpedur
naw gwidon owidonot kaer loew ẏſſẏ

ẏna ẏndẏuot ẏna beunoeth ac
ev tat ac ev mam ẏgida ac wẏnt
ac nẏt nef ẏni ẏndiang ẏn vẏw
noc ẏn llad oz rei hẏnnẏ ac neur
derw udvnt diffeithiaw ẏn kẏwo
eth oll namẏn ẏr vntẏ hwnn. Ẏ
rof vi aduw eb ẏpedur nẏt af
j odẏma heno Ac ogallaf j nerth
ichwi mi aẏgwnaf. Ac ẏn agos
ẏr dẏd ozdiwednof ef aglẏwei
bered" diafbat. Ac ẏngẏflẏm ẏkẏ
vodef oegrẏf ae lawdwr achaffel
ẏgledẏf. Aphan daw ẏdoed vn oz
gwidonot ẏn ẏm̊ddiwed ac vn oz
gwẏlwẏ2 Aphered" aẏtrewif ar
ifenn ẏnẏ ledawd ihelẏm aẏ phen
feiftin vegẏs dẏfgẏl ar iffenn. Ac
ẏna ẏdwawt ẏwidon. adzewit och
abaredur dec eb hi dẏnawd ac vn
duw. Paham eb ẏped" ẏ gwdoft
di wrach ẏmaẏ ped" wyf. j. am
vot ẏndẏghetven ẏm gaffel go
vvt ẏgennẏt. Athẏghetven ẏw
itithev kẏmrẏt march igennẏf ẏn
nev ac arvev abot ~~ẏfbot~~ ẏfbeit ẏ
gẏda ami ẏndẏfgu marchogeth
ac ẏndẏfgu llad achledẏf ac ẏm
lad ac arvev ereill. Titheu agefẏ
nawd eb ẏped" apheit. achẏwoeth
ẏwreic honn Aẏchret agẏmẏrth
arhẏnnẏ. Adẏuot aozuc pedur
dzachevẏn ar ẏr ẏarllef achẏmrẏt
ẏ chennat ẏ vẏnet ẏgẏdar widon
ar ẏgwidonot ereill Ac ẏno ẏtri

gawd ped" teir wẏthnof ar vntv Ac ẏna ẏ
kauaf dewif ivarch aẏ arvev oz aoed ẏno
Ac odẏno ẏdaeth ped" ẏnẏ dẏwanawd ardẏf
frẏn tec gwaftẏt ac ẏn diben ẏdẏffrẏn
ẏgwelei kudugul meudwẏ Adẏuot hẏt
ẏno aozuc allawen vv ẏr mevdwẏ wrthaw
Ac ẏno ẏ bu ẏnof honno. Aphan gẏuode ped"
drannoeth ẏdoed eẏrẏ wedẏ odi ẏr ẏnof
gẏnt ac ẏntal ẏkudugul ẏgwelei ped"
gwalch gwẏllt wedẏ llad hwẏat. Sef aozuc
ped" ẏna feuẏll ar ẏvarch ac edzẏch ar
vran oed ẏn ẏmẏl ẏr hwẏat. Amedẏlẏaw
aozuc amduet ẏ vzan agwẏnet ẏreirẏ
achochet ẏgwaet Athebic ẏr tri hẏnnẏ
aoed ar ẏwreic vwẏaf agarei ẏntev
Nẏt amgen igwallt oed duach noz vzan
nev vvchvd Aychnawt oed gẏnwẏnnet
ac eirẏ aẏ devrud oed kẏn gochet agwaet
Ac ẏna ẏdoed arthur ẏnkeiffiaw pedur
ef aẏ deulu. Ac yd argannvv arthur ef
hvn ped" ẏlle ẏdoed ẏnfevẏll. Ac ẏna ẏ
dwawt. Awdawch chwi eb ef pwẏ ẏmar-
chawc paladẏ2 hir racwn. Na wdan eb
wẏnt fef ẏdaeth vn or makwẏveit hẏt
ar ped" agovẏn idaw pwẏ oed ac niffate
bawd ped" am ivot ẏn medẏlẏaw am
ẏwreic vwẏaf agarei Sef aozuc ẏma
kwẏ goffot ar bered" ac nẏt argẏwe
dawd dim ohẏnnẏ ibaredur. Sef aozuc
ped" ẏna ẏn ozulwng chwimwth ẏmchwe
lu ar ẏmakwẏ aẏ vwrw ẏrllawr.
Ac ef adoeth ẏna ol ẏnol attaw rivedi
petwar march arugein. Apheredur
ac ev bẏrẏaw hep dẏwedut wrthvt vngeir

ac ar vn goſſot ẏbwrẏawd ef pob vn ona
dvnt ac ẏna ẏdoeth kei attaw adẏwedut
wrthaw ẏn arw diſgethrin Ac ẏna ẏkẏ
mẏrth pedᵃ kei aẏ waew ẏdan idwen a
bwrw eᵍgẏt ac ef ẏnẏ doʒref gwaell i ẏſg
wẏd ac ẏnẏ vẏd kei ẏnẏ varw lewic Athᵅ
vv gei ynẏ varw lewic ẏmchwelut awna
eth ẏmarch ar kẏfrwẏ ẏnwac arnaw par
thar lle ẏdoed arthur aphan wel̦eſ teilv
arthᵅ ẏmarch ẏndẏuot vellẏ brẏffẏaw
awnaethant ẏlle ẏdoed gei athebẏgu pa
nẏw ẏlad awnathoedit. Sef ẏgweles
niver kẏwreẏnt ẏkẏuannei ẏreſgẏrn oll
kann dihagaſſei ẏkẏmalev arniver kẏw
reinniaſ awẏdẏat medeginiaeth avede
ginaethawd kei ẏmpebẏll arthᵅadʒwc vv
ganarthᵅ gẏhwrd hẏnnẏ achei kanẏs
mawr ẏkarei arthˢ ef. Sef adwawt gw
alchmei ẏna nadlei nep kẏffroi marcha
wc vrdawl iar i vedwl ẏn aghẏuartal
kanẏſ medẏlẏaw ẏdoed ẏmarchauc hwn
nw am ẏwreic vwẏaf agarei. Ac oſ da gen
nẏt ti arglwẏd eb ẏgwalchmei wrth ar
thur mẏvi a aſ ar ẏmarchawc iedʒẏch
aſſẏmvdawd ivedwl ac onẏ ſẏmudawd mi
a archaf ẏn hẏgar idaw dẏuot i ẏmwelet
athi. Ac ẏna ẏſorreſ kei wrth walchmei
Ac ẏdẏwawt kei wrth walchmei dilis
ẏdevẏ di walchmei ar marchawc erbẏn
iawẏnev hẏt ar arthᵅ achlot vechan
ẏw itti goʒvot ar varchawc blin lludedic
ac ẏvellẏ walchmei ẏ goʒvv oſt ẏpe ẏm
pob lle oth ẏſtrẏw ac otheiriev tec. Adi
gawn oarvev ẏw dẏ eiriev twllodʒvs

di ẏ ẏmlad agwr heb aruev am
danaw onẏt peiſ ovliant tenev
kanẏd reit ẏnẏ lle honno na gwa
ew nachledẏſ. Kei eb ẏ gualch
mei. goʒmoʒd adẏwedẏ di o vlẏg
der achrokẏſ wrthẏſ j. amẏvi
adẏgaf ẏmarchawc ẏma heb doʒ
ri nabʒeich na gwaell ẏſgwẏd Ac
ẏna ẏdwawt arthᵅ wrth walch
mei ẏſda dẏwedeiſt di hẏnnẏ wal
chmei ac ẏſ doeth achẏmer ẏmarch
ar arvev avẏnnẏch adoſᵗᵃ ẏmar-
chawc. Ac ẏna ẏdaeth gwalchmei
hẏt ẏlle ẏdoed baredur ac ẏdoed
pedᵃ etto ẏn ẏrvn medwl. Sef ẏ
dẏvawt gwalchmei wrth baredᵃ
ẏna. pae tebẏgvn j vnben bot ẏn
gẏſtal gennẏt ti ẏm didan ohonof
j. athẏdi ac ẏmae gennẏſ i. mi
a ẏmdidanwn athi. Achenat wẏf
ẏnnev attat ti gan arthur. j er
chi ẏtt dẏvot ẏ ẏmwelet ac ef alla
wer adoeth attat ti am ẏrvn neges
honn. Gwir ẏw hẏnnẏ eb ẏpedᵃ
ac an hẏgar ẏdoethan ẏ ẏmwan
ac ni mẏnnwnn vẏnwẏn i ar vẏ
medwl. kanẏs medẏlẏaw ẏdoedwn
am ẏwreic vwẏaf agaraf ame
negi ẏna aoʒuc iwalchmei ẏſtẏʒ
kwbẏl oe vedwl. ẏrof i advw
eb ẏ gwalchmei nẏt oed anvone
digeid dim oth vedwl ac nẏt oed
rẏued dẏ lidiaw am dẏdwẏn iar
dẏ vedwl. Dẏwet eb ẏpedᵃ imi

aẏdiw kei ẏn llẏs arthur . ẏdẏw
eb ẏgwalchmei ac evo diwaethaf
aẏmwanawd athi ac ni hanvv
well ef ohẏnnẏ ef adoᴣref ivᴣeich
agwaell i ẏſgwẏd ẏnẏ kwẏmp ag
avaſ gandẏbaladẏᴣ di . kẏmeret
hẏnnẏ eb ẏped" ẏn nechrev dial far
haet ẏkoᴣr argoᴣreſ ſef aoᴣuc gw
alchmei rẏvedu kẏmwẏll ohōnaw
ẏ koᴣr. Ac ẏna ẏgovẏṇnawd gwal
chmei ẏr marchawc pwẏ oed. Ped^a
vab efrawc wẏf i ef Adẏwet tith
ev ẏmẏ pwẏ wẏt tithev eb ẏped^a
gwalchmei vap gwẏar wẏf i. eb ẏn
tev. Ac ẏna ẏddaethant dwẏlaw mw
gẏl. Arodi obob vn onadunt ifẏd ar
gẏnhal kedẏmdeithaſ diffleiſ obob
vn onadunt ac egilid. Ac ẏna ẏdae
thant ẏll dev igẏt hẏt ar arth^a A phaṅ
giglev^gei_ṅev bot ẏndẏuot ẏgẏt ẏdwawt
ẏntev. Mi awẏdwn eb ef nabidei re
it iwarchmei ẏmlad ar marchauc
A dirẏved ẏw caffel o honaw ef clot
kanẏſ mwẏ ageif ef oẏ eiriev tec
twẏllwreith noc agaffwn ni onerth
ẏn meirch an arvev. Ac iluefl walch
mei ẏdàwſc ev harvev. A gwiſgaw a
oᴣugant ẏna amdanadūt vn riw
wiſc amẏnet law wẏnllaw awnae
thant ẏll dev hyt ẏm pebẏll arthur
Achẏuarch gwell. i arthur aoᴣugàt
Ac ẏna ẏdwawt gwalchmei wrth
arthur llẏma arglwẏd pedur ap
efrawc ẏgwr ẏ avvofl ẏnigeiffiaw

ẏſ hir oamſer groeffaw wrthẏt
eb ẏr arthur aphae gwẏ
vot dẏgẏnnẏd val ẏbv nẏt
daevt ti ẏwrthẏf i pan euthofl . Ahẏn̄
hagen adaroganawd ẏcoᴣr argoᴣreſ
itti aoᴣuc kei farhaet vdvn ẏm llẏſ
i Athitheu adieleifl ev farahet wẏnt
argei. Ac arhẏnnẏ ẏdoeth ẏvᴣenhineſ
ẏmewn hi aẏ llaw voᴣẏnnẏon Achẏuar̄
gwell aoᴣuc pedur idi Allawen vvant
wẏntev wrth pedur aẏberchi ẏngyſ
tal ar goᴣev oᴣllẏs. Ac odẏna ẏdaethāt
gaer llion ar noſ gẏntaf ẏdoeth ped^a
gaer llion mal ẏdoedẏnt ẏn troi ẏnẏ
gaer ẏ kẏſ varvv ac wẏnt hagharat
law eurawc Sef ẏdwawt ped^a ẏna wr
thi a vnbeneſ mi ath garwn di ẏn vwẏ
aſ gwreic paẏ da gennẏt . Nadà gen
nẏſ ẏrof aduw eb hi atravwẏſ vẏw
nẏth vẏnnaf. Mẏn ẏgkret inne eb ẏped^a
nidẏwedaſ innev vngeir wrth griſtion
ẏnẏ ellẏch di arnat vẏgkarv ẏnwẏaf
gwr oᴣ awelẏch. A tranoeth ẏndiannot
ped^a agerdawð rac daw ẏnẏ dẏwanawd
ar b̃foᴣth vawr ar vẏnẏd mwẏaf awelſeẏ
neb Ac ẏn diben ẏmẏnẏd ef awelei dẏ
frẏn grwn̄ tec agoᴣoᴣev ẏdẏffrẏṅ awe
lei ẏngoedẏd tew amẏl amẏ ac ẏn gar
regawc agwafl ẏdẏffrnn awelei ẏn
vaeflẏr tec ac ẏn weirglodiev ac ẏn
gẏuagẏuagoſ ẏr koet ef awelei tei
duon mawr amẏl affuroᴣweith arnū
Adẏſgẏnnv iar varch ar ẏw aẏwein
tu ar koet Ac amruth^a oᴣkẏet ef a

welei an   vat garrec
vawr och   rawc ac ar honno
ef awelei   ochẏꝛ uchel llẏm
ar foꝛd ẏn kẏrchv ẏroch hwnnw ar
llew yn rwẏm wrth gadwẏnev awe
lei ẏna ac ẏn kẏſgv ẏdoed ẏllew aroch
ẏꝛ ẏgarrec affwll dwvẏn awelei ẏ
dan ẏllew aẏloneit ẏndaw oeſgẏrn
dẏnẏon ac anẏvelieit. Sef aoꝛuc pedᵃ
ẏna tẏnnv igledẏf ẏngẏflẏm atha
raw ẏllev ẏnẏ vẏd ẏn dibin wrth ẏ
gadwẏn ẏwch beñ ẏpwll ar eil dẏʳn
nawt adꝛewis arẏgatwẏn ẏnẏ di
gwẏdawd ẏllew ar gadwẏn ẏnẏ pwll
ac arwein ẏvarch . aoꝛuc pedur ẏna
ar dꝛawſ ochẏr ẏgarrec adẏvot rac
daw ẏrdẏffrẏn . Ac ef awelei ẏpued
ẏdẏffrẏn kaſtell tec adẏuot aoꝛuc
pedur ꝑtha ar kaſtell ac ẏmewn gwe
irglawd aoed ẏnᵒ ef awelei gwr llwẏt
mawr ẏn eiſte adev was ɉeuueing
ẏn ſaethu karnev ev kyllẏll ac aſgw
rn moꝛvil aoed ẏnẏ karnev agwinev
oed ẏneill oꝛgweiſion amelẏn oed ẏll
all ameibẏon ẏrgwr llwẏt oedẏnt
achẏuarch aoꝛuc pedᵃ ẏrgwr llwẏt
ſef attep arodeſ ẏgwr llwẏt ẏdaw me‐
vil aruarẏf vẏṁpoꝛthawr Ac ẏna ẏ
gwẏbv pedᵃ ẏmaẏ ẏllewᵃoed poꝛthawr
idaw ac nahanoed ẏntev ogret ac
ẏna ẏdaeth ẏgwr llwẏt aẏveibion yr
kaſtel apedᵃ ẏgyda ac wẏnt ac inev
ad dec ẏdaethant. ac ẏdoed ẏno bẏr
dev tec allieẏnev arnadvnt adogned

ovwẏt adiawt ac arhẏnnẏ ef a
welei beredur gwreic bꝛud ohen
ẏn dẏvot ẏr nevad agwreic dec
ɉeuuang ygida ahi amwẏaf dwẏ
wraged awelſei nep oedẏnt · Sef
val ẏd eiſtedaſſant ẏgwr llwẏt
ar ẏpenn iſſaf ẏr bwrd ar wreic
bꝛud ẏneſſaf ydaw apharedᵃ aeſte
dawd ygida arwreic ɉeuvang Ar
dev was awaſſanaethawd arnadūt
ſef aoꝛuc ywreic jeuang edꝛẏch ẏn
graff arberedur adalẏ t̄ſtẏt Sef
ẏgovẏnnawd pedᵃ idi paham ẏt̄ſta
wd. Mɉ avanagaſ ẏttẏ eb hi. Ẏr
panẏth weleis gẏntaf ẏdwyf ẏth
garv . adolur ẏw gennẏf athrwm
gwelet arwas kẏnvonedigeidiet
athẏdẏ ẏdihenẏd awneir arnat
ti avoꝛẏ . Pwẏ awna vẏn dihenẏd
eb ẏpedur. Aweleiſti di heb hi wrth
pedur ẏtei dvon mawr ẏmbꝛon
ẏrallt . gweleiſ eb ẏpedᵃ gwẏr ẏm
tat Ɉ oll ẏw ẏrei hẏnnẏ . am tat Ɉ
ẏw ẏgwr llwẏt raccw am bꝛodẏr
ẏw ẏgweiſſion ɉeveing. Ac wẏntev
abarant dẏvot pawb oniver ẏ
dẏffrẏn amdẏbendi avoꝛẏ ith lad
aadant wẏ eb ẏpedᵃ ẏmwan gwr
agwr agwr gadant heb hithev
pwẏ henw ydẏffrẏn hwn eb ẏpedᵃ
ydẏffrẏn krwnn eb hi. Ẏr mwẏn
dẏ oꝛderch eb ẏpedᵃ abery dithev
lettẏ adiwallrwẏd ẏmarch ɉ heno
paraf ẏn llawen eb hi Affan vv

amſer ganthvnt mẏnet igẏſgu
wedẏ dogned gẏvedach. Ȧthrano
eth ẏboӡe ẏclẏwei beredᵃ twrw.
gwẏr ameirch ẏgkẏlch ẏkaſtell
Ar voӡwẏn aberis dwẏn ẏ beredur
i varch aẏ arvev. Apheredᵃ Aaeth ẏr
weẏrglawd ẏn diannot. Arwreic aẏ
merch adoeth ar ẏgwr llwẏt ac ad
dwawt wrthaw arglwẏd eb wẏnt
kẏmer dj gret ẏmaccwẏf nadẏwet
to ẏn lle oӡ ẏ kerdo dim oӡ awelef ẏ
ma adẏro nawd idaw. Ani avẏdwn
droſtaw ẏn keidw. Nachẏmeraf mẏn
vẏgkret ebẏntev. Affaredᵃ aaeth
j ẏmlad arllu hwnnw. Ac erbẏn ech
wẏd nevr daroed ẏberedᵃ llad traẏ
an ẏllu ẏndiargẏwed idaw ef. Ac
ẏna ẏdwawt ẏwreic bӡud wrth ẏ
gwr llwẏt. Nevr derẏw ẏrmaccwẏ
llad llawer oth lv. Adẏro nawd wei
thion ẏr maccwẏf Na rodaf mẏn
vẏgkret eb ẏgwr llwẏt. Ac ẏna ẏ
kẏvarvv ẏgwaf melẏn apharedur
Apharedᵃ aẏ lladawd. Ac ẏdoed gwre
ic ẏgwr llwẏt aẏ verch ẏnedӡẏch ar
lad ẏgwas melẏn. Ac ẏna hevẏt ẏ
dẏwedaſſant wrth ẏgwr llwẏt ar
glwẏd eb wẏnt doӡo nawd weithi
on ẏr maccwẏf nevr derẏw llad ẏ
gwaf melẏn. Ac arhẏnnẏ ẏkẏvar
vv ẏgwas gwẏnev apharedur.
Apharedᵃ aladawd hwnnw hevyt
Ac ydwawt ẏvoӡwẏn wrth ithat

buaſſei ẏewnach ẏtt rodi nawd
ẏr maccwẏf kynn llad dẏdeuvab
Ac ni wnn adiegẏ dẏ hvn. Dof dith
thev eb ef ar ẏmaccwẏf ac arch idaw
nawd ẏm ac ẏr adieghis omgwẏr
Ar voӡwẏn adoeth hẏt ar baredur
ac aerchis nawd oethat ac ẏr adieg
hif oẏ wẏr. Mi arodaf nawd eb ẏpedᵃ
gan ẏramot hwnn. Ⱥ)ẏned oth dat
~~gan ẏramot h~~ ac adieghis oẏ wẏr
ẏgẏt ac ef ẏ wrhav yarthur ama
naget iarthur ẏmaẏ pedᵃ vap ef
vrawc aẏgẏrrawd ẏno ami avẏnnaf
kẏmrẏt bedẏd ohonaw achredu p̂gı̂ſt
aminhev aẏhanvonaf ·ar arthur ẏ
beri rodi ẏdẏffrẏn hwnn yth dat dithev
ac oẏ etiued ac ẏna ẏdoethant ẏmewn
ar ẏgwr llwẏt. Achẏuarch gwell aoӡuc
ẏ gwr llwẏt aẏ wreic ẏpedur. Ac ẏna
ẏdwawt ẏgwr llwẏt wrth beredur ẏr
pan ẏttwẏf ẏnmedu ẏdẏffrẏn hwnn
nẏweleif j gı̂ſtiawn aelei ẏnvẏw namẏn
tẏdi. Aninhev aawn ẏwrhav vi am
gwẏr iarthur ac igẏmrẏt bedẏd.
Ȧc ẏna ẏdwawt pedur diolchaf i. ı
heb iduw nathoӡreif inhev vẏngkret
wrth ẏwreic vwẏaf agaraf nady
wedeif vngeir eton wrth griſtawn
ac ẏno ẏbu pedᵃ ẏnof honno. Athra
noeth ẏboӡe ẏdaeth ẏgwr llwẏt aẏ
wẏr lẏs arthur agwrhav aoӡugāt
iarthur. Ac ẏna ẏpiſ arthur ibedẏdiav
ac ẏna ẏdwawt ẏgwr llwẏt ẏarthᵘ

panẏw pared¹ vab efrawc aẏ gẏr rawd ef aẏ wẏr hẏt ẏno. Ac ẏna ẏ rodef arth° ẏdẏffrẏn krwnn ẏrgwr llwẏt aẏettivedeon val ẏdarchaſ ſei ped° idaw oẏgẏnnhal ẏdan ar thur achan gennat arthur ẏdaeth ẏgwr llwẏt tv ardẏffrẏn krwnn · ℋc odẏna ẏdaeth pedur ẏmdeith dzannoeth ẏboze ac ẏkerdawd an vedzed odir diffeith heb dim ⱪẏvan ned. Ac ozdiwed ef adẏwanawd ar gẏvanned godlawt ac ẏno ẏklẏwſ ſei ped° bot ſarph aruthẏr ẏgozwed arwarthaf modzwẏ evr hep adv kẏuanned arſeith milltir obob tv idi apheredur adoeth i ẏmlad ar ſarph. athrwẏ lavvz afferẏgẏl ẏgoz vv bered° ar ẏ ſarph ac ef aẏlladawd ac agẏmẏrth idaw ef hvn ẏvodzwẏ Ac ẏvellẏ ybu ped° ẏn kẏtvot agher det ac aneſmwẏthdza hep dẏwedut vngeir wrth griſtiawn ozbẏt ynẏ gol les iliw aẏwed oetlit adaw llẏſ ar th° ar wreic vwẏaf agarei Ac ozdi wed ef adoeth lẏs arth°. Ac yn gyva goſ ẏr llẏs ẏkẏuarvv ac ef teulu ar thur ẏn mẏned negeſ achei vap kẏ nẏr ẏn ev blaen ac nẏt atwaẏnat nep odẏlwẏth arth° ped° naẏ arwẏ dẏon ẏna aphered° ac ev hatwaenat wynt oll. Sef ẏgovẏnnawd kei ẏp ed° pwẏ oed adwyweith atheir ac nẏſ attebawd pedur ardim ſef

aozuc kei ẏna odic wrth am naſ at tebei. gwan ped° agwew ẏnẏ vozdwẏt igeiſſiaw dẏwedut ohonaw. Ac nẏ ozuc ped° ẏrhẏnnẏ nadẏwedut vngeir wrth gei nac ẏmdiala ac ef ẏr hẏñẏ Sef ydwawt gwalchmei ẏna. Jrof . i. aduw gei gei wẏnn ẏſdzwc ẏme dzeiſt kẏflavanv ar ẏmakwẏf ẏr naſ dẏwedei wrthẏt. Ac ẏna ẏdẏm chwelawd gwalchmei ẏr llẏs ẏgẏt ar maccwẏſ. Ac ervynneit ẏwen hwẏuar pi medeginẏaeth ẏmaccwẏſ ẏr ẏ vot ẏn vvt affan delei walchmei draẏ gevẏn ef adaleẏ ibwyth ẏwen hwẏuar. Amenegj ẏmaẏ kei avza thaſſei ẏmaccwẏſ agwenhwẏvar aberis medeginaẏthu ẏmaccwẏſ ⌐ Affandoethant ẏteulu adzef oznegeſ honno ẏdoed marchawc ynẏ weirgla wd ẏn ẏmẏl ẏllẏs ẏn erchi gwr ẏym wan. armarchawc mvt aaeth ẏẏm wan ac ef. Ac aẏbẏrẏawd yndiañot hep dẏwedut vngeir wrthaw. Aſ ſeunvd hẏt ẏmpenn ẏrwẏthnoſ ef adoeth˯onewẏd ẏrweirglawd ẏalw am wr ẏẏmwan armarchawc mvt ac ev bwrẏawd oll. adiwyrnad ẏd oed arth° aẏdevlv ẏn mẏned ẏr eg lwẏs ſef ẏgwelẏnt maccwẏf ẏnẏ weirglawd ẏn dangoſ arwẏd ẏm wan. Sef ẏdwaut arthur ẏna kyr cher ẏmi vẏmarch am arveu a mi aaf ẏ vwrw ẏmaccwẏf raccw

ýtan ýeiſte. Abwta ac ýuet. aoȝugāt
ac ýmdidan. Ac ýn hýnný bȝwýſgav
aoȝuc pedᵃ adýwedut. wrth ýgwr du
Rýved ýw gennýf j ef kadarnet ý
dýwedý dj dývot agadv ohonawt
týnnv dý lýgat oth benn˷ vn omkýn
nedvev J nv eb ý gwrdv vnllýgeidiavc
pwýbýnac agýmhwýllei wrthýf j. vn
geir am výllýgat nachaffei ýeneit
nac ýr duw nac ýr dýn nac ýr da oȝ
być. Arglwýd dat eb ývoȝwýn. kýt
dýweto ýrvnbenn hwnn ovaſwed a
medawt ýr vngeir gýnnev nathoȝr
di. ýgeir adýwedeiſt Nathoȝraf eb
ýntev miᵃadaf ýdav heno ýeneit..
Ac ar hýnný ýtgaſſant ýnoſ honno.
Ar boȝe dȝannoeth ýkýuodeſ ýgwr dv
ývýný agwiſgav arvev amdanaw
Adýwedut wrth pedᵃ kývot ti. dýn ý
výný ýodeſ dý anghev. Ygwr dv eb
ýpedur oſ ýmlad avýnný di amývi
vn odev peth aý dýro di ými arvev aý
ýntev dioſc di dý arvev. Ac awn hep
vn arvev ý ýmlad. Ac ýn chwimwth
dioſc ý arvev aoȝuc y gwr du ac ýn
dȝýgnauſſus bwrw ý arvev ýwrthav.
Adýwedvt wrth baredᵃ kýmer ýrar
vev avýnných achýuot ýýmlat. Ac
yna yna ýdoeth ývoȝwýn ac arvev ý
beredur. Ac ýndiannot ýmlad aoȝuc
gant ýný vv reit ýr gwr du erchi
nawd baredur. Tj ageffý nawd eb
ýpedᵃ travých ýn dýwýdut pwý wýt
ac ýn dýwedut pwý adýnnavd dy
lýgat oth benn. Arglwýd eb ý gwr
du minhev aý managaf ýttý ýn

ýmlad ar pf du oȝgarn ýcolleiſ i vý
llýgat. Achruc mawr ýſſýd raccwn
ahwnnw aelwir kruccalarᵍ. Ac ýn
ýkruc ýmae karn vaur ogerric ac
ýný garn ýmae prýf. ac ýn lloſgwrn
ýprýf ýmaý maen. Arinwedev ýmaen
ýw pwýbýnac aý kaffei ýný law ef
agaffei avýnnei oevr ýný llaw arall
idaw. ac yn ýmlad arpȝýf hwnnw ý
colleiſ.i. vnben výllýgat. Am henw ýn
inhev ýw ýdu trahauc. kanýſ treiſſiav
paub awnevthvm oȝ agýuarvv amj.
Dýwet ti ými pabellet odýma ýw ýkruc
adýwedý di. Mi aý dýwedaf eb ýgwr
dv. ýdýd ýdelých di odýma tj aergýdý
hýt ýn llýs meibion diodeivieint. Pa
ham eb ýpedᵃ ýgelwir wýntw meý
býon ýdiodeivieint. Avang llýnn ac
ev llad vnweith bevnýd. Ac am hýnný
ýgelwir wýntw vellý. Odýno eb ýgwr
dv ýd ergýdý hýt ýn llýs ýarlleſ ýcam
pev. Pagampev ýſſýd arnei eb ýpedᵘ
Trýchannwr odevlu ýſſýd ýno. Ac ýr
gwr dieýthýr. adel ýr llýs ýmenegir
ýcampev. Ac ýn neſſaf ýr Jarlles ýdeiſte
ýtrýchannwr val ý kaffer menegi
ev campev. Ac odýno ti aergýdý ýr
kruccalarᵍ. Ac ýný kruc hwnnw
ýmaý pchen trýchan pebýll ýn
kadw ýprýf˷ Je eb ýpedᵃ ýgwr
dv digawn gennýfi adýwedeiſti
Achan buoſt moȝ darhauſ ac
ýdewedeiſt duhvn clot ac
aluſſen ýw dý lad. Ac ýn
dý annot pedur aý lladawd
ý gwr du ýna. Ac ýna

ýdwawt ývo2wýn wrth beredur avnben
eb hi pei tlaut výdut ýndýuot ýma
ti aaut ýngýwaethoc odýma od2ýſo2
ýgwr du aledeiſt. Athi aweleiſt aoed
ovo2ýnnýon tec ýnýllýs ti ageffýhonn
avýnných onadunt aýn wreic aýn
o2derch. Ný dýdwýſ J. ýma vnbenneſ
eb ýpedur ýggodev gwreicca. Namýn
ý gweiſſion tec aweleis J. ýný llýs. ým
geffelýbent armo2ýnýon val ýmýnn
wýnt. Ac ni mýnnaf J. odýma na da
na dim o2 awelaſ. Ac odýna ýdaeth
pedur hýt ýn llýs meibion diodeivieit
Affan doeth ýrllýs. ef awelei ýno wa
raged hgar da ev gwýbot. Allawen vv
ant wrth beredur ac ýmdidan ac ef
Ac val ýbýdýnt vellý wýnt awelýnt
march ýndývot ýmewn achýfrwý ar
naw. Ac ýdoed ýný kýfrwý keleýn. ac
vn o2 gwraged agýuodeſ ý výný ac agý
mýrth ýgeleýn ac aý hynnienýawd ý
mewn kerwýneit odwuýr twýmýn a
oed iſ law y d2wſ. Ac wedý hýnný aý hir
awd ac eli gwerth vaur ac ýna ý kýuo
def ý geleýn ýngýn Jachet ac ýbu jachaf
ý ýmdan affawb. Ac ýngýuagoſ j hýnný
ýdoeth dev wr ereill· ýn dwý gelýn ýn
vn diwygat argeleýn gýntaf. ar vn
rýw gýweir ao2vc ýgwraged ar ýdwý
geleýn hýnný ac ar ýgýntaf. Ac
ýna ýgovýnnavd pedur paham
ýdoed ý kalaned vellý. Ac ýdw
aut ýgwraged ý beredur
ý maý avang aoed agoſ
udunt ýno ahwnnw
ac eulladei bevnýd

Ac arhýnný ý tgaſſant ýnoſ honno. Ath
rannoeth ýkýuodes ymaccwýueit ývý
ný aledeſſit amýnet ýmdeith. Sef ýder
chis pedᵃ vdunt ýrmwýn ev go2derchev
ý adv ef ýgýda ac wýnt. Aý omed ao2u
gant. Pei ýthledit ti eb ýr wýnt nýt
oed ýtti athwnelei ýn jach výw ac ýnni
ýmaý. Sef ao2uc pedᵃ ýna mýnet ýný
hol ýný divlannaſſant ýganthaw. Ac
val ýbýdei· bered²ᵃ ýn kerdet ývellý ýných
aſ ý gweli ýwreic deccaf awelſei erioet
ýn eiſte arbenn b2ýnn. Mj awnn heb
hi dý hýnt ath vedwl wrth beredur
mýnet ýýmlad ar avang ýdwýt ar
avang athlad oyſtrýw kanýs euo a
wýl paub o2 adel attav o gýſgavt maýn
ýſſýd ard2wſ ýrogof ac ný wýl nep
euo ýný darffo idaw ýlad ac allech
waew ýllad paub o2 adel attaw. Affei
rodut ti dýgret ými ýkarut vývi ýn
vwýaf gwreicc. mý arodwn ýt maen
val ý gwelut ti ýravang ac nawelei
ýrauang dýdi. Rodaf mýn výnket
eb ýpedur ac ýrpanith weleis mi
ath gereiſ. Affa le vnbenneſ ýkeiſſiaf
inheu dýdý. Amovýn di heb ýr hitheu
amerod2es ýrindia. Ac ýna y divlan
nawd ýwreic iwrth baredᵃ wedý rodi
ýmaen ýnýlaw. Ac ýna ýkerdawd
pedᵃ racdaw ýnýdoeth ýdýffrýn tec·
Ac avon aoed ýnýdýfrýn. ago2o2ev
ýdýffrýn aoed ýngoet tec gwaſtat
gogývýwch. Agweirglavd dec amýl ao
ed ýnýdýffrýn. Ac o2 neilltu ý2 avon
ýdoed kadw ~~odoed~~ odeveit gwýnnýon
Ac o2tv arall kadw odeveit duon.

affan vɜevei vn oɜdeueit duon ẏdevei
vn oɜdeveit gwẏnnẏon atadunt ac
ẏdaei ẏn burdu . Affan vɜevei vn oɜ
deueit gwẏnnẏon ẏdevei vn oɜdeveit
duon attadunt ac ẏdaei ẏn burwen .
Affrenn awelei arlann ẏravon ar-
neill hanner ẏrpɜenn ẏn llofgi hẏt
ẏ vlaen arllall adeil arnav ac aẏrifc
ẏn tẏvv ẏndec . Ac ẏn agof arhẏnnẏ
ẏ gwelei maccwẏ ẏneifte adeu vil
gi vɜonnwynnẏon vrẏchẏon ẏn
vn gẏnllẏvan ẏngoɜwed ger ẏ law
Ac ẏnẏ koet gẏvarwẏnep ac ef ẏ
klẏwei gẏvodi hẏdgant . Achyvar
ch gwell aoɜuc pedur ẏrmaccwẏf
ar maccwẏf agẏvarchavd gwell ẏ
pedᵃ Atheirfoɜd aweí baredᵃ ẏn ẏm ran
nv oɜlle ẏdoed ẏmaccwẏf agovẏn ao
ruc pedur pale ẏdei ẏteirfoɜd hyn
nẏ . vn onadunt eb ẏr maccwẏ aa
ẏmllẏs . J· ac arall onadunt aa ẏdi
nas ẏffẏd agof ẏma . Arfoɜd vechan
awelẏ di ẏna aa ẏlle mae ẏravang
Ac ẏewnaf ẏgwnaf j . ẏttẏ eb ẏmac
cwẏ wrth baredur vn odev peth · aẏ
mẏnet ẏm llẏs . J· oɜblaen athi ageffẏ
lewenẏd ẏno . Aẏtɡaw gẏda minhev
ẏma ẏn edɜẏch arellwng kwn divlin
arhydot blin . Affanvo amfer mẏ
net ẏ vwẏta . ef adav ẏma gwaf aᵐch
ẏm erbẏn J. athric di gẏda amẏvẏ
heno . Duw adalo ẏtt eb ẏpedᵃ achan
dẏgennat mi aaf ẏmeith partha
ẏmay ẏravang . Amẏned aoɜuc pedᵃ
racdaw . Arodi ẏmaen ẏn ẏllaw

affw idaw aẏ waew ẏnẏ ẏ llaw de
hev idaw . adẏuot aoɜuc ẏdɜwf ẏ
rogof . Ac arganvot ẏravang ẏn
gyntaf aẏ wan agwaew dɜwẏdaw
ac ẏn gẏflẏm tẏnnv kledẏf allad .j·
benn . Affan ẏmchwel pedᵃ odẏno dɜa
chevẏn . ef awef ẏtrẏwẏr adaroed
ẏrauanc ẏ llad ẏn kẏuaruot ac ef
achẏuarch gwell aoɜuc ẏ gwẏr hẏnnẏ
ẏ baredur . adiolwch idav llad ẏr auang
adẏwedut ẏmae jdav ef ẏdoed da
rogan llad ẏroɜmef honno . Ac ẏna
ẏ rodes pedᵃ penn ẏr avang ẏr gwei
ffion . achẏnic aoɜuc ẏgweiffẏon ẏ
pedᵃ vn oc ev teir chweoɜed ẏnwreic
idav aahanner ev kẏweth gẏda ahi .
Nẏt ẏr gwreicca ẏdodwẏf J ẏma eb
ẏpedᵃ Affei mẏnnwnivn wreic mi a
vẏnnwn chwaer i chwi ẏn gẏntaf .
Acherdet aoɜuc pedᵃ racdav ẏmeith
odẏno . ac ef aglẏwei pedᵃ twrẏf ẏn ẏol
Sef ẏdoed ẏna gwr telediw ar varch
koch maur . ac arev kocheon am
danav . Achẏuarch gwell aoɜuc ẏ
marchauc yn vvẏd garedic ẏ bedur
adẏwedut wrthaw val hẏnn . Arglwid
eb ef . i . erchi ẏttẏ vẏgkẏmrẏt ẏn
wr ẏtt ẏdodwẏf . J. yth ol di pwẏ wẏt
ti eb ẏpedᶜ Jarll wẏf j . oẏftlẏs ẏdwẏ
reẏn . ac edlẏm gledẏf tan coch
ẏw vẏ henw . Rẏued ẏw gennẏf i
nv eb ẏpedur paham ẏdẏmgẏnnẏgẏ
di ẏn wr ẏmi mwẏ no minheu ẏttẏ
kanẏt mwẏ vẏngkẏwoethinoɜtev di
thev . Achanẏf da gēnẏt ti mẏfi ath

gýmeraf di ẏn wr ẏmi ac ẏna gw
rhav aoʒuc edlẏm ẏpedur amẏnet
ẏgẏt aoʒugant partha allẏs ẏr jar
lles ẏcampev allawen vwẏt wrthvn
ẏno eithẏr nachauſſant eiſte nam
ẏn iſ lav teulu ẏriarlles ac nẏt ẏr
amarch vdunt kanẏſ kẏnnedẏf . ẏ
llẏs ẏnẏ wẏpit avei well ev campev
wẏn noc vn ẏteulu nacheffẏnt eiſte
namẏn iſ ev llaw. Ac na adei ẏr iarlleſ
ẏnep eiſte arẏneillaw marchauc noẏ
holl deulu hi Sef aoʒuc pedur ẏna
mẏnet ẏẏmwan athrẏchannwr teu
lu ẏriarlles . Ac evbwrw oll . Ac ẏna
ẏdaeth pedᵘ ieiſte arneillaw ẏriar
lles . Mj adiolchaf ẏduw eb ẏriar
lles caffel ohonaf gwaſ kẏn dewret
achẏnndecket athi canicheveiſ ẏ
gwr mwẏaf agaraf . Awreic da eb
ẏpedur pwẏ oed ẏgwr mwẏaf agerẏ
di . Niſ gweleiſ . J. ermoet eb hi ẏhe
nw ẏntev ẏw edlẏm gledẏf koch
ẏrof j aduw eb ẏpedᵘ kedẏmdeith ẏ
mi oed hwnnw. Allẏma evo ac ẏr
ẏvvwẏn ef ẏbwẏeiſ . i. dẏ devlu di a
gwell ẏ gallei ef no mẏvi . Ac ẏn ar
wẏd ẏtt arhẏnnẏ mi arwẏd ẏtt ar
hẏnnẏ . mi athrodaf di ẏn wreic ẏe
dlẏm gledẏf coch ar nos honno ẏ
kẏſgaſſant ẏgẏt athrannoed ẏboʒe
ẏdaeth pedᵃ partha ar kruccalarᵒ
mẏndẏlaw di aduw eb ẏr edlẏm mi
aaf gẏda athi . Ac ẏgẏt ẏdaethant
ẏnẏ welſant ẏtrẏchan pebẏll doſ di
th eb ẏpedᵃ wrth edlẏm arwẏrʸpebẏ

lleu ac arch vdunt dẏuot ẏwrhav
ẏmẏ ac edlẏm adoeth atadunt ac a
erghis vdūt dẏuot ẏwrhav oẏ arglwẏf
Pwẏ ẏw dẏ arglwẏd di erwẏntev p
edur baladẏr hir eb ef ẏw vẏarglwẏd
J pae devaut nev deledᵒ llad kennat nit
aevt ti ẏm vẏw darachevẏn. amerchi
ẏvrenhined aẏeirll abarwnẏeit gwr
hav ẏth arglwẏd di. Ac ẏna ẏna ẏdo
eth edlẏm ẏvenegi ẏpedᵘ ẏnaccav oʒ
gwẏr odẏuot ẏwrhahv jdaw ſef ẏda
eth pedᵃ ef hvn attadunt ẏ ẏmwan
agwẏnt onẏ mẏnhẏnt yn vvẏd di
wrhav idaw ſef bu wẏſſaf ganthunt
ẏmwan apheredᵒ Afferedᵃ av wrẏ
aud ẏdẏd kẏntaf pchen can pebẏ'l
onadvnt athrannoeth ẏ bwrẏawd
ẏgẏmẏnt arall'. Apherchenogeon
ẏtdẏd canpebẏll adewiſſaſſant wrhav
ẏ baredᵒ Ac ẏ govẏnnawd pedur vdūt
pabeth awneynt ẏno . gwarchadw
prẏf ẏnẏ vo marw ẏdẏẏm ni ẏma. ac
ẏna ẏmlad awnawn am vaen ẏſſẏd
ẏn lloſgwrn ẏprẏf artrechaf ohonom
kẏmered ẏmaen. mi aaf eb ẏpedur
ẏẏmlad arpʒẏf nẏnne arglwẏd a
wn ẏgẏda athi nadowch eb ẏpedur
pe elẏm ni ẏno ẏgẏt nichawn i dim
oʒglot ẏrllaᵈ ẏprẏf ac ẏna ẏdaed p
edᵃ ef hvn allad ẏpʒẏf adwẏn ẏma
en J edlẏm gledef coch adẏvot ar ẏgwẏr
bioed ẏpebẏllev adwedut wrthvnt
kẏſ rivwch chwi ẏchtreul ach coſt
ẏr pandoeth ẏma ami aẏtalaf ẏwch
ac nẏt archaf j· dim och da chwi

nam adev ohonauch chwi bot ẏn
wẏr ẏm ac val ẏkẏfrivaſſant ev
hvneyn ev coſt aẏtrevl pedur aẏta
lod vdunt. ac odẏna ẏ kerdawd ped⁴
ẏgeiſſiav chwedlev ẏ wrth ẏwreic a
rodeſ ẏmaen ẏdaw. Ac ef adoeth idẏf
frẏn teccaf ẏnẏbẏt. Ac arẏravon a
oed ẏno ẏddoed melẏnev amẏl alla
wer ovelinev gwẏnt ac obebellev ef
awelei aneirẏf ac ẏn amraval eulliw
ac euharwẏdyon ſef ẏkẏuarvv ac
ef gwr gwinev teledẏw ac agwed
faer arnaw ſef ẏgovẏnnawd pedur
i hwnnw pwẏ oed faẏr wẏf affenn me
lẏnid ar ẏmelinev rakw oll. Agaffaf
.i. eb ẏpedur letẏ gennẏt heno Ac ar
rẏan echwẏn ẏbzẏnnv bwẏt allẏnn ẏ
mi ac ẏth dolwẏth dẏthev ami aẏta
laf ẏt kẏnn vẏmẏnet odẏyma keffẏ
eb ẏrhwnnw. ac ẏna ẏgovẏnnawd pedᵃ
ẏrmelinid padẏgẏuoz oed hwnnw ẏ
maẏ ẏneillbeth eb ẏmelinid aẏ dẏhan
ti obell aẏ dẏuot ẏn ẏnvẏt. ẏna ẏmae
eb ẏmelinid amerodzeſ cozſdinobẏl vaur
ac nẏmẏn honno namẏn ẏ gwr dewr
af armarchauc gozev kanẏtreit idi
hi wrth da. ſef ẏmae ẏn koſti wrth
dwrneimant ẏrniver adel ẏma.
ac am nathẏgẏa dwẏgẏa dwẏn bw
ẏt ẏr ſawl vilioed ẏſſẏ ẏnẏ dẏffrẏn
ẏdadelwt ẏmelinev hẏnn ẏvalv bwẏt
vdun. Trannoeth ẏboze ẏkẏvodeſ pedᵃ
ẏvẏnẏ agwiſgav amdanav ac am ẏ
varch ẏvẏnet ẏr twrneimant ſef ẏ
dedzẏchawd ar vn ozpebẏllev aoed
amgen diwẏgat arnav noc ar ẏr vn
oz lleill. Ac aẏ gogwẏd ar feneſtẏr oz

pebẏll hwnnw ẏdoed mozwẏn agwiſc
obali eureit amdanei adalẏ ẏ olwc a
ozuc pedur arhonno oechareat rac
itheket ac ẏvellẏ ẏbu pedur ẏnẏ ẏm
ẏn dewiſ paub ar twrneimant ẏnoſ hōno
Ac ẏna ẏdoeth pedur oẏletẏ ac erchi ẏr
melinẏd echwẏn ẏnoſ honno mal ẏnos
gẏnt ac ef aẏkauaſ arwreic avv wrth
groch wrth pedur Ar eildẏd ẏkẏuodes
pedur ac ẏdoeth ẏrlle ẏbuaſſei ẏdẏd
gẏnt ac edzẏch ar ẏvozwẏn ẏdẏdzechaf
fei ẏdẏd gẏnt ẏnẏ dooth ẏmelinẏd am
dalẏm ozdẏd atav ac ẏna ẏrodes ẏme
linẏd krẏnn dẏrnaut ar ẏſgwẏd pedᵃ
amenebẏr ẏvwẏall adẏwedut wrthav
w ẏdwẏtti ẏn ẏnvẏt namẏn gwna
vn dev peth aẏmẏnet ẏr twrneimant
aẏmẏnet ẏmeith odẏyma ſef aozuc pedᵃ
gowenv ẏna amẏnet ẏrtwrneẏmant
argniuer marchauc agẏuarvv ac ef
ef aẏbwrẏawd oll. ac anvon ẏgwẏr aozuc
ẏr amerodzeſ ẏnbedẏt. Arodi ẏmeirch
ẏwreic ẏmelinẏd ẏr amaroſ am ẏrare
an adugaſſei ẏn echwẏn. adẏlẏn ẏtwrn
neimant aozuc pedur ẏnẏ darvv bw
rw aoed ẏno ovarchogëon ac val ẏbwr
ẏei beredᵃ wẏnt ef aanvonei ẏ gwẏr
ẏr amerodzeſ ẏnbedẏt. ac rodeſ ẏwreic
ẏmelinid ẏmeirch ẏr oed am ẏrarean
echwẏn. Ac ẏna ẏdanvonef ẏr amerodzeſ
kennat ar beredᵃ ẏerchi idav dẏvot
ẏ ẏmwelet áhi ac onẏ doei pedᵃ oẏ vod
erchi ẏdwẏn oẏ anvod. Atheir gweith
ẏnaccaod ped² ẏr amerodzeſ odẏvot ẏ
ẏmwelet ahi. ac ẏna ẏderchiſ ẏrame
rodzeſ ẏgannwr owẏr da mẏnet oẏ
dwẏn oanvod onẏ devei oẏ vod Sef aozuc

pedur ẏna pangeẏſſwt ẏdwẏn oean
vod rwẏmaw rwẏ<u>m</u>   ẏwrwch ar
bob v̇n^{oꝛ cannvr} onadunt Ac eu bwrw mewn
foſ vn oꝛ melinev. Sef aoꝛuc ẏrame
rodꝣeſ govẏn kẏnghoꝛ oẏ fenn kẏng
hoꝛwr pabeth awnae amhẏnnẏ ſef
ẏdwaut hwnnw wrthi mi aaf eb ef
ẏ erch ẏr vnben hwnnw dẏvot i ẏm
welet athi adẏvot aoꝛuc ẏpenn kẏng
hoꝛwr hẏt ar bered" ac erchi idav ẏr
mwẏn ẏoꝛderch dẏuot ẏ ẏmwelet
ar ẏramerodꝣes. Affered^a aaeth ef
ar melinẏd hẏt ẏmpebẏll ẏramerodꝣes
ac ẏr aur ẏdoẏth pedur ovewn ẏpe
bẏll eiſte aoꝛuc adẏuot aoꝛuc ẏrame
rodꝣeſ attav ieiſte hẏt ẏno Abẏrr
ẏmdydan avv rẏngthvn ac ẏnẏ lle ẏ
lle ẏdaeth ped^a oẏ letẏ dꝣwẏ laeſ genn
at ẏr amerodꝣeſ. Athranoeth ẏdoeth
pedur ẏ ẏmwelet ar amerodꝣeſ ar dẏd
hwnnw ẏpiſ ẏramerodꝣeſ trefnv ẏpe
byll ẏn vꝣddaſſeid vꝣenhineid. hẏt nat
oed waeth eiſte ẏn lle noc ẏgẏlid dꝣoſ
wẏnep ẏpebẏll oꝛ tu ewn idaw ſef aoꝛvc
ped^a ẏdẏd hwnnw eiſte arneillaw ẏr
amerodꝣes. Ac ẏmdidan aoꝛugant ẏn
garedic vonedigeid. Ac val ẏbydẏnt
vell wellẏ wyn awelẏnt ẏndẏuot ẏ
mewn gwr du maur agolwrch eur
ynẏ lav ẏn llavn owin agoſtwng arben
ẏlin gar bꝛonn ẏramerodꝣeſ arodi
ẏgolwrch ẏni llav. Ac ạerchi idi na
rodei nar gwin nargoꝛwch namẏn ẏr
nep aẏmwani ac evo amdaneⁱ hi Sef
aoꝛuc ẏramerodꝣeſ ẏna edꝣẏchẏ ar bei
redur beth aedꝣẏchẏ di arglwideſ
eb ypedur namẏn moeſ ẏmi ẏ golwrch

argwin aped^a aleweſ ẏgwin ac aro
eſ ẏgoꝛwrch ẏwreic ẏmelinẏd. Ac
val ẏbẏdẏnt vellẏ wẏnt awelẏn ẏn
dyuot atadun gwr a oed vwẏ noꝛ kẏn
taf ac ewin prẏf ẏnẏ law ẏn eureit
arlvn golwrch ahwnnw ẏn llawn owin
agoſtwng rac bꝛon ẏr amerodꝣeſ ac
erchi narodi hwnnw ẏnep onẏt aẏmwa
nanei ac evo amdanaei hi. Arglwẏdes
eb ẏped" moeſ di ataf i etto hwnnw.
apheredur aẏ kẏmyrth ac aleweſ ẏgwin
ohonaw ac aroeſ ewẏn ẏpſⁱ ẏ wreic ẏ
melinẏd ⁖ ac val ẏbẏdẏnt vellẏ wẏnt
awelẏnt gwr pengrẏghgoch maur
aoed vwẏ noc ẏrvn oꝛdeu wr ereill
agolwrch ovaen griſſiant ẏnẏ law
ẏn llawn owẏn aẏ rodi ẏn llaw ẏrame
rodꝣeſ ac erchi idi ⁖na rodeẏ ẏnep on
nit ẏr nep aẏ^mwanei ac evo amdani
hi aphered" agẏmẏrth hwnnw ac a
leweſ ẏgwin ac aroeſ ẏgolwrch ẏwreic
ẏmelinid ⁖ ar noſ honno ydoeth ped"
oẏ letẏ. Athrannoeth ef awiſgawd
arvev amdanaw ac aaeth ẏ ẏmwan
artrẏwẏr aduc^y tꝗolwrch Aphared"
aẏ lladawd ẏlltⁱ. Agwe darvot idaw
ev llad ẏlltⁱ ef adoeth ẏr pebẏll. Ac ẏna
ẏdwavt ẏr amerodꝣes wrth bared"
ped" dec eb hi coffa di ẏgret aroeiſt
ẏmi pan rodeiſ ẏnnev ithe ẏmaen
aberis ẏtt llad ẏravang. Arglwẏdeſ
eb ẏnte omtebic i gwir adẏwedẏ
aminhe aẏ coffaaſ. Ac ẏna ẏbuef
ẏgẏda ar amerodꝣes pedeir blẏned
ardec Ac ẏvellẏ ẏtv̇ẏna kẏnnẏd
paredur ap Efrawc